"阿棠在我心中
永远都是最美的姑娘"

本王的王妃，自然不会有错，有错，那也是别人的错。

小豆蔻

上

不止是颗菜 / 著

XIAO

DOU
KOU

江苏凤凰文艺出版社
JIANGSU PHOENIX LITERATURE AND ART PUBLISHING

图书在版编目（CIP）数据

小豆蔻：全2册 / 不止是颗菜著. — 南京：江苏凤凰文艺出版社，2021.6（2024.2重印）

ISBN 978-7-5594-5712-7

Ⅰ. ①小… Ⅱ. ①不… Ⅲ. ①长篇小说－中国－当代 Ⅳ. ①I247.5

中国版本图书馆CIP数据核字(2021)第058137号

小豆蔻

不止是颗菜 著

责任编辑　王昕宁
特约编辑　欧雅婷
责任校对　周　萍
出版发行　江苏凤凰文艺出版社
　　　　　南京市中央路165号，邮编：210009
网　　址　http://www.jswenyi.com
印　　刷　天津睿和印艺科技有限公司
开　　本　880mm × 1230mm　1/32
印　　张　19
字　　数　564千字
版　　次　2021年6月第1版
印　　次　2024年2月第2次印刷
书　　号　ISBN 978-7-5594-5712-7
定　　价　65.80元（全2册）

目录

XIAODOUKOU

目录

XIAODOUKOU

◎ 第一章 ◎
上元

时序隆冬，上京雪似鹅毛，冬夜冷风绕着回廊檐角的灯笼打着旋儿，五更天里，外头便隐约显出银白一片。

靖安侯府，照水院内，绿梅枝头新雪扑簌。

先前扰人清梦的梆子声已渐行渐远，府内仆妇丫鬟们的急促碎步，又在这寂静夜色里显出声儿来。

不一会儿，正屋门外传来“咚咚”两声叩响，有人轻唤：“小小姐。”

是在侯夫人身边伺候的张妈妈。

素心正布着早膳，见自家小姐坐着没应声，便给立在小姐身后的绿萼递了个眼神。绿萼会意，放下手中角梳，步子轻巧地去了外头明间迎人。

约莫是值守丫头给开的门，绿萼到明间时，张妈妈正领着锦绣坊的婆子还有一溜儿持屉的小丫头鱼贯而入。

隔着朦胧烛火，靖安侯府二等丫鬟那袭淡绿裙摆，似乎在门边漾出了整齐划一的弧度。

“张妈妈。”绿萼伶俐，笑盈盈见礼。

张妈妈嗔了眼，忙伸手扶，又往屏风那头望了望。她也就那么一望，绿萼在这儿迎她，那就是小小姐不会出来的意思了。

她与绿萼还算相熟，寒暄两句，便引了锦绣坊的婆子上前，介绍这回为入宫赴宴新制的衣裳头面。

“……侯夫人送来的这皮子，油亮光滑又洁白无瑕，本就是难得的上等佳品，听说还是秋猎时的御赐之物，没做好更是大罪过，这不，可把咱家掌柜的给愁坏了！思来想去，咱家掌柜的还是亲自去请了张娘子掌针。绿萼姑娘您也知道，张娘子嫁人之后寻常不动针线，为着请她掌针，掌柜的可花了好一番工夫呢。您瞧瞧，这绣样，这针脚。”

锦绣坊的婆子一边介绍，后头的小丫鬟一边将熨烫规整的银狐斗篷送往绿萼跟前，由她掌眼。

绿萼凑近，仔细打量了会儿，目光微露赞赏：“是满绣，银缎也配得极好，没糟践这皮子。”

她里里外外检查了遍，确认无误后满意道：“这回宫宴来得突然，挑灯赶制也如此精致，你们掌柜的有心了。”

婆子忙笑着谦虚了番，心下终于安定。

这绿萼姑娘伺候的小祖宗乃靖安侯嫡幼女——明檀，自幼便是金尊玉贵，千宠万爱，见多了好东西，也就挑剔得紧，寻常物什要得她身边的绿萼点头都不容易。

偏巧这小祖宗于他们东家有恩，今儿天还未亮，掌柜的就遣她来送靖安侯府的衣什，还特地叮嘱，小小姐那儿，她得亲自走一趟。得了绿萼这句“有心”，她总算能回去好生交差，睡个安稳觉了。

照水院这边，绿萼收了衣什，塞足丰厚荷包，将张妈妈一行客客气气地送出了垂花门。

风荷院那边，另一行送衣裳头面的婆子丫鬟慢了脚程，却是才刚刚进到正屋，同在侯夫人身边伺候的黄妈妈行了礼，笑着向寄居在侯府的表姑娘沈画介绍衣裳首饰。

沈画听着，扫了眼端屉里的锦缎华服、宝石簪钗，末了柔顺福礼，轻声道：“有劳黄妈妈走这一趟了，阿画谢过夫人。”随即又朝贴身婢女递了递眼色。

婢女会意，小步上前，给黄妈妈塞了个绣样精致的荷包。

荷包精致，内里却没多少赏钱。出了风荷院，黄妈妈便拢着衣袖掂出了虚实。

她倒也不在乎这一星半点的打赏，只不过刚巧遇上从照水院出来的张妈妈一行，她与张妈妈又不甚对付。

“早就听说去小小姐那儿办差赏钱丰厚，竟是真的。改天出府，就可以买前儿在揽翠阁看上的胭脂了。”张妈妈身后，一个刚升二等、头回进照水院的圆脸小丫头正和身旁同伴议论。

黄妈妈身后的高个儿丫头听了，忍不住轻嗤：“寻常打赏罢了，你去买胭脂的时候，可别说是咱们侯府的人，没得让人以为，靖安侯府出来的都这般没见过世面。”

圆脸小丫头短短半载就从三等升至二等，嘴上功夫也不容小觑，她忙做惊讶状：“这般打赏也不过寻常，表姑娘给的赏钱莫不是能买下间胭脂铺子了？”

“你！”

“好了，别跟她一般见识。”有人拉住高个儿丫头，“咱们都是夫人院里的人，出来办差只讲究一个顺当，旁的有什么要紧。”

高个儿丫头被劝下些火气，又顺着这话想到关键之处，不气反笑：“是啊，办差可不就是讲究顺当，阖府上下，怕是也没有比去表姑娘那儿办差更为顺当的了。”

她未将小小姐那儿差事之烦琐说出口，圆脸小丫头就当不知，也不应声。

高个儿丫头又道：“说来也是难得，表姑娘温柔貌美，才情俱佳，待下人还这般和善。”

“我瞧着更难得的，是有位好哥哥。”黄妈妈身后另有丫头插话。

高个儿丫头附和：“就是，有沈小将军在，表姑娘的前程想来必不会差。”

圆脸小丫头笑了：“两位姐姐这关心的，夫人和小小姐才是咱们正经主子，表姑娘前程如何，那是表姑娘的造化，可和两位姐姐扯不上什么关系。”

高个儿丫头想都没想便嘴快回呛：“表姑娘寄居侯府，得了前程侯府也面上有光，如何不能关心？说不准今儿一过，人家就要飞上枝头，往昌玉街挪了呢。”

似乎有倏忽冷风穿廊而过，刚刚还热闹的东花园游廊忽然安静下来——

上京无人不知，昌玉街只一座府宅。

里头住的那位，在大显可不是谁都能提的存在。

原本当没听到这些争嘴的两位妈妈都蓦然停下步子，回头厉声斥道：“都胡吣些什么！昌玉街那位也是你们能编派的？谁给你们的胆子在这儿瞎嚼舌根？”

丫头们吓一跳，知道说错了话，一个个屏着气，脑袋恨不得垂至脚尖儿。方才提到昌玉街的丫头更是吓白了脸，手中的檀木端屉都抖得一晃一晃。

“……有人提到昌玉街，两位妈妈就发了好大的火。跟过东花园，奴婢怕被发现，也不敢再跟了。”

风荷院里，沈画立在正屋窗前，听贴身婢女汇报尾随偷听所得。听完，她嘴角往上翘了一翘，望着照水院的方向，眼底浮现出一丝与平日温婉不甚相符的轻蔑。

“所以本小姐是不温柔不貌美，才情不如她，待你们也不够和善。哦，本小姐的哥哥也没有沈小将军那般英勇善战，前程不够好。”

照水院，明檀托腮坐在桌边，慢条斯理地复述。

银生茶香柔和清淡，隐在摆开的早膳香气中，似有若无。那张如凝脂玉般白皙清透的面庞，隐在沸水煮茶升起的袅袅白雾后，也有些瞧不分明。

“那人嘴碎的浑话小姐可别放在心上，小姐的容貌、性情，在上京闺秀中可是数得着的出挑！”

绿萼阻拦不及，由着回话的小丫头一五一十说了全套，这会儿只得转开话题补救。

“对了，小姐，夫人送来的东西奴婢都看过了，今儿入宫，就穿这身如何？”

绿萼在照水院专事衣物，对衣裳首饰的搭配很有几分见地。不一会儿，她就从玉簪上特意暗刻的闺名“檀”字，说到了那件白狐银缎满绣斗篷。

一样样说完都没见回音，绿萼忍不住抬眼偷瞥：“小姐？”她声音里多了几分小心翼翼。

伺候用膳的素心盛了碗白粥放到明檀面前，也帮着提醒：“小姐，可要瞧瞧衣裳？”

明檀扫了眼绿萼手中的端屉：“就这身吧，穿什么不都一样。”她又换了只手托腮，空出来的手有一搭没一搭地摆弄着粥碗里的瓷勺。

五更刚起，她身上穿着梨花白花枝暗绣寝衣，外披柔软狐氅，如瀑青丝垂落腰间，只一绺碎发不安分地搭在清瘦脸颊上。

也不知道她在想什么，鸦羽般的眼睫不时颤动，似在应和碗壁上映出的摇曳烛火，瞧着倒有几分美人如玉的楚楚情致。

可惜，美人这会儿胃口不好，一碗白粥热气散尽也没动两下。

见她这般模样，一向话少的素心都忍不住劝：“白粥养胃，小姐还是再用些吧，今儿您还要进宫呢。”

宫宴规矩大，不比在家用膳舒心，素心也是好意。可不提还好，一提进宫，明檀就更觉着心里头堵得慌。

往常上元并无宫宴，这回特设宫宴到底为何，勋贵人家都心知肚明。偏宫里还要遮掩，连她这种早已有了婚约的也要一并赴宴。

要是寻常，凑凑热闹也未尝不可，可她如今满脑子都是她那未婚夫婿和他表妹通了首尾，还早就有了私生子的烂事儿！

虽然这事儿被瞒得死死的，连她贴身丫鬟都不知晓，但那私生子已满两岁，活蹦乱跳会喊爹爹，不管最终婚事如何，都必将成为她明家小小姐遭未婚夫婿背弃的铁证。

想到这桩往日人人称羡，她也颇为自得的婚事，多半将以一种毫无体面可言的方式收场，明檀一会儿觉得炭盆里的银丝炭烧得她五脏六腑都在冒火，一会儿又觉得没了热气的白粥从嗓子眼一路凉到了心底。

“不吃了。”她心烦意乱，搁下瓷勺，起身往内室走。

素心望着她的背影叹了口气，没再多劝，指挥着小丫头们撤下这桌几乎未动的早膳。

“小姐这几日是怎么了？若是嫌那些丫头背地里说话不中听，禀了夫人吩人打发便是，不至于连衣裳都不看了吧？”

她们家小姐最是在意衣着打扮，回回出门都必须从头发丝儿精致到鞋底花纹，也无怪乎绿萼狐疑，凑近素心小声咬耳朵。

素心也不知晓：“昨儿值夜我问了声，小姐不说，许是想静一静。行了，我去厨房煨碗鸡丝粥，进宫前小姐总要垫垫肚子，你也不许去烦小姐。”

素心年纪稍长又细致沉稳，最得明檀看重。绿萼扁了扁嘴，没敢反驳，只绞着腰间丝绦目送素心出门。

可待素心的身影隐没在垂花门外，她又立马回身，轻手轻脚地摸进了内室。

照水院的内室布置得雅奢精致，大至雕花卧榻，小至雪银束钩，样样都能说出一番曲折来历，不同时节不同天气的熏香亦有别样讲究。

今日里头熏着浅淡梨香，似有若无的，清甜微冷。明檀坐在妆台前，仍是半支着脑袋，一副打不起精神的懒怠模样。

“小姐，奴婢继续为您梳发吧？”绿萼凑上前，小心翼翼问了句。

明檀没应声，她便当作默认，边执起角梳为明檀梳发，边自以为贴心地排忧解难道：“小姐可是在烦表姑娘今日也要进宫？放心吧小姐，那位爷什么身份，怎么会真看上表姑娘。就算看上了，以表姑娘的家世，做侧妃都很勉强，怎么能和小姐您比，小姐以后可是正正经经的国公府世子夫人。”

明檀：“……”

“再说了，咱们世子爷仪表堂堂文采出众，满京城谁不羡慕您和世子爷金童玉女，天生一对！”

这一句绿萼压得极低，可那与有荣焉般的语气，在明檀听来简直如针刺耳。

谁要和那没脸没皮的天生一对？他也配！

她怕这丫头再说两句能把自个儿给气吐血，闭了闭眼，抬手示意停下：“镜子拿来。”

绿萼不知道自己说错了什么，好在脑子转得快，忙取下小铜镜，还懂事地转了口风，站在一旁盛赞明檀的落雁沉鱼之貌。

明檀细细端详着镜中之人，没有接话。只是从那渐往上扬的嘴角中，不难看出她对绿萼的夸赞深以为然。

——绿萼这丫头言行跳脱还时常扎她心窝，可有一句说得没错：对着这么一张脸，光是白饭都可以多用几碗。

揽镜自照半刻，她那天大的火气也莫名缓歇下去，满脑子只剩一个念头：本小姐怎么这么好看！

欣赏美貌所带来的好心情一直持续到出府入宫。

二门外，车马早已备齐。明檀捧着暖手炉姗姗现身时，侯夫人裴氏与表姑娘沈画已在车内端坐。

见明檀解下斗篷，垂首钻入马车，裴氏眼底浮现出些许笑意：“阿檀，快上来。”

待明檀坐定，她又温声关切：“斗篷怎么解了？天冷，仔细冻着。”

“车里暖和，这会儿不解，待会儿下车就该冷了。”明檀笑得眼睛弯弯，乖觉地回握住裴氏，“叫母亲好等，原是我的罪过。”

裴氏轻嗔了她一眼：“什么罪过不罪过的，今儿上元，可别说这话！”

“是，女儿知错——”明檀往裴氏怀里靠了靠，还拖长尾音撒了个娇。

裴氏无奈地点了点她的额头：“你呀，惯会卖乖！”

坐在对面的沈画见了这幕，掩唇浅笑道：“舅母与表妹母女情深，真是叫阿画好生羡慕。”

裴氏不由得含笑看了眼沈画。

自古以来，续弦难当。明檀是先夫人嫡出之女，后头还有强势外家撑腰。裴氏刚嫁入侯府那几年，唯恐旁人给她安上一个“刻薄失母孤女”的罪名，看顾明檀比看顾侯爷还要精细。

这些年来她未有所出，本该担心侯府主母之位不稳，可因她与明檀关系亲厚，在上京贵夫人里得了个“贤慈”的好名声，这侯府主母倒是做得稳稳当当。

因着这番缘由，再加上裴氏自个儿也颇好声名，有心者稍加留意便知，夸她旁的都不如夸她与明檀感情深厚来得讨巧。

这会儿裴氏心里被奉承得极为熨帖，只不过明檀却因沈画出声，心情急转直下

无他，沈画寄居侯府这半年，明檀与她两人表面上相安无事，背地里却没少互别苗头。

这会儿听到沈画那把柔婉的嗓音，明檀就止不住想起自个儿那桩糟心的婚事还有府里丫头传的那些闲话。

那些闲话传得甚为离谱，但她也不敢肯定毫无可能。

毕竟昌玉街那位常年在外征伐，怕是没见过几个美人。这些个不通文墨的武将又惯爱附庸风雅，恨不得纳一屋子才女来证明自己并非莽夫——她爹便是最好的例子，外任还不忘带上柳姨娘吟诗作对。

要是沈画入了昌玉街飞上枝头，她却因未婚夫婿背弃黄了婚事，那她明家小小姐岂不成了上京城里最大的笑话？

眼瞧着还没怎么，那些小丫头便能如此编派，若此事成真，不铰了头发去做姑子，这上京恐怕都没她明家阿檀的立足之地了！

车毂声在耳边嗡嗡作响，明檀越想越气，甚至还有些心口发堵。马车“吁”的一声停在启宣门外时，她仍陷在烦闷情绪中难以自拔。

官眷进宫，车马侍婢都是不可随入的。裴氏递了诰命的牌子，又由宫中嬷嬷查验过是否携有利器，才有内侍来引她们前往今日设宴的雍园。

大显立朝以来，除采选外，身无诰命的女眷极少入宫，这般设宴广邀更是头一回。

红墙覆雪的深宫肃穆威严，每向前一步，那威压似乎便重一分，令人难以喘歇，以至于前往雍园的一路静寂非常，旁的声音都听不着，只余短靴踩在薄雪上发出的轻微咯吱声响。

众人专心前行，无人注意，附近高处的暖阁开了扇窗——

“……东州那边由绥北路接管倒是好事，你也能在京城休息一阵。对了阿绪，你今年也……二十有一了吧？不如趁着这段时日将婚事定下，成家立业传宗接代可是大事。正好今儿雍园那边，皇后特意将适龄的官家女眷都邀进了宫，看上哪家闺秀便和朕说，只要身家清白、品行端庄，自有朕来为你赐婚。”

从入暖阁起，成康帝就在七攀八扯，一路从北地战事说到东州大捷，总算是颇为自然地将话题引到了“成婚”一事之上。

正当他打算再加把劲劝些什么，立在一旁的章皇后就掩唇咳了声，边望窗外，边凑近轻声道：“这一行女眷中，左边穿银白斗篷的小姑娘，臣妾瞧着规矩十分不错。”

成康帝被打断，下意识地半眯起眼，往窗外望去。

半晌，他点了点头：“皇后眼光果然不差。”他吩咐内侍，“去打听打听，那是谁家姑娘。”

“是。”内侍应了差，躬身后退。

成康帝又转头，看向身侧的黑衣男子：“阿绪，你也瞧一眼？终归是为你选妃，总要合你心意才是。”

和着这道将落未落的话音，一阵夹着霜雪的冷风透窗而入，暗绣蟒纹的黑色锦服被吹起一侧衣角，那人负手静立于窗前，垂眸扫了眼，又不带情绪地移开视线。

这说一眼，还真就一眼。

成康帝半晌无言。

好在他早已习惯身侧之人的爱答不理，倒没觉得有多不敬，只暂时没再与此人搭话，边等内侍回禀，边转头和章皇后低声絮叨。

就这一会儿工夫，章皇后打量着明檀的背影，心下是越发满意。

这些小姑娘大多是头回入宫，家中虽然教足了规矩，然皇城之威，极少有人不惧，心中有惧，就难免畏首畏尾、局促小气。

一路瞧了这么多姑娘，唯眼下这位举止最为端方，一行一进都从容雅致，很是赏心悦目。

稍许，内侍回了暖阁，躬身答话：“回陛下，回娘娘，此一行为靖安侯夫人，靖安侯府四小姐，还有寄居在靖安侯府的、沈小将军的妹妹。”

“沈玉的妹妹？”成康帝挑眉。

内侍忙答：“沈小将军的妹妹是着织金羽缎斗篷那位，皇后娘娘问的那位，是靖安侯府四小姐。”

靖安侯府，这门第还算般配。章皇后正想到这儿，内侍又补充道：“靖安侯府四小姐，已与令国公世子定有婚约。”

“已有婚约？”章皇后顿了顿，“这可真是……”

令国公府乃大显老牌勋贵，她也不好将“可惜”二字挂在嘴边，只不过面上不无遗憾。

成康帝：“已有婚约，倒不好拆人姻缘。”

他话里透着惋惜，心下却不以为然，因为当他听到“靖安侯府”之时，就已将这位侯府四小姐排除在外。

稍顿片刻，他还指了指远处已然模糊的背影：“朕瞧着沈玉的妹妹也很是不错，沈家身份低了些，不过做个侧妃也还使得。”

章皇后对择选妾室并无兴趣，垂眸整了整袖口，没应这声。

成康帝又转头问：“阿绪，你觉得如何？你不是对沈玉颇为赏识吗？”

“不如何，陛下若觉得不错，不妨纳入后宫。”

这道声音不高不低，压了几分淡淡不耐。

周围内侍不知怎的，听得心惊腿软，暖阁内明明烧着地龙，大家却不由自主地发着抖，低低地埋着脑袋。

暖阁发生的一切，赴宴官眷一无所知。入了雍园，众人被领往长明殿，依次列席。

靖安侯府的席位正好挨着长明殿的殿门，再往后的，便只能在殿外吹冷风了。

沈画随着裴氏入座，心下有些不明。

她来京半载，深知靖安侯府门第显赫，在京中有不俗地位，可为何今日宫中设宴，位置却如此之远？

沈画不明，明檀却清楚得很。

上京这种显贵云集之地，一个侯爵其实当不得什么，靖安侯府如今这般鲜花着锦，多半还是因为她父亲靖安侯乃手握实权、戍守边关的封疆大吏。

宫宴列席以爵为先，排在他们侯府上头的国公府就有十数家，再算上皇族宗室，能在殿内列席已是格外优待。

此刻长明殿内人多却静，明檀落座后，似不经意般往前头令国公府的位置扫了一眼。

不扫还好，这一眼扫完，她心中又是无名火起。

令国公府这是以为无人知其丑事还是不把她明家阿檀放在眼里，竟堂而皇之将那有了首尾的表妹带了过来！她们以为这是什么场合，是想着带人过来在她面前混个眼熟以后好和睦相处共侍一夫吗？

裴氏察觉明檀神色有异，轻唤了声：“阿檀，怎么了？”

令国公府所瞒之事裴氏还不知晓，明檀收回目光，勉强应了声“无事”，又强迫自己压下心火，规矩端坐，再未多望分毫。

令国公府那边先前无人察觉明檀视线，这会儿发现靖安侯府女眷已到，都忍不住远远打量过来。

令国公夫人也在这打量之列，且边打量边有几分自得。

明家阿檀在上京闺秀中素有一等一的好名声，家世相貌、规矩琴艺，样样拔尖。性子也是宜动宜静，既能讨夫婿喜欢，又端得住大场面，很是难得。幸而这亲定得早，不然必是一家有女百家求了。

只是她那不省心的儿子——

想到这里，她往后瞥了眼，刚巧又瞥见女子娇娇怯怯地扶了扶茶碗，心中不由得叹：虽是自家外甥女，可上不得台面的，终究是上不得台面。

也不知此事还能瞒上多久，靖安侯任期已满，回京述职之时，两家婚事便要提上日程。若想顺顺当当地将明家阿檀娶进门，这事儿她还得早做打算。

殿内众人各怀心思，摆在明面上的却是如出一辙的恭谨安静。

这份安静一直持续到前头内侍尖着嗓音喊：“皇后娘娘驾到——”众人才敛下心思起身，朝着皇后的方向齐行跪礼。

“参见皇后娘娘，皇后娘娘万福金安！”

“起。”章皇后的声音颇为温和，似还含了三分笑意，“今儿上元，请诸位入宫不过是想热闹热闹，大家坐，不必拘礼。”

话是这般说着，可真敢不拘礼一屁股坐下的人还没能活着进这长明殿，众人齐齐福身应了声“是”，才规矩落座。

宫中设宴之序向来烦琐，章皇后虽免了些不必要的虚礼，但一道道流程走下来，以供分食的佳肴都已凉得彻底

一众命妇贵女皆是象征性地用上一两口，时刻保持静雅端庄的模样。

殿内丝竹靡靡，舞姬身姿曼妙。前头的宗亲女眷不时与章皇后闲话京中趣事，偶有轻快笑声往后传来，气氛也算松缓得宜。

宴至中途，有内侍急走至章皇后身边传话。也不知传了什么，章皇后吩咐几句，便有人麻溜地在上首新添了两个位置。

众人虽未直视，可心底都门儿清，这食不知味的宫宴，总算是要进入正题了。

果不其然，这念头刚起，就有内侍一迭迭地高声往后递话：“皇上驾到——”

明檀兀自想着与令国公府的婚事，忽闻此声，忙收起杂念，随其他人一起朝前行礼。

殿中一阵山呼万岁，于空旷处似有回响。待余声平，上首才传来一声温和又不失威严的“平身”。

明檀边起身边意外：圣上声音，竟比想象中要年轻不少。那定北王乃圣上堂弟，岂不是更为年轻？

等到坐定，又听章皇后出声铺话道：“月前东州大捷，实乃我大显之喜。恰巧今日，陛下也在弘安殿内宴请群臣，为定北王庆功。本宫想着，我等虽为女子，也该敬一敬大显的好儿郎才是，所以特特将皇上与定北王从弘安殿那边请了过来。”

约莫是静了一瞬，有人起头，前边的应和夸赞之声便此起彼伏，不绝于耳。

明檀自知京中贵女行事讲究含蓄委婉，却不想宫中行事之含蓄，更要多绕上九九八十一弯，明明就是相看王妃，偏要打什么敬赞的名头。

她离得远，再加上不可窥视龙颜，上首三人在她眼角余光中都是模模糊糊一团颜色。

正当她想着，这定北王殿下莫不是个哑巴，这般敬酒恭维竟还未发一言，对面就冷不丁响起一道熟悉的娇媚女声：“久闻殿下束发之龄便率三千精兵挡三万北域蛮族，为大显立下赫赫奇功，臣女仰慕殿下多年，今日得见，实乃三生有幸，臣女愿为殿下献上一曲《潇湘水云》……”

是承恩侯嫡次女，顾九柔。

承恩侯府倒是向来不畏人言，前头出了御史当朝怒斥狐媚惑主的嫡长女玉贵妃，如今还惦上了定北王府的王妃之位。

一通仰慕之词说下来，已是舞乐具备。顾九柔盈盈叩拜，最后谦虚道：“臣女不才，献丑了。”

明檀自幼习琴，师承名家，有人想在她面前施展琴艺，她自有几分好奇，对方将如何艳惊四座。

可惜她没有这般耳福，前头娇媚话音甫落，上首身着黑色锦衣的男子便冷淡打断：“知道丑，就别献了。”

殿内有那么一瞬，静得落针可闻。

明檀恍惚间以为自己听错了什么，虽说这定北王殿下深得圣心且重权在握，但顾九柔好歹也是承恩侯嫡女，这般说话未免也太过狂悖无礼。

偏偏过了很久，殿中唯有资格驳斥的两人都未置一言。

章皇后不出声还算是情有可原，毕竟顾九柔的嫡姐玉贵妃没少在后宫给她添堵。可一向待玉贵妃恩宠有加的成康帝也是连句敷衍的圆场都没打，只自顾自饮酒，仿佛眼下之事与他没有半分干系。

直到那身黑色锦衣离开，殿内都寂静无声，内侍也只是躬身相送，无人敢拦。

赴宴之前，大概所有人都没想到，这场宫宴竟会这般草草收场。

出宫之时还未及酉末，天色将昏未昏，御街正初上华灯。

明檀踩着轿凳准备上车，忽然听到身后有人喊：“阿檀！”

她回头，待看清来人，不由得展笑。

白敏敏喊完这声本要立时上前，可撞上明檀不经意间的回眸一笑，身后正簇簇燃明的潋滟灯火仿佛都霎时沉寂失色。

皓齿明眸如盈盈秋水，淡眉弯唇又如款款星月。有美人兮，不外乎如是。

白敏敏看得在原地呆了片刻，还是靠贴身婢女提醒才回过神来。

白敏敏乃昌国公府长房嫡女，明檀的嫡亲表姐。因年岁相仿，自幼亲近，两人也是从小玩到大的闺中好友。

先前在长明殿，昌国公府与靖安侯府的席位同在左列，两人没能打上照面。这会儿出了宫，白敏敏便迫不及待找了过来。

她上前亲亲热热地拉住明檀，又伶俐地朝裴氏行了个礼：“敏敏给姑母请安。”

她是个心直口快的性子，不爱绕弯，请完安便直抒来意：“姑母，今儿上元，我特地托兄长在听雨楼订了临江雅座，想邀阿檀与我一同去赏花灯，姑母将阿檀借我几个时辰可好？”

白敏敏的正经姑母是明檀的已故生母白氏，依她这般身份性情，肯主动唤裴氏一声“姑母”，无疑是对裴氏“贤慈”名声的最好肯定。

裴氏心里别提多舒坦了，哪还有什么不答应的，笑着说了通体面话，又遣随从陪同，还细细与绿萼嘱托交代了番，让她务必照顾好自家小姐。

不得不承认，裴氏是个聪明人。白敏敏只字未提沈画，她也就适时忘记了身为侯府主母该有的处处周全，没说什么让沈画跟着一起去热闹热闹之类的多余闲话。

待白敏敏携明檀离开，裴氏也不觉尴尬，只当无事发生般，笑盈盈与沈画说起今儿府中准备的各色圆子。

前往听雨楼途中，白敏敏感叹了会儿裴氏如何如何会做人，又顺着话头抱怨起自家新嫂协理中馈后，定了多少烦琐规矩，她的日子又过得如何艰难。

明檀一心想向白敏敏打听正事，可这上元佳节，路上车马喧阗，热闹得紧，不太方便说话。她只好耐住性子，等着到听雨楼后再细细盘询。

听雨楼是京城最为出名的茶楼，茶点好，临江的景致更好。

每至早春暮秋，细雨霏霏，江上泛起薄雾，烟波浩渺凭栏听雨之景趣，深受上京文人雅士追捧喜爱。

另外每年上元，官船都会于显江之上燃放烟火，显江两岸亦有“一夜鱼龙舞”的灯火盛景。

听雨楼位置绝佳，是观此火树银花之盛景的最好去处，凭他哪般达官显贵，都需提前数月才有望订到这上元夜的临江雅座。

白敏敏订的雅座在三楼，地方不大，却布置得十分精巧，观景位置也算上佳。但要说最佳，还得数她们旁边那间居中的暖阁。

小厮引着白敏敏与明檀上楼时，那间居中的暖阁里头，已有四人围桌而坐，正在闲话饮酒。

坐在近门位置的男子衣着华贵，通身上下皆非凡品。当然，最为招摇的还是他腰间那枚刻有“章”字的羊脂白玉。

“章”乃皇后母族之姓，对京城世家稍有了解的，都知有此玉者，只能是当今皇后胞弟，章怀玉。

这会儿章怀玉随意坐在桌边，手中把玩着酒杯，调侃道：“殿下，这回长明殿宫宴的动静可是不小，人家千金小姐一腔情意错付，听闻是一路哭哭啼啼出的宫啊。”

黑衣男子连眼皮都没抬，倒是坐他对面的陆停沉着声问了句：“是顾进忠的女儿？”

顾进忠是承恩侯的名讳。

章怀玉挑眉，点了点头。

陆停眸中闪过一抹厉色：“还有得她哭哭啼啼的时候。”随即端起酒杯，一饮而尽。

比起章怀玉的花枝招展和陆停的狠厉四溢，一身月白云纹锦衣的舒景然，显然更具翩翩浊世佳公子的温润气质。

舒景然转了转玉扳指，又笑着摇头道：“其实落人面子事小，只不过行了此举，定北王殿下嚣张跋扈、目中无人的传闻，想必不到明日便能传得街头巷尾人人皆知。届时想再寻门好姻缘，京中闺秀怕是……”

这话音未落，外头便传来轻微“吱呀”声响，小厮模模糊糊的声音也随之响起：“二位小姐，里边请。”

似乎是旁边的雅间来了人，舒景然止了话头，其他几人也默契地不再出声。

“阿檀，快坐呀。茶点我早让他们预备好了，都是你爱吃的。哦，对了，刚刚说到哪儿来着？”

白敏敏是个能说的，一路都未停话，从自家倾心事一气儿说到了雍园那场宫宴。

“宫宴，对就是宫宴。你们家丫头也真是够能碎嘴的，沈画哪能攀得上定北王府啊，她哥沈玉受定北王赏识，但也没有赏识下属就将下属妹妹娶回去做王妃的道理吧，更何况顾九柔都被当场下了脸。说起这个，顾九柔倒是真敢，陛下、娘娘都在呢，直言倾慕不说，还要当众献曲，怎么想的。”

“顾九柔行事颇为大胆，可那位定北王殿下未免也太过无礼嚣张。”与白敏敏在一块，明檀向来放松，再加上有绿萼在外边守着，她托腮，无甚顾忌地嫌弃道，“一介武夫狂悖粗俗，我瞧着不是什么良善之人。”

章怀玉：“……”

陆停：“……”

舒景然：“……”

“粗俗武夫”本人也下意识地顿了下。

明檀毫无所觉，优雅地品了口茶，终于想起正事：“对了，你这两日可探得舅舅有何打算？”

白敏敏一直觉着自己忘了什么要紧事儿，这会儿明檀主动问起她才反应过来：“噢，没呢。那日你也瞧见了，我爹那架势，恨不得提把菜刀就去令国公府砍人，可被那周先生劝了通，这几日倒很是能沉得住气，我寻思着大约是想等你父亲回京再行商议。”

明檀闻言，秀眉微蹙。

她之所以知晓她那未婚夫婿的腌臜事儿，还是因着前些时日她去昌国公府给老祖宗请安，被白敏敏拽去书房偷找话本。

本来已经找到话本，不想偷溜之前，她舅舅白敬元与门客周先生一同进了书房，且甫一进门便大发雷霆，砸了方上好端砚，还带着令国公府祖宗十八代一齐臭骂，丝毫不给她们拒听壁脚的机会。

“正室未迎进门就和表妹私通还有了私生子，这种狗屁倒灶的烂事儿也就他们梁家做得出来！小王八蛋翻了个身还真当自己皇亲国戚了，要不是这亲事定得早，就他们梁家那臭屎扶不上新墙的样儿等八辈子也够不上阿檀！他是当靖安侯府灭了还是昌国公府灭了？真是岂有此理！”

明檀与白敏敏当时都惊呆了，躲在原地半晌都未动弹。

等缓过神，白敬元和那周先生又跟一阵风似的卷离了书房。

其实当下反应过来，白敏敏便气得要去找她爹白敬元，让他立时上令国公府为明檀讨回公道。

然正如那周先生所劝，此事不甚光彩，闹大于双方无益。且明檀父亲已在回京述职途中，舅家贸然出面恐有越俎代庖之嫌。

先前一时忘了这事还不觉得，这会儿想起来，白敏敏仍是气愤难当。

她一口气吃了三块点心，和她爹一样臭骂了顿令国公府，又拍了拍桌子和明檀打包票道："这事儿全然是他梁家有错，人品如此不堪岂能为你良配！阿檀你不必忧心，有我爹在，这桩婚事必定能解！"

"我自然知晓此人不堪为配，只不过解除婚约……"

明檀没往下说，可白敏敏与隔壁之人都很明白，这世道对女子尤为苛刻，无论是何缘由，解除婚约必然于女方名声有损。

明檀顿了顿，不知想到什么，忽然支着下巴凑近，试探着问了句："敏敏，你说到时若解了婚约……我该如何表现，才能显得清白刚烈一些？"

"？"

"清白刚烈？"

白敏敏放下手中点心，还真仔细回想了下。

"我记得李家五姑娘被退婚时，她亲上夫家断发明志。还有城东的方家三姑娘，她未婚夫婿在大婚之前为一青楼女子赎身，因其有孕还以良妾之礼纳进了门，方家三姑娘得知此事，一根白绫悬于房梁，上吊自尽了。"

"？"

"倒也不必如此刚烈。"

"噗——咳咳！"听到这里，章怀玉没能憋住笑意，喷了口酒，还被呛得咳出了声。

可没等他缓过劲儿，眼前就忽然晃了一下，随后便感觉颈间一麻，喉咙发堵，想要张口说话，却什么声音都发不出了。

哑穴！

在场几人虽都习武，但能做到这般出手无痕的，除了他身侧这位令北域蛮族闻风丧胆的大显战神——定北王江绪，根本不作他想。

章怀玉瞪圆了眼，拿起折扇指着江绪，一脸控诉。

江绪倒是不避不让，只抬起眼皮，静静地看着他。

那双眼中似是沉了一湖冰水，无波无澜，漆黑而冷淡。章怀玉也不知为何，就莫名感觉背脊一寒，下一秒便㞞哒哒地放下了折扇。

窗外两岸花灯倒映在江水之上，波光粼粼潋滟。暖阁重陷寂静，唯有桌上的折扇吊坠透着烛光，长穗轻晃。

“敏敏，你刚刚听到什么声音了吗？”明檀迟疑地问了声。

“声音，什么声音？”白敏敏一脸茫然。

明檀环顾四周，默了半晌，又摇头道：“好像有人咳嗽，可能是我听错了。”

其实听雨楼已算是注意隔声，隔壁暖阁都是习武之人，外头动静自然耳听无余。可若不是今夜开窗观景，以明檀耳力，大约听不到半分。

许是心生防备，又许是要事已经说完，两人之后聊的都是些闺阁话题，没什么要紧。

正戌时分，官船停至显江中央，准备燃放焰火。

白敏敏早早守在窗边，明檀也放下平日在外时刻注意的端庄矜持，提着裙摆踩上窗边小阶，双手扶着窗沿，忍不住往外探头探脑。

京城的上元夜总是热闹辉煌，正所谓“奇术异能，歌舞百戏，粼粼相切”。

显江两岸，灯火彻夜通明，百姓围聚以待烟火，码头还漂出盏盏祈福河灯，远远望去，一派盛世繁华景象。

在两岸百姓的欢呼声中，官船焰火终是簇簇升空，岸边亦有富户人家燃焰相和，一时间，整片夜空似乎都被这绚烂光彩照映得恍若白昼。

明檀与白敏敏出身世家，见过不少好东西，但到底是心性天真的少女，此刻皆是屏息睁眼，片刻不肯错眨。

“真好看。”明檀捧着脸看向夜空，轻声低叹。

白敏敏点头，欢快道：“我最喜欢刚刚那个兔子形状的，好可爱！”

“我喜欢那种不时洒下的金色烟火，声音细碎，极是悦耳，像……快瞧，又来了！”

少女柔软雀跃的嗓音不仅引得同伴认真张望，也引得隔壁暖阁的几人都不自觉看往窗外。

江绪没动，仍在斟酒自饮，可他的位置正对着窗，仰头时，夜幕中那场如梦似幻的金色小雨正好尽收眼底。

他眸光微闪，玉液淌过喉腔，都未觉得辛辣。

烟火极美，却也短暂。夜空恢复沉寂之时，明檀站在窗边，半晌没回过神，甚至还有些莫名惆怅。

好在时辰还不算晚，白敏敏想去南御河街凑趣儿，极力怂恿她一同前往，她那点儿惆怅很快便被白敏敏所描绘的花车游街、花灯琳琅景象驱散得一干二净。

在此之前，明檀是从未在元夕灯夜逛过南御河街的，这条沿河长街热闹非凡，也鱼龙混杂，每年上元常有女子小儿在这地界出事，显贵人家都不爱让自家姑娘踏足。

两人小心遮了面纱，下马车时，眼前灯火熠熠，喧嚣郁郁，热闹得让明檀有一瞬晃神。

白敏敏连着几年都偷溜过来，倒不觉稀奇。她四处看了看，不知发现什么，忽然“欸”了一声。

“怎么了？”明檀问。

“没什么，就是我好像看见舒二公子了。”白敏敏往前张望着，神色有些好奇。

舒二公子舒景然乃右相之子，风度翩翩，文采斐然，京城女子倾慕他的不在少数。

听闻今年春闱他也下场，坊间都说以舒二公子才华品貌，合该是今科探花郎的不二人选。

明檀也曾在舒家寿宴上远远他与打过半回照面，确实是芝兰玉树般的温润贵公子，若是没有令国公府那门子糟心亲事，想来与舒家议亲也是不差。说来，她这退婚也是迟早之事，如何再寻门好亲，也该预先思量起来了

明檀正走着神，白敏敏又惊奇道：“我没看错，阿檀你瞧，那不是陆殿帅吗？陆殿帅在，与他一道的必是舒二公子了！”

明檀顺着白敏敏的视线望去，前头佩剑男子身材高大，左额一道不深不浅的伤疤利落停在眉尾，正是以手段狠厉闻名上京的殿前副都指挥使，陆停。

陆停、舒景然还有章怀玉三人交好，是众所周知之事。没等明檀看清与陆停一道的舒景然，白敏敏就迫不及待地拉着她往前寻人。

“欸……小姐！”身后婢女反应过来，忙跟着追。

两人步子很快，然街上游人如织，不过一错眼的工夫，先前还在那处的人就已了无踪影。

没能近距离得见美男，白敏敏不免有些遗憾。不过她玩性大，很快便被临河支起的各色小摊吸引。

一会儿要买甜糕，一会儿又要买炒栗子，买来的小玩意儿拎在手里，买来的吃食还非要撩开面纱往明檀嘴里塞。

明檀于吃穿上素来精细讲究，这些个街边零嘴是万万不敢下咽，你塞我躲的，两人笑闹一团，倒很是得趣。

“怎么样，这南御河街可比彩棚大相国寺什么的好玩多了吧？”在码头边放完河灯，白敏敏得意地向明檀邀功。

明檀正要应声，忽然有人在前方扬了扬折扇，喊：“檀妹妹！”

“？”

明檀一时以为自己出现了幻听。

那人却很快上前，用行动证明了她没有。

“檀妹妹，这位是……敏妹妹？”

来人长相俊美，穿一身用料上乘纹样精致的玉白锦氅，束浅金发冠，端的是十足贵公子模样。

白敏敏看清是谁之后，特别想上前踹他一脚，没好气道：“谁是你妹妹！”

令国公府与靖安侯府定了亲，但与昌国公府无甚往来，白敏敏不承，这声“敏妹妹”就确实过于亲近。来人不争，忙欠身拱手，以示唐突歉意。

白敏敏知道今儿不是撕破脸的时候，却仍难解气，还想在言语上刺他一刺。倒是明檀拉了拉她，努力让自己保持着心平气和，问：“世子，你如何认出是我？”

他轻笑，摇着折扇温声道：“檀妹妹乃熠熠明珠，纵轻纱遮面，也不掩光彩。”

明檀面上不显，心里却恨不得一巴掌扇过去叫他讲人话。

说来奇怪，从前她看这未婚夫婿梁子宣，也是一表人才、温润有礼，与舒二相比虽稍逊风仪，却也是不可多得的上选良婿。

可现下再看，她只觉得前些年自个儿的眼睛怕是换给了盲瞎，大冷天的摇什么扇子！言语还这般轻浮无状！油腻！造作！

许是隐约感受到了明檀的情绪不对，梁子宣又笑着解释：“其实我是看到了檀妹妹发间这支照水簪，檀妹妹似乎很喜欢这支簪子。”

明檀没接茬。

梁子宣稍顿，为掩尴尬又顺着话头自说自话。

只不过今日不知怎的，不管他说什么，明檀都无动于衷，白家那位更是时不时用眼刀子剜他，莫非那事儿……

不，不可能。那事儿一直瞒得严丝合缝，明家与白家怎会知晓。

如若知晓，昌国公那护短心切还一点就着的性子，又怎会安安静静不找他令国公府麻烦？

想到这里，梁子宣稍稍心定。可他也后知后觉地感受到了，先前母亲的那通交代有多重要。

他是喜欢表妹柔弱可人，但也一直将明檀认定为未过门的妻子，且明檀背后的明家与白家，是他将来仕途上的极大助力，这门亲事万不可丢。

思及此处，之前与母亲相谈时，那点儿“何至于此”的不以为意终于落摆。他不动声色地背过手，折扇轻敲手腕，与此同时，又仿若无事般另寻话题，继续单方面地与明檀相聊。

明檀正等着绿萼和护卫找来，好借口回府摆脱梁子宣的纠缠，等了好会儿，在她终于瞥见绿萼身影之时，远处人群中忽然一阵骚动。

“抓贼啊！”

“前面那个！别跑！”

明檀循声望去，还没看清，那骚乱人群中就有两道身影往这处码头莽冲，未及反应，便感觉一股推力袭来——

“阿檀！”

“小姐！”

伴随白敏敏和不远处绿萼惊呼的，是毫无预兆的“扑通”落水声。

梁子宣反应极快，喊了声“檀妹妹”，就神色焦急地脱下外衣要去救人。

绿萼上前，见是未来姑爷，六神无主间像抓住了救命稻草，连忙点头催促：“世子，快救救我家小姐！”

白敏敏下意识地拉住梁子宣，急喊了声：“不许去！”

她再怎么爱玩爱闹，也是大户小姐出身，没人比她更明白，梁子宣这一救，明檀的下半辈子就完了！

“你想看着她死吗？”梁子宣质问，紧接着不顾阻拦甩开了白敏敏。

“扑通！”

又是一道落水声。

白敏敏瞬间感觉手脚冰凉。她最了解明檀，若让明檀在众目睽睽之下被梁子宣所救，还不如让她淹死在这显江里来得痛快！

她死死盯着江面，强迫自己冷静下来，安排赶来的护卫、婢女：“你们给我拦住来看热闹的人，谁都不准靠近！你俩下去拉开梁世子。还有你俩，是不是会水？也下去，给我把阿檀带上来！这边只怕撑不了多久，绿萼，你现在立马回去，多带些护卫过来帮忙拦人！”

“是！”

还未开春，江水凉得有些刺骨，再加上迎面吹来的凛冽江风，梁子宣下水不过片刻，便发现救人没有他想象中那般轻松容易，而且别说救了，他连明檀在哪儿都没看到。

不止梁子宣没有看到，白敏敏安排的护卫与婢女下水搜寻半晌，竟也全然未见身影。

这处码头水不算深，照理说不可能在这么短的时间内就毫无声息地淹死人，但是他们也的的确确，连明檀的半片衣影都未瞧见。

耗了约有半个时辰，围观者被强行拦在码头之外，只知有人落水，缘何不明。

有些闲汉见这拦人的阵仗，猜是大家小姐，都摩拳擦掌闹着要下水，指不准机缘来了，还能赖上门好亲事。

眼瞧着就要拦不住了，白敏敏心中又是焦急又是绝望，只恨自己出了来逛南御河街的馊主意，明檀要出了事，她白敏敏万死难辞其咎！

恰在这危急关头，护卫拦住的人群外，忽然有一袭绿衫朝白敏敏扬了扬手帕：“表小姐，您怎么还在这儿，可真是让奴婢好找！我家小姐今儿亲手煮了圆子，正等着您过府尝呢！”

绿衫女子特意扬高了声音。

可这声音听起来温和清澈，还颇为熟悉。

白敏敏回头，怔了一瞬。

那竟是……明檀身边最为得用的管事丫鬟，素心？

她怎么会在这儿？还有，她刚刚说什么？她……她家小姐？

素心上前，有条不紊地给白敏敏行了礼，又将自家小姐邀她过府尝圆子的说辞重复了遍。

瞧见白敏敏身后已被冻得不行、正让护卫们架着送上来的梁子宣，素心还略微惊讶地问道：“梁世子这是落水了？”

白敏敏对现下状况有些反应不过来，不知道该应些什么。

直到她瞥见后头赶回来、还喘不过气儿的绿萼朝她不停摇手，比着“没事”的口型，才忽然像打通任督二脉般明白了什么。

她忙接话道：“对，对。梁世子落水，本……本小姐路过刚好遇见，就遣护卫下水救他。”

“嗨，原来是个男的啊。”

“一个大男人落水还要救，跌份儿！”

“围这么严实，至于吗？”

“散了散了，还以为是官家小姐呢！”

围观者百无聊赖地挥了挥手，很快散开。

“？？？”

梁子宣被冻得浑身哆嗦，没法儿说话，眼神中却充满了不可置信。

其实刚落水时，明檀与梁子宣感受无异，只觉得江水冰寒刺骨，难以忍耐。她呛了两口，挣扎咳嗽好一会儿，才反应过来到底发生了什么事。

她被人撞到落水了！

深宅大院里，因赖嫁赖娶所发生的“意外”数不胜数。弄脏衣裳换衣时共处一室，落水被救有了肌肤之亲，这两种最是寻常不过。

裴氏自小便教她在外该如何提防这些七窍阴私，还在去别庄避暑时专门请了女先生教她凫水。

因着平日根本用不上，她又素来是能坐软轿绝不沾地的娇贵性子，岸上之人都不知道，她竟是会水的。

可惜时机不对，明檀还没来得及告诉他们，梁子宣就已脱掉外衣往下跳。

情急之下，她只好沉入江中，想着绕开梁子宣，从码头另外一侧上岸。

这般匆忙应对已算机敏，怎奈江水太冷，她平日又不是什么好动之人，在水中游了没一会儿，腿脚处就传来一阵突如其来的酸痛。

那种酸痛一抽一抽的，并着江水的冷冽刺骨，如针扎一般，让她眼前只剩一片白光，完全没法儿再往前游。

那一瞬间，明檀脑海中闪过很多念头。

一会儿想着“让梁子宣救还不如就死在这里，也算是保全了名节”，一会儿又想着“算了还是求救好了，死在这儿尸体发泡肿胀，简直就是辜负了本小姐还未来得及名动上京的花容月貌”，正当她不再犹豫决定浮出水面呼救之时，忽然有根黑色束带毫无预兆地直穿入水，在她腰上迅速绕了一圈，随后收紧，将她拉至岸边，抛在了离码头有段距离的僻静芦苇丛里。

束带那端的力道迅速而利落，毫无怜香惜玉之意。明檀被扔得头晕眼花，模糊间只瞥见从她腰间抽离的黑色束带末梢半截。

依着她养尊处优十数载的经验判断，那根束带的用料必非凡品，上头暗纹精致繁复，似乎用的是玄金丝线，劈丝极细，在浓重夜色下仍泛着浅淡光泽。

没等她循着束带看清立在那处的人，就有外袍落下，盖住了她的身体，也掩住了她的视线。

……

“然后呢？”白敏敏忙追问。

“然后，就有人将我扛了回来。”明檀靠在床边，推开辛辣的驱寒姜汤，又接过婢女递来的暖手炉，回忆道，“中途我哆嗦着问了好几次，问他们是谁，准备带我去哪儿，可都没得到回应，之后将我放在侯府后门就带着外袍一起消失了。”

“他们？不止一人？”

“出手救我的和送我回来的肯定不是同一人，衣料差别很大，而且送我回来的那人很像在按吩咐行事，像是……随从护卫。”

白敏敏消化了会儿，还是有很多疑问：“等等，所以从头到尾你都没说自己是靖安侯府的人，人家却准确地将你送回了侯府？”

“嗯，这也正是我觉得奇怪的地方。”明檀倚着引枕坐起了些，“要说目的不纯，回府后我就仔细检查过了，没有丢失任何贴身之物。”

有所图者，必取凭信。没取……

“那确实是很奇怪。”白敏敏皱眉思索，喃喃了句。

“好了，先不提这个。”明檀想起眼下更为重要之事，“梁子宣那边现在如何？”

“他能如何，你都遣了素心过去，我还会傻到接不上茬吗？当然是看到他落了水，我路过让随从救了他啊。你放心，我已经让人送他回令国公府了。”

听白敏敏这么说，明檀那颗悬着的心总算落定。大庭广众之下的说辞是梁子宣落水，那不管事后如何，也只能是梁子宣落水。

毕竟明面上，两府之间的姻亲关系还十分牢固，她这未过门的世子夫人出事，于令国公府而言也算不上增光添彩，若不想与靖安侯府撕破脸皮还落不着好，他们只有默认这一说法。

说来，今儿这事她总觉得哪里透着蹊跷。当时闹着抓贼才有人一前一后冲了过来，但相比于被撞，她感觉自己更像被人推了一把才遭此罪。

想到这里，她道：“敏敏，你回去找人帮我查一查今日撞我的那两人。”

“你怀疑落水不是意外？”

“就是不知道，我才想好好查一查。”

白敏敏点头，爽快应下。瞧见明檀小脸还毫无血色，她又给明檀掖了掖被角，顺势从婢女手中接过驱寒汤：“你先别操心这些，来，把姜汤给喝了。”

味道太冲，明檀不想喝。

白敏敏也是执拗性子，不依不饶往她嘴里塞，还碎碎念叨：“喝了喝了，不为你自己想是不是还得为我想想，你要是不喝这姜汤，回头得了风寒卧榻不起，那可都是我的罪过，我爹什么牛脾气你还不知道，你就忍心看着我被罚跪祠堂？回头跪出个三长两短我怕是只能……”

明檀被念得脑仁生疼，索性接过瓷碗，闭着眼一口气给咽了下去。

白敏敏一脸满意，见计时的香印已燃大半，她起身拍了拍手：“既如此，你好好休息。时辰也不早了，我就先回府了。素心、绿萼，好好照顾你们家小姐。”

素心、绿萼齐齐应是，恭敬地将白敏敏送出了照水院。

经了这通折腾，明檀身子骨有些受不住，也确是需要好好休息。她没再讲究入睡前那些烦琐护养，只在脸上敷了些蜜露，双手浸了一会儿新鲜羊奶。

半夜微雨，浓云遮蔽圆月。明檀盖着锦被已沉沉入睡，整个靖安侯府也陷在密雨倾斜的昏灯静谧之中。

大理寺狱，沿阶而下的地牢幽旷昏暗，油灯十步一盏，仍掩不住阴森冷寂。

寺丞走在前头，躬身引道：“王爷，舒二公子，这边请。”

舒景然向来清贵雅致，第一次来这狱中，周遭的压抑和腐坏气息都让他极为不适。

他看了眼江绪，想来是征战沙场刀口舔血的日子要糟糕百倍，如此这般竟也能神色漠然负手前行。他叹了口气，忙捂鼻跟上。

审讯处，墙上悬挂的刑具泛着幽幽冷光，待审之人已被狱卒绑上刑架。大约是还未上刑，此人形容狼狈，细看却毫发无伤。

寺丞为江绪拉开圈椅，恭敬请他入座。

江绪也没让，撩开下摆径直落座，指尖轻点扶手，没什么表情，看着暗处刑架。

“王……王爷。”刑架上的人看清来者，恐惧之意涌上心头，“王爷为何，为何捉小臣来此？小臣冤枉！”

“冤枉？”江绪直视着他，“你尽可再等上一等，等承恩侯也下了狱，一并向他喊冤。”

承恩侯！

刑架上的人血液一瞬凝固。

其实早在他回府途中无端被捕，还无人向他解释为何捉捕开始，他就隐隐有所预感，但他一直不愿也不敢往那上头想，毕竟若真与承恩侯有关，于他便是灭顶之灾。

“小臣虽然与侯爷有所往来，但，但……”

“张吉，本王念你是个聪明人，才保你现在仍是全须全尾，你确定要跟本王兜圈子吗？”

江绪起身，缓步走至近前，偏头看他。

大约是在地牢的缘故，江绪身上那种征伐杀戮的淡淡戾气扩散开来，带着极重的威压之势。声音不高，却无端让人发冷。

张吉张了张嘴，被压得失声片刻。

他知这是清算开始，也知江绪来此目的，死寂般的沉默随着地牢腥腐之气蔓延开来。

好半晌，他犹豫着嚅动嘴唇，还是不死心地想为自己争取些什么：“我手中，确实有些王爷用得上的东西，若王爷答应我一个条件，我便……啊——”他话未说完便突地痛呼出声。

舒景然一怔，这才发现墙上带有倒钩的施刑利刃不知何时已经避开要害扎入张吉腰腹，鲜血正汩汩外流，张吉那身白衣迅速染红，黏稠血液还滴滴答答地落在脏暗地板上。

“你有什么资格同本王谈条件？”江绪倾身，附在张吉耳边，漫不经心地问。

他执柄之手未松，倒钩贴着血肉，还在往里寸寸推送，反复辗转。

张吉痛得面无血色，额上冒着豆大汗珠。到底是没怎么吃过苦头的人，半刻不到便白眼一翻昏死过去。

江绪站直，任由狱卒用冷水将张吉泼醒。

刑墙边火炉也已燃起，烙铁烧得发红，张吉刚刚恢复神智，便见狱卒举着烙铁朝他逼近，不容喊停，那烙铁又直直烙在方才伤处。

又是一阵撕心裂肺的痛叫。

狱中刑具百般，张吉才经了两遭就尿起了裤子，腥臊之气四溢。他后悔先头没喝敬酒，嘶哑着嗓子喊叫："王爷！王爷我说！承恩侯强占田庄私开盐矿！证据在城郊，我在九里坡置的私宅！埋在后院杏树下面了！"

子时，地牢门开。

出了大理寺狱，舒景然终于呼出口浊气。许是下过一场小雨，他感觉今夜上京的气息分外洁净。

只是回想起刚刚在地牢中，江绪眼都不眨将倒钩刑刃刺入张吉腰腹，还一寸寸往里转旋的画面，他总觉得今晚必会噩梦连连。

不过话说回来，定北王殿下本就是出了名的狠戾无情。想当初户部侍郎贪墨军饷延误军机，他自修罗场中浴血而归，不应诏不入宫，第一件事便是直取贪官项上人头。

贪官夫人自知无命苟活，为保全家中绝色双姝，让双胞女儿自请为奴，侍奉在侧。

那般倾城容色，照理来说是个男人就会意动，且保下两个女子，对他来说勾勾指头便能做准。他却不为所动，依律抄家，灭门斩首，一个未留。

所以——

"先前在江边，你为何出手救明家小姐，还让暗卫将人送回了侯府，怜香惜玉……可不像是启之你会做的事。"

舒景然还以为江绪这趟回京转了性，生了恻隐之心，但在地牢里走一遭，他才发现是自己想多了。

忆及在听雨楼中无意听来的壁脚，他又笑："难不成你对那位明家小姐，一见倾心？"

江绪垂着眼眸，扯了扯唇，边慢条斯理地擦着手上血渍，边不急不缓道：

“不愧是名动上京的舒二公子，真是温柔多情。”

“一夜鱼龙舞”出自辛弃疾《青玉案·元夕》。

“奇术异能，歌舞百戏，鳞鳞相切。”出自《东京梦华录》卷之六。

第二章
婚事

成康五年的上元终是在热闹喧嚣中有惊无险地过去了，年味也随着渐止的冬雪悄然消散。

将明檀撞入水中的两人还没查到眉目，好在令国公府识趣，直接认下了梁子宣落水的说法，还让梁子宣在府中躺了几日，全了这一说辞。

裴氏不知内情，只觉得令国公府处事颇为厚道，是个好相与的人家。明檀却不承情，令国公府私下遣人来问候送礼，她都没正眼多瞧。

立了春，锦绣坊的裁缝绣娘又被请来靖安侯府量体裁衣。

明檀未雨绸缪，已然想到退婚之后很长一段时间不便张扬，这回选的都是些素雅颜色，月白、艾绿、淡青。

裴氏以为她图新鲜，倒不拦着，只多指了两匹颜色鲜妍的给她做外衫，还搭着引枕亲切道：“平日在府中，素净些也是无妨，可这春日少不了踏青赏花，姑娘家穿鲜嫩些，活泼泼的，精神头好，谁见了不喜欢。”

“母亲说得是。”明檀没多推迟，乖巧地应了下来，只是心里却为春日不能穿上这些漂亮衣裳出门招摇感到懊恼。

裴氏在吃穿用度这些微末小事上从不会落人话柄，给明檀添了定例，给沈画也依样多添一份。

撇开浮沫用了口茶，她想起什么，又与锦绣坊的管事婆子交代道：“余下几匹便依着小小姐身形再做几身，算着时日，三小姐也快回了。几年不见，也不知如今身形如何，且先备着，若不合身，待回了京再做合身的便是。”

“是。”

管事婆子嘴上应了差事，心里头却在琢磨，这几身的精细程度是否也要比照小小姐来做。毕竟她常在深宅大院行走，不至于连眼前这位侯夫人的微妙变化都察觉不来。

其实不止裴氏态度微妙，明檀与沈画听到“三小姐”时，也都怔了一瞬。

靖安侯府素来阳盛阴衰，到明檀这辈，女孩子一只手便数得过来。老夫人在世时，几房未分家，便是堂姐妹们一起序齿。

明檀上头无嫡姐，二房三房的两位堂姐俱已出嫁。明楚这位庶姐倒还待字闺中，且与她年岁相仿。只不过明楚和柳姨娘陪着她父亲靖安侯戍守边关，已有五年不曾回京。

明檀先前只记着她父亲回京，退亲之事便可提上日程，倒忘了明楚与柳姨娘也会一道回来。

她与明楚从前便关系极差，这时回来，退亲之时岂不是又多一人看她笑话？

至于沈画，第一时间想到的，是明楚这位明三小姐与她同岁，虽是庶女，但门第颇高且受宠爱，身份计较下来与她相当，上京适宜的亲事数得着，此时回京，两人只怕要在议亲上头撞上一撞了。

一时，厅中几人皆静默不语，低眸沉思。

眼瞧着归期将近，裴氏让锦绣坊备着衣裳的同时，也开始指挥下人拾掇侯府。

她在掌家一事上极为妥帖，没几日，侯府上下就收拾得焕然一新，连柳姨娘的院子都重新修整了番，断是半点错处都挑不出来。

张妈妈见裴氏这般上心，梳头时忍不住唠叨了句：“夫人何必连柳氏那处也事事关照，那人不上台面的，占了侯爷五年，如今怕是轻狂得很。”

裴氏端详着镜中依旧秀致优雅的面庞，不应声。

四下无人，张妈妈又凑近低声道：“说到底，这宅院之中子嗣为重。夫人于此道艰难，但府中貌美丫头不是没有。再不然，这京里小家碧玉也多得是，侯爷与柳氏相处这么些年，见着新鲜的，也该厌了。”

裴氏拿起簪子往脑袋上比画了下，一副不甚上心的模样。

“夫人！”张妈妈忍不住多喊了声。

裴氏眼尾稍瞥，淡声道：“你这话可是左了。”

她放下发簪，目光变得深而悠远：“我与侯爷的情分不过如此，当初外任，也是我不愿生受边关之苦自请留京。我合该感谢柳氏才是，边关五载，侯爷竟未纳新人，更未添一子半女，给我省了不少麻烦，换了旁的妾室相随，想来没她这般本事。

“再说子嗣，左右我是没这缘分，抱养一个小的，费心费神不说，也绝无可能承袭爵位。与其这般曲折，不如将心思多花在阿檀身上。

“这么些年，你也该看得明白，咱们侯府的前程，一半在嫁女，另一半在大哥儿那儿。我嫁入侯府之时，大哥儿年纪已经不小，没能养出母子亲缘，但这些年因着阿檀，他对我倒也不缺敬重。”

这点张妈妈很是赞同：“大哥儿去庞山上任这几年，书信节礼从未落下，知道夫人有膝盖疼的老毛病，还特特捎回了庞山那边的偏方。虽无大才，却是个知礼重情的。”

裴氏想到此处，也满意地勾了勾唇。

过了半晌，她忽然想起什么，又问：“对了，阿檀最近可是有些不寻常？前些日子进宫，她盯着梁家女眷看了好一会儿，她在外头规矩极好，若无事，不会这般失礼。还有元夕落水……后来梁家送礼关切，她也淡淡的，似乎并不欢喜。”

张妈妈道：“小小姐年纪小，那梁家是先头那位给定下的娃娃亲，平日两家来往少，好奇些也是正常。至于梁家送礼关切，得未来婆家看重，小小姐心里头必是欢喜的，不过女儿家面子薄，不好表现出来罢了。”

裴氏仍然觉得不对，但没再多说什么。

比起靖安侯府都在等着一家之主归京，近日京中勋贵更为关注的，是另一件毫无征兆突然爆发的大事——

承恩侯顾进忠强占田庄、私开盐矿，数罪并举，现已削爵抄家，判流徙千里。一向受宠的玉贵妃也因牵连此案，被打入冷宫。好在罪不及家眷，除涉事人等，其余仅贬为庶民，男子不进科举。

众人聊及此事，不免唏嘘。

“贬为庶民不进科举，顾家三代以内是无望起复了。”白敏敏叹了口气，“上元宫宴顾九柔还大胆献曲，这才几日，怎么会这般突然？”

与明檀、白敏敏交好的翰林学士之女周静婉轻声道：“不突然，那日我因风寒，歇在家中未曾赴宴，后来倒也对殿中之事有所耳闻。当时殿内的情形，其实已经预示了很多事情。”

明檀早已想通关节，周静婉所言，也正是她意。

唯有白敏敏一头雾水：“阿檀，你听懂了？怎么就不突然，怎么就预示了？”

明檀懒得解释，将桌上那碟核桃仁往她面前推了推：“多吃些，补补脑子。”

“……”

白敏敏伸手打她。

明檀忙躲，还矜持地嫌弃道：“你瞧瞧你，毫无半分我与婉婉的贤淑贞静，如此这般，‘上京三姝’的名声怎么打得出去？”

“……”

“婉婉也就算了，你和贤淑贞静有什么干系，净会在外人面前装，大言不惭！”

明檀：“那也好过你在外人面前都不会装！”

“好了。”周静婉掩帕轻笑，她素来柔弱，声音也细细轻轻的，“别拌嘴了，我来说便是。”

三人在照水院的天井旁闲坐品茶，里里外外都是自己人，倒也没什么不能说的。

周静婉耐着性子解释：“这回事发，明面上是说京畿县令张吉与承恩侯过从甚密，私下收集了不少顾家的罪证。可仔细想想，张吉是因承恩侯才官运亨通，为何要突然告发？难道真有贪吏会一夜之间弃恶从善吗？再者说，以往御史也曾弹劾承恩侯，圣上总是轻轻揭过，可这回却在朝堂之上大发雷霆，严令彻查……”

听到这里，白敏敏好像隐约明白了什么。

周静婉点到即止，换了个话头继续道：“定北王常征北地，极少回京，他的性情我不太了解。可即便他真是拥功自重，不将玉贵妃与承恩侯放在眼里，宫宴之上直接下人脸面，陛下与娘娘也该轻责一二才对。”

“噢……我懂了。”白敏敏理着思绪，“你的意思是，陛下早就想要收拾顾家，所以当时场面那么难看，他与娘娘都没为顾九柔说些什么……那这样想的话，定北王殿下也极有可能是早就知晓陛下心意，才那般放肆目中无人吧？”

“依我看，那位殿下本就那般放肆。”一介莽夫，能懂什么。明檀斯斯文文地染着丹蔻，有些不以为意。

日子过得不紧不慢，很快便至二月初八，外任阳西路帅司的靖安侯明亭远任满归京。

他掌一方军政大权，在任政绩卓著，此番回京述职，干系着朝中大员变动，有不少人都在暗中关注。

成康帝传下口谕，命靖安侯进京即刻面圣。入了城，明亭远便与家眷仆从两路分走，一路直奔启宣门，一路绕往南鹊街的靖安侯府。

听闻侯爷未过家门径直入宫，是柳姨娘等先行回来，侯府里的人动作都缓了不少，毕竟这世上也没什么大张旗鼓迎姨娘庶女回府的规矩。

柳姨娘与明楚下车之时，仅有裴氏身边的张妈妈领了几个丫鬟婆子在角门等候。

许是独得恩宠的缘故，在阳西路那等近疆苦寒之地待了五年，柳姨娘的姿容与从前相差无二，甚至还添了几分光彩。

明楚这位三小姐倒是很难一眼认出，离京之时她不过十一二岁，五年过去，她容貌长开，气质也与从前大为不同，一身明利红衣，神采飞扬间，竟有了几分将门虎女的飒爽风采。

“你让我与母亲从角门进？”明楚皱着眉，对张妈妈的安排很是不满。要知道在阳西路，无论她走到哪儿，都是帅司掌上明珠，无人慢待。

然这碴儿挑得很是没理，这是上京，大门岂能胡开，平日就连裴氏都是从角门进出。当然，今儿她们若同侯爷一道回府，确实能沾一回正门而入的光。

张妈妈正要好生解释一番，柳姨娘就上前握住明楚的手，不动声色地紧了紧。

想起回京一路柳姨娘的提醒，明楚僵了僵，还是决定暂时先忍下这口气。她拉着脸掠过张妈妈，径直跨进了角门。

与此同时，明檀正在照水院内发着天大的脾气。

她一把将手中信纸拍在桌上，又忍不住将桌上精致不菲的茶碗茶壶一气儿扫落。

瓷器碎裂声突兀清脆，她拍着桌子忽地起身，边在屋内打转边碎碎念道：“下作，简直就是下作！本来以为这家人只是没规没矩不要脸皮，倒还小瞧了他们，竟然算计到了本小姐头上！”

她气得声音有些发抖，十指攥紧后，指节发白，手背隐约可见淡青经络。

素心和绿萼吓得不轻，关键是她们还不知道发生了什么。

明明这两日她们家小姐都斗志昂扬、精神饱满，势要盛装打扮压过今日回府的三小姐。今儿一早还特特让人取了花上晨露，合着玉容粉厚厚地敷了层面，说是这般敷面洗净后，肌肤会格外嫩滑明亮。

可刚刚用完早膳，白府婢女送来封信，传话说，白敏敏本想亲自过来告诉她信中之事，但念及今日侯府团圆不宜登门，只好将此事写成书信叫人送来。

也不知信上写了什么，竟叫一向念叨着“名门淑女不管遇上何事都不可失仪失态，乱喊乱叫摔东西和市井疯妇有什么区别”的明家小小姐发了好大一场疯……

遥想前年金菊宴，半路杀出个奉昭郡主夺了她本该稳拿的“花主”之位，她回来也不过摔了个瓷杯，还是往贵妃榻上摔的，半点儿都没磕着。

可这回，摔了茶碗瓷壶还不算完，她在屋内绕了几圈，忽然又拿着那封信往外冲。

见这架势，一向稳重的素心都慌了神，忙追着提醒：“小姐，您这是要去哪儿？三小姐和姨娘已经入府了，您新定的簪子还没戴呢！”

明檀脚步一顿。

哦，对，簪子。

还有那对母女。

她回身，一路走进内室，面无表情地坐回妆奁前。

素心轻轻撞了下绿萼，绿萼有些蒙，结巴了两声才反应过来："小……小姐，别生气了，一生气人都不美了……也不是不美，小姐怎样都美，但小姐笑起来才更加，更加倾国倾城、颠倒众生！"

也不知是绿萼夸得到位，还是看着自个儿那张脸就歇了火气，明檀坐下后，冷静了不少。

她爹正入宫面圣，这会儿冲出去找不着人不说，还平白让人看了笑话。而且她爹回来，也不能就这么冲上去嚷着要退婚，五年不见，谁知道明楚和柳姨娘给她爹吹了多少妖风。到时若误会就是因着她不讲礼数才惹得令国公府看轻作践，可就坏事了。再者，她并没有太多把握，那位记忆中虽待她不错，但也不像她舅舅待白敏敏那般疼到骨子里的爹爹，会愿意为了她得罪令国公府。

她拿起桌上那支新制的银月流苏簪，打量了会儿，忽然吩咐道："素心，你取一方素帕，浸些蒜汁。"

"是。"

"还有件事，你过来。"她示意素心走近些，将那封白府婢女送来的信装回信封，交给了素心，还附在素心耳边低声吩咐了几句。

素心向来是主子不说，便不多问，应下差事后，垂手退下。

明檀舒了口气，又吩咐绿萼："替我重新梳妆，不必太过隆重，衣裳也换件别的。"

先前她只想着怎么压过明楚，倒忘了见她爹才是更为要紧的事情。

于是在她的反复挑剔百般指导之下，绿萼终于将她拾掇成了一副清丽秀致又略带几分柔弱楚楚的模样。

她在与人等身的铜镜前照了会儿，满意地弯了弯嘴角："走，去兰馨院。"

兰馨院是裴氏的院子，从照水院过去，要穿廊绕壁，还需经过东跨院花园。

一行人沿着抄手游廊往前，刚至东跨院花园，就听见前头一阵吵闹。

"噢……是老夫人娘家庶弟的孙女，老夫人这都去了多久了，这关系也真够远的。而且我没记错的话，老夫人娘家原先是个伯府，降等袭爵早已降无可降，好些年都和咱们府里没联系了，我当是什么正经亲戚。”明楚嘲弄了句。

沈画：“三妹妹你！”

“你什么你，表姐，我给去了的老夫人面子才叫你一声表姐，你还真不把自己当外人。我与母亲这才刚刚回府，就遇上你在这园子里念什么酸诗，你这不是存了心给我和母亲添堵吗？要我说，寄人篱下也该本分一些！”明楚本就因为从角门入府心中不快，一路遇上的府中下人又远不如阳西路那边小意殷勤，再撞上沈画在园子里头念什么伤春之诗，她那股子邪火憋都憋不住了，说出来的话讽意十足，语气中也满是没理还不饶人的嚣张。

沈画气极。

从前她与明檀暗别苗头也常被气得不行，但明檀好歹是个名门贵女，绵里藏针便罢，哪会这般粗鄙无礼毫无闺秀风仪！

她正要开口堵回去，身后忽然传来另一道云淡风轻的讥弄：“三姐姐慎言，母亲在兰馨院呢，可不在这儿。”

峙立两方都下意识地回头。

只见游廊转角处行来一群绿衣婢女，走了一段，这群婢女停步，自发列成两排，规矩垂首——

一位着玉白金丝勾绣锦裙的少女自其间款步而来，她雪肤乌发，双瞳剪水，纤纤素手轻摇罗扇，每往前一步，发间的银月流苏簪便轻晃出细碎光泽。

明明也不是十分华丽的打扮，可远远瞧着，却有种如名贵瓷瓶般，放在地上怕倒、捧在手心怕碎的脆弱精致感，美得让人移不开眼

饶是沈画见多了这排场，也怔了一瞬才回过神来。一时之间，她不知道该如往常在心底暗嘲明檀矫揉造作，还是该感谢明檀这番造作震慑住了某位不知闺仪体统为何物的泼妇。

“这是四小姐吧。”柳姨娘很快认出明檀，温婉笑着，柔声道，“几年不见，四小姐如今出落得真是标致。”

她先前没能拦住明楚，主要也是因着她没把沈画太当回事儿。可明檀不一样，明檀若要揪着这称呼说事，到裴氏面前十有八九讨不着好。

“姨娘谬赞。我瞧着，三姐姐如今也出落得……与我们这些在京中久居的姑娘家不大一样。”

明檀应着柳姨娘的话，却未给柳姨娘半分眼神，只如刚刚明楚打量沈画般，从上至下轻慢地打量着明楚。

明楚后知后觉地回过神来：“你！”

“你什么你。三姐姐，这是上京，用手指着人说话，可是十分不雅。”明檀用扇子缓缓按下她的手指，“三姐姐久未归京，想是忘了不少规矩。像今儿这般不知母在何处，不敬远来表亲，不怜幼妹以指相对，在外头只闹上一出，都够人笑话半年了。该本分些的，是三姐姐才对。”

明楚被自个儿之前说的话一句句堵了回来，怒火中烧，盯着明檀，眼睛都快喷火。

眼瞧着她就要抽出腰间软鞭动手，柳姨娘忙上前按住她，低低喊了声：“楚楚！”

明楚死盯着面前少女，一声“贱人”都到了嘴边，不知因为什么，最终还是咽了回去。

她娘说得对，无论如何也得忍到定亲之后再说，裴氏是她嫡母，若被其揪住错处大做文章，在她议亲之时使什么绊子可就太不合算了！

劝住明楚，柳姨娘又勉强笑着，看向明檀：“四小姐，楚楚她……”

明檀懒得听，直接打断道：“时辰不早了，我还要向母亲请安，就不多陪了。”

沈画见状，跟了上去：“四妹妹，我与你一道。”

她素来不喜明檀，但今日在明楚衬托之下，她都觉得这死对头眉清目秀了不少。

还是俗话说得好，恶人自有恶人磨。她这四妹妹多会噎人，一口一个不雅，一口一个规矩，还扣什么“不怜幼妹”的罪状，不就小了一岁，哪里幼了，给自个儿脸上贴金的功夫也真是浑然天成。

可不过一会儿，沈画就觉得自己错了。

比起往自个儿脸上贴金的功夫，明家小小姐唱戏的功夫，更是能逼死福春班的名角儿。

两人到裴氏那儿后，坐了没多久，外头就进了人传话，说侯爷已经回府，正往兰馨院来。

众人起身相迎。

沈画不经意间，瞥见明檀从宽袖中取了方素帕按了按眼，随即眼眶发红，盈盈泪光闪动。

沈画正想着，平日倒也没发现她对靖安侯有什么深厚的父女之情……便又见她拎着裙摆，扑向刚刚走进院中、身材高大蓄着短须的中年男子，还一叠声喊着“爹爹”。

明檀的声音柔软且清净，带几分故作隐忍的哭腔，很能让人生出保护欲。

果不其然，五年不见小女儿，本来应该连脸都很难立时认出的明亭远立马就轻拍着明檀的薄肩，粗着嗓音安抚道：“乖女儿，这是怎么了？是不是被人欺负了？”

明檀抬起小脑袋，红着眼，摇头道：“没有，是阿檀太想爹爹了。”可话音刚落，清泪就顺着眼眶流了下来。

她忙用手帕擦了擦，又不舍地退开半步，福身道：“阿檀见过爹爹，是阿檀失态了，一时都忘了礼仪规矩，请爹爹责罚。”

明亭远心中甚悦。

他这五年不见的小闺女，孝顺懂事、规矩守礼，关键是还出落得和天仙似的，嗯，不愧是他明亭远的闺女！

屋外温情戏码上演到此处，裴氏也刚好领着屋里的人迎了出来。

裴氏唤了声“侯爷”，又扶起明檀，温声笑道：“五年不见，阿檀这是太想念侯爷了，都哭成了小花猫。”

明亭远摸了摸明檀的脑袋，也朗声笑：“我看夫人将这只小花猫教养得极好！”

裴氏面上的笑意加深了些。她正要应些什么，忽然有人闯进院子，突兀地高喊了声：“爹爹！”

是明楚。

她还是穿着那身红衣，上前便径直抱住明亭远的手臂，旁若无人般撒娇道：“爹爹您总算回了，您入宫还带着阿福他们，都没人陪女儿练鞭子了！”

明楚这套，平日明亭远很是受用。毕竟人在边地，身边只这么一个女儿，自然是怎么看怎么好。可现在，他下意识地望了眼面前的小女儿。

只见他乖巧懂事的小女儿盯着明楚抱住的那条手臂，怔了一瞬，很快又默默垂下眼睫，似乎是想要掩住眼底的失落。

他心里涌上一阵说不清道不明的情绪，再扫见裴氏脸上忽被打断的尴尬，他也莫名地有些不自在：“你这是胡闹什么，见到母亲也不行礼！”

明楚蒙了下。

“上京不比边地能随你自在，姑娘家家的，也该收收性子了，练什么鞭子，有空同你母亲、妹妹多学学规矩！”

柳姨娘在院门口听到这话，顿了顿。

先前回自己院子休整了番，她便想带着明楚来给裴氏请安，哪想行至中途，下人说侯爷已经回府，正去往兰馨院，明楚便气冲冲地加快了脚步。

她有心追赶，然明楚学了几年三脚猫功夫，走起路来比一般女子要快上不少，待她赶到兰馨院，就正好听到侯爷这番训斥。

她定了定神，上前屈膝道：“妾身见过侯爷，见过夫人。”

明楚沉浸在爹爹竟然训她的委屈之中，被柳姨娘拉了把，才不情不愿地随着补了个福礼：“见过父亲，见过母亲。”

“一家人，不必多礼。”裴氏在这种时候最能显出当家主母的温和大度，“既然侯爷回了，也别在这儿站着了，进屋摆膳吧。”

这顿午膳摆在了兰馨院正屋次间，菜品预备得十分丰盛。煨鹿筋、水晶肘、荷叶排骨、芙蓉豆腐……荤素俱全。

自入屋起，柳姨娘便恭顺地侍立在侧，为裴氏盛汤添菜。裴氏让她歇着，她却垂首小心道：“伺候侯爷与夫人，是妾身应尽的本分。”

明亭远没出声，但显然对她这番举动颇为满意。刚刚在外头他还想着，当初不该将明楚一道带去阳西路，被柳姨娘宠得没了半分规矩，现下想想，柳姨娘其实还算本分，主要是明楚那性子，也没几个人能管得住。

众人不语。

这屋里头连丫鬟在内，都是在深宅大院里历练多年的人精，柳姨娘这番作态，除了明亭远大概也无人当真。

当然，明楚还是真心实意为她娘感到憋屈的。

毕竟从前在阳西路，他们都是一家三口一同用膳，如今倒好，不能坐下用膳便罢，竟还要伺候那个占着主母之位下不出蛋的女人！光是想到这一点，明楚就觉得眼前的珍鲜佳肴都失了味色。

偏偏这时，明檀还给明亭远夹了块煨鹿筋："爹爹，尝一下。"

且不说这鹿筋味道如何，光是她夹鹿筋时按袖、换箸、无声将鹿筋放入碗边小碟还不沾半分酱汁的动作，就让明亭远十分满意。

他是个文采品趣都极为有限的粗人，但这不妨碍他喜欢追文赏雅，若非如此，几房妾室中他也不会偏爱最有才情的柳姨娘了。

见如今这般大方雅致的是他女儿，他心中更是油然升起一种与有荣焉般的欣慰之感。尝了口鹿筋，他点头，连声称赞道："嗯，软烂鲜美，味道不错！"

"爹爹喜欢就好。"明檀笑弯了眼。

"怎会不喜，这道煨鹿筋，可是阿檀特意为侯爷做的。"裴氏也给明亭远添了一块，"鹿筋极难软透，说是早先几日便要捶煮，用肉汤煨一遍，还得用吊足一日的鸡汤再煨一遍，用来煨煮的肉汤与鸡汤做起来也十分讲究，为着这道菜，阿檀这几日可盯得仔细。"

明亭远极为给面子地又吃了裴氏夹的这块，心里头大感熨帖："阿檀打小就乖巧孝顺，当然，这些年也多亏了夫人悉心教养。"

说着，他给明檀和裴氏各夹了个珍珠圆子："别光顾着我，这菜做得漂亮，你们也尝尝。"

"多谢爹爹。"

"多谢侯爷。"

明楚："……"

鬼才相信这十指不沾阳春水的娇小姐会亲自做什么煨鹿筋！能和厨房交代一句这菜是给她爹做的就顶天了，动动嘴皮子的事儿愣是说成了孝女下厨，裴氏这只不下蛋的母鸡也真是能扯！

桌上气氛正暗潮涌动。有人有说有笑，有人碗中米饭都已被戳得没了热气。

恰在此时，未随侍明檀一道来兰馨院的素心禀了门外仆妇，突然悄声进屋。

素心小步凑近明檀，又顶了站在身后的绿萼，边伺候用膳，边附在明檀耳边，低声说了几句。

明楚一直盯着明檀，这一幕自然也没错过。

瞧见素心边耳语边在桌底给明檀递信，明檀还收得不动声色，她预感有事，忙扬声挑破："四妹妹，有人给你送信？谁送的啊，神神秘秘。"

桌上几人都顺着话音望了过去。

"没什么，白家表姐送来的。之前托表姐办了件小事，想是已有结果，她便来信知会我一声。"明檀轻描淡写道。

明楚不依不饶："既然用膳都要送来，想必白家表姐办的事十分要紧。四妹妹不如看了信再吃？若是她急等着回，也好差人去说一声。"

明亭远觉得明楚这话说得颇有道理，他掌一方军政大权，平日最忌延误军情。

见明檀为难，他还以为她是怕用膳读信失了规矩，自以为是地解围道："无妨，一家人不讲究这些，你读便是，真有什么要紧之事也能及时答复。"

明檀想说些什么，可明楚不给她推辞的机会，直接使唤了边上等着伺候的婢女："还不过去，四妹最是讲究，不净手如何看信？"

很快，帕子、清水便都送到了眼前。

明檀似乎别无他法，只好净手展信。

刚开始时，她神色如常。可不知看到什么，她眼神一顿，抿着唇，览信速度越来越快，面色也愈加苍白。

整封信看完，她还不死心般从头又看了一遍。只不过这遍过后，她整个人已是面无血色，摇摇欲坠。

“怎么了？”明亭远皱眉。

明檀没应声，素帕掩着唇，眼神中满是不可置信。只一瞬，她便眼眶发红，泪珠滚落。

瞧这阵势，众人都慌了神，明亭远更是一把夺过她手中的信。

他一目十行看完，虽然完全不知信上所查的什么落水之事，但他又不是个傻子，信中分分明明写着：

上元那日，将明檀撞入水中的两人早已离京，此番几经周折追到利州才艰难寻得。

这两人，并非素不相识的窃贼与被窃者，而是一对亲兄弟！

据这对亲兄弟交代，撞人入水是早被安排好的。他俩得了令国公夫人吩咐，上元夜暗中跟随梁子宣，听其命令，见机行事。

那日明檀是刚好在码头放河灯，若不在，梁子宣找到她后，也会想方设法引她到水边，唱全那出不慎落水英雄救美的戏码！

“啪！”

伴随着拍桌声，桌上精致碗碟抖碰，明亭远怒极：“岂有此理！”

裴氏见状，忙接过信，仔细阅览。

看完之后，她比明亭远更为震惊。上元明檀落水，梁家世子替其遮掩，她还觉得令国公府前后周全十分厚道，是个好相与的人家，可此事竟原本就是出自令国公府的手笔！这实在太过匪夷所思！

“四妹妹这是怎么了，信里写什么了？”见三人这般反应，明楚知道肯定是出了事儿，她按捺不住，跃跃欲睹信中内容。

但裴氏显然不可能给她。裴氏掌家多年，没少经事，震惊气愤之余，也很快明白，现下旁的都没什么打紧，最为打紧的，是了解此事因何而起，又该如何应对处置。

裴氏起身，冷静道：“今天午膳便到这里，都散了吧。”

这是兰馨院，裴氏说散，那不愿散也得散。

明楚还想留下来看热闹，却被张妈妈挡在身前，恭敬且强硬地请了出去。

相比明楚，沈画倒很是乖觉，既不多听，也不多问。只是离开前，她下意识瞥了眼明檀手中那方素帕。

很快，屋内便只剩下明亭远、裴氏，还有明檀三人。明檀似乎是绷了许久，门关之时，忽然就哭了出声。

她这一哭，哭得那叫一个梨花带雨、我见犹怜，眼睛红通通的，薄瘦的肩发抖，柔弱得仿佛风可吹折，让人不忍多说半句重话。

明亭远背着手，火气压了又压，就怕一开口吓着明檀。半晌，他才沉声怒问了句："这到底是怎么回事？什么落水？我为何不知？"

裴氏轻拍着明檀背脊，安抚道："侯爷，您先消消气。"

紧接着，她原原本本将上元落水之事告诉了明亭远。

听说明檀那日并未与梁世子有肌肤之亲，外人也不知晓落水的其实是明檀，他才算是稍稍歇了些火。

明亭远："令国公府是失心疯了不成，竟谋划出此等下作之事！"

这也是裴氏觉得不对劲的地方："照理说，两府早已定有婚约，侯爷回京便可提上日程。设计一场落水相救，委实是有些多此一举。"

她顿了顿，又道："除非令国公府认为，侯爷回京之后，这桩婚事恐会生变。"

生变，生什么变？白氏生前定下的娃娃亲，满京城都知道这桩婚事，梁家世子是急着快死了要骗个媳妇进门守节替他们家挣贞节牌坊吗？要死了还敢大冬天下水那早早死在水底下才算清净！

明亭远这话都到了嘴边，可忽然想到什么——等等，这几年他不在京中，许多事都知晓得不及时，这令国公府莫不是沾上了什么兜不住的大事儿，必须利用婚事将他明亭远绑上同一条船？

为官之人什么都能扯上朝政，眼见明亭远面色凝重，也不知歪到了何处，明檀忙哽咽道："其实，其实女儿知道，知道梁家为何如此……"

她一字一句，将在昌国公府书房所闻和盘托出。

"与自家表妹有了首尾，还诞下男童，已有两岁？"听完，明亭远与裴氏心中的震惊简直是无以言表。

明亭远："这么大的事你怎么不早说！"

明檀边流着泪边垂眸道："女儿想着这门亲事乃生母所定，且听说他们梁家，在吏部颇有些根基，女儿不知朝政，只怕毁了这桩亲事，会影响爹爹调任回京的升迁考评……”

“他们梁家算哪门子东西，还能影响老子调任升迁！”明亭远暴怒如雷，连“老子”都蹦了出来。

“爹爹莫要气坏了身子。”

瞧瞧，都这时候了还担心他被气坏了身子。他女儿出落得这般亭亭玉立、知书达理、温婉端方，还懂得大局为重凡事以孝为先，简直就是打着灯笼都找不着的名门闺秀之典范，岂容梁家那无德无义的竖子小儿如此糟践！

“阿檀莫怕，此事自有为父做主。”明亭远心中之火盛极，片刻不得容忍，说完便拂袖摔门而出。

“侯爷，侯爷！”

裴氏没喊住，忙温声安抚了明檀两句：“阿檀，此事侯爷定会做主，只不过这般冲动实属不妥。你无须担心，先让素心、绿萼伺候你回去歇息，我去找侯爷好好商谈一番。”

明檀正有此意，她脸上泪还未干，点着头道：“母亲，千万要劝劝爹爹。”

裴氏没再多说，忙追了出去。

素心与绿萼在屋外听了好半天的哭声、吼声，心中不免担忧，得了裴氏吩咐，便忙往屋里跑。

“小姐，小姐。”

“小姐你没——”素心话没说完，忽地顿在原地。

屋内寂静。

满桌佳肴大半未动。

她家小姐坐在桌边，边用手扇着眼睛，边慢条斯理地给自己添了杯茶。

“……没事吧？”素心下意识说完了下半句。

明檀道：“没什么大事，就是你浸的帕子，委实是辣了些。”

明檀这出大戏唱完，余下能做的便是静候佳音。

却说另一边，明亭远摔门而出，裴氏着急忙慌追上去，有条有理地劝了一番，总算将差点儿直接冲去令国公府的明亭远给劝了下来。

想到信上说，那对亲兄弟已被带回京城，随时都能当面对质。裴氏着人备礼备车，打算与明亭远一道先去趟昌国公府。

此去昌国公府，一来当然是要见见那对兄弟，当面了解事情的来龙去脉；二来昌国公白敬元乃明檀亲舅，这门亲事是他妹子白氏在世所定，退亲事宜若能与他先行商议，更能显出两府情谊。

靖安侯府打算退亲一事，令国公府还浑然不知。但听闻靖安侯已经归家，令国公夫人李氏知道，世上没有不透风的墙，若想保住这门婚事，自家府中这事儿不能再拖了。

她一清早招呼都没打，便让下人收拾东西备好马车，预备遣人离京。

“事已至此，珠儿，可不是姨母不疼你，姨母与你表哥也想了许多法子，只是……”李氏看着哭到自己屋里、已然瘫软在地的女子，怜惜道，“你且带着敏哥儿先去利州住上一段日子，等明家小姐进了门，夫妻俩处出了感情，再和她说你与敏哥儿之事，自然就有了商量的余地。”

“等处出了感情，那明家小姐又岂能同意纳妾？”被唤作“珠儿”的女子泪雨涟涟，“娇妻在怀，表哥到时哪还能记得珠儿！”

“怎会！”梁子宣忙站了起来。

李氏扫了他一眼，示意他闭嘴，紧接着转头看向珠儿，缓声道：“敏哥儿是你表哥长子，你又是敏哥儿生母，哪能不记得。如今这般安排，全然是为了你表哥前程着想，你表哥的前程，也就是敏哥儿的前程，这么简单的道理，你还不明白吗？”

听到此处，珠儿收了泪，眸光闪烁地看向李氏。

“好了，利州那边都已打点妥当，你安心住着，时候到了，你表哥自会风风光光接你们娘俩儿回京。”

珠儿还想再争取些什么，然李氏垂下双眸，端起茶盅，摆明了言尽于此，不愿再议。

候在一旁的仆妇见状，上前拉住珠儿，一人按住一边，半拖半押地将人带了出去。

“表哥！表哥……”珠儿不舍地看向梁子宣，还一声声唤他。

梁子宣有些不忍，怎么说两人也浓情蜜意同床共枕过不少时日，待珠儿离开院子，他忍不住说情道：“母亲，此事就再没有转圜余地了吗？表妹她……”

“还不是你造下的孽！”李氏重重地撂下茶盅，冷声喝道，“你也滚回去清醒清醒，别在我跟前碍眼！”

梁子宣在外是翩翩贵公子，在家却不敢驳他母亲半句，不过喝他两声，他便吓得草草行礼，匆匆离去。

看着梁子宣的背影，李氏闭眼，头疼至极。

她在内宅妇人中，已然称得上雷厉风行、手段利落。

那日宫宴开始之前，她还在思量该如何将明家阿檀顺利娶回府中。离宫时，她远远瞧见明檀没上靖安侯府的马车，而是与白敏敏相携离开，心中便迅速生出一计。

她遣人远远跟着，回府与梁子宣细细分说了番这门婚事到底有多重要，他们目前的处境又有多么尴尬。

待人来报明檀与白敏敏离开听雨楼，去了南御河街，她又当机立断，谋出落水相救的戏码。

此事若依她谋划完成，本该两全其美，既不会坏了婚事，又能以此为筹码留下珠儿母子，哪想她这儿子成事不足败事有余，没顺顺当当唱完这出便罢，还不得不担下落水一事。

此计不成，靖安侯又回来得如此之快，她还能如何？也只能出此下策，让珠儿母子消失了！

心堵到午膳时分，下人来禀：“夫人，表姑娘与小公子已经出城了。”

李氏心里悬着的石头总算落定，她疲惫地挥了挥手，让人退下，打算清静清静。

上京至利州，路途说远不远，说近不近。快马加鞭两日能到，马车慢些，约需七日。

一路颠簸劳累，眼见远离了上京的繁华热闹，仆从也自出城开始明显慢待，珠儿心中不甘之意愈盛。

“姑娘，今日便在此处歇脚吧，前头路不好走，再往前赶，天黑之前很难找到客栈了。”

珠儿撩开车帘，打量了眼，皱眉道：“此处如此破败，如何能歇？”

累了一日，仆从没心情再应付这生了孩子都注定抬不进府的表姑娘，不耐地回了声：“您若不歇，便自个儿赶路吧。”

“你！”

仆从抻了抻腰，根本不理会她，自顾自进了旅店。奶妈也从另一辆马车下来，抱着睡熟的孩子进去了。

珠儿无法，只得下车。

跟进旅店，她想上前看看自个儿孩子，奶妈却偏至一边不让：“姑娘，夫人再三叮嘱让我好生照顾小公子，就不劳您费心了，您早些歇息吧。”

珠儿：“敏哥儿是我的孩子，你这是什么意思？”

奶妈也和先前的仆从一样，抱着孩子进屋歇息，没多理她。

珠儿隐隐预感到了什么，一颗心瞬间凉了半截。

她泄了力般直直坐下去，在桌前怔了好一会儿，饭菜热气都快散完，她才后知后觉地拿起筷子。

可身后那桌忽然传来陌生男子的提醒：“下了药，别吃。”

珠儿一僵，下意识便要回头。

那人又道：“不要回头，有人盯着。”

听到“下了药”还“有人盯着”，珠儿顿时心慌，脑子也乱成一团糨糊，不知该不该信身后人所说的话。

恰好这时，她瞥见只野猫在桌底下转悠觅食，便顺势装作没夹稳，将菜抖了出去。

那只野猫叫了几声，懒懒迈近，先是舔了舔，随后又挑挑拣拣将地上吃食嚼咽下去。可过了半天，野猫也没有什么特别反应。

“你骗我？”珠儿的声音有些抖，又有些不确定。

那人解释：“软筋散只会让人浑身无力，无法逃脱，并不致命。”

珠儿撑起精神盯着野猫看了会儿，它窝在原地，缓摆着尾巴，确实没怎么再动，但猫的习性本就如此，这证明不了什么。

等等——她忽然警觉：“你说什么，我为何要逃？”

“回到利州便要嫁给庄子管事做填房，姑娘难道不会想逃吗？或者姑娘以为，自己还能等到风光回京的那天？”

珠儿闻言，如遭雷劈。

出京以后身边人的态度，的确让她有了不祥之感，但嫁给管事做填房……不，不会的，这怎么可能！而且她还有敏哥儿，敏哥儿是表哥长子，姨母和表哥不可能这样对她！

身后之人继续道：“令国公夫人在利州西郊有一处陪嫁庄子，庄子管事年逾四十，前些年发妻病逝，未再娶亲，只有四房小妾五个儿子，这几日管事府中结灯贴囍，姑娘人到便可三拜成礼。

“至于小公子，血脉至亲不可分割，以后若有机会必能认祖归宗，只是和姑娘再不会有半分干系了，姑娘此去，母子分离，想是此生不复相见。”

这番话听来极其荒唐，可直觉告诉她，是真的，都是真的。

身后适时传来茶杯落桌的声响，那人沉声道：“姑娘，若想回京为自己挣一份前程，我可以帮你。”

入夜微凉，上京城外一片漆黑，城内却夜上华灯，正是热闹辉煌。被定北王府整个儿占据的昌玉街，大约是城中难得的一处肃穆清静之地。

江绪与舒景然正在书房明间秉烛手谈，烛火忽闪，一道暗影随风入屋，垂首复命道：“王爷，梁家那位姑娘和孩子已经带回京城，安置妥当。”

江绪“嗯”了声，抬了抬手。

那道暗影会意，悄无声息地退下。

舒景然围下一枚黑子，边掩袖取棋，边自顾自道：“我一直在想，那晚你到底为何出手。让梁世子救下明家小姐，这桩婚事便是板上钉钉，不算坏事。现在……我终于想明白了。”

大显立朝数百年，世家盘根错节，权势愈盛，圣上早有修剪之意。

前些日子，圣上拿了最为张狂且不知收敛竟敢妄动盐矿的承恩侯开刀，想来过不了多久，令国公府与靖安侯府也难逃一劫。

这两家若是结亲，一起清算也省些精力，圣上似乎也有此意，但——

“你似乎并不想让明、梁两家结亲，为何？”

“你不是想明白了？”江绪落下一子，缓缓抬起眼帘。

“我只是想明白，那日你出手救人，是因为不想让明、梁两家结亲，仅此而已。”

“原来这还用想。”江绪眉目低敛，轻哂了声，就差直接质疑他舒二公子这般才思，不知是否对得起坊间等着他春闱高中打马游街的小娘子了。

舒景然咳了声，稍稍有些尴尬。

到底还未入朝局，很多事看不分明。江绪也没再为难他，垂眸看着棋局，出言道：“正所谓，欲速则不达。况且，修剪世家，非我之意。”

明间很静，隐约有烛火跳动的细微声响。

舒景然品咂着江绪这话，品出了几分意思。

前半句好理解，一口气清理两家，是有些操之过急。近些年太后娘娘吃斋念佛，还算安分，但太后一系树大根深，自圣上登基以来就是不可忽视的威胁。动作太大，难免会给他们留出些什么收拢人心的空子。分而化之，相对来说更为万全。

可后半句，舒景然顿了顿。

江绪与当今圣上的关系，他始终捉摸不透。

这些年，圣上对江绪实在是没得说。相反，江绪对当今圣上一直不怎么热络，甚至可以称得上冷淡。很多时候他的态度，都让人疑惑他是否站在圣上这一阵营。

这句“非我之意”也让舒景然有些分不清，到底是“非我之意，但仍会助一臂之力”的意思，还是“非我之意，我便要和你唱反调”的意思。

江绪似乎知道他在想什么：“明亭远调兵遣将之能实属难得，且留一留。”随后又落定最后一枚黑子，“你输了。”

舒景然回神，不知何时，原本略胜一筹的白子已被黑子逼压，坐困愁城，再无回旋余地。

不过他今晚也无意下棋，推开棋罐，追问道：“那你若想留一留明亭远，坏了他女儿这桩婚事，又要给他女儿安排什么姻缘？明亭远手握阳西路，不容小觑。且婚事一断，想来有不少人耐不住这份诱惑。”

江绪未答，只静静看着他。

舒景然好半天才觉出不对。

他向来是表里如一的温润如玉，遇事从容有度，进退得宜，可这会儿大约是觉得荒唐。他语凝半晌后，有些不可置信地笑出了声：“江启之，你这是什么意思，我娶？”

“章怀玉的婚事，皇后已有安排。至于陆停，他太重情。”

“那我难道就是薄幸之人？”舒景然还是觉得好笑。

江绪凝眸：“你不娶，难不成让本王娶？”

舒景然：“那也未尝不可。”

江绪不欲多谈，眼皮未掀便径直送客。

一夜无风无雨，次日天晴。

明檀起身用早膳时，听说侯爷与夫人一道，早早儿就出了门，似乎是往令国公府的方向去了。

她弯了弯唇，心情甚好，还多用了小半碗粥。

昨儿靖安侯夫妇去昌国公府商议退亲事宜，明亭远与白敬元两个暴脾气撞到一起，越聊越是火大。

议至中途，两人就差杀去令国公府打得梁子宣满地找牙再逼着他以死谢罪了。

幸而两家夫人在一旁苦口婆心好生相劝。两厢商定下来，最后还是决定采用先礼后兵的方式上门退亲。毕竟明檀是女儿家，事情闹大了，吃亏又难堪，怕是会影响以后议亲。

当然，令国公府若装傻充愣，死咬住这门亲事不放，那也别怪他们把丑事儿都摊到明面上来说，一桩桩一件件的，他们难道还想抵赖不成？

可到了令国公府才知，他们还真敢抵赖！

前厅内，令国公夫人李氏坐在上首，虽被靖安侯夫妇一大早登门退亲打了个措手不及，但她很快镇定下来，装出一副浑然不知的模样，惊讶道：“二位说的这是什么话？什么叫我家子宣未迎正室入门，便与自家表妹有了首尾，还有了私生子？这话可不能乱说。”

明亭远拍桌怒道：“装什么装！你们不就是怕事情败露还特意设计了一出落水相救！简直就是无耻至极！”

竟然连这事儿都知道了。

李氏手心冒着汗，但面上仍是笑吟吟：“侯爷这又是在说什么，我怎么有些听不懂呢。落水的，不是我家子宣吗？”

裴氏忙安抚明亭远，不让他继续发火。

李氏说得没错，上元落水的是梁子宣，也只能是梁子宣。背后设计一事他们知晓便罢，万不可拿出来当面分说，不然损的可是明檀的名声。

稳住明亭远，裴氏又看向李氏，开门见山地平静道：“李夫人，多余的弯子，咱们不必绕了。我与侯爷今日上门退亲，自是已经查清事情的来龙去脉。强扭的瓜不甜，你梁家这般折辱于我明家嫡女，若顺顺当当退了这门亲，两相得宜，咱们两家桥归桥路归路，以后井水不犯河水，也不至于你死我活。若不同意……”

她点到即止，没往下说。

李氏闻言，心知不好，嘴角的笑不由得僵了僵。但她做过最坏的打算，也不是毫无应对之策。

稳了稳神，她勉力笑道：“这是哪里的话，想来二位是对我令国公府有什么误会。先前我娘家外甥女是在府中住了一段时日，她父母俱逝前来投亲，我也是瞧她可怜，便留她在府中小住。对了，贵府不是也住了一位远房表姑娘嘛，哪家还能没几门亲戚？”

李氏继续道：“我这外甥女啊，一直想托我给她寻门亲事，可她喜静，不爱这京城繁扰。这不，我在老家给她寻了门好亲，她便欢欢喜喜收拾东西回老家去了。想来这两日，她那夫家已经张罗着迎亲了。临走前她还说，京城虽好，但住不惯，以后恐怕不能再来看我。”

话锋一转，李氏又望了眼毫无存在感的令国公，声音也轻缓了许多：“与贵府这门亲事，公爷与我一直都极为看重，公爷啊，就盼着侯爷早些归京，好将这门亲事提上日程。

“说起来，咱们大显立朝至今，爵位世袭罔替，可没哪家是一路平顺的。

就说那承恩侯府，好端端的，说出事便出事。公爷一直想着，咱们两府结了亲，以后也好有个照应，总不至于胡乱被人摆布了去。

“当然，我们若是有什么得罪的地方，也请侯爷和夫人多担待些。只要子宣亲事顺遂，一切都好商量。”

令国公为官无能，性子庸碌，家中之事都赖李氏做主。李氏这么说，他便附和着点了点头：“正是此理，正是此理。”

原有应对之词的裴氏忽然沉默。

都是聪明人，李氏话说到这份上，她也听明白了，这话有三个意思：

其一，人已送走远嫁，再也不会回京，丑事绝无可能外扬，你们侯府可以放心。

其二，令国公府结亲之意如故，眼下承恩侯府出事，摆明了是圣上不喜拿他开刀，很难说这是否是一个清算讯号。若是结亲，大家同气连枝，便没那么容易被人操控摆弄。

其三，只要不退亲，你们提什么要求，都好说。

这话已涉朝局，还涉及令国公府能为成全这桩婚事所做的让步，裴氏不便也不能替明亭远做决定。

她本就在深宅大院里长成，深知很多时候，亲情恩义都远在利益之后。别说所嫁之人并非良人，就算并非全人，也不乏勋贵人家愿将女儿送出，交换所需筹码。

再看明亭远，他神色难辨。

他没出声，厅中便也静了片刻。

正当李氏想再表表诚意，外头忽然匆忙进来两个丫头，神色惶惶，一着急，礼都行得囫囵。

李氏正要呵斥，丫头喘着气道：“夫人，府外，府外……”

“姨母，表哥！珠儿到底是做错了什么，你们竟要如此待我？我十月怀胎生下敏哥儿，明明说好明家小姐进门，便纳我为妾，让敏哥儿上族谱……”

丫头话没说完，外面便隐约传来女子凄厉的哭喊声。

“……将我送走便罢，为何还要将我嫁给庄头管事做填房，你们为何要如此对我？表哥，姨母！”

李氏闻声，面色霎时难看到不行。

不是都送走了吗？怎么又回了？

明亭远那张脸也沉得可以滴水，想都没想便拍桌怒道：“人品如此不堪还敢肖想我明家姑娘，一家子的蠢人毒妇！这桩亲事你退也是退，不退也是退！”

说完，他将定亲信物摔在地上，愤而起身。

既然那女子在府外闹开，令国公府再做任何让步，这门亲事都无继续进行的可能，更无低调退亲的必要。

想到此处，裴氏也忙跟着起身。

府外，珠儿抱着孩子声泪俱下，围观者众，皆在对令国公府评头论足、指指点点。

裴氏与明亭远没有多看，上了马车便扬长而去。

只不过回府下车之时，裴氏忍不住轻声问了句：“侯爷，若那女子并未闹开，您是否……”

明亭远听懂了她的意思，皱眉不豫道：“你在胡思乱想些什么？明檀是我女儿，我明亭远虽算不上什么圣人，但也做不出卖女求荣之事！况且他令国公府能拿出来的东西，还不值得本侯觊觎！”

先前他不说话，那是还没将骂人的话捋顺溜，没承想夫人竟这般看他！他哼了声，甩袖往前。

裴氏在后头，望着他的背影，竟是怔了一瞬。

比裴氏与明亭远先一步回到靖安侯府的，是明檀派去探听情况的小丫头。

小丫头一五一十地将令国公府门前发生的事情告诉了明檀。

明檀听完，蒙了蒙，手边的燕窝粥都瞬间没了滋味：“你是说，令国公夫人让那女子去嫁庄头管事做填房，那女子逃了出来，抱着孩子在令国公府门前哭诉？”

“是的，小姐。此事……已经闹开了……”

明檀：“……”

她是想要退婚，但更希望是两家长辈坐下，找个体面借口低调退婚。如此这般，便可将她的名声损失降到最低。待风头过去，她再想法子收拾令国公府。

先前她怕父亲不愿为她与令国公府交恶，特意唱了那出戏，让她父亲对令国公府的怒意达到顶峰，并主动提出退亲。

再加上她了解裴氏，依其平日的周全，定不会让父亲冲动行事，且极有可能，还会找她舅舅、舅母一起商议。只要他们有几分是在为她真心考量，那商议结果就定能如她所愿。

事情确实也朝着她所设想的方向发展，但她没料到，令国公夫人对她亲外甥女都恶毒至此，竟逼得人家逃出来，不管不顾地将事情闹开。

现在满上京的人都知道了这桩丑事，她明家阿檀颜面何存！

明檀被这消息正砸得头昏眼花，刚巧，裴氏又过来看她。

裴氏见她脸色不好，心下了然，边往里走边问：“令国公府之事，阿檀是已经知晓了吗？”

她将丫头们都遣了下去，又坐下，轻声道：“虽然此事在意料之外，可你想退婚，如今也算如愿。”

明檀怔了怔：“您都知道了。”

“白府的信昨日一早便送到了，哪能等到午膳才来找你。”

说到底，这靖安侯府是裴氏掌家，哪有什么动静能逃得过她的眼睛。且明檀是她教养出来的姑娘，她清楚，明檀断不是遇事只会哭哭啼啼之人。

明檀垂眸，默了半晌：“母亲，是阿檀错了。阿檀没告诉您，是因不知从何开口，再者，这桩婚事乃生母所定……”

“不必多言，母亲都懂。”

她又岂能不懂，高门大户家的小姐，姻缘从来身不由己——明檀对生身父亲都没把握，又怎能将希望寄托在自己身上。

裴氏本还想和明檀推心置腹地说说她父亲之事，增进一下父女感情。然眼下她父亲方才回京，说得再多，也不如自己体会更为真切。且亲事闹得如此难堪，想来这一时半会儿，她也没心思多想别的。

“好了，这些都不提了。”裴氏握住明檀的手，又帮她拢了拢头发，“母亲知道你委屈，如今撕扯开，也不算坏事。若真是另寻体面借口悄悄退了亲，你心里硌硬着，总是不好受。”

明檀：“……”

好像有被安慰到一点点。

不管如何，这桩亲事总算退了。

只是一日未过，令国公府的丑事便传遍了上京，府内府外提起她明家小小姐，或是同情，又或是同情中带些难以掩饰的幸灾乐祸。

明檀倒没听见那些个风言风语，因为她压根儿没出院子，自裴氏离开，她就坐在桌边指挥着丫头们收拾行李。

左右她不想为了梁子宣这般人渣断发明志，更不想上吊自尽白白搭上一条性命，也就只好和裴氏商量着，寻了个佛寺祈福的由头，暂且去外头避上一避，也显得她清白无辜。

“春寒未过，那件银狐满绣斗篷还是带上，夜里冷也可以披一披。”

“这件不要，都是前年时兴的料子了……”

“这也是新衣裳？怎么看着花色挺眼熟的。算了，和要带的绣鞋都不太搭，且放一放。”

绿萼收拾得十分起劲，素心却忍不住提醒：“小姐，咱们是去寺庙祈福，如此打扮，会不会张扬了些？”

“会吗？我特意挑了些素色衣裳。”明檀看了眼收拾出来的箱笼，不确定道，“既是张扬了，那便减一减吧。”

入夜，定北王府南面书房，暗卫低声汇报着消息：

“……与承恩侯府一事牵连不深的几家都在找门路将自家摘出来，找的门路正如王爷先前所料。另外今日令国公府事情一出，太后也如王爷所料，在宫门落钥前召人入宫了。靖安侯府那边则是准备了五辆马车，预备送那位四小姐出府祈福暂避风头。”

听到这里，一直没抬眼的江绪忽然放下手中那卷兵书：“五辆？装了什么？”

暗卫稍顿，后知后觉地发现，自己说得这般具体似乎引了王爷误会。他垂首惭愧道：“没什么，都是那位四小姐的衣什器具。”

先前他也以为靖安侯府想趁此机会运送什么，还特地潜入马厩查探了番，结果都是些女子的衣衫鞋袜、首饰簪钗，还有纱帐熏香炉成套茶具等等。

江绪：“……”

以为自己是去选秀吗？

不知所谓。

鹿筋做法参考《随园食单》：“鹿筋难烂，须三日前先捶煮之，绞出臊水数遍，加肉汁汤煨之，再用鸡汁汤煨之。”

第三章
祈福

不知所谓的明家小小姐这回要去祈福的佛寺是灵渺寺，坐落于城北三里地外的云岫山。

这灵渺寺远不如大相国寺香火鼎盛，也无求姻缘求子嗣特别灵验的美誉，只那温山软水，景致格外秀静，在民间还有个“斋饭鲜美”的评价。

明檀正是看中它偏僻清净，省得她祈个福避个风头，还时不时撞上前来进香的京中贵女。

现下令国公府的丑事已然传开，明楚与沈画断没有不知的道理，且柳姨娘还是她爹的枕边人，说不准明楚连她被设计落水一事都已知晓。

原本裴氏给她安排了次日一早送行，明檀料想，出府送行之时，明楚定不会放过这绝佳机会奚落嘲讽。

所以，她不打算给明楚这一机会——夜里她知会了裴氏，五更天还未明，她便带着素心、绿萼提前上路。

到灵渺寺时，寺僧方下早课。到底是佛家清修之地，晨钟暮鼓，梵音缥缈。身在此山中，不禁觉得心中平静不少。

因裴氏预先打点，早有知客僧在寺门外等候明檀一行。

见到明檀，知客僧双手合十道：“阿弥陀佛，女施主，请随我来。”

“有劳师父。”明檀规矩回礼。

寺中清幽，一路跟在知客僧身后，只见途中古树错落，放生池中锦鲤游动，有种别样的古朴幽静。

及至女客下榻的厢房，虽不比照水院精细雅奢，但也算宽敞干净，明檀勉强还能接受。只是她还未来得及仔细打量，就有小沙弥送来粗布青衫。

明檀顿了顿，略带犹疑地问：“师父，这是……”

知客僧温和答道：“寺中短居香客，都需着此衫。施主无须担忧，衣衫都是洁净崭新的。”

明檀：“……”

这是洁不洁净、崭不崭新的问题吗？

先前在素心提醒之下，她艰难取舍了番，衣什器具都减下不少，可竟无人知会她，这灵渺寺短居还发衣裳，实乃晴天霹雳猝不及防！

她这一怔神，知客僧又交代了不少短居香客也需敬守的清规戒律，末了还善解人意道：“施主赶路疲乏，可先稍事歇息，小僧就不多打扰了，阿弥陀佛。”

明檀还有些回不过神，后知后觉地摸了摸送来的衣裳，又语凝半晌。

其他都好说，只是这衣裳肩宽袖长，全无腰身，颜色用料无一可取之处，别说素心、绿萼，侯府的三等丫头穿得都比这讲究百倍，叫她如何上身？

明檀坐那儿干瞪着眼，然入寺随俗，她也别无他法，总不可能一直待在厢房不往外走动。

就说这用膳，所有人都需去斋堂分食，无人伺候，亦不可带出。

挨到午膳时分，小小姐的倔强终是败给了没有余粮的五脏庙，她不情不愿地让绿萼伺候着换上了这身衣裳。

打出生起，明檀还未作过如此朴素的打扮。她平日连就寝中衣都是选了柔软布料，暗绣繁复花样，再比着身段量体裁成的。穿着这身坐在屋中，她感觉哪儿哪儿都不大对。

“如此素净，如何见人？”她不甚满意地打量着镜中之人，皱眉道。

绿萼：“小姐放心，左右也无人可见。今儿来的时候奴婢便留心了，这寺中一日也来不了几个香客。”

明檀：“……”

素心轻咳一声，睇了眼绿萼。

绿萼反应过来，懊恼地打了下自己的嘴，又忙补了句：“且……且奴婢瞧着，粗布青衫更显小姐身段窈窕姿容出众呢。正所谓‘清水出芙蓉，天然去雕饰’，说的可不就是小姐您嘛。”

嗯。

清水出芙蓉，天然去雕饰。

这倒是夸进了明檀心坎。

也罢，素来精致妥帖，偶尔素淡一回，倒也显出她清丽纯净。想到这里，她那原本不甚愉悦的心情倏然明朗起来。

然明朗了不过片刻，绿萼又不合时宜地安慰道：“奴婢瞧着这佛寺还算清静，安心在此住上一段时日，小姐也无须伤怀。世……那梁世子端看平素是个好的，却不想如此负心薄幸，也真是眼盲了，白白错失小姐这般佳人。小姐放心，待回了京，侯爷与夫人定能为小姐另择一位如意佳婿！”

明檀：“……”

她倒也没有伤怀，梁子宣哪里值得她伤怀。只是梁子宣和令国公夫人做下的丑事恶事，害得她这无辜之人也不得不承下几分后果，她心里还挺不爽快。

她既不爽快，那谁也别想好过。

此来祈福，虽预备匆忙，但临走之前，她也没忘给令国公府安排一出好戏。

昌国公府，白敏敏院内，周静婉正立于书案之前，执笔落字。

周家是名满大显的书香世家，数百年来，嫡支旁系不知出过多少文豪名相。周静婉之父便是榜眼出身，今拜三品翰林学士，前途无可限量。

家学渊源，周静婉也是如今未出阁的官家小姐中颇受肯定的才女，一手簪花小楷端方沉静，只是细看内容——

“这一句太文绉绉了，婉婉，你稍稍写直白些，我去茶馆听书时，那些个说书先生可没这般含蓄。”白敏敏站在一旁指点道。

周静婉停笔，端详半晌，自觉此等有辱斯文之事，这般隐晦一提已是十分不雅。她有些为难，轻声问：“那该如何直白？”

白敏敏：“这还不简单，你直接写令国公和二房老爷新纳的小姨娘通奸不就好了！还能与梁子宣这事儿联系起来，这就叫上梁不正下梁歪，祖传私通！”

周静婉：“……”

明檀出城祈福之前，特地让人到昌国公府送了封信，信上让白敏敏与周静婉一起润色个话本，找说书先生好生说说令国公府这几桩丑事。

这几桩丑事是明檀早先拜托白敬元打听来的，都与令国公夫妇有关，原本是打算平顺退亲过后用来收拾令国公府。

如今平顺退不成，丑事传开来，她便添添火。一来，出口被算计被背弃被牵连的恶气；二来，也算坐实他令国公府一家子都人品不堪的事实；三来，还能让她见缝插针维护一下自己的闺誉。

“算了，让你给这些腌臜烂事儿润色，着实是有些为难你。”白敏敏想了想，“便直接交由说书先生吧，你写一写阿檀的夸赞之词便好。”

周静婉松了口气，点头应下。

阿檀在她心中本就千好万好，这个她自然是会的。

“对了，阿檀那妮子还交代，旁的都可以放一放，最重要的便是要夸她美。”白敏敏顿了顿，有些无语地嘀咕，“也真是不害臊。”

周静婉闻言，不由得抿唇浅笑。

不过在她看来，阿檀本就生得美，夸一夸并不违心。她提笔，顷刻便作出一篇赞赋。

白敏敏与周静婉忙着帮明檀办事的同时，明檀也未着簪钗、一身朴素地去了寺中斋堂。

斋堂不分主仆，都是同席而食。明檀一向待贴身丫头宽厚，倒没觉得有何不妥。但素心、绿萼不敢与自家小姐一同用膳，非要守在斋堂外，等明檀用完再进去。

明檀也不强求。

今儿出门早，她都没来得及用早膳，这会儿着实有些饿了。听闻灵渺寺斋饭鲜美，她落座时，心中还有几分好奇期待。

可她矜持地用了一小口之后，吐也不是，咽也不是，实在不懂这米之粗粝菜之寡淡到底与鲜美有何干系！

她欲离席，有小沙弥上前拦她，温声告诫：“阿弥陀佛，施主，用斋不得遗食。”

“……”

一时忘了还有这条规矩。

小沙弥温和地看着她，就那么一直看着，看到她勉强落座，缓缓执箸。

待她硬着头皮咽了一小口斋饭，偷觑小沙弥——竟还在看她！

“……”

本小姐知道自己生得美，倒也不必如此！

不得已，她也只能继续用斋。因滋味实与平日天差地别，她都没怎么细嚼便囫囵往下咽。

只不过她食量小，用到撑住，还是剩了小半碗，她可怜巴巴地抬起脑袋：“师父，这斋，我实在是用不下了。”

小沙弥见剩得不多，她也委实吃得辛苦，双手合十道：“阿弥陀佛，如此，施主便去小佛堂自省一炷香吧。”

明檀：“……”

还要罚跪是吗？

好吧，她也是有些害怕佛祖因她遗食降下果报的。

于是她在小沙弥的注视与指引之下，迈出了门。

然小沙弥指的这一处门，非斋堂正门，她往外走了片刻，竟被绕晕了路，越走还越迷茫。四下都是供奉佛像的宝殿，哪间才是那位师父口中的小佛堂？

不管了，自省重在心诚。

想到这里，她便进了前方无人宝殿，规矩跪在蒲团之上。

此间宝殿极为宽阔，两侧俱有偏殿。明檀浑然不知，左侧偏殿的藏经阁旁，还有一间静室。

此刻静室之中，那位大名鼎鼎的少年战神定北王殿下，正与云游四方行踪难定的慧元大师品茗手谈。

“佛祖在上，信女明家阿檀，平素吃穿精细，食量较小，偶食贵寺斋饭，实乃不惯，遗饭剩食心中有悔，望佛祖宽宥，勿降果报。”

静室忽闻此声，正要离开的小沙弥忙道：“想来是有用斋施主误入自省，小僧这便领她去小佛堂。”

这声音很是耳熟，且自称明家阿檀。

江绪想起什么，但也未多在意，只垂眸专注棋局，抬手示意不必。

而明檀跪在外头，自省完安静了片刻，又忆起先前绿萼所说的另寻如意佳婿一事，心想：来都来了，不如一并祈愿。

于是她又双手合十，碎碎念道："佛祖在上，除自省遗食之外，信女另有一事祈愿。此番退婚，原是未婚夫婿品行不端，不堪为配，然信女却因此事遭旁人非议嗤笑。此番事过回京，望佛祖保佑信女，定要觅一如意郎君。

"郎君家世相当即可，不拘什么皇亲国戚、公侯世家、书香名门，信女更为看重的是才华品貌。于才华一道，能入春闱一甲便可，相貌定要俊美，如此这般才与信女相配。当然家产丰厚些，日子更为松快，若无侯府家业也无妨，只需保证信女随时能用上燕窝粥，每季能请锦绣坊裁上几箱时兴衣裳，有什么新鲜首饰能及时入手，有个头疼脑热也能及时请来良春堂的圣手医师……"

不断灌入耳中的女声扰得江绪半晌未落一子。慧元大师面上带着浅笑，小沙弥则是眼观鼻鼻观心，默念着阿弥陀佛。

半炷香后。

"……身量若是能高于七尺最为得宜，家中婆母也需是个好相与的性子，万不可见天儿立规矩磋磨新妇，若无婆母便是极好。亲戚也最好能简单些，断不能有什么青梅竹马感情甚笃的表姊妹。信女非善妒之人，然过门三年之内纳妾还是早了些许，不利于信女与夫婿养出夫妻之情，三年之后纳妾也不宜多于两人，家中人口繁杂易生事端。不可是流连烟花柳巷之徒……"

一炷香后。

"……身体也需健壮些，但健壮并非一身横肉，若遇意外可抵挡一二便好，习武最好是习剑，身姿潇洒，且如此一来舞剑之时信女亦可抚琴助兴，夫妻和鸣自是美满。嗯……大约就是这些了，还望佛祖保佑，若信女寻得此般如意夫君，必为佛祖重塑金身，再添香火。"

语毕，明檀虔诚恭敬地磕了三个头。

伴随着磕头的轻微回响，小沙弥终于松了口气。

——这小娘子择婿的要求，委实是太高了些。

明檀走后，宝殿重归于寂。静室之中茶香袅袅，只是手谈再难继续。

慧元大师面上还是挂着浅笑，温淡道：“既难心定，王爷不必勉强。”

江绪不理，举棋欲落，可棋悬半空，方才那位明家小姐烦琐冗杂世之罕见的择婿要求又在耳边响起，眼前棋局似都散作一团，毫无走势章法。

他未再勉强，将黑子落回棋罐，起身背手，淡声道：“改日再向大师讨教。”

慧元大师望着他利落离开的背影，捻了捻白须，但笑不语。

自宝殿祈愿出来，明檀胡乱走了一段，总算绕回到眼熟之地。

素心与绿萼已经寻了她好一会儿，忽然瞧见她，忙迎了上去。

“小姐，你去哪儿了，吓死奴婢了！”绿萼急道。

素心也紧张道：“方才问了斋堂的小师父，小师父说，小姐遗食，去了小佛堂自省，可奴婢与绿萼去小佛堂也没找到小姐。”

“无事，迷路罢了。”明檀云淡风轻，“我另寻了宝殿，反正自省一事，不拘何地，心诚则灵。”

她如此心诚，想来佛祖定然不会怪罪，说不定还会保佑她觅得如意郎君。

嗯，正是此理。

明檀：“对了，你们寻我，自己可用了斋？”

“无事，奴婢不饿。”

“没用，奴婢饿了。”

素心与绿萼两人同时应道。

“……”

这两人的性子打小便是南辕北辙，这么些年也没从对方身上多学分毫。

“时辰未过，你们快去用吧，我在附近赏赏花。”

为防素心搬出“岂有让主子等奴婢的道理”此类规矩，明檀还补了句：“我想静上一静，别来烦我。”

素心再不敢出言推拒。

见绿萼拉着素心进了斋堂，明檀舒了口气。左右无事，她缓步闲晃至放生池边，背着手，伸出脑袋往下张望。

早春二月的风温柔和煦，吹过池面，泛起清浅涟漪，水上倒映出的倾城容色也随涟漪轻晃。

明檀左照照右照照，委实是有些替梁子宣感到可惜。未施粉黛未着簪钗都如此楚楚动人的一张脸，他梁子宣竟生生错过了，而且他错过的不止这么一张脸，他错过的可是一位往后几十载与同僚把酒言欢时能引以为傲的绝世好夫人！

话说回来，也不知道谁攒了八辈子福气最后能娶到她这么好的女子。哎，只恨她不能分身，若她为男子，必要排除万难，奉以红妆十里求娶于自己。

明檀这边在池畔顾影自怜着，倒没发现放生池对面的梅林，正行过两道暗色身影。

“王爷，沈小将军深夜方可入城，明日会亲至王府，向您汇报东州与绥北路的交接事宜。”暗卫跟在江绪身后，低声回禀最新得到的消息。

江绪步子未停，声音很淡：“昨日不是已至禾州，为何今夜才入城？”

禾州与上京相接，官道便捷，且此次沈玉一人轻骑回京，正常情况下，最迟不过今日晌午便可到达。

“属下不知。”

暗卫自觉惭愧。依路程来算，今夜入城确实是有些慢，可他接收到的消息，的确如此。

江绪倒也没再多问。

只是还未走出梅林，放生池对面便传来一道熟悉男声：“檀表妹！”

江绪停步，转头望去。

暗卫也下意识地往对面望了眼。

暗卫：“……”

他知道沈小将军为何深夜才能入城，明日才能来见王爷了。

“表哥……你怎么会在这儿？”明檀回头，见到沈玉，着实有些意外。

沈玉还未卸甲，一看便是风尘仆仆赶路而来，清俊面庞被晒得略微发红，额上还蒙了层浅浅的汗珠。

“我今日回京，途经茶馆歇脚，听人说起表妹你与令国公世子退婚了，回府又听阿画说你来了灵渺寺避风头，便忙赶了过来。”

“……”

避风头。

倒也不必说得如此直白。

沈玉察觉失言，又忙道：“此事并非表妹之错，表妹无须太过伤怀。”

明檀避而不答，疏离却不失礼貌地反问了句：“表哥前来，是否有什么要紧之事？”

呃……没有。

沈玉倾慕明檀已久，当初将沈画送至侯府寄居，便对明檀一见倾心，奈何佳人早有婚约，他从无机会表露心意。此次回京，还未入城，他就听城外茶馆有人说起明、梁两家退婚，那颗平静的心陡然雀跃起来。为着尽早见到明檀，他传书给王府暗卫，说深夜才能回京，明日才能向王爷回禀东州交接之事。待他急匆匆赶回靖安侯府，才知明檀为了避风头，一早便来了灵渺寺祈福，他实是按捺不住，连沈画都未知会又赶了过来。

沈玉来得匆忙，一时半会儿还真没想好正当理由。然他与沈画不同，少年心性，又是行军打仗之人，不在乎什么守礼婉转。

既是找不到理由，他便索性直言道：“我来是想告诉表妹，我倾慕表妹多时，只不过表妹早先与令国公府世子定有婚约，且你我之间身份有别……如今表妹既已退婚，一时也难定亲，不若嫁我可好？此番东州大捷，王爷定会禀明圣上为我升阶，虽仍与你侯府嫡女身份相距悬殊，但我一定会再立军功，将来为表妹请封诰命的！”

沈玉一口气说完，双眸发亮，还径直从腰间解下玉佩递给明檀。

明檀闻言先是一怔，后又被递玉佩的动作吓得退了半步。

“小心！”沈玉怕她落水。

明檀按住池边石桌，忙阻止道：“别动！”

待与沈玉保持了一丈远的距离，她才定了定神，问：“表哥可知自己在说什么、在做什么？”

见明檀既无欣喜又无羞怯，沈玉有些无措："我……我这不是在向表妹求亲吗？"

"表哥这不是在向我求亲，是在陷我于万劫不复之地。"明檀稳声出言道，"求亲须得父母之命媒妁之言，如此简单的规矩，想来表哥不会不懂。表哥所言所赠，我若受了，说得好听些是两情相悦私定终身，说得难听些，是为私相授受不知检点。"

沈玉蒙了。

明檀又道："表哥既知我来寺中祈福是为避风头，就理应知晓，阿檀如今一言一行皆是如履薄冰，表哥但凡于阿檀有三分礼重，都不至于贸然来此，诉此情衷。"

沈玉："未事先知会独自前来，是我鲁莽了，但表妹，我……"

他慌忙解释，明檀却径直打断道："既知鲁莽，便请表哥速速离开此地，阿檀自会当今日从未见过表哥，也未听过什么求亲之言。且，阿檀于表哥无意，绝无可能嫁与表哥为妻，请表哥日后切勿再提。"

"……"

无意、绝无可能、切勿再提。

跟在江绪身后的暗卫不由得为沈小将军捏了把汗，这明家四小姐，真可谓是杀人诛心。

果不其然，沈玉自听到后半句起，神色霎时灰暗，眸中光彩也暗淡下来，解释的话堵在嗓子眼，再也说不出口。

适逢素心与绿萼用完斋来寻明檀，见到沈玉，两人还有些惊讶，正想行个礼，却不料明檀越过沈玉，直接吩咐道："走了，回房抄经。"

素心与绿萼齐齐应是。

跟着明檀走出一截，绿萼忍不住好奇回望。

沈玉仍失魂落魄地站在那儿，半晌没动。

绿萼："小姐，表少爷怎么在此？"

明檀气得说不出话，没应声。

等回了屋，绿萼又悄声道："奴婢瞧着，表少爷似乎对小姐有意呢，从前表少爷便……"

明檀一记眼刀子嗖嗖飞过去。

绿萼仿佛被这刀子抵住喉咙，识趣闭嘴，再不敢多言半分。

大约在明檀三人回到厢房的同一时辰，站在放生池边的沈玉挪了步子，略显僵硬地往寺门方向回走。

躲在树后偷看了全程的小丫鬟，也悄悄从另一条小道离开。

这点动静自然逃不过暗卫眼睛，暗卫提醒了声，可江绪没理，反而忽然吩咐道：“去查查明家四小姐，查她两年前的踏青节，是否去过寒烟寺。”

几次三番遇见这位明家四小姐，不是只闻其声便是只见其影，并未认真看清此女长得哪般模样。

今次看清，虽不知为何未着那五马车的衣裳，然明眸皓齿，靡颜腻理，确乃难能一见的美人。端看样貌，先前的祈愿都显得没那么过分了。不过这些都不重要，重要的是，他发现此女样貌有些熟悉。

厢房内，让江绪觉得样貌有些熟悉的明檀越想越气，沈画虽然不怎么讨人喜欢，但还是个有脑子的精明人，怎么会有个这么没脑子的哥哥！这哪是倾慕求亲，分明是想要她的命呢！

可偏偏她又知道，沈玉只不过坦率直言，并无坏心。就是这般才让人生气，不能责怪不能教训，只能自己生生闷着。

不行，她要择的夫婿定不能如沈玉一般，行事莽撞、随心所欲、口无遮拦，此等夫婿日后如何能护她周全？

想到这里，她匆忙起身，对着铜镜整理了下仪容，又带着素心寻回了之前祈愿的宝殿。

她端正地跪在蒲团上拜了三拜，双手合十碎碎念道：“佛祖在上，信女阿檀之前未思虑周全，对择选如意郎君一事有一些仍须添补之处……”

偏殿静室内正在洒扫的小沙弥蒙了一瞬，头皮发紧。这位小娘子的择婿要求，他平生只见定北王殿下堪堪满足。

……竟然还有？

日暮时分，灵渺寺击钟敲鼓、闭寺谢客。先前躲在树后偷看的小丫鬟也一路悄摸着回到靖安侯府，老老实实将所见所闻回禀给了明楚与柳姨娘。

明楚听罢，不齿道："今日见那沈玉，枉以为是个有几分血性敢拼敢杀的可塑之才，比他那只会吟什么酸诗的妹妹要高出不少，却不想也是个俗的，见着京里这些娇娇柔柔的女子就走不动道！"

小丫鬟听着觉得有些不对。

吟酸诗，娇娇柔柔。

她忍不住偷觑了眼柳姨娘。

柳姨娘："……"

明楚反应过来，忙解释："娘，我不是说您！"

罢了。柳姨娘揉了揉额，有些想不通自己怎么能把明楚宠成如今这个样子。

她挥了挥手示意小丫鬟退下，又无奈道："楚楚，为娘和你说过多少次了，回到上京，很多事不比从前，不要得罪夫人，也不要去招惹明檀，你为何就是不听？"

"我只不过叫人去寺里看了看，哪有招惹。再说了，又不是我让她这般不知检点的！"明楚拍着桌子，不服气地起身。

"何为不知检点？这话可不能去外头胡说！"

"我知道！我不过在自己院子里说说而已，回京之后您也太过谨慎了。"明楚每天被耳提面命，早已厌烦，"爹爹早就允过会为我寻门好亲，您又何必如此小心翼翼对着那裴氏做小伏低？"

"我那是……"

眼瞧着柳姨娘又要劝上一通大道理，明楚不耐烦听，拿了软鞭便径直离开院子。

"楚楚！

"你站住！"

柳姨娘喊了两声，可没喊住。这性子……她捏着绣帕，眼底不由得浮出些许担忧神色。

日子一天天过着，除那日沈玉唐突之外，明檀在灵渺寺过得还算闲适清净。

然恶有恶报，她那前未婚夫婿梁子宣，这几日在府中可谓是焦头烂额。

其实梁子宣早在设计明檀落水失手之后，便知他母亲要送走珠儿，也知母亲不会让珠儿来抚养孩子，甚至还知道，他那娇娇弱弱的表妹，怕是这辈子也没机会再入他令国公府。

但他不知，他母亲竟要将珠儿随意塞给利州的一个庄头管事做填房！这委实是过于荒唐了！

兴许是出自男人对女人莫名的占有欲——他可以不要，但绝不可以他不要了，却任由其他男人染指。

本来因珠儿闹事搅黄婚约怒上心头的梁子宣，一听闹事缘由，再加上珠儿抱着孩子在他跟前梨花带雨哭了一通，那股子怒火全都转移到了管他多年，指他往东他不敢往西的母亲李氏身上。

“母亲，珠儿为着我的前程都已经听您的话乖乖离开了，您为何对她如此狠毒！还有檀妹妹，男人三妻四妾有几个庶子庶女本是常事，好生与她分说，她未必不肯接纳珠儿与敏哥儿！若非您设计落水惹怒靖安侯府，好好一桩婚事何至于此！”

“你这孽子！现如今你是要将所有罪责都推到你母亲身上吗？”李氏怔了一瞬，回过神后气得心绞痛，再瞧见珠儿那娇娇怯怯的小家子作态，她抄起桌上茶碗便狠狠砸了过去，“为了这个贱人，你竟然用这般语气同我说话！”

珠儿忙躲至梁子宣身后，嘤嘤哭泣。

“表妹莫怕！”

梁子宣伸手护着珠儿，可心里头却远不如面上表现出的那般镇定。李氏积威多年，对她的服从与恐惧似乎已经成了一种本能，一时半会儿很难克服。

这种本能梁子宣有，令国公也有。所以即便家中闹得如此难堪，令国公这一家之主也始终不闻不问，仿佛这些事情都与他没有半分干系，他不愿管，也管不了。

可这世上祸事，从不是你不插手，就与你无关。

珠儿一事将家中闹得天翻地覆还没闹出个结果，没过两日，京中茶馆忽然间又流传起了他们令国公府的内宅秘辛。

老令国公去世后，因老夫人健在，一直未曾分家。老夫人偏爱长子，早年便逼着老令国公为无甚才德的现任令国公请封世子。其实真论为官之能、处世之能，现任令国公远不如其二弟三弟，甚至都不如另两位庶出的弟弟。如今五房划为二府并居，中有一扇月洞门相通，人多且杂，本就是一锅烂粥，便也酿出了不少烂事儿。

这回京中茶馆大肆传开的令国公府内宅秘辛，五房愣是一房不缺，整整齐齐地烂到了一块儿。

其中最令人震惊的两件事便是——

令国公与二房老爷新纳的小姨娘通奸；

令国公夫人出嫁之前与三房老爷两情相悦，因三房老爷无法袭爵，李氏逼不得已，只能含恨嫁给如今的令国公。

说书先生们口径一致，说得那叫一个有名有姓，有板有眼。

令国公府彻底炸锅了！

平日一大家子住在一起，难免有些龃龉，但出了府，他们还是同心协力的一家人。

一来老夫人健在，谁也不愿主动提起分家担不孝罪名；二来几房各有所长，都需借势。大家至少能维持住表面的和睦。

谁知这回，几房的人是半点体面都不要了，吵嚷打骂，乱作一团，势要将新仇旧怨翻出来一起清算，毫无半分高门大户簪缨世家该有的礼仪风范。

外头原本对说书先生们所说之事将信将疑，毕竟上下嘴皮子一碰也没个证据，哪能说是什么便是什么，全当听个乐呵。然令国公府这番下意识的反应却作不得假。

尤其是三房的老爷太太不睦已久，夫妻关系十分冷淡，如今知晓自家老爷和大嫂在成亲之前还有那么一段旧情，再想起平日一些不甚寻常的蛛丝马迹，三房太太气疯了，闹回娘家非要和离，也算是将令国公府这一大家子的污糟事儿十成十地坐实了。

其实京中勋爵世家众多，家家都有那么几件不可为外人所道之秘。但闹得像令国公府这般满城风雨、街头巷尾众人皆知的，还真没有第二家。

这几日茶楼酒肆的说书先生们说得尽兴，且说完大多还会再提一嘴：靖安侯府的小小姐姿容出挑、品行端方、才情出众，幸而及时与令国公府退了亲，不然便是明珠蒙尘，白白遭了作践！

大显设御史台纠察百官，御史们“风闻弹人”，本就是没事儿也要给你找点事儿参上一本的存在。这么大个把柄递上来，可以说是直接包揽了一众御史的月课。

御史言官们连着参了令国公三日，连带着令国公府二三四五房在朝为官者，有一个算一个，谁都没能跑。

原本说破天也不过是治家不严、私德有亏，算不上什么能拿上台面讨论的正事儿。

架不住三日连参，折子满天飞，成康帝光是听人给他读折子，都被迫记住了令国公府的一众姨娘庶子外室私情。

第四日上朝时，御史出列首参的又是令国公。

成康帝听到一半便打断，不胜其烦道：“朕既已下旨申斥，这些鸡毛蒜皮的家务事就不要再往朝堂上搬了！朕这朝堂是给他们梁家开的祠堂吗？！”

御史言官们就很不服气了。令国公府门风沦丧至此，却只下小小申斥，岂有不参之理！

于是参完令国公府，胆大的还谏到了成康帝头上，说他对令国公府包庇纵容，有违为君之道！

其后两天，折子更以愈烈之势，如雪花般飞上了成康帝的案头。且这些个言官似乎跟令国公府铆上了劲，陛下您不是说这些都是鸡毛蒜皮的家务事吗？那便找些不是家务事的一并参一参。

譬如令国公府旁支子侄强抢民女、三房老爷吏部为官考评受贿，甚至是令国公领的那闲职未按时点卯都给参上了。

成康帝再压两日，参势未减，且理由也变得大义凛然起来，什么“王子犯法与庶民同罪”，何况他令国公府连宗室外戚都不是，凭何逍遥！

成康帝似乎是扛不住压力，无奈之下，命人拟旨下召，列出收受贿赂、治家不严、德行有亏、好逸恶劳等数十条罪状，将令国公降为令侯，且子孙后代不再享平级袭爵之优待，同时还将人贬去了远京之地，其余几房为官者，也遭不同程度的贬斥。

“你说什么？降爵贬职？”

明檀听到白敏敏带来的这则消息，心下十分讶然，连馋了好几日的精致茶点都忘了看。

“嗯，听说明日便要上路，这下总算是出了口恶气！”白敏敏幸灾乐祸道，“听闻梁子宣还因他那好表妹，和他母亲闹僵了呢。现在令国公……啊，不，令侯府乌烟瘴气的，成日吵闹，没签死契的下人走了可有不少。”

一道前来的周静婉还细声补充道：“且昨日言官又参，令侯府降爵后，未及时依例改制，礼部已经派人前往监督了。”

白敏敏：“对，简直就是大快人心！”

周静婉：“以后不在京中，也算眼不见为净了。”

明檀顿了顿。

嗯……令国公府遭殃她是挺开心的。

梁家名声越差，便越显她清白无辜。

但——

“我何时知道令国公府那么多秘辛了？我托舅舅查到的几桩事，不是都只与令国公夫妇有关吗？”

这事儿明檀总觉着有些不对劲，她原本只是想让令国公府出出名，没承想竟能发展至阖府上下降爵贬职。

细扣起来，家宅之事撼动沿袭百年的老牌世家，委实是有些不可思议

白敏敏却没觉得有哪儿不对，只不以为意道：“多行不义必自毙，我们能查到令侯夫妇之事，自然也有人知晓他们其余几房的腌臜阴私，由着这些家宅丑事引出为官不正……可不就是千里之堤溃于蚁穴，有什么好奇怪的。”

这么说，好像也没错，而且听下来也挺顺理成章。

明檀想半天都没想出是哪儿不对，索性没再多想。

白敏敏道："对了，你打算何时回去？现下令侯府声名狼藉，不会有人再将退婚的错处归置到你身上了。入春晴好，各府都在紧着日子办赏花宴呢。"

提起这茬儿，明檀双手托腮，叹了口气："说好祈福七七四十九日，那自然要待满四十九日，中途跑回去算怎么回事。"

周静婉道："阿檀说得有理。左不过还剩月余，我瞧此处景致十分灵秀，阿檀在此，也好静静心养养性。若斋食吃不惯，我可以让府中下人每日来送点心。"

"这倒不必。"明檀又叹了口气，巴掌小脸被她托得鼓作两团，声音有点儿发愁，"点心自然比斋饭用得惯，可待我回府，入夏也不远了。"

夏日衣裳轻薄，日日吃点心，怎能穿出肩若削成、腰如约素的袅娜身姿呢。

在身姿面前，点心不值一提。

周静婉也是典型的京中贵女，想到此处，颇为赞同地点了点头。

只白敏敏会过意后，翻了个天大的白眼，满脸都写着——论做作，京中无人能出明家阿檀其右。

不过扒拉着日子仔细一算，白敏敏又突然想起一件事："对了，下月中旬春闱应是恰好结束，你归家之时，兴许还能赶上新科状元打马游街呢。"

今科春闱本该在明亭远归京那会儿就已开始，可因钦天监观测出不吉天象，一应往后推迟了半月。

明檀算了算日子，还真是。

白敏敏雀跃起来，忙道："我这两日便遣人去惠春楼，订临街开窗的雅间！打马游街从正德门出，那必须经过惠春楼的呀，舒二公子高中那日，路上定是要走不动道的！"

明檀："你怎能确信他一定高中？"

"以舒二公子才思，一甲的确不难。"周静婉轻声评价。

"就是！"白敏敏附和。

"不过话说回来，舒二公子春闱过后也该议亲了。他那般光风霁月的人物，不知会娶位什么样的妻子。欸，你们说，他该不会尚公主吧？可眼下并无适龄公主……”

白敏敏自顾自地碎碎念着，末了又遗憾道：“若不是母亲早为我相看好了未来夫婿，我白家倒也不差，找人上门说媒，没准舒二公子一时昏头就应下了呢。不过舒二公子这种人物也只适合远观，真要嫁了，没点儿文采半句诗赋都接不上，日子可怎么过。”

相貌文采家世身量……倒很符合她的祈愿。

明檀一边比着，一边默默点头。

半晌，白敏敏的话头已从舒二转向京中另一位美男子，明檀冷不丁地问了句：“你们觉得，我怎么样？”

“什么怎么样？”

白敏敏与周静婉眼中俱是疑惑。

明檀轻咳了声，端庄坐直，拿出平日的贵女气派，道：“舒二若娶一位我这样的妻子，怎么样，是不是十分般配？”

白敏敏：“……”

周静婉：“……”

明檀还一脸认真地分说：“舒二虽有不少不足之处，譬如家中关系繁杂，其母出身大家极重规矩，还有爱慕者众，后院大约很难清净……不过他本人样貌品行，在上京公子中还算尚可入眼。”

“梁子宣你都觉得不错，怎么到舒二公子就是尚可入眼了，你择婿要求还越来越高了？”白敏敏将心中疑惑脱口而出。

明檀理所当然：“不行吗？就是因着有梁家那厮教训在前，所以本小姐再议亲事一定要慎之又慎！舒二且看他能不能入春闱一甲再说吧。”

“那我可得去给佛祖上三炷香，让他老人家保佑舒二公子，此科春闱切莫入榜，以免遭了你的祸害！”

“……”

“白敏敏！你给我站住！”

白敏敏：“我偏不，自己给自己择婿，不知羞！”

明檀：“你方才不是也说想嫁，你才不知羞！”

“阿嚏！”

远在宰相府中温书的舒景然莫名打了个喷嚏。

他抬手，示意婢女关窗，心想，听闻今日陆停特意请江绪前往校场观禁军操练，章怀玉也去凑了热闹，莫不是这三人趁他不在，在背后谋算他什么。

自那日离开王府，舒景然就在担忧江绪会直接请旨，将靖安侯府那位四小姐强塞给他。

他倒也不是对那位四小姐有什么不满，只不过娶妻一事怎好如此随便，且他欲立之事繁多，暂时还并无成家意愿。

然今次三人被忖度得很是冤枉。

江绪与陆停本就话少，练兵时更没心思多说别的。章怀玉眼巴巴跑去凑热闹，半句话没插上，还在日头下干站了两个时辰，被晒得口干舌燥、嗓子冒烟，最后只能自闭到负气离开。

章怀玉离开校场时已近日暮，江绪也有其他军务需要处理，陆停边往外送他，边与他商议春闱时的皇城守卫调动。

两人正商议着，忽然有暗卫领了宫中内侍过来。

“奴才给王爷、殿帅请安。”内侍给江绪和陆停规矩行了礼，随即又躬身恭谨道，“王爷，陛下召您今夜御书房觐见。”

江绪“嗯”了声，算是应下。

内侍又行礼后退，忙着回宫复命。倒是暗卫没走，上前向江绪回禀了另一件事。

王府之事陆停无意多听，他特地走开，吩咐手下办差。

可江绪并无回避之意，隔着一段距离，仍是有“两年前”“踏青节”“寒烟寺”这样的字眼飘入陆停耳中。

也不知是哪个倒霉蛋得罪过定北王殿下，连两年前的事情都要一并清算。陆停这般想着，倒没注意，江绪在听完暗卫回禀后，不知缘何，静默了半晌。

入夜，宫中空旷寂静，沉沉夜色里，清浅花香浮动。

有得宠妃嫔袅娜至御书房外送汤。

内侍躬身拦下，只一句“陛下正与定北王商议要事”，便让欲在屋外撒娇卖嗔的女人悻悻收了声。

御书房内，烛火通明，沉香浓郁。

江绪负手静立在案前，开门见山地问道：“陛下召我前来，所为何事？”

成康帝示意他坐。

他没动。

成康帝倒也没再勉强，道：“无事，朕只是觉得，梁家此番处置得甚为妥当。”

不再平级袭爵，再不得圣恩，令国公府不出两代便会没落。

其实令国公本人极为庸常，不足为患。然散落在其余几房手中的吏部要职，成康帝一直有更为心仪的人选。

当然，更要紧的是，大显立朝至今，勋爵世家林立，占着名头领空饷的酒囊饭袋多，权势过盛的也多，逐番清理些出头鸟，也算是给后头之人敲打警醒。

近几年他大权在握，其实有些事早可以做，只不过他不愿师出无名落人口舌，也不能动作太大引起朝野震动。

此番令国公府自触霉头，在世人眼里，他这为君者是有心维护，却无力抵挡言官口诛笔伐，诸般贬谪均是无奈之举。

不担非议，轻易料理，可谓是正合他意。

成康帝自顾自美了一番，然江绪静立在那儿，对此并无反应。

顺水推舟之事，于他而言，本就不足挂齿。

成康帝美完，倒还记得正事。

“对了，”他拿了本册子起身，“上回宫宴你匆忙离席，都没仔细瞧清下头的女子。”他拿着册子在江绪身上拍了拍，苦口婆心道，“这可是皇后特地整理出的名门闺秀，上头还有小像，虽然描绘得不如采选那般细致，但瞧清样貌是不成问题的。毕竟都是闺阁女子，总不好直接召人入宫画像。你有空看上一看，也不枉费朕和皇后一片苦心。”

江绪接了。

成康帝稍稍安了些心，只不过提及婚娶，他又想起一事：“对了，近日寿康宫那边频频召人入宫，想来是在谋算靖安侯府那桩婚事，你有何想法？”

依他所见，自然是抢在寿康宫前头，为靖安侯府指一桩婚才是正经，只不过人选他还没有想好。

先前江绪说要留一留靖安侯府，他应允了，可是能留多久，谁都难说。所以这结亲之人，可得做好续弦在内的万全准备。

正当成康帝脑内过着适宜人选，江绪忽然将闺秀名册放至桌案，不咸不淡地说了句：“我娶。”

第四章 赐婚

平静的日子过得极快，一晃眼，明檀便已在灵渺寺待满七七四十九天，祈福期满，可以归家。

虽说祈福只是个由头，可在寺中这些时日，明檀也诚心抄了不少经文，没少在佛前自省祈愿。

佛家讲究缘法，明檀也颇信此理，所以她每每祈愿，都会特意绕去第一日误入的那座宝殿。

“佛祖在上，信女阿檀今日便要归家，近些时日多有叨扰，还请佛祖勿怪。信女也知祈愿颇多，然桩桩件件都十分要紧，眼下最为要紧的，便是再议一门好亲……”

要归家了？

小沙弥默念着“阿弥陀佛”，心底不由得生出一种解脱之感。

毕竟谁也想不到，那日诸般择婿要求还只是个开始，这位女施主入寺小住，隔三岔五便会前来添补修正。

其实她也会祈愿些别的，譬如：愿父母好友身体康健，愿盛世清平无灾无难……

然这位女施主于议亲一事上的诸般诉求，委实给他留下了太过深刻的印象，以至于他偶有几分庆幸，自己乃出家之人，无须俗世婚娶。

不多时，明檀愿毕，拜了三拜。

出宝殿时，春日骄阳灼灼，古树枝丫漏出斑驳春光

明檀正往外走，却不想恰巧遇上了月余不见人影，忽然回寺的慧元大师。

她不识慧元，只不过在寺中遇上僧人，她都会双手合十，礼貌地打声招呼：“阿弥陀佛，师父好。”

“阿弥陀佛。”慧元偶闻其声，想起些什么，面上带了浅淡笑意，“施

主心诚，定能得偿所愿。”

“？”

这是在客套，还是说认真的?

明檀顿了顿，这位师父看起来慈眉善目，又有些高深莫测，不像会随便客套的样子……待她回神想要追问，慧元却已信步迈入殿中。她往回追，竟也不见人影。

藏经阁中，方才本想出门相送的小沙弥也听到了慧元所言，他忍不住问道：“师父，那位女施主是否真能得偿所愿？”那般良人，寻常可是难得。

慧元缓步寻经，不知寻到卷什么经书，他将其交给小沙弥，眼里含笑，别有深意地说了句：“出家人不打诳语。”

藏经阁外，未寻见人的明檀很快离开了宝殿。她未将这一插曲放在心上，毕竟她也不知，那便是常年云游、踪迹不定的得道高僧慧元大师。

来寺祈福时浩浩荡荡五辆马车，归去之时，明檀先遣了运送衣物的仆从回府，自个儿与素心、绿萼共乘，一路赏春日风光，一路低调回京。

在寺中待了一月半，上京车水马龙、繁华热闹，一如往昔。不过春深景绿，显江边垂柳古木青翠欲滴，男女老少都已旧袄换新裳，入目倒多了番新鲜气象。

听闻今科会试杏榜已出，舒景然大名高悬榜首。白敏敏算是有先见之明，早早儿在惠春楼订了位置。待到会试放榜，沿街酒楼的临窗雅座全被订了个精光，价钱也翻了数倍。

明檀回府休整了两天，很快便至金殿对策之日。

金殿对策只考一问，成康帝出了道问兵之题。

举子们熟读四书五经，可于军于兵都知之甚少，所思所想也多是浮于表面的纸上之言，能深谈者如凤毛麟角。

舒景然怎么说也是宰辅之子，又与江绪、陆停相交甚笃，自然了解颇多，可成康帝也因此故，对他的要求比其他举子更高。

此番殿试舒景然行策出色，但不及另一位寒门举子所谈新颖，最后成康帝只点了他为探花郎。当然，成康帝也是对“探花郎容貌气度必须出挑”

这一不成文规矩有所考量。

舒景然被点探花郎的消息传出，京中女子欢呼者众。

成康帝依例赐仪游街，自正德门出，状元、榜眼、探花均佩红花，骑高头大马。

游街开始时，街上人潮涌动，郁郁喧嚣。正如白敏敏之前预料那般，半点儿都走不动道。

平素最是讲究端庄自持的上京女子都一叠声地娇喊着“探花郎”“舒二公子”，有的扔瓜果，有的扔香囊，彩带纷飞，好不热闹。

明檀、白敏敏还有周静婉都早早到了酒楼等候，三人站在窗边，眼瞧着一甲前三及身后众进士被禁军簇拥护卫着往前，心下都不免有些激动。

尤其是白敏敏，指着舒景然便兴奋道：“快看！舒二公子，那便是舒二公子！快瞧瞧这容貌、这气度，这就叫那什么……”

周静婉：“有匪君子，如切如磋，如琢如磨？”

“对，对！有匪君子，如切如磋，如琢如磨！”

周静婉笑着点头：“舒二公子才貌皆是上品，确也担得起这句。”

明檀极少夸赞男子，但也不得不承认这位名动上京的舒二公子的确是赏心悦目。

其实状元、榜眼也生得周正，只这二位都已近而立，珠玉在前，其他人于外貌一道，仿佛都成了陪衬。

明檀托腮望着，思绪已然飘远。

她父亲、舅舅都是武将出身，与右相大约不是很熟。右相夫人似乎不喜交际，平日裴氏带她出门，好像也没怎么遇上过。未出阁的姐姐妹妹……应是没有的，上京就这么大，如果有，她即便不熟也该知晓。

还真是古了怪了。

这般不熟，如何制造偶遇？

“你都已经想到制造偶遇了？说你不知羞你还真不知羞啊！”白敏敏听明檀说起自个儿的小九九，眼睛都瞪大了。

“有什么好大惊小怪的，这不是他刚被点了探花，近些时日登门议亲的必要踩破门槛。我只是想寻个光明正大的场合远远让他感受一下，本小姐才华品貌皆是娶妻上选，才不会有任何逾矩之举！”

“阿檀最是守礼。”周静婉附和。

“你就爱惯着她！”

周静婉轻声分辩道：“这哪是惯着，阿檀本就是极知分寸的。”

“……”

好好一个才女，就这么被明家阿檀祸害得只会夸赞了！

周静婉又道：“阿檀若想见见舒二公子，我倒是知晓一个光明正大的机会，敏敏也可以一道前去。”

白敏敏紧闭着嘴，但顿了顿，耳朵还是很诚实地凑了过去。

周静婉：“含妙……就是平国公府二房三小姐，她从前在我家私学念书，我与她有些交情。她是小孩儿心性，知晓不少京中闺秀久仰舒二公子，想趁此机会办上一场暮春诗会。含妙的堂兄已经答应，诗会那日请舒二公子过府品茶，到时好奇舒二公子的在场闺秀便可远远一观了。”

平国公府二房三小姐，章含妙。

周静婉这么一说，明檀与白敏敏就听明白了。

若换了别人堂兄，那很难办到指定时日邀舒二过府品茶，也很难保证舒二事后知晓不会负气、与之再不来往。

可平国公府，不就是皇后母家？

章含妙的堂兄，不就是与舒二公子交好的那位皇后胞弟、平国公世子章怀玉？

那自然是说能请，就必定能请的。

“先前舒二公子还未高中，诗会帖一直没发出去，以免出了意外，横生诸多尴尬。”周静婉道，“现下既已高中，我便是不说，她也定会给你们送帖子的。”

这倒确然。

章含妙比她们稍小两岁，小姑娘家第一次邀人办诗会，自然想要办得热闹体面。

若要热闹体面，那明檀、白敏敏这种京中数得着的贵女，只要并无过节儿就绝无不邀之理。

两人欣然应允。

却说明檀与白、周二人一道出府看打马游街，明楚不屑，也没本事订到临街雅间凑这热闹。

一大清早，她便在府中花园抽她那根软鞭，枝头盛放的花朵被她抽得七零八落，细嫩枝丫也被抽断不少。

沈玉这段时日被派了差，听闻明檀已经回府，忙完便匆匆赶了回来，谁承想扑了个空，连人影都没见着。他还要去京畿大营练兵，出门往外时，有些垂头丧气。

“表哥？”明楚见到沈玉，不知想起什么，忽然敛下乖张，喊了他一声。

沈玉抬头，见是另外一位明家表妹，远远拱手见了个礼：“表妹。”

明楚背手往前，沈玉却是记着明檀所说的守礼，往后退了一步。

明楚顿步轻笑：“我又不是鬼，表哥你躲什么？”她歪头打量，“表哥看起来，心情不大好啊。”

沈玉与她不甚相熟，不愿多言，再次拱了拱手，想要先行离开。

“表哥！”明楚忙喊住他，“你是不是心悦我四妹妹？”

沈玉一僵，半晌才道：“表妹慎言。”

“心悦而已，又不是什么见不得人的丑事。”明楚不以为意，“表哥年纪轻轻便屡立军功，受定北王殿下赏识。噢，听闻东州一战表哥也立了大功……想来此等功绩，你若心悦四妹妹，说与殿下，殿下定会为你请旨赐婚的吧。”

沈玉握着剑柄的手不自觉紧了紧。

赐婚的体面，他若开口，许是会有。可靖安侯府不是普通门第，檀表妹还是侯府唯一嫡女。更要紧的是，檀表妹直言不想嫁他

明楚似乎看出他心中所想，道：“感情一事须得慢慢培养，哪有一上来便两情相悦的，且女子说不喜不愿，通常也并非真是不喜不愿，多半是羞怯罢了。我是瞧着表哥前途不可限量才与表哥说这些的，四妹妹若能与你在一起，也算是找到了好归宿啊。

“表哥好好想一想吧，莫待明珠旁落再来后悔便好，我先走了。”

她点到即止，干脆转身。

日暮将近，定北王府霞光半洒，屋檐上似是沉落着一片深浅不一的落日余晖。

沈玉便是负着一身余晖，入府回禀差事。

沈玉知道，听人禀差时，若无疑义，王爷不会打断。

今日他禀完，上首仍是寂寂。

他顿了顿，忽问："王爷，若有一日，属下有心上之人，王爷可否为属下请旨赐婚？"

江绪抬眼，半晌，"嗯"了声。

沈玉松了口气。

果然，这份体面还是有的。

他盘算着，待他回去向檀表妹解释清楚上回的无意唐突，再求得檀表妹点头同意，定要再来找王爷帮忙请旨。

不承想上首之人又道："只要不是明家四小姐，其他女子，本王可为你勉力一试。"

——只要不是明家四小姐，其他女子，本王可为你勉力一试。

这句话回荡在沈玉耳边，明明字字清晰，连在一起却让人不懂："为，为何？"

他脑袋发蒙，半晌都回不过神："王爷，为何不能是明家四小姐，是因为门第吗？"

江绪握着卷兵书，直视他，眼神很淡："本王不需要终日囿于儿女私情的下属。"

怎……怎么就终日囿于儿女私情了？

"你只因想要见她，便能对本王撒谎。本王又怎知，假以时日，你不会因她对本王拔剑相向？"

沈玉稍顿，王爷这是知晓他之前去灵渺寺见檀表妹了。

因想见檀表妹谎称深夜才能入城是他不对，可檀表妹能有何事需要他对王爷拔剑相向？

他想辩解些什么，然江绪已经下了逐客令：“出去。”

“属下——”

“沈小将军，请。”暗卫不知从何悄然而出，以剑鞘拦住了沈玉还想上前解释的步伐。

沈玉回到靖安侯府时，晚膳时辰已过，沈画特地做了点心过来找他。

见他在院子里练武练得眼角发红，沈画心里明了了几分。

“哥。”

沈玉看了她一眼，出完剩下半招，旋身收剑，略喘着气走至凉亭旁：“阿画，你怎么来了？”

沈画打开食盒，轻声道：“听丫头说，今日你在东花园遇上了三妹妹。”

沈玉点头，坐下。

沈画也跟着落座：“她是不是，撺掇你做什么了？”

沈玉想了想：“也不算。”

沈画本欲提醒，明楚此人跋扈乖张，心思也不纯善，往后切勿与之多言。可看她哥神情，这会儿大约也没心思听她说这些。

于是她斟酌着，另起话头道：“前些时日我偶然听闻，太后与陛下近日都召了侯爷入宫叙话，似乎是，有意为侯府指婚。”

“你从哪儿听来的？”沈玉愣住了。

沈画避而不答，只道：“哥哥不可心悦四妹妹。”

沈玉今日在王府受的刺激已然不小，再听自个儿亲妹这般说，他有些受不了，倏然起身道：“为何一个两个都不让我心悦她，我——”

“哥！”沈画打断，跟着站了起来，“你真不明白为何吗？”

沈玉气红了眼，别过头不看她。

“哥，你才见过四妹妹几次？说到底不过是心悦其表。我与她同府共处半年，她的脾性心思我最了解，你是完全拿捏不住的，你应娶一位贤惠之妻为你在后头支起沈家门户，不是娶一位只会花银子的祖宗回家供着！

“还有，我虽不通朝政，但近些时日也察觉到了，四妹妹的婚事只怕连侯爷、夫人都无法做主，这不是她的婚事，是靖安侯府的婚事，哥哥你好歹也是为将之人，难道就毫无所觉吗？

“撇开这些不提，若是两情相悦你争上一争也罢，可人家摆明了于你无意，你又何必上赶着找不痛快？”

沈玉：“够了！不要再说了！”

沈画：“不够！这上京诸家就是个不见血的沙场，光凭你我寄居靖安侯府，你就不应该对明家小姐动任何心思！退一万步说，你顺利迎娶了四妹妹，但你有没有想过我与四妹妹会被人如何在背后非议？”

说到此处，沈画又冷笑着一字一句模仿道：

“这兄妹二人寄居侯府，明显是动机不纯意欲攀附，兄长娶了侯府嫡女，妹妹肯定也不是什么好东西，等着攀龙附凤呢。

“嫁给寄居在自家府中的远方表兄，许是早就暗通款曲做了什么丑事，这位明家小姐的前未婚夫婿不就与自家表妹有了苟且吗？真是不知羞耻！”

沈画说的这些，沈玉从来都没想过。

他脑中一片空白，转头盯着沈画，发怔。

“哥，阿画是为你好。世间恋慕不过虚渺，何况这份虚渺，原本就只是你一厢情愿。只盼你还记得爹爹曾交代过的话，早日重振沈家，光宗耀祖。

“俗话说得好，大丈夫何患无妻？他日你若像定北王殿下那般为大显立下赫赫奇功，什么女子不是任你挑选？”

她将食盒中的点心取出，放在石桌之上，而后又深深看了沈玉一眼，提着食盒缓步离开。

沈玉望着她的背影，站在原地久未动弹。

其实沈画也不想把话说得如此直白，可她哥就是这么一个你不直言，他总听不明白也听不进去的人。

她很早便知沈玉对明檀的心思，只不过那时明檀还有婚约，如何倾慕都是无用。

细究起来，她对明檀的看不惯，其中很大一部分也是因着沈玉倾慕的缘由。

若是以往，她冷眼由着她哥撞几回南墙也无不可，可她偷听到靖安侯夫妇在为宫中之意发愁之后，就猜出靖安侯府的婚事大约不只是单纯的儿女婚嫁那么简单。如此，她自然不能再让她哥搅在其中，弄出什么乱子来了。

想来明楚那贱人也是从柳姨娘处听到了宫中意欲赐婚的风声，心中不忿，不想让明檀高嫁。

那贱人想怎么对付明檀她管不着也不想管，但敢拉着她哥做筏子，那这仇她自会好生记下。

她停在院外，仰头望了望。

去岁来京之时，她都没发现，上京的夜色真是浓重，既不见星，也不见月。踽踽而行者，稍有不慎，便会跌入这无边夜色之中，万劫不复。

春闱过后，渐至暮春，平国公府二房三小姐章含妙的诗会帖也如期而至。

只不过这帖子不仅如周静婉所言送给了明檀与白敏敏，还送到了沈画和明楚手中。

看这情形，是远近不计，广邀下帖了。

见是什么酸诗会，明楚压根儿就不想去，她不会作诗，心里也很是厌烦上京这些三步一喘处处攀比的娇小姐。

柳姨娘好说歹说才将她劝动，毕竟也是议亲之龄的女子了，谁知道未来夫婿会不会就是某位小姐家中的亲堂表兄弟？况且京中出身将门的女子也不是没有，出去走动走动，多与人结交，总归不是坏事。

上回裴氏与明檀说，以后有事可先与她商议。

这回前往暮春诗会，明檀便在选衣裳时，和裴氏提了提舒景然。

“母亲可知今科探花舒家二公子？那日打马游街，女儿远远瞧了一眼，舒二公子的气度容貌，很是不凡。”

裴氏一顿，原本看明檀挑拣衣裳还是一脸笑意，闻言却不由得收了三分，她斟酌道：“舒家满门清贵，养出的子女……自是不差。”

“嗯，女儿也觉得不差。”

裴氏饮了口茶，心下有些发愁。

明檀入寺祈福这段时日，太后与圣上都召了侯爷闲话家常，侯爷虽是个粗心的，但太后与圣上话里话外都在提儿女婚嫁，他倒也不至于听不出，这是有指亲之意啊！

这指亲，圣上那边还不知意在哪般人选，太后那边却已明确给出一位郡王的郡王妃之位和一位亲王世子的世子妃之位供其挑选。

那两位并非空有名头的没落宗室，可同时也都是摆在明面上的太后党。且明檀今儿又提什么舒二公子，那两位的容貌气度，和舒二公子差之甚远，甚至都远不如梁子宣，她怎会情愿？

“母亲，您怎么了？”明檀问。

裴氏忙浅笑掩饰：“无事。”她试探道，“阿檀可是心仪那舒二公子？”

“倒也称不上心仪。”明檀的目光仍落在满桌新鲜头面上，“只不过觉得若要议亲，舒二公子很是合适。”

不是心仪就好，非君不嫁才令人头疼。

裴氏松了口气，想着也罢，明儿便是诗会，先让小姑娘出门松快松快，指婚之事眼下并无定论，还是暂且不给她徒增烦忧为好。

想到此处，裴氏又起身，做出一副若无其事的样子与明檀一道选起了衣裳。

次日一早，车马停在二门外，预备送三位小姐去平国公府。

明亭远要上朝，出门远比三人要早。及至朝会结束，他欲同白敬元一道离开，不想却被成康帝身边的内侍叫住，说是陛下召他去御书房，有要事相谈。

明亭远跟内侍去了。

进了御书房，明亭远拱手行礼道：“臣见过陛下，陛下圣安。”

“无须多礼。”成康帝抬了抬手，又绕回桌案前，举起一卷明黄蚕锦，吹了吹上头未干的墨迹，“朕叫你来，是为之前所说的指婚一事。”

明亭远一听，便欲出言推搪。

成康帝挑眉直视他道：“你可知，寿康宫那边不满你多番推诿，已有直下懿旨之意。”

“？”

面子功夫都不做直接逼婚了？

“朕不拦你，但朕可以给你第二个选择。”成康帝敲了敲桌，示意他上前来看圣旨，“看看朕为你女儿择的这位如何。”

“……”

这叫什么第二个选择，不还是逼婚！

明亭远知道，自己手握重权多方觊觎，一直以来是极不愿意掺和这些党争是非的。可如今朝局变幻，显然已容不得他持中而立独善其身了，不过是儿女婚事，竟都能引出诸般暗争。

他硬着头皮上前。

成康帝则是站在一旁碎碎念道：“其实儿女婚嫁也代表不了你明亭远的立场，你无须过分忧心。朕尊重你的选择，你现下不想其他，只端看人，太后想为你指的和朕为你择的，这是能相提并论的吗？”

这……这……

明亭远的目光黏在圣旨之上，有些不可置信。竟是这位，怎么会是这位？

“臣……能否容臣再考虑考虑。”他惊得说话都有些磕绊。

“太后懿旨都已拟好，是朕寻了借口暂且留下，留得了一时可留不了一世，说不定你还没出这宫门，太后懿旨就先到了你靖安侯府。你在犹豫什么？若不是他亲自开口，朕……”

“嫁！”

成康帝与明亭远在御书房议事的同时，靖安侯府的三位小姐也精心拾掇，姗姗出门了。

沈画一如既往打扮得婉约清丽，一袭浅粉烟笼千水裙衬得她娉袅柔美，正能恰如其分地融入一大群京中贵女。

明楚则是一身飒爽红裙，乍一看和她回府那日差不多，可仔细瞧会发现，她今日这身要精致不少，里外加起来有四五层，行走时渐次层叠，红得明媚张扬却也不算扎眼。

及至平国公府门前的春正大街时，车马就再难前行。

也不知这位章家三小姐办场诗会是请了多少人，各府马车停了个满当，引着去马厩的下人都有些忙不过来，不少路人见平国公府今儿这么热闹，也探头探脑地往这边张望。

明楚与明檀、沈画共乘一舆，心中烦闷得紧，一路臭着张脸，半刻都不愿与她们多待。

见车停半晌不动，她忍不住撩开车帘，不耐问道："怎么还不走？"

"三小姐，前头被挡着了，走不动。"

"让他们挪一下不就好了！"

车夫："……"

明檀也撩开车帘往外望了两眼，旋即落帘，秀眉轻挑："三姐姐是要奉昭郡主给你让路？"

郡主?

明楚还想说些什么，可张了张嘴，却哑声了。

其实明檀还挺不喜欢那位奉昭郡主的，前年金菊宴，她自个儿作谱弹奏了一曲《与秋宜》，众人皆赞泠泠动听，实乃仙乐，花主之位无有异议。

谁承想这位自云城归京的郡主突然跑来凑热闹，嘴上说着只是玩乐大家随心便好，然一个小家之女没有选她便立马掉脸子，后头的谁还敢开罪?投菊之时只好纷纷改选。

说来这位郡主也挺不自知，以为自己得了花主便真是艳冠群芳才华横溢，归京这两年四处凑热闹出风头，赏花宴饮常能见到她的身影，可她一出现，总能让原本松快得宜的气氛变得十分微妙。

大约是因着花主一事，奉昭郡主也不怎么喜欢明檀，偶尔会面，总要找她麻烦。

好在明檀不是什么能受气的性子，虽不能明面冒犯宗室皇亲，可她能说呀。

这位奉昭郡主自小在西南边陲长大，规矩也就比明楚好上那么一点，还不如明楚会武，吵不过能动手。

两人对上时，明檀时常大谈礼法引古论今绕得她应不上话，且明檀身边还有不少这种贵女，一唱一和起来更是十分要命。

今次奉昭郡主也在，明檀思忖着，今儿最好不与之接触，毕竟她是为着舒二公子前来，倒也不必给人留下什么牙尖嘴利的刻薄印象。

然而明檀并不知，方才撩帘张望时，她想偶遇舒二公子的目的，已经提前达成了。

章怀玉原本是受不住自家堂妹磨他，应下了请舒二前来品茶。可章怀玉哪是什么能安分品茶之人，刚和舒二提了一嘴，舒二便知不对，问出了实情。

不过章怀玉应都应下了，舒景然知晓实情，也不得不帮他在堂妹面前挣下这个面子。

舒景然先前打马游街，被那些个瓜果扔得浑身都疼，心理阴影还未消散，又要被一众闺秀围观，想想就觉得头皮发紧浑身都不自在。

于是他向章怀玉提议，不如广邀京中才子一道品茶论诗，与他堂妹的诗会隔园相置，如此一来，风雅热闹相宜，他也不必一人独遭苦难。

也是因着这一提议，今日平国公府门前才有了这般车马喧阗的壮观场面。

“你真不去？”春正大街街口，舒景然停步问。

“有正事。”

昨夜在右相府中议事，夜深突降疾雨，江绪被留在府中暂宿。今日舒景然要来平国公府品茶论诗，他要去京畿大营处理军务，方向一致，便一道出门了。

江绪话落，抬步欲走，舒景然望着不远处，忽然奇道：“那不是靖安侯府的马车吗？”

江绪顺着话音瞥了过去。

他这一瞥，正好瞥见印有明府标记的雕花马车停在路中，帷幔被一双指如削葱根的玉手轻轻拨开，里头坐着的那位少女青丝松束，双瞳剪水，只是轻轻歪着头往外顾盼，就如春水映梨花，明丽动人，不可方物。

舒景然都看得稍怔了一瞬，背手轻笑道：“这位明家四小姐，也算是难得的佳人了。”

“你不是不愿娶？”江绪忽地问道。

“我不愿娶，并非是不愿娶这位明家四小姐，而是暂时不愿娶妻。”舒景然解释，“且我不愿娶，与欣赏佳人并无冲突之处。”

江绪扫了他一眼，懒得再理，很快便消失在了人群之中。

平国公府极大，怕娇客们走路累着，二门处特特备了软轿相迎。只不过春光正好，少女们都更愿三两说笑，自行前往。

到诗会园中，假山流水潺潺，牡丹芍药盛放，山茶杜鹃争春。花丛边规整摆着几张长案，上头备有笔墨纸砚。凉亭歇息处则是备有果品点心，上等好茶。

白敏敏出门时没用膳，明檀一行到时，她正在亭里吃糖酪青梨。

青梨脆涩，切成整齐小块放在精致瓷碟之中，再浇以蔗浆乳酪，撒糖霜，酸甜可口，别有一番风味。

眼见她都快将一碟子青梨吃光了，周静婉在一旁斯文相劝，让她稍稍克制一些。

章含妙刚好引了位闺秀过来，见了白敏敏也不忘打趣道：“敏姐姐若是喜欢这道糖酪青梨，赶明儿我便让厨子上昌国公府做去，不过可说好了，敏姐姐还是得按规矩给咱们家厨子付工钱的！”

“那倒不必，我便是要赖在你平国公府吃足了再出去！”

周围众女皆是以帕掩唇，咯咯轻笑。

正当此时，小丫鬟引着明檀三人往这边走来。

此三人中，沈画柔婉可人，明楚红裙明艳，明檀着了身淡绿短襦上衣，银丝暗绣梨花白长裙，妆容清淡，却更衬其眉目如画，肌肤娇嫩，她发间簪饰极少，只一支玉刻梨花嵌银步摇轻晃，行进时尽显少女春日轻盈，很是引人注目。

这身打扮明檀是思量了整整两日才定下的，毕竟她不久前才退了婚，无论缘由都不便招摇，可她还要引舒二侧目呢，不能招摇，那总得特别些许。

好在现下端看众人眼中不由得闪过的一瞬惊艳，明檀便知，这两日苦心不算白费。

“怎么才来？阿檀，咱们可等了你好一会儿了。”

“数日不见，咱们明家小小姐可是越发水灵了！”

“阿檀，可要用茶？含妙备的这道果茶极为清甜。”

明檀与不少贵女交好，一来便是众人相迎。

沈画与明檀时常出入各府宴饮，虽难融入这一圈子，但她为人周全又有几分才情，大家面子上总是过得去的，且她还很受庶族出身的闺秀欢迎，一出现，也不少人上前搭话说笑。

只明楚初初现身无人理会，还是明檀出言引见：“对了，这是我三姐姐，刚从阳西路归京不久。”

时下显贵之家嫡庶都是一样教导，仅在婚嫁一事上因着母家家世，定然会有所差别，所以至少在明面上，大家对庶女并无偏见。

作为主人家，章含妙忙顺着明檀话头，笑盈盈夸赞：“一见便知，楚姐姐定然是将门虎女，很是有几分英气呢！”

那是自然。

明楚谦虚了声“过奖”，可下巴微扬，都不拿正眼瞧章含妙，倒是不见任何谦逊模样。

章含妙笑容凝了一瞬，其他本想夸上几句的闺秀也收了声，心中不约而同在想：本就是不熟也无须结交之人，到底搞没搞清楚这什么地界，这是在摆哪门子谱？

明楚还不知何故，以为她们是得了明檀授意故意冷落，一时不忿。

同样不忿的，还有落在明檀一行身后不过少顷的奉昭郡主。

明明是一前一后进的园子，她没让丫鬟出声，众人就压根儿没瞧见她！干站半晌，她朝婢女使了个眼色。

婢女忙喊：“奉昭郡主到！”

众人这才侧目，一应半福：“参见郡主，郡主金安。”

“不必多礼。”

奉昭边往前走边冷眼看着明檀，行至亭中，她从上至下打量着明檀，忽而笑道：“明家四小姐还是这般好颜色，退婚之事似乎并无影响呢。”

众人面面相觑。

找碴儿找得这么直白，她奉昭郡主也是独一份儿了。

然明檀直接无视了后半句，笑出一对浅而甜的小小梨窝：“多谢郡主夸奖。”

奉昭郡主被哽了哽，半晌又故作惋惜道：“令侯府不在上京，以后要再见他们府上的几位小姐倒是难了。对了，先前令侯府五小姐还从本郡主这儿借了一本珍稀古籍未还，也不知如今在哪儿，四小姐，你与令侯府怎么说也是有过婚约，与五小姐应有书信——”

“阿檀，阿檀你怎么了？”奉昭郡主话没说完，白敏敏就忽然扶住明檀，一惊一乍道。

“无事，可能是未用早膳，有些头晕。”明檀轻按着额，柔弱应声。

众人见状，忙上前，你一言我一语地关怀起来。

奉昭郡主那话头竟是生生冷在半截，无人再理。

其实若要回话，明檀有数百句能让奉昭哑口无言，然她今日意在舒二公子，不想和奉昭多作纠缠。

一阵嘘寒问暖过后，话题已然揭过，章含妙也张罗着，打算开始诗会。

可明楚看出这奉昭郡主与明檀不甚对付，忽而插话道：“四妹妹莫不是先前落水受了寒，竟还未好？”

嗯？落水？

什么落水？

众人茫然，不过有敏锐者，很快便从明楚挑起的这一话头中，嗅出了些不同寻常的意味。

明檀也有一瞬茫然，不过回神后，更多的是惊愕。

她万万没想到，明楚竟会在这种场合提起上元落水一事，这人到底是太蠢还是太毒，自己前程都不要了也要与她一起同归于尽吗？

她望向明楚，似乎是过了很久，忽道：“府中莲池尚浅，倒不至于受寒，三姐姐无须自责，以后习鞭注意些便是。”

闻言，知晓内情的白敏敏与周静婉不由得望向明檀，这也行？

没等两人反应过来，一直立在一旁没什么存在感的沈画竟也开口帮腔道：“其实姑娘家会几招几式用以防身已是足够，不小心伤了人，到底不好，况且一不留神，还极有可能伤了自己。”

沈画?

明檀侧目，有些没想到她会出言相助。

众人不知内情，听了两人所言，倒是倏然明了。

哦，原来是这明三小姐仗着自己懂几分皮毛功夫，在自家府中欺负人呢。

这明三小姐可真是没有半分规矩，一个姨娘养的竟嚣张成这般模样，且故意害人落水不够，还时时惦着盼着人家落水落出个什么毛病，心思可真是万里无一的恶毒。

她们这么想着，却压根儿没怀疑两人在说瞎话，因为沈画与明檀虽是囫囵称声表亲，但关系并不亲密，一道出门常是各有各的圈子，偶尔还要暗地里别别苗头。

想来是这明三小姐太过跋扈，连嫡出妹妹都敢动辄挥鞭，沈画这寄居于府的远方表亲也没少受她欺辱，所以此刻才会帮腔附和。

如此一想，投向明楚的目光就多了许多不齿厌恶。

明楚："我，上元——"

"上元灯节的烟火，三姐姐明年定是能看到的。"眼见明楚从一头雾水中回过神来想要辩解，明檀又轻轻柔柔地拿话堵住，还向众人解释道，"三姐姐先前从阳西路回来，一路催着，便是想赶在元夕灯夜回京，瞧瞧上元烟火，只不过天寒路远，又哪是一时半会儿能赶上的。"

沈画闻言，也有些不好意思地接了声："其实也怪我，若不是我与小丫头们说起上元京中如何热闹，刚巧被三妹妹听到勾起遗憾之事，三妹妹也不会无端生了闷气，在园子里挥鞭了。"

"说起上元，阿檀今年亲手做的圆子味道可真不错。"白敏敏惊愕半晌，终是反应过来，添补了句。

周静婉掩唇，也细声道："说来我也觉得甚为遗憾，上元时阿檀下了帖子，邀我过府尝她亲手做的圆子，只这身子实在不争气，每至秋冬总要风寒数日，只得卧床休养。"

明楚："……"

见鬼的圆子，显江里吃的？这都是睁着眼睛说瞎话吗？

“静婉，我家老夫人正是寻了个补弱的方子，改明儿送到你家府上，你寻个大夫看看能不能也用上一用。”

“阿檀，这会儿可还觉得晕？不用早膳出门可是不行，囫囵吃些点心也好。”

“什么圆子？说得我都想尝上一尝了，阿檀为何未送些给我尝尝，小气鬼，赶紧将我做的香囊还给我！”

……

明楚还没捋明白几人编的瞎话，话头已然随着众人的七嘴八舌渐偏开来，压根儿没人再给她开口说话的机会。

不一会儿，章怀玉那边邀的才子们也都陆续到齐，众人的注意力又被引至只有一道漏明花墙相隔的另一园中，纷纷借着赏花的名头上前流连。

沈画特意落在后头，与明楚擦肩而过时，她停了步子，轻声警告道：“今日这般场合，我劝你安生些，若是毁了你四妹妹的清白，你以为自己还能寻得什么好人家吗？外头的人只会说，自小在京中娇养的嫡女都不过如此，小娘养大的庶女更不需提。侯爷许是疼你不忍动你，夫人呢？昌国公府呢？侯爷就算是疼你如命非要保全于你，你姨娘又当如何，一家主母，整治个妾难道还需要什么理由？死了也就死了。”

明楚忽怔，背脊发僵。

她只是想逞口舌之快，并未熟虑深思。在原地消化了好一会儿，她脑海中满是方才沈画云淡风轻地说着，死了也就死了。

奉昭郡主注意到明楚仍站在凉亭之中，上前轻慢地打量着她，狐疑问道：“她们方才说的落水缘由，可是真的？”

明楚抿着唇，僵硬了半晌，最后竟是咬牙，点了点头。

奉昭本就不欲与一个小小庶女多言半句，闻言自觉无趣，不屑地转身离开。

这一幕落在不远处的明檀眼中，她垂眸，轻轻嗅着落下的梨花，嘴角微翘。

不多时，隔壁园中频有颂春之诗传出，舒景然平日在京中就极受文人才子推崇，而今高中，更是受捧，不少人作了诗都会先让他赏评一二。

闺秀这边见状，也蠢蠢欲动，有胆大的便娇声冲着漏明花墙喊话：“探花郎才高八斗，不若也为我们这些姑娘家指点一二可好？”

说罢，起哄者众。自谦的，有惑的，给探花郎戴高帽子的，你一言我一语，实难招挡。

舒景然无奈摇头，只好笑着应下，温声答：“指点不敢当，各位小姐，自是才情俱佳的。”

白敏敏方才起哄就很是起劲，这会儿还在漏明花墙前，边张望边大言不惭道：“听到没，舒二公子夸我才情俱佳了！”

明檀与周静婉俱是一副“你开心便好”的表情。

当然，白敏敏也只是过过嘴瘾，诗是不会作的。要论诗才，众女之中周静婉当属佼佼，沈画本就醉心诗词，也能位列前三。

明檀也会，然琴棋书画之中，她最为出挑的是琴艺，棋艺在闺秀之中也属上佳，至于书画，却算不得出类拔萃，且这个书，泰半还是占了字儿写得好看的面子，吟诗作赋只能说是无功无过。

众人写罢，诗文被收至一沓，送往隔壁园中。

“‘山茶晚垂影，新叶漏春光。’好诗。”舒景然品了半晌，终于称赞一句。

隔壁园中纷纷将目光投向周静婉：“婉婉，是你作的？”

周静婉矜持点头。

随后舒景然又夸赞了沈画所作伤春之诗，以及极为讶然地问了声奉昭郡主所作诗文，只不过奉昭郡主答非所问，还支吾磕绊，他心下了然，未再追及。

“万枝折雨落，香自月梢来。”这是在写梨花。

舒景然看着这手簪花小字——此诗文最多算是中上水准，然不知为何，纸上似乎透着极淡的梨花雨落之景，鼻尖也似是萦绕着清淡梨香。

他将纸张举起，映在阳光之下半眯起眼打量，后又凑近轻嗅，忽笑：“不知此诗乃哪位小姐所作，倒是极有雅趣。”

明檀站在漏明花墙前矜持应声：“舒二公子谬赞。”

舒景然挑眉，也望向了那堵他一直刻意忽略的漏明花墙。

这一望，他稍感意外："明四小姐？"

"舒二公子如何识我？"明檀好奇。

舒景然哑然，总不能说上元夜你落水，我便在不远处认真看戏。好在他灵光一闪，想起几年前自家老夫人办寿，这位四小姐应是和靖安侯夫人一道去过的。

这般解释了番，明檀听来觉得颇为有缘，她对舒景然的遥遥一瞥，也是在舒家那场寿宴。

没承想就那么远远一见，舒景然竟是记住了她，且如今还能认得，这不是天定姻缘是什么?

舒景然又转移话题，问起这纸上的花香花影是从何而来。

明檀谦虚答道："不过是方才见梨花零落有些可惜，捣入墨中沾几分清香罢了，至于花影，捣了花汁于纸后描绘即可。"

舒景然听明白了，远远拱手道："受教。"

明檀也远远回了一礼，心情甚是愉悦。

她早知诗会免不得要作诗，可她诗才并不出众，只能在别的地方下些功夫。

方才说的方法也就是囫囵个意思，随手一弄哪能做到如此雅致，且梨香清淡，入墨只会被墨香完全遮掩，此法重在纸张，她三天前就在府中制好了这浸足梨香绘了暗景的纸，今儿特意带过来替换罢了。

其实这作诗的由头无非就是花草树木，潋滟春光。她大可以和奉昭郡主一般，找位高才之人先帮她作上几首，到时套用即可。可她也早想到了，这样做若是被问上几句答不出来，又或是临时被要求另作一首无法套用的，便是极为尴尬，就如这奉昭郡主一般。

而此刻极为尴尬的奉昭郡主，还极为恼恨明檀!

舒二公子竟然和明檀说了好些话，而且几年前见了一面到如今还能认得！她气到手都攥得发白了，指着旁边一丛牡丹便冷声道："明四小姐诗才甚高，可这梨花到底小家子气，不若做一首牡丹诗着舒二公子品评如何？"

牡丹诗?

她这是变着法儿为难人呢。

前些年宫中采选，有一女为攀附当时主理采选事宜的玉贵妃，将其比作花王牡丹，入诗盛赞。

牡丹之诗作来并无不可，可在宫中，能比作花王牡丹的，绝不可以是区区一位贵妃。

后来那诗传入成康帝耳中，成康帝龙颜大怒，当即下旨命玉贵妃禁足思过，另着司礼嬷嬷带人将候选之人扔出宫门，并于宫门前下了重斥——不会作诗可以不作，不会说话也可不说。

再后来，就有了其父上表请罪，府中传出此女高烧不退失了声的事儿。

帝王之怒如今想来仍是令人心悸，以至于近些年京中贵女无人再作牡丹之诗，就连不含比拟的单纯称赞都无人再写，明檀自然不愿，也不会触这霉头。

奉昭此刻已被妒意冲昏头脑，半点儿也不想再装什么随和，一心只想着她本就是金尊玉贵的郡主，还用得着看这群女子的脸色？她便是要让她们知道什么叫作高低贵贱尊卑有别！

于是众人就眼睁睁地看着奉昭郡主上前折了朵名贵牡丹，边拿在手中把玩，边出口吟诗。

诗毕，她站定在明檀身前，将那朵牡丹簪入明檀发间，审量道：“明四小姐楚楚动人，然与这牡丹，不甚相配。”她碰落那朵牡丹，踩在脚下，足尖轻碾。

园中一时寂静无声。

大家只觉得，奉昭郡主怕是疯了，但又不得不承认，她说的也是事实。她乃亲王之女，这诗她作得，这花她摘得，宗室王女，有何不敢？陛下还会为着这句诗找自己侄女麻烦吗？

可就在此时，平国公府众人，包括平国公夫妇在内，簇拥着手举明黄圣旨的内侍浩浩荡荡急走而来。

“圣旨到，靖安侯府四小姐接旨——”

内侍尖细嗓音于空旷之处响起，众人未及反应，只遵从本能地，稀拉着跪倒一片。

明檀也是蒙头蒙脑。

她接旨，她接什么旨？这旨都宣到平国公府来了？是不是念错人了？是平国公府四小姐？可平国公府好像没有四小姐。

她怔了半晌，被周静婉拉了把才老老实实地跪好。

内侍展旨，高声念道："奉天承运皇帝诏曰，靖安侯府四女蕴粹含章，端方敏慧，克令克柔，今及芳年闺中待字……兹特赐婚于定北王江绪，册定北王妃，宜令有司择日，备礼册命，钦此！"

园中柔风徐来，吹动枝头牡丹轻晃，蝶恋花丛正扑扇流连。然四下寂静，不闻人声，只花涧清泉泠泠作响。

半晌，内侍合上圣旨，躬身往前奉送，打破了这份沉寂："恭喜四小姐。"

明檀脑中一片空白，平素做得极好的礼仪规矩竟是半分都想不起来了，她就那么看着那道圣旨，直到先她一步回神的周静婉再次拉了拉她的衣摆，她才从一瞬僵麻的状态里回过神来，不甚自然地叩拜谢礼，双手微抖着往上接旨。

内侍暗自舒了口气，声音细而恭谨："那奴才就先回宫复命了。"

他又朝平国公夫妇点了点头，以示歉意，毕竟宣人靖安侯府的旨都宣到平国公府来了，委实是有些唐突。

宣旨这事儿虽不合规矩，但内侍未多解释，平国公夫妇便也不好出言揣测圣意，倒是借着话头问了两句陛下安、皇后娘娘安。

平国公夫妇都不敢揣测圣意了，其他人更是不会多问。

况且，比起宣旨宣到别人府上，更令人感到震惊诧然的是这道圣旨的内容——

明家阿檀被册为定北王正妃了！

高嫁本乃常事，倒不是说靖安侯嫡女与定北王身份悬殊，有多不配，只是明家阿檀怎么说也刚退婚不久，不管缘何，一般人家也会淡个半载再明面议亲。圣上这一出，实乃出人意料，且赐婚对象还是那位只闻其名难见其人的大显战神，定北王殿下。

上元宫宴定北王殿下撂前承恩侯府脸子的事情，大家可都还记忆犹新呢。

“阿檀，阿檀！”见明檀半晌不起，白敏敏和周静婉都忍不住小声唤她。

被赐婚的未来定北王妃还捧着圣旨怔跪在那儿，除了平国公夫妇，其他人哪敢起身，可大家总不能一直跪着。

明檀回神，被两人扶着站了起来，又迟缓地打开圣旨，盯着“靖安侯府四女”“定北王妃”几个字眼看了好一会儿。

没宣错。

真的是她。

她被赐婚了。

不是落到自个儿头上的事情，再过惊愕，其他人适应了一会儿也都接受了，且凑上前看到圣旨写得那般清楚，盖着明晃晃的玉玺，还有什么不能接受的，天大的好事儿啊！

定北王是逾制拔擢的超品亲王，定北王妃自然也是超品亲王妃，且定北王的地位实权，哪是其他亲王可以比拟的，不然上元宫宴就不会有那么多贵女上赶着表现了。

对了，说起亲王，方才奉昭郡主说什么来着？

她父亲宜王与圣上并非一母同胞，先帝在时也不受重视，到开府之年便远远打发到了云城封地，虽是封地，却无半分实权，还是圣上这两年为显兄友弟恭，才允其回京开府。

一个普通亲王的女儿，指着重权在握的亲王王妃鼻子说，我配牡丹你不配，简直就是滑天下之大稽！这些个贵女活了十几年都没见过如此迅速猛烈的打脸场面。

白敏敏方才就被奉昭气昏了头，差点儿上前与其理论，这会儿从天而降这么一道圣旨，她哪能轻易放过，上前便冲着奉昭扬声道：“郡主，不知现下您觉得，这牡丹，阿檀配是不配？”

奉昭抿着唇，脸色从未如此难看。

白敏敏上前，还欲折朵牡丹给明檀簪戴，然明檀却握住了白敏敏的手腕：“草木有本心，花好亦自喜。”

虽然明檀是因为还没搞清楚现下状况，不想轻举妄动，但此话一出，高下立见。奉昭郡主方才之举更显野蛮粗俗，与之身份不相匹配。

周围人没开口，可目光密密麻麻，如针扎一般落在奉昭身上，似轻蔑、似哄笑，一道道交织成了前所未有的奇耻大辱！

这园子奉昭是半刻都待不下去了，她恶狠狠地瞪了明檀一眼，愤而离开，一路掩面直奔宜王府。

回府后，奉昭整整半日都在府中哭闹打骂，还没发泄够，日暮时分皇后竟又遣人至宜王府下旨斥责，直言她德行有失，应在府中闭门思过。

奉昭蒙了。

其实她作作牡丹诗折折牡丹也不是什么大事儿，可关键是她撒野的对象乃未来的定北王妃，撒野的地方乃皇后母家平国公府，折完又踩的那株牡丹也乃皇后赐给自家姐妹赏玩、自个儿在宫中精心照料过的名贵品种，她奉昭是想打谁的脸呢！

宜王夫妇知晓此事后气急攻心，勒令奉昭不许出门静思己过，这也直接致使其后半年，京中无人再见奉昭身影。

当然，此乃后话。眼下赐婚圣旨突降，再加上奉昭愤而离席，这场诗会是无论如何也不好继续进行下去了。

好在章含妙是个爱热闹，也爱看热闹的性子，今儿这一出出的，她看得十分过瘾，并没有因着被人抢了风头，诗会又被搅得办不下去而心生不豫。

众人各回各家，明家阿檀被赐婚定北王殿下的消息，也随着诗会中途散场四散开来。

明檀一行归府之时，裴氏正送着另外几名眼生的内侍出府。

见到明檀，那几名内侍只挤出一个勉强又难看的笑脸，全了礼便匆匆离开。

“母亲，这是？”明檀心底一顿，还未从先前冲击中缓过神来的小脑袋瓜嗡嗡作响，七上八下地想着，是不是又来追加什么吓死人的旨意了。

裴氏压住心中欢喜，镇定道：“先回屋再说，回屋再说。”

赐婚消息方才已经传回靖安侯府，裴氏先前还坐立不安心中忐忑，突闻赐婚，还有什么不明白的，定然是圣上知晓太后已遣人来府预备强行指婚，便出了一招不合规矩的先下手为强啊！

这招使得妙，更妙的是这指婚对象！定北王岂是那些个郡王亲王世子可比的！

裴氏挽着明檀亲亲热热地进了兰馨院，前后脚，明亭远也满面红光地迈入侯府，直奔裴氏院子寻人。

原来成康帝所言非虚，他的确拦了一道太后懿旨，可太后能写会说还会盖印，有一道旨便能有第二道旨，他下朝留了明亭远叙话游说，太后那边知晓，第二道懿旨就直接送出去了。

待到游说成功得知此事，成康帝还心想：坏了，这可如何向江启之交代？

好在对乘龙快婿的喜爱激起了明亭远脑中灵光。

明亭远知道，太后重规矩，断没有只有裴氏一个继室在府便宣旨赐婚的道理。太后不知今日明檀不在府中，下头的人定会等他或是等明檀归家再行宣读。

所以他便提议，不若直接去平国公府宣旨，恰好今日各府闺秀集聚，在办诗会，众目睽睽之下，这旨先宣，便是板上钉钉。

成康帝觉得这主意甚好，立马派人去了，也就这么顺利办成了。

听完明亭远得意扬扬地说了半晌这抢着赐婚的波澜起伏，明檀："……"

她议个亲，竟如此兴师动众，真是小瞧她父亲这介粗俗莽夫了。

可为何是定北王，那不又是另一介粗俗莽夫？而且定北王都可赐，为何不赐舒二公子，右相不也是忠诚不二的圣上拥趸吗？

明檀委实难以消化这一消息，她在佛前诚心祈愿月余，佛祖是不是漏听了什么，不是说好了要有一甲之才，要有上乘品貌吗？

定北王妃之位确然极高，只不过她如今想起上元宫宴那介莽夫狂悖无礼嚣张至极的行径仍倍感窒息！

这嫁过去，夫妻之间如何叙话？且如他这般模样，怕是迟早有天得跟着他一起掉脑袋吧？最为要紧的是，如此粗俗之人，那容貌气度定然与舒二无从比拟！

明亭远完全没注意到明檀极为勉强的神色，坐在上首，还在大谈定北王殿下的神勇功绩——

“定北王殿下实乃奇才啊！其实年轻一辈里真能领兵打仗的，没几个，人家束发之龄，便以三千精兵挡三万北域蛮族！想当年我率兵支援时，人家已经攻入腹地反败为胜，当时那场景，血流成河，伏尸千里！”

明檀：“……”

面色苍白了些许。

“那奸细落在了他手上，血刺呼啦都不算什么，没个人形不说，扔回去他们都不敢认，愣是消停了大半年！”

明檀：“……”

面色又苍白了些许。

“还有成康三年……小小年纪那叫一个行事果决手段狠辣，直接将对方首领的大儿子尸体挂在城门挂了三天，最后都晒成人干了！”

明檀：“……”

您这么高兴，是希望女儿也被晒成人干吗?

因着赐婚一事，接连几日，明檀都没什么胃口。

偏无人察觉她心情不佳，府中上下不说张灯结彩这般高调，也都是与有荣焉喜气洋洋的。

赐婚当日，阖府下人当月的月钱便翻了三倍。小丫头们出府买个胭脂水粉，一听是靖安侯府的人，掌柜的还连卖带送，非要塞上两盒桂花头油。

上门送礼恭贺的更是络绎不绝，各种名目挡都挡不住，邀裴氏、邀明家几位小姐出门的帖子也如雪花一般堆得满满当当。

若说平日明檀是靖安侯府的小祖宗，这会儿可是大祖宗了，阖府的眼睛都巴巴儿望着照水院，就怕她要求不多，展现不出自个儿办事有多尽心。

“对了，院外洒扫的小丫头都美得不行，这几日出门腰板挺得可直了，十一二岁的丫头片子，谁见了都叫一声姐姐呢，小姐您说好笑不好笑。”

绿萼边给明檀梳头边喋喋不休道：“奴婢和素心也沾了小姐的光，锦绣坊和错金阁那边都给奴婢和素心送衣裳首饰了呢。小姐您都不知道，外头听说定北王妃对锦绣坊和错金阁的衣什头面青睐有加，都一窝蜂地跑去锦绣坊和错金阁订东西，错金阁订头面的单子都排到后年年初了！当然，生意再好，给小姐做东西自然是最要紧的，错金阁的掌柜都说了，这回要给小姐打磨一套新鲜头面，小姐定然喜欢！”

素心也难得和着绿萼的话头凑回趣儿：“这有什么稀奇，小姐可是错金阁的大恩人，他们哪回不是紧着小姐尽心了。”

素心这话倒也没错，锦绣坊、错金阁与明檀的确是渊源颇深。

前两年明檀自个儿琢磨了新鲜式样，托当时极为红火的望珠阁做一支累丝金玉拥福簪，预备给将要出嫁的堂姐添妆。

因着不想让人提前知晓自己的添妆礼，她打发婢女去望珠阁时特特隐了名头。

谁知望珠阁惯是个看碟下菜的，平素给侯府做首饰自然是毕恭毕敬，可见来订簪子的婢女衣着朴素瞧着眼生，便以为是普通富户，随意将活儿排给了工匠学徒。

那学徒技艺不精还爱使巧儿躲懒，偷工减料。等簪子做好，送回明檀手中，明檀一眼就瞧出了不对。

当下她按着没发作，只另寻了好东西添妆，又托当时刚开、生意冷清的错金阁按原先样式做了支簪。

没过几日，一众贵女在赏花宴上闲聊近日新得的衣裳首饰，她便将两支簪拿出来让人品评，多余的话倒也没说，只轻描淡写夸了几句错金阁的手艺。

其实有些东西，常人看来也没什么差别，然这些贵女眼毒，用料好次、精细与否，皆是只扫一眼便一览无余。

不过一夕，平日颇受青睐的望珠阁在名门闺秀里就悄然冷淡下来。

些官家小姐富户小姐也慢慢发现，望珠阁的首饰不时兴了，大家都转头去追捧城北新开的错金阁，望珠阁的生意更是肉眼可见地一落千丈。

错金阁与锦绣坊背后是同一位东家。当初明檀寥寥几言让错金阁在上京林立的首饰铺子里站稳了脚跟，东家和掌柜都十分感念，每每为靖安侯府办事都是一百二十分的尽心。

如今明檀成了准定北王妃，两家铺子又因明檀青睐跟着水涨船高，正如素心所言，排在其他人前头为她精心打磨头面，那是再寻常不过的事儿。

只不过素心、绿萼，包括明檀也不知，今次这番尽心，倒与往日缘由不尽相同——

“什……什么？陛下给王爷赐婚了？王妃是那个，那个靖安侯府小小姐？”定北王府的大管事福叔听到赐婚消息时，惊讶得连眼睛都瞪直了。

可回话的小厮总觉着，福叔这惊讶中似乎还有种莫名欣喜，他恭敬弯腰，回禀道：“福叔，千真万确，圣旨都宣了，这会儿满京城估计都知道了。”

福叔闻言，起身背着手转悠了几圈，自顾自碎碎念道：“圣旨赐婚，那王爷是自己愿意娶了？王爷若不愿意，陛下不会赐婚啊……”

这么一想，福叔点了点头，觉得此事甚为靠谱。

傍晚江绪回府之时，福叔寻着送账册的由头观察了会儿江绪的神色。

他们家王爷好像也未不豫，于是他又大着胆子问了句：“王爷，听说圣上给您和靖安侯府四小姐赐婚了？”

江绪没翻账册，只径直抬眼道：“福叔，想说什么便说吧。”

“那老奴便说了？”福叔试探了声，见江绪默许，他直起腰来绘声绘色道，“老奴觉得圣上赐的这桩婚事甚好！王爷，您平日忙打仗忙军务，不关注这些个世家小姐，但老奴清楚啊，这明家小小姐在京城闺秀里可是一等一的出挑！最要紧的是，这明家小小姐极为和善！”

和善?

“王爷可知道前两年咱们府上新开的错金阁？”

王府产业极多，平素都交由福叔和一些信得过的管事打理，江绪哪有闲工夫记什么铺面。

福叔倒也没指望他知晓，只继续道：“前两年这错金阁刚开，北地便起了战事，户部那狗贼贪墨军饷欺上瞒下，您八百里加急派人传信，让咱们府上先行筹措军饷，前前后后三笔，数百万两白银啊！

“咱们府上拿是拿出来了，可这般火急火燎地筹，关了不少铺子。又不是什么好时节，好些铺子周转不过来，多亏了那会儿新开的错金阁有进项，能拿来填补其他铺面。说起这错金阁，就和这靖安侯府的小小姐脱不开干系了……”

江绪耐着性子，听福叔将错金阁和他那位准王妃之间的渊源说了遍。

说着说着，福叔的称呼也不知不觉地从“靖安侯府小小姐”变成了“王妃”。

“……咱们王妃对错金阁那是青睐有加啊，听闻锦绣坊和错金阁是一个东家，连带着也十分喜欢锦绣坊的衣裳，所以老奴一直都让底下的掌柜的们好生尽心，因着也不是什么大事儿，以前也没和您提过，您就说说，这婚是不是赐得极好，赐得极有缘分？”

福叔的意思，江绪听明白了。

不过他不大明白，这与和善有何干系。

福叔还在滔滔不绝：“老奴都想好了，咱们王妃必须得是这京里头最有排面的姑娘！老奴已经吩咐下去了，要以错金阁的名义给王妃送一套头面，就用咱们王府库房的那一匣子极品东珠！那一匣子东珠莹润生辉，品相可是万里无一！皇后娘娘那儿估摸着都没有，王爷您觉得怎么样？”

“……”

不是都已经吩咐下去了？

他揉了揉眉骨，淡声道：“你决定便好。”

福叔是一心要给自家王妃撑脸，可事实上，不管有没有那套东珠头面，明檀这准定北王妃，如今在京里已是极有排面。

准定北王妃这一身份，确实也极大程度满足了明檀的虚荣心。

可每每思及嫁进王府之后的无穷后患，以及她尤为在意的品貌，她又难展笑颜。

这日周静婉与白敏敏过府陪她插花，她举着把剪子，心不在焉地修着花枝。

与此同时，她嘴上还不停说着这桩婚事到底有多不得宜。

她这般心意难平，瓷瓶里花枝零散，自然也修剪得毫无清疏远淡之花意。

其实明檀更为中意舒二公子这事儿，白敏敏理解，但她不大理解，定北王殿下哪就如她所言那般不堪了?

白敏敏疑惑道:“你这一口一个莽夫,你见过他?”

“怎么没见过,上元宫宴不是见了?”

“……”

“我坐得可比你靠前不少,我都没瞧清,你瞧清了?”

明檀又是利落一剪:“这还需要瞧清?你不记得他对顾九柔说什么了?”

“婉婉上次不都说了,那是陛下有意要收拾承恩侯府,定北王殿下想来也就是顺势而为而已。且那回宫宴我坐得还算靠前,趁人不注意偷觑了眼,虽然没看清,但远远瞧着定北王殿下也是极有威势的呢。”

“我爹你是不是也觉着极有威势?五大三粗的可不得有威势,野豕你也觉着有威势!”

周静婉掩唇轻咳:“阿檀,既未谋面,你这可是对未来夫婿有偏见了。”

她能不有偏见吗?出言嚣张狂悖,杀人毫不眨眼,信重的下属也是沈玉那般的愣头青,这夫婿能好到哪儿去?

见明檀这般抵触,白敏敏忽然提议道:“不然这样,咱们找个机会,先去偷偷瞧他一眼,怎么样?”

闻言,明檀手中的剪子忽地一顿。

江绪,大显朝唯一的二字亲王。出生时是含着金汤匙的皇太孙,可未满周岁,父亲敏琮太子便意外离世。

先帝继封为太子,后荣登大宝,年号淳兴,淳兴帝在位不过十余载便因疾驾崩,当今圣上以东宫之尊继位登基,年号成康。

江绪身为前皇太孙,身份原本十分尴尬,按理来说,在政权的多番交替中,能活着长大已算幸运,活着长大了,也该是依例封个郡王,撵到犄角旮旯的地方眼不见为净。

可当今圣上在他开府之年便以亲王之位为其进爵。亲王超品,晋无可晋,然他三千奇兵一战封神,那年归京,圣上亲临城门,下辇迎人,并以“定北”二字为其加封。此等亲王之上辅加军功的破格再破格封号,于武将而言,可以说是无上荣光。

——嗯，如此看来，定北王殿下，的确是尊贵非常。

琢磨完白敏敏寻来的定北王生平，明檀不自觉点了点头。

那么问题来了，要去哪儿才能偷偷相看到这位尊贵非常还权势滔天的定北王殿下呢？除了这些个生平，他的容貌身量、习惯喜好，似乎都极少为人知晓。

晚膳时分，明檀又是勉强用了几口便搁了箸。

天气渐热，胃口愈差。这几日她屋里就连熏香也已撤用，只在明间放了一缸子新鲜佛手，佛手果香清淡，也让人心郁疏散些。

见明檀不怎么进食，近日瞧着小脸都清减了几分，素心觉着不大好，收拾了晚膳，她又去厨房，自个儿挽袖上手做起了吃食。

明檀平素爱吃她做的杏仁酪，这杏仁酪得先将杏仁捣碎过筛，加水搅和成浆状，再过筛滤渣，辅以米粉白糖熬制，熬制时还需以小火不停搅动，成酪才能细腻润滑。

杏仁酪做好冷却后，素心将其连碗一块冰镇了会儿，最后又撒上些杏仁碎，提回了照水院。

见着冰镇的东西，明檀的胃口确实上来了些。素心做了两份，她吃完一份还想再动另一份。

可素心不让，轻声劝道：“小姐，冰食吃多了会闹肚子，您几日未出门了，不若带上这份杏仁酪去书房给侯爷请个安，也好松动松动筋骨。待消化了冰酪，回来奴婢再给您煮鸡汤面便是，鸡汤这会儿正吊着，小丫头在看火呢。”

明檀想了想，也好，确实是有几日未曾出门了。不过她爹就免了，她并不是很想再听她爹高谈阔论那位定北王殿下杀人如麻的丰功伟绩。

她让绿萼伺候着重新梳洗打扮了番，带着杏仁冰酪去了兰馨院。

送了冰酪，又与裴氏在花厅闲聊半晌，恰有府中管事前来会账，明檀便起了身告退。

经东花园回院时，她刚好瞥见沈画领着丫鬟在园中采花，想了想，她还是走了过去。

其实她明白，那日在平国公府，沈画并非为她出言，而是在为自己出言。

沈画是为得一声受侯夫人教导的好名声，才在将嫁之年寄居侯府，明楚若是毁了她的清白，也等同于毁了沈画的清白。

相反，明楚的名声对沈画来说没那么要紧，大家都知道她是在边地受姨娘教养长大的庶女，方才回京，便是愚蠢恶毒些，也无人会赖在侯夫人教导不严，继而牵连到她沈画也品行不端之上。

可不管沈画缘何出言，都是实实在在地帮到了她，她总要道一声谢。

“表姐。”明檀上前。

“四妹妹。”见着明檀，沈画并不意外，她拢了拢篮中芍药，语气寻常，“这是从兰馨院来？”

明檀轻轻“嗯”了声，又浅浅福礼道：“诗会那日，还要多谢表姐出言相助，若表姐有需阿檀之处，尽可直言。”

“不过是实话实说罢了，四妹妹无须挂心。”沈画虚扶了把，心知明檀既承这情，那便足够，无须把话说得太透，“噢，对了，近几日未见四妹妹，还没恭喜四妹妹觅得良缘呢。”

明檀浅笑不语，只不动声色地打量着沈画。

想当初，府中盛传沈画怕是要被抬入昌玉街，飞上枝头做定北王侧妃，上元那日入宫，沈画打扮神态显然也是有意于定北王侧妃之位，可如今她又似是诚心祝愿，并无拈酸怪气之意。

都是聪明人，沈画自然也知明檀在想什么，她摘了朵芍药，另起话头道：“方才四妹妹说，若我有需，尽可直言。其实，我确有所需。四妹妹婚期虽未拟定，可想来应是不远。同在侯府，依着祖宗规矩，我与三妹妹合该先你发嫁，所以这议亲一事，必然是要提上日程的。只望四妹妹能在夫人面前多替我美言几句，让夫人为我择一位如意郎君才好。”

这话的意思，就是表明自己无意高门妾了。

“这是自然，表姐才貌双全，便是不说，也定能觅得如意郎君。”

沈画谦虚：“总归是不及四妹妹。”

上元那时宫中设宴广邀女眷，着意为定北王殿下选妃，沈画确实想过自己可能中侧妃之选。可那时她对上京这些个王爵世家了解甚少，也对自己自视过高。

靖安侯府之显之贵都不过堪堪落座殿门，宫门外那遥不见影的列席位次，和着凛冽冷风，好似没有尽头。再加宫宴之上，那位定北王殿下连玉贵妃亲妹、承恩侯嫡女都半分不给面子。自出了那扇宫门，她就打消了一众妄念，重新考虑起了自个儿的亲事。

只是如今这等尊荣落到她这位四妹妹身上，瞧着，她这四妹妹也并不是十分欢喜。

“定北王殿下英朗不凡，实乃良配。怎么，四妹妹似乎有心事？”

“英朗不凡？”明檀倒很会抓重点，“表姐如何知晓他英朗不凡？”

沈画一顿：“我哥略提过一次，说定北王殿下用兵如神，英朗不凡。”

这不就是对将帅之才的寻常夸赞，有何知不知晓，不对，她这四妹妹……似乎是尤为在意“英朗”二字。

沈画仿佛明白了什么，忽而掩帕笑道：“我哥既夸英朗而非英勇，想来定北王殿下不说俊朗，也至少是相貌端正的。其实寻常人家定亲之前相看乃是常事，可四妹妹是陛下亲赐皇婚，自然无此安排，不过四妹妹私下相看一番，也无不可。”

“定北王殿下行踪难测，岂是能随意私下相看的。”

这倒是。

沈画想了想：“四妹妹若信得过我，我倒有法子让你私下相看一回。”

她哥没什么心眼，从他口中套个行踪，比采花酿酒还要省力几分。且明檀这桩婚事顺利，于她而言那是有百利而无一害，自是要帮的。

三日后，午时，沈画备好一篮子午膳，领着两个小丫头径直去了京畿大营。

到了大营外，守营士兵相拦，沈画柔柔福了一礼，又出示沈玉给的令牌，说是沈小将军亲妹，天热，她特来给自家哥哥送清淡午膳。守营士兵红着耳朵揉了揉鼻头，十分干脆地放她进去了。

入了营，她身后始终埋首的两个小丫头，悄咪咪地抬起了脑袋。映入眼帘的，正是明檀与来凑热闹的白敏敏两张小脸。

三人行至僻静处。

沈画交代道：“你们在外头先等一等，我去给我哥送膳，再想法子让他同意将多带的荷叶粥拿去送给定北王殿下。”

沈画对沈玉可以说是了若指掌，就明檀被赐婚定北王一事，沈玉至今都难以接受。

可同时他对定北王又十分尊敬，一时之间矛盾纠结，难过心坎。想来粥他是愿意分的，但绝不会愿意自个儿亲自去送，如此一来，她引个话头的工夫，便能让沈玉同意随意指个士兵，带她的丫鬟去送粥了。

事情进展得十分顺利，不过半刻，沈画便出了帐，冲着守在帐外的明檀与白敏敏吩咐道：“你们两个，跟着这位小军爷去王爷营帐，送些荷叶粥。”

两人齐齐福身应是。

待到了定北王的营帐前，守帐士兵却没那么好说话了，他上下扫视了眼两人，粗嗓道：“二位姑娘将粥交予我便好。”

“？”

那怎么行！

眼见那士兵就要来接食盒，明檀急中生智，一本正经地胡诌道：“军爷有所不知，这荷叶粥是浸在冰鉴之中保持冰凉的，府中冰鉴都是特制，极为精巧，军爷怕是不会开，弄洒了可是不美。”

哦，这是嫌弃他们五大三粗的会把她们那什么……冰……冰鉴弄坏了？

不过确实也不知这是什么东西，这些个富贵人家吃点东西也真精细。

他悻悻地退开半步，撩开帐布：“那只一位姑娘进去便好，送完还请姑娘赶紧出来，不要打扰王爷处理公务。”

明檀与白敏敏对视了眼，白敏敏不断朝她示意进去。

其实与白敏敏一起倒也没那么紧张，只她一人，这实在是……

可来都来了，也没有让白敏敏进去代她相看的道理，且白敏敏那眼光，上至舒二公子她觉得俊美，下至她爹她也觉得极有威势。

想到这里，明檀福了福身：“多谢军爷通融。”

入了营帐，明檀只觉寂静非常。

亲王营帐从外来看便要比其他将领的宽大不少，内里也布置得十分舒适，她模模糊糊地瞥见军事沙盘前立了道黑色身影，顿时心跳如擂，不敢多望，只眼观鼻鼻观心地行至桌案前，远远控制着嗓音如常，福礼道：“王爷，沈小将军派奴婢来给您送粥，荷叶粥还冰着，正是清淡解暑。”

江绪：“……”

这声音……

过了约有小半盏茶的工夫，立在沙盘前的那道身影也未动分毫，更未应声。

明檀心里七上八下的，提着食盒的手都有些轻微发抖，她眼睛扑闪，一点点，一点点地往上抬起。

及至视线的，是先前瞥见的那道黑色身影，清隽挺拔，身量颀长，瞧着比舒二和沈玉还要略高半寸。

竟不是五大三粗的莽汉。

明檀极快地收回目光，见他并未有应声打算，只好放缓动作，将瓷碗放置在桌案之上，极慢地倒着荷叶粥，想着能不能拖延时间，拖到他主动回头好让她看清相貌。

与此同时，她还忍不住抬眼，小心偷瞄着那道背影。

可那道背影就像是存了心般，一动未动，毫无转身迹象。

明檀现下是个小婢女，也不可能无端搭话，万一因多嘴被拖出去受罚，那可真是没地儿说理。

磨蹭半晌，眼见粥就要倒完了，她心下不甘，偷瞄背影也越发频繁。

忽然，那道背影一动，似有回身迹象，明檀惊得粥都差点洒开来，慌里慌张地敛回目光，做贼心虚般低低埋着脑袋。

来人步子极缓。

从沙盘至桌案不过三四丈的距离，她却感觉又过了大半盏茶时间，绣有暗纹的衣摆、靴履才缓缓走至近前，落入她的眼底。

江绪立在桌案前，不经意般扫了眼案边垂首侍立的小婢女，撩开下摆落座，舀着荷叶粥，尝了一口。

行军之人的手自然细腻不到哪儿去，他掌上生茧，指腹粗粝，手背上还有近日练剑不慎刮出的新伤，不过他的手型极为好看，掌宽，指节瘦长，指骨分明。

明檀看着，一颗心提到了嗓子眼，比先前更缓慢、更细微地抬起了眼睫。

映入眼帘的，先是交叠的外衣领口，而后是脖颈、喉结、下巴、唇、鼻、眉眼——

那是一张轮廓分明，极为俊美的面庞。

剑眉星目，鼻挺唇薄。

如远山寒月，凛不可犯。

与她从前见过的那些从戎之人都不一样，论姿容气度，比之名动上京的舒二公子都毫不逊色，甚至多了种……沉金冷玉般的矜贵之感。

明檀怔住了。

这就是定北王殿下吗？

是……是不是搞错了？

念头方一闪而过，便有人撩帘入帐，为她解惑。

“王爷，宫中传信。”

来人单膝叩地参禀，话头特地停了一瞬，余光瞥见前头那不懂事的小婢女竟无回避之意，且王爷好像也没挥退的意思，有些迟疑。

江绪抬眼，睥睨疏淡道：“说。”

“是。”来人垂首拱手，继续道，“宫中传信，王爷所书《励军束伍论》，圣上着意命翰林院誊抄，并与王爷先前所书数篇兵法论则整理成册，不知王爷有何示意。”

“谨遵圣意即可。”

“是，那……属下告退。”

来人又扫了眼小婢女。

然“小婢女”满脑子都在想：还会写文章？

虽是与行军打仗有关的兵法，但能自行成论便是有自个儿独到的见解。领兵打仗之将帅，对兵法有点自个儿的见解实属正常，可不是所有将帅都能将自个儿的见解好生表述出来。

就像她爹与她舅舅，她爹追文赏雅还勉强能说出个一二三四，可她舅舅空有一身本领，每回一开口就是些个大白话，莫说论著了，把想法说清楚都不容易，所以她这未来夫君还挺——

“你还在这儿干什么？”

明檀正想得入神，忽而有道声音打断她，与浸在冰鉴中的荷叶粥般，都带着消暑的凉意。

她打了个激灵，慌乱间囫囵与那道平静视线对了一瞬，又忙垂下来，软声告了个罪：“王爷恕罪，奴婢这便走。”

她不甚熟练地收拾着空碗与食盒，匆匆福礼告退，回身往外时，步子都比平日要快上不少。

江绪扫了眼她娇小薄瘦的背影，又垂眸理事，倒也瞧不出什么多余情绪。

“怎么样怎么样？”出了营帐，离远了些，白敏敏忙小声追问。

明檀抿唇不言，一张小脸还紧张得泛着白。

待与沈画会了面，一道出了京畿大营，白敏敏已是急到不行，围着明檀团团转道：“我的小祖宗，你倒是说呀！到底发生了什么事，你怎的都吓呆了？”

晌午正是天热，明檀嗓子都有些发干，她缓了缓紧张情绪，艰难地咽了下口水，出言道：“确……确实极有威势。”

“……”

完了，还真和野豕似的。

白敏敏脑袋嗡了几息，眼前似是闪过一顷白光，站太阳底下，人都晕乎地晃了晃。

好半晌，她回过神，按住明檀的肩膀，自己心里都没什么底地安慰道：“莫慌，莫慌！我来想想办法！”

白敏敏在想主意上素来算不上十分靠谱，这会儿脑海中满是从前看过的那些个才子佳人的话本，那些话本中，倒不乏千金小姐与穷书生想方设法夜奔逃婚之事。

她灵光一闪，忙道：“有了，不若回去禀了我父亲，就说定北王殿下形容丑陋十分粗鄙，你委实是不愿嫁，我与你一道磨着我父亲，让他为你周全，到时再安排一场不慎失足、溺死出殡即可！只不过如此一来，阿檀你怕是无法再留在上京了，以后你便隐姓埋名，去江南富庶之地，父亲定会为你寻一户好人家，保你此生富贵无忧。”

说到此处，白敏敏眼中还泪光盈动起来：“虽然以后再难相见，但这也是为了你的终身大事着想，我与婉婉在京城，一定会时时想念你的。”

“相貌当真，粗鄙至此……了吗？”沈画犹疑。

“那必然是粗鄙不堪，形容野豕——”

明檀一直走神回想着那人的样貌神情，听得沈画所言“相貌”二字才反应过来，想都没想便掷地有声地反驳道：“谁说他粗鄙了？谁说我不愿嫁了？定北王妃之位一定必须即便死都是本小姐的！”

“……”

白敏敏与沈画都被她驳得怔了一瞬，还不由得对视了眼。

明檀懒得解释：“快随我去趟周府。”

白敏敏：“去……去找婉婉？就穿成这样去？”

明檀上下扫了自己一眼，差点忘了，现在还是身丫鬟打扮，且姑娘家家白日在外招摇到底不好。

也罢，是她太心急了。

想到这里，明檀又改了主意，先是依原路回了府，又另写了封信，着人送去给周静婉。

一直等到日暮时分，周静婉终于派了小丫头上门，送来几页最新誊抄的《励军束伍论》，并附上其父的一句点评：

“言之有物，新而非虚。”

周伯父乃翰林学士，储相之才，才华横溢又极为清高，能如此评价，那必然是写得极好的意思了。

明檀晚膳都没用，便迫不及待先看起了这则兵论。

排兵布阵她不大懂，但至少能看懂在写什么。端看其论，逻辑缜密清晰，行文简洁不失犀利，直扼要处字字珠玑，很有几分松竹泠泠的韵味。

看完，明檀目光仍落纸上，不舍流连。及至页末，她发现周静婉还附了张纸笺，上书：“父言，新科取士，圣上所出金殿对策论兵之题，源自定北王殿下。”

……都能给举子们出题了?

那自是才华可超一甲的呀!

明檀心中喜意悄然蔓开，托腮看着纸上所言，嘴角更是不自觉地往上扬起。

她的未来夫婿，身份贵重，相貌俊朗，气度不凡，竟还这般有才!

“小姐，您在笑什么呀？”绿萼与素心一道布着膳，颇有些好奇地问。

明檀不答，只愉悦道：“将铜镜取来。”

这时辰要铜镜作甚，绿萼一脑袋雾水，但还是净了净手，去内室取来了一面小铜镜。

明檀接过镜子，左照照右照照，发觉这几日倒是清减了几分，不过清减些也好，夏日衣衫薄，如此便平添几分弱柳扶风之柔婉，甚好。

其实午时去京畿大营前，她思虑得极为周全。一来为避免日后被王爷认出，二来怕营中士兵见她太美，以为她这小丫头存心想勾引王爷不让她进帐，遂特意扮了番丑。

当然，她能接受的扮丑极致也不过是抹些偏黄的粉，让自己看起来不那么白皙罢了。

回府她便重新梳洗了番，此刻镜中清晰地出她的烟眉星眸，冰肌雪貌。

美人容色娇致楚楚，与她未来夫君正是极为相配。

明檀满意了。

只绿萼与素心暗自犯着嘀咕，原先不过早晚梳洗照上一照，现下用膳也要照了？那往后是不是该在膳桌上也摆上一面小铜镜?

明檀又道：“素心，明日你去账房支些银钱……罢了，是我许的愿，理当用我的私房才对。”

她换了只手托腮，继续吩咐道：“便从母亲留给我的嫁妆银子里拿，给灵渺寺添上千两香油钱，然后再问问住持师父，给那日我领你去叩拜过的宝殿佛祖重塑金身需多少银钱，就说，你家小姐在此发过愿，若如愿以偿，必为佛祖重塑金身，还请住持切勿推辞。”

“千……千两？”

“少了？”

明檀依稀听裴氏提过，若不留斋，寻常去寺中祈福添个五十两即可，留斋歇脚也多是百来两。

可她心愿得遂，千两确实也算不得多。

“那不然再添千两？”

素心委婉道：“小姐，并非少了，千两已是心意极足。”

虽说先夫人留下的嫁妆很是丰厚，小姐出嫁之时，侯府与昌国公府也定会再备嫁妆，可她家小姐是个手松的，偌大个定北王府，也不知是何境况，到时若都需她家小姐操持，怎么也该留些银钱以备不时之需才是。

只不过她家小姐眼下显然没想那么深远，交代了还愿事宜，又忽然来了兴致，让绿萼备上笔墨，说要作画。

素心绿萼齐劝：天色渐晚，作画伤眼，不若等明日去园中再作。

好说歹说劝了下来，没承想明檀还时时记着作画一事，次日一早便梳妆打扮催着去了东花园。

接连几日，明檀在府中又是作画又是写诗，时常感叹些个什么，画中姿容不及他真人万分之一，作的诗更是庸常不匹，无半句满意。

素心和绿萼起先不知自家小姐在疯魔些个什么，绿萼想问，素心又拦着不让问。到底是明檀自个儿忍不住，主动和她们说起了偷偷相看一事。

明檀说时，那些个兵论她们半句都没记住，夸赞未来姑爷姿容的繁复辞藻也没记住，但这么日也念叨，夜也念叨，两人倒是晓得了，未来姑爷的容貌气度，是俊到了自家小姐的心坎上。

“有匪君子，如切如磋，如琢如磨。”出自《诗经·卫风·淇奥》。

“草木有本心，花好亦自喜。”前半句出自张九龄《感遇十二首·其一》，后半句出自文同《莫折花》。

杏仁冰酪做法参考《随园食单》：“捶杏仁作浆，挍去渣，拌米粉，加糖熬之。”

◈第五章◈
恨嫁

入夏多雨，连着晴了几日，夜里忽作闷雷，次日一醒便是倾盆大雨。明檀本是邀了周静婉与沈画一道去东花园作画，可今儿这天显然不行。

明檀在屋里闷得慌，思及她爹爹今日休沐，见外头雨势渐小，便吩咐素心去准备了份杏仁酪，撑伞去书房，给她爹请安了。

明檀颇善话术，只委婉地将话头往她未来夫婿身上引了引，明亭远便极有兴致，大谈起了定北王殿下的丰功伟绩。

说起淳兴六年秋猎，当时还是太子的圣上林中遇袭，遭数名死士围杀，千钧一发之际，定北王孤身一人杀进包围圈，身受重伤却以一己之力周全护下圣上，并施手段从留下的死士活口中，找出了围袭凶手——

明檀捧脸赞叹道：“有情有义，难怪圣上如此信重于他！”

再说起前两年户部侍郎贪墨军饷，他自战场侥幸回来，一人杀进侍郎府取其项上人头，鲜血溅开两丈之远，且不受绝色双姝所惑，亲自审理论罪，监斩户部侍郎满门——

明檀眸中发光，附和道：“委实是极有血性！”

……

一下午，明亭远说得十分开怀，明檀听得十分尽兴。

小小姐与侯爷父女相谈甚欢的消息悄然传至府中，明楚气得跺脚，拂下桌上茶盏；裴氏则是深感欣慰，笑舀着养颜汤；只沈画觉出了些明檀目的，轻轻打着扇，但笑不语。

因着相聊甚久，明亭远口干舌燥，饮了四五碗茶，如厕都如了两趟。待到说完，他长舒口气，嗓子都有些哑。

明檀乖巧地为他添着茶，又吩咐屋外候着的丫头拿些润喉梨汤进来。

吩咐完，她才似不经意般提了声：“对了爹爹，先前陛下赐婚的圣旨女儿收着，却总觉不妥怕丢，夜里都睡不安生，女儿想着，还是该送来由爹爹保管为好。”

明亭远：“给你的圣旨，当然是由你收着。”

明檀掩唇，矜持细声道：“如此，女儿怕是要担惊受怕到成婚之日了，就是……不知礼部拟的吉日到底是何时。”

吉日一事，可算是问倒了明亭远，他茫然不知，未得半分讯息。

其实成康帝赐婚过后，礼部便在为定北王府与靖安侯府这桩婚事前后忙活。

皇族宗室成婚本就极为烦琐，上头若不重视，其中囫囵些赶赶时日倒也无妨，可上头发了话，必须按亲王婚仪的最高规格操办，便是略微逾越些也无不可，那这其中要讲究的东西可就多了去了。

钦天监拟来吉日，礼部的老头子们争辩半晌，不是觉着日子不够吉，便是觉着时间仓促，难以在婚期前走完所有流程。

还有的考虑深远，都想到了西北边陲正值政权交替，一个不好生起动乱，那定北王殿下会否前往平乱？若前往平乱，是得在此之前成婚，还是得等平乱回京再行成婚？

诸多思量在前，钦天监只得重拟吉日，礼部也是各寻祖制，一点点敲定着圣上金口玉言的最高规格。

虽暂未定下具体日程，可礼部那边的意思，走完这些个结亲礼序，怎么着也得明年了。

得此消息，明檀只觉，婚期未免也太过长远！

于明檀而言，这婚期确实还很长远。

可于明楚、沈画而言，却已有些紧张。

时下高门女子笄礼过后，留上一年两载不算稀奇，然在此之前，基本都已有中意的夫婿人选。

明楚与沈画早至议亲之龄，一个先前在边地无人可供相看，一个图着侯府教养的名声还有哥哥升迁，此前都未着意选夫。

现下明檀这后头的妹妹被赐了婚，两人原本就该提上议程的婚事也变得着紧起来。

裴氏素来注重声名，甭管心底在不在意，反正明面上，还是对二人婚事表现得十分尽心的。

她成日带着两人出门，参加各种赏花品茶、长辈寿宴，将京中门第相当又正是成家之龄的人家都探了个遍。

沈画在这些个相当门户里极受欢迎，她出身弱了些，但也是家中嫡女，模样好，教养好，胞兄又十分争气，晋升之路可图可期，近些时日，上门提亲者众。

至于明楚，回回出门都拉着张脸，本就只是个庶女，在沈画对比之下，行止实无可夸之处。

但她到底是靖安侯府的正经小姐，还有陪戍边关，受靖安侯宠爱这宗好处，再加之模样十分齐整，也有不少图着靖安侯府之势上门提亲的。

只不过明楚心气高，对这些个上门提亲的哪儿哪儿都看不上。

“荣平伯府二房公子，为娘瞧着尚可。荣平伯府二房只他一根独苗，那将来便是要顶门户的，且今科薄取了三分功名，无须靠祖宗荫蔽，想来有几分才学。”柳姨娘温声分说道。

“可什么可，不过就是个没落伯府，人家大房在那儿顶着呢，老伯爷过世这爵位就和二房没有半分干系，有什么门户可供他顶的，且考了两科也不过是二甲开外，又算有什么才学。”

“你嫌荣平伯府门第低了？”柳姨娘想了想，又道，“那奉春侯府六公子呢？六公子——”

“一个庶子，我再嫁给他那不就是庶到一块儿去了！都是些什么人家，凭他们也配！”

柳姨娘：“……”

她放下手中名帖，默了半晌，忽而静道：“楚楚，你若是要同明檀比，那是无论如何也比不上了。圣上亲赐的定北王府，不是一般女儿家能攀上的。”

“我知道，不过就因为她是嫡女我是庶女，可我哪点比她差了！”明楚心中有数，但仍是不甘，语气愤愤。

她至今仍沉浸在当初外任阳西路时，自己是帅司掌上明珠的无限风光之中。

尽管那日在平国公府，沈画的那番话已让她从自满情绪里稍稍脱离出一些，近些时日也有所收敛，然心中认定之理，又岂是一朝一夕就能改变。

柳姨娘闻言，有些沉默。

过了半晌，她才道：“你自然不比明檀差，总归，都是娘的不是。”说到此处，她黯然了些，“都是娘的不是，才让你嫁不上明檀那样的好人家，甚至连一个远方表亲相看的人家都比不上。”

“娘，”明楚急喊，“我不是这个意思，不是怪您！”

柳姨娘仍垂着眼，不作声。

“明檀那贱人倒也罢了，我如何连沈画那贱人都比不上，娘您胡说什么呢！”明楚压根儿就没将沈画放在眼里，更不懂她娘为何说她连沈画都比不上。

柳姨娘轻声道：“你可知，国子监李司业家的二公子，向风荷院那位提亲了？”

明楚疑惑：“李司业？”

“司业虽不过六品，协祭酒之能，可李家是清贵之家，他家大公子娶的是翰林学士周家——也就是明檀交好的那位周家小姐的亲姐姐。

“我朝翰林学士素来是储相之职，有其帮衬，再加上如今在任的这位国子监祭酒年事已高、将要告老，李司业升迁自是指日可待。

“且听闻二公子本人勤敏好学，斯文儒雅，人品十分贵重。风荷院那位对这门婚事也颇为满意，夫人不日，便要安排他们相看一番了。”

这样说来，的确还算是不错的人家，比空有名头并无实职的荣平伯府和奉春侯府要强上不少。

可凭什么这样的人家要向沈画那贱人提亲，不过就是惯会装些柔弱有礼的模样讨家中长辈欢心罢了！

自回府那日结仇，明楚在府中就没少碰沈画的软钉子，现下听得沈画满意，便越发觉得不能让她如愿。

柳姨娘又适时补了一句：“你若是能寻得李司业这样的人家，为娘也就心安了。”

有明檀的定北王府在前，明楚对什么六品司业之家没多看得上，但她自觉配个这样的人家是绰绰有余的。当然，最要紧的是，她不能让沈画婚事这般顺遂。

思及这两日裴氏确实说过，如果提亲的人家里有中意的，可为两人安排相看一番，明楚不知想到什么，忽而计上心头。

见明楚敷衍了句“娘您不必忧心”便匆匆往院外快走，柳姨娘静了静，又慢条斯理地端起茶盏，抿了一口。

旁边伺候的婆子轻叹口气，缓声道：“为着三小姐打算婚事，您也是用心良苦了。”

“我不为她打算，又有谁会真正为她打算。”柳姨娘淡淡撇着茶沫，望了眼远处的垂花门。

其实那些个荣平伯府、奉春侯府她都打听过了，都是些花架子，明楚看不上，她亦看不上。

可明楚被她娇着宠着养大，如今也太过好高骛远，一心想和明檀比。这大显朝找不出第二家定北王府，找出了，人家也绝无可能娶其为妻。

她必须得让明楚认清这一事实，在此之上，再让明楚心甘情愿地，争一门能力范围之内的上佳婚事。

沈画那边中意的李司业家她就觉着十分不错，前景可期，家中也都是些个软和人，能容得下明楚这娇蛮性子。

至于如何来争，她自有几分成算，只是最要紧的是，明楚须得自个儿愿意。

今日若不激上一激，明楚又怎会愿意呢？

立了夏，日头越发毒辣。一大清早，靖安侯府各院便忙忙碌碌，为着出行一事打点起来。

今日裴氏欲携府中三位姑娘去大相国寺进香，明面上是进香，暗地里却是为明楚、沈画安排了与说亲男方相看。

原本裴氏只为沈画安排了与李司业家二公子相看，谁知那日明楚忽然跑来说，自己觉着奉春侯府六公子不错，不若一并安排相看。裴氏想着也好，便一同邀了约。

明檀原本是不愿去的，她们相她们的亲，她都是定了亲的人了，凑什么热闹。

可谁承想昨夜临睡前，沈画突然托丫鬟过来传信，说她哥去京畿大营值夜前，无意中透露了句，明日定北王殿下会去大相国寺。

明檀一听，整个人都精神了，从床上坐了起来，立即着人去告诉裴氏，自个儿明日也要去大相国寺进香，还连夜遣人去昌国公府和周府传信，邀白敏敏与周静婉一同前往。

做完这些，她又坐回妆奁前，细细敷了养颜玉露，挑了大半个时辰的衣裳头面。

以至于次日出门之前，明楚狐疑地打量着明檀，心想：莫不是明檀这贱人见不得自己和沈画好，刻意打扮一番，想让那两家的夫人公子眼里都只能看见她？定了亲的人竟如此招摇，简直就是不知羞耻！

大相国寺不比灵渺寺幽僻冷清，占地极广，香火极盛，香客往来，日日都络绎不绝，所以京中各府女眷在此偶遇，实在是寻常不过。

这不，在寺外，靖安侯府一行便与白敏敏、周静婉相遇。

明檀与她二人交好，今日本也没她什么事儿，自是顺理成章地和她们结伴了。

一道往寺里走，待到岔口与裴氏她们分开，明檀才小声问：“婉婉，琴可带来了？”

“小小姐吩咐，岂敢不从。”周静婉轻声揶揄着明檀，又朝身后丫鬟示意。

丫鬟福了一礼，忙去外头马车上取琴。

明檀极擅琴艺，收藏有不少好琴，可今日同家中几人一道出府，委实不便带出，只好昨夜给周静婉传话时托她带上一把。

三人一路行往寺中后山休歇之地。

若无急事，有些身份的人家，来大相国寺进香都会留用午斋，歇歇脚，到后山赏赏景。

明檀虽不知她那未来夫君来寺里头办什么要紧之事，又要到什么时辰才会来，但料想也脱不开后山之地，若是有缘，说不定还能碰上一面。

寻得一处花亭，三人喝了盏清茶，说笑了会儿。待丫鬟取琴过来，明檀素手焚香，弹奏了一曲。

周静婉是风雅之人，于琴艺也颇有几分见解。听罢，她莞尔一笑，别有深意道：“阿檀琴艺越发精进，今日这曲，是有备而来了。”

白敏敏对此无甚研究，但明檀方才弹的这曲又不是什么偏冷之曲，她少说也听过十来遍了，是极熟悉的。

听周静婉夸了一通，她心里头有些困惑，是这样吗？

原本她不打算说，省得说错了被两人嘲笑，可她实在是憋不住，欲言又止半晌，还是问出了口：“为什么我听着最末一段，好像错了个音？”

明檀与周静婉对视一眼，又托着腮，勾着指，示意白敏敏靠近。

待白敏敏靠近了，她又颇有几分神秘地、一字一句地道：“你懂什么，这便叫作——曲有误，江郎顾！”

不远处，舒景然和章怀玉皆是恍然大悟；原本听到发困的陆停也醒了些瞌睡；闻得此言的江郎，倒真是应言，顾了一眼。

有风拂过，后山竹林被吹得簌簌作响，间或有阵阵松涛作和。

明檀话落，亭中三人静默一瞬，忽而对视，又笑作一团，风吹扬着笑声，满是少女娇脆。

“你可真不害臊！也不知道先前是谁一口一个‘莽夫’地喊着，如今见人长得俊，半分矜持都不要了，上赶着来偶遇便罢，还‘曲有误江郎顾’呢，亏你想得出来！”白敏敏损她。

四下无人，又有丫鬟在附近守着，明檀倒不怕承认：“正所谓‘窈窕淑女君子好逑’，那丰神俊朗的君子，淑女如何就不能心悦了？”

“婉婉，你瞧她这德行！说人俊朗就说人俊朗，平白又夹着话夸自个儿是什么淑女，不害臊！”

明檀下巴微抬，索性便要坐实了这不害臊。她双手覆于琴上，和着松竹之声，又奏了曲《暮春竹语》。

她弹琴时素来专注用心，既师承名家，技巧高超自不必说，难得的是不为技巧所困，琴音流畅，灵动含情。只在尾段，她故技重施，又故意拨错个音。

一曲毕，明檀甚为满意，嘀嘀咕咕地和周静婉讨论着还有哪些应景之曲，方才那般错拨会否太过刻意。

然她不晓，她的那位江郎甚为给面，早在她错音时，已再顾了一眼。

江绪一行今日来大相国寺，其实是来探望在寺中修行的了悟法师。

了悟乃前朝大儒，淳兴年间曾官拜宰辅，位极人臣。时年讲学，桃李满天下，也是江绪几人的老师。早于先帝葬皇陵后，了悟便遁入空门，不问世事，只每年生辰时见客人。

今日便是他的生辰，几人特来见他。不想见完方出，便于后山闻此琴音。

听罢，几人本想静静离开，不作打扰。谁承想章怀玉刚迈出步子，便踩上了半截枯枝，枝节已脆，轻轻一踩便踩得断碎。

“谁？”绿萼下意识便喊了声。

四人：“……”

白敏敏与周静婉带来的丫鬟都提着裙摆忙往前寻，护卫也随即跟上。

章怀玉尴尬地顿在原地，下意识地看向江绪。

还是舒景然先反应过来，远远拱手，抱歉道：“某与好友方经后山，闻琴音袅袅，便驻足聆乐片刻，本不欲打扰几位小姐雅兴，不料还是惊动，实乃某之罪过。”

几个丫头都顿住了，咦，这不是……舒二公子吗？她们陪自家小姐去看打马游街时都远远瞧过的。公子如玉，丰神俊朗，真真是过目难忘。

明檀三人闻声，也从亭中走了出来。

见为首行礼的是舒景然，白敏敏的眼睛瞬间亮了。

“舒二公子！”

白敏敏步子快，周静婉略慢一些，跟在后头，极为规矩地见了礼。明檀本也要同她一起见礼，可当她扫到舒二身侧，着一身松青锦纹常服，眼如点漆的男子时，整个人都僵住了。

白敏敏未有所觉，还有些小兴奋地和舒景然套着近乎：“舒二公子今日也是同好友一道前来烧香？”

她看了看其他几人，猜道：“久闻舒二公子与章世子、陆殿帅交好，想来这位便是平国公府的章世子，这位便是陆殿帅吧？那这位是——”

白敏敏认出章怀玉和陆停时，舒景然都含着浅笑在一旁微微点头，可当她疑惑地看向江绪时，舒景然顿了顿，不甚自然地轻咳了声。

舒景然不介绍，章怀玉便也事不关己地站在一旁，摇着折扇，一脸看好戏的表情。

陆停本就漠不关心更无意参与，执剑之手负于身后，只目光不经意间在周静婉身上停了几息。

明檀拉了拉白敏敏让她不要再问，可白敏敏没会到意，还有些莫名，回过头又对着江绪好一顿夸。

明檀听得耳朵都烧起来了，心里边忐忑想着：他怎么会和舒二他们一起，什么时候来的，方才那些话他该不会听到了吧？

转瞬她又不自觉地比着，许久不见，她这未来夫君今日穿着这身松青常服，立于后山青翠竹林间，凛意稍减，更添了些如山朗朗、松风入水的清隽之意，好像又俊朗了几分呢。

白敏敏见夸了半晌都无人向她介绍，且这人自个儿也不介绍，终于觉出些不对来。

四下寂静。

和着沙沙竹声，江绪沉眸，终于开口：“某，江绪。”

白敏敏：“……”

周静婉：“……”

两人唰唰看向明檀！

明檀已在白敏敏夸得天花乱坠的短暂时间里调整好心情，并打定主意，不管方才的话有没有被他们听到，都要装傻充愣当作无事发生。

她做出副从未见过江绪的样子，茫然惊怔半刻，又极快回过神来，温婉端方地福了一礼：“阿檀见过定北王殿下，殿下万福金安。”

章怀玉憋笑憋得快要疯了，舒景然也忍得有些辛苦。

两人心想：这位明家小小姐委实不是寻常女子，演技超群镇定自若，他日入定北王府，对上江绪这块冷石，想来时时不缺好戏。

其实先前在平国公府，忽闻圣上赐婚，舒景然比明檀更为惊讶。

诗会中途散场，他便寻去了京畿大营，问江绪为何会有如此旨意。

江绪当时在写奏疏，眼都没抬便堵了他一句："难道不是你说，本王来娶，未尝不可。"

舒景然语塞，心中本就因此感到不安，静了半晌才道："我只是觉得，你若非真心想娶，便不要误了人家小姐一生。且你若是因我之言才临起此意，岂不是我的罪过？"

先前便罢，可诗会一见，他觉得明家四小姐是位极有趣的女子，若沦为朝堂暗争之间一枚随时可弃的棋子，不免有些可惜。

"何谓真心？"江绪声音淡淡，直切要害，"你不愿娶，本王也不娶，你觉得她又会有什么一生？"

舒景然想说些什么，可话到嘴边，又咽了回去。

承恩侯府倒台后，玉贵妃被囚冷宫任人欺凌，昔日张扬到能在金殿之上对江绪直言倾慕的顾九柔，被懦弱兄长主动送进死对头的府中以求自保。

这些世家女子都是养在深宅里的娇花，生于高门，便命不由人，荣损俱与家族脱不开干系。

繁盛时，她们确实花团锦簇、鲜艳夺目，可若无鼎盛权势滋养，她们连偏安一隅都做不到，只会被暴雨摧折践踏，零落成泥。

江绪又道："真心价值几何？她于本王有恩，本王保她一生无虞便是。"

"等等，有恩？"

舒景然从怅惘中回过神来。

江绪却下了逐客令："来人，送客。"

当日江绪说到"有恩"便命人送他出营，他极为好奇，可始终没能从江绪口中问出个前因后果。

不过江绪既承诺保其一生无虞，那嫁入定北王府，也许还真是这位明家小小姐最好的归宿。

且今日所见，这位明家小小姐似乎对未来夫君极为中意——

想到此处，舒景然没忍住笑了下，也和章怀玉般，戏谑地望向江绪。

明檀行礼后便一直屈膝未起，江绪默了半晌，才道："不必多礼。"

明檀缓缓站直，依旧垂首，还特意露出半截白皙细腻的脖颈，就连对着江绪的角度，也力求最显完美。

白敏敏和周静婉哪还有什么不明白的，默默退了小半步，不敢打扰小小姐开屏。

可章怀玉这死没眼力见的，憋笑憋得不够敬业便罢，还忍不住插嘴说了句：“以后都是一家人，当然不必多礼！”

闻言，明檀眼睫又低了低，脖颈都染上了一片绯红。

正当明檀想着，该如何同她这未来夫君顺理成章多说几句之时，不远处就传来明楚那趾高气扬的熟悉嗓音：“表姐，我倒真是小瞧你了，果真是会咬人的狗不叫啊。”

“会咬人的狗叫不叫我不知道，疯犬乱吠倒时时入耳。”沈画的声音一如既往十分柔婉，还透着些慢条斯理的从容。

“你！”

两人似乎是在往后山这边走，声音越发近了，先前还有些细微断续，现下却很是清晰。

“别以为你如愿与李司业家的二公子相看了，这桩婚事就必定能成，李司业不过就是个六品官，你到底在得意个什么劲儿？以后见了明檀不照样要行叩拜大礼！”

“给王妃行礼自是应当的，就怕有些人连行礼的机会都没有。”

“谁稀罕这机会！”明楚气笑了，“不过表姐你也真是能伸能屈啊，听说我未回京之前，你俩也相处得势同水火的，怎么，眼见人家要当王妃了，就想巴巴儿凑上去献殷勤了？

“别以为我不知道，为了讨好明檀，又是从你哥那儿套消息，又是带她去京畿大营偷看王爷的，你哥都不知道吧？你对你哥也真是下得了狠心呢，为了荣华富贵你什么事儿做不出来？”

明檀：“……”

因着事出突然，又太过惊愕，明檀脑子空白了一瞬。她这第一时间忘了阻止，再做反应已是不及。

虽然沈画没认，还拿谨言慎行勿要胡乱攀扯之类的大道理堵了回去，但也不知道明楚那张嘴怎么就那么能叭叭，沈画堵一句，她能回十句。且半分不懂两人事两人毕的道理，言语间时刻不忘拉扯上明檀，三两下就把明檀说成了一个人前人后两副面孔，矫揉造作成天在外招摇的狐狸精。

"……你以为你这么做小伏低她就真拿正眼看你啊，瞧她今天打扮得那花枝招展的，她又用不着相看，来寺里头捯饬给谁看呢？还不就是想吸引你我相看人家的注意，不想你我婚事顺遂罢了。"

后山很静，衬得明楚的声音越发清晰、聒噪。

明檀脑中嗡嗡作响，自觉今日精心营造的才貌俱佳娴静知礼形象，正在未来夫君面前寸寸崩塌。

更要命的是，她那颗平日甚为灵光的小脑袋瓜，此刻竟是连半分挽回形象的主意都想不到。

还是听到明楚叭叭到奉昭郡主，她才想起那日对付奉昭所用的一招——三十六计，晕为上策！

"阿，阿檀？"

"阿檀你没事吧？"

见明檀的身子忽然晃了一晃，又掩额做眩晕状，白敏敏和周静婉忙扶住她。

想着周静婉身子骨弱，明檀心一横，脑袋一偏，径直歪在了白敏敏身上，而后死死闭上了眼，打定主意装晕。

江绪："……"

章怀玉、舒景然，以及宛若隐身的陆停都不约而同地抽了抽嘴角。

白敏敏倒有些惊疑不定，一时不知明檀这是装晕还是真晕。毕竟像明檀这么好面子的人，当着未婚夫婿的面被自个儿庶姐揭短，直接气厥过去也不是没有可能。

不远处，听到这番动静，明楚那张叭叭个没停的小嘴总算歇了下来。

她快步上前，见前头乱作一团，明檀歪在白敏敏身上双眸紧闭，周静婉及一众丫鬟都在旁边"阿檀""小姐"地焦急唤着，若不是附近还站着四名颇为镇定的陌生男子，她还以为是老天有眼让这小狐狸精当场猝死了呢。

她乐了，下意识便道：“又装晕呢。”

装晕中的明檀：“……”

明楚正欲上前看好戏，那名穿松青锦纹长衣的男子忽然开口：“追影。”

一道暗色身影不知从何处闪身而出，垂首恭立。

男子又道：“请大夫过来，暑热之症。”

“什么暑热之症，她啊，分明就是装晕。”明楚的语气倒没先前那么张扬了，她上下打量着眼前这名穿松青锦纹长衣的男子，双手背在身后，眼中惊艳之意不掩，“不知阁下是哪位，又为何在此？”

还在装晕的明檀听出了明楚语气中的兴味，差点儿直直从白敏敏怀中坐了起来。

失策了。这些日子忙于赐婚一事，都没顾得上收拾明楚这个蠢货。这个蠢货也是过得太安逸了些，竟敢看上她的男人！

好在她的男人没有应声。

蠢货又继续道：“我四妹妹这毛病其实不必劳烦阁下，且她是订了婚的女子，阁下出手，于其名声怕是有损，我瞧着——”

明楚说到一半，不知为何，颈间一麻，忽然失声。

她学过点三脚猫功夫，知道这是被人点了哑穴，一时捂住脖子惊疑地环顾四周，又望了眼眼前男子。不，不可能，她都没有看到这人出手！

不远处章怀玉见了这幕，摇着折扇还颇为感慨，今日有此待遇的，终于不是他了。

明檀闭着眼，不知道发生了什么，只知明楚这蠢货话没说完，四下便忽陷安静，她有心眯条缝偷觑，可晕倒的方向又不大对。

还是周静婉观察仔细，附在她耳边轻声说了句：“好像是被你的未来夫君点了哑穴。”

哑穴？

明檀闻言，下意识便捏了下白敏敏的手。

可她闭着眼没注意，错捏成了一个丫鬟的手，丫鬟下意识便惊喜道：“四小姐好像动了！”

“……”

我没有。

江绪瞥了她一眼，眼尾又往后扫向舒景然。

舒景然忙从看好戏的状态中回过神来，掩唇轻咳，上前周全道：“既然四小姐受了暑热，不若去厢房稍事休息，也好等一等大夫。”

周静婉点头：“有劳殿下，有劳舒二公子。”

舒景然：“如此，我们也不多打扰了。晌午天热，若无事，几位小姐可待日暮再行下山。”

话毕，他们一行便很快离开。毕竟若再多留，未来的定北王妃怕是尴尬得再也不愿转醒了。

没了看戏的人，又没了明楚的聒噪，这场闹剧很快便迎来收场。明檀也缓缓做出转醒模样，从白敏敏身上坐起。

她望着一行人消失的背影，发了会儿怔。半晌，她忽然站了起来，一言不发地回了厢房。

白敏敏和周静婉见她不大对，忙跟了进去。

谁知门一关，明檀就围着桌子疯狂转悠。

来回转了会儿，她又坐下，给自己倒了盏茶，一饮而尽，紧接着又十分安详地躺平在榻上，双手交叠于小腹。

“让我静静。”

白敏敏：“……”

周静婉：“……”

明檀嘴上说着静静，脑中却一刻不停揣测着她未来夫君对她的印象以及会不会回府就收到退婚书。

可圣上金口玉言，必不可能出尔反尔。

对，就是这样。

既无可能出尔反尔，那留得婚事在就不怕没柴烧。等成了婚，她夫君一定会发现她就是一位贞静贤淑才貌双全的绝佳妻子。

可，还是好丢人！呜呜呜呜呜！

明檀双手掩面，在榻上翻滚。

她甚至都不敢再仔细回想方才的画面，因为只略一回想，窒息之感便不由得上涌。

而另一边，明楚的哑穴时限已到，方才听周静婉说“有劳殿下”，她便满肚子疑惑，等能说话了，拘来个丫鬟一问才知，原来那穿松青锦纹长衣的俊美男人便是明檀的未婚夫婿，定北王殿下！

明楚怔了一瞬，妒意如潮上涌，完全淹没了她本就不多的理智，她抽出软鞭反手往树上重重地甩了一道！与此同时，也忽然改变了原本打定的主意。

因着明檀半刻不想在大相国寺多待，用了午斋，一行人便预备折返靖安侯府。

晌午天热，大路无甚荫蔽，车夫向裴氏提议，不若绕小路而行，人少僻静，也十分清幽。

裴氏想着带了护卫，又青天白日的，不会有什么危险，遂应声答应。

来时明檀与裴氏一车，明楚与沈画一车，可回程明楚却不情不愿，非要和明檀、裴氏挤一辆马车，摆明了就是不愿与沈画同坐。

她不愿与沈画同坐，沈画也没多愿与她同坐，裴氏心下知晓，怕是先前相看，这两人因些小动作正闹僵着。最后便成了裴氏与明楚一车，沈画与明檀一车。

在马车上，沈画给明檀略讲了相看之事——

前头裴氏给沈画和明楚安排相看，原是各自安排在放生池边、祈福树下，如此便可借着给池中锦鲤喂食，往树上抛许愿红绳的机会，光明正大地停留半晌，与男方相看叙话。

柳姨娘在裴氏身边安了人，早知有此安排，便暗中做了手脚，将两人带去相看的地方掉了个个儿。

谁知沈画早已探得一二，干脆将计就计。一路跟着引路的婆子去放生池边见奉春侯府六公子，顺便先人一步，遣丫头去告知李司业家的二公子，相见之地已换。

明楚去祈福树下扑了个空，后知后觉地反应过来，再赶到放生池边时，两位公子都早已被沈画吸引。

两位公子虽守着礼不敢逾矩，但各展话头与沈画相聊，俨然已见争风吃醋之意，明楚见状，自然是气得要命！

听了这番因由曲折，明檀的心情倒是好转了些。

晌午暑气四溢，好在小路有树荫蔽日，风从林中吹来，也有几许清凉。

明檀和沈画正说着话，马车外头忽然传来一阵惊呼之声，两人一顿，撩帘往外望，却见青天白日竟于林中冲出了一群五大三粗的匪徒！

“大胆！你们可知这是哪家的车马，还要不要命了？”前头护卫扬着剑鞘喊话道。

匪徒之首也抬着下巴，扬了扬手中的刀：“咱们兄弟，只要财，不要命！识趣的都把金银珠宝给老子交出来！”

靖安侯府的护卫也不是什么吃素的，什么乱七八糟的玩意儿都能上来抢东西，他们还护的哪门子卫。

打前阵的两个护卫对了个眼神，便不再多言提剑往前冲，后头的护卫也分成了两拨，一拨往前，一拨护在马车附近，顷刻便撕打开来。

可打着打着护卫就发现有些不对，这些匪徒一招一式都极有章法，不像是提了刀便往上冲的莽匪，十分难缠。

意思意思过了过招，匪徒之首便比了个手势，很快，一波匪徒忽然集结向沈画与明檀所坐的那辆马车。

这辆马车周围的护卫一时难以招架，一柄长刀割开车帘，沈画与明檀都吓蒙了。

然割了帘子的匪徒也有些蒙，不是说只掳那位不会功夫的便好，可这两位姑娘柔柔弱弱地傻坐在里头，毫无反抗之力，都不像会功夫的样子。

他望了眼身后，也无同伴能腾出空帮他辨认。

这两位姑娘又齐刷刷地拔了支簪子齐喊：“别过来！”

匪徒：“……”

这俩小姑娘都以为自己挺凶呢。

靖安侯府的护卫实在勇猛，情势紧急拖延不得，匪徒也不管了，径直挑了个长得更好看的，想着若不是顶顶绝色，那人也不必花上这笔重金，冒这么大的风险了。他觉着自己的想法十分合理，便一把将明檀提溜了出来。

明檀脸色苍白，浑身发着颤，被提溜出马车后，便举着簪子要往那人身上扎。

哪想下一息，她就被匪徒扔上了马，那一簪子下去，直接把马扎得发狂，前蹄抬起，往上扬，嘶鸣着！

撕打正是焦灼，情势之变又来得突然。

眼瞧着明檀将被发狂的马摔落在地，千钧一发之际，忽而有根习武之人缠于臂上的束带凌厉而来，直绕其腰，旋即收紧。

一阵天旋地转，明檀感觉鼻尖似乎盈来阵极为浅淡的檀木香，眼尾还瞥见一抹松青色身影。

下一秒，她便被那根束带缠拉着往前，落入了一个有些陌生的怀抱。

她下意识攀住什么，低着头，只见自腰间松开的那根束带绣有极为繁复，又略微有些熟悉的花纹，用的是玄银丝线，两指宽——

电光石火间，她忽然想起了什么。

上元夜，落水，束带。

明檀惊魂未定，好半晌，她咽了咽口水，抬眼对上那双有些冷淡的眸子，小声问了句："夫，夫君，是，是你？"

这声"夫君"极轻极细，明檀喊出口后便觉着不对，蒙了会儿，她红着脸，不好意思地捏住耳垂，慌慌张张埋下了脑袋。

以江绪身手，本是不用兵器这些匪徒都近不了身，可听到那声"夫君"时，他也停了半瞬。

就这半瞬，一名匪徒恰好拿着从护卫手中抢来的剑直直刺过来。

剑身映着晌午灼灼烈日，反射出极为刺眼的白光。

江绪未动，眼都没抬，可剑尖离他不过寸远距离时，竟被迫停住了——

他两指并住薄薄剑身，明明看着并未发力，执剑的匪徒却像使出了吃奶的劲儿往前推刺，剑身小幅抖摆着，突地一折，长剑摧断，他推掌，匪徒还没近身便被震得飞出丈远，后仰着摔落在地，摔起扬尘！

江绪的随行暗卫也都是一等一的高手。入场解决这些个匪徒，加起来还没用到半盏茶的工夫，就仿佛是秋风扫落叶，利落且无情。

江绪扫了眼留下的活口，吩咐：“带下去。”

两名暗卫拱手领命，提溜着人，迅速消失。另有几名暗卫无须吩咐，径直开始清理尸首。

情势变化太快，众人似乎都还没从惊吓中回过神来，裴氏也受了不小的惊，面色发白，由丫头扶着，颤颤地从马车上下来，一手还捂着心口。

可当她下了马车，看到明檀还被江绪搂在怀中，眼前似乎又花了一下，差点儿没能站稳。

我的个天爷！这是在干什么？

明檀可是被赐了婚的姑娘啊！

“多，多谢阁下出手相救，小女——”

听到裴氏的声音，明檀惊得回神，慌忙从江绪怀中退了出来。

然束带虽已半松，却还在腰间缠绕着，她脸红得连手指尖都在发烫，解半天没解开，还越弄越乱。

江绪垂眸，扫了眼她长而颤的眼睫，径直将束带的袖上那端扯了下来。

长长的束带全都落到了明檀身上，她轻捏着后退半步，垂首福了一礼，轻声道：“多谢殿下救命之恩。”

殿下？

裴氏忽地定了定神。

早先在大相国寺，她陪着奉春侯府和李司业府上的两位夫人相聊，进香解签，听是听下头的丫头回禀了声，四小姐一行在后山遇上了定北王殿下……难不成眼前这位，便是他们大显朝声名赫赫的战神，定北王殿下？

她望向明檀。

明檀会意，轻轻点了下头。

裴氏忙行大礼：“妾身裴氏见过王爷，王爷万福金安，多谢王爷救命之恩。”

“夫人多礼了。”江绪略略欠身。

是定北王殿下。

这可真是不幸中的万幸！

裴氏原本提着的心落回原处，不知想到什么，又弯起嘴角，小心翼翼地斟酌试探道："今日这匪徒来得甚为蹊跷，又颇为凶猛，若无王爷出手，小女恐怕是凶多吉少。闺中女子声名最为紧要，真是多亏了王爷——"

江绪听懂了，正眼望向裴氏，缓声道："夫人放心，此事不会惊动府衙，带下去的活口，本王会交到靖安侯手中。"

裴氏又笑："多谢王爷体恤。"

出门进香遭劫，于三位闺阁女子来说总归不算什么好事儿，若再流出些个定北王殿下出手相救，靖安侯府四小姐还未过门，便与王爷搂搂抱抱、拉拉扯扯的艳闻，难免会有人背地里对明檀非议指点。

且她对此事已隐有所感，若查到最后，发现是自家生出的丑事儿，那闹到府衙，靖安侯府便与昔日的令国公府无异，都是笑话。

待明檀退回来，裴氏又握住明檀的手，爱怜道："阿檀受惊了。放心，母亲一定会将今日之事原原本本查清楚，给你讨一个明白。"

这话显然是说给江绪听的。

明檀是未过门的定北王妃，今儿当着定北王殿下的面出了这么大的岔子，她这是在表态：即便最后查出乃自家生出的丑事儿，也绝不会因想要遮掩而轻饶了。

江绪其实并不在意靖安侯府如何处理家事，只点了点头表示，自己还有要事在身，需先走一步，会让暗卫护送靖安侯府的车马回府。

仍在马车上的明楚眼神愤恨懊恼，还闪过了一丝自个儿都未曾察觉的不安惊慌。

回了府，裴氏平静吩咐道："大家受惊了，都先回自个儿院子歇歇。张妈妈，你去厨房说一声，待会儿给几位小姐送碗安神汤。"

张妈妈福身应是。

明檀三人也都由婢女伺候着，回了自己院子。

今儿这半日跌宕起伏，明檀确实也乏了，她重新梳洗过，又用了安神汤，攥着那根束带在贵妃榻上倚了一会儿，不知不觉便睡着了。

明檀睡得着，可有人这会儿连眼皮子都不敢合，生怕一闭眼，就再无睁眼之日。

“你做什么要换马车？这不是明摆着告诉别人你有问题吗？”

柳姨娘说话一向轻声细语，可这会儿听了明楚和随行婢女所言，气血上涌，又慌又急，连说话的声量都不自觉大了起来。

明楚根本没意识到事情有多严重，还倔强着不应声。

柳姨娘闭了闭眼，又扶着额坐下，一时竟想不通自己为何会生出明楚这种蠢货！

她是白氏在时便入了府的姨娘，白氏走后，裴氏续弦，她在裴氏入府根基不稳之时，不动声色往兰馨院安插了人。

她安插人手其实也没想做什么，不过是以备不时之需。后来见裴氏没有对付她们这些姨娘的意思，便也一直恭顺，与其井水不犯河水。一直到这次为明楚谋划婚事，她才不得已动用。

她这番动用，早已做好被裴氏发现的准备。只是她料想此事并不损裴氏利益，裴氏大约不会为了一个沈画，破坏与她之间多年的平衡。

也是因着这一缘由，她才敢铤而走险，遣人装作匪徒，拦路截下沈画，损沈画名声。

依她所谋，明楚本该与李司业府上的二公子顺利相看。明楚相貌不差，愿意好好说话的时候，也比一般女子活泼喜人，即便最后知道相错了人，李府二公子也会对明楚留有几分印象才是。

有了这几分印象，再加上沈画被掳半日失了名声，推进李府二公子与明楚的婚事，自是要顺遂许多。

可谁能想到明楚竟蠢得在第一步就遭了沈画算计，其后更是蠢得自作主张换马车，将明檀拉下了水！

若明楚与沈画一车，沈画被掳，而明楚会武，逃过一劫便无人怀疑，也不会得罪明檀与裴氏。

到时只损一个寄居在此的远方表亲，裴氏哪会往深里查，不仅不会查，还会为着明檀的名声匆匆将此事掩过。

可现下全毁了。

她冒了这么大风险为她这好女儿周全的婚事，全被她这好女儿的愚蠢毁得一干二净！

明檀醒时，已是日暮。

绿萼见她醒了，忙上前兴奋道：“小姐，倚云院那两位出事儿了！”

倚云院是柳姨娘的院子。

柳姨娘和明楚出事儿了？

明檀隐隐猜到些什么，从床上坐起，声音还有些没睡醒的懒哑，却也带着兴味：“梳妆，咱们去凑凑热闹。”

坐到妆奁前，明檀对着铜镜左瞧瞧右瞧瞧，又改了主意：“算了，便是这般素净苍白些才好。”

她顺便挑了件素净的衣裳，带着绿萼、素心，往兰馨院去了。

此刻的兰馨院花厅，明亭远与裴氏正坐在上首，柳姨娘跪坐在地上哭得梨花带雨，而明楚倔强地站着，也红了眼眶。

裴氏管理内院多年，本就很有几分手段。平日有些事儿随手翻篇，那是她不想追究，可今儿这桩她想追究，不过一个下午，事情便查得清清楚楚。

匪徒何人指派，从何而来，安在兰馨院的眼线是哪几个，又做了些什么事儿，全都摆在明亭远眼前，一清二楚。甚至连明亭远身边，都揪出了颗柳姨娘安插的钉子。

至于柳姨娘为何有如此多的私房钱寻人办事，在阳西路是否有借着侯爷的名头收受贿赂，裴氏只摆出查到的账册，并未深究。

明亭远初闻此事，自是震怒！

然柳姨娘被拘来后，半分狡辩也无，只梨花带雨地哭，将所有的错都揽到自己身上，侯爷和夫人如何对她都行，但明楚怎么说都是侯府血脉，年纪又小，望侯爷与夫人可以从轻处罚。

明楚也是全盘认下，只不过她是另做了一番倔强不肯流泪的姿态，站着诛心控诉了番，说什么自回京后父亲待她便不如从前，又回忆起从前在阳西路时，父亲带她骑马，带她去山林间摘果子，还带她去军营看士兵演武……言语间颇有几分物是人非之伤感。

两人上来是这么一通，明亭远倒有些拿不准了。

到底朝夕相处过五载，他对两人确实有些感情，且她们娘俩儿不过是为寻门更好的婚事，本意不是要伤害明檀，如今种种，也没造成什么不可挽回的后果。他思忖半晌，想着将两人罚去庵堂静思已过一段时间，也差不多了。

就在明亭远与裴氏商议之时，明檀半只脚已踏进了兰馨院，且巧，沈画也正好从风荷院赶了过来。

明檀正要和沈画说话，忽然想起什么，她下意识脱口轻声道："坏了！"

绿萼蒙了蒙："小姐，怎么了？"

沈画了然，朝身后婢女示意了眼。

婢女忙往前，递上一方素帕。

"想来四妹妹出门匆忙，是忘带帕子了。"沈画掩唇轻声道，"蒜汁味道略重，椒水味道轻些。"

明檀拿着帕子凑近闻了闻。

很好，不愧是她昔日的对手。

裴氏这边正和明亭远说着，仅是去庵堂思过怕有不妥，明檀和沈画又恰好赶着时辰，一道进了屋。

两人先是不约而同地望向跪着的柳姨娘还有红了眼眶的明楚，眼中满是疑惑，随即又暂且压住疑惑，周全见了礼。

明檀："给父亲、母亲请安。"

沈画："给侯爷、夫人请安。"

待见完礼，明檀又忍不住问："三姐姐和姨娘这是……"

花厅内静了瞬，裴氏轻咳一声，将事情原委细细分说了番。

听完，沈画以帕掩唇，惊惧不已，明檀面上也满是不可置信。两人不停追问着事由细节，越听就越是摇摇欲坠。

过了半晌，明檀似是消化了这一事实，眼中忽有泪珠直直滚落下来，声音也不由自主发着颤："三姐姐、姨娘，我是有哪点对不住你们，你们竟要这般害我！"

沈画亦是边落泪，边轻声接道："阿画自知与侯府只是远亲，三妹妹说得没错，寄人篱下，本该老实安分些。可三妹妹对我不满，合该直言才是，为何想要毁了阿画的清白？”

明檀：“当日在平国公府，三姐姐便想当众道出上元夜我被设计落水一事，三姐姐不喜欢我便罢，几次三番于名节一道动手，我看三姐姐不只是想毁了我与表姐的清白，这是想要一并毁了靖安侯府！”

那时明檀因着突被赐婚，难以接受，都没工夫拿这事儿去找裴氏与明亭远说理，裴氏与明亭远自不知晓。

此刻知晓了，两人俱是震惊：“还有过这种事？”

明檀点点头：“当时幸好有表姐帮着阿檀，才堪堪周全过去。”

沈画也心有余悸：“那会儿三妹妹之言着实惊人，落水之事都不知三妹妹是从何听说的。”

从何听说的，那还用想，必然是柳姨娘。明亭远第一时间凌厉望向柳姨娘！

他一直视柳氏为贴心人，在她处歇息时也不设防。明檀落水一事，他确实和柳氏说过，令国公府的行径太过下作，他气不过，那日白天没骂够，夜里又在柳氏处畅快骂了一通。

当时柳氏一脸担忧地让他别气坏了身子，还给他出谋划策，说此事有损明檀名节，万不可外传。

结果她所谓的不可外传，就是回过头便说与了明楚！明楚是她女儿，什么性子她最清楚。说了也罢，竟还不加约束，任由明楚在大庭广众之下毁明檀的名节！

他虽不是内宅妇人，但也极为清楚名节于女子如何重要。若说今日之事本意是在沈画不在明檀，那当众想揭落水一事又怎么说？这显然不是一时想差了，而是晓得有多厉害，才几次三番地拿名节做筏子！

沈画又适时补了句：“幸好那日是周全过去了，不然宫中来传赐婚旨意，后果恐怕是不堪设想。”

对，还有紧接而来的赐婚圣旨。

明亭远光是想想那有可能出现的场面，都觉得心惊肉跳。

眼见罪状摆得差不多了，接着便是感情牌了。

明檀的眼泪滴落鼻尖，停留半瞬又吧嗒吧嗒往下掉：“其实爹爹去阳西路的这五年，阿檀时常想，若是能像三姐姐那样，时刻陪伴在爹爹身边，该有多好。

“爹爹不在京城，大哥也去了庞山上任，京中只留母亲与阿檀二人，阿檀努力学规矩，不敢言行有失，不敢行差踏错半步，就是怕给爹爹抹黑，给靖安侯府抹黑……”

明亭远闻言，都有些不敢再对上明檀的目光。

他心中本就对明檀有愧，现下想想，明楚觉得回京之后与从前在阳西路的日子大为不同，故而心中委屈，那明檀呢？

明檀这五年在上京孤零零的，裴氏再贤再慈，也终究不是她的生身母亲。她却从未有过怨尤，更未因嫉因恨做出伤害别人的事情，还时时刻刻为侯府的名声着想。

可对明楚而言，侯府的名声是什么？怕是根本就不值一提！

裴氏见状，又轻声补了句：“阿玉那孩子，前两日去了城外办事，想来也该要回了。最要紧的是，定北王殿下那边……”

对，还有沈玉和定北王殿下。

沈玉若知晓柳姨娘和明楚想换了他妹妹的亲事，而事情败露的结果不过是去庵堂思过，即便愿意罢休，心中也定有疙瘩。

沈玉这孩子前途可期，留他们兄妹寄居本是结善缘，可不是给自己结上一门仇家的。更别提，定北王那边还等着交代了。

方才确实是他思虑不周。

明楚快气疯了，她爹明显都已经打算轻拿轻放，明檀和沈画这两个小贱人进来哭诉一通，竟哭得她爹又要改主意了！

她想都不想便抽出腰间软鞭，朝着明檀脸上打去，心想着打烂这贱人的脸才好！

明檀早就留意着明楚，怕明楚突然发疯，起有抽鞭之势时她便往旁侧躲了躲，还不忘向明亭远求救：“爹爹！”

明亭远眼疾手快，一个箭步冲上来护着明檀，挨了火辣辣的一鞭不说，心中怒火也被这一鞭子抽得更旺。

他一把缴了明楚那根鞭子，又狠狠扇了她一耳光。

“啪！”

“平日你骄纵任性，我都不说你什么，可小小年纪就对姐姐妹妹如此狠毒，我明亭远怎么会养出你这种女儿！”

明楚被吼蒙了。明亭远平日极好说话，便是责问也最多不过摆出个严肃模样。她捂着脸，委屈又震惊。

明亭远这会儿见她这死不悔改的样子就火冒三丈，柳姨娘见他动真格也慌了神，忙跪直抱住他的大腿苦苦哀求：“都是妾身的错，都是妾身的错，楚楚她——”

“当然是你的错！你以为自己清清白白吗？！”明亭远怒火中烧，一脚踢开柳姨娘，“枉我以为你是个老实安分不争不抢的！暗地里一桩桩一件件，哪是老实本分之人做得出来的，还把你女儿教成了这副德行！”

他本就火大，又被哭得心烦，拂袖背手，粗声发话道：“来人，将三小姐和柳氏拖下去，各打二十大板！打完将三小姐关进祠堂，只许送饭送水，没本侯命令，谁也不许放她出来！柳氏也拖下去，关进柴房！”

二十大板要不了命也落不着残，但至少得疼上十天半个月起不来身，何况打完也不叫好生歇着。

明楚喊叫不服，柳姨娘也哭着挣扎。

裴氏坐在上首，只淡淡扫了个眼风，便有婆子上前用帕子堵住两人的嘴，将人带了下去。

待屋子里清净了，明亭远才坐回上首，道：“明楚这性子已经被柳氏给教坏了，两人必不能再待在一处！”

裴氏点头：“侯爷说得是。”

明亭远重新思忖了片刻：“还得托夫人给明楚寻户人家，先前那些不作数，往低了找，不要在京里，不然还不知道她这嫁过去得惹出什么事端！总之，嫁人之前，就让她待在祠堂里好好反省反省，不要再放出来了！”

“是。”裴氏又顺从地应了一声。

“至于柳氏，”明亭远顿了顿，想来便觉心烦，他一挥手，“内宅之事本该由夫人来管，夫人说如何处置就如何处置便是，不要让这毒妇再出现在本侯面前了！”

这话裴氏倒是不应，她温声问：“柳氏毕竟与其他姨娘不同，妾身若按府里规矩发落了她，过些时候，侯爷若想起她，又责怪妾身发落得过重，可如何是好？”

“此等毒妇本侯还想起她做什么，你发落便是！”

“柳姨娘乃家生子，后成通房，再抬姨娘，是奴籍。按府中规矩，该是拿着卖身契找人牙子捆了往外发卖才是。”

明亭远闻言，不吭声了。

裴氏又道：“柳氏之错，实难容恕。不过她为侯府生有一女，又服侍侯爷多年，没有功劳也有苦劳——”

她顿了顿：“想来在柴房关上数日，柳氏必当有反省之意，且明楚婚事，又有妾身帮着相看，柳氏也实在是没什么可操心的了，依妾身的意思，不若将其送入庵堂，往后吃斋念佛，也好赎己之过。二哥二嫂在眉安上任，眉安乃钟灵毓秀极有佛性之地，佛寺庵堂众多，妾身瞧着送去那边便是极好，若有个什么事儿，二哥二嫂也能照应几分。”

虽然都是送去庵堂，但这意思可完全不同。明亭远先前是想让两人去思过，思完了便回来，裴氏却是要让柳氏直接出家，长伴青灯古佛。

明亭远稍想了片刻，便应声说好，想着虽是远远打发了，却也不比发卖为奴后果凄惨，且他二哥二嫂亦是和善之人，不说对一个因罪入庵的妾室能有多照拂，但也不至于让她待没几天就丢了性命。

下首明檀和沈画却明白，这庵堂的日子怕是不好过了。

柳氏平日呼仆唤婢，不需要自己操劳半分。落发入庵，什么事情都需自个儿来做，又是眉安那般山高水远之地，她也卖不上可怜求不了怜惜，日子一久，明亭远自是再难想起，即便想起，也再难将人接回。

处置了明楚与柳姨娘，明亭远这才腾出话头，宽慰起明檀与沈画二人。

明檀和沈画当然善解人意，叙话半晌，都是劝他别气坏了身子云云。明亭远心中大感熨帖，近至晚膳时分，他着人就在兰馨院摆了膳。

从兰馨院出来时，天色已重。

明檀与沈画一道往东花园的方向走着，闲叙了几句，忽有晚风至，明檀停了扇，话锋一转，轻声问道：“有件事，我有些不明白，昨夜表姐告知我定北王殿下也会去大相国寺，当真只是为我通风报信吗？”

沈画倒坦然：“当然不是。我本是防着三妹妹后招，想着四妹妹与我一道前往，说不准能帮上我些什么。至于后头我与三妹妹说话，确实未想会被王爷听到，回程车马一事更是不知。我虽有私心，但并想过要害四妹妹，四妹妹可信？”

明檀望着她，点了点头：“表姐这般说，我便信。”

从前两人别苗头，也都是闺阁女子手段，从未真正伤到什么，如今沈画更是没有故意拉她下水的理由。两人打着扇，说笑着，走进了花香深处。

这几日明楚与柳姨娘事毕，府中清净了不少。明檀思春之心复萌，成日盯着定北王殿下的那根束带瞎琢磨。

她本是想着洗净熨烫，送还王府，并附上谢信。可又觉得这般主动，怕是不免让定北王殿下想起明楚那日所言之事。

而且就送回根束带，哪能显出她的贴心呢……再送些别的，不好不好，哪有姑娘家随随便便往外送东西的，忒不矜持了，若被人得知，她可真是不要活了。

这么琢磨了几日，明檀都没想出什么既不多送东西，又能让她未来夫君感受到她极为贴心的好法子。

直到某日翻杂书时，她发现上头记载了个新奇的制香方子，说是这香味道清冽，有驱虫辟邪之效。

时序入夏，蚊虫渐多，驱虫辟邪倒是有用。

且物归原主的同时染个香，既落不着私相授受的把柄，又能显出她的贤惠妥帖，好极了！

明檀来了精神，当下便在照水院里头和小丫头们一道忙活起来。

其实明檀做事还是思虑得极为周全的，她先是将方子拿给大夫看了，大夫说，这几位香料药材配在一起，确有驱虫之效。待香制出来后，她又拿给大夫看了一遭，大夫说应是确有效用，她才给自己的衣裳浸了此香。

此香味道的确清冽特别，她接连两日穿着浸了香料的衣裳去园中蚊虫多的地方，蚊虫都不近她身。

她安心了，亲自将束带也浸了此香，又挑了半晌锦盒，将束带熨烫好，规整叠入盒中，遣人送去了定北王府。

她遣人送去定北王府时，风也正吹动窗边杂书，一直往后吹了数页，才见上头写着：

“前载七味香方，皆有同一难症，入香数日后，馨香消，异味渐盛。”

江绪并非铺张之人，明檀将束带送回，下头人验了，并无问题，他就收下了。至于福叔带话的什么驱虫辟邪之效，他并未当一回事。

江绪平日多着黑衣，用黑色束带。过了数日，他难得换上一身浅色长衣，去京畿大营与将领们相谈要事。

谈着谈着，他便隐隐闻到一股异味。离江绪近的将领也感觉自己好像闻到了些香中带臭的味道，但他想着，不上战场时，王爷素来洁净。与他一室，连军中汉子们最常有的汗臭味都没闻见过，想来应是自己嗅错了，便也忍着没出声。

可不多时，那股异味渐重。

江绪稍稍一停，望了眼臂上束带，随即又一圈圈将其解开。

不解还好，一解开，那股子香中带臭的味道便越发浓烈，解到最后，营中将领皆是下意识地掩鼻避开半丈。

江绪：“……”

驱虫辟邪。

所以，他是那个要让人避开的邪？

当明檀意识到自己送的束带可能不妥之时，江绪绑着那根香中带臭的束带在京畿大营臭开一片将领的事情，已经过去好几日了。

明檀在夏日穿衣裳，几乎没重过样，浸了香料的那几件衣裳，她穿过发现确然可以驱虫后，便也没有再穿。放着过了好些时日，待某日绿萼打开箱笼整理才突然发现，整箱衣物都已香中带臭！

明檀蒙了，查了好半天才知晓，该驱虫香料中某两味香起冲，会在香味散尽后产生异味。

她心有惴惴，暗自祈祷起她的未来夫君可千万别用，若当日送去时，他觉得旧了的东西无须再收，直接扔了便是最好！

可沈画却将她这一祈祷彻底打碎——

某日两人在院子里一道绣香囊时，沈画一边绣着，一边不时看她，颇有些欲言又止的意思。

明檀见了便问："表姐，可是有事要说？"

沈画迟疑片刻，斟酌道："昨儿傍晚，我去给我哥送晚膳，我哥说，这几日军中在传定北王殿下……"

明檀一听"定北王殿下"，耳朵就竖起来了。

"传定北王殿下不喜沐浴，身上发臭……还有的传，定北王殿下对气味的喜好，甚是独特。"沈画说得十分委婉。

"……"

明檀蒙了半瞬，忽然明白了什么。

完了。

她未来夫君该不会以为自己对他不满故意整他吧？

前有不甚矜持潜入军营偷偷相看，后有归还束带浸香辟邪弄巧成拙，明明暑热难挡，明檀心底却像是卷过一阵冷风，凉飕飕的。

明檀倒是想要好生解释，向她未来夫君传达一声歉意，可她一个姑娘家，也没有平白无故上门找人分说的道理，且没过几日，沈画便告之，定北王殿下去北面巡兵了，这趟巡兵，怕是要到年关才会回京。

得知这一消息，明檀郁闷了好些日子。本来她还想着，端阳节显江的龙舟赛上，达官贵人多会到场，许能远远得见一眼她那未来夫君，到时若能创造机会，短短与他说上几句解释一番也是好的。现在可好，彻底没机会了。

不过值得庆幸的是，她的未来夫君并没有因此要与她退婚，反而礼部遣人来府，说婚期已经择定，待礼程走完，约是明年春日便可成婚。

蔫了数日，明檀总算是精神了！

婚期定下后，礼程便有条不紊地走了起来。

宫里给她这未来定北王妃的赏赐一拨接着一拨，上门来量体裁衣，为其准备吉服的都来了整整五趟，章皇后也遣下了教习嬷嬷来教她皇室规矩。

学规矩这件事，明檀向来拿手，都费不上什么神，不过她也没因拿手自以为是地懈怠，反是处处虚心，给教习嬷嬷留足了体面尊重。

章皇后得知此事，甚为满意。想当初在通往雍园中途的暖阁，她一眼便相中了明檀，如今她更是觉着自己眼光极好。

一边同嬷嬷学着规矩礼仪，明檀还一边开始了为期半载的精心捯饬。

其实用膳定食保持窈窕体态，悉心养护保持浑身上下的肌肤细腻润泽……这些事情往日她也做着，只不过如今她对自己更为严苛了些。毕竟她现下这般，是为了成为最美的新嫁娘，一举扭转未来夫君对自个儿的看法，不容有失。

明檀日日忙活，其他人也没闲着。

她身边都是些待字闺中近嫁之龄的姑娘，家中都在忙着张罗定亲事宜，这段时日，上京城里结亲之喜接连不断。

沈画对先前相看的李司业家二公子很是满意，这位李二公子家世好，又没好到她完全攀不上。且其父官声不错，升迁指日可待。最为要紧的是，先前于大相国寺相看之时，沈画窥其人品颇为端正，有上进之心。

于是这桩亲事沈画点了头，又由着裴氏张罗，算是顺利定了下来。

因着并非皇婚，两家礼程走得要快上许多。李家也很看重沈画，不省半分娶妇之仪，聘礼颇丰。

除了沈画这桩亲事，裴氏还低调定下了明楚的亲事。

裴氏给明楚定下的人家是宣威将军府冯家行三的郎君，宣威将军乃从五品武散官，官阶不高，其府邸也不在京中，完全符合明亭远当初所提要求。

明亭远和冯将军打过交道，他对这位冯将军的印象很好，而且他打听了一下，冯家几位郎君都很不错。

意欲定亲的这位冯三郎更是颇有其父风范，年纪轻轻便在禾州兵营中当上了把总，所以裴氏拿着这桩婚给他看时，他没多加思量，便满意拍板，一口定下。

明亭远是男人，能关注到对方家中父兄的品行已是极为不易，哪还能关注到别的。然明檀、沈画稍加打听便知，明楚在冯家待着，怕是掀不起什么风浪了。

冯家老太太治家极严，还极泼。冯家上一辈恩怨里头就闹过分家之事，寻常人家都是家丑不可外扬，使劲遮着瞒着，可冯老太太不一样，家中有丑事，她不遮掩便罢，愣是击鼓鸣冤闹到了衙门，非要讨个说法，当年那通闹腾在禾州极为出名。

且明楚这嫁过去，便平白多出两位出自武将之家的嫂嫂，这两位嫂嫂可是正儿八经的将门虎女，于武一道，怕是比明楚只会甩软鞭的花架子要强上不少。

如此一来，明楚就断没有仗着出身靖安侯府，气焰嚣张，在婆家动手使粗的本事了。

明楚在祠堂初初得知婚事之时，也是狠闹过一阵的，哭闹摔打，绝食相胁，可这些在裴氏跟前都不够看。

裴氏从前是懒得管她，如今要管，自然能将她收拾得服服帖帖。

明楚刚闹绝食，裴氏便以“三小姐醉心于道辟谷不食”为由断了她的饭食。待明楚撑不下去服了软，她又拿捏着祖宗家法、孝悌道义使了不少磨人手段。没过多少时日，祠堂那边便安生下来了，府中也没再听明楚嚷嚷什么死也不嫁。

靖安侯府的这两桩亲事总的来说还算顺遂，然昌国公府的亲事却不大顺。

昌国公夫妇早先便为白敏敏预选了人家，虽未明面过礼定下，但两家也都是心知肚明的。

可哪里晓得，人家在这议亲的节骨眼上，竟一声不吭地搭上了肃郡王府，与肃郡王府上的清瑶县主定了亲！

白敬元气得不轻，在府里头发了好大一通脾气。

白敏敏这回倒安生得很，不哭不闹也不生气，反正嘛，她也没有很想嫁人，那户人家是她父母中意，她自个儿并没有多大感觉。好在先前没过礼，她这边要再相看其他人家，随时都可操持。

周静婉也已至适婚之龄，然周氏一族以诗书传家，名士宰辅辈出，周家的姑娘名声也是一等一的好，根本就不愁嫁。

媒婆把周家门槛都踏破了，她父亲母亲也没给谁一个准话，说还不急，他们家静婉年纪小，慢慢相看便是。

只周静婉自个儿无意中得知，提亲之人里，竟有那位令人闻风丧胆的殿前副都指挥使陆停，一时吓得不轻，好几日都没能安枕，就盼着她父亲母亲赶紧将这位陆殿帅遣来的冰人给回了。

“陆殿帅？”明檀讶然，“陆殿帅为何向你提亲？你们相识？”

周静婉摇头，轻声道：“不识，我也不知为何提亲。”

白敏敏想了想，支着下巴揶揄：“我瞧着啊，陆殿帅定是那日在大相国寺，对你一见倾心！”

“胡吣什么！”周静婉经不得说，满脸羞恼。

“我哪里胡吣了，可不就见了那么一面，不是一见倾心还能是什么。”白敏敏不饶她，“陆殿帅哪里不好，人家可是殿前副都指挥使，如今都指挥使乃挂职虚设，殿前司就是陆殿帅说了算，殿前司啊，年纪轻轻便如此位高权重，将来还得了！”

白敏敏越说越是来劲：“陆殿帅虽说恶名在外，但那日在大相国寺瞧着，也没传闻中那般吓人，说起手段狠戾杀人如麻，定北王殿下不是更甚？

“可咱们也都亲眼见了定北王殿下，还听他说了话。冷是冷了些，但俊美如斯，也很是有礼，所以可见，这些个传闻都不能作准！”

明檀捧脸，极为认同地点了点头。

白敏敏：“再说了，陆殿帅同定北王殿下还有舒二公子交好，定北王殿下你信不过，舒二公子人品之贵重可是京中闻名，你总该信得过吧？”

“……”

方才还一脸认同的明檀驳道：“我未来夫君怎么就信不过了？”

明檀这还未过门就胳膊肘往外拐的毛病，白敏敏觉着是极难改了。

婚期愈近，明檀隐约流露出的恨嫁之意就越发掩藏不住。

平日在外倒还矜矜持持，私下叙话时，她却常将“待成婚后”如何如何这种羞人的话挂在嘴边，偶尔还捧脸叹气，碎碎念上一声：“竟还未至年关！”

白敏敏和周静婉都觉着没眼看。

日子不紧不慢地过着，明檀原先盼着能与未来夫君叙面的端阳节早已热热闹闹过去，转眼又至七夕。

七夕乞巧之节，女儿家们向来都很看重。勋贵人家年年都会在庭院之中搭起彩楼，以供自家姑娘呈巧焚香，虔诚祈愿。

外头也热闹得紧，近七夕之日，上京城里车马喧阗，街上铺子琳琅，比寻常多出不少奇巧之物。

因着备嫁甚少出门的明檀，亦是在这一日踏出了靖安侯府。

大显朝的习俗，姑娘家们多会在七夕这日互赠些小玩意儿，明檀待在家中备嫁，泰半时间都无所事事，便早早给平日交好的京中贵女准备了自个儿绣的香囊手帕等物。

其实明檀于女红一道不甚热衷，穿针引线的，费精力不说，还颇伤眼睛。

不过虽不热衷，但为着成为京中贵女翘楚，她的女红针线早已练到了十分拿得出手的境地。

出自她手的物件用料讲究，绣样新奇，便是绣工不如一些精于此道的姑娘家出挑，拿在手里头也是颇为精致可爱的，且香囊之中，她还放了小巧首饰、胭脂水粉、精细木雕等各种小玩意儿。

白敏敏收到了香囊和一把造得十分精巧的孔明锁，孔明锁是明檀那位在庞山上任的大哥托人带回来的。

庞山是小地方，但地近往来要塞，商客极多，新奇东西也多，每隔一段时日，她大哥都不忘往京里头捎些好物件。

周静婉除了香囊，另收到一柄小团扇。扇面用的上等绫绢，上头绣有与她十分合衬的含苞山茶，还仿着她的字迹，绣了两行她自个儿作的山茶诗，柄端穿孔，绕有极通透的流苏玉坠。

周静婉爱不释手，当即便换了扇。

明檀这回闲得准备了如此用心的物件，白敏敏同周静婉难得地不好意思起来，她俩准备的，拿出来委实不够看了。

白敏敏玩着孔明锁，听明檀又在碎碎念着近日容色是否有莹润几分，待嫁过去后，未来夫君可会喜欢这般模样——

她不知想到什么，忽然放下孔明锁，神秘兮兮地朝明檀招了招手，又略带兴奋地压低声音道："今儿夜里，别玉楼可热闹，想不想去看看热闹？"

一听别玉楼，明檀与周静婉都不约而同地瞪直了眼。

明檀："你莫不是失心疯了，去那儿做什么？"

周静婉也以扇掩唇："你素来玩心重，可别玉楼的热闹哪是姑娘家该去凑的，快别说了。"

"阿檀，我这可是为你着想。我二哥同别玉楼的水盈姑娘有几分交情，水盈姑娘的大名想来你定然听过，你不就是想让你未来夫君喜欢你嘛，我瞧着你这张小脸蛋也不必再折腾了，非要折腾，不如在别的地方下下功夫。"

别玉楼是上京第一花楼。能做成上京第一，那它背后的力量必然极为强大，且必然有些特别之处。

虽是花楼，但别玉楼里的姑娘多是卖艺不卖身的清倌儿，个个容色上佳不说，还极有才情，京中的达官贵人甚爱追捧，成不了入幕之宾都乐得为其一掷千金。

水盈姑娘便是个中翘楚。

听闻这位水盈姑娘原本也是出身官家，因抄家入罪，没入奴籍才流落烟花之地。其容貌昳丽，身段窈窕，琴棋书画样样精通，最重要的是，拜倒在她石榴裙下的男子数不胜数。

其实真贪床第之欢的，也不会执着于别玉楼，京中的温柔乡不少，哪处去不得。来别玉楼的贵人们，多是为了风雅噱头。

然这位水盈姑娘不仅引着风流名士品茗煮茶传诗相和，更是让京中多家公子为其争得头破血流，真真儿是差点闹出过人命的。

她既如此引人，想必确然有些独到之处。

说回白敏敏的提议——

大家闺秀去花楼看热闹，乍听之下，实乃逾矩，但凡事总有例外，起码别玉楼这热闹，京中就有不少闺秀私下凑过。

每岁七夕，别玉楼都会声势浩大地闭门谢客过乞巧。虽不迎客入楼，但会在外头另搭乞巧楼，摆宴。

楼里的姑娘们会对月穿针、锁蛛结网、焚香叩拜，将些寻常女子乞巧节都在做的事儿，做出另一番风雅趣味来给大家伙儿瞧。当然还会有新鲜编排的歌舞助兴，月下起舞，做足诗意姿态。

因着这一缘由，每至七夕，来别玉楼外仰美人风姿的人群都挤得满满当当，颇为壮观，而若想近距离观赏美人情态，那还得有些门路才能订到雅间。

京中闺秀都是个顶个的闲，虽不是什么正经地儿，但如此热闹新奇，偷偷去瞧的还真有不少。

白敏敏历数了一番她知道去瞧过热闹的闺秀："……这么多人都去过，咱们去看看怎么了，况且又不是真正进到他们花楼，只是在乞巧楼棚看看那位水盈姑娘到底是何风姿如此引人，且咱们坐雅间里，隔着屏风，无人会发现的。"

"你这是让我去向那位水盈姑娘学如何勾着夫君？"明檀迟疑问道。

白敏敏："……"

领略得稍微直白了些。

她委婉道："我的意思是，可以观摩一下她为何引人，也可以观摩下她是如何与男子相处。"

这一说辞，明檀稍稍能接受些。

她们这些姑娘家本就少见外男，见着了也难说上两句话，遑论相处。高门大妇从来也只教导如何执掌中馈，如何让夫君敬重，倒无从得知如何与夫君相处，如何才能与夫君培养出感情。

嗯……明檀竟然被说服了。

只是在外头看看热闹而已。

明檀是被说服了，有些意动，可周静婉是死活都不愿去的，且她身子骨弱，白敏敏也就没拉着她一道折腾。

七夕入夜，上京城里华灯簇簇，人潮涌动。

位于显江北岸的别玉楼外，新搭的乞巧楼棚摆满了奇巧物件儿，别玉楼的姑娘们手执团扇，言笑晏晏，行走间飘逸袅袅，瞧着都觉得，恍若会带起阵阵香风。

明檀和白敏敏戴着帷帽，远着人群低调下轿，又径直绕向乞巧楼棚的后处，由着小厮引进了楼中雅间。

“哪位是水盈姑娘？”明檀悄声问。

话音刚落，就见一位娉娉袅袅的美人团扇遮面，缓步沿阶而上，她每一步都迈得矜持而又风情万种。那种风情，于一众姑娘间格外显眼。

想来，这便是传闻中的水盈姑娘了。光是这般娇而不俗的情态，确实就足以引人。

水盈出现，便有不少人自雅间屏风后出，上前与其热络，带着白敏敏和明檀前来的白家二表哥也是一样，迫不及待地起身而出。

白家二表哥与水盈确实相熟，水盈也卖他面子，始终是柔柔地笑着听他说话。

“……我妹子，还有我表妹今儿也是特意为瞻你风采，随我一道前来的。”白家二表哥笑道。

表妹？

水盈稍顿。

做她们这行的，对京城达官贵人的家眷关系那是了如指掌，这位白家二少爷亲戚可多，表妹应也有好几位，然在京城的，可不就只有那位……水盈忽然笑了。

她这一笑，今夜皎月似都失色，白家二表哥看呆了一瞬。

水盈轻声慢语道：“小姐们年纪小，还是天真心性，正是率真活泼。”她又浅笑，“如此，奴家少不得要为二位小姐添杯果酒，多谢抬举才是。”

白敏敏和明檀坐在屏风后，正在窃窃私语，小声分说着这位水盈姑娘的情态，哪承想这位水盈姑娘忽然就着人上了壶酒，亲自绕到临时以屏风相隔的雅间为她俩添酒了！

两人连摘下的帷帽都没来得及戴，满脸惊愕，心想：我哥（二表哥）到底和这位水盈姑娘说什么了？

而水盈看到明檀半张正脸时，更是确认了之前对其身份的猜测——

主上被赐婚，他们这些下头的人总不能连未来主母都不认识，明家四小姐的画像，早早儿就传到了大家手中。

现下一看，人倒是比画还要美上三分。

至于备嫁的姑娘跑来花楼看热闹为的是什么，水盈都不必猜就知晓得一清二楚。

大户人家的宗妇明面都自持端庄，但心底也很清楚，光是端庄还不够能讨夫君喜欢，怕自家姑娘嫁过去之后吃下头妾室的亏，这些年私下请她教出阁姑娘情事的人家也有不少。

只是没想到，他们这位未来主母与众不同，是自个儿上门悄悄观摩来了。

其实先前，水盈还觉着这桩婚事甚为无趣。

这位明家四小姐想来与京里其他个大家闺秀并无区别，端庄娴静，同时也守礼至近乎刻板。

他们主上已经足够沉闷冷淡，再来一个规矩无聊的主母，也不必指望有生之年，他们主上能有什么柔情似水的一面了。

不过现下嘛，水盈倒觉着这门婚事有点儿意思。

她笑意盈盈，给明檀和白敏敏二人斟了杯果酒，说了几句客套话。

明檀和白敏敏接是接了，却迟迟未有要喝的迹象。

水盈会意笑道：“这酒很是清甜，特意为女儿家准备的，二位小姐尽可尝上一尝。”

她自斟了一杯，掩袖饮尽。

初初谋面，无冤无仇，水盈姑娘倒也确不至于在酒中下毒，见她喝了，明檀也略沾了沾杯。

水盈面上笑意愈甚：“奴家还要献舞，就不叨扰二位小姐了，只盼奴家一舞，能得二位小姐展颜。”

她柔柔福礼，往外退。

可退至中途，她似是忽然想起什么，又抬头，上前略略倾身，附在明檀耳边轻声说道：“其实奴家知晓，小姐今日是为何而来。从前，京中也有不少夫人来寻奴家讨教此道。小姐若是有意，不妨赏一曲舞，待奴家舞毕，随奴家一道去楼里头小坐片刻。

“奴家今日只舞一曲，小坐完，外头热闹都未散场，小姐尽可放心。若不放心，让白二公子在外间守着便是。且奴家不过是见小姐面善，想与小姐结个善缘，奴家平日会客，是五十金一个时辰，小姐也予奴家五十金便是了。”

明檀：“……”

五十金一个时辰。

别玉楼的头牌姑娘着实是有些身价。

当然，五十金不是什么要紧的。

待水盈款款离开，明檀终于回过神来，和白敏敏咬耳朵道：“她……她竟说知晓今日我是为何而来，可她是如何知晓的？”

白敏敏也有些愕然，索性一把将她那看美人看呆了的二哥拽着落了座，恶狠狠地问：“方才你和那水盈姑娘都说什么了？”

白二很是无辜：“什么？我没说你俩名字，我又不傻，只说了是我妹妹和表妹罢了！”

明檀：“……”

那不就等于说了，他在京中的表妹可不就只有她一个！

不过她倒是有些佩服起这位水盈姑娘了，能如此迅速地从只言片语间判断出她的身份，又能从她的身份推断出她今日来此的目的，那必然是对京中各世家之间盘根错节的关系了解得烂熟于心了。

能在京中搅和风流，还能做到不沾事儿，真真是长袖善舞，十分厉害。所以知她目的，便顺势主动抛枝想结个善缘，倒也没什么不好理解。

明檀支着下巴犹豫，葱管似的手指也搭在桌上轻轻敲着。

她这边思忖着，外头的热闹也已开场。水盈领着一众舞姬缓缓登场，合着鼓乐，跳起了编排已久的新舞。

这舞柔美不缺，还颇有力度，领头的水盈柔软窈窕，身上又有种不流于俗的娇媚之意，起舞时，一行一进都能引得看客目光不由自主地随之而动。

明檀原先还犹豫，可一眨不眨地看完水盈这支舞，她忽然就下定了决心。

外头乞巧楼的热闹仍在继续，灯火辉映于江水之上，波光粼粼。无人注意，有两位姑娘戴着帷帽自雅间悄然离开，随着小厮绕到了别玉楼的后门，进了楼。

明檀与白敏敏从未进过花楼，但从前乘车路过烟花柳巷，花楼姑娘都是穿着清凉在外头揽客，远远瞧着，里头都是大红大绿的，未近都觉着脂粉味扑鼻呛人。

可别玉楼里头瞧着实在是没半点想象中的花楼模样，回廊天井都布置得极为清雅，颇具诗意。虽也描金弄玉，但看着并不会让人觉得俗不可耐，反而有些清贵雅致的意蕴。

今夜楼里闭门谢客，清净得很。一路随着小厮上至三楼，都没怎么见到人影。

及至招待贵客的雅间，三人落座。

白敏敏她二哥是楼里常客，没觉着有哪儿不对，可到底是花楼，明檀与白敏敏都有些如坐针毡，好在没坐一会儿，水盈就换了身衣，笑盈盈地飘然进屋了。

"叫白二公子与二位小姐好等，正经是奴家的罪过，还请白二公子与二位小姐原谅则个。"

"无妨，无妨。"白家二表哥摆了摆手。

先前小厮引他们三人进楼，只说是水盈姑娘请他们挪个好地方，继续品乐赏舞，白家二表哥不知内情，以为是自个儿面子大，很是得意。

水盈自罚三杯赔了罪，又为他们奏了琴曲，在临窗榻旁，与他们边看外头歌舞边说笑了会子。见时辰差不多了，她给明檀递了个眼神，率先找了个要去拿琵琶的理由，悄然退出。

明檀和白敏敏对视了眼，忽然下定决心般，也起了身："我去更衣。"

白家二表哥一时没反应过来："好端端更什么衣？"

"二哥你是不是傻？"白敏敏剜了他一眼。

"噢，噢！去吧，让外头下人带你去。"

都怪平日白敏敏太粗放了些，他一时竟没反应过来，他檀表妹如个厕都会说得这般委婉。

屋外有小厮候着，见明檀出来，忙引着她去了水盈闺房。

水盈已在闺房里头等候，见明檀来，她莞尔道：“四小姐，快坐。”

明檀边打量着水盈的闺房，边缓缓落座，她还没说话，水盈便开门见山道：“四小姐，奴家便直说了。别玉楼虽是说着卖艺不卖身，但花楼嘛，什么规矩都是商量着来的。男人什么都管得住，可裤腰带，是无论如何也管不住的。”

“……”

明檀蒙了，她都听到了些什么？

她……她来可不是听这些的！

见明檀小脸一瞬涨红，水盈不好意思地掩唇笑道：“奴家稍稍说得直接了些，污言秽语的，脏了小姐耳朵了。不过小姐往后虽是金尊玉贵的正经夫人，但要得夫君喜欢，这上头的事儿，也是得知晓一二的。”

她意有所指地望了眼床榻。

明檀仍在发蒙。她今夜的本意，只是来看看这位水盈姑娘到底为何引人，以后私下与夫君相处时，能学学如何找话头，如何展示展示自己。可被蛊惑着进了楼里便罢，听这位水盈姑娘意思，要拢住夫君的心，最要紧的其实是……

水盈起身，从箱笼里头翻出本绸布青面册子递给明檀。

明檀接过，迟疑地翻了一页，可下一息便像是接了烫手山芋般马上扔开，差点没直接晕厥过去。

水盈没少见这场面，从前她去教那些富贵人家的小姐时，那些个小姐的反应也是这般，仿佛多看一眼便能羞愤而死。

她捡回，又耐着性子循循道：“小姐都快出阁了，这些东西奴家不给小姐看，家中夫人也定是要在出阁前给小姐看的。可夫人顾着面子，不好细教，寻常避火图也断没有这般详细。这夫妻之事呢，若是不懂其间美妙，就会十分难挨——”她顿了顿，“想来奴在此处，四小姐看得不自在，奴去唤些点心来。”

说罢，水盈便起了身，悄悄退出，并合上了门。

而与此同时，别玉楼的另一雅间中，江绪突地放下酒杯，扫了眼前来回禀之人，眸光凌厉：“再说一遍。”

回话之人顿了瞬，背上都有些冒冷汗：“水盈姑娘说，王……靖安侯府四小姐在她闺房之中，其他的，水盈姑娘也没说了。”

“明家四小姐到别玉楼来了？”舒景然声音里满是意外，酒杯也差点儿没端稳，“她来这儿做什么？”

回话之人一问三不知。

江绪也不知在想什么，舒景然还没说下一句，便见他起了身。

闺房寂静，只有浅浅的翻书声。

明檀初初觉得，此等秽图简直就是不堪入目羞煞人眼！水盈出去后，她也没碰半分。

可凡是有禁忌感的东西就越是惑人，她的手指缓缓地、一寸一寸地接近……先是好奇想看一页，可不知不觉地，她便往后翻了好些页，一手翻着，一手还捂着脸，给发热的脸降着温。

江绪推门而入时，她还以为是水盈，慌忙合上书页，喝了口茶，想要平复下心绪。

可待看清来人，她僵住了！

她一定是出现幻觉了。

她未来夫君怎会在这儿？

不可能，绝对不可能！

可江绪竟缓步走至近前，打量着她，复而垂眸，想抽出她手中的春宫图册。

她这才反应过来，死死按住，还下意识脱口而出道：“不许看！”

江绪望向她：“你，对本王说不许？”

他的声音好听得如同敲金砌玉，可说出的话却让明檀打了个激灵。

明檀脑子一团乱，心脏像要飞出来了般，说话也不免有些磕绊：“我不是这个意思，殿……殿下怎么会在这儿，不是巡兵——”

发现自己说漏了，她立马闭嘴。

江绪倒没兴趣揭她这短，顺着话头答了声：“提前回京。”

明檀虽处在混乱之中，但还是知道，自个儿最要紧的是应该解释一下为什么会在这儿。可江绪似乎对她为什么会在这儿并不感兴趣，随手从她手中抽出了春宫图册，不过翻了两页，便将其扔开了。

“小姐不需要看这些，这里也不是小姐该来的地方。”他声音极淡，“本王派人送你回府。”

“……”

明檀都想哭了！意欲解释，可都不知道从哪儿开始才好。

见江绪转身欲走，她慌得上前拦住了他：“我不是殿下想的那样，我……”

她情急，往日那些个男女大防的规矩全忘了个一干二净，不自觉地拉住江绪的衣摆，仰着脑袋望他，都急得泪在眼眶里打转：“殿下是不是觉得我恬不知耻，觉得我……”

江绪看着她扑闪的眼睫上已然沾了泪珠，忽地打断道：“小姐很好，本王并未如此作想。”

回府一路，静悄悄的。七夕弯月浅浅一轮，静谧如水。明檀戴着帷帽，隔着丈远距离，跟在江绪身后。

起先江绪说的是派人送她回府，不知怎的，出了别玉楼，竟成了他亲自送。

虽说是送，但更像引路。两人守礼，离得远，且除了半途，江绪发现明檀跟不上步子，稍稍停了片刻，其余时候他都没有回头，更没多说半句。

明檀一路忍着没吭声，走至靖安侯府后门时，她觉得自个儿腿都快断了，脚底更是火辣辣生疼，这才忍不住，在心底轻骂了声：“莽夫！”

毕竟谁也想不到，堂堂定北王殿下，送人居然靠走！

别说马车了，连匹马都没有，从别玉楼走回靖安侯府，好几里呢，她今儿算是一气儿走完了寻常好几个月才能走到的路。

“多谢殿下相送。”站在门口，明檀忍着腿酸远远福了一礼，细声谢道。

江绪略点了点头，就要离开。

明檀忍不住又喊："殿下……"

"何事？"江绪顿步。

明檀本是还想解释下今夜误会，可实是难以启齿，话到嘴边又变成了："无事……上元之时，也是殿下出手相救，遣人送我至侯府后门，阿檀想起，心中甚是感激。"

因着这句，江绪抬了抬眼，多问了几个字："小姐如何知晓，上元之夜是我出手？"

明檀："……"

上次在林中，她问："夫君，是你？"

他没听到？

江绪自然听到了，可当时他以为，这位四小姐只是在惊讶他突然出现而已。

明檀却暗自松了口气，心想着：没听到好，没听到好。毕竟那声"夫君"的丢人程度，也不亚于今日看避火图册了。

她忙解释："因为王爷上次在林中出手相救时，也是用的束带。虽然颜色不一样，但用料织法，还有上头的暗纹都是一样的，若我没猜错的话，用的是苏州近两年新进贡的织雾锦。至于暗纹，上元夜那根用的是玄金丝线，上回林中那根是玄银丝线，用的绣法有散错针、刻鳞针、冰纹针……织雾锦十分难得，每岁进贡也不过十来匹，寻常都是御贡，宫里头赏过爹爹一匹，故而阿檀见过。"

江绪稍顿。

他都不知，一根束带如此讲究。

明家小姐对此，倒是研究颇深。

明檀也发觉自个儿说得稍多了些，且说起这束带，她还坑过她这未来夫君一把。

想到这里，她耳根又烧得更厉害了些。今儿这桩还没解释呢，竟又扯出了上一桩，她实在是无颜再面对她这未来夫君了，忙垂睫匆忙道："总之，多谢殿下出手相救，也多谢殿下今夜相送。阿檀就先进去了，殿下回府也多留心。"

从后门一路回院，明檀面上火烧火燎般的热度都未降下，直让素心取了凉水帕子捂脸才稍稍冷静些。

梳洗上榻，明檀裹着冰丝锦被翻来覆去着，一整晚都未睡着。

要死了真是要死了！

她明明是端庄娴静的大家闺秀，为何会一而再再而三地在她未来夫君面前丢脸！这般形象，委实是不用活了！嫁过去后便贤良淑德地为他纳上几房小妾，自请避居少碍他眼的为好！且他说的“小姐很好，本王并未如此作想”，定然是不想让她太过难堪，其实心里头已经觉着她是个恬不知耻半分不懂矜持的姑娘了！

她揪着被角捂脸，一边为自己愚笨懊恼，一边还不忘感叹她的未来夫君为何如此善良。

外头守夜的小丫头是新来的，明檀整晚都在一惊一乍，她也不知该如何是好，三更时硬着头皮去请了素心。

素心披衣而来，恰好听到明檀嘤了两声，便轻敲着门，担忧地问了句：“小姐？是奴婢，您怎么了？”

“没怎么，你们都去歇着吧。”

明檀从锦被里冒出头来，闷闷地应道。

明檀嘴上说着“没怎么”，可自七夕过后，整个人瞧着就蔫了下来，也不像之前那般，日日兴致高涨地折腾些有的没的。折腾也无用，反正她觉着，这形象一而再再而三地跌，约莫是怎么都挽不回了。

七夕过后有中元、中秋、重阳，还有冬至、万寿、除夕。大日子一个接一个，可明檀都没怎么出门，只这期间，沈画与明楚相继出嫁，她作为妹妹不得不露露面。

明楚嫁至禾州，三日无法归宁，便是一朝远嫁眼不见为净。

沈画自靖安侯府发嫁，就嫁在京中，归宁自然也是归的靖安侯府。瞧着沈画归宁之时气色上佳，夫君也甚为体贴，明檀又忧愁了几分。

沈画看出明檀不对劲，可一问，明檀也不知从何说起，总不能说还未过门自个儿就已在未来夫君面前丢尽了颜面，干脆便不说了。

秋去冬来，又爆竹声响，辞旧迎新，明檀先前日夜祈盼的婚期越发近了。

婚期愈近，靖安侯府就愈热闹。

开春，礼部代定北王府下聘放定。前来唱名的内侍都有六名，从早唱到晚，嗓子都唱哑了，南鹊街外围观百姓换了一拨又一拨，只瞧着聘礼如流水般抬进了靖安侯府。

这些年京里也不是没有亲王娶妃，皇女下嫁，可也没见哪家有这般阵仗。

待到日暮下聘唱毕，为首的内侍才擦着汗哑着嗓子，恭敬递上礼单，堆笑道："侯爷，夫人，这聘礼单子分了两份，一份是有司依亲王妃仪制下定，另一份是定北王府着添的，足足有一百二十八抬呢，可见王爷对王妃、对侯府，都极为看重。"

明亭远捋了捋短须，满面红光。裴氏也是一脸掩不住的笑意，忙让下人上茶，又亲自给内侍塞着辛苦跑上这趟的喜金："中贵人辛苦了。"

这份聘礼单子确实极厚，拿在手上颇有些分量，他们先前也想着，定北王府约莫会在亲王妃仪制上着添个四十八抬、六十八抬，哪能想到这不声不响便是一百二十八抬！确实是给足了明檀脸面，也给足了他们靖安侯府脸面。

本朝公主出降，嫁妆依定例是一百八十八抬。他们原本琢磨着给明檀准备个一百二十八抬出嫁，就算是极为风光了，可定北王府下聘都如此舍本，那他们靖安侯府不将嫁妆添至一百六十八抬都说不过去呀。

府中上下喜气洋洋，聘礼摆足了正院后罩房，明檀去看了趟，心中也是有些欢喜的。看样子，她在她未来夫君心目中的形象约莫还有得救。

只是欢喜过后，明檀又再次陷入了烦忧。

这两日白敏敏过来找她，两人聊起七夕去别玉楼一事，她忽地想起件先前她都没想过的事——

那日她去别玉楼，是不对。那他定北王殿下去就对吗？他为何会在？且那日闭门谢客，他竟还在楼中，定然是楼里贵客中的贵客了，还能连门都不敲就进了水盈闺房，想必是与其极为熟稔！

细想起来，那日水盈主动想结善缘，莫非就是知晓她乃未来的定北王妃，想让她过门后准其入府？

明檀越想，心里头越是拔凉拔凉的。她明家阿檀眼光竟劣至如斯，又瞧上个皮相好的寻花问柳之徒？

离婚期不足半月，亲王妃的喜服礼冠都已送至靖安侯府，明檀却仍是一副打不起精神的样子，明亭远与裴氏再如何欢喜也觉出些不对来了。

某日用午膳时，见明檀那小鸟胃又是什么都只沾一点儿便说饱了，裴氏与明亭远对视一眼，斟酌着问出了前晚两人讨论半宿的问题："阿檀，你可是对这桩婚事，有何不满？"

"女儿并无不满。"

明亭远也撂了筷，沉吟半晌道："阿檀，你尽可说心里话，若是不想嫁，如今下了聘，为父便是拼着丢官弃爵……"

"女儿没有不想嫁，爹爹用不着丢官弃爵。"

她心里头确实极为犹豫。她对定北王殿下是颇有好感的，可那桩他与水盈的疑惑横在心里头，怎么也过不去。

只是再怎么过不去，圣上赐婚哪是说不嫁便不嫁的，你倒是愿意丢官弃爵，可圣上怕是要你阖府都人头落地。

明亭远听她这么说，安了心，后半截话也没再往下说了，他本是想说"如今下了聘，为父便是拼着丢官弃爵也解不了这桩婚事"来着。

明檀误会，以为她爹要为她违抗圣意，心里头还挺感动。心想若她真是错看了定北王殿下，为着侯府，她心一横嫁过去，也算是全了家族情谊了。

她这一感动，饭也多用了半碗，还一个劲儿地给明亭远添菜。明亭远乐呵呵地榠了，只不过是略心虚地摸了摸鼻子。

三月初八，宜婚娶，上上吉。正是钦天监与礼部为定北王殿下择选的成亲吉日。这段时日，江绪又北上处理军务，三月初七，婚前一夜，才自青州回京。

定北王府在福叔的打理之下，早已张灯结彩，满府铺红。

他下马入府，福叔那颗悬着的心总算落定。

福叔先前还想着，他们家王爷为了军务，怕是还真干得出误了自个儿大婚的事儿。

舒景然知他今晚回府，特地前来等他，还温了壶酒。

江绪却冷淡推道：“不必，本王还要去趟大理寺狱。”

舒景然失笑：“明日你便成婚，今晚还要去审犯人？”

“成婚而已，与审犯何干。”江绪轻描淡写。

舒景然十分不能理解：“你既婚娶，至少也该给足夫人尊重，难道你明日便要双眼发青在府候亲？或者，你洞房之时也要摆着这张冷脸，或是将新夫人撂在一边先补个眠？”

江绪无动于衷。

舒景然又道：“我也是这两日才得知，明家四小姐近些时日，因着你那回出现在别玉楼，似是误会了你与水盈姑娘有什么私情，很是有些烦恼。你上回不是去找了明家四小姐吗，你竟连为何出现在别玉楼都未解释？她既于你有恩，你想娶她好好对她，别玉楼之事也无不可说之处吧？且审犯这些琐事，倒也比不得明日成亲重要，我瞧着你今晚还是好生歇歇为好。”

舒景然上回在别玉楼，也意外与白敏敏相撞，而前几日平国公府办蹴鞠宴，他又与白敏敏相遇。白敏敏旁敲侧击着问他，上回他与定北王殿下去别玉楼，到底所谓何事，他便猜出了三分缘由。

江绪听了，不知在想什么，也没什么表情。

过了半晌，他忽往外走，舒景然在后头喊他，他也没理。

舒景然摇了摇头，以为这厮是油盐不进，真又去大理寺狱审犯人了。

入夜，靖安侯府仍是红彤彤的一片，就连灯笼都蒙着浅浅红晕，端的是一派大婚喜意。明檀迟迟未睡，趴在窗边，茫然地看着月光。

她明日就要嫁人了，那人会是她的良人吗？先前她是有些确定的，可如今，却不那么确定了。

她觉得有些累，阖眼想休息会儿，可鼻尖忽而盈来一阵浅淡檀木香。她迟钝睁眼，先是看见一块玉佩，而后往上缓缓抬着眼睫——

“……”

一定是出现幻觉了。

她下意识便揉了揉眼。

“小姐没看错，是本王。”男人站在窗前，垂眸看她，“冒昧前来，是想告诉小姐，别玉楼是定北王府暗哨之楼。本王与水盈，是上下属的关系，并无私情。明日，本王会亲来靖安侯府迎亲，小姐可以好生休息了。”

男人的声音不高不低，长身玉立，站在窗前，竟与如水月色别样合衬。

◈ 第六章 ◈
出阁

大显朝，皇子亲王迎亲都是由还未成婚的宗室代迎。定北王府这桩，也早已定好由宗室里方过冠礼的瑞郡王代迎。

可谁想，就在明檀一早被拉起来梳妆、照水院里夫人小姐三姑六婆正围着她说热闹话时，外头一个婆子满脸喜色地进屋报信道：“不得了了！姑爷到府前亲迎了！”

昨夜明檀没怎么休息，再加上天还未亮便从锦被里被挖出来折腾，一直有些昏昏欲睡。听到这话，她像是闻见阵熟悉的檀木香，忽然清醒了不少。

竟是……真的，昨夜他是真的来过。

昨夜江绪来去都十分突然，解释完，不过一晃神的工夫，便消失在了夜色之中，以至于明檀趴在窗边恍惚怀疑，方才是不是自己困结于心，自我宽慰都出现了幻觉。

定北王殿下怎会深夜潜入姑娘院中？且，他几时说过这么多话？

大半夜的，她忍不住，还披着衣跑外头仔细查看了番，妄图寻找些她那未来夫君漏夜前来的证据。

当然，她是什么都没找着的，不然也不会明知次日出嫁，还被心头疑惑扰得一晚都没怎么睡好了。

现下因着外头婆子这声通传，照水院内室越发热闹起来：

“打小我便说，咱家四姑娘是个有福气的，这不，姑爷都上门亲迎来了！”

“除了前些年献郡王亲迎，宗室成婚，可没见谁家有这般体面的。”

“献郡王和郡王妃情分毕竟不同，打小便在一块处着的青梅竹马，满京城的谁不知道献郡王对郡王妃情根深种。”

“所以说啊，咱家四姑娘有福气。就那聘礼，哟嗬，定北王府可不就是定北王府，到底与寻常显贵不同！”

……

明檀听着，心里头的喜意和甜蜜也悄然蔓延开来，她的夫君真的亲自来迎娶她了。

她原本一直担忧着全福夫人给她开脸时定会疼得好似在毁她姿容，可这会儿细线自面上绞过，疼是疼的，倒也没想象中那么难以忍受了。

亲王妃的礼裙极为雍容繁复，大红描金的缠枝牡丹、并蒂双莲，还有双凤鸳鸯都绣得栩栩如生。衣裙层层叠叠，腰间环佩叮当，绣花鞋履精致入微，凤冠更是重若千斤，上头点缀的宝石明珠熠熠夺目，华丽得让人移不开眼。

打扮完后，明檀起身都有些费劲，须得有人扶着，才能小心翼翼走动。

姑娘这厢出阁先得拜别高堂哭嫁，可靖安侯府这二位高堂都喜不自胜的，裴氏好歹还弄了些椒水熏熏眼，明亭远笑逐颜开，那是半滴眼泪都挤不出来。

明檀也哭不出来，她这脸上的妆面可是整整折腾了一早上，如若真哭两下，哭掉了这妆，补起来又是一番工夫。

于是正厅内就只听明檀和裴氏勉强假嘤了几声，明亭远在一旁交代些个有的没的，最后还颇有些迫不及待地说道："总之，定北王府和靖安侯府也没隔多远，想回就回便是了。"

靖安侯府里头热闹，外头更是热闹。

及至靖安侯府正门的迎亲队伍，比春闱揭榜打马游街那日还要壮观三分。

名动上京的舒二公子、国舅爷平国公府章世子，还有殿前副都指挥使陆停陆殿帅，这些个平日难能一见的人物全都聚齐活了，遑论后头还有一众宗室、众将领。

当然，这其中最为引人注目的，还是一身大红吉服，高坐于马上的大显战神，定北王殿下。

战神其名威震大显，可见过他真容的可以说是寥寥无几。今日一见，众人竟都有种惊为天人之感：

剑眉星目，墨发红衣。

勒着缰绳，漫不经心又带些睥睨。

若说舒二公子是“有匪君子，如切如磋，如琢如磨”，那定北王殿下大约就是“郎艳独绝，世无其二”了。

因着定北王殿下杀名在外，他下马入府，众人皆是下意识地退开半丈，有些甚至还忍不住想要下跪。

一开始大家伙儿都被镇住了，四下寂静得很，自然没人敢哄闹要利是，还是白敏敏胆子大不怕死，从明檀闺房赶过来，便吆喝着要殿下做催妆词，讨利是钱，她嫂子拉都没拉住，魂都吓没了半边。

可定北王殿下倒是出乎意料地好说话，像是早有准备般，当场便点了点头，依言做了首催妆词，迎亲队伍中还有人给白敏敏塞金花生当作利是。

有了白敏敏起头，靖安侯府这边的小辈也都跃跃欲试，气氛也逐渐热闹起来。年纪稍长些的不敢闹定北王殿下，就逮着舒二、章怀玉起哄。

明檀由明亭远扶着姗姗现身时，江绪的催妆词已经做到了第四首。

大家先前都以为，这些个催妆诗词是早有准备，他既能邀来以诗词见长的舒二，让人帮忙备两首也不在话下，然有人起哄过头，竟还指定起了催妆词的词牌。

这话刚说出口，旁边有人便觉着坏了！正要转移话题，不料定北王殿下欣然点头，只略思忖了半刻，便依其词谱又做了一首，还做得十分不赖。

众人惊叹，这定北王殿下一介武将，竟有如此文采？这催妆诗词，还真是他做的？

文韬武略，俊美如斯，位高权重，得此郎君，这靖安侯府四小姐也真真儿是有享福的命！看着明檀上轿时，众人心中莫不如是作想。

随着一声尖细的“起轿——”响彻南鹊街，定北王府的迎亲队伍又吹吹打打启程了。

一路彩红铺地，鼓乐齐鸣，礼炮震天作响，前头新郎亲友高头大马，迎着新娘的八抬大轿稳步往前。后头靖安侯府的一百六十八抬嫁妆相随，从南鹊街绕御街而行，一路至定北王府所在的昌玉街，满目红妆，绵延不绝。

后来人说，成康年间，再无逾此排场的婚嫁之礼。

相较于靖安侯府热闹非凡，定北王府虽也铺红挂彩，但就莫名显得冷清不少。一来定北王府规制远高于靖安侯府，府中略显空旷，二来江绪亲眷不多，直系几乎全无。

明檀嫁进来是超品亲王妃，先要行一道册礼。册礼过后，又及至喜堂行大婚之礼，好在上无公婆，倒也轻松。

明檀被压在凤冠之下，一路烦琐而来，脑袋背脊都已麻木生疼，三拜结束，她腿软得都有些站不起了，还是她夫君扶了一把，才让她不至于在众人面前失态。

三拜过后便是送入洞房。

新人牵巾，明檀只能看见脚尖方寸之地，大半还被繁复礼裙遮掩，她规矩握住红绸一端，由着江绪在前头缓步领着，小心迈入了新房。

寻常人家的新房那是有人来闹的，可定北王府无甚亲眷，也无人敢闹，便十分清净，只全福嬷嬷在里头说了通吉利话。

江绪接过沉甸甸的喜秤，轻轻挑开盖头——

扑通、扑通……明檀的小心脏跳动得委实有些厉害，正当她犹豫着是否该抬眼与她夫君对视之时，便听她夫君淡声吩咐道：“将王妃的婢女唤来。”

明檀疑惑地抬头。

江绪也正好静静地望着她：“凤冠太重，不若卸下。让她们伺候你，本王先出去应酬了。”

他竟知凤冠重。

明檀与他对视着，下意识又有些欢欣。

待江绪离开，素心与绿萼进来，明檀忙招呼两人帮忙，给她取下这沉甸甸的凤冠，捏了捏发僵的脖颈，又重新梳洗了番，换上另套大红寝衣。

明檀这边忙活了一番，总算可以稍事休息，江绪在外头的应酬却才刚刚开始。

一众军中将领好友下属平日不敢逾矩，可今儿总算是逮着机会光明正大地给他灌酒了。

新婚大喜，江绪也没有不喝之理，来者不拒，皆是一饮而尽。

这场宴饮一直持续到入夜。不少成了家的军将借着酒意，给他们这定北王殿下传授夫妻相处之道。

舒景然、章怀玉虽没成婚，但喝了些酒，道理说起来也是一套一套，比平日啰嗦不少。

舒景然：“既已成婚，这洞房花烛之夜就万不可对夫人过于冷淡，你仔细想想，你们夫妻同榻而眠，姑娘家又害羞，你总不能和平时一样半个字都不说！”

“就是，多说几个字又不会死人！”章怀玉附和。

“欸欸欸，晦气！大喜日子说那个字做什么。启之，你听我的，听我的准没错。”舒景然掩唇打了个酒嗝，声音明显带着醉意，“你就找些夫人喜欢的话题，可千万别提什么打仗用兵，就比如，你可以说些个……诗词歌赋，你也不是不懂。”

“对，你总得主动说些什么，总不好一上来就直入主题，得有些铺垫，铺垫你懂吧？”说到“直入主题”时，章怀玉揶揄看他，颇有些调侃之意。

江绪没什么情绪地扫了他俩一眼，也不知道听没听进去，转头和陆停碰了碰，又饮一杯。

亥末，夜深人静。

早早入了洞房的明檀，终于等来了一身酒气的自家夫君。她这会儿清醒得很，因着早已歇息了番，还用了些糕点，已经养足精神，无聊到想翻裴氏临出门前塞给她的避火图册。

幸好没翻。

见江绪进来，她在床沿，正襟危坐起来。

江绪虽一身酒气，但意识显然也还清醒，他走至桌边站定，负手望向明檀，低低地唤了声：“过来。”

“……”

明檀老实起身，也走至桌边。

她比江绪矮了大半个头，放下繁复发髻后，头顶堪及江绪下颔。

两人站得近，浓重酒气混合着浅淡的檀木香，熏得明檀脸红心跳，还有些手足无措。

她接过江绪斟好递来的合卺酒，不自觉有些抖，挽手交杯后，因着身量，她踮起脚，那酒杯都离她好远，根本够不着！

然江绪垂眸望着她，忽而倾身，迁就她的身量，低头饮了那杯。

江绪饮完，明檀也饮了。

她有些晕乎乎的，明明也不是什么辛辣浓烈的酒，可咽下去却让她觉得，自个儿好像醉了。她面上也确然泛起了红晕，倒不知是合卺酒喝的，还是因为什么别的。

屋内红烛熠熠，两人半晌无声，明檀紧张地想着，按之前在别玉楼看过的避火图册，酒也喝了，是不是该宽衣就寝了？

她垂着眸，小手悄悄伸了过去。

江绪这身大红吉服也十分繁复，里里外外不知有多少层，明檀解了好一会儿，额上起了层薄汗，手都解得哆嗦，才勉强解开外衣环扣。

见她还要硬着头皮继续解，江绪不知怎的，想起了舒景然和章怀玉的话——不能沉默，不能让姑娘家尴尬，记得找话题。于是在长久静寂过后，他忽然生硬地问了声："你擅琴？"

明檀一顿，迟疑地点了点头。

他又道："听闻前两年的金菊宴上，你弹了首自己谱的曲子。"

明檀又点了点头："夫君想听？"

江绪没想好怎么应声，而明檀已经想到，竟连她曾在金菊宴上自谱自弹都打听到了，她这夫君难道是当初在大相国寺就被她的琴音迷住了？

这么一想，明檀欢欣之余，紧张更甚。

她退开半步，佯作端庄地福了福身，试探道："那……妾身不才，献……献丑了？"

糟糕。

一说完，她就想起当初上元宫宴顾九柔说要献丑，她这夫君可是让人赶紧别献了。他一句话几乎就毁了整场宫宴，她的洞房花烛夜该不会也要毁在这句话上吧？

江绪原本并未多想，可明檀说完就莫名变了神色，他这才忆起，去年的上元宫宴，自己仿佛对那位承恩侯府要献丑的小姐说过些什么，且正是因为他说过些什么，他这位夫人，当初才对他偏见颇深，还在听雨楼与好友编派，说他是狂悖粗俗、没有礼数的莽夫。

明檀小心翼翼地抬眸偷瞥，不巧，正好撞进江绪难得染了些情绪的眸中，他沉吟片刻，忽道："不丑，本王只觉，吾妻甚美。"

——这也是舒景然和章怀玉教的，夸她。

明檀蒙了。

方才，夫君夸她好看是吗？

未及反应，她忽然感觉自个儿被打横抱起。待回过神来，人已经躺在榻上。她怎么解都解不开的繁复红衣也在红烛熄灭前一件件落了地。

明檀的小心脏又不争气地扑通扑通跳动起来，她双手规矩交叠在小腹，能感觉身侧躺下了一个身形高大的人，有萦绕不散的淡淡酒气、檀香。

但，并没有如避火图册所画的进一步动作。

明檀平复了些紧张，小脑袋忍不住偏了偏，看向躺在她身侧的男人，声音也小小的："夫君？"

"嗯。"

还没睡着。

那他不打算做些什么吗？

当然，这话明檀也不好意思问出口，只能在心底想想。睁眼静了半晌，她的手不安分地在被子里一寸寸挪向江绪，心想着，不做什么，牵小手总可以的吧。

她最先碰触到时，那只大掌没什么反应，还凉凉的。待她握住，轻轻捏了下，那只大掌才迟钝地反包住她的小爪子，放在身侧。

明檀不自觉地翘起嘴角。

屋外月光如水，隐约可见灯笼蒙映的红晕，明檀睡不着，忽而又轻声问："夫君，陛下赐婚，你可是自愿？"

江绪闭眼"嗯"了声。

"那去岁的上元宫宴，陛下与娘娘有为你择选王妃之意，当时你有打算过娶别家姑娘吗？"

“未曾。”他根本就没想娶妻。

明檀见他有所回应，似是受了鼓舞，便想着更进一步，一点点一点点地碎碎念着，将之前在他面前闹的那些个误会都解释清楚。

明檀小嘴叭叭地小声解释，颇有几分要把新婚夜过成陈情夜的意思，江绪却是已经听到耐心将要耗尽。

好半晌，明檀解释完，心是安了，可仍是无甚睡意。

于是她又好奇地问：“对了，京中都知，舒二公子、陆殿帅还有平国公世子相熟，夫君你为何也与他们相熟？以前竟从未听过。那你与舒二公子……唔唔唔！”

身侧之人终是被她磨尽了耐心，猝不及防地覆了上来，堵住了她还欲继续的问话。

她身上薄薄两层的大红寝衣轻轻一拉，便自腰间散开，方才握住她手的那只粗糙大掌也覆上了她娇嫩的肌肤。

江绪眸色沉沉，欲念浮动。

许是他杀名在外，旁人都道他无欲无情，倒忘了他其实也不过二十出头，正是血气方刚。

他既娶了妻，不管缘何，就没想过不碰，只是顾念着来日方长，也不急在一时。不想，他不急在一时，他这夫人倒是很急。

屋外守夜的素心与绿萼大半晚上都没听到动静，心底本是有些拔凉拔凉的，早闻夫婿若是不喜，新婚之夜也有可能不圆房的。

可正是昏昏欲睡之际，屋内忽然传来了粗重的并未刻意压低的喘息声，还有她家小姐的呜咽嘤咛。那呜咽嘤咛声断续又娇弱，素心和绿萼都是云英未嫁的姑娘家，听得委实是有些脸红心跳。

这动静一闹，便是半晚没歇。

到三更，里头要了回水。

素心领着小丫头进去送了，光是里头的靡靡之味，就羞得人没眼往床榻上瞧。

素心眼观鼻鼻观心，只眼角余光瞥见她家姑爷扯了锦被，裹住她家小姐，将人打横抱去了净室。

不过半个时辰，里头又要了回水，素心再领丫头进去时才知，原是先前浴间的水自浴桶内泼洒出来，洒了满地。

不用多想，她们也晓得发生了什么，心想着：姑爷瞧着面冷，可这事儿也真是没节制了些。

直近四更，这洞房花烛的动静才算是彻底歇了下来。

结束后，明檀羞得缩在被子里，没脸面对江绪，也压根儿不敢再牵什么小手，恨不得两人分盖两床被子，挨都不要挨到才好！还有，避火图册都是假的！真做那档子事儿的时候根本想不起什么，全是由她夫君在做！

寂寂至五更，江绪起了身。

他看了眼缩成一团还在熟睡的明檀，眸色凝了凝，随手将被角往下压实了些。

依制，今日是要进宫谢恩的，又是好一通烦琐。

明檀醒时，想起此事，浑身的酸痛越发明显。她羞红着脸，边看婆子收走落红元帕，边揪住被角细声细气地问："殿下呢，今日不是要进宫谢恩吗？"

"殿下顾念小姐，已向宫里递了话，说是明日再去也不迟。"绿萼伶俐答着，眉眼间神采飞扬，很是为自家小姐受夫君爱重高兴。

素心也十分欢喜，接过绿萼话头又道："殿下天还没亮便去外头练武了，特意吩咐不用唤醒小姐，待小姐醒了再一道用早膳。"

婆子在一旁打趣："二位姑娘怎的还唤小姐，该唤王妃了！"

素心与绿萼对视一眼，抿唇笑着福身道："是，奴婢给王妃请安。"

明檀又闹了个大红脸，往上拉了拉被角，半是矜持半是迫不及待地吩咐了声："那快给我梳洗，上早膳，殿下练武，定要饿了。"

素心、绿萼又齐齐应是。

婚前一日，素心、绿萼与靖安侯府的婆子们一道来王府铺帐，便顺道熟悉了下王府的膳房。

王府管事的福叔似乎对王府新主人的到来十分欢迎，半分没有揽权的意思，早早儿发了话，王妃那边要什么便紧着什么，膳房自然也是对她们言听计从。

没一会儿，绿萼便给明檀梳了个漂亮发髻，衣裳也挑了件精细繁复的，毕竟新婚，不应太过素雅，仅秀眉只轻扫了两笔，看着略有些淡。

江绪进屋时，素心那边一早便吩咐下去的早膳也正如流水般上了桌。

他站在明间门口，看着一列入屋的婢女，停了一瞬。

软玉粥、金乳酥、蟹粉珍珠包、白玉丸、糖酪青梨……这顿早膳竟是有足足十道。

明檀见他，粉面羞红，眼睫扑闪。她起身规矩福礼，细细轻轻道：“夫君练武定是累了，快用早膳吧。”

江绪显然还没习惯府中突然冒出个娇软貌美的小王妃，默了会儿才点头落座。

他这一落座，四五个丫鬟端着一堆东西挨个儿涌上来，又是请他净手又是请他擦面的。

他虽出身皇家，知礼懂礼，出身一应俱是尊贵无比的皇太孙规格，但自父亲过世后，他也没再在乎过这些烦琐礼仪，且刀口舔血，也容不得他精细讲究。

江绪不喜铺张，可念着他这位小王妃方入府，平日金贵惯了，倒也没多说什么，耐着性子净手擦面，开始用膳。

江绪用膳时，明檀也斯斯文文地小口舀着粥，还时不时偷觑他。

见江绪碗中粥没了，便忙示意丫头给其添上。见江绪似乎想吃软酥，便忙给他夹了一块。

江绪用了半晌，才想起礼尚往来，给明檀也夹了块点心。

明檀喜不自胜，见江绪用得差不多了，她放下瓷勺，忽而又矜持地问了声：“夫君，你看妾身今日的妆，可还好？”

江绪抬眼。

“……”

她不说，他倒也看不出上了妆。

见他的王妃还等着他说出个一二三四，他想了想，还是依据昨夜舒景然和章怀玉所说的“夸她”原则，回了声：“甚好。”

可明檀对这回答不是特别满意："夫君，你再仔细瞧瞧。"

江绪："……"

明檀凑近了些，提醒："眉毛？"

江绪福至心灵："略淡了些。"

他话音方落，绿萼笑眯眯地便捧着眉黛到了跟前："殿下不若为王妃描眉？"

明檀也不好意思道："不知夫君可方便？阿檀自个儿今日画着总觉不妥，夫君觉得配今儿的妆容衣裳，是画水弯眉好，还是远山眉好？"

江绪从端屉中拿起眉黛打量了半晌，抬眼忽问："此物如何用？什么是水弯眉，什么又是远山眉，有何不同？"

江绪提问时神情认真，不似敷衍。

明檀语塞片刻，下意识便解释："呃，螺黛……沾水即可，至于水弯眉和远山眉，大相国寺那日，阿檀画的是水弯眉。前夜在侯府，画的便是远山眉。"

她看了看江绪的神色。

很好，从她夫君没什么表情但隐有一丝不解的俊美面庞中可以看出，他也并未注意前夜在侯府与那日在大相国寺，她的眉到底有何不同。

明檀先前想过，她夫君性子冷，可能不愿为她描眉，但万万没想到，她夫君是正儿八经的不会描。

要知道时下京中公子狎妓风流，描眉点翠的诗词频有传诵，就连她爹也是略通此道的。

明檀肃着小脸沉思了会儿，不愿放弃，还想指点一二，然江绪忽而摆出一副"不就是画眉，本王能无师自通"的模样，颇为镇静地执起了螺黛，沾水，然后——

往她眉上粗粗地横了一道。

那粗粗的一道，横得甚有笔锋。明檀望着铜镜，怔住了。

他，他以为自己在画什么？在画凛凛松竹还是在画京师布防图？不过是描个眉，大可不必如此气势凛然。

见男人还有意祸害另一边，明檀回神，忙捂住额头，还腾出只手挡了挡：

“夫……夫君，阿檀还是自己来吧，夫君是领兵打仗的将帅之才，怎好劳烦夫君为此等小事蹉跎，阿，阿檀自行描眉即可！”

“……”

江绪停了动作。

要画的是她，不要画的也是她。

娶个千金小姐，果然诸事烦琐。

他放下螺黛，未再多做纠缠：“本王去军营。”

看着江绪起身往外走，明檀捂着被摧残一半的眉毛，忍不住在心底轻骂了声：“莽夫！”

这是明檀嫁入定北王府的第一日，原要进宫谢恩参拜，因着江绪递话推迟，入府第一日倒莫名清闲了下来。

骤然离开住了十几年的靖安侯府，明檀自然有些不惯。屋内摆放陈设，院中树木花草，都沾着新婚喜意，但也都是陌生模样。

用完早膳在院中转悠了圈，她总觉着不甚真实，好似自个儿只是这府中小住过客，并不归属于此。

不过还没等她捋清心里头那点儿说不清道不明的空落怅惘，王府大管事福叔便领着府中各处的管事过来见她了。

“老奴宋来福，给王妃请安。”

明檀听素心、绿萼说起过这宋大管事。这宋大管事曾是东宫中人，敏琮太子过世后，便一直不离不弃地照顾小主子，也就是他们家王爷，府里上下尊他敬他，都喊他一声“福叔”。

明檀忙上前扶了把：“福叔快请起，万不可行如此大礼。”

福叔被她一扶，倒也没倔着非要行跪拜之礼，只笑得眼睛都眯成了一条缝，不由得叹道：“老奴盼星星盼月亮，可算是将王妃盼进府了！

“这定北王府占了整条昌玉街，大是大得吓人，可殿下简朴，又不常在京城，也真没什么人气儿。这不，老奴守了十几年，总盼着咱们殿下娶位王妃，这才正经有个女主人不是！”

明檀垂眸，抿唇浅笑。

她生得极美，且不是那种富有攻击性的艳丽之美，明眸皓齿，楚楚动人，让人望之便易心生好感。福叔本就对错金阁的大主顾心怀感恩，这会儿见着真人，更是觉着自个儿眼光独到，他们这位王妃娘娘瞧着就是个面善的，于是也越发热情起来。

不一会儿，福叔便从迎接新王妃预备的修缮翻新展望到了还未降生的小主人，还将库房钥匙什么的一股脑儿地全都给明檀送来了——美其名曰，王妃既已入府，以后就该由王妃执掌中馈。

其实新妇入府，不管有多名正言顺，想要从上一任掌权者那儿拿到管家权都很不容易。

上有婆母的新媳妇子，熬个七八数十年都没能独立掌家的都很是常见。上头没有婆母，想让府中原本的管事服服帖帖，也不是件轻松事儿。

明檀原本还以为有得番磨，倒没想人家直接给送上门来，且表现出了对她这新王妃打心底里的喜欢。

这样一来，明檀倒不是那么想管了。

“福叔是府中老人，又将王府打理得井井有条，我初来乍到，对王府还不甚熟悉，还得多倚仗福叔才是。”

福叔忙道：“王妃快别这么说！有用得着老奴的地方，那是老奴的荣幸，老奴万死不辞。不过这王府，本该交由王妃打理，若有什么不清楚的，老奴慢慢儿帮着您一起理清楚就是了。”

都说到这份上了，明檀不接倒也不是。

她从未短缺过衣什，对掌家理账这些看得淡。但她知晓后宅主母不能不精于此道，所以做姑娘时也有跟着裴氏认真学过。

接过账册翻了翻，明檀顿住。

早从下聘就可看出定北王府财大气粗，可这财大气粗的程度，似乎比她想象中还要夸张几分。

“……锦绣坊、错金阁，都是王府产业？”

福叔似乎就等着她问，忙“欸”了声，又绘声绘色将她从前与锦绣坊、错金阁的缘分说了遍。

明檀想起什么：“所以先前，错金阁送我的那套东珠头面，是福叔您吩咐下头人做的？”

福叔不敢邀功，自谦道：“主要还是经了殿下首肯。”

明檀稍怔，点点头，垂眸继续看账，嘴角却止不住地往上弯。

不过小半天工夫，明檀就与福叔熟了。江绪素来不讲究，能凑合的都让继续凑合，福叔守着大把银子没地儿花，也是挺难受的。这不，来了个能花的，福叔觉着自个儿总算是盼来了知音。

“这两棵树很是高大，可以在这儿做架秋千，从前侯府的树没有这般高大的，做出的秋千也有些低。”

……

“府中花园似乎略小了些，可向西再挪个五丈，园中花草我还未见过，待我去瞧瞧，再看是否要多请些能工巧匠前来打理。”

……

“殿下练武怎么可以只有这一小块地方呢，东苑这边可以改建成小型演武场，离府中兵库也近，这边建靶场，殿下好友入府，也可一同比试。”明檀在王府舆图上比画着，“还有这儿，荒草一片，不若修整一番，做出个蹴鞠场地来，平国公府比咱们王府小多了，人家府中便有蹴鞠场马球场呢。”

……

“对了，时序近夏，西面莲池空置的这座阁楼，做凉房如何？四周布竹排，引水上屋檐……侯府便有这么座小凉房，只景致不美，若能在莲池边造上一座，想来入夏十分惬意！”明檀想来都觉着十分舒适，眼里亮晶晶地望向福叔。

福叔连连点头：“好！好！”

他忙沾了沾墨，在册子上记下这笔。

王府这边，明檀与福叔正商量着如何花银子。另一边，回军营练完兵的江绪难得空闲了下来。

其实这些年在他带兵征伐之下，北地蛮夷已然收敛许多，若非冬日少粮人心浮动，甚少再生出事端。且大婚之前，他二度北上巡兵，顺便处理了东州一战的遗患，今年之内，想来都会太平了。

他看了份邸报，沈玉忽而撩帘入帐，回禀公事。

待到禀完，沈玉踟蹰片刻，忍不住问了声：“殿下昨日大婚，今日军中未有要事，为何不在府中陪着王妃？”

江绪抬眼：“这是本王的家务事。”

沈玉梗着脖子道：“王……王妃好歹也算属下表妹，属下关心一二，想来也不为过。”

江绪放下邸报，指骨叩在案上轻敲，忽道：“王妃累了，在府中休息，你还有何疑问？”

累了？怎么就累了？

昨日大婚他也去喝了喜酒，新娘子前前后后都有人扶着抱着，压根儿就没走几步路，倒也不至于说累吧。

他愣头青似的木了半晌，又依令出帐。

可出帐好一会儿，他还有些蒙头蒙脑的，没明白王爷这般敷衍，是否是不喜檀表妹的意思。

直到听见手下几个兵凑堆儿说起前些时日在倚红院的风流事，他恍惚间才好像明白了什么。

“那媚儿姑娘一把小嗓子真是不错，哥哥长哥哥短的，叫得人都酥了！得劲儿！”

“我瞧着胭脂姑娘才好，那小腰，嘿嘿嘿，第二天一早娇滴滴地和我说累断了呢！”

……

沈玉浑噩着给自己倒了杯水，竟有些不敢想象檀表妹和王爷在一处时，哥哥长哥哥短，还娇滴滴地说累断了腰是个什么情景。

也不知是否是因为沈玉跑来说了通他大婚第一日没在府中陪着王妃，方及夕食，江绪便回了定北王府。

他回府时，府中上下仆从往来，手里不是搬着花盆便是捧着描金盒子。

他冷眼看了会儿，也未多言，只一路走往新进了位小王妃的启安堂。

相比于外头，启安堂内更是热闹得紧，在启安堂门口，他遇见刚好打算离开的福叔。

福叔见了他，满面红光，还竹筒倒豆子般，喜滋滋地将今儿商定的王府改造事宜分说了番，期间还夹杂着“王妃真有想法”“王妃真是个妙人”“王妃说得都对”之类的夸赞溢美。

“……”

如此铺张。

江绪默了瞬，抬步走入屋内。

屋内，明檀正一边翻着书册，一边伸着手，让小丫头给她染丹蔻。

见江绪进屋，明檀眼里亮了一瞬，忙起了身，主动凑近江绪，还将柔若无骨的小手举至他的眼前：“夫君，你回来了，好看吗？”

她离得近，身上还有浅淡馨香，江绪莫名想起昨夜，一时竟有些心猿意马。

他喉结不甚明显地滚动片刻，本欲开口的铺张之词，到了嘴边便成了——

“好看。”

得了这声夸赞，明檀笑得眉眼弯弯，极有兴致地拉着江绪在屋内转悠，还一处处地仔细介绍起来。

江绪这才发现，不过半日，启安堂内依着他这位小王妃的喜好，已然大变了样。

待介绍完，明檀才想起这里原先是她夫君一人居住的地方。她小心翼翼地问了声：“阿檀自作主张布置了屋子，夫君可有不喜，可有不适？”

是挺不适的，可明檀拉着他轻晃撒娇，手软软的，还不安分地在他掌心搔动。他不擅，也从未如此应对女子，说出的话便也声声违心：“无妨，你喜欢便好。”

明檀闻言，笑容扩了几分，也终于安心。

然她的安心不是白来，在夜里也要以另外的形式补偿回去。

晚上折腾了两回，明檀香汗淋漓，累到快要散架，她软趴趴地窝在江绪怀中，脑中还迷迷糊糊想着，习武之人体力实非寻常，她夫君话虽不多，入夜却如此热情，难不成夫妻之间日日都需如此？那委实也太辛苦了些。

事实上，明檀对辛苦的认知还有些偏差。因入宫谢恩已经推迟一日，不能再推，江绪收敛了不少。若要尽兴，她怕是没法穿着亲王妃品级的礼服好生撑过一日了。

次日从江绪怀中醒来，明檀浑身都还酸痛，她揉了揉眼，想要换个姿势平躺，却发现箍在腰间的手收得很紧。

她没法儿大幅动作，好在可以仰头近距离观赏到夫君俊美无俦的面庞。

不得不承认，她的夫君生得真是一等一的俊朗！从前京中女子都说，舒二公子玉树临风一表人才，她瞧着，舒二公子确然是俊的，可比起她家夫君，好像略显温润了些，少了几分沙场男儿的凛然气概。

她伸出根手指，碰了下江绪的脸，见他没反应，又偷偷加了根手指，并在一块儿捏了捏，还往上拨了拨他的眼睫。

江绪睡眠极浅，早就醒了。正当他准备拉下明檀那只作乱的手时，明檀忽然往上蹭了蹭，在他下巴上轻轻地亲了一口，小脑袋又往他脖颈间蹭，还十分依赖地环住了他的腰。

她的唇温温凉凉，像过筛蒸出的甜酪，细腻柔软。江绪稍顿，一时竟也不知该不该转醒。

在榻上躺到辰初，两人一道被婢女唤醒。整装梳洗了番，巳正时分，两人又坐上王府平日一年都难得用上一回的马车，一道入宫了。

入了宫门，两人分走两道，江绪去御书房见成康帝，明檀则是被内侍领着，去寿康宫拜见太后。

思及当初太后也想为她赐婚，明檀心中自有几分怕被为难的忐忑。不过她这几分忐忑并未挂在脸上，与江绪分别后，她便拿出了亲王妃该有的端庄派头，目不斜视，从容有致。

当今太后与当今圣上并非亲生母子。圣上乃先帝元后所出，而寿康宫宿太后乃先帝继后，自个儿还有两个亲生儿子。

往事虽不可追，但稍微用脑子想想都知道，有出自两位皇后的三个嫡子，皇位之易定然不是表面可见的和平承继。再加上先帝元后早逝，元后母家也远不敌继后母家树大根深。想来，若非圣上出生之时便正位东宫，早早培养了坚定嫡长的东宫一派势力，当年在与宿太后的抗衡之中，怕是很难讨到好处。而宿太后在争位落败后，还能安居寿康宫，无人敢轻慢相待，也定然不是什么只愿长伴青灯古佛的善茬儿。

思及此处时，明檀已被领到寿康宫门口。

有老嬷嬷出来与内侍交接，引明檀入内：“定北王妃，请。”

明檀点点头，暗自深吸口气。

素闻太后近年一心向佛，寿康宫内倒也确实有几分向佛之人的朴素古意，一路往里，没见着什么奢侈排场，也没见着什么金银玉器，只缭绕着经久不散的淡淡香火气息，让人闻之不由得心定。

“臣妾参见太后娘娘，参见皇后娘娘，愿太后娘娘、皇后娘娘凤体康健，万福金安。”

一路而来嬷嬷都未提醒，皇后娘娘竟也在此。

好在明檀眼尖，余光瞥见上首端坐的几位女子中，除手握念珠一看便知是太后的妇人外，还有一位年轻女子身着深红牡丹描金凤纹锦裙，头戴九凤朝阳簪。

此等装扮，除皇后外，不作他想。

“起，赐座。”

宿太后的声音十分温和，听来颇觉亲切，不过现下明檀可不敢觉得这位太后娘娘有多亲切。

她又不是傻子，如果不是太后示意，引路嬷嬷又怎会不提醒殿中除太后娘娘外还有他人。尤其是皇后，方才她若不眼尖，落了皇后的礼，难保皇后心中不快。

“太后娘娘您瞧，臣妾说的，可有半分差池？”章皇后笑意盈盈，“定北王妃端方有礼，最是贤淑贞静不过。”

太后慈祥地点了点头，满脸爱怜道：“是个好的，哀家瞧着，和绪儿极为相配。”

她话音甫落，便有立在身侧的嬷嬷上前，给明檀送上紫檀木盒所盛的见面之礼。

明檀起身，垂首接了，又恭谨福礼，谢太后恩。

殿中坐有五女，除太后、皇后之外，从叙话中，明檀还猜出了着蝶戏百花六幅裙的，是太后幺女，温惠长公主；着淡青绣兰花纹样宫裙的，是玉贵妃被发配冷宫后，如今宫中最为受宠的兰妃娘娘；另有位年轻明丽的姑娘——

“嘁，无聊。”

明檀还未猜出这位姑娘的身份，便见这位姑娘上下打量着她，忽地轻嗤了声。

“念慈，不得无礼！”温惠长公主出言斥责。

太后扫了眼，只温声打太极道：“念慈便是这个性子，想什么便说什么，你也不必过于苛责。绪儿这王妃是个好的，哪会同她一个小姑娘计较。”

明檀：“……”

她也是个小姑娘呢。

兰妃许是知道这不是她该开口的场合，垂眸撇弄着茶盖，安安静静的，不怎么出声。倒是皇后接过话茬，给明檀介绍了翟念慈。

翟念慈是温惠长公主的女儿，也就是宿太后的外孙女，很得宿太后喜爱，宿太后还给了她一个“永乐县主”的封号。既如此，她见人就怼也不是没有底气了。

明檀没打算和这种三五年都见不上一面的多做计较，但她不打算计较，这永乐县主却不知是犯了什么毛病，盯着她怼个不停。

一会儿说“这些年京中贵女难道都如王妃一般？真是好生无趣”，一会儿又说“王妃瞧着便是半分不懂沙场厮杀，与定北王殿下怎会有话题可聊”。

明檀含笑听了半晌，忽而反问了句：“臣妾这些年在京中，甚少听闻永乐县主之名，想来县主从前并不久居京城？”

翟念慈懒懒的，根本不答她的话，还是皇后接道：“念慈随父北征，确实是甚少回京。”

哦，懂了，家世显赫版明楚。

随父北征……她夫君可不就是定北之王，这位永乐县主许是在随父北征的这些年，与她夫君有几分渊源也说不定。且这位永乐县主话里话外的意思都是在说，她这种娇生惯养的闺阁小姐配不上定北王殿下，那这不就等于在说，自己很配得上？

搞清楚敌意症结，明檀也就不怕对症下药了。

她斯斯文文地品了口茶，温婉笑道："县主不让须眉、英姿飒爽，真是让臣妾好生佩服，不过京中闺秀素来都是以太后娘娘和皇后娘娘为典范，学着如何端庄贤淑，学着如何克己复礼，学着如何御下，如何持家，以稳夫家后方，倒也算不得无趣。

"且殿下平日在军营之中，有的是将领与他谈论军务，回到府中，想来更需要的是一方清净之地，做妻子的，能嘘寒问暖多送碗汤，说会儿家常闲话，想来更能让殿下心感熨帖。"

"……"

翟念慈哽了哽，半晌没说出反驳之言。

这定北王妃可不就是在指着她鼻子说她没教养不守礼嘛，偏生她还不能驳什么，毕竟人家都搬出了太后与皇后挡在前头。

更让她心梗的是，这定北王妃话里话外都在说，定北王殿下并不想和自己的妻子聊什么调兵遣将，回家有的是闺房之乐，你少自以为是多管闲事。

不过短短几句交锋，殿中几人便知，虽是相近年岁，可翟念慈于口舌之上，完全无法与这位定北王妃相争。

为着不让殿中气氛太过尴尬，皇后主动担起了松缓气氛之责，拉着她能压得住的兰妃一道扯开话题，没再给翟念慈强行与明檀掰扯的机会。

而另一边，御书房内，成康帝拿着批好的折子敲了敲桌，饶有兴致地问了声："新婚如何？娶了王妃，你这也总算是，成家了。"

江绪负手，不以为意地应道："不如何，不过是有些烦琐。"

"……"

"谁问你烦不烦琐了？"

江绪又用一种"那陛下是在问什么"的眼神静静望着他。

成康帝有些无言。

罢了，左不过是他自个儿想留一留明亭远，权宜成下的婚，且就他那性子，指望他成个婚就突然开窍，也不知道是在为难谁。

成康帝想了想，又道："听闻你这王妃，在京中闺秀里素有几分名声，怎么说也是正儿八经娶回家的媳妇儿，面子上不可薄待了。”

江绪“嗯”了声。

昨日她那番折腾便花了五千两，他也没说什么，想来不算薄待。不过依她设想修葺王府还得再花上近十万两，太过铺张，回去之后还是得责令一二。

成康帝不知江绪在想什么，见他没当回事似的，以为他不怎么想提新妇，便转了话头，说起了近日朝堂之事。

时近日中，成康帝与江绪才一道出了御书房。江绪不愿在宫中留膳，成康帝也没强留，江绪便径直去了寿康宫接他的小王妃。

江绪行至寿康宫时，明檀跟在皇后等人后头，也正从殿内出来。

明檀和翟念慈走在一块儿，不知在说什么，忽地身形不稳闪了闪，似乎是在台阶上撇了下脚，紧接着便是秀眉微蹙，轻嘶出声。

江绪远远见了，想都没想，便上前将她拦腰抱起，而后回头，大步流星离开。

翟念慈：“……”

其实明檀也没想到，她家夫君竟会这般直接地上前抱她。

从寿康宫出来，翟念慈不依不饶地跟着，纠缠些个嘲讽之言，明檀烦不胜烦，刚巧，她远远瞥见她家夫君正往这边走来，忽而心生一计。

她打断翟念慈，轻声道：“县主对男子似乎知之甚少，既如此，县主不如好好瞧瞧，殿下喜欢的到底是哪种女子。”随即做出副崴脚模样，顿步皱眉轻嘶一条龙。

依照明檀所想，她家夫君大约会先给皇后行礼，再上前问她伤情，她便可以顺着话头，可怜巴巴地含包泪，隐忍说声“无碍”，再咬唇强调“是妾身自己不小心崴了一下”，这招祭出，不说博得夫君多少怜惜，让夫君亲密搀她离开是决计不成问题的。

可如今她家夫君这般举动，已然超出预期，明檀一时怔得都忘记要朝翟念慈温温柔柔地笑上一笑了。

这可是在宫中！

遥想去年上元宫宴，她打起十二万分的精神，半步都不敢行差踏错。

如今却被她夫君抱着在大内横行，这，这未免也太张扬了些。

“夫……夫君，你不进去向太后娘娘请安吗？还有皇后娘娘……夫君似乎也未行礼，这样是否于理不合？”明檀搂着江绪的脖颈，小心翼翼地问。

“无妨。”江绪没当回事，“太后为难你了？”

明檀摇摇头：“并未为难到我。”

这话倒是说得极有意思。

没为难到，那还是为难了。

江绪没应声。

走了一段，明檀又问：“对了，夫君与永乐县主相熟吗？永乐县主很是英姿飒爽，还曾随父北征，听她所言，似乎与夫君还有些渊源呢。”

“不熟。”江绪垂眸，淡淡看了她眼。

明檀像被看穿心思般，小声“噢”了下，乖巧地没再追问。

其实江绪所言“不熟”不是敷衍，他对永乐县主的印象，全部来自太后还有她那位还算骁勇善战的父亲。

至于这位永乐县主倾慕于他，曾乔装入营，为他随父北征，还曾私下哭闹要当定北王妃的事，他统统都不知晓，也不必知晓。他的王妃可以是任何人，但绝不可能是宿太后至亲。

走至晔阳门，江绪忽问：“脚伤如何？”

明檀摇头：“轻轻崴了一下，无碍的。”

江绪顿步。

明檀反应过来，又立马搂紧他的脖颈，轻声撒娇道：“但还是有一点点痛，不能自己走路呢。”

“……”

烦琐。

他抬步继续往外走。

明檀忍不住往上弯了弯嘴角，既是张扬了，若不张扬到底，被御史参上几本折子可不冤枉得很？

明檀倒是很有自知之明，知道如此招摇免不得要在御史言官那儿记上一笔。次日早朝，议完要事，便有言官出列，参定北王殿下于大内言行无状，自巡兵归京以来也从未上朝议事，有懒庸之嫌。

人家参上一参，其实也不过是例行公事，完成月课，没指望能参出个什么惩戒。毕竟定北王殿下只要在京城，也没几日是言行有状目中有人的。

可新晋的岳丈大人不干了。

明亭远出列便道："臣以为，王爷新婚燕尔，见王妃受伤心急维护也乃人之常情，何谈言行无状？且御史所举懒庸之嫌也是荒谬至极，文臣武将本是各司其职，王爷上阵杀敌之时，也没见参杨御史未曾为国效力，只会在朝堂上一张嘴叭叭叭地盯着人家家事有懒庸之嫌！"

昌国公白敬元也出列附和："臣以为靖安侯所言极是，定北王若也称得上懒庸，那这朝堂之上怕也没有几个勤勉忠君之辈了，就算有，也定然不是只会盯着鸡毛蒜皮小事斤斤计较的杨御史之流！"

杨御史："……"

成康帝："……"

朝堂上静了瞬，竟也无人出面圆场。

因为事实就是，定北王殿下在宫中如此行径，确然目中无人了些。可定北王殿下素来如此，宫宴都搅散了还怕这遭？何况昌国公和靖安侯说得也没错，新婚燕尔的，陛下都不介意，你还平白上奏寻人晦气，大可不必。

至于上朝议事，当年定北王殿下也不是没上过，可人一上来，要么沉默而立不发一言，要么就直接嘲讽太后，那还是别上为好。

半晌无人接话。

銮殿寂静，最后成康帝不得不轻咳了两声，自个儿圆场道："爱卿不必争执，定北王年纪轻，刚成家，这……爱妻心切也是有的。"

他顿了顿，总觉着自个儿这话说得奇怪，但说都说了，也就只好继续道："且定北王一心为国，为大显立下的赫赫战功有目共睹，不上朝议事，也是经朕特许，无须苛责。"

说完，他望了眼右相。

右相会意，忙出列禀事，岔开话题，将这一遭轻轻翻过。

成康帝说起闲事没怎么思量，不知他这金口玉言的"爱妻心切"一出，自下朝起便往外传开了来。

近日朝中无甚要事，大臣们也很乐意八卦一番，回到自个儿府中，还不忘与自家夫人闲话。于是定北王殿下“爱妻心切”这一传闻，不过半天工夫，就传得满京勋贵皆知了。

外嫁女三朝回门，明亭远在朝堂怒驳杨御史的同时，江绪也刚好练完武回启安堂，预备陪明檀一道回靖安侯府。

江绪惯常一身黑，可明檀自个儿边梳着妆，还边从铜镜里拿眼瞧他，话里话外都在说，去岁在大相国寺，他穿的那身松青便服很是好看。

“那身衣服破了。”

“那夫君就没有其他不是黑色的衣裳了吗？”明檀就不信了，起身亲自翻了翻箱笼，找出身月白长衫在江绪身上比了比，“这身如何？阿檀瞧着好像不错。”

江绪不喜月白。

可没等他开口，明檀又期待地望向他道：“阿檀也有一身月白锦裙，今日回门，夫君与阿檀穿一样的颜色好不好？”

“……”

江绪移开视线：“随你。”

于是夫妇二人就这么穿着身颜色一致的月白锦衣，带着福叔准备的几车归宁礼回靖安侯府了。

两人回府时，明亭远已然下朝，并将成康帝所说的“爱妻心切”无限发散了番，发散得那叫一个满面红光与有荣焉，裴氏听得将信将疑，总觉着自家侯爷所说的“爱妻心切”与迎亲那日见到的定北王殿下无甚关联。

王妃回门不算小事，虽未大肆操办，但靖安侯府还是将京中的同宗亲戚都请了一圈儿，操办了场家宴。

沈画与白敏敏自然也来了。

男人有男人的场合，女人也有女人的私房话，应付了番前来寒暄的三姑六婆，明檀又寻着空隙与沈画、白敏敏一道回了照水院。

其实不过几日没回，照水院内陈设依旧，可明檀莫名觉着，在照水院十几年的闺阁时光已与她相距甚远，越往后，也会越来越远。

“怎么样怎么样？新婚这几日，殿下待你还算不错吧？我今儿同我爹一道过来便听说，你家殿下昨儿在宫里抱你，被杨御史参了一本，然后我爹和你爹在朝堂上就怼了那杨御史一通。总之听起来，你们家殿下好像很是心悦于你呢。”白敏敏兴奋道。

明檀捧着脸，颇有几分娇羞地点了点头：“殿下待我很好，应是……有几分心悦的吧？”

她一直都是循规蹈矩的大家闺秀。除了跟着白敏敏看过几个话本子，连外男都没见过几个，也不懂什么叫作喜欢，什么叫作心悦。可她夫君长得好看，她愿与她夫君共度一生，那她应是心悦她夫君的。而她夫君也夸她好看，待她很好，应是也心悦于她？

明檀对自己的逻辑颇为认可，想完还自顾自地点头肯定了番。

沈画轻轻打着扇，笑着附和：“瞧四妹妹这般容光焕发、眼波含春，就知道殿下待四妹妹定然是极好的。”

白敏敏还未出嫁，没听懂沈画那声“容光焕发、眼波含春”的意思，还傻不愣登地好奇追问：“定北王殿下待你很好，那你与定北王殿下，可有圆房？”

沈画那番别有深意的打趣已然臊得明檀红了耳根，白敏敏还蠢得追问，她更是臊得连脖颈都红了。

“到底圆没圆？”白敏敏不依不饶。

“圆了圆了圆了！”明檀不堪其扰。

白敏敏眼睛发光：“真圆了？”

明檀不想理她。

“那定北王殿下……如何？”白敏敏对着手指，一脸八卦。

这下轮到明檀不懂了：“什么如何？”

“就——”白敏敏挠着头，也不知该如何委婉形容。她这不也是近日好奇心盛，寻来的新鲜话本里头的都说什么，新嫁娘都会和好友聊起床帏之事，所以就学着问上一问。

明檀没听明白，倒是看她神情看明白了，于是想都没想便拿扇子打了过去，还直瞪着她：“你个未出阁的姑娘，知不知羞的？”

“那反正没你不知羞。”

白敏敏极擅翻旧账，又历数了番她未出阁时偷进军营偷看避火图之类的荒唐事儿。总之话题绕来绕去，白敏敏与沈画都不饶她，最终又绕回了床帏之事。

明檀双手托腮，还不好意思地捏着耳垂，回忆了会儿，羞答答道：“殿下应是，挺厉害的？一夜要了两回水，很是有些辛苦。”

其实她也没有经验对比，不知道什么厉害什么不厉害，只是凭着直觉罢了。

白敏敏疑惑：“要两回水厉害吗？我看的话本都要七回呢。”

明檀：“……”

是这样吗？那照白敏敏的意思，她夫君还不太行？可要七回水人不都得泡秃皮了？

方走至闺房门口，意欲唤明檀出去用膳的江绪也顿了顿脚步。

明檀总觉着，今儿回门后，她夫君看她的眼神有些奇怪。具体哪里奇怪，她也说不上来，只眼神交汇时，好像要比平日多停上一两息，她也没太放在心上。

家宴膳毕，白敏敏与沈画都要归家。

近些时日，白敏敏她娘还有她大嫂拘她拘得紧，毕竟都是相看人家的大姑娘了，让人知道见天儿在外疯跑，总归于名声无益。

沈画则是要回去见几个掌柜。自入李府，婆婆便让她协理中馈，她虽惯爱吟诗作对，但也不是不通庶务，府中上下打理得井井有条，如今在李府已是颇具威望。

她们走后，明檀又去兰馨院与裴氏叙了会儿话。

裴氏还拿沈画作例子：“……她是个有福的，如今在李司业府，过得也算是如鱼得水，郎君上进，夫妻和睦，妯娌也好相处，她家那位大嫂，不就是你要好的周家小姐的姐姐吗？性情模样都没得说。还有最要紧的是公婆开明，不拿捏人，这才一入府就能协理中馈呢，你也多学着点儿。”

明檀点了点头，沉吟片刻又道：“母亲，道理我懂，可我没什么妯娌公婆，大婚第一日，王府管事就将账册钥匙全都给我送来了。”

“府中就无人为难于你？”

明檀想了想，摇头。

这般情形实属少见，裴氏想了想：“既交予你，便是信你，你更应该好好打理王府产业才是。”

明檀“嗯”了声。

见四下无人，裴氏又咳了声，压低声音问了句：“府中可有姨娘通房？”

定北王府不似其他门户，还能在婚前打听一二，也不似其他门户，婚前出了腌臜事儿还可不嫁，于此道上，裴氏一直颇为担忧。

明檀想都没想便径直否道：“没有。”可忽然她又顿了顿，语气犹疑起来，“应是没有的吧？我入府三日，都未听说府中还有其他女人。”

“殿下三日都歇在你屋里？”

明檀红脸“嗯”了声，矜持道：“我住的，好像就是夫君一直在住的院子，他的衣物都在屋内。”

两人竟是同住？裴氏稍感意外。

不过如此一来，今儿侯爷回来说的“爱妻心切”倒显得有那么几分可信了。

裴氏心中宽慰不少，又握住明檀的手，语重心长道：“王爷如今独独爱重于你，这自是再好不过。可母亲也要给你提个神，王爷年轻有为，位高权重，此时只有你，并不代表往后也只有你。

“宅院之中，子嗣为重，趁着夫妻情浓又无旁人打搅，早早儿生养，稳住你的王妃之位才是正经。只要你执掌中馈，膝下有嫡出子女，那往后在王府，谁也越不过你去。”

裴氏说得很是在理，也都是时下妇人心中所想。可明檀一想到以后还会有其他女人同她夫君耳鬓厮磨生儿育女，心里头就莫名地有些不舒服。

“母亲知道，现在说这些，你不爱听，可凡事都得看长远些，临了才不至于黯然心伤。”

“女儿知道了。”明檀咬唇，点了点头。

“还不下车？”

日暮时分，马车停在定北王府门前，江绪站在车外，扫了眼还端坐车内莫名发呆的明檀。

早上出门之时，他这位小王妃缠着他问东问西，精神头十足，回府一路，却是半声不吭心不在焉，也不知是不是在想她好友所说的话本“要水”一事。

江绪本想当夜便给她验证一番要七回水是什么感受，可宫中有事，宫门下了钥还传口谕召他，他回府换了身衣，便入宫了。

新婚四日，忽然独守空房，明檀竟有些不习惯。

半夜急雨，电闪雷鸣，她裹着锦被翻来覆去，一想到往后府中要进新人，都是花一般的鲜妍颜色，她的夫君要雨露均沾，夜里要同她们翻云覆雨，更是莫名地悲从中来，很是有番前路未卜的惶然与伤感。

次日一早，雨收云霁，窗一推开，便有沾着花草木香的清新之气扑面而来。

明檀顶着发青的眼圈坐在妆奁前，没什么精神。

正当她自我宽慰了番以后的事情以后再说，倒也不必如此杞人忧天之时，外头忽然进来个小丫头，脑袋埋得低低的，颇有几分难以启齿地传话道：“王妃，云姨娘来给您请安了。”

明檀一怔，脑袋似是轰开了般，惊得她半晌没能回神。

绿萼也是蒙的，玉梳停在明檀发间，都忘了要往下梳。

“你……你说什么？什么姨娘？”绿萼不可置信地问。

小丫头小心翼翼地答道：“云姨娘……王妃入府诸事烦琐，所以姨娘今日才来给王妃请安。”

绿萼：“为何之前从未听过府中还有姨娘？”

小丫头摇头，支支吾吾道：“奴婢不知。”

素心稍微能端得住些，挥退了小丫头，忙安抚道：“想来是殿下从前在府中惯用的通房，迎正室，抬通房，这在寻常人家也是常有的，小姐不必太过挂心。殿下从前未提，大约就是没将人放在心上的意思。”

“对，对。”见明檀一脸失魂落魄，绿萼反应过来也忙附和，“若是什么正经角色，殿下不提，福叔总是要提，府中其他下人也是要议论的。

既然这些日子都无人提及，那必然无足轻重。这会儿寻来请安，许是要给小姐敬杯妾室茶，可殿下没回，这茶小姐不爱喝，寻个理由不喝就是了。”

明檀一言不发，也不知在想什么，静了好半晌，才让绿萼继续给她梳妆。

过了大半个时辰，明檀收拾停当，款款出现在启安堂花厅。

她落座上首，眉眼微抬，缓慢地打量着这位如晴天霹雳般不知打哪儿冒出来的新姨娘。

这位云姨娘，相貌虽不及她，但也不差，清丽之余，还很是有些美人风韵。

没等她消化完内心五味杂陈的情绪，模样清丽的云姨娘便利落拱手，单膝跪地：“奴婢云旖，参见王妃。”

“？”

好像有哪不对。

明檀一时没想明白，下意识地问：“你是，云姨娘？”

“是。”

明檀压了压心底的情绪：“起来吧，看座。”

虽是刻意压了压情绪，然她目光却不想再落在这人身上，她自顾自地拨弄着茶杯碗盖，实在是有些无法违背内心，说出“以后都是姐妹，要同心同德好好伺候王爷，早日为王爷开枝散叶”之类的话来。

太难受了，心里太难受了。

灵渺寺的金身终是白塑了！

她抿了口茶，腾腾热气熏得她眼睛疼，眼前都蒙起了一层雾气。

云旖未有所觉，盯着明檀拨弄茶杯碗盖的纤纤玉手，眼睛一眨不眨。

绿萼心里为明檀压着气，见她无状便冲她嗔怒道：“姨娘盯着王妃瞧什么呢，怎的这般不懂规矩！”

云旖下意识地便答：“王妃拨茶盖的动作很好看，手也很好看，我没见过这么好看的手。”

说完，她也端起桌边的茶，模仿着，生硬地拨了拨，然后就将还未舒展沉入茶底的茶叶给拨飞了。

“……”

这哪里来的憨子!

绿萼白眼差点都要翻上天了。

正当花厅沉陷在一种诡异的寂静中时，丫头来禀：王爷回了。

明檀手指屈了屈，可她这会儿难受得都不想再看见那个男人，直到眼底没入一片锦衣衣摆，才垂眼起身，有些敷衍地行了个礼。

江绪并非心细之人，可他的小王妃从头发丝儿到绣鞋上的流苏都写满了“我不高兴”，他倒也不至于看不出来。

落座在明檀身侧，他扫了眼云旖，淡声介绍道：“这是本王给你找的护卫。云旖身手很好，以后本王若不在府中，自有她来保护你。”

“……”明檀忽地抬眼。

“属下津云卫云旖，奉命保护王妃安危。”云旖正经行了个礼。

明檀更蒙了。

什么卫？津云卫？

介绍完，江绪瞥了云旖一眼，云旖识趣地垂首，躬身后退。

花厅内很快便只剩下明檀与江绪二人。

明檀仍沉浸在大起大落的情绪中，有些回不过神：“云姨娘是……护卫？那她只是护卫还是？”

“只是护卫。”

“那为何要让她当姨娘？”

话本里头女护卫都是当贴身婢女的。

“本王不喜府中人多。”

说完这句，江绪起身让人摆膳去了。他一早回来，以为会有口热粥，可没想到，他的王妃因为个女护卫，将贤良淑德止步在了新婚第四日。

明檀不知他在想什么，还在琢磨他那句“不喜府中人多”，这一琢磨，便琢磨了大半天，将各种情况都考虑过后，她得出了一个比较靠谱的结论——她的夫君应是暂时不想纳妾。

王府很难只有一位王妃，虽说一般人不大敢往定北王府塞人，塞了他也大可不收，但总有些不是一般人，譬如宿太后。

说来，那日出宫时，她还在夫君的面前有意无意上了上宿太后的“眼药”，暗示宿太后有往府中塞人的意思呢。

如今她夫君这安排，倒有几分“与其等着人塞，还不如自个儿先下手为强”的意思，如此一来，拒绝那些个送上门的美人就能有个“府中已有姨娘”的由头。

晚上安置，明檀于床笫之间向江绪求证了这一想法，也得到了肯定的回应，她一时欣喜得热情了不少，尽管辛苦，也配合着承到了半夜。

要完水时，明檀以为可以如前几日般安寝，便安安心心地闭上了眼。可谁想江绪在身后搂着她搂了没一会儿，忽而又有了起复的势头。很快明檀就不容拒绝地被翻过来。秀眉微蹙，香汗如雨。她呜咽着，眼泪花儿往外冒，边拍打，边断断续续控诉。

迷糊间，忽闻江绪在她耳边沉着声道：“话本里不是说要七回水？”

明檀想起了什么，立马驳道：“可那不……不是我说的，唔！”

……

“王妃可起了？”

“未起。”

“那这早膳还热不热了？”

“留一道粥且煨着吧，看这时辰，还是早些准备午膳才是。”

日升，定北王府的膳房内时不时便有人问“王妃可起”，偏辰时问到巳正，都是未起，下人们心里头好一阵嘀咕。

有好事者双手交叠在身前，下巴微抬，故作高深道：“我瞧你们午膳也不必备了，擎等着备晚膳便是了。”

“为何？王妃出府了？”

好事者还想卖卖关子，可刚好有晓得内情的仆妇提了一篓子水灵菜尖儿进了厨房，迫不及待地长舌道：“你们还不知道？昨儿夜里启安堂叫了好几回水呢，啧啧，都折腾到快早上了，王妃哪起得来！”

“啊？”

“还有这种事？”

众人都不自觉地聚拢到一块儿，竖起了耳朵。

厨房里头生养过的粗妇多，惯爱说嘴，泼皮不害臊，论起这些个房里头的长短，脸不红心不跳，还很有几分来劲儿。

……

足足睡到晌午，明檀才悠悠转醒，醒了也有好一会子双目无神脑袋空空的，半倚在榻上，倦懒得很，不怎么想起。

刚巧绿萼捧了一盒子小玩意儿进来，福身欢喜道：“小姐，您醒啦。敏小姐遣人送东西来了，说是这两日新得的奇巧物件儿，西域那头来的，您可要现在看看？”

不提还好，一提白敏敏，明檀就火冒三丈。

罪魁祸首！

“不看！”

“……”

绿萼蒙了下，手足无措，以为是自个儿做错了什么。

明檀气不过，又道：“把上回白敏敏送我的那方丑帕子找出来，再给我拿把剪子。”

绿萼一头雾水，应了声是，又小心翼翼放下那盒子玩意儿，忙去翻找了白敏敏先前绣的丑帕子，并着剪子一道送至了床边。

明檀想都没想便抄起剪子往那丑帕子上狠剪了两下，然后气咻咻地吩咐道：“把它给我塞到那盒子里头送回昌国公府，就说我今儿就和她白敏敏断了这手帕交！”

绿萼：“……”

“阿嚏！”

在昌国公府被逼着学女红，正在绣鸳鸯的白敏敏忽地打了个大大的喷嚏，她揉了揉鼻子，还在想，莫非是近几回的相看之中有哪家公子看上她了？

有没有哪家公子看上白敏敏犹未可知，但近些日子，殿前副都指挥使陆停陆殿帅，是明摆着看上了周家小姐周静婉。

周静婉正值适婚之龄，温婉貌美，极富才情，到周家提亲的青年才俊原本极多，可自从陆殿帅也去周家提了回亲过后，先前那些个才俊都莫名沉寂了下来。

先是有翰林编修逛花楼，被御史参了一本，说是有辱翰林清贵，遭了贬斥。

后又有侍郎之子当街纵马伤了摊贩，被告到衙门，赔了笔银子，自个儿也伤了腿需卧床半年。

这些个事情说小不小说大不大 ，唯一的关联便是都曾登周门求亲。

大家似乎是明悟了其中关节，慢慢地，上周家求亲的就越来越少了。

周静婉的婚事从明檀被赐婚那会儿就开始挑拣，如今明檀都已成婚，女儿再娇，也得提上日程。

可如今这档子情形，本来挑花了眼都不急的周母不由得急了起来，周静婉更是怕得很，日日担忧着自个儿没人求娶，最后只能嫁给那位陆殿帅。

四月里春光正盛，明檀邀周静婉过府赏花。

她翻修王府，重建花圃，奇花异草方到，便请了周大才女过来，为花圃题字。至于白敏敏，置的闲气还没消，她的帖子也没往昌国公府下，倒是白敏敏蹭着周家马车不请自来了。

周静婉本就身子弱，近日郁郁，更显消瘦。明檀与白敏敏逼问起，她才难以启齿般，说起自个儿似被暗下绊子的婚事。

“你就那般看不上陆殿帅？”白敏敏不解，“我瞧着陆殿帅挺好的。”

“他挺好，你如何不嫁？”

白敏敏噎住，道:“那他不是向你求亲嘛，与我何干。”她转头又问明檀，“你家王爷不是同陆殿帅相熟？不如你去问问王爷，这陆殿帅究竟是怎么个意思。”

明檀稍顿。

自从上回在床榻间被闹得狠了，发了脾气，她和她夫君也没再正经说上几句。

一来她夫君军务繁忙，本就没几日着家，着了家也是个闷葫芦，若不主动挑些话题，他能枯坐桌前看一宿的兵书；二来她及至信期，不能行房，一个只能在床榻间见着点情绪的男人，几日不行房，瞧着便有些生冷；三来……她也被折腾得有些怕了，不是很愿意近他的身。

“想什么呢你？”白敏敏用手晃了晃。

“没什么。”明檀若无其事地抿了口茶，“待夫君回来，我问问他。”

白敏敏没多想，还接着话头宽慰周静婉：“陆殿帅这般作为，很是有几分势在必得的意思，想来也不是一时兴起。依我看，你对他也不必如此抗拒。等阿檀问了王爷，你了解了解再做定论也不迟。”

周静婉意动，欲说还休地看了眼明檀。

“……”

“包在我身上。”

明檀应得干脆，可接了这桩差事，心下还是有些苦恼。她月信方过，今儿去问，怎么觉着就有点羊入虎口自找苦吃的感觉呢？

踌躇至江绪回府，听闻他径直去了书房，明檀咬了咬牙，还是决定为周静婉豁出去一回。

她特地换了套严实点的锦裳，领口都遮到了脖颈，又端了盏晌午便煨在火上的燕窝粥和一碟子玉带糕去了书房。

“殿下，王妃来了。”

门口有侍卫通传。

“进。”

江绪的书房宽敞简朴，入目数列博古架，上头多是兵书、短兵器。另有沙盘、棋桌、以供休息的窄榻。

明檀只扫了一眼便收回目光，走至桌边，乖巧轻声道：“听闻夫君公务繁忙，都没用晚膳，阿檀便亲自做了燕窝粥和玉带糕，夫君快尝尝，公务要紧，身体更要紧。”

江绪：“……”

前些时日尽兴一回，他这位小王妃便对他鼻子不是鼻子眼睛不是眼睛，好几日都爱答不理。

一会儿说身上不舒服，一会儿说来了癸水，安置时不小心碰到都要踹他两脚，他索性在书房睡了几晚。

今日这是……他顿了顿，看向那碗燕窝粥和那碟玉带糕。

“你做的？”

明檀点头，将其做法娓娓道来：“这燕窝粥煨得极细腻，从晌午便用温火炖着了，煨的时候必须有人守着，隔半个时辰便拿汤匙顺着同一方向搅动半刻，如此煨出来的燕窝粥才能入口即化。

“还有玉带糕，是糯米碾粉，过筛了三回，细筛过后以水和之，猪油白糖层叠相间，再夹一层核桃粉与花生粉，以增香甜口感，如此做来再上火蒸，蒸的火候极有讲究，中途还需开屉换面，不然很难使其晶莹剔透，口感绵密……”

江绪尝了口，确实和他平时随意将就的粥和点心大为不同。

他下意识便瞥了眼明檀的手，她那双手整洁干净，还染着丹蔻，十足的不沾阳春水模样。

他确认道：“你亲自做的？”

“是啊！”明檀理所当然。

江绪停了瞬，忽而撂下瓷勺：“回去吧，本王还有要事。”

明檀不明所以：“夫君不再用些吗，阿檀亲自……”

“本王不喜欢听人扯谎，你先回去。”

“我如何就扯谎了？”

明檀蒙了。

“你说，这是你亲自做的。”江绪抬眼望她，眸光笔直且静。

明檀对上他的视线，并无丝毫闪躲，还十分地振振有词：“本就是我亲自做的，夫君不信尽可提厨房的人来问！我亲自吩咐厨房，用多少料用多少火都交代得仔细，还亲自跑了两趟，人证物证可是俱在！”

江绪默了默，发现两人对“亲自”的理解有了极大偏差。

“你说的亲自做，是亲口做？”

“不然呢，难不成让我自己挽袖子和面吗？”

理直气壮。

江绪：“……”

明檀快要委屈死了，这可是她自个儿琢磨出来的独家配方，虽瞧着与普通的没什么两样，可尝起来口感却大为不同。臭男人喝了她的粥尝了她的点心还要污蔑她扯谎！他不配！

想到这里，她收拾了碗勺，提着食盒就要走人。

“等等。”

明檀哪听他的，走至门口便径直推门。

江绪也跟着起了身，拉住她的手腕。他只稍稍用了些力，明檀就被拉得往后退了两步，还不由得回转撞入他的怀中。

不巧，书房明间的大门也正好被明檀推开，春夜的风温温凉凉，往里吹送。

舒景然站在外面，正欲通禀的侍卫也是张着口，不知该说些什么。

打扰了。

其实门开的那瞬，明檀撞在江绪胸膛间，并未瞧见屋外之人。

倒是江绪与舒景然对视了一息，又仿佛什么都没瞧见般，轰然关上了门。

“……”

舒景然稍感迷惑。

前几日与江启之碰面时，江启之似乎还评价过“爱妻心切”这一传闻无聊至极，可今夜看来……他缓缓转身离开，不知想到什么，还忽然轻笑了声，步子也轻快了些许。

书房内。

江绪松手，接过食盒，沉吟道：“是本王误会了。”

明檀不理，负气走至博古架前，拿起本看不懂的兵书，装模作样地翻阅，边翻她还边用眼角余光偷瞥

算他识相！虽未真心实意道歉，但他还是回到桌案边，沉默着将她辛苦做的燕窝粥和玉带糕都用完了。

见碗碟干净，明檀又想起此行目的，倒不好继续拿乔，于是放下兵书，走回桌前，磨磨蹭蹭收拾起了食盒。

她正在心底酝酿说辞，江绪忽地问了声：“你不热？”

四月天里，已能窥见些微暑意，平日常见她穿轻盈薄衫，今日却层层叠叠裹得严实，连惯常露在外头的白皙脖颈也遮了大半。

江绪不提也就算了，一提起来，明檀还真觉着闷得慌，背上似乎都起了层薄汗。可她还是硬着头皮胡扯了句：“小日子比平日本就冷些。”

“小日子还没过？”

明檀警觉，下意识地捂住领口，岔开话题道：“墨干了，阿檀替夫君研墨吧。”

江绪本也只是顺着话头随口一问，没想什么，倒是明檀莫名紧张，惹得他多瞥了两眼。

磨墨这事儿瞧着轻松，可真做起来极为费神，没一会儿，明檀就感觉手心发麻，额角出汗。她小脸红扑扑的，趁江绪不注意，还腾出只手给自个儿扇了扇风。

待磨开小半截墨锭，她才捡起话头，斟酌着切入正题：“夫君，你和陆殿帅是不是甚为熟悉？”

“何事？”

“不知夫君可有听闻，陆殿帅向翰林学士周家求亲一事？”

“听说了。”

“那夫君知不知道，陆殿帅为何要向周家求亲？”

“与本王何干。”

明檀噎了噎。

“那……那静婉是我的手帕交，陆殿帅求亲，惹得其他人都不敢再登周家门了，静婉这几日好生伤神。”她顿了顿，硬补了句，“阿檀挂心好友，也十分伤神。”

江绪这才抬眼：“其他人不登门，与陆停有何干系。自己懦弱无胆，也要怪到别人身上？”

明檀语凝，虽然感觉有哪儿不对，但夫君这话听起来也很有道理的样子。

她迟疑片刻，又问：“可陆殿帅凶名在外，也不知他是否真心求娶……”

她边瞧江绪，边步步试探：“过两日便是浴佛节，许多人家都会去大相国寺观礼，夫君不如安排一二，让静婉亲自见见陆殿帅可好？”

江绪：“……”

他看起来就如此无所事事吗？

见他不应声，明檀拉了拉他的衣袖，极小声地补了句：“阿檀小日子过了呢，夫君今日不回屋歇息吗？”

书房静了一瞬，江绪搁笔：“本王会告知陆停。”

当夜，消停数日的启安堂又闹腾了半宿，红烛摇曳，香帐半掩，明檀坐在江绪身上眼泪巴巴哼哼唧唧时，还不忘心疼她那身被撕坏又被随意扔在地上的新衣裳。

早知如此，就不穿这身了，这可是苏州那边新制出来的瑶花缎呢，整个京城统共也就这么几匹。

皇后娘娘将自个儿那两匹给了她，她做了新衣裳才穿一回，不过就是严实难解了些，至于撕坏吗？莽夫！不行，这匹缎子必须算在静婉身上！

“郎艳独绝，世无其二。”出自《白石郎曲》，郭茂倩《乐府诗集》。

玉带糕参考《随园食单》三层玉带糕做法：“以纯糯粉作糕，分作三层：一层粉，一层猪油白糖，夹好蒸之，蒸熟切开。苏州人法也。”

第七章
事端

四月初八，浴佛节。

浴佛节乃纪念佛祖诞辰的重大节日，京中佛寺准备已久，初八一早，便敞寺迎人，行浴佛斋会。其中大相国寺的最为热闹，每年都有人特地从外地赶来参加。

明檀嫁入王府已满一月，这还是第一次以定北王妃的身份正式在众人面前亮相。

平日待在府中不觉得，可一出门，便能极为真切地感受到，明家四小姐和定北王妃到底有何不同。

落轿于大相国寺，住持亲迎，一众夫人小姐皆是福身行礼，齐声道："给定北王妃请安。"

本朝未立太子，皇子皆年幼，这便意味着，许多年内，都不会有太子妃与皇子妃。亲王之中，又唯有定北王殿下重权在握，地位超然。可以说，除了不能随意出宫的太后与皇后，明檀已是大显顶顶尊贵的女子。

明檀显然也知晓这点，不然夹在人群中久不见人的奉昭郡主还有那位永乐县主，也不会行礼行得这般不甘不愿了。

往日在京中闺秀里头，明檀便极受欢迎，如今成了王妃，攀附逢迎者自是数不胜数。

奉昭看着众人说着奉承话，摆着如出一辙的笑脸，只觉谄媚刺眼，心气儿越发不顺。

平国公府那场暮春诗会至今已近一年，奉昭一直被宜王夫妇扣在府中闭门思过，若非近些时日宜王夫妇为她相看了一户人家，想来还不愿放她出门丢人现眼。

说起宜王夫妇相看的人家，奉昭就更是意难平了，她父王母妃竟要将她嫁至蜀中的江阳侯府！

那江阳侯年逾三十，都已立世子，她堂堂郡主，竟要委身区区侯爵做继室，这是何等折辱？且那江阳侯此番入京述职，不过短短十日就已收了两名美婢，可想而知在蜀中府邸是如何荒淫！

最令人心寒的便是，此人人品如此不堪，她父王母妃也全然不顾，只想着将她嫁过去为兄长铺路。

奉昭难受得心里纠成一团，看着曾经在她面前不得不低眉顺眼的明檀如今容光焕发，穿着绣有牡丹纹样还以玄银丝线勾边的锦缎华服，发间也簪着牡丹春睡流苏凤钗，更觉得明檀这是时隔一年，还在故意打她的脸。

“早就听闻定北王殿下爱重王妃，今日见王妃这般好气色，此言果然不虚。”

“那是当然，陛下金口玉言的‘爱妻心切’，怎会有虚？”

说到此处，众人心照不宣地咯咯笑了起来。

奉昭听得气闷，转身便往外走。

她这一走，又碰巧在门外遇上也听得气闷先她一步离开的翟念慈。

“站住，你是何人，见到本郡主也不行礼！”奉昭这会儿极想找个出气筒教训一通，却不想运气极差，撞上个硬茬儿。

翟念慈回身，从上至下挑剔地打量了她好一会儿，十分看不上地嘲讽了句：“原来是宜王府的奉昭郡主，我当是谁呢，也配让本县主行礼！”

县主品级的确低于郡主，可品级如何尊贵，也抵不过她有太后这尊大佛，她就是不行礼，奉昭又能奈她如何？

奉昭闻言，气急败坏：“你！”

旁边婢女忙提醒：“郡主，这是温惠长公主之女，永乐县主，‘永乐’是太后亲赐的封号。”

永乐县主？

奉昭倒是知道有这么个人，可她从前并未见过，也对太后甚为宠爱并无任何体会，一心只想着宠爱又如何，还能大得过尊卑礼法不成？且现如今她还没嫁至蜀中，什么阿猫阿狗就敢当着她的面踩她一脚，以后那还了得？

思及此，她憋着的火便成了一记利落巴掌。

“啪！”

“你区区一个外姓县主，太后给你一个封号是太后仁德，宗室都算不上还敢在本郡主面前嚣张，来人，给我按住她，让她给本郡主跪下！”

翟念慈被打蒙了，捂着脸，有些不可置信地道：“你竟敢打我？”她仍处在震惊之中，脑子嗡嗡作响，“你疯了不成？我定要禀告太后！”

“目无尊卑以下犯上竟还敢打着太后名号招摇，本郡主看是你疯了，跪下！”

翟念慈身份虽比明楚尊贵，功夫却和明楚半斤八两，说好听些是英姿飒爽，说实际些不过是会几招花样，并不精于此道，真来个会武的，没两下就给她扣住了。

她猝不及防被人从腿窝后头踢了一脚，跪在奉昭面前。

这一跪，她突然就清醒了，脑子也炸开了来：“放开我！你们都是死的吗！”

翟念慈也带了人，可方才那番变故太过突然，她带来的人都愣住了，这才让奉昭抢占先机。

这会儿回过神，双方带来的随扈扭打在一起，很快便在外头闹将开来。

众人被惊动，明檀领着一行人出来，见是奉昭郡主与那位永乐县主，惊得不知说什么好，蒙了一瞬才忙喊道：“住手！你们这是在干什么？”

“永乐县主目无尊卑，见到本郡主不行礼，还出言犯上，本郡主便是教训她又如何？”奉昭没翟念慈那般狼狈，理了理发髻便振振有词道。

翟念慈气昏了，从小到大都未受过这般折辱：“你算哪门子的尊，凭你也敢对本县主动手！凭你也配让本县主下跪！”

奉昭又要还嘴，明檀见状，忙示意拉住两人。

她算是搞明白了，这两个没脑子的碰在一块，都很把自个儿当回事，都以为自个儿天下第一尊贵，然后一言不合非要分个高低，动起了手，当着众人的面闹出这么场前所未见的天大笑话。

这两人还有多少惊喜是她不知道的？

她真是要笑出声来了。

当然，不能笑，憋住。

明檀定了定，端出王妃的派头，沉静道：“大相国寺乃佛家清净之地，岂容你们在此胡闹，且今日又是浴佛重日，你们在此动手，置皇家颜面于何地？囫囵算起来，二位也可称我一声婶婶、舅母，既如此，我便少不得要替宜王与长公主管教管教二位。来人！奉昭郡主与永乐县主不顾场合厮闹，有失皇家体统，先带去小佛堂跪上两个时辰，静思己过。”

奉昭郡主：“……”

永乐县主：“……”

其实细算起来，奉昭郡主和永乐县主还虚长明檀一岁半岁，且明檀虽嫁了人，绾了髻，瞧着却还是少女模样，两人都没想到她会突然拿长辈身份来压。

当然最主要的还是，隔着几层有名无实的身份，她们这辈再与定北王府计较血亲，那是勉强得不能更勉强了，这婶婶、舅母的，也真真是亏她算得出来。

两人可能是还没回神，没来得及分辩就被带了下去。

众人稍静片刻，有人忙上赶着拍明檀的马屁，夸她处置得当，稳妥端方，极有王妃风仪，还顺势提及去岁奉昭郡主在平国公府闹过的笑话。

那场笑话京中官眷无人不晓，只稍稍一提，便有的是人心照不宣，掩唇浅笑。

还有人不在明面上埋汰奉昭，只嘴甜地夸着明檀今儿这身牡丹纹样的衣裳，还有头上的这支牡丹春睡凤钗与她相得益彰，极为合衬。

至于永乐县主，从前她不在京城，众人知她甚少，但也不是所有人都对其一无所知。

有人便说了，永乐县主仗着太后宠爱，向来是骄纵跋扈、目中无人，且毫无女孩子家应有的矜持。听闻她曾偶然得见定北王殿下，对定北王殿下一见倾心，这才义无反顾地追随其父北征，还曾为见殿下，乔装入营扰乱军纪。知晓皇上皇后欲为定北王殿下择选王妃，更是一哭二闹三上吊地求着温惠长公主与太后娘娘为其筹谋，至于为何没能筹谋成功，就不得而知了。

“这永乐县主竟这般大胆？”

“为见殿下乔装入营扰乱军纪，闺阁女子岂能如此失仪失态，真是骇人听闻！”

“如此德行没能当成王妃也不稀奇了，王爷是皇室中人，知礼守礼，喜欢的自然也是王妃这样知书达理的名门闺秀，哪里瞧得上那般不自重的轻狂样儿。”

明檀：“……”

失仪失态骇人听闻，隐隐约约有被冒犯到呢。

许是被夸得心虚，她忙轻咳了两声转移话题：“外头风大，大家还是先进去吧，法师想来也该讲经了。”

明檀领着众人往殿内回走，又下意识看了眼周静婉。

周静婉会意，寻了个更衣的借口，领着婢女一道往放生池的方向去了。

今日是浴佛节，大相国寺比寻常热闹更甚，放生池边有人扔铜钱扔鱼食，祝祷祈愿，有孩童循着锦鲤游动，嬉笑不已。

周静婉寻了处阴凉之地静立等候。

不想有孩童追着陀螺抽打，疯跑到了她所在之处，因着玩得忘我，小孩儿也没注意旁边站了人，鞭绳便甩着抽打过来。

周静婉躲避不及，眼看就要挨了这小孩儿一鞭，忽而有利刃出鞘，白光一晃，迅速斩断了将要伤人的鞭绳。

小孩儿愣了愣，盯着端口整齐的鞭绳发了会儿呆，又抬头望了眼左额至眉尾处有道伤疤的高大男子，忽然“哇”的一声，吓得连陀螺都没拿就大哭着跑开了。

周静婉本就柔弱胆小，惊魂未定之余，又被小孩儿哭声惊扰，下意识便唇色发白，捂住心口往后退了半步。

这陆殿帅也太吓人了，一言不合就舞刀弄剑，难怪有“止小儿夜啼”之凶名。

她屈膝，硬着头皮福上一礼：“多谢陆殿帅。”

“小事，静婉小姐无须多礼。”

的确小事，想来杀个把人对他来说也算不得什么大事。

想到此处，周静婉背脊有些发僵，根本不敢抬眼多望陆停。

其实光是隔着丈远距离她都觉得，眼前男子身上的狠戾气息压得人有些呼吸不过来了。

好半晌，她鼓起勇气，细声问道：“敢问陆殿帅，可曾听过‘庄惠论鱼’？”

陆停看了眼放生池中游动的锦鲤，尽量文雅地答了声：“略有耳闻。”

周静婉又道：“庄曰：‘鲦鱼出游从容，是鱼之乐也。’惠曰：‘子非鱼，安知鱼之乐？’”

陆停的耳闻止于此句，可周静婉并未说完：“庄又曰：‘子非我，安知我不知鱼之乐？’惠也曰：‘我非子，固不知子矣；子固非鱼也，子之不知鱼之乐全矣。’”

后面周静婉娓娓复述的这一段，到陆停耳中便成了：“子非我……鱼之乐……我非子……非鱼……鱼之乐……”

没等陆停顺明白，周静婉便款款福身，垂眸忽道：“若静婉通鱼，知鱼不乐呢。”

放生池边静了静，柳絮被风吹得轻扬。

周静婉心中忐忑，手上也紧张得出了汗，委实不知她将强行求娶之不愿不悦说得如此明白，会不会惹恼了这位陆殿帅。

可陆停根本没懂她想说什么，顿了半刻才迟疑道：“那多喂些鱼食？”

周静婉唇色越发白了几分，身子也有些摇摇欲坠。

他这话是认为，多塞些聘礼她便乐意？可这与聘礼何干，她周静婉就是如此目光短浅只图荣华富贵之辈，须得平白遭他如此轻贱吗？

“鱼虽卑小，同乃生灵，自有所思。若不乐，宁绝亦不妄食矣。”周静婉声音轻而颤，头埋得低低的，泪在眼眶里打转，说完，她便福身道，“静婉还要听法师讲经，不可多留，此意已决，望陆殿帅三思。”

“……”

什么此意已决？

望着周静婉匆匆离去的背影，陆停忽然问了声跟来的随从：“她刚刚说的那些，什么意思？”

随从老实答道：“小的不知。这周家小姐不愧是书香世家出来的小姐，说的话小的一句都没听懂。不过小的都记下了，不如回去问王爷或是舒二公子？”

陆停点头。

随从抹了抹汗，苦恼想着，若自家爷以后真要娶这位周家小姐，差事可难办了，怕是连吩咐什么都听不懂呢。

“他果真如此说？这其中是不是有什么误会？”明檀听周静婉说完两人相见，有些疑惑。

周静婉哽咽：“能……能有什么误会？”

白敏敏气极：“我倒是枉看了这陆殿帅，竟如此轻浮，加些聘礼就想娶了静婉，作践谁呢！”

大相国寺后山，浴佛观礼过后，明檀与白敏敏便一直陪着周静婉。

周静婉似是受了极大委屈，眼泪掉个不停，还倔强些个“他若强娶便要自裁”之言。

明檀与白敏敏听了，心中都颇为担忧。她本就身子弱，这么个哭法，怕是再哭一会儿就得厥过去了。

其实明檀总觉得有哪儿不对，但一时也问不出个所以然，只得先安慰道：“你先别哭，此事定然有化解之法，咱们一起好生想想。”

白敏敏附和：“对，大不了就让阿檀去求殿下，阿檀一求，殿下有什么不答应的。”

明檀：“……”

她说的化解之法倒也不是这个，她的腿现在还有些打颤呢。

却说明檀这厢陪着周静婉，倒忘了小佛堂里还有两个心比天高被她罚去思过的主儿。

不知不觉间，两个时辰已经过了。

奉昭郡主和永乐县主被寺僧领着，分别从小佛堂的东西两侧出来。

罚跪之时有寺僧守着，偷不得半点懒，等结结实实跪完两个时辰，两人都只能倚着婢女踉跄起身，艰难地往外挪步。

两人明明都遭罪得紧，可在佛堂外碰上，又和斗鸡似的莫名来了精神，腰不疼了，腿不酸了，嘴上还逞尽嘲讽之能。

奉昭郡主："说你尊卑不分没规没矩，不承想原来你还真这么没规矩，竟还干过乔装打扮潜入军营的事儿，还一哭二闹三上吊非要嫁给定北王殿下，真要上吊怎么你还好端端地站在这儿，不知检点，不知羞耻！"

罚跪之时，奉昭的婢女躲在暗处听了众人相聊之事，最有趣的便是翟念慈这桩，这会儿遇上，她正好拿来羞辱这位不知高低的永乐县主。

翟念慈不知奉昭是如何知晓的此事，但奉昭的事儿她也听过不少，想都没想便反唇相讥道："我站在这儿自然是太后娘娘福泽庇佑。倒是你，这么懂得尊卑上下，当初又何必以下犯上冲撞定北王妃和皇后娘娘呢，哦，还被皇后娘娘勒令在家思过不许出门，真是好大的脸面，满京城头一份的尊贵呢。"

"你！"

"还有啊，我就算没有嫁给定北王殿下又如何，我有太后庇佑，想找什么样的夫君找不到？你倒是快活到头了还挺能嚣张，嫁给江阳侯之流，你以后连给本县主提鞋都不配。"

她竟知晓江阳侯之事？

奉昭眼睛都瞪直了，偏被翟念慈戳中软肋，也说不出什么反驳之言。

翟念慈见奉昭这模样，心中畅快不少。

世上本就没有不透风的墙，奉昭这桩婚事虽还没有明面过议，但宜王府那点儿心思昭然若揭，算不上什么了不得的秘密。

她似笑非笑地继续戳着奉昭心窝："你也不必怨我不给你脸，暮春诗会过后，整个京城都拿你当笑话，你自己不会不知道吧？

"而且你这笑话也不是我闹的，让你成为笑话的人如今风光得意得很，还能以你婶婶自居呢，不说以后你连给我提鞋都不配，便是眼下你都已经不配给她提鞋了，再嫁给江阳侯，啧。"

"闭嘴！"

奉昭气得手都攥白了，明知翟念慈这是故意激她，也止不住顺着话头去想——

明家那个贱人如今成了定北王妃，日子过得何等舒坦，还敢故意穿着牡丹在她面前造作张致，而她身为郡主，却被这贱人害得成了全京城的笑柄，若非如此，她父王母妃也不见得会要将她远嫁蜀中，给那荒淫无度的江阳侯做续弦了。

这口气她本也忍不得，如何忍得。

奉昭转身便要离开，可踉跄了几步，她又回头，讽刺地盯住翟念慈："闹了笑话又如何，她抢的又不是我心仪之人。抢了你一哭二闹三上吊都求不来的心仪之人，还能风光得意地以你舅母自居，你还有脸打着太后旗号招摇，真是把太后她老人家的脸都给丢尽了，你且等着，咱们走着瞧！"

虽中生插曲，但大相国寺这场浴佛斋会还算是办得颇为圆满。

众人观礼悟法，祈愿参拜，寺众分发结缘豆、香药糖水，甚得孩童欢心。及至暮鼓时分，闭寺送客，众人才姗姗而散。

也是打道回府之际，明檀在寺外望见长公主府的马车，才想起被她罚去佛堂的奉昭、永乐两人。

今儿因着要陪静婉，只让她俩跪了会儿佛堂，倒是便宜了她俩。

回到府中，明檀遣人备礼，让素心送去宜王府和长公主府，并细细嘱托，务必要先表一番她代行责罚的歉意，再将大相国寺所生之事，一五一十地禀给宜王妃和温惠长公主。

素心办事向来稳妥，自然不会有半分错漏。

回府交差之时，带了更多的回礼不说，宜王妃与温惠长公主也都不忘托她转达约束不当之歉，还承诺日后定会多加管教。

日后管不管教的，明檀也不甚在意。宜王妃与温惠长公主若是有心，本也不会让两人长成如今这般德行。派素心前往，不过是尽尽礼数，也让自个儿能得几日清净。

"殿下还没回？"亥时三刻，明檀梳洗毕，见外头无甚动静，随口问了句。

绿萼："殿下许是有要事，小姐不如先睡？"

"有些睡不着。"明檀倚在贵妃榻边，随手翻起本杂书，又打发道，"你先下去吧，我看会儿书。"

“是。”

绿萼换了一盏明亮烛灯，往香炉里添了小半勺清淡香料，悄声退离了内室。

……

江绪漏夜归府时，启安堂内仍烛火通明，屋中萦绕着浅淡梨香，而倚在贵妃榻边的明檀，已在不知不觉中悄然入睡。

她手边的书页恰巧停在去岁制辟邪香漏掉的补注之上，江绪扫了眼，发现这页她还按出了一道极深的折痕。

睡意昏沉间，明檀感觉自己落入了一个略显清冷的怀抱，她无意识地瑟缩了下，嘟囔了声“夫君”，然后又极安心地往人怀里蹭了蹭。

她的眼睫长而密，呼吸安静均匀，乖巧得有些不像话，江绪不过是抱她上床，都不自觉放缓了动作。

这夜上京，与定北王府一样烛火通明、极晚才歇的，还有坐落于通北街南的宜王府。

宜王妃在府中发了好大一通脾气，又是泼热茶又是摔碗盏的，为着奉昭这不省心的头疼得紧。

“王妃消消气，此事也并非是郡主之错，那永乐县主出言不逊，羞辱郡主，便是闹到皇上跟前咱们也不是没理。”丫头从旁劝慰道。

宜王妃：“你以为咱们宜王府有多大的脸面让皇上来主持公道？”

早先便听说，这永乐县主长得与太后年轻时有几分相似，虽不在京中长大，但在太后跟前极为得脸。

眼下皇上虽与太后不睦，但太后若铁了心要为她外孙女出手教训，皇上定然不会为了区区宜王府与太后撕破脸的。

想到这里，宜王妃头更疼了。她怎么就生出奉昭这么个惹事精！一天天的不安生，这样下去，她儿的前程不说，宜王府都得被其搅和个干净！

“备礼，明日一早便送去长公主府，就说郡主言行无状，出手伤人，我替郡主向永乐县主赔个罪。”宜王妃吩咐，“另外再多派几个人守着院子，这段时日不许郡主出门。”

“是。”婢女应声，不过片刻又迟疑道，“可是江阳侯那边……”

差点忘了，江阳侯那边还等着见上奉昭一面呢。

这一面，也不得不见。

宜王妃想了想：“先守着，等到相看那日再放她出门也不迟。”

……

“母妃真这么说？”

婢女为难，战战兢兢小声回道：“郡主，娘娘也是为您好。”

奉昭直直落座，面色惨白，又满是不甘。她抓着桌角，指甲青白，都掐进去了也无所觉。

为她好？这话说出去又有谁信？

不就是因为江阳侯家产极丰，又因祖荫得了几分圣上眷顾，能为她哥铺路出些气力罢了。

明檀这个贱人！若不是这个贱人，她又如何会落到今日这般田地！既然她不好过，那谁也别想好过！

次日一早，明檀是被噩梦惊醒的。醒后没多久，她就不记得梦见什么了，只心里头稍稍有些不安。她昨夜睡前，仿佛是在看书？这会儿竟莫名到了床上，素心和绿萼也不在跟前。

她唤来个屋外的小丫头问了问，原来昨夜她夫君回了府，只不过今儿一早又出门了，至于素心、绿萼，见她没醒，一个去了膳房盯早膳，一个去了库房拿香料。

明檀兴致不高，随意应了声。

小丫头又道：“对了娘娘，殿下说，今年宫中培育的姚黄开得极美，很衬娘娘娇嫩颜色，已经搬了几盆过来供娘娘欣赏呢。”

“殿下真这么说？”

明檀悄然欢喜，可也有些怀疑，她家夫君对她都说不出两句甜言蜜语，当真会和旁人说姚黄很衬她娇嫩颜色？

小丫头笑眯眯道：“王妃若是不信，等素心姐姐与绿萼姐姐回了一问便知，大家伙儿可是都听见了。”

不多时，素心与绿萼回了启安堂。

明檀迫不及待问了问："殿下可真这么说了？"

见自家小姐这般期待，两人对视一眼，俱是点头。

明檀的嘴角止不住上扬起来，她忙让绿萼梳妆，说是要去赏花。

绿萼应是，素心则是安静退下。

待退到屋外，素心立马便拘来小丫头责问："那话明明是今早皇后娘娘差人送花之时说的，你为何说是王爷说的？"

小丫头一头雾水："可王爷不是在旁边'嗯'了一声吗？那王爷'嗯'了一声，自然也是这般想的呀。"

"……"

素心张了张嘴，一时竟不知该说些什么。按这小丫头的歪理，好像也没什么不对。

想起自家小姐方才那般欢欣，素心冷静下来，倒也不想去扫小姐的兴了。不过她还是训斥了小丫头几句，让其以后谨言慎行不要胡乱说嘴。

牡丹是百花之王，姚黄又是牡丹中的极品，花叶饱满齐整，鹅黄一色娇嫩鲜妍，置于奇花异草遍处的花圃，仍是极为夺目显眼。

绿萼打着扇，正陪明檀赏着花，素心忽然过来："小姐，平国公府的邀帖。"

明檀接了，并不意外。

浴佛一过，四五月中再无盛日，但这时节，京中各府争办诗会花宴，也从来不缺热闹。

去岁暮春，最为人津津乐道的便是平国公府那场诗会了，虽只办到半程便匆匆散场，但才子佳人云集，排场又极为盛大，再加上圣上那一旨赐婚，着实是令人印象深刻。

似乎是为了弥补去岁只办半场的遗憾，今年平国公府二房三小姐章含妙又操持起了暮春雅集。

此回不叫诗会，叫雅集，是因着此宴规模又扩大了几番。

章含妙年纪小，办事倒妥帖伶俐，昨儿在大相国寺才口头相邀，这会儿正式的邀帖便到了。

明檀打开扫了眼，稍稍有些意外，因为上头不止邀了她，还邀了定北王殿下与王妃一同前往。她这才想起，章含妙昨儿似乎说过，这回雅集还开了靶场与马球场，如此，相邀夫妇也甚为合理了。只不过她家夫君，应该不愿去这种场合吧？

晚上浴毕，明檀换了身柔软寝衣，坐在启安堂的天井边吹着春夜习习晚风，绿萼则是站在后头帮她绞着头发。

江绪正好回院。

他一只脚刚跨入院门，明檀便听到动静，扭头望了望。

见是他回了，明檀立马就起了身，嘴角也不自觉地向上弯了起来："夫君！"

明檀不过是步子轻快些，江绪却误以为她是要投怀送抱，下意识便将背在身后的手松开了。

明檀本没那个意思，但她不傻，见状便欢欢喜喜地抱了上去，小脑袋还在他胸膛间蹭了蹭。

绿萼垂首偷笑，行了个福礼，院内的小丫头们也懂事地跟着一福，悄然退开。

明檀环抱住江绪的腰，又踮了踮脚，往上环住他的脖颈，撒娇道："阿檀等你好久了，昨晚也等了好久。"

虽已大婚一月，但面对明檀撒娇，江绪仍有些不自在，只不轻不重地"嗯"了声。

明檀也没觉着他不够热情，抱着他又絮絮叨叨说了好些闲话。

"……昨日去大相国寺明明是有些累的，可晚上总有些睡不着，便想着等等夫君，可一等竟是等睡着了，今儿又起得晚，醒来你又出门了……不过花圃里那些姚黄，真是极好看的，谢谢夫君！"

姚黄是皇后送的，谢他做什么。

江绪还没想明白，明檀碎碎念着，话头又已经换了两茬："对了，夫君，平国公府三小姐又要办暮春雅集，请帖上写着邀夫妇一同前往，夫君能陪阿檀一起去吗？"

“什么时候？”

明檀回想了下：“十日后。”

“本王要去趟青州，还要在青州待上几天。”

“何时去？”

“后日。”

“这样啊，那应是赶不回来了。无事，我自个儿去便好。”

她本就是随便问问，倒也没有特别失望，只是觉着她夫君如此丰神俊朗，不带出去炫耀炫耀，委实是有些可惜了。

在外头说了这么些话，江绪凝上片刻，总算从脑海中搜罗出句关怀之言，主动问了句：“冷吗？”

“夫君抱抱就不冷了。”明檀偏头，眼睛亮亮地看着他。

江绪也没多话，将她打横抱起，径直走入屋内，又将她扔到了床榻之上。

“……”

倒也不是这种抱！

为何总想着做这种事！莽夫！

原本明檀还惦着要向她家夫君告陆停的小黑状，可昨夜他回府时没来得及说，后头云雨，又只顾着抽抽搭搭，累极入睡，倒将这宗要紧事儿忘得一干二净了。

不过她忘了也无甚打紧，今日恰巧是一月一回的殿前司禁军演兵之日，陆停也在等着江绪前来，为他答疑解惑。

陆停身边的随从记性不错，当时周静婉在放生池边说的那些话他都还记得，不过他只记其言，不知其意，复述时稍有些磕绊，断句之处也难免错漏。

江绪听完，不由得抬眼望向陆停。

陆停那张常年冷肃的脸上也难得出现了一丝波动：“殿下，周家小姐到底是什么意思？”

“不想嫁给你的意思。”

“……何以见得？”

“知鱼不乐，意思是你求亲的手段她不喜欢。你回多喂鱼食，她大约误会你要多加聘礼强行迎娶，所以，宁死不从。”

宁死不从?

何至于此。

演武结束，江绪往回走，擦肩而过时，他还停了瞬，无端轻哂：“多喂鱼食，真会说话。”

陆停：“……”

周、陆之事，江绪不想管，也没闲工夫管，但明檀一心想着好姐妹，记起此事，就连他启程去了青州，都不忘遣人追上送信。

他展信读完，扔至一边，然过半晌还是捡起，提笔回了一封——

“周掌院名望颇甚，长女已入李府，不宜再议高显文官之亲。”

虽只短短一句，利害关系却已说得十分明了。

这婚嫁一事，原也不在周静婉愿与不愿。

其父掌翰林院，乃储相之才，有名望是好事，但太有名望，还尽以文官清贵为姻亲，难免有结交朋党、为登相造势之嫌。

相比之下，陆停在任殿前司，虽统领禁军位高权重，可直属圣上，只受圣上一人之令，倒比其他登门求亲之人来得更为妥当。

想到这里，明檀不免有些惆怅。

陆殿帅再妥当，静婉也不喜。然婚姻嫁娶之事，也从来没有光顾着女儿家喜不喜欢来定的道理。

也是，大约是她的郎君嫁得如意，都有些忘形了，若到最后，周大人周夫人觉得合适，旁人又哪有置喙的余地。

暮春时节花香风暖，日子仿佛也过得比寻常时节要快上许多。不知不觉间，十日一晃，平国公府的暮春雅集悄然来临了。

江绪去了青州一直没回，还是没赶上这场热闹。不过明檀很会安慰自己，这样也好，夫君不在，她便尽可狐假虎威，显摆她的王妃派头。

素心这两日受了风寒，明檀让她在自个儿屋中将养，另带了扮成丫鬟模样的云旖一道出门。

云旖是津云卫出身的高手，既得了命令，暂时在王府顶着姨娘的名头，便少不得隔三岔五地要来向明檀请几回安。

明檀见了她几次，发现她性子极有意思。

按理说自幼受训的暗卫，手上都没少沾人血，自是会冷酷无情一些，可云旖杀起人来云淡风轻，平素瞧着却纯善憨直，见什么都好奇新鲜。

因着明檀赏的衣裳都过于精致繁复，她每回来请安时，都要先找人帮忙穿好再出门。今儿要作丫鬟打扮，她又抱着衣裳来了启安堂，让绿萼帮她穿衣裳。

作好丫鬟打扮后，云旖跟在明檀后头，忽然没头没脑地问了句："王妃娘娘，我昨日出府买了只烧鸡，能从公中支账吗？我的月例银子快要花光了。"

"如何就花光了？不是，你为何要出府买烧鸡？"

云旖直言道："我昨晚有些饿，又不想麻烦别人，就打算溜去膳房找些吃食，可王府太大了，我找半天也没找着膳房在哪儿，只好翻墙去外头买了只烧鸡。对了，我还给您买了一包桂花糖糕，所以能从公中支账吗？"

"……"

这也行?

"那……桂花糖糕呢？"明檀犹疑。

"烧鸡吃完还有些饿，所以也被我吃了。"云旖一脸老实地摸了摸鼻子。

明檀看了她一会儿，忽然拖长尾音"噢"了声，又好整以暇托腮道："没有糖糕，不给支。"

绿萼都听不下去了，这云姨娘是认真的吗，这么点小事也要来找她家小姐?

还有她家小姐遇上这云姨娘怎么也和孩子似的，堂堂王妃一大早竟在和姨娘计较些个烧鸡、糖糕!

好在云旖是个实诚人，立马便承诺明儿再给王妃娘娘买一包桂花糖糕，又发自内心真诚地夸了一会儿王妃娘娘美貌过人，实乃神女之姿。

明檀被夸得心情甚好，自然也善变得很，立马就改口允了，顺便还问了句："对了，你还没说，你的例银如何就花光了？"

“前几日我去了城东，遇上个小乞丐，见他十分可怜，便给他买了几个包子，结果忽然涌上来一大帮小乞丐问我要包子——”

“……”

好吧，也算心善。

今日平国公府人多，带上云旖，一来是以防万一，二来云旖从未见过这般热闹，带她出门见见世面。

上马车前明檀叮嘱了声：“待会儿到了平国公府，你就好好跟着绿萼，绿萼怎么做你就怎么做，不要乱跑。”

“是，娘娘。”

去岁暮春诗会，平国公府门前的春正大街车马喧阗，拥堵不堪，奉昭的车驾拦在靖安侯府车马前头，还引得明檀与明楚为着这事儿拌了几句嘴。

今次春正大街前依旧是喧嚣满当，可见挂着定北王府标识的车马缓缓而来，前头再是拥乱，也都在挤挨中腾出了一条道供其前行。

奉昭远远望着，冷笑不已，也不知在想什么。

大相国寺闹出那等荒唐之事，宜王妃姿态放得很低，遣人备礼致歉不说，还亲自去了趟长公主府。

翟念慈虽不想轻轻揭过，可温惠长公主却不想将女儿家的矛盾再扩散开来，便做主压下了这事儿。是以这些日子，两府也算风平浪静。

只不过宜王夫妇铁了心要将奉昭远嫁蜀中，这些日子一直都关着奉昭不许她再出门闯祸。至于今日放她出门，也不过是应江阳侯所求，让江阳侯能在雅集之上，见见这位他要续弦的郡主。

章含妙巧思，应雅集之名，自要行尽风雅事宜。

春光正好，惠风和畅，百花争春之余，早荷也在湖中摇曳，清风阵阵送来清润荷香。

男人们被安排去马球场打马球、比试箭术，女眷们则是被平国公府的婢女一路引着往前，也不说是去哪儿，且听潺潺水声，行尽才知今日竟是要于清溪畔，来一场极尽风雅的“曲水流觞”之宴。

“曲水流觞”是文人旧俗，无外乎将酒盏置于竹排之上，从清溪上游顺水而下，欲饮便端之。

只不过今日稍有些新鲜，女眷们的午宴也落座于此。

众人分坐清溪两畔，延品佳肴，酒盏依旧置于竹排之上，顺水而下，可一次仅一杯，停在何人面前，便由上一轮停盏之人出题。

这题可以是命其作诗作词，也可是猜谜解语，全凭心意。若停盏之人答不上来，便要饮下此杯。若是答上来了，便可另指任意一人饮下此杯。

明檀是定北王妃，自是坐在上首极近上游的位置，这酒盏依水而下，基本不可能停在她的面前，她也乐得清闲，只管看戏。

清溪淙淙，间或有落英顺水而下，有人即兴作诗，有人怡情清唱，远远还能听到马球场上热闹非凡，气氛愉悦得宜。

可这难得的好气氛还没延续多久，又眼瞧着要被翟念慈与奉昭两人给搅和完了。

原是酒盏顺水而下，停在了翟念慈面前。上一轮停盏之人不敢为难这位永乐县主，出题十分简单，翟念慈答出之后，便指了奉昭郡主喝她这酒。

奉昭脸色虽不好看，但还是喝了。

两人嘴上逞了几句，有章含妙圆场，勉强还稳得住。可谁承想，就是这般赶巧，下一杯酒又正正好停在了奉昭面前。

依照规则，便是该由上一轮停盏的翟念慈出题。

翟念慈逮着机会，起身不客气道：“那便请奉昭郡主，作牡丹诗一首吧。”

此言一出，众人面面相觑。从前只觉奉昭郡主爱找事，没承想这永乐县主找事的功夫，丝毫不逊色于前者。

明檀也远远看着这场好戏，依奉昭脾气，直接将酒泼在翟念慈脸上也不是没可能的。

可出乎意料的是，奉昭明显气得要说些什么，可话至嘴边，竟咽了下去。更出乎意料的是，奉昭端着酒，竟还真作了首牡丹诗。

虽作得稀烂，但本也没说一定要作得如何精巧。一时鸦雀无声便罢，奉昭竟还挑衅道：“本郡主既答了出来，那就请定北王妃饮下此酒好了。”

正等着看戏的明檀：“……”

为何不死不休的戏码总忘不了她。

很快，那杯酒便由婢女送至明檀面前。

明檀狐疑。这酒奉昭碰过，该不会有什么问题吧，她怎么就这么不放心呢？

可众目睽睽之下，她不能不喝，也不能当众验酒。她若验酒，有问题还好说，若没问题，打的可不仅是奉昭的脸，更是平国公府的脸。

明檀正犹豫着，耳畔忽然传来云旖的声音："王妃放心，我换过了。"

换过了？

明檀闻言，略顿一瞬，不动声色地饮下了这杯酒。

待无人注意，她轻声问了句："你如何换的，换去哪儿了？"

云旖默了默，她管好自家王妃都不错了，哪还管得了别人，就是随手与还未顺水而下的一大堆酒换了一杯而已。

不过她用划痕做了个记号。

哦，不巧，好像就是那位永乐县主正在喝的那杯。

翟念慈正在喝的那杯？

明檀眼睁睁看着，一时竟不知该说些什么，以至于宴饮席间，她时不时就要往翟念慈那儿瞧上一眼。可瞧了许久，翟念慈都无甚异样。

许是自己多心了，明檀心想。

这场宴饮没再生出什么别的事端，曲水宴毕，章含妙又盈着张笑脸，招呼众人去马球场看热闹。

不爱这热闹也无妨，东边园子里好景好茶一应俱全，无论是写诗作画还是弹琴赏景，都可随心。

明檀不胜酒力，喝了两杯梨酒，便有些脸热，马球场上热火朝天的，她在场边坐了一会儿，脑子更是晕乎，只好起身，与白敏敏一道，往东边园子取静。

"你昨儿去看了静婉，她可还好？"路上明檀问道。

白敏敏点头："我瞧着精神还不错，大夫说再喝两副药差不多就好了。这四月里头忽冷忽热的，最是容易风寒，她还嘱咐我，要我俩都多喝些姜汤。"

“那就好。”

周静婉这两日身体不适，可明檀如今是定北王妃，不好再如从前随意登门，只能遣人去周府送些东西。

虽遣去的下人也尽是回些好话，到底不如白敏敏说来安心。

白敏敏想起什么：“对了，那陆殿帅听说静婉病了，也往周府送了不少东西，他还给静婉写了封信。”

明檀好奇：“什么信？”

白敏敏皱眉回想着：“具体如何写的我也记不清了，那一手字写得委实难看，大意是，那日放生池边不过误会一场，他并没有拿聘礼来轻贱静婉的意思，还让静婉好好休养身子。”

“那静婉怎么说？”

“静婉嘴上说着私下传信不知礼数，但我瞧着……她也没之前那般生气了，还有心思看人都送了些什么礼，而且我听静婉的婢女说了一嘴，择婿一事，周大人似乎颇为属意陆殿帅。”

及至园中，明檀还欲再问得细致些，可忽有几位贵女娉袅上前，屈身福礼道：“给王妃请安。”

明檀未出阁前与这几位贵女都打过交道，此刻遇着，她不着痕迹地与白敏敏对视了眼，只好放下话头，若无其事般与她们一道赏景说笑了。

她们聊着聊着，不知是谁将话引至了男客身上，有人笑道：“今日江阳侯也来了，不知是否是想见见他未过门的夫人呢。”

“江阳侯？”白敏敏好奇。

“你不知道？”

白敏敏摇头，难得有她不知道的八卦。倒是明檀记得前些时日浴佛斋会上听谁提过一嘴，不过当时她记挂着周静婉，也没多加留心。

先前那人又道：“江阳侯一直居于蜀中，这回是入京述职，没听过也正常，说起这江阳侯府的来历，你们可能就有印象了。”

“什么来历？”

“这江阳侯府起势于先帝乳母，因有护驾之功，先帝一直对她一家颇为照顾，还给乳兄封了个侯爵，也就是老江阳侯。

“老江阳侯颇有才干，对先帝又十分忠心，先帝驾崩的消息传至蜀中，他便上书辞官，自请为先帝守陵，可因悲痛难当，旧疾复发，在前往皇陵途中，便随先帝一起去了。圣上感念老江阳侯对先帝的一片赤忱，特许江阳侯府平级袭爵，江阳侯府也因此颇得圣恩，平日宫中下赏，都不忘给远在蜀中的江阳侯府也送上一份呢。”

如此说来……白敏敏倒有了几分印象，她点点头，又追问：“那未过门的夫人又是怎么回事，都已袭爵，还未成婚？”

“世子都有了，自然是成过了。”

懂了，娶继室。

“那江阳侯……看上了哪家小姐，咱们认识？”

说了半晌总算是说回了点子上，那位贵女抿唇笑道：“自是认识的，可不就是宜王府那位最尊贵的郡主嘛。”

奉昭?

白敏敏与明檀对视一眼，不免有些惊讶。

奉昭怎么说也是个郡主，何至于下嫁已立世子的侯府做续弦?

“江阳侯府家产颇丰，在蜀中之地是出了名的富庶，江阳侯也惯是个会享福的，入京这些日子，收了两名美婢，前日宝珠楼的花魁出阁，这位侯爷还一掷千金拔了头筹。听闻侯府里头更是不得了，姨娘都有十多房了，没有名分的更是不计其数。”

做继室就算了，还是如此荒淫之辈。

明檀虽与奉昭结了不小的梁子，但听到这般婚事，倒也幸灾乐祸不起来。

话至此处，恰巧有昌国公府婢女入园，规矩地朝众人行了礼，又回身禀白敏敏：“小姐，夫人找您，让您过去一趟。”

今日这般场合，京里数得上号的贵女夫人都来了，正是相看的好时候，不用想也知道，舅母唤白敏敏过去是做什么了。

明檀自是不会去打搅舅母这一安排，不过她酒意未散，也不想再同这几个闺秀叙话，遂起了身，与白敏敏一道离开。只不过出了园子，她便与白敏敏分道，往湖边赏荷吹风去了。

平国公夫人极爱荷花，每至盛夏，府中便有十里风荷之景。

如今时节还早，小荷还未开尽，但湖面吹来的风已染就淡淡荷香，闻之心舒，清浅宜人。

自去岁上元落水，平日出府宴饮，明檀极少再近湖边，然今日有云旖，她便是想摘莲蓬也不算难事。她摇着团扇，绿萼与云旖在身后凑趣说笑，主仆三人沿湖赏景，酒意倒是很快就散了大半。

只不过走至沿湖拐角之处，远远便瞧见前头的拱桥上又站了几位闺秀，明檀停下步子，不欲往前与人应酬。

“我们回去——”

明檀刚开口，前头那几位闺秀便忽然惊叫起来：“啊——来人，快来人啊！有人落水了！”

拱桥上有人吓得后退，有人往前张望，珠翠锦绣乱晃，瞬间乱作一团。

落水？

因落水是落在拱桥的另一面，明檀站在这面也瞧不清晰，便往前走近了些。

方才隔得远还没发现，现下隔得近了，明檀不由得疑惑：这拱桥上的石栏虽不算高，但已及腰，这是如何落的水？若有人推，这是一把就能推下去的吗？且上面这么些个人，还能任由人推不成？

“欸，小姐，那不是舒二公子吗？”绿萼眼尖，忽然指了指拱桥另一面的湖上轻舟。

明檀的位置被挡住了视线，她挪了几步，往拱桥另一面张望。

“……”

还真是。

同舟的还有几位公子哥，都没带长随。

这瞧着怎么有些像是……传闻中的故意落水讹婚？

她又努力辨认了会儿桥上站着的那些闺秀，面孔都不甚熟悉，看打扮，门第大约也都不高。

更像了。

而此刻站在舟上的舒二也十分无奈。

平国公府备的轻舟甚小，他们几人游湖作诗，都没带长随，行至湖心时，见拱桥上来了几位闺秀，几人忙不迭地想要拨桨离开，哪晓得还是及不上落水来得迅速，“扑通”一声，便是一份头彩！

“这……我不会水，实在是爱莫能助。”

“我已与常家小姐定亲，这小姐，我可救不得！”

“咳，咳咳！某风寒未愈，咳咳咳……”

几人齐刷刷看向舒景然。

舒景然：“……”

他虽会武，但不可能与江启之般，不接触半分便将人救起。

可若不救，不说事后几人的名声会如何，便是为着那万分之一那女子的确是不小心落水的可能，他也不能不救。

明檀瞧着舒二在往船头走，觉着不好。

开什么玩笑！舒二可是她家夫君好友，还是当初她想嫁都得好生筹谋且筹谋了也没拿下的上佳夫婿人选！当然，没能拿下并非是她能力问题……总之，她怎可眼睁睁地看着如玉公子就这么轻而易举栽在这种拙劣的把戏上头！

她当机立断，忙道：“云旖，你去把那位小姐救上来，离那几位公子的船远些。”

“是。”

明檀让云旖去救人，自个儿也很惜命地远离了湖边，站到了树荫之下。

可就在她与绿萼一脸惊叹地远远看着云旖足尖轻点，踩水而行的同时，两人后脖颈也猝不及防地被人敲了一闷棍！

明檀先是感觉后颈一麻，待剧痛袭来，眼前一黑，再无半分知觉。

明檀再醒来时，后脖颈仍是疼痛难当，她下意识地便想揉上一揉，可一动，才发现自己的手被人反绑在了身后，腿也被绑住了，嘴里还被帕子团团塞住。

什么情况？

她侧卧着，挣扎半晌都是徒劳，入目仿似床榻，她心中惊疑，忽又察觉身后有呜呜女声。待手脚并用翻了个身，她眼睛都瞪直了！

翟念慈？

她竟也被人绑了扔在床上！

而且翟念慈额间冒着虚汗，脸上泛着不正常的潮红，明檀立马便想到了先前曲水宴上的那杯被云旖换过的酒。

奉昭，是奉昭……

她竟被那蠢货给算计了！

明檀心中慌乱得很，可她也知道，越是这种时候，越不能慌。她强迫自己冷静下来，不断想着脱身之计。

很快，她便发现翟念慈虽中了招，但神智还算清醒。她忙给翟念慈递了个眼神，示意其背过身，同时自个儿也背过身，艰难地用能活动的手指，摸索着翟念慈手上打了死结的麻绳。

那麻绳系得很紧，她好不容易找到死结松动处，外头竟忽然传来房门的轻微关合声，紧接着又传来一道不怀好意的男声："郡主？本侯来了。"

糟了，明檀的心瞬间沉入谷底。

她闭上眼，不断暗示自己一定要冷静，冷静，再冷静。

在外间转悠的脚步声中，她额角冒出了汗。

为何还是扯不动？

翟念慈身上没什么力气，但显然也是焦急得不行，蹭着让她快点。

汗珠沿着额角落在眼睫之上，又沿着眼周缓缓浸入眼中，眼睛有些酸涩，她听到那脚步声似乎已至内室，往里的珠帘也被拨动，她一点点，一点点往外拨着松动的一端……

忽然，她睁眼——

解开了！

翟念慈的手得了放松，一把便扯下口中的帕子，又哆嗦着解开了脚上的麻绳。她学过几天功夫，体力比旁的女子强上几分，药劲上来这么久，神智还算清醒。

明檀忙示意她帮自己解开。

翟念慈确实也下意识要去扯明檀口中的帕子，可外头的声音愈来愈清晰，她也不是个傻的，很快便判断出了那人是江阳侯。

不知想到什么，她冷笑了声，忽然改了主意，停在明檀面前的手收了回去，自个儿踉踉跄跄下床，还不忘将明檀往床榻里头推了一把，在男人进到内室之前，躲到了屏风后面。

明檀蒙了。

她救了翟念慈，翟念慈就如此对她？

“郡主，他进去了。”不远处，有人匆匆回禀道。

闻言，奉昭嘴角不由得往上勾了勾。

很好，今日真是连天都助她。

原本明檀一直未有反应，她还以为是药有问题，待听人回禀翟念慈有了反应，她很不解，那杯酒明明是明檀喝了，为何会是翟念慈有反应？

她不知道这中间出了什么岔子，但慌乱过后又想，对付翟念慈，也不错。翟念慈那脑子，比明檀时刻不离人群滑不溜秋的，好对付多了。

可万万没想到，就在她打算暂且放过明檀之际，明檀竟是与白敏敏一行分开，独自带着两个婢女游起了湖。

她心思又起。

只不过三个人对付起来还是有些棘手，若不能一击即中，由着人喊出了声，就坏事了。

她正犹豫，没承想变故突生，明檀身边那个眼生的婢女竟去救人了，她都不知道那婢女会武，幸好先前犹豫了番没轻举妄动。

不过会武的婢女被支开，桥上众人又都在关心落水之事，此等送上门的好机会，自然没有错过的道理。她想都没想便让人将其敲晕，一并送去与翟念慈做伴了。

现下那饥色之徒已经入屋，她便是要看看，今日过后，翟念慈与明檀二人还如何招摇，又有何颜面存活于世！

“点火。”

奉昭双眸极亮，骄矜中又带着些许疯狂。

她早便说过，让她们等着瞧。

她既不好过，那谁都别想好过。

未初时分，晌午骄阳正烈。平国公府的门房迎人半日，好不容易闲下来想小憩一会儿，外头又传来渐缓的马蹄声。

江绪松开缰绳，翻身下马。

“公子，请问您是？”门房被他的气场压了一瞬，待回过神，忙躬身问，“今日府中在办雅集，须得有邀帖才可入内，您……可否出示一下邀帖？”

江绪扫了他一眼，扔给他一块玉牌。

门房忙不迭接过玉牌，瞧见上头的“定北”二字，怔了怔，双腿忽然有些发软：“定……定北王殿下？”他忙开门，往一旁退，“小的有眼不识泰山，还请王爷恕罪，您这边请，这边请！”

江绪径直迈入府中。

门房擦了擦额上冒出的汗，忙让人领贵客去马球场，同时也另着人往里通传——定北王殿下来了！

江绪被带至马球场时，场上人马追赶，胶着不让，看客神情激动，大声呼喊，比赛气氛正是热烈。

章怀玉神采飞扬亲上前迎，还不忘拍了拍江绪肩膀，揶揄：“定北王殿下大驾光临，可真是难得啊。”他想起什么，“对了，你不是去青州了吗？回得如此之快，事情办完了？”

江绪“嗯”了声，在场中扫了一圈。

章怀玉挑眉问：“如何，来一场？”

江绪没答，只反问：“舒景然在何处？”

“你找他做什么？好像是那位苏大才子邀他泛舟作诗，去了也有好一会儿了，等着，我找人唤他过来。”

“不必。”江绪略顿，又问，“王妃呢？”

“王妃？”章怀玉稍顿，面上戏谑之意更甚，“看不出你还挺关心自个儿夫人啊，啧，这成了婚，果然不一样。”

章怀玉倒是很懂忖度江绪的耐心，在江绪不耐烦前，他又轻咳了声，正经应道：“不过我还真不知道你的小王妃在哪儿，别急，找我妹子问问。”

可不待章怀玉去找章含妙，章含妙便慌里慌张找了过来。

她没见过江绪，不知这便是定北王殿下，只急红了眼，小声和章怀玉求助道：“二哥哥，你快帮帮我，定北王妃和永乐县主都不见了！”

她再能干，也只是个十几岁的小姑娘，出了这么大的事，没立时晕过去已是十分难得。

她一应做了安排，可还是慌得不行，不敢去找大伯母，便只敢来找素日疼爱于她的堂哥帮忙了。

“你说什么？”

章含妙怔了怔，没想到在她堂哥惊诧之前，是另一个男人先发问，她说得这么小声，他是怎么听到的?

“再说一遍。”

他声音极冷淡，还有种令人心慌的捉摸不定。

章含妙不自觉地咽了咽口水，看了章怀玉一眼，才紧张地抖着应声：“定……定北王妃和永乐县主不见了。”

先前永乐县主的婢女找来说自家县主不见了的时候，章含妙并不觉得是什么大事。

那永乐县主同奉昭郡主一样，都是极不讨人喜欢的主儿，说话夹枪带棒，句句不留余地，指不定就是自个儿乱跑到哪儿去了。

谁想没过多久，湖边便出了落水的意外，比落水更令人意外的是，定北王妃身边的婢女去救了人，可回过头定北王妃却不见了！另外一名随侍王妃的婢女也被人打晕，藏在了草丛里头！

章含妙这才慌了神，忙压下此事不让声张，同时吩咐下人在附近寻找。

听说定北王妃那位婢女功夫极好，救人前后至多半刻。可就离了半刻，竟横生如此变故，不说是有备而来都无人相信。

另一边，平国公府三太太与一众夫人小姐说笑着，正要去往戏台，今儿府里头邀了福春班来唱新戏。

行至半途，忽然有人“哎呀”了声，指着东南角的一处道：“那头冒着烟，是不是走水了？”

众人忙往那处走近了些。

“走，走水了！”

“走水了！走水了！”

有下人已经发现，正慌慌忙忙奔走相告。

三太太立马上前拘了人来问：“哪儿走水了？”

“翠苑，回三太太，翠苑里头走水了！还……还有人瞧见，江阳侯往那处去了。”

闻言，三太太大惊失色。

翠苑离湖不远，但属内院，外客应是不会入内的。然三太太不知想起什么，脸色有些苍白。

翠苑从前是他们三房某位姨娘的住处，那位姨娘与府中管事通奸，竟悄悄在苑中偏僻处开了扇小门，方便与外头来往。

后来事发，那姨娘和管事打死的打死，发卖的发卖，翠苑也没再住人，只作为远方娇客来府时的暂居之所。

有人瞧见江阳侯往那处去了……不好，她忙吩咐人去找平国公夫人，又另着人去提水扑火。

其实发现之时火势并不算大，只不过这火来得十分蹊跷，不烧正屋，却包围着正屋四面环绕，瞧起来很是吓人。

一众夫人小姐走至近前时，火势已被遏住大半，下人们有序扑着火，只浓烟滚滚，有些呛人。

“救命啊！”

“快来人救本侯！”

“救命！救命！”

……

众人面色忽变，这正屋里头竟有一男一女在呼救？这……

想必是人在里头只见浓烟，不知火势并未烧到正屋，所以才这般着急。

三太太脸色也是变了又变，怕人误会他们平国公府内宅秽乱，忙解释道：“这翠苑虽属内院，但平日是无人居住的，且因着些缘由，这里头有扇小门通往外院。”她指了指偏僻处那扇从前被封的小门，“便是这扇了，这儿一直是封着的，瞧着像是被人从外头弄开了。”

众人明了。

这是偷欢偷到别人内院了？那男人自称本侯，怕真是江阳侯，那女的是谁？

人群中不知是谁说了句：“方才在湖边，好像有人在找定北王妃与永乐县主。”

一时间，众人面面相觑。

这两位，不大可能吧？

正当下人们提着水扑着余火、平国公夫人急匆匆赶来、众人也在窃窃私语之时，忽有一道黑色身影移身易影，以众人不及反应的速度，径直跨进了苑中。

江绪神情寡淡，周遭浓烟滚滚，他却不受影响，踏上台阶，一脚踹开了翠苑正屋大门。

屋内还有迷情香未尽的余味。

江阳侯衣裳半解，似是因着突如其来的火势吓得不轻，抱头躲在桌子底下。

见门突然洞开，他自桌下爬了出来，可刚颤颤巍巍站起来，江绪便瞥见角落一抹蜷缩的女子身影，他都未给眼神，便直接伸手，控住江阳侯，继而掐住了他的脖子。

“放……放开……放开……”

江阳侯面色逐渐惨白，眼睛也瞪得有些突出，神色极尽痛苦，连声音都不完整，且气息渐弱。

江绪直直望着角落那抹身影，她衣裳凌乱，整个人侧躺在地上，蜷成一团。他不由得手上一折，折出了极轻微的骨头断裂声，随后像是扔什么脏东西似的，将手中没了生气的人丢开。

他本欲朝角落那团走去，可还未迈步，他忽然发现了什么，未迈出的步子成了问话，且不带半分温度：“本王王妃在哪儿？”

站在屋外台阶下，明檀晃了晃神，很想说一声“我在这儿”，可不知是惊吓过度还是怎么，半晌没能出声。

倒是江绪似有所感，下意识地回头。

日昳时分的阳光偏西，落在她玉白锦裙上，也落在她稍显狼狈沾了灰尘的脸上，给她镀了一层极温柔的弧光，远远望去，楚楚可怜。

他静静凝视了会儿，一步步走下台阶，走到明檀面前，垂眸望着她。

火势已然扑灭，众人也都进了院子，平国公夫人遣了婢女进正屋，翟念慈的婢女一直没找着自家主子，也心急如焚地跟着进了屋。

“县主！县主您这是怎么了？”

众人心下诧异。

竟还真是那位永乐县主。

与翟念慈婢女不同，平国公夫人遣的婢女进了屋，先是注意到躺在地上的江阳侯，他面色发紫，脖颈间有还未变色的极明显的掐痕，探了探鼻息，婢女不由得惊叫出声：“啊——死、死人了！”

众人闻言，如坠冰窖，离着三丈远，不由自主地瞥向院中那尊阎罗。

明檀也怔了下，嗓子有些发干，抬眼望向江绪。

江阳侯颇受圣恩，死在众目睽睽之下，这要如何向圣上交代？

江绪仿佛知道她在担心什么，粗粝指腹擦了擦她脸上的灰尘，面上没什么表情，声音也不以为意：“死了就死了，奈本王如何。”

四下寂静，明明仆婢都还在为火势奔走，站在院里头的夫人小姐们却不禁觉得，周身有些寒津津的，谁也没敢出声。

这话狂妄至极，可出自定北王殿下之口，好像又没什么不对。

明檀一时也不知该如何应声。

虽在嫁他之前，她就知晓不少杀神事迹，但她见过的江绪，从未如传闻那般骇人，不过是冷淡粗莽些，平日极好讲话，也从不与人为难，今日仿佛，有些陌生。

“阿檀，阿檀！”正在这时，得了消息赶来的白敏敏也匆匆上前，“你没事吧，快让我瞧瞧。”

她一把扳过明檀，紧张打量着。

众人：“……”

跟着赶来的昌国公夫人忙拉了把白敏敏，在定北王殿下面前抢人，谁给她的胆子！

“我没事，别担心。”

白敏敏着急问道：“到底是怎么回事？”

章含妙虽吩咐人不许声张，但两个大活人不见了，还有人在找，又如何能瞒得密不透风？

现下不少人都已知晓，先前定北王妃和永乐县主消失，且定北王妃的贴身婢女还被人给敲晕了。

明檀早已想好了说辞将自个儿摘出来，回神便道：“方才在湖边，我被人用木棍敲了一下，然后被个脸生的婢女架着往这边来，可我半途醒了，又找机会用簪子刺伤了她，慌忙跑出一段，幸好遇上了来找我的婢女，才反制于她，且逼问出了……是奉昭郡主让她这般做的。”

“奉昭郡主？！”

众人惊愕，不过惊愕过后，又觉得是情理之中，毕竟奉昭郡主与定北王妃的恩怨可是由来已久。

明檀点头：“她交代，奉昭郡主还掳了永乐县主，且要纵火引人前来‘捉奸’，我本是立时想找人来救，可此事于女儿家到底……”

她点到即止，又道：“我的婢女身手不错，所以我没有声张，想着先带婢女过来帮忙，谁想赶来时，这边已是浓烟滚滚。”

众人惊得都不知说什么才好，这奉昭郡主是真真儿疯了吗？竟在别人府上做出如此丧心病狂之事！

其实明檀原本只想说，自己挣开了婢女，后又见到这边走水，方赶过来，其他的一概不知。若是如此，她与此事的干系便可脱至最轻，翟念慈到底是受害还是与江阳侯偷欢也与她无关。至于奉昭，翟念慈第一个就不会放过，她也有的是办法慢慢收拾。

可现下她夫君杀了江阳侯，她不得不直接扯出奉昭，坐实奉昭设局陷害、江阳侯也是意图淫辱县主，死有余辜了。

不过江阳侯的确是死有余辜！

先前奉昭着人给江阳侯传的话并非是以她自己的口吻，而是以宜王妃的口吻——

暗示她性子倔，还不愿嫁人，不若先来个生米煮成熟饭。

有此等美事，江阳侯当然不愿错过。所以见着床榻里被绑手绑脚嘴巴也被堵住的明檀，也不觉奇怪，只淫笑着上前，欲行好事。

他一开始的确以为明檀便是奉昭郡主，但走至近前，发现里头的美人梳着新妇才梳的发髻，腰间还挂着一枚非郡主规制的玉牌，他眼神变了变，就连明檀都看出，他已经发现自己不是奉昭了。

可江阳侯是个色胆包天又没什么脑子的蠢货，再加上外间燃着催情迷香，明明知道情况不对，他心里头却想着手上有宜王府那边着人传信的物什，他只要装作不知道这美人儿不是奉昭不就好了。

且他御女无数，也不是没有淫过他人之妻，别说，他人之妻行事起来，总是更为舒爽，最要紧的是这些个妇人名声要紧，成了好事都不敢往外声张。

想到这里，他便打算将错就错，先好生玩玩这美人。

既是要成好事，绑手塞嘴便罢，绑脚多不方便，他站在榻边，一脸不怀好意地给明檀解开了腿上的麻绳，打算把玩把玩玉足。

哪想明檀盯得极准，反应也极快，脚上方松，都不待他握紧，便朝着他的面门狠狠地踹了一脚！

那一脚不仅踹得准，还踹得极狠，任谁也想不到明檀这般最为典型的娇弱贵女还有如此力气，江阳侯愣是被她踹得往后跌坐，眼冒金星，鼻头更是一热，淌出了鲜血。

“你个小荡货，竟敢踹本侯！”

明檀心里早已慌到了极点，可正是因为慌到了极点，情况也不会比眼下更糟，她脑子反而越发清醒。

脚上得了自由，她第一时间便从床榻上跑了下来，故意撞倒翟念慈所躲的那扇屏风。

那扇屏风虽不算重，但砸在江阳侯身上怎么也是有些痛的，且这扇屏风一倒，被下了药正在极力忍耐的翟念慈便无所遁形！

趁江阳侯惊愕这屋中竟还藏着一位美人，明檀忙往外间跑。

“还不快去追，她若跑了，你死定了！”翟念慈提醒，刻意压低的声音都已带上抑制不住的娇媚。

明檀都没工夫在心中辱骂翟念慈，跑至外间，拼命撞门，可她手口未松，那门似乎被人从外头上了锁，怎么也撞不开。

“贱人，你还想往哪儿跑？”江阳侯眼神狠而淫，擦拭着鼻血往外间来。

外间燃着迷情香，明檀一边努力控制呼吸，一边撞门，心中绝望却不由得慢慢溢出。

不一会儿，江阳侯便逼至近前，一把扯住明檀的头发。

他将明檀拉离门口，正欲教训，可千钧一发之际，那门竟被人从外头一脚踹开，明檀望去——

云旖！

是云旖！

明檀本已绝望的心忽然欣喜起来，眼睛也莫名被泪珠盈得模糊，脑海中竟莫名闪过一个念头——她一定要给云旖买好多好多烧鸡！

见明檀形容狼狈，云旖眼神一变，一掌推出，震得江阳侯松手往后退了几步。随即又利落拉过明檀，扯下明檀口中塞得紧实的帕子。

明檀被那帕子塞得恶心不已，干咳了几声，眼泪花儿都咳了出来。

“娘娘，是我来迟了！”

云旖给明檀松了绑，眼中闪过一抹愧疚，紧接着她又上前，似乎是要对江阳侯出手。

明檀见状，忙拉住她：“不必。”

奉昭既设这局，必然还有后招，她们得赶紧离开。

她检查了下，身上物件、头上簪钗都没有遗落，果断道：“快走。”

至于翟念慈，她顿了顿。

她自认与翟念慈并未有什么深仇大恨，但凡翟念慈有半分歉疚，她都会冒险救上一次，可刚刚那般情形，翟念慈还不忘撺掇江阳侯，她又不是菩萨，既如此，那便自求多福好了。

两人方跨出屋子，旁边的耳房厢房走水之势便起，想来过不了多久就会有人前来。

云旖不知想起什么，忽然回身，将门落了锁，紧接着又搀着明檀，快速离了院子。

“云旖，这是哪儿？你是如何找来的？”边往外，明檀边问。

“回娘娘，我也不知道这是哪儿，只知道是平国公府的一个院子。”

她不认路，至于是如何找来的——

先前她在附近找到被打晕的绿萼，将绿萼弄醒，问了几句，便起身打算去救明檀。

她与章含妙找人不同，思路极为简单，今儿明着与她家娘娘过不去的只有那奉昭郡主，她找什么别人，直接找奉昭郡主不就是了？

可笑那奉昭郡主竟还敢堂而皇之地在附近溜达。

她也懒得废话，直接将主仆几人一并扣了问话，一开始几人还嘴硬得很，可她不是什么喜欢讲道理的人，不说就打，三两下那婢女便松了口，紧接着她又以性命相胁，迫人带路，如此，哪有什么找不到的。

听完，明檀不得不承认，云旖的手段虽是粗暴了些，但极为有效。

现下奉昭主仆还被不按常理出牌的云旖点了哑穴扣着，明檀圆着先前说辞，便要将敲闷棍的婢女交予平国公夫人处置。

平国公夫人忙道：“王妃受惊，今日之事，说到底也是平国公府招待不周，才会生出诸般事端，平国公府定会给殿下与王妃一个交代。”

“不必。”江绪声音冷淡。

明檀怔了怔。

一位郡主出手害人，一位县主被污名节，一位侯爷当场暴毙，在平国公府出了这般骇人听闻的惊天祸事，无论是互通各家还是上达圣听，都应由主家张罗才是。平国公夫人有此一言，显然也是觉得自家需担此责。

可她忘了，她的夫君，是站在大显权势顶端的定北王殿下，今日在此，她原也不必费心自圆其说，因为她的夫君说是什么，便是什么。

“江阳侯私闯内宅，淫辱县主，罪无可赦，本王会禀明圣上，补上一道抄斩旨意。奉昭郡主，意图谋害王妃、县主，押入大宗正司，由大宗正司调查处置。”

他的声音沉静果断，不容违抗。

明檀支着身子撑到这会儿，本已疲累至极，忽地松气，身形不由得晃了一晃。

白敏敏眼尖，正欲伸手，江绪却已从身后扶住明檀薄瘦的肩骨。

他的手有些凉，怀抱也凉，可明檀莫名觉得安心。

她转过头，抬眼望向江绪，江绪也垂眸望她，众目睽睽之下，他忽然将她打横抱起。

“回家。”

日暮时分的上京，夕阳渐次晕染，万顷霞光之下，本就威肃的定北王府，似是只能望见一道沉沉的轮廓剪影。

启安堂，金色夕阳从漏明窗里斜斜射入。仆婢们端水的端水，送汤的送汤，院内有条不紊，也安静得很。

明檀沐浴过后，换了身浅色寝衣。洗下脂粉，面上越发显得柔软干净。

她的五官是极精致的，眉毛秀气，鼻子小巧，眼睛却像盈着两汪清泉，眼睫上还沾了极细小的水珠。许是嫁人这段时日过得滋润，她小脸嘟起两团，瞧着倒比上妆时多了几分少女娇憨。

从净室出来，她探头探脑张望了会儿，没瞧见江绪身影，便由着绿萼伺候，上了床榻。

太医已在花厅候了一小会儿，待屋里头落了帐准备妥当，小丫头才往厅里回禀。

江绪闻言，垂眸摩挲着茶盖：“那就有劳封太医了。”

封太医忙起身拱手道：“这是微臣的本分。”

江绪没多说什么，也起了身，跟着封太医一道进了内室。

隔着床帐，封太医给明檀请了安，又坐在杌凳上，取出脉枕，在伸出的玉手上覆了块锦帕，恭谨搭脉。

半晌，封太医顿了顿，斟酌回话道：“娘娘受了惊，但并无大碍，微臣开一副安神汤药，就寝前喝上一帖便好。”

他注意到明檀腕上被绑过的痕迹，又听说她被敲了一闷棍，遂补了声：“皮外伤若未破皮，用外敷祛瘀之药即可，抹上几日，痕迹便会消除。”

“多谢太医。”明檀缓缓收回手，在床榻里头礼貌道谢，“病容不堪见客，还请太医见谅。”

封太医又恭敬回礼：“娘娘言重了，微臣这便去为娘娘开安神药方，娘娘好生歇息。”

有婢女引他去开药方，可江绪忽然抬了抬手，婢女知趣停步，默默退下。

江绪看了眼床榻，又扫了眼封太医，往外走。

封太医忙不迭跟上。

及至正屋外头，江绪停下步子，沉声问道：“王妃真的无碍？”

封太医忙答：“娘娘确无大碍，王爷尽可放心。只不过娘娘先前似乎吸入了一些……催情迷香，好在量少，不会损身。”

江绪沉默片刻，“嗯”了声。

封太医又道：“今日把脉，娘娘身子比月前好了些许，那药，微臣会酌情调整一下用量。娘娘年纪尚小，再调养一两年，便可无虞了。”

“好，有劳。”

封太医是江绪的人，新婚头几日，他便来府，为明檀请平安脉。

诊脉时他发现，这位小王妃身子虽没什么大毛病，但少动，娇弱，体质是有些差的，再加上年纪小身板小，若有孕，怕是很难怀得住。

当下他禀了江绪，江绪便发了话，暂时不要让王妃怀孕。他也这般作想，是以依着明檀的身子，配了副不损身的避子汤药方，平日让王妃当成补汤喝了。

送走封太医后，暮色也渐渐沉了下来。

明檀小憩了会儿，醒时，她倚在床头，轻声问：“殿下呢？”

“殿下在书房，可要奴婢前去通传？”见她醒了，绿萼忙应。

“不用了。”

她有些纠结，怎么说呢，回府冷静过后，她心里头其实很是忐忑，在平国公府说的那番话，虽然能糊弄大多数人，可她夫君……想来这会儿，云旖已经把来龙去脉都告诉他了。

其实那么点时间，屋内的江阳侯与翟念慈应也没真发生什么，可众目睽睽之下，两人共处一室，无论真相如何，又是否是被陷害，翟念慈的名声也已毁了个彻底。

而她也与江阳侯共处过一室……虽然什么都没发生，但她并不清楚，她的夫君会不会介意。

想到此处，她屈起双腿，双手环抱着，下颔搭在膝上，有些不安。

江绪回屋时，见到的便是榻上美人抱膝，三千青丝倾泻，如玉面容隐有怅意。

他上前落座榻边，沉声问道：“感觉如何？”

“夫君？”明檀抬头，有些意外，也有些无措，“我没事。”

她嘴上这么说，眼神却不由得闪躲。

江绪本就不擅与女子相处，平日都是明檀碎碎念叨主动撒娇，今日她安静下来，还有点躲他的意思，他一时也不知该说些什么。

许是今日在她面前处理江阳侯的手段有些直接，吓到她了。

这般作想，江绪静坐了会儿，便起身道：“奉昭你无须忧心，有本王在，她不会再走出大宗正司了。”停了瞬，“既无事，你好生休息。”

说完，他欲离开。

明檀见状，忙紧张拉了下他的衣角：“夫君，你去哪儿？”

“本王还有些军务需要处理。”

明檀咬了下唇，犹豫着问了声：“一定要现在处理吗？”

“……”

当然不是。他只不过是见她闪躲，打算主动去书房将就一下罢了。

见江绪不出声，明檀心里更是忐忑，夫君这就已经嫌弃她了？以后就只愿与她维持表面的夫妻关系再也不愿与她同榻再也不愿碰她了？

她有些委屈。

其实今日她本就委屈得很，一直忍着忍着，忍到现在，她好像有些忍不住了。

“你哭什么？”

见明檀毫无预兆地“啪嗒”掉下眼泪，江绪难得怔了一瞬。

明檀也不说话，只回身背对江绪，抽抽搭搭，薄瘦的肩也抽动着。

“你是觉得将奉昭关在大宗正司，太便宜她了？宗室犯错，依律是要由大宗正司处理，至于如何处理，本王自会关照。若你觉得太轻，本王也可以——”

他话未说完，明檀便摇了摇头。

大宗正司可不是什么好地方，常年关在里头，不死也没什么好日子可活，听说有先年争位时得罪过圣上的皇子关在里头，早已疯得不成样子了。

江绪站在榻边，下意识伸了伸手，可虚停在半空，也不知该不该往下落。

好在明檀落了会儿泪便觉得，这话还是得说清楚，若夫君实在介意，她也该死个明白。

她揪着被角抹了抹泪，回身，垂着小脑袋，哽咽问：“夫君往后是不愿与阿檀同榻了吗？”

江绪：“……”

她自顾自道：“无事，阿檀承受得住，夫君直言便是，夫君也不必委屈自己去睡书房。若夫君介意，阿檀称病，自请避居，往后不再在夫君跟前碍眼便是。”

江绪默了默，忍不住问了声：“何出此言？”

明檀抬眼，眼眶还是红红的，盈满了泪，仿佛只要一眨便会下落：“夫君不是在介意阿檀也曾与江阳侯共处一室吗？”

“未曾。”

见他应得十分干脆，明檀犹疑，欲言又止半晌，她小心翼翼地问道：“真的吗？”问着，她还打了个哭嗝。

江绪不知为何，瞧着她仰着脑袋眼泪巴巴莫名娇憨的样子，竟十分罕见地，有种陌生情绪在心底涌动。

“即便今日在屋中的是你，本王也不介意，这不是你的错。”

他的声音不疾不徐，如沉金冷玉，悦耳动听。

明檀怔怔，待回过神，她下意识便跪坐在榻上，往前抱住了他的腰身，金豆子和不要钱似的往下掉：“呜呜呜呜夫君——”

她一整日起伏跌宕的心绪，在此刻总算是完全放松下来。

江绪眉心突突起跳。

她为何哭得更厉害了？

他抬手，不自在地摸了下她的脑袋。

她这一头青丝黑长浓密，还很柔软，江绪摸了下，又摸了下，慢慢觉得摸起来很是舒服，还无师自通地将手指插入她的发间，揉了揉。

待哭够了，明檀打着嗝，红着眼，稍稍从江绪胸膛间退离了些。

“夫君还要去处理军务吗？”因刚哭过，她的声音有些含混，听着有些依依不舍的意味。

“明日处理也不迟。”

“那方才夫君为何非要去书房处理军务？”

江绪顿了顿：“本王以为，你受了惊吓，不想与本王同榻。”

他杀人的时候，瞧着有些陌生，的确是有点吓人。可他明明是为了她才杀的江阳侯，她倒也没这么不知好歹。

“阿檀想的。”她脱口而出。

嗯？江绪垂眸望她。

明檀兀自脸热，忙埋下脑袋给他宽衣。

很多事不需要言语，一个眼神，两人便心领神会。

有风吹来，屋内烛火摇曳，被笼在床侧的床幔也被吹得温柔晃动。江绪的手撑在明檀耳边，气息包裹着，她整个身子也被他笼在身下。

两人四目相对。

明檀觉得，她夫君的眼睛很好看，尤其是眼里只有她的时候，最为好看。

她羞怯着，又鼓起勇气伸手，环住了他的脖颈，还小声要求道：“夫君，亲亲。”

自成婚以来，虽床笫之欢不缺，但江绪极少亲她，就算是亲，也多是落于眉眼、脖颈，或身上肌肤。

明檀记得，话本里头的男女，都是嘴对嘴亲亲的。

许是因着烛火被窗外送入的风吹灭了一盏，江绪眸光暗了些许，喉间干涩，喉结不自觉上下滚动着。

她的唇色偏淡，看着就很柔软。江绪倾身，两人鼻尖相对，唇只隔着不到半寸的距离，温热气息交缠。

这莽夫在想什么？都已经隔得这么近了，亲亲都没落下！

明檀含羞带怯，还有些懊恼，胸腔怦怦跳动，眼睫也不停地颤着，终是忍不住，主动往上啄了一下他的唇。

她啄一下便想撤退，可江绪并未给她撤退的机会，趁势上压，一手托住她的后脑勺，往里长驱直入。

只不过江绪于此事上头技巧还不甚纯熟，唇齿相依，却时时磕绊，明檀被咬疼了好几下，有时还憋得换不上气，但那种感觉是亲密而迷乱的，浑身似乎都慢慢灼烧起来。

衣裳很快散乱，随着南面窗角夜风徐徐吹入，男女衣衫也落于榻边，件件交缠。

春风一夜徐徐。

次日一早，明檀倒是难得同江绪一齐醒了。外头天还是蒙蒙亮，泛着昏昧灰白。

江绪原本是打算同往常一般独自前去练武，将环在身上的玉臂放入锦被之中，便要起身，不承想那条玉臂马上又环了上来。明檀睡眼惺忪地抱住他，还往他怀里蹭了蹭，声音像是睡哑了似的，糯糯懒懒：“夫君，要起了吗？”

江绪“嗯”了声：“本王吵醒你了？”

许是方醒，他的声音低低哑哑，比寻常来得温柔。

“没有。”明檀摇头。

“那本王去练武。昨日累了，你再多睡一会儿。”

江绪说的是昨日在平国公府受累，然明檀一听，却不由得红着脸揪了他一把，还不是他索求无度，不然如何会累！她埋在他脖颈间不解气地咬了一口。

不过她那点力气，咬上一口对江绪来说就和蚊子叮上一下没什么差别，非要说差别，那大约是她这 咬，更为酥麻。

外头候着的婢女听到里头动静，悄声走至内室的珠帘外，轻声问：“殿下，可是要起了？”

“嗯。”

很快，婢女打着帘，一应梳洗物什便送入了内室。

平日江绪起时明檀都在酣睡，下人们的动作都是轻得不能更轻，江绪也只让人送东西，不喜欢人伺候穿衣，她们如往常般放了东西便准备退下，没承想今儿王妃娘娘也醒得可早。

“我也要起。”

江绪回头：“你起这么早做什么？”

明檀蹭上去抱住他的胳膊：“我想去看夫君练武。”

江绪沉默了下。

“不可以吗？”

婢女大着胆子偷觑了眼，只见王妃还没穿寝衣，小衣也没穿，肩骨以下锦被盖着，可那双白皙玉臂已从抱胳膊变成了搂脖颈，就差没整个人都挂在殿下身上撒娇了。

这谁顶得住。

果不其然，殿下很快便“嗯”了声。

与江绪不同，明檀是能让人伺候就绝不自个儿动手的娇贵主儿，江绪都打算更衣了，她才斯斯文文漱完口。

见自家夫君要自个儿更衣，明檀忙示意擦脸的丫头快些，一个骨碌换成跪姿，直起身子从江绪手中抢过玉带。

“夫君，阿檀帮你。”

江绪顿了顿，也没驳，略略张开双臂。

江绪的常服比大婚那日的礼服简单多了，明檀细致地帮他整理着衣领，系好腰间玉带，又挂好玉佩，不知怎的，她偏了偏头思考了会儿，忽然抬头问：“夫君，你觉不觉得你腰间有些空，少了点什么。”

“少了什么？”

“当然是香囊啊，夫君你竟然都不佩香囊！”

“佩来做什么，驱蚊辟邪？”

明檀：“……”

倒也不至于记这么久！

虽然被江绪的反问堵得半晌没说出话，但明檀并未打消要给自家夫君做香囊的念头。梳洗停当，去演武场观赏江绪练武时，她便在脑海中勾勒起了香囊的配色、花样。

话说回来，明檀重新规划王府舆图后，要紧执行的便是为江绪建造了小型演武场用以练武。

演武场空旷，周围是还未盛开略显光秃的梅林，江绪在场中练剑。

明檀在此之前见过江绪两次出手，一次是大相国寺回府途中，他与他的暗卫不费吹灰之力就剿灭了一帮匪徒，另一次则是昨日在平国公府，随手便弄死了江阳侯……说来她也有些好奇，他的身手到底有多好？为什么解决对手看起来那么轻松？而且他两次救自己都是用的袖上束带，那束带竟是这般听话，能直直地射出去。

想到这儿，明檀盯着自个儿挽的薄纱罗披帛看了眼。

江绪一套剑法练到一半，余光忽然瞥见他的小王妃坐在场边，不停地扬着臂间披帛，口中还念念有词。

“是太轻了吗？”

“为何都不飞出去？”

“是不是要站起来？”

扬了会儿，她似乎是手酸打算放弃，又轻轻揉着腕骨，鼓了鼓脸，不高兴地坐下了。

江绪眼底划过一抹笑意，旋身继续练招。

待一套剑法练完，明檀主动上前，用帕子给他擦了擦汗，将自己好奇之事问了出来。她见过武功高强的人不多，昨日云旖踏水而行给她留下了极深的印象，于是她还补问了句：“若是与云旖相比，是夫君你比较厉害，还是云旖比较厉害？”

“你说呢。”

江绪语气很淡。

明檀斟酌着还没回答，江绪瞥了眼离演武场有近十丈距离的梅林，抬腕旋柄，利落地反手将剑推了出去。

明檀顿了瞬，目光迟缓地追着剑柄落在树上，一息后，那棵不甚粗壮的小树应声而倒。

“……”

“夫君，还是你比较厉害，你砍死了我的绿萼呢。”

昨儿被敲了一闷棍还在屋中休养的绿萼忽然打了个喷嚏。

练完武，两人又一道回启安堂用早膳。

江绪看着明檀斯文喝完补汤，想起封太医说的调养一事，忽道："你身子弱，以后都早些起，与本王一道去演武场锻炼。"

明檀迷惑："我锻炼什么？"

"你想练什么？"

"我什么都不想练。"只想当美美的王妃。

"……"

"本王可以教你射箭。"

"……"

并不想学。

"或者练八段锦。"

"八段锦是什么？"听起来甚是优美。

恰巧婢女来禀，云姨娘前来给王妃请安，江绪便吩咐道："给王妃展示一下八段锦。"

云旖："……"

她看了眼自个儿前来请安特地换好的锦裙，到底是没敢违抗主上命令。

"双手托天理三焦！"说着，云旖便双手往上，利落高举。

"左右开弓似射雕！"她双腿跨开，呈弓步，一手收在胸侧，一手往外推。

等等，等等……这动作未免也太难看了！

明檀惊住了，根本无法想象自个儿每日要在演武场上对着她的夫君做如此粗犷的动作，忙叫停道："射箭，夫君你还是教阿檀射箭吧。"

射箭好歹是要手把手教，很有夫妻情趣的样子。

江绪"嗯"了声。

云旖也收了动作，安分地杵在一旁。

明檀叫她一块儿用膳，她摇了摇头。

她自问没有王妃那般好的承受能力，虽然早膳精致丰盛到有些晃眼，但跟主上同席用膳，她怕自己当场哽咽而死。

“请了安，还不退下。”声音很淡。

“……是。”

云旖总觉得自己忘了什么，可主上发了话，她遵从本能，下意识便躬身垂首，往外退。

直到走出启安堂，云旖才发现藏在胸前的桂花糖糕，哦，她是来给王妃送桂花糖糕的，说好了今日要给王妃补一包桂花糖糕，她五更便翻墙出去，等到卯时三刻店家开门，才买到了第一炉的桂花糖糕。

她想都没想便往回走，可方进屋，她便远远瞧见王妃用个早膳竟莫名用到了王爷身上，斜斜坐着，还搂着王爷的脖颈，不依不饶问道：“夫君砍了我的绿萼，要如何补偿？”

什么，绿萼姑娘被王爷砍了？

“你想如何补偿？”

“嗯……那夫君喂阿檀喝粥。”

为何要喂，方才王妃自己用膳不是用得好好的？而且，绿萼姑娘的命就值一碗粥？不是说绿萼姑娘从小便陪着王妃长大吗？如此莫名的要求，想来王爷一定不会答应。

这念头方从脑海中闪过，她便眼睁睁地看着王爷舀了勺粥，送到王妃嘴边。

“……”

王爷真喂了。

绿萼姑娘的命真的只值一碗粥。

离开正屋后，云旖心里空落落的，昨日没有照料好王妃，是她与绿萼失职，受罚也是应当，可绿萼姑娘陪伴王妃多年，都直接被砍了，那她——

“云姨娘。”忽然有人喊她。

云旖抬头：“素心姑娘。”

素心温和笑着，上前递了递手中点心：“姨娘可要用些，方从膳房拿回来的酥酪，正热腾呢。”

“不用，多谢。”

都要死了，没胃口。

素心也只是见她平日来启安堂时爱吃这个，顺嘴问了一声，倒没勉强：“那姨娘慢走，我给绿萼送去了。”

“等等……绿萼？”

“嗯，怎么了？她那一棍敲得比娘娘狠些，昨儿娘娘让太医也给她瞧了瞧，说是要静养几日，还在屋里歇着。”

没砍死？

云旖顿了顿，忽问：“素心姑娘，绿萼姑娘的名字是有什么来历吗？”

素心虽不知她为何会有此问，但还是耐心答道：“倒也说不上什么来历，娘娘幼时喜欢梅花，所以我与绿萼被分到娘娘身边时，都用了梅花赐名，娘娘从前在侯府的院子叫‘照水院’，也是梅花名。”

云旖似乎明白了什么，点了点头便往前走。不过走了没几步，她忽然又退回来，拿了一小碟酥酪，正经道：“绿萼姑娘一个人也吃不完，我帮她分担一些。”

素心略有些迷惑地看了看云旖的背影。

今日江绪要入宫，用完早膳后，明檀一路将他送至二门，心里头不免有些担忧。

虽说她家夫君深受圣上信重，不合规矩的事儿也不止干一回两回了，但众目睽睽之下杀了个侯爵，到底也不算小事。

只不过她不通朝政，她家夫君看起来又没多在意，她稍稍问了两句，也不好多问。

成康帝下了早朝，便一直在御书房等江绪。一直到隅中时分，他所等之人才姗姗而至。

成康帝气笑了：“你倒是好兴致，昨儿不来，怎么，是在府里头睡了个饱觉，今儿一早还练了练武，用了顿早膳才想起出门？”

“陛下怎么知道？”

成康帝：“……”

他若是突然崩逝，想来多半是被江绪这厮给气的。

他半个字都不想多说，只点了点桌上那两大摞折子："自个儿好好看看。"

在平国公府当场杀了江阳侯，无论缘由如何，言官势必要上奏弹劾。今儿早朝，满朝文武都在议论昨日平国公府所生之事。下了朝，折子也如雪片般飞上了成康帝的案头。

当然，被参的不止江绪，平国公府也被参了不少本，甚至还累及章皇后，已死的江阳侯与宜王府被参得更为惨烈。

其实令成康帝烦忧的并不是江阳侯之死，而是如何处置奉昭。

奉昭此番行事，本就有鱼死网破同归于尽之意，做得明目张胆，压根儿就没指望全身而出。至于给宜王府带来的灭顶之灾，在她看来也不过是父王母妃偏心长兄应得的下场，她不好过，谁也别想好过。

押入大宗正司后，奉昭供认不讳，甚至主动将她的谋划交代得清清楚楚，这里头，还牵扯出了些平国公府的私事儿。

她之所以能在平国公府横行无忌，也少不了平国公府里头内应的助力。

公卿世家盘根错节，姻亲关系原也复杂，平国公府三房老爷就娶有一位平妻，是宜王妃的娘家庶妹，也就是奉昭的姨母。奉昭从前便知晓些这位姨母的要紧把柄，加之以利相诱，这才能在雅集之上便宜行事。

奉昭认罪认得彻底，宿太后那边为着翟念慈也难得地递了话，所有人都等着个交代，此番不严肃处置奉昭，是不行了。

可处置了奉昭，南律的和亲该如何是好？

南律是南夷小国，紧邻云城，地势高，易守难攻。大显因与北地不睦，马匹交易已断多年，好在南律国也盛产良马，两国之间一直保持着友好的茶马互市之交。

此次南律新王登基，希望能与大显继续保持友好互通的关系，所以意欲派使臣前往大显，求娶一位公主。

这一消息，月前南律易政之时，便有暗探传回。

抬位宗室女和亲这种小事，成康帝没理由不答应。

他早先与江绪略略商量过一回，心下觉得，宜王府的奉昭郡主是和亲的上上人选。

一则奉昭正值适婚之龄；二则宜王府两头不沾，无甚顾忌；三则宜王一家本就是从云城回京，对南律也不算陌生，于情于理都比其他宗室王女合适。

可他太不在意宜王府了，这事儿一直没和人打招呼，宜王夫妇浑然不知，竟暗地里盘算着要将奉昭嫁给江阳侯，以至于奉昭绝望不满，惹出这诸般事端。

现如今，就算是朝臣及各家能当什么事儿都没发生，同意让奉昭和亲，那南律也不是个傻子，塞给他们这么个德行败坏名声臭到不行的女子，这不是明摆着看不起他们南律嘛，到底是结亲还是结仇?

眼瞧着使臣还有几日就要进京，这人选，一时竟找不到更为合适的了。

适龄的宗室女子本就不多，南律又是边陲小国，还已立王后，相比于和亲为妃，有些底子的宗室自然都更愿意在大显择一门乘龙快婿。

“现下你说，该怎么办？”成康帝问。

“奉昭品行不宜和亲，另择便是。”

“你说得轻巧，你给朕择一个试试？”

江绪淡声道：“永乐县主。”

“永乐不行，永乐怎么……”成康帝下意识便要驳回，可不知想到什么，忽然又顿了顿。

永乐在众目睽睽之下衣衫不整与江阳侯同处一室，已然失了清白，可她是被陷害，品行并无过失。

且大显所在意的女子贞洁，在南律根本就不值一提，南律民风开放，王后都是二嫁之身，必然不会介意此事。

再加上永乐又是当朝太后疼爱的外孙女，将她嫁过去，更能显出大显和亲的诚意。至于太后，从前定不会答应，可现下永乐在大显也很难再觅如意夫郎，嫁去南律百利而无一害，她惯会权衡利弊，想来不会有什么异议。

如此说来……永乐还真是上上之选!

成康帝龙颜大悦，连声喊了三个“好”，当即摆驾，去了趟寿康宫。

成康帝本以为，就宿太后那磨死人的性子，就算答应也得故意拖着想上两日，却不想她沉吟片刻，就直接应下了。这似乎是这么多年来，两人第一次如此迅速地达成一致。

当天夜里，翟念慈在府中得此消息，如遭雷劈！

她与那江阳侯并未发生什么，她是清白之身，未来夫婿自会知晓，上京不行，她回北边，如何就不能寻上一门好亲事了？

可上至太后，下至父母，竟都认为南律那等蛮夷小国的妃妾便是她如今的最好归宿，无人在意她如何作想！

她要入宫见太后，太后却对外称，身体抱恙，暂不见客。她在府中闹腾，一开始母亲还顾念她的情绪，温声相劝，后来却径直将她关在屋中，让她好好反思冷静。

所以她和奉昭有何区别？

想当初在大相国寺，她还拿婚事嘲讽奉昭，如今那些个嘲讽之言，竟是作孽般回转到了她自个儿身上。太后予她所谓的疼宠，就这般不值一提！

翟念慈一时只觉齿冷。

庄惠论鱼引用自《庄子·秋水》。

“双手托天理三焦，左右开弓似射雕。”出自八段锦。

◈ 第八章 ◈
避暑

两日后，平国公府之事终有所决。

成康帝下旨，奉昭郡主谋害定北王妃、永乐县主，品行恶劣至极，罪无可赦，即褫夺郡主之衔，贬为庶人，圈禁大宗正司，终生不得出。

宜王教女无方，德行有亏，夺亲王衔，降为宜郡王，回迁云城。

江阳侯虽已身死，然玷辱县主，德行败坏，死有余辜，即夺爵抄家，贬为庶人，子孙三代不得入仕。

在洋洋洒洒数百余文的最末，成康帝才轻描淡写了一句，定北王行事莽撞，平国公治家不严，着二人罚俸半年，以示惩戒。

其他旨意明檀听来都觉得颇为合理，可最后责她夫君那句，就这……

然满朝文武都不觉为奇，甚至还认为这次圣上责令了“行事莽撞”四个字，还罚俸半年，已是极不容易。

不论如何，此番下旨，平国公府一事也算是有了圆满了结。

总的来说，明檀对这一结果还算满意。

只不过翟念慈明明也是陷害她的其中一环，如今却成了完完全全的受害者，在上京虽寻不着好亲，可她有太后回护，回到北边还是能如鱼得水，想想竟有些生气。

不过她很快就气不起来了。

三日后，南律国使臣进京，意欲求娶大显公主。圣上欣然应允，令永乐公主出降南律，结两国之好。

而这永乐公主，便是曾经的永乐县主翟念慈。

大国公主出降，于公主本人而言，从来就不是什么好事。背井离乡，为人妃妾，历朝以来，没有几位和亲公主能得以善终。且只改了皇室江姓，连封号都懒得改，真是极其敷衍了。

明檀虽不生气了，但也没有幸灾乐祸，女子命运如浮萍，多半身不由己，只能说，这许是翟念慈自行不义的苦果。

南律此番入京，除求娶公主外，还向大显进贡了许多奇珍异宝，千里良驹。

良驹入宫，成康帝特地邀了江绪一道去马场挑选，江绪府中已豢有不少名马，兴致缺缺，可看到一匹通体雪白的小马时，他目光稍顿，脚步也停了停：“照夜玉狮子。”

训马司的马师忙恭谨回道：“王爷好眼力。照夜玉狮子产自西域，可此次南律竟也进献了一匹，不过是幼马，要长成还需一定时日。”

江绪看了会儿，忽道：“幼马不错。”

成康帝莫名望了他一眼：“你要幼马做什么？”

江绪没答，只要了这匹。

恰在这时，成康帝身边伺候的内侍前来回话，说是南律进贡的奇珍异宝已经造册入库。

成康帝点点头：“嗯，合适的都交予皇后，分赏后宫。对了，”他想起什么，“朕记得这回进贡的物件里头有一对雕兰如意，直接送去兰妃宫中。”

“是。”

他又随口问了问江绪：“你也挑些回去？”

成康帝真就那么客套着顺口一问，定北王府家大业大，从来不缺这些个玩意儿，且江启之这人素来简朴，两套衣服能换着穿上三个月，若不是他直接封赏，平日有些什么，多是一声“不必”便打发了。

可不知定北王府今儿是遭了劫还是如何，难得主动地要了回马不说，竟还顺着他的话茬点了点头，指定起了物件：“绫罗绸缎、珠宝簪钗，各要　箱即可。”

明檀原以为，宫里赏下的南律贡品不过是些寻常赏赐，各家都有不少。

直到几日后，南律使团护送出降的永乐公主离京，章皇后寻了机会召她入宫叙话，这才知晓原来不是。

“本宫早些日子就想召你入宫，可一来忙着永乐公主出降，二来又想着你受了惊，还是在府中多休息休息为好。

“说来，前些日子实在是委屈你了，平国公府招待不周，本宫合该替平国公府给你赔个不是才对。”

“娘娘言重了，臣妾无事，只不过是身子有些不爽，前几日得了些苍山雪绿，本想邀含妙她们过府吃上一盏的，到底是因着身子不爽，不便邀客。”明檀笑着应声。

她没有多给平国公府找补，毕竟圣上都下旨斥责了平国公“治家不严”，她若是直言不干平国公府的事儿，这马屁就稍稍拍过了些。略提一嘴章含妙，倒可以恰到好处地表明她对平国公府无甚芥蒂。

章皇后闻言，轻拨着茶盏，展笑道：“说起这苍山雪绿，启之对你倒是真真爱重。皇上前日来长春宫还和本宫说，往日遇赏，启之都是推拒，可这回南律使臣进贡，却特特为你要了一箱子绫罗绸缎，一箱子宝石簪钗，后头听闻南律还进贡了苍山雪绿，也给要走了一半。想来那匹照夜白，也是为你要的吧。”

等等……

那些东西不是陛下赏的，是夫君主动要的?

见她神情，章皇后轻声揶揄：“怎么，你不知道？”

明檀摇头，有些发窘，耳后根都红了小半。

好在章皇后没再故意羞她，只吩咐身边侍立的姑姑：“王妃爱茶，将本宫今年新得的蒙顶甘露都送给王妃。”

“是。”侍立的姑姑应声。

明檀仍羞着，倒也不忘顺着台阶，起身谢恩：“‘琴里知闻唯渌水，茶中故旧是蒙山。’多谢娘娘厚爱。”

陪坐在侧的淑妃轻笑了声：“定北王妃模样好，性情好，才学也好，难怪得定北王爱重。”

“淑妃娘娘谬赞。”明檀微微颔首，端庄中略带三分羞怯。

今次章皇后召她叙话，恰巧赶上几位嫔妃来长春宫请安。

方才出言的淑妃听闻是圣上东宫时期的老人，伴驾多年，虽宠爱渐薄，但圣上念着往昔情分一直厚待着她，瞧着很是有几分不爱争抢的模样。

一位坐在下首的翠衣女子顺嘴接过淑妃的话头，补了句：“定北王殿下倒真是个爱才之人。”

“……”

殿中忽然静了一瞬。

明檀听着这话，本以为就是声恭维，没觉得有什么不对，可殿中这一瞬，静得竟是有些尴尬诡异。

她不动声色地打量着，发现几道目光都有意无意落在了对面一直安静的兰妃身上，兰妃原本也在拨盏，似乎因着这话，动作微妙地滞了半息。

明檀对大显后宫知之甚少，但也知晓自玉贵妃被囚冷宫后，后宫中便是兰妃最为得意。

这位兰妃娘娘深受圣恩，不到一年就连升两级，未有所出的情况下，仍从贵人跃居到了妃位。

听闻，这位兰妃娘娘是极有才情的。

明檀不知为何，前后想着，总觉得哪儿不对。

不过没等她细想明白，章皇后就描补几句揭过了这一话头，转而说起今年去行宫避暑的安排。

“前日皇上来长春宫，还说起去永春园避暑一事，瞧这日头，一大早便这般毒辣，也是该挪挪地方了。”

方才那位嘴快的翠衣女子颇有些期待地问道：“皇后娘娘，那咱们何时出发？”

“不出意外，应是半月之后出发。随行名单本宫拟了一份，不过皇上的意思是，此次后宫不多带人，只点了淑妃、兰妃、俪嫔、纯嫔，还有穆贵人。”章皇后淡淡扫了她一眼，“庄妃留在宫中料理宫务，佳贵人，你是庄妃宫里的人，便也留在宫中陪陪庄妃吧。”

噢，原来那位翠衣宫妃是佳贵人。

明檀没出声，暗自掰算着……只点了五位，那加上这位不打算带的佳贵人以及留下料理宫务的庄妃，就是七位妃嫔，听皇后娘娘这意思带得还挺少，那这后宫妃嫔加起来，少说怕是也有二三十位了。

她正想到这里，章皇后又看向她：“对了，王妃，皇上也给你家王爷安排了住处，若是得闲，你也不妨与王爷一道至永春园中小住。永春园最是清幽，景致也好，当是散心也不错。”

明檀忙弯了弯唇，起身规矩福礼：“是，圣上与娘娘费心了。”

明檀巳初进宫，近午时，才从长春宫中出来。

没等她长舒口气，便听后头出来的佳贵人也不避讳着就出言嘲讽道：“陛下是多久没来长春宫了？不过就是前日来小坐片刻，皇后娘娘便这般翻来覆去地提！”

明檀：“……”

在后宫如此嘲讽皇后是可以的吗？

正当明檀疑惑着，又有人上前与她搭话：“定北王妃。”

她回头：“淑妃娘娘。”

淑妃莞尔一笑，望了眼不远处的佳贵人，贴心为她解惑道：“佳贵人是陇西杜家的姑娘，入宫也不久，性子是直爽了些，若有什么开罪之处，想来不是故意，王妃不用往心里去。”

陇西杜家，百年望族。

难怪在宫里头说话还这么无顾无忌。

只不过，佳贵人哪里就开罪她了，莫不是指佳贵人先前那句“定北王殿下倒真是个爱才之人”？

明檀不由得回想起了当时那一瞬的微妙气氛。似乎所有的蛛丝马迹都有极明晰的指向。

淑妃似是想起什么，又温柔笑道：“皇后娘娘说，王妃爱茶？本宫那儿恰好也有些新得的敬亭绿雪，不如一并包了送予王妃吧。这后宫之中，最擅品茶的是兰妃。本宫这木舌头，一贯是尝不出什么好赖，送予王妃，倒省得让本宫平白糟蹋了。”

这话说的。

明檀仿佛明白了什么，静了片刻，不动声色地回道：“淑妃娘娘太客气了，既然最擅品茶的是兰妃娘娘，这茶，送予兰妃娘娘想来更为得宜。”

淑妃仍是温柔笑着，不过略添了几分勉强与自嘲：“本宫有的，兰妃又怎会没有？”

明檀闻言，轻笑了声，声音还是一贯的柔软清净，听着却有些意味深长：“那娘娘有的，又怎知臣妾没有？”

淑妃一怔。

明檀却不再与她多打机锋，行了个平礼，径直离开：“府中还有要事，臣妾就不多留了。”

方才在长春宫中，最先夸她有才的便是这位淑妃娘娘，随后那佳贵人嘴快接了一句，也是淑妃最先望向兰妃，再到提醒她佳贵人那话有开罪之意、主动提及兰妃也爱品茶……

诸般种种，这位淑妃娘娘都在不动声色引导她去联想，她家夫君是不是与兰妃有什么？

诚然听起来，兰妃与她夫君的确可疑，但这位淑妃娘娘也不是什么岁月静好的善茬。

都是天子妃嫔，在宫里头想斗便斗，与她无关，随意。可想借她的手对付兰妃？不好意思，没门。

虽然在淑妃面前完全不接茬，但明檀心里还是很难不在意，回到府中，她便第一时间着人去打探了番兰妃的底细。

兰妃的底细不难查，正经官家小姐出身，其祖父在时，家中最为显赫，因其祖父曾官拜礼部尚书，还担太子太傅之衔，是敏琮太子的老师。

敏琮太子，可不就是她已逝多年的公公嘛。

明檀在榻上，边倚着引枕假寐，边兀自思忖着，忽而外头传来一阵极轻微的响动，有人打帘入了里间，脚步声极为熟悉。

江绪撩开床幔，正好与方睁开眼的明檀四目相对。

“夫君，怎么这时候回了？”明檀稍感意外，她还从未在晌午见过江绪回府。

“军中无事，便早些回了。”江绪淡声应着，略略扫了她一眼。

入夏闷热，在屋里午歇，明檀也是穿得过于轻薄了些，脖颈肩骨下方，大片雪白的肌肤露在外头，及近起伏的小山，烟粉色的软纱罗笼着玲珑身姿，腰间系带半散，她那把细软腰肢，瞧着似是不盈一握。

江绪眸光略沉，声音也跟着低了几分：“怎么没睡？”

“有些睡不着。”明檀毫无所觉，还起身抱住江绪的腰，懒声撒娇道，“夫君困吗？不如同阿檀一道睡吧？”

江绪没驳，明檀便自顾自地给他宽起了衣，还碎碎念叨起了今日入宫之事。

她倒也没想什么别的，不过是想单纯地与她夫君一起午歇，顺便拉拉家常，最好能顺其自然、不露痕迹地从她夫君口中问得兰妃与他究竟有何渊源。

江绪上榻之后，明檀乖觉地蹭入他怀中，依旧是碎碎念叨做着铺垫，铺垫着，铺垫着……方才说到南律的贡品。

“对了夫君，那匹照夜白小马驹也是送给我的吗？”

江绪“嗯”了声：“有空教你骑马。”

“……”

不必了。

为何总想教她做些不淑女的事！

她径直绕开话头道：“听皇后娘娘那么一说，我从宫中回来便去马厩看了。那小马驹可真漂亮，雪白雪白的，没有半根杂毛，我很喜欢！嗯……那我们以后就叫它‘小白兔’好不好？”

小白兔。

那明明是玉狮子。

他没应声，目光落在明檀蹭得越发凌乱的衣裳缝隙间，喉结上下滚动着，忽然不知握住了什么，明檀一顿，不可置信地抬眼望他，他温热呼吸喷洒在她耳边，声音低低，带些似有若无的笑意：“嗯，确实是小白兔。”

晌午骄阳灼人，树叶被阳光晒得透绿，枝头蝉鸣不绝，透着盛夏将至的慵懒气息。

……

日薄西山。

灵金色的夕阳一束束从窗棂间投进来，透着朦胧光晕。

明檀身上被汗水浸得黏黏腻腻，已是累得没有半分力气。

她被抱到净室用了回水，回床榻时，来换锦衾的婢女正要退下，她们一个个的，头都埋得很低，可耳朵都红得不行，显然是见了床榻上那些凌乱痕迹有些不好意思。

白日做这档子事，还所有人都知道了。

明檀羞愤不已，落了榻便将自己卷在锦被里头，缩进角落，一时将兰妃之事忘到了九霄云外。

江绪神清气爽地更完衣，望向缩在床榻里侧的那长长一条，问：“不用晚膳？”他声音低哑，带着几分漫不经心的餍足。

明檀摇了摇头，极小声地应了两个字：“不饿。”

江绪没勉强：“本王也不饿，那你休息，本王先去书房。”

你不饿，你当然不饿！

明檀边腹诽边咬被角。

江绪这一去书房，几个时辰都没出来。期间有暗卫禀事，还有舒景然来找他下棋。

舒景然明显能感觉到，江绪今日心情颇佳，许多话茬换做平日，他最多“嗯”上一声，今日却还有兴致追问一二。

“方才入府时，我遇见了王妃身边那位身手极好的婢女，就是那日在平国公府，救了落水闺秀，替我解围的那位，她……是不是津云卫的人？”

“云旖？是。”

舒景然不知想起什么，忽然笑了声：“王府是怎么亏待人了，还要从外头买烧鸡。”

“你对她感兴趣？”江绪破天荒问了句。

舒景然愣怔，下意识便想否认，可否认的话到了嘴边，怎么都说不出口。

方才在外头遇上那位云姑娘，他主动打了声招呼，人家没什么反应，他提醒了那日平国公府之事，她才恍然大悟。

但很明显，她那日只是听王妃吩咐行事，根本不知，也未曾留意自己是在为谁解围。

末了她客套地问了句要不要吃烧鸡，可嘴上问着，手上却很诚实，半点也没要送烧鸡给他的意思，甚至在他婉言推拒后还松了口气。

这位云姑娘，确实很有趣。

他不自觉又笑了下，但没正面答，只对江绪说道：“倒是第一次见你对这些事感兴趣。”

江绪：“……”

两人都静了片刻。

“其实那日若不是为了帮我解围，王妃也不必遭那番罪。”想起平国公府一事，舒景然有些自责、歉疚，“王妃此刻可在府中？我理应向她当面致歉才是。”

“不必，”江绪垂眸，边落着子边道，“她在屋里补眠。”

“补眠？”

这时辰，补什么眠？

“她下午累了，晚膳都没用。”

舒景然顿了顿，他为何觉得，江启之这话……似是别有深意，解释得这般详细……难不成想让他顺着问上一句，王妃下午为何会累？

想到这里，他还真顺着问了句：“入夏天热，晌午日头更是毒辣，王妃做什么累了？”

江绪没再答。

但舒景然感觉他这句并未问错，江启之就是想让他问上这么一句，不答也是故意，从江启之舒展的眉眼中，他似乎还捕捉到了些许享受的神情。

几近亥时，舒景然才离开定北王府。江绪跟着他一道出了书房，只不过舒景然往府外走，他是往启安堂回走。

夜风习习，暗香浮动。

回到启安堂时，江绪在屋外停步，问了声素心：“王妃可有用膳？”

素心恭谨答道：“还未用膳，王妃一直未起。殿下可是需要用些宵夜？”

“也好，”江绪点头，“多准备些。”

“是。”

素心会意，朝着江绪入屋的背影福了福身，又忙去厨房，着人备宵夜。

她让人备了几道江绪惯用的，还特地备了几道明檀爱用的。

明檀被江绪挖起来用膳时，睡眼惺忪，还有些蒙。

她本不想用膳，巴着被角懒懒软软地推拒了两声，江绪也不再唤，只吩咐人将宵夜摆到床边，不多时，葱香小馄饨的香味直往鼻子里钻，瞌睡不由得被馋醒不少。

没忍一会儿，食欲战胜睡意，她坐了起来，一点点蹭到床边，和江绪并排坐着，玉白小脚轻晃。

因着刚醒，她有些怔怔的，也不想说话，就安静地盯着桌上的小馄饨，乖巧得像个小宝宝，很是惹人怜爱。

江绪见她盯着小馄饨，不动声色地将馄饨换到了她的面前。

可谁想她竟脱口而出道："夫君，喂。"

江绪稍顿。

一旁布膳的素心也不由得抿唇偷笑，识趣地往外退。

明檀这声原是因着刚醒，都没过脑子，说完她便迟缓地反应过来了。

可她反应过来的同时，江绪沉默着，忽然将她抱到了腿上侧坐，又略有些生疏地舀着小馄饨，喂到了她的唇边。

明檀怔了瞬，吃了。

紧接着第二勺、第三勺……

馄饨是咸的，可明檀心里不自觉地泛出了丝丝甜意。

饱足后，她轻轻抱住江绪，往他怀里蹭，小声撒娇："夫君，你待阿檀真好。"

江绪放下瓷勺。

其实他也不明白，自己为何会这样做，明明心里觉得，他娶回来的这位王妃烦琐又磨人，除了行房，最好不要有什么交流，可有时他又总在暗示自己，既娶了她，就该对她好些，不过是些小要求，应也无妨。

她身子往下滑了点儿，他将其抱起，流连在她脖颈，低声问："想去永春园避暑吗？"

"永春园？"明檀忙仰起小脸，眼睛亮亮地点了点头，"今日皇后娘娘也说了，半月之后便要去永春园避暑，还说圣上给你留了住处，让我们得空一道去小住，我晌午本是要和你说的，都怪你……”

她面皮薄，到底是没把话说完，且想起臊人的事儿，身上又莫名热了起来。

江绪却没半分不好意思，仿佛晌午那些事儿都不是他干的，沉吟片刻应道：“那便带你去永春园避暑。”

“好。”

说起永春园，明檀也终于想起了兰妃之事，她在江绪身上腻了会儿，忽然问了声：“对了夫君，你和宫里那位兰妃娘娘相熟吗？”

“兰妃？还算相熟。”

“什么叫还算相熟？”

“幼时她是公主陪读，一道念过书。”

“噢，青梅竹马。”

江绪完全没察觉怀中小王妃的醋意，还回想了下：“她的祖父曾是我父亲的恩师，幼时对我十分照顾，我父亲在时，还有意让两家指腹为婚。”

竟有这般渊源。

“那为何没有？”

江绪没答，但明檀问完便觉失言。这还用问？自然是因为他父亲很快就薨了，他也很快就不是皇太孙了！

她忙转移话题：“夫君觉得兰妃娘娘如何？”

“什么如何？”

“就是……夫君觉得她有什么地方很好吗？”

“才情很好。”

听到江绪夸别的女子有才情，明檀心里酸溜溜的：“那，那我与兰妃娘娘……夫君觉得谁更好？”

江绪觉出问得不妥：“你这是在问什么，有人嚼舌根了？”

明檀不答。

“本王与兰妃仅是相熟，并无其他，当初一道念书的，还有圣上。”

“喔。”

其实就连佳贵人这种入宫不久的妃嫔都能打听到兰妃旧事，明檀就知，她家夫君与兰妃应是没有什么，不然圣上不可能毫无芥蒂。可她夫君亲口说和她自个儿想，到底是不同的。

这会儿听到他解释，明檀心安不少，搂住他的脖颈，凑到他耳边极小声地告起了小黑状："今日在宫中，淑妃娘娘挑拨是非了，一直暗示我，夫君与兰妃娘娘有些什么。"

淑妃？

很好。

"还有，夫君还没回答我的问题，夫君既觉得兰妃娘娘很有才情，若兰妃娘娘并未入宫，夫君会想娶她吗？我这是第一回听到夫君夸女子呢，夫君连阿檀都没夸过。"

"本王记得新婚之夜夸过。"

江绪十分严谨地纠正。

"那除了美，还有没有别的可夸？"明檀不甘心地厚着脸皮问道。

江绪想了许久。

——竟是没有。

明檀期待许久，可过了一小会儿，两小会儿，她脸上终是挂不住了。不过是寻些优点，至于想这般久吗？

她气得就要从江绪身上下来，可江绪拉了她一把，又将她换成面对面跨坐在自己身上的姿势，几不可闻地叹了口气，低声道："王妃什么都很好。"

他自己都未察觉，那语气中带了些无奈，又带些从未有过的，哄人的妥协。

时序终至盛夏，五月天里，日头甚为磨人。明檀怕热，一日大半时辰都要待在莲池旁的凉房里头，启安堂内也半点断不得冰。

好在很快便至圣上移驾永春园的日子。

永春园是皇家避暑园林，园如其名，四季如春。太宗皇帝曾钦点园中十处并为"永春十景"，前朝名家入园赏景时，还作了十首咏景诗，后广为流传。

皇帝移宫，再是从简，出行队伍也浩浩荡荡。江绪懒得凑热闹，圣驾移宫两日过后，才带明檀另行入园。

成康帝给江绪留的住处名为“春星阁”。

及至春星阁外，明檀仰头望向匾额。匾额上面的字笔锋凌厉，又有些莫名熟悉，只是一时想不起那些许熟悉源自何处。

她弯唇赞叹道：“‘暗水流花径，春星带草堂。’名字取得真好，字也写得甚好。”

江绪闻言，扫了她一眼。

引路的内侍笑吟吟点头，附和夸道：“王爷高才，取名自然是好，字儿也好。”

明檀嘴角僵了僵。

这名是她夫君取的？还有这字……噢，她总算知晓方才的熟悉感缘何而来了，她在书房见过一回夫君写字，正是如此匾般笔锋凌厉。

可她原本是想当着内侍的面，不着痕迹地拍拍圣上马屁呢，毕竟圣上有什么好事儿都不忘想着她家夫君……

江绪似乎看穿了她的小心思，朝着内侍不咸不淡地说了声：“替本王与王妃谢过陛下。”

“是。”

内侍退下后，江绪负手，径直往前，明檀也小步跟在他身后，边四下打量，边好奇问道：“夫君，从前你在这儿住过吗？为何要叫‘春星阁’？”

“夜色颇佳。”

夜色颇佳？明檀不由得抬头，望了望天，若是夜里幕空澄澈，春星点点，花径旁清溪淙淙，她坐在阁外亭中抚琴，夫君则是以笛箫相和，那画面，想想也是极美。哦对了，夫君会吹笛箫吗？

她忙追上去问了问。

“不会，但本王会剑。”

明檀：“……”

大可不必。

见明檀不吱声，他还反问：“你不是觉得舞剑时抚琴相和，也算夫妻和鸣吗？”

“那，会剑和会舞剑，好像不是一码事吧。”

她可没忘记某人展示身手时，一剑砍死十丈之外一株绿萼的丰功伟绩。

江绪：“……”

春星阁坐落在永春园北边，这一块通常都是安排给皇族宗室的住处。

园中西面为后妃居所，明檀听闻，前两日就有妃嫔因着住处好赖起了争执，她原不解，不是就带了五个妃嫔吗，住处竟不够分？

其后才知，圣上原本打算只带五个，可后宫中的女子千娇百媚，今儿她娇娆邀宠，明儿她可怜巴巴，圣上又是多情之人，所以这短短半月，伴驾出行的妃嫔，就足足多了一倍。

明檀那日在皇后宫中叙话，还只不过窥见了后宫纷争的冰山一角，可这一角，就足以令她敬而远之。

她打定主意，在永春园中小住的日子，若能不去西边，就绝对不去。

相安无事过了两日，章皇后遣人来请她去戏楼看戏，还说南边进贡的荔枝到了，正是新鲜可口。

明檀放下手中杂书，心想看戏品茶吃荔枝，倒也不失为一番享受，且听闻戏楼那边搭了凉房，热不着什么。

她没推拒，精心收拾了番，依着时辰出了门。

只不过途中她偶遇了三皇子。三皇子年幼，顽皮，不听乳母侍婢规劝，非要闹着往假山上爬。那假山颇高，明檀觉得甚是危险，便耐心劝了几句。

她本是想着若劝不动便要着人去通禀皇后娘娘，没承想这小豆丁见她生得好看，还挺听她的话，乖乖下来不说，还羞羞地跑上前，在她脸上亲了下，然后又噔噔噔地跑开了。

明檀心情极好，还自恋地想着，她还挺受小孩儿欢迎。

这番耽搁，明檀到戏楼时，其他人都已经到齐了，她给章皇后行了礼，又解释了番为何来迟。

章皇后自然不会怪罪，她正在点戏，见明檀到，还温和一笑，朝其招了招手：“来，看看这戏单，可有你喜欢听的戏。”

明檀往日与白敏敏一道听的那些，多是才子佳人私奔幽会，可这些戏宫里根本就不让演，她便中规中矩点了出团圆戏码。

她点完，章皇后又将戏单递给了佳淑仪，交由对方点。

明檀意外了下，短短半月，那位本不能随驾出行的佳贵人不仅随驾出行了，还成了佳淑仪。

她望向满面春风的佳淑仪，只见对方的目光从戏单上随意掠过，忽抚鬓道："这戏单上唱的都听腻了，不如来出《孟母三迁》吧，会唱吗？"

"回淑仪娘娘，会的。"

佳淑仪满意地笑笑，合上戏单，又望向章皇后："也不知怎的，这怀了小皇子后，臣妾便时时念着盼着，甚至还想到了以后该如何教导他，皇上昨儿过来，还说有臣妾这么个心急的娘，肚子里的小皇子日后怕也是个急性子呢。"

原来是有喜了，难怪。

可太医都看不出男女，她便这般一口咬定是小皇子，心思未免也太直白了些。

果不其然，很快就有妃嫔笑道："佳淑仪怎知就一定是小皇子，若是个小公主呢？"

佳淑仪面露不豫，没接这茬，只给身侧的宫装丽人使了个眼色。

那宫装丽人忙道："皇子、公主自然都好，左右都是为了皇上开枝散叶。再说了，能怀上，便是佳淑仪的福气，总比有些人，怀都没怀不上要好。"

说完这句，佳淑仪与她都望了眼兰妃。

兰妃一袭月白宫裙，专注地看着戏台，神色淡淡。

她虽不出声，但自然也有站在她这一边的妃嫔替她出声。

明檀矜矜持持地剥着荔枝，边吃边听着这些个妃嫔你来我往，面上不动声色，心里头却觉得台下这戏，唱得可比台上热闹多了。

其实若不带偏见，光听今儿这些，明檀也觉得兰妃合该受宠，她容貌才情都属上乘，在咋咋呼呼的佳淑仪之流衬托下，那份宠辱不惊更显难得。

戏至中途，淑妃姗姗来了，原是今日养在她名下的四公主有些吐奶，她照料至四公主睡熟才赶过来。

章皇后当然也不会怪罪，让人将戏单送去，又如先前那般温和道："特地为你留了出戏，你看看想点哪出。”

淑妃笑着接下了戏单子，看了半晌，忽然又拿着戏单问了问坐在她旁侧的兰妃：“妹妹觉得是这出《梧桐雨》好，还是这出《人月圆》好？”

兰妃扫了眼：“《梧桐雨》悲了些。”

淑妃点头：“那便依兰妃妹妹的，点这出《人月圆》吧。”

淑妃话音方落，佳淑仪就笑了声，意味不明道：“兰妃娘娘竟喜欢这出，不过这出戏里，王氏与丈夫指腹为婚，感情甚笃，确实是让人好生羡慕。只是不知定北王妃喜不喜欢这出。”

明檀：“……”

看个戏也不让她安生。

《人月圆》这出戏是前朝某个名戏班子排的，讲的是妇人王氏的丈夫上战场后下落不明，王氏不愿改嫁，独自照顾老母幼子，数年后丈夫衣锦还乡，王氏守得云开见月明，与丈夫恩爱到白头的故事。

佳淑仪说的指腹为婚也没错，可这只在戏文里简略交代了一句，提起这出戏，大家多是感佩王氏重情良善云云，她独独将指腹为婚拎出来说，挑事儿的意图简直是昭然若揭。

兰妃压根儿就没想到这层，打扇的动作顿了顿，下意识便望向明檀。

其他人也不由得望向明檀。这位可是圣上钦定的定北王妃，家世还十分显赫，她若是厌上兰妃，那往后可有好戏看了。

可令人失望的是，明檀自个儿虽爱看戏，却并不喜欢让别人看她的好戏。

“这出甚好，王氏不离不弃有情有义，其丈夫也是保家卫国、不忘本心的好男儿，我倒是与兰妃娘娘心意相通了。”明檀笑盈盈地望向兰妃，还远远敬了她一杯荔枝酒。

兰妃稍怔，也点头致意，掩袖喝了。

佳淑仪被明檀这四两拨千斤完全不接茬的举动哽到了，静了半晌，忍不住阴阳怪气道：“没想到王妃酒量这么好，气量更是好。”

明檀温柔笑着，声音也极为温柔：“佳淑仪好福气，我堂姐有喜时，说上三句便恶心反胃，害喜害得厉害。”

不像你，怀着孩子一张嘴还到处叭叭。

“对了，不知佳淑仪可有每日读书。我听人说，母亲平日读些什么、说些什么，肚子里的孩子其实都知道，出生后便会有样学样呢。”

这意思则是，少四处搬弄是非，给自己肚子里的孩子积点口德吧。

佳淑仪显然听懂了，面色有些难堪。

她本是有些忌惮明檀的身份，可她娇生惯养长大，入了宫也没受过什么委屈，还没遭受过后宫的毒打，再加上现下又怀了龙子，一时说话也有些负气。

“王妃还没怀过孩子，懂得倒是挺多，说来定北王府还未诞过子嗣吧，王妃也是该抓紧些了，若是力不从心，不妨也找人分担一二，定北王殿下是咱们大显的战神，子嗣可是大事儿。”

佳淑仪虽然说话不过脑子，但这话还真戳到了明檀的短处。明檀正欲应声，可凉房外却忽然走进两道颀长身影。

江绪瞥了眼佳淑仪，目光又落定在偷喝了荔枝酒、脸颊有些泛红的明檀身上，他声音很凉，像在冰鉴中浸了许久，带些漫不经心：“臣竟不知，小小淑仪都能做定北王府的主了。”

满座寂静，有那么一瞬，戏楼与下头的凉房都静得落针可闻。也不知是谁先起的身，宫装丽人们都三三两两站了起来，一齐行礼道：“见过皇上，皇上万福金安。”

成康帝没出声，所有人都半福着，不敢如往常般自个儿将起，就连怀着孩子方才还甚为得意的佳淑仪也是半点没矫情，紧张半屈，规规矩矩。

成康帝神色难辨，背着手，走到佳淑仪面前。

佳淑仪倒也乖觉，心知不好，忙认错道：“臣妾失言，请陛下责罚。”

她平日在成康帝面前也惯常直言快语，没规矩的话没少说。成康帝见惯后宫美人乖顺恭谨，对她的偶尔放肆也多有纵容。

这回不小心惹了定北王殿下，她本以为乖乖认个错，皇上最多嘴上斥责几句就会将这事儿轻轻揭过，毕竟她平日拒不认错或是认得不情不愿，皇上也没真拿她怎样。

可今日成康帝的态度有些出人意料。

“屡教不改，朕是该罚你。”他的声音冷而威严。

“皇上！”佳淑仪慌忙抬头。

“来人。”

眼见成康帝要动真格，她忙转身，对着江绪与明檀深深一福，抢在成康帝吩咐前快语道：“王爷，王妃，方才是妾身一时失言，还请王爷王妃见谅。”

明檀此刻倒是对佳淑仪有些刮目相看，这位也不是完全没有脑子嘛，至少关键时刻，很是放得下身段。

佳淑仪在后宫的确算得上张致轻狂，仗着家世好，时常挑衅高位宠妃，欺压低位宫嫔，甚至敢在皇后宫外暗讽皇后无宠，可她如此这般，凭的也不只是家世和那份不怕死的嚣张。

她知晓兰妃素来是清淡如兰的高洁才女，必是不屑与她口舌相争，只要不是太过僭越，兰妃就不会还击。

而皇后娘娘时刻保持宽和大度贤惠端庄的国母风范，后宫诸般争嘴，在她眼里都不过是小妾打闹，便是私下编派她这大妇几句，想来她也懒得为此放下身段多作计较。

方才讥讽明檀，她一时气不过，的确是失了分寸，不巧又被皇上和定北王撞上，皇上还好，主要是那定北王，前阵子才弄死个侯爷呢。遇上这尊惹不起的杀神，还能怎么办，只能认㞞了。

她认㞞认得毫不犹豫，可这世上也没有你认，旁人就必须接受的理。

“若犯了事都能用一句失言掩过，大显要律法做什么。”江绪冷淡道。

成康帝沉吟半瞬，点头：“定北王此言有理，来人，佳淑仪……”

见状，佳淑仪情急，忽而皱眉捂住肚子，轻喊了声，又做出极力忍耐的模样.“臣、臣妾肚子……”

先前帮她说话的宫嫔忙扶着她坐下，急切道：“皇上，佳淑仪身子不适，许是腹中胎儿闹腾所致。依臣妾之见，不若先让佳淑仪回去歇着，其他事情以后再说也不迟。”

“身体不适，歇就能歇好，那边关告急，等就能等平吗？”江绪漫不经心，“有仗便打，有病便治。”

成康帝扫了眼佳淑仪，沉声下令：“来人，请太医。”

江绪：“请封太医。”

佳淑仪咬着唇看向成康帝：“皇上，臣妾的胎一向都是李太医看的。”

“淑仪是信不过封太医吗？”

她忍住心中的慌张与恐惧憋了句：“那王爷是信不过李太医吗？”

“信不过。”

“……”

这话也只有定北王殿下敢说了。

满座无人再驳，成康帝喜怒不明地坐在上首，等着封太医前来搭脉。

其实在座之人心中都门儿清，哪能这般凑巧身子不适，这给不给台阶，不过是全凭皇上心意罢了。

只是未料定北王殿下为了王妃会如此较真，直接替皇上做了决定，半点不给佳淑仪腹中龙胎面子。

果不其然，封太医细细搭了几遍脉，谨慎禀道：“回陛下，淑仪娘娘腹中的龙胎，十分安稳。按理说，是不应该腹痛的，这腹痛……微臣委实不知从何而来。”

佳淑仪心中惊惧，咬着唇不敢出声。

成康帝望了她一会儿，忽然怒而拂盏。

“啪——”

瓷器碎裂声极为清脆，众人都不自觉地唰唰下跪，只有江绪还负手站着，无惧帝王之怒。

“佳淑仪言行无状，以子挟宠，如此倒也不配淑仪之位，着即降为贵人，禁足至回宫，也好静心养胎，静思己过。”成康帝沉着声拍板定论。

江绪略略点头：“陛下圣明。”

其他人也忙跟着高呼：“陛下圣明！”

成康帝：“……”

他没好气地瞪了江绪一眼。

江绪仿若未觉：“若无事，臣告退。”

成康帝挥了挥衣袖，示意他赶紧滚。

他回身走至明檀面前，朝仍跪在地上的明檀伸手，静道：“起来。”

这样是可以的吗？

好像也没人有意见的样子。

明檀顿了顿，小心翼翼地伸出小手，缓慢起身。起身后，她朝成康帝福了个礼，又老老实实被江绪牵着，亦步亦趋离开了凉房。

众妃嫔：“……”

竟是有些羡慕。

一直走到离凉房甚远之地，明檀才稍稍松了口气，不过她仍是担忧，边小步往前，边斟酌问道：“夫君，你方才那般，皇上会不会有些……”

就仿佛是逼着皇上处置了佳淑仪般，总觉得皇上会对他心生不满。怎么说，佳淑仪腹中怀的都是龙子，龙子的体面还是该给的。若佳淑仪因此郁结于心，损伤腹中胎儿，难保以后皇上不会对他心生芥蒂。

可江绪不以为意，只应了声：“无妨。”

他既这般说，想来是自有分寸，且，虽不知为何，但明檀也略略感知出成康帝对江绪，似乎已经超出了寻常君臣与皇室堂兄弟之间该有的信任。

想到这里，明檀乖巧点头，没再继续追问。只不过她又犹豫着，扭扭捏捏说起另一话题：“其实，其实佳淑仪……佳贵人说的也是事实。夫君，我们成婚也三月有余了，我的肚子好像没有半分动静呢。”

“才三月，你想有什么动静？”

“那很多人家都是新婚月余就有喜了……”

“那很多人家还终生无嗣。”

“哪家呀？”明檀真情实感地好奇。

江绪顿了顿：“本王都不急，你急什么，且女子早孕，本就于身体无益。”

“喔。”

江绪这么说，明檀倒是安心了不少。既然夫君不急，那她也是不急的，且她的确也没做好成为母亲的打算。

傍晚园中清幽。

江绪出园，去了军营办事，明檀正在亭中无聊抚琴，不想兰妃竟主动前来找她。

明檀稍感意外："兰妃娘娘。"

"王妃。"兰妃行了个平礼。

兰妃是清淡婉约的美人，气质与沈画有些相似，只不过相较之下，兰妃更为沉静，瞧着有些清清冷冷的，明檀见过她好几次，但也没听她说过几句话。

未待明檀出声，兰妃便主动解释道："今日多谢王妃不与妾身计较，点那一出《人月圆》，妾身的确并无他意。"

"我知道，兰妃娘娘不必挂心。"

淑妃让她在《梧桐雨》和《人月圆》中作选，她是绝不可能选《梧桐雨》的。

悲是一宗，最要紧的是《梧桐雨》讲的可是帝王与宠妃的爱情，皇后还好端端在那儿坐着呢，歌颂帝王与宠妃的真爱算怎么回事?

"只不过后宫纷杂，兰妃娘娘以后还需多加留心。"她提醒了句。

也不知想到什么，兰妃静了半晌，才轻轻点头："对了，今日见王妃喜啖荔枝，宫中又恰好还有些新鲜的，便顺路拿了过来。"

明檀见了，笑道："多谢兰妃娘娘美意。"

明檀的确爱吃荔枝，只不过这新鲜荔枝可是难得之物，这回进贡的，后妃里头除了皇后，也就只有淑、兰二妃，还有怀着身子的佳贵人得了。

昨儿春星阁也送来了一小篓，她早就吃完了，今儿在凉房又用了一小碟，还是有些馋，没承想兰妃颇会投她所好，且瞧着这量，是把皇上赏的全给送过来了吧。

兰妃又道："荔枝性温，只不过放在冰鉴中浸过后不免寒凉，王妃还是慢些吃为好。"

明檀矜持应了。

可待兰妃走后，明檀就忙指挥着婢女将荔枝全都摆了出来。

不是在凉房看戏，她也不必自个儿剥，边吃着婢女剥好的冰荔枝，边让人染着丹蔻，素心还在一旁给她念书，习习夜风吹来，怎是"惬意"二字了得。

只不过若知这份惬意的代价是半夜小腹绞痛、动静折腾得整个永春园都误以为春星阁出了人命、圣上差点都摆驾前来，明檀必会好好地听兰妃之言。

“王妃如何？”

封太医斟酌道：“王妃食多了冰荔枝，又，又……”

“又什么？”

“又月信方至，所以小腹绞痛。”

封太医被婢女前来寻他时那番焦急模样惊出了半身汗，此刻背上的汗被风吹干，还凉飕飕的。

“微臣已为王妃开了缓解之方，只这绞痛本就因人而异，许是还要痛上些时辰才能有所缓解。”

江绪：“……”

他今夜在营中，原是要与青州回来的将领秉烛议事，听人来禀王妃小腹绞痛，面无人色，疑是被人投毒，只好撂下一众将领，匆匆赶回。

可竟是吃多了荔枝。

他沉默了下，忽而撩帘入屋。

屋内，明檀缩在榻上，已经没什么力气再痛呼了。小腹还是一阵阵绞痛，每每袭来，额间便会滚落豆大汗珠，她蜷成小小一团，疼得意识都有些模糊。

今日所议之事甚为要紧，被这等荒诞小事扰断，江绪心中本是有些厌烦的，可见到她这般头发凌乱，面若纸色，难受又可怜的样子，那点儿厌烦即刻便被其他情绪取代。

他落座榻边，轻轻帮她捋开贴在面上的发丝，粗糙指腹在她柔嫩的小脸上停留了会儿，正欲倾身，又对上她蒙眬睁开的双眼。

“夫君。”她的声音极小，还带着哭腔，“阿檀怎么了，阿檀是要死了吗？”

“无事，别怕。”

他想了想，将人捞了起来，抱在怀中，温热的掌心贴住她的小腹。

“阿檀到底怎么了，方才流了好多血，该不会是吃错什么东西小产了吧？”她平日月信从未如此疼过，今日又频频提及有孕一事，下意识便作此想。

江绪完全不知她为何会联想至此，一时无言，竟不知该不该答。

见他不出声，明檀以为是默认的意思，眼泪唰唰唰地便流了下来：“阿檀对不起我们还未出世的孩子，都是阿檀的错，到底是为何，是不是佳贵人……”

“不是，并未小产，只是吃多了冰荔枝，来了月信而已。”江绪不得不解释。

“……”

明檀立马收了哭声，泪眼汪汪地望着江绪，还不自觉打了个哭嗝。

深夜，月色溶溶，明星点点，春星阁内也烛火通明。

明檀得知脑补的是个乌龙，心中大石落定之余，委实也有些不好意思。不过她在江绪面前出糗也不是一回两回了，如今应对起来也颇有几分游刃有余。

她打完哭嗝没过几瞬，就立马皱眉捂住小腹，趴在江绪肩头，气若游丝道：“夫君，好疼，阿檀肚子好疼。”

虽是在转移话题，但明檀也没说谎，她的肚子仍是一阵阵地抽痛得紧。

江绪不知该如何安抚，只拍了拍她的肩，不甚熟练地安慰了声：“再忍忍。”

好在封太医开的药终于煎好送了进来，那药温热，里头应是放了红糖，甜甜的。江绪耐着性子一勺勺喂，明檀也乖，半点都没抗拒。

只不过正如封太医所言，绞痛因人而异，喝下去半晌，明檀也未有缓解迹象。

素心又灌了汤婆子送进来，江绪接过，依素心所言，将其隔着里衣放在了明檀的小腹之上。

可这大热天用汤婆子，明檀的汗越出越多，原本只是疼，现下又多了一重热，她难受得像只病蔫的小猫，唇色苍白，只能软软地缩在江绪怀中。

也不知是方才拿肚子疼转移话题遭了报应还是如何，过了许久，未有缓解便罢，她还感觉腹痛越发频繁剧烈。

“夫君，阿檀真的好疼。”她忍不住，委屈地哭出了声。

江绪抱紧她，下巴抵住她的脑袋，轻轻揉了揉她的头发，不自然地安抚着：“乖，不哭。”

“夫君，你能不能直接将阿檀敲晕，这样就不用疼了。”

别说，江绪还真认真考虑了下。

可很快明檀又抽噎道：“算了，敲晕也很疼，若是一记敲下去还没晕，也太遭罪了……夫君会点穴吗？有没有什么穴位是一点便能晕过去的？”

有是有，只不过能让人即刻陷入昏睡的穴位都很危险。

江绪不知想到什么，忽然将她放在榻上，落下帐幔，召了封太医进来。

“太医，王妃腹痛之症暂未缓解，可否用药或是施针使其昏睡？”他问。

明檀和小可怜似的，小声在帐内补道：“不要施针，施针很疼的。”

“这……”封太医想了想，“此症宜疏不宜堵，随意用药怕是不妥。这样，微臣减一减量，为王妃配一服安神汤，好助王妃尽早入眠，王爷以为如何？”

如今别无他法。

江绪点头应允。

封太医忙躬身告退，去为明檀开方。

不一会儿，安神汤煎来了，明檀又服下这碗封太医亲自盯出来的安神汤，可她这神还没怎么安，倒有些想要如厕了，毕竟这汤汤水水也灌了好几碗。

于是江绪又抱她下了榻。

江绪本想直接将她抱去厕房，可明檀怕丢人，说话都快没声儿了，还死活不让，只叫婢女搀着，艰难地走去了厕房。

她这情形，如厕也麻烦得紧，要忍着疼换月事带，还要坚持净手净面。

一通折腾下来，回到床榻之时已近三更。

值得庆幸的是，明檀小腹绞痛稍稍有些缓解，也终于有了些朦胧睡意。

汤婆子早凉了，她不让再灌，说是热得慌，只哼哼唧唧让江绪用手给她暖着，还得寸进尺地在他耳边哽咽撒娇道：“夫君亲亲阿檀，再帮阿檀揉一揉肚子好不好？”

江绪此刻自是有求必应，亲了亲她的眉眼，还耐心帮她揉着小腹。

“好了，快睡。”他声音低低的，听着还有几分难得的温柔。

明檀觉得小腹的疼痛正在逐渐消失，她的意识也在慢慢消失。

待明檀沉沉入眠，江绪才放缓揉肚子的动作，他望着赖在自己怀中的明檀，也不知在想什么，神情竟是比平日要柔和不少。

这一夜，春星阁的人都没睡着，风止轩的佳贵人也一宿没合眼。

她白日才与定北王妃有了龃龉，夜里定北王妃就小腹绞痛疑被下毒，这叫她怎么敢合眼？若真是被下了毒，众人可不头一个就得怀疑她？

那么问题来了，到底是有人想借她之名除掉定北王妃，还是有人想故意弄上这出好嫁祸于她？

会是谁呢？皇后？兰妃？还是定北王妃自个儿唱了出戏？

既是被下毒，自然就得查毒从何而来，那她这儿该不会被人安了钉子，提前在屋中藏了毒好等人来搜时抓一个人赃并获吧？

深更半夜想到这些，佳贵人坐不住了，连夜便将自个儿居住的风止轩翻了个底朝天，还提溜了不少下人进屋轮番审问。

这通忙活一直忙到天亮，也没忙出个什么结果，佳贵人怀着身子，眼底熬得乌青，疲惫非常，委实是有些撑不住了。

恰好这时有人来禀：“贵人，昨儿夜里定北王妃并非被下了毒，仿佛是……吃了些冰荔枝，闹肚子。”

佳贵人支着额的手滑了滑，半晌才双眼无神，迟缓地问了句：“你说什么？冰荔枝，闹肚子？”

“是。”

佳贵人也不知怎的，白眼一翻，直接气昏过去了。

明檀闹的这通乌龙，不止佳贵人知道，其他人也都知道了，毕竟永春园就这么大，众人又都关注着，想瞒也瞒不住。

明檀现在心里头就是十分后悔，也没脸出门。

想当初梁家、明楚、奉昭、永乐轮番设计都没能毁她精心维持十数载的名声，如今却是一着不慎，栽在了几颗冰荔枝上！她光是想想被人在背后议论定北王妃吃个荔枝都能吃出有人行刺的动静，就觉得快要窒息了！

唯一值得庆幸的大概是，还没人敢当着她的面议论。

这几日没脸出门，明檀只好待在春星阁中给江绪绣起了早先说好的香囊。

香囊这种小物件，做得再精细，也费不上多少时日，绣完香囊，明檀闲闲无事，又想起了江绪之前说过的话——她体质弱，须得好好锻炼。

先前她答应江绪要学射箭，可答应是一回事，学又是另一回事，她躲着懒，今儿装睡，明儿起不来，愣是拖到来永春园都没再去过府中的演武场。

此番她心血来潮，又怕江绪嫌她反复不愿再教她射箭，便拿小腹绞痛一事卖了卖惨，顺便又用精心缝制的香囊明行贿赂，结果当然是很顺利地让江绪重新答应了此事。

春星阁虽无演武场，但后头便有一片竹林。江绪让人在林中空地竖了个箭靶，还特地着人送来之前给她定做的小弓。

正所谓工欲善其事，必先利其器，江绪如此作想，明檀也是如此作想，只不过她利的器不是弓，而是学射服。

她决定要学射箭之后，便伏在桌案上画了张学射服的图，将配色衣料一一标注在侧，遣人快马加鞭送去了锦绣坊。

锦绣坊也不负她望，不过两日，便赶出了件与她所画之图完全一致的学射服。

明檀换上之后，十分满意："夫君，好看吗？阿檀穿上这身是不是英姿飒爽？"她提着裙摆在江绪面前转了转圈，明眸皓齿，神采飞扬。

江绪："……"

明檀还道："我还让人专程做了双小靴，不过还没送到，若换上小靴这身就更为完美了，到时候一定会更好看的！"

"射箭在于姿势、力道、准头，不在衣裳。"江绪忍不住提醒了声。

"不，阿檀以为，姿势、力道、准头固然重要，但有一身与之相配的利落衣裳也很重要。"

"重要在哪儿？"

“重要在心情会好啊。”明檀理直气壮，“这射箭与打仗其实是一个道理，夫君你领兵上阵之时，是不是需要先鼓舞鼓舞士气？阿檀虽不通兵法，但也知道士气可是打仗取胜的关键所在，那同理，学射的兴趣与劲头也是学射取得显著成效的关键所在，穿了令人心情愉悦的衣裳，学射劲头十足，不就会事半功倍吗？”

“……”

歪理真多。

江绪懒得理她，先往外迈了步子，她也忙跟上。

一路走到竹林，江绪将小弓交予明檀，预备先教她一下正确的射箭姿势。

明檀伸手去接，没承想一接手，她就差点被那把小弓压得往前趔趄，不得不用两只手稳住。

“为何这么重？”

明檀惊了，瞧着精精巧巧一把小弓，这重量实在是超出了她的认知范围。

她惊了会儿，又看向江绪单手拿的那把大小正常的弓箭：“夫君，你的也很重吗？”

江绪没说话，直接将弓递给了她。

方才的小弓明檀双手托着，还拿得住，可江绪这把弓，她感觉重到自个儿抱着都沉得紧，赶紧还了回去。

明檀真有些没想到，她原以为自己会射空又或是根本就射不出去，可万万没想到她竟是连弓都拿不起来，连拿都拿不起来！

气氛倏然凝固。

江绪其实也想到她弱，但没想到她这么弱，就这么把小弓箭还得用两只手托着。

明檀咳了声，硬着头皮尝试着用一只手拿住小弓，拿是能拿，可她只能拿着放在身侧，完全举不起来，她试着抬了几次胳膊，抬到一半手臂便酸到不行。

明檀有些怀疑人生：“夫君，要不今日就先……歇歇？”

江绪："……"

她方才那些振振有词的歪理言犹在耳。

明檀当然也不会忘记自己方才都大言不惭说了些什么，她一时脸热，羞恼道："夫君你还是自己练吧，阿檀先去用些早膳，许是没用早膳，身上没力气。"

说完她便转身匆匆往回走，还捂着脸，心里念叨着：丢死人了丢死人了。

正当此时，前头竹隙间忽然窜出条小蛇，隔着近丈距离移行。

明檀怕蛇，还没来得及腿软惊叫，眼前便剑光一闪，江绪移身易影及至近前，以一种快到看不太清的速度出剑斩其七寸，斩完之后，那柄剑回落，正正好插在明檀身前的地上，剑身还晃了晃。

"无毒，放心。不过平日你一个人别来竹林。"

明檀确实被吓了下，但盯着那柄剑，不知怎的，她电光石火间，忽然想起前些时日入园，与江绪的几句对话：

"夫君，你会吹笛箫吗？"

"不会，但本王会剑。"

"你不是觉得舞剑时抚琴相和，也算夫妻和鸣吗？"

"那，会剑和会舞剑，好像不是一码事吧。"

当时她顺着话头便这么应了，也没觉得哪儿不对，可这会儿看到剑，她忽然就觉得有些不对了。

夫君是从何知晓，她觉得舞剑时抚琴相和，也算夫妻和鸣的？如果没记错的话，她好像只在灵渺寺许愿这般说过吧。

从竹林回到屋中，明檀有些心不在焉，偶尔瞥一眼江绪，也是欲言又止。

江绪以为她是被蛇吓坏了，没多想，只喝着粥，看一早送来的邸报。

到底还是明檀忍不住，旁敲侧击问了句："夫君可曾听说过灵渺寺？"

灵渺寺？

江绪动作停了一瞬，又继续喝粥，连眼都没抬，只不动声色地反问："你与令国公府退婚后，不是在那儿祈过福吗？"

"啊……"

明檀埋头扶额，闭着眼恨不得抽自己两巴掌，她怎么把退婚这茬儿给忘了。

“怎么了？”

“没怎么。”明檀忙转移话题，给他夹了块酥饼，“夫君尝尝这个，素心今儿一早特地去采了新鲜花瓣烤的。”

江绪接了，也没追问。

明檀暗自松了口气，她可不想和夫君聊什么退婚的老皇历，又不是什么光宗耀祖给自个儿长脸的好事儿。

眼看灵渺寺这话头是不能再提了，明檀一时也不知如何再问，只能安慰自己，方才夫君应话时半分无异，想来与她在寺中念叨无甚干系，许是她梦呓了，又或是无意间说过一嘴但她自个儿不记得了也说不定。

江绪翻着邸报，眼尾扫过还在扶额懊恼的明檀，嘴角不自觉地往上扬了下。

今日成康帝召江绪觐见，出门前，江绪给暗卫下了道命令：“带人去竹林，把蛇都杀了。”说得云淡风轻。

“是，属下领命。”

暗卫领命领得痛快，可转过身便面无表情地想，杀蛇，这还不如让他去杀人来得痛快。

盛夏时节本多蛇虫，就算清理了竹林，永春园中草木繁多，其他地方的也能游窜过来，该如何清理？

清平殿，空旷幽静，沉香袅袅。

成康帝与江绪坐在棋桌前对弈。

身为帝王，成康帝自然是什么都通一些，于棋艺一道上，无须江绪放水，他也能与其平分秋色。

这会儿，成康帝边落子边与江绪谈起政事：“昨日灵州市舶使喻伯忠递了折子上来，说监官周保平狎妓暴虐，纵乐无度，五日前已暴毙于家中。”

江绪目光落于棋面，静静听着。

成康帝自顾自继续道：“灵州的市舶税连年降低，可往来藩客却不知多了凡几，朕不过派个周保平探探虚实，半年不到就折了，看来这灵州，还真是水泼不进，刀插不入了。”

江绪仍未出声。

成康帝又絮叨了半晌，见江绪不发一言，他忍不住敲了敲桌：“你如何看？”

“右相如何看？”江绪反问。

“右相以为，灵州是宿家最后一块地盘，世代经营，不易啃下，须得从长计议。”成康帝耐着性子复述完，又不由得吐槽了句，“都是些废话。”

“右相说得不错，太后一脉树大根深，如今最大的倚仗便是灵州海贸。兔子急了还会咬人，动作太大，怕是会得不偿失。”

“朕何尝不知，可这块骨头难啃便不啃了？灵州海贸日益繁盛，他宿家在此划地为王算怎么回事，你快给朕想想主意。”

江绪看着角落已被围堵难以突出重围的黑子，垂下眼帘，忽然在其不远处落了一子。

“陛下要的不过是把控海贸，灵州既难攻坚，不若再开一港，徐徐图之。”

成康帝顿了顿。

大显前失北地十六州，历经三朝，到他手中仍余五州未曾收回，是江绪领兵多年征伐，才从北地蛮夷手中拿回曦、理、虞、东四州。

北患未绝，南夷侵扰也未休止，于开港一事上，几朝都是慎之又慎。

成康帝也不是没想过再行开港，可这开港也不可能一蹴而就，光是开不开、开在哪儿，朝臣就能反复辩上月余。

他思考良久，忽问：“若是再开一港，你认为何处为宜？”

“全州，桐港。”

“桐港？”

江绪甫提起这么个小地方，成康帝一时都没想起在哪儿，好半晌，才在脑海中勾勒出其地理位置。

不知想起什么，他忽而撂下棋局，唤人拿了张舆图过来。

全州与灵州中间隔了两州，可与主要互通的摩逸、渤泥、交趾、真腊等国，海航距离相差无几，要转移灵州经营已久的市舶贸易，具备了便利的地理条件。

且全州内邻禹州，禹西地区是西域往来要塞，周有锡止、庞山等望县拱卫，若能在全州再开桐港，禹州往来交通之汇也可更为便利。

最为要紧的是，全州远北地，也远南夷，在此开港，不必忧心有海寇蛮敌联合之困。

只不过——

“全州并不繁荣，你说的桐港也只是全州里头一座小得不能更小的海镇，贫苦久矣，与灵州毫无可比之处。”要开港口，总得有点基础条件。

“白纸一张，更易书写。”

这么说，也没错。

成康帝点了点头。

“此事，容朕再考虑考虑。”成康帝点了点舆图，“即便开港，短期内也难从灵州分一杯羹，所以这灵州……不论如何，至少得插人进去，博买不论，这抽解怎么也得给朕交齐了。”

他又叹道：“周保平忠心，人也机敏，他下灵州近半年，此番遭难，想来应是拿到些什么东西，朕得派个人去查查，究竟是怎么死的。”

江绪不置可否。

成康帝想了想，问：“阿绪，你认为谁去合适？”

江绪没答，只抬眸，与他对视了一眼。

“这倒也不必你去。”成康帝下意识否道，“朕看，就让舒景然去吧，也好让他历练一番，他是右相之子，宿家不会妄动。”

“左右无事，我与他一道去，顺便去趟桐港。”

“也好，随你。”成康帝没多纠结。

议完正事，成康帝又与江绪闲话了几句，只不过江绪向来是没什么兴趣与他聊闲事的，很快便欲起身离开。

他起身之时，成康帝注意到他腰间竟佩了个香囊，忽然觉着有些稀奇：“你何时佩香囊了？”

成康帝年少时便喜欢与江绪这位堂弟走在一起，许是两人都面临同样的困境，他待江绪总是要特别些。

可江绪从小就没给过他好脸色，某岁端午，他给江绪分了个婢女绣的驱虫香囊，江绪不领情，还肃着一张鼓鼓的小脸对他说：“君子不佩闺阁玩物。”

江绪说到做到，这不佩，便是十几年都未佩过。

且江绪如此一说，弄得他也很有负罪感，十几年都未再佩香囊，非要佩，也是系于肘后，藏于袖中。

今日稀奇，这“闺阁玩物”怕是长了脚，自个儿攀上了定北王殿下的腰间。

成康帝似笑非笑地看了他一眼。

他懒得解释，转身负手离开。

成康帝望着他的背影，兴之所至，忽然招来宫人，问：“是哪位妃嫔做了香囊来着，拿来给朕瞧瞧。”

宫人应是，忙去取某位才人送来的香囊，心里嘀咕着，前日从宫中送来时，陛下不是说：“绣什么香囊，待在宫中就安分守己，没事儿多抄几本经静静心。”转头还斥他，“这新来的才人不懂规矩，你也不懂规矩？朕几时佩过香囊？什么东西都往朕跟前送！”

帝王心思，真真是变幻莫测。

另一边，回春星阁的路上，江绪遇上了兰妃。

兰妃见着他，停步行礼道：“见过定北王殿下。”

江绪略略点头，此道只通春星阁，他问：“你寻王妃？”

兰妃与他保持着距离，眉眼低垂，“嗯”了声：“听说前几日王妃吃多了冰荔枝，闹肚子，妾身心中一直有些歉疚，那篓子冰荔枝，是妾身送的。今日便想带些好茶，来给王妃赔罪。”

“是她自己贪吃，与你无干。”

贪吃。

倒是第一次听到他用这般带有情绪的话形容女子。

已近楼阁，兰妃抿唇，不知想到什么，忽道：“既在此遇上殿下，便烦请殿下替妾身将这些茶转交给王妃吧。”

她话音方落，前头楼阁便传来女子叫喊之声——

“啊！”

“王妃！”

“小姐！”

江绪闻声，往不远处望去，忽而足尖轻点，易影离地。

这几声惊叫来自春星阁外的秋千。

明檀坐在秋千上，让婢女们推着，本是想吹吹风，在高处瞧瞧永春园的无边好景，谁想推了会儿，她忽然眼尖地瞧见了江绪与兰妃的身影。

她不确定是不是瞧错了，催促着婢女：“推高点，再推高点。”

“小姐，不能再高了，再高了危险。”素心担忧道。

“无事，再高一些。”

明檀终于瞧清了。

竟真是江绪与兰妃。

他们俩怎会走在一起？瞧着……似乎是一道往春星阁来了。

虽然江绪已解释过两人关系，但兰妃怎么说也是差点与他有过婚约的女子，空谷幽兰般恬淡，还是他亲口夸赞过的高才。

明檀脑袋瓜里下意识闪过个念头，不行，与兰妃站在一块，她怎么也不能输了！

于是她忙道：“素心，快摇一摇梨花树，还有你们，秋千再推高些。”

她脑补着，梨花雨落，她在秋千上飞荡，衣袂飘飘，再配上少女轻快欢乐的笑声，嗯，很好，很有几分仙女下凡的韵味。

明檀兀自酝酿着笑声，在秋千落到低处时松了只手，想整理下吹乱的头发还有前襟。

哪承想她这一松手，转瞬之间，秋千便被推至了最高点，她另一只手也脱离了控制，半边身子往外，继而整个身子往外，竟是在最高点猝不及防地飞出去了！

那一瞬，明檀脑子空白，心跳仿佛停止，耳边有倏忽的风声，她什么都想不到，只遵从本能地闭眼惊叫道：“啊啊啊啊——”

由于事情发生不过瞬息，明檀甚至都没来得及想这一飞一摔是会半残还是会死，就重重扑入了一个清冷的怀抱。

她眼前冒着白光，闪了会儿金星，隐约间还见到了夫君那张熟悉的俊脸。

不远处，兰妃也是怔住了。

她循着惊叫声赶至院外，正好撞见定北王妃从半空飞落，直直扑入定北王怀中，王妃双腿环在王爷腰间，整个儿一团往里贴得紧紧实实的，饶是王爷内力深厚，都被扑得往后退了小半步。

院内寂静，知了也不叫了。有那么一瞬，画面似被凝固，连风都静止不动。

最先回过神的是一众婢女，她们的心脏似都跟着明檀一道飞了出去，这会儿落定，慌慌忙忙下跪磕头，认错道："奴婢该死，奴婢该死！"

明檀被这道告罪声拉回了神智，五感慢慢回笼，惊魂未定之余，原本模糊的视线也逐渐清晰，她眼前，与之对视的，是一双沉静而又熟悉的眸子。

两人视线交接。

好半晌，她终于意识到方才都发生了什么——

她不小心从秋千上飞了出去，以一种直直往前扑、与仙女下凡毫无干系的姿势，伴随着失控刺耳的尖叫，飞了出去。

然后被她夫君接住了。

也就是说，继偷入军营相看被明楚揭穿，去别玉楼偷学避火图被抓包后，她又在夫君面前弄出了出糗的第三座高峰——想来，也不可能再超越的那种高峰。

因为这回一道围观她出糗的，还有她在心中一直与之比较、算得上是半个情敌的兰妃。

明檀僵硬地转头看了眼兰妃，目光又移回江绪身上。她头皮发麻，表情凝固，也不知是哭是笑，心下只觉着，自个儿这回尴尬得差不多能用脚趾抠出一座大显十三陵了。

婢女告完罪后，都战战兢兢跪着，等候主子处罚。终于，江绪开口，打破了院中的沉寂："护主不力，所有人杖责二十。"

明檀闻言，一时也顾不上尴尬，忙结巴着小声解释："夫，夫君，与她们无关，她们也说荡高了危险，是我自己非要荡那么高的……”

越往后说，她声音越小，到最后，那声音都小得几乎听不见了。

可江绪不为所动：“贴身心腹，自有分辨劝诫之责，一劝不听，便该二劝。如若不然，有朝一日作恶，她们也要为虎作伥吗？素心、绿萼，杖责三十。”

明檀：“……”

怎么还越打越多了？不是，不就荡个秋千怎么就能上升到为虎作伥了？

她还想开口，素心、绿萼忙抢在她前头哐哐磕头异口同声道：“多谢王爷教诲，奴婢甘愿领罚。”

她俩不仅嘴上异口同声，心里还不约而同想着：拜托了小姐，可快别说了！

江绪这通不留情面的问责，也让怔在一旁的兰妃回了神。

其实有时候，不小心撞上尴尬场面的人，会比制造尴尬的人更无所适从。她远远福了一礼，又轻咳了声，忙道：“妾身，妾身是来送茶的，茶已送到，阁中还有些事，妾身就不多叨扰王爷与王妃了。”

说完，她示意宫人上前送茶，自个儿又福了一礼，匆匆转身离开。

兰妃离开后，院中再次陷入沉寂。

明檀仍挂在江绪身上。她丢人丢到双目无神，僵硬四肢与脑中思绪都无处安放。

江绪原本是面对面抱着她，忽然将她往上抛了抛，将其扛在肩上，边往屋内走边冷淡吩咐：“秋千拆了。”

不知是被这四个字刺激到了还是怎么，明檀忽然挣扎起来，小腿蹬着，手也不忘拍打着江绪的后背：“你快放开我，呜呜呜……好丢人，我不要活了！”

江绪没理她，直接将她扛进内室，扔在了床上。

明檀落入软榻之中，顺手捞起锦被捂脸，边蹬腿边闷在锦被里头胡乱发泄着，过了好一会儿，她才静下来。

“闹够了？”

江绪一直站在床边看着，见她安静，忽而伸手，拉开锦被。

明檀头发凌乱，双目无神，脸上还被自个儿揉得这一块红那一块红，活脱脱就像个小疯子。

不过小疯子时刻都不忘注意自己的形象，都这般了，还不忘立马回身，背对江绪。

其实江绪方才有些动气，不知为何，见到明檀这副模样，烦闷之气倏然全消，还莫名觉得有些好笑。

“午膳想用什么？”

“我像是还能咽下午膳的样子吗？”明檀声音很小，听来还有几分幽怨。

“……”

明檀折过绣枕捂脸，声音被枕头捂得闷闷的：“夫君，能不能让我一个人静静？”

江绪闻言，倒也没说什么，稍顿片刻，安静地退了出去。

外头素心与绿萼的板子已经打完了，三十大板下去还能踉跄走路，可见放水放得有多厉害。

见到江绪，两人诚惶诚恐地告罪行礼，又小心翼翼地问，能不能进屋伺候。

“不必，让她静静。”

两人应了声是，对视一眼，没敢进去打扰。

明檀这一静就从晌午静到了晚上。

江绪原本没把这事放在心上，小姑娘面皮薄，自己缓缓就好了。可他出了趟园，回来听说王妃从晌午到现在，既未用膳也未出门，颇有些意外。

他撩帘入内，缓步走至床边。

明檀夏日是不用香的，屋内只有佛手青梨，淡淡的果香。

她没睡，听到脚步声，身体很明显地顿了下。

江绪落座榻边，先是望了明檀一眼，而后又缓缓伸手，拂开明檀脸上碎发：“这是在与本王置气？”

明檀小幅度摇头：“我是在与自己置气。”

“气什么？”

“气我自己丢人。”

“谁说你丢人了？”

她忽而转过身来，眼睛红红的：“嘴上没说，心里肯定都是这般想的！”尤其是你！

江绪似乎知道她心底补充了什么：“不管他人如何想，本王并未如此作想。”他稍顿，看向她红通通的眼睛，“就因为此事，气哭了？”

明檀忙捂住自己眼睛，可她眼睛有点痛，捂着难受，于是她干脆捂住了江绪的眼睛，蛮不讲理道：“大显哪条律法不让女子气哭了！”

江绪心下失笑，宽掌覆上她的小手，刚准备将其拿开，她又做出副有些小凶的模样：“不许看，好丑！”

“丑也无妨，反正，糟糠之妻不下堂。”

“……”

明檀自己松手了，瞪直眼睛看向江绪，不可置信道：“我如何就糟糠之妻了！”

新婚之夜夫君对她说“吾妻甚美”的画面还在眼前历历分明，半年不到竟就成了丑也无妨的糟糠之妻，果然世间夫妻情分，都不过尔尔！

她心底顿时拔凉拔凉的，嘴也扁了。

眼见明檀就要当真，江绪摸了摸她柔软的脸颊，拇指指腹刮过她眼下泪痕，见好就收道：“本王说笑而已。”

“……”

“夫君还会说笑吗？一点都不好笑！”

明檀真实地被气到了，又背过身去。可她气不过，很快又自己翻回来，望着江绪控诉道：“你就不能说些好听的夸夸我哄哄我吗？莽夫！一点都没有情趣！”

“情趣？”江绪缓慢复述了声。

两人对视，明檀觉出些危险，忙想改口。可江绪忽而沉静往外吩咐道：“来人，备水，王妃沐浴。”

“……”

“我不要沐浴！”

江绪轻松将她抱至怀中，在她汗津津的背脊上摸了摸：“不沐浴？”

“那，那我一个人沐浴，不要和你一起。”

方才说到情趣他便着人备水，想也知道他要干什么坏事，她才不要！每次在水中都会弄得净室满地水渍，动静也大，可丢人了。

窗外幽静，倏忽夜风吹散草木花香。

掩在草木间的月色昏昧朦胧，晚星点点密布，间或有几颗忽明忽暗在闪动，似在好奇窥伺人间闺阁里的无边春色。

……

也不知过了多久，明檀眼上有些肿，鼻尖泛着红，柔软脸颊也有退潮后的浅淡红晕，模样楚楚，惹人怜惜。

江绪忍不住揉了揉她的脑袋，又低头亲了亲她的眉眼：“明日带你去骑马，如何？”

明檀也不知听到没，“唔”了声，翻身背对着他，不过很快又被翻回来，塞入了熟悉的胸膛之中。

一夜无梦。

次日醒时，已是日上三竿，明檀身上清清凉凉，虽也酸痛，但比预计中好上不少。

她伸手让绿萼伺候更衣，问完两人昨日那顿板子，顺道问了声：“你给我上的药，还是素心？”

绿萼抿唇偷笑：“奴婢倒想，可王爷疼惜，不愿假手于人呢。”

“……”

明檀羞恼，轻瞪了她一眼。

绿萼笑意不减，边给她整理衣领边继续道：“素心去拿膳了，小姐昨儿就用了顿早膳，今儿可得多用些，且王爷回来不是还要带小姐去骑马吗？骑马可耗体力了。”

“骑马？”

“对呀，王爷出门前吩咐说，晌午他会回来接您，还让咱们准备好骑射服来着。”

明檀终于想起，临睡前，他好像是说过这么件事，且听他口气，像是为了哄她，特意做出的补偿。

嗯……他这种莽夫，也只能想出这种一厢情愿以为是在哄她的补偿了。

“对了，小白兔也喂得可好，皮毛油亮光滑，通体无瑕，定是极衬小姐英姿。”绿萼又道。

“什么小白兔？”

明檀疑惑问了声，刚问完，她就自个儿想起来了，是那匹照夜白。

晌午时分，江绪回了。

昨晚控诉他不会哄人，他便想领小王妃去永春园的马场，教她骑马。如此耐心，也算哄了。

其实明檀对骑马毫无兴趣，不过她想着自个儿与夫君除了在床上，其余时候相处甚少，夫君既腾了时间专程陪她哄她，她也不好扫兴。最要紧的是，她也想和夫君多待一会儿，增进些交流。

今日天气好，日头不晒，马场也空旷，明檀看着通体雪白的照夜白幼驹，忍不住上前，顺着毛轻轻摸了一把，边欣赏边感叹：“真好看，马鞍也好看，上头的花纹刻得很是有几分精致。”

“……”

江绪静了会儿，上前，放缓动作翻身上马，给她做了回示范。

很快他又下来，耐心和她讲起了上马与控马的基本要领。

“记住，上马之后，握紧缰绳，用前掌踩马镫，不要用脚心——”说到一半，见明檀还盯着那精致马鞍，他停声问，“听懂了吗？”

“嗯，听懂了。”明檀点头，为了证明自己有在认真听，还将他方才教的那些简略复述了遍。

只不过她脑子懂了，身体没懂。刚踩上马镫，身体重心就不由得偏了。这也怪不得她，这小马驹可是能跑能动的活物，真往上骑，哪能和嘴上说说那般简单。

“不要怕，本王扶你。”江绪及时托住她的腰，将她往上送。

有人护着，明檀胆子大了些，她紧紧拉住缰绳，克服着身下小马不安分踢踏所带来的紧张，心一横，闭眼跨上了马。

“夫君！不要松不要松，快扶住我！”

上马后，她感觉腰上的托力忽然撤了，慌张往旁侧望了眼，继而又抱住马脖子不撒手，出声求救。

“别抱，按本王先前说的，坐直，拉住缰绳即可。”江绪负立在一旁，不再相帮，只出言引导。

可明檀害怕得紧，身子每每稍抬一些，便又立马怕得伏了下去。

“坐直。”

“坐不直，阿檀的腰仿佛有自己的想法……”

“不急，慢慢来，先松手，别抱。”

明檀完全不敢松，咽着口水，声音颤道：“说出来夫君可能不信，我的手好像也有了自己的想法……”

江绪：“……”

不远处林荫旁，停着皇后仪仗。

章皇后半眯起眼打量着马场上的一双璧人，似是心有所感般，极轻地叹了声：“少年夫妻的情分，最为难得。”

“是啊，皇后娘娘与皇上也是少年夫妻，自是旁人不能比的。”昨日因香囊得了皇上青眼，被临时接至永春园的小才人在后头逢迎道。

皇后淡笑了声，未有言语。

倒是淑妃弯起嘴角，望着马场上的二人，忽而打趣道：“咱们不如猜猜，大杀四方的定北王殿下……到底受不受得住这美人娇？”

“我猜定是受不住，俗话不都说了，最难消受美人恩嘛！”一位妃嫔嗔笑。

“正是，王爷待王妃，瞧着与自幼一道长大的献郡王与郡王妃相比，也不遑多让呢。”

“兰妃妹妹，你觉得呢？”淑妃又问。

兰妃未答，只轻轻摇头。

其实她了解的江启之，并不是一个会妥协迁就的人。

幼时她是公主伴读，与皇子公主、宗室贵戚一道在宫中念书，江启之也在。那时，她对这位差点与自己指腹为婚的前皇太孙极为好奇。

许是因这份好奇，她总会不自觉地多留意他些，这份留意，日渐累积，也衍生出了别样情愫。

知慕少艾的年纪，她对江启之有过极短暂的怀春心思，那心思怦然又苦涩。

苦涩于她知晓，他是有大抱负，终有一日也能实现抱负的男子，情爱之于他，无关紧要，更不值一提。

而她注定要入深宫，成为帝王的女人，纵与之面面而立，也不会有更多交集。

能聊以慰藉的便是，她总想着，他那样惊才艳绝的男子，虽不属于她，也不会属于任何女子。

只不过而今发现，她许是错了。

“果然猜中了！”

宫妃们娇笑。

不远处，明檀趴在马背上，死活没法儿坐直，不时便磨着站在身侧的江绪。

江绪起先不为所动，可被磨了会儿，还是让步牵绳，拉着她走了一小段距离。

明檀惯会得寸进尺，得逞后，又让江绪抱她坐上他的疾风劲马，美其名曰两人共乘一骑，可以手把手教，江绪也依了。

江绪是想手把手教，可明檀并不是真想手把手学，赖上一骑后，她便舒适地靠在他怀里，好奇地问：“夫君是不是可以骑很快？最快能有多快？”

“若不换马，至多四百里。”

“这么快！那夫君得了空闲，能不能带阿檀也去外头骑骑马？阿檀还从未体验过坐在马背上纵马飞驰的感觉呢。”明檀仰头，略有些崇拜地看着他。

江绪“嗯”了声，沉吟道：“过段时日吧。本王过两日要去灵州，待从灵州回来便带你去。”

“灵州？”明檀知道灵州极为繁华，但也离京甚远，比青州还要远上大半路程，“夫君这次要去很久？”

“少则月余，多则三月。”

“这么久……”

与江绪成婚以来，江绪虽时有外出办差，但从未去过两三月。倏然听到要离开这么久，明檀心里竟有些莫名失落。

晚上安置时，明檀翻来覆去睡不着。

她一直动来动去，江绪也无法安睡，他忽地捞过她的身子，拢在怀里，带着困意低哑问道：“怎么了？”

“夫君这回要去灵州，可灵州不像禾州、青州……听闻热闹繁华，比京城也是不差的。”

江绪“嗯”了声，漫不经心继续问：“还听闻什么？”

“还听闻，听闻灵州有一百八十舫，画舫相接，往来小舟通行，女子窈窕多姿，环肥燕瘦应有尽有，可是名副其实的醉生梦死温柔乡。

“且灵州女子温婉灵秀，是出了名的美人多。我舅舅府上从前便有一房姨娘，是舅舅南下灵州时带回来的，那时很得宠爱，只是身子不好，去得早。敏敏以前常说，那位姨娘若还在，她怕是都得靠边站了。”

“王妃听闻的还真不少。”

明檀小声问道：“所以，所以夫君会不会也突然带回个姑娘……阿檀不是善妒，绝对不是善妒，那如果夫君带回个姑娘，能不能提前修书一封，也好让阿檀有些心理准备？”

准备什么？

准备去拆了不守承诺的灵渺寺佛像金身？

江绪眼还没睁，只听明檀不断絮叨，待她絮叨完，他才懒着嗓音低低应了声：“王妃若不放心，其实也可同本王一道前去。”

明檀自出生起，便未离过上京，出门最远，也不过是去京郊佛寺烧香祈福。倏然提起同去灵州，她有些回不过神。

她去？她去做什么？她也可以去吗？

明檀望向江绪，先是愣怔，后慢慢回神，有些犹疑，又有些抑制不住的小雀跃。

她小心翼翼拉了下江绪的衣袖，凑近问：“夫君，你说真的？阿檀也能去？不会打扰夫君办事吗？”

“无碍，只不过路途遥远，舟车劳顿——”

“没关系，阿檀不怕受累。”

明檀答得毫不犹豫，眼里也亮晶晶的。

江绪未应声，显然并不是很相信。

不过很快，江绪就明白一向能坐就绝不走路的小王妃，为何能这般斩钉截铁地说出自己不怕受累了。

灵州之行，他原本打算直接从永春园出发，可明檀想先回一趟王府，他正好也打算临行前去趟大理寺狱，便依了。

只不过他没想到，待他从大理寺狱回府，就见到府中二门处整整齐齐停了一排马车。

他眉心突突起跳，后知后觉地想起了，她去灵渺寺祈福时的那五辆马车。

“这些都是王妃要带的行李？”他问。

“回王爷，是。王妃说——”

“夫君！”

下人的话还未说完，不远处明檀就忽然招呼了声，提着裙摆轻快上前。

走至近前，明檀邀功似的拉住江绪手腕，眼睛亮亮的，嘴角上翘道：“夫君，快来看看阿檀准备的行李。”

她回头，素心立马恭谨地递上一本厚厚的行李簿册。

“我按马车顺序，着人写了一份行李簿册，路上需拿些什么，一一核对即可，是不是极为方便？”她边翻边道，“这第一辆自然是咱们要乘的马车，灵州路远，又正值酷暑，自是要用冰的，所以里头备了冰鉴，车幔处加了三扇木窗，若遇雨天，雨水也不会进到车里来了。”

江绪："……"

明檀说着，还拉着他往第一辆马车走，素心也跟着上前打帘。

这辆马车极为宽敞，里头软榻能睡下两个人，中间置有能放下一局棋的桌案，旁边有多宝格，榻上也铺了多层软垫，最上面一层软垫还是用的冰丝面料，凉凉的，坐在上头不至于太热，其余还有花瓶字画点缀，总之处处可见精细雅奢。

除这一辆出行所乘马车外，后头那些多是放了两人衣物，还有器皿干粮。

江绪见了这般仿若要去接管灵州的阵仗，一时都不知从何驳起，只好先望着最后那辆空车，问："带辆空车是做什么？"

"灵州繁华，自然有许多稀奇物件，且我还需要带不少手信回来，带上空车，届时便好运回呀。"明檀理所当然地接道。

"若装不下，回京时再置办车马不就行了？"

"可当下置办的与咱们府中的定然不一样，如此一来，回程队伍就没那么整齐好看了。"

"……"

江绪眉心又跳了跳。

明檀偏头打量，见他神色不对，小心翼翼地问："夫君，这些马车已然精简，还是太多了吗？"

江绪倒是相信她已然精简，毕竟她去个灵渺寺都需五车，灵州路远，她费尽心思简至十车，想来还很是伤了番神。

只不过这么多行李，不可能真依了她全都带上，他简短道："若要跟本王一道去，最多只能带两辆马车。"

"两辆？"明檀瞪直眼睛，她先前想到可能要减，但没想到要减这么多，"这……是不是也太少了些？"

江绪不为所动："你自己决定。"

他拉开明檀的小手，迈步往里。

明檀看着江绪的背影，咬着唇，轻轻跺了下脚。灵州肯定是要去的，她活了这么久，还没出过京呢。可望着一排马车，她秀眉紧蹙，又委实难以做出取舍。

两人要乘的那辆是无论如何也不能减的，马车里头的多宝格勉强可以塞些她的头面，其他东西却塞不下了，那换用的软垫锦被、衣裳绣鞋，还有器皿干粮等物什，一辆马车又如何装得下。

她翻着那本厚厚的行李册子，头疼得紧。

“琴里知闻唯渌水，茶中故旧是蒙山。”出自白居易《琴茶》。

“暗水流花径，春星带草堂。”出自杜甫《夜宴左氏庄》。

这天地太大，余生还有太多可能，只要与他一起，
便是风光不减，岁月不暮。

小豆蔻

下

不止是颗菜 / 著

XIAO DOU KOU

江苏凤凰文艺出版社
JIANGSU PHOENIX LITERATURE AND ART PUBLISHING

◈ 第九章 ◈
南下

事实证明，这世上许多事儿，也不是一定做不到。时间再紧，挤一挤总是有的。两辆马车太少，为着出门，必须要带的行李也是能塞下的。

次日一早，日头未升，江绪便带着明檀与她精简下来的两辆马车出发了。

此去灵州多行陆路，若不出意外，这一路都能在热闹之处寻到好的客栈休歇。

出门连行李都已从简，丫鬟自是不好多带，素心与绿萼，一个稳重一个机敏，明檀也不知带谁才好，索性带了云旖。出门在外，多个会武的，总能多上几分安全。

舒景然在城外与他们会合之时，见到云旖，颇有几分意外：“云姑娘。”

云旖疑惑地看向他：“你是？”

舒景然稍怔，倏而失笑。

倒也不是他自恋自夸，但女子见他第三面还无法将他认出，这的确是头一回。

正在这时，明檀撩帘，笑盈盈地和他打了声招呼：“舒二公子。”

舒景然忙拱手，朗声笑道：“给王妃请安。”

“舒二公子不必多礼。”

云旖终于想起来了，这便是王妃非要她救的那位男子，之前在府中还遇见了回，客套了几句，差点客套走一只烧鸡。

后来她去给王妃请安时说起过此事，王妃当时用一种颇为好笑的语气说，人家是京城第一美男子，哪会真要她的烧鸡，她也委实忧虑得太多了。

想到此处，她忙垂首，跟着明檀喊了声：“舒二公子。”

“云姑娘想起舒某了？”

云旖老实点头：“王妃说您是京城第一美男子。”

舒景然再度失笑。

明檀也没想到云旖这憨子会突然来这么一句，稍稍有些不好意思。但京里都这般说，她也不算说错。

倒是江绪看着兵书，忽然出声道：“天黑之前要赶到束镇，还想留在这儿叙话，今晚便只能睡马车。”

“……”

几人都闭嘴了。

一路无话，不想江绪一语成谶。

临近酉时，原本晴好的天气突然生变，疾风骤雨扑面而来，马儿嘶鸣着，马蹄带起泥水后溅，不愿再往前行。

“王爷，雨太大了，不能再往前赶了。”暗卫握紧缰绳，向后禀道。

“前面有石亭，去避一避。”江绪声音很淡。

因着明檀的精心布置，他们乘的这辆马车其实感受不到什么，合上窗，里头依旧舒适，只是外头雨声有些吓人罢了。

“夫君，那我们是不是赶不到禾州了？”

江绪仍在看兵书：“如你所愿，睡马车。”

“……”

怎么就如她所愿了？

其实禾州与上京相邻，出城之后，只需要翻两座矮山便能进入禾州地界，平日单骑而行，半日足矣。

可赶着两辆马车，速度到底不敌，原本预计在日落前赶至禾州柬镇，遇上这场突如其来的暴雨，是赶不到了。

半山有供人歇脚的石亭，除江绪与明檀待在车中，其余人——包括窗不遮雨的舒景然也都入了石亭躲雨。

待到雨停，天也已经黑了。

明檀起先还抱有雨很快会停还能继续赶路的侥幸心理，只不过看着天慢慢暗下来，她心里头也渐渐凉了。她都不敢相信，出门第一日，便面临着要在荒郊野外露宿一夜的境况。

“那我今夜不能用膳，不能沐浴，也不能有宽敞床榻好生安置了是吗？”她忍不住问。

江绪合上书，什么话都没说，便下了车。

明檀本想追问他要去哪儿，可他动作太快，还没等她出声人就已经下去了。

她心里莫名一阵委屈。

先头他也没说不让带行李，收拾多了，非要减成两辆便也减成了两辆，可这一路又是“如她所愿”又是一言不发的，她就那般招人烦不能让他多说一句吗？

她是有些吃不得苦，多问了两句，可这头一日便如此待她，谁晓得到了灵州两人这夫妻情分还能剩下几分？倒不如明儿便自请回府，也懒得给他添麻烦为好！

想到这儿，她忽地踢下绣鞋，两只脚缩上软榻，双手抱膝。

约是过了一刻，江绪撩帘，见她这般，顿了顿："你做什么？"

明檀偏头，不想理他。

江绪伸手，将她的绣鞋规整摆至软榻之下，沉静道："不是要用膳，要沐浴，要睡宽敞床榻好生安置吗？下车，本王带你去。"

明檀稍怔，慢慢抬起脑袋："去哪儿？不是赶不到了吗？"

江绪未答，只径直走到一匹马前。

明檀也忙穿好绣鞋，跟着下了马车。

许是沾了雨水，那马的鬃毛一绺一绺结在一起，虽泛着光泽，但不甚好看。马身还挂了盏被固定住的气风灯，马蹄不时踢踏着，气风灯也一动未动。

江绪回身，忽而将她抱送上马。她未有心理准备，下意识又要像之前学马那般，怕得去抱马脖子。

好在江绪很快也上了马，坐在她身后，勒了勒缰绳，那马长鸣一声，微抬前蹄，抖擞着甩开了鬃毛上的雨滴。

"此去束镇，疾行需半个时辰，免不了颠簸，忍忍。"说着，江绪便忽地甩了下马鞭，"驾！"

马儿迅速飞奔起来，明檀还未回神，只因身下飞驰的动静忍不住轻呼出声。

盛夏雨夜的山风带着些许清凉，骏马疾驰于山林之间，耳边有倏忽风声呼啸而过，气风灯的暖黄光晕映照着依稀可见的前路，夜空如水洗般清透明净，星子闪亮，月色皎洁。

飞奔了好一段，明檀终于反应过来，忍不住问道："夫君是要带我先行一步去束镇落脚吗？"她的声音被风吹得飘忽，怕江绪没听见，又大声重复了遍。

"不然呢，本王若不带你先行落脚，明日是不是就想打道回府了？"江绪内力深厚，无须放声，也能清晰入耳。

"夫君怎么知道？"明檀脱口而出。

"……"

他不知道。

意识到自己说漏了嘴，明檀又忙假装什么都没发生，仰着小脑袋往后，另起话头吹捧道："夫君待阿檀真好，多谢夫君！"

"大约是不抵你的京城第一美男子好。"江绪不知怎的，忽然垂眸望她一眼，接了这么一句。

"？"

明檀脑中也忽然冒出一个大胆的猜测：方才在马车上他爱答不理，该不会是因为这句对舒二公子的夸赞吧？

她立马一本正经地解释道："虽然京中闺秀夸赞舒二公子乃京中第一美男，但在阿檀心中，夫君才配得上此名。她们那是没见过夫君，若是夫君早些年在京中露面，想来每每出行，都必能一睹掷果盈车的盛况！"

说完，她还肯定地点了点头。

江绪未应声，只在她身后几不可察地勾了下唇角，夹紧马腹，纵马往前飞驰。

束镇是禾州邻京最近的一座城镇，地方不大，但往来商旅多，很有几分热闹。

江绪与明檀夜行至此时，主街两旁还灯火通明，街边支有各色小摊，煮馄饨的、烫面摊饼的，路人坐在摊边矮凳上大口进食，吃得有滋有味。

江绪从前在这儿落过脚，径直带着明檀去了镇上最好的客栈。

"二位客官，是要打尖还是住店？"肩上搭了条抹桌布的店小二殷勤领着两人往里。

江绪跨过门槛："住店。"

"那二位这边请。"店小二又忙引着他俩往柜上走，"掌柜的，这二位客官要住店！"

"一间上房，一晚。"

没等掌柜开口，江绪便付了锭银子。

"哎，好嘞。小店亥时之前都能点酒点菜，二位若要吃些什么喝些什么，和小二说便是了，回头让人给您送屋里去。"掌柜的见两人容貌不俗、气度不凡，知道是花得起钱的主儿，态度十分热络。

江绪略略点头，与明檀一道，随着店小二上了楼。

这间客栈虽说是镇上最好的客栈，但与京中酒楼还是无从比拟，上房也布置得难入明檀之眼。

这些倒没什么，只不过明檀从未外歇，即便是去灵渺寺，厢房中的一应物什也全都换了自己带的。

她起先以为能够适应，可用膳梳洗过后，躺在榻上怎么也睡不着。不是自己所备的床褥，她的身体似乎充满了抗拒，精神紧绷，浑身都不自在。且一路疾行，坐在马上只觉得颠簸，从马上下来，却觉得腿间被马鞍磨得火辣辣的，也不知是破了皮还是青肿不堪，疼中带痒，弄得她方才都没好意思沐浴，只用温水简单擦拭了一下身体。

“怎么，睡不着？”江绪问。

明檀本想说实话，然想到夫君特意骑马夜行带她来此，断没有再多加挑剔之理，于是又将欲说之辞咽了下去：“有些认床，很快就睡了，夫君你也快睡吧。”

见她乖巧闭了眼，江绪没再多问什么。

明檀就这么保持着绵长均匀的呼吸，生生忍着不适，熬了一夜。后半夜她有些熬不住了，意识模糊间，仿佛感觉身侧之人起了会儿身。

而另一边，舒景然眼睁睁看着江绪要夫人不要兄弟，不打招呼便单骑夜行而走，委实是有些大开眼界。

江启之到底怎么回事？每回提起自家王妃都一副不甚放在心上的敷衍之态，可他每每撞见的，为何都如此令人迷惑？

随行护卫去找木头干草生火，云旖也不知去哪儿了，不见了好一会儿。

舒景然回过神，正问随从云姑娘在哪儿，就见她用树枝叉了几条鱼回来。

“云姑娘，你这是？”他语气略带犹疑。

云旖坦然望着他：“烤鱼啊。”

舒景然怔了怔，本想说他的马车中有干粮糕点，倒也不必这般风餐露宿，然云旖已经一屁股盘坐在生起的火堆前，将处理干净的河鱼放在火上，反复翻烤。

他干站一会儿，还是拣了块干净地方，坐到了云旖对面。

“听说，云姑娘现在是王府的姨娘？”他斟酌着，挑起话头道。

云旖眼睛盯着烤鱼，点了点头。

“那云姑娘平日在府中都做些什么？”

云旖抬头看了他一眼：“保护王妃。”

舒景然顿了顿。

他当然知道是保护王妃，此事他也旁敲侧击问过江绪，只不过没好意思多问。

所以他并不清楚，云旖是在府中顶着姨娘名头履行护卫之职，还是既要履行护卫之职，也要履行姨娘之职。

云旖专心给鱼翻着面，又道："不过府中守卫森严，王妃不出门的时候，也用不上我，我一般都在练武，偶尔出任务。"

"那，你家王爷与王妃待你好吗？"

云旖自然点头："王妃待我很好，做了什么好吃的都会分出一份送到我的院子，还给我涨月例，让我自己出府买吃的，嗯……还经常给我送衣裳和珠宝，不过那些衣裳我穿不习惯，穿起来没有娘娘千万分之一好看……"

听她滔滔不绝讲着王妃，却丝毫不提王爷，舒景然似乎明白了什么，顺着她的话头，又问了几句。

云旖也是个老实的，问什么就答什么，只不过答到一半，她忽地收声，奇怪地望了一眼听得认真的舒景然："舒二公子，您为何一直向我打听王妃之事？"

"……"

他哪有打听王妃之事？难道不是她说什么都能歪到王妃身上吗？

云旖已经脑补完一套完整的逻辑，给火上的鱼撒了盐巴，又抬头认真劝道："舒二公子，听说您与主上是好友，还是饱读诗书之人，那您理应知晓，朋友妻不可欺。

"虽然我不清楚当初王妃为何让我救您，还夸您是京城第一美男子，但王爷与王妃十分恩爱，您还是不要有非分之想为好，主上的脾气您应该清楚，您这一路若一直这样，不仅会害了自己，还会害了王妃的。"

"不，不是，舒某并未有非分之想，云姑娘误会了——"

"若是误会那最好。"

云旖起身，本来鱼都已经烤好，打算分一条给舒景然，可她觉得这人打着王爷好友的名号暗暗觊觎自家王妃，根本就不配吃鱼，于是一边说着又一边将鱼收了回去。

舒景然跟着起身想要解释，可第一次有种长了嘴却不知从何开始解释的哭笑不得之感。

次日一早，露宿石亭的一行人起身出发。江绪与明檀用了早膳，也打算往前赶路。

昨日夜行之前，江绪就交代过云旖，今日直接在禾州彭城会面。

彭城乃禾州中心，是禾州最为繁盛之地，因毗邻上京，也有不少不在京中为官的富贵人家定居于此。

明檀戴着买来的帷帽坐在马上，一夜没怎么睡，精神头不大好，只软软靠着江绪的胸膛。

路上，她有些出神地想起一件事——明楚不就嫁到了禾州吗，宣威将军府，似乎就是在禾州彭城。

明楚出嫁以后，明檀未再与她谋面，只听裴氏说起过，她的夫君似乎经常给父亲来信，今年还在禾州军营中升了官职。至于明楚，倒没怎么听过消息。

他们傍晚到彭城之时，舒景然一行人抄近路，比他们先到了半个时辰。

彭城有王府名下的酒楼，到酒楼后，明檀艰难地下了马。

昨日她腿间就被磨得生疼，今日又乘了大半天的马，虽不像昨日疾行，但她感觉这两条腿已经不是自己的了。

她勉强维持着端庄矜持的姿态，跟在江绪身后往里走，只不过这一切落在二楼窗边正在吃菜的舒景然与云旖眼里，就有些变了意思。

用过晚膳，江绪去了舒景然房中议事。明檀趁此机会沐浴上药，又着人铺了马车上带着的床褥软被，倒头昏睡。

舒景然房中。

“周保平之事可有眉目？”舒景然边倒酒边问。

“昨夜追影传回消息，宿家也在找周保平留的东西。”

“宿家也在找，那想来应是市舶司暗扣抽解的证据？”舒景然思忖片刻，又看了江绪一眼，“我还以为，你真是为了王妃才非要夜行至束镇。”原来是与追影约好了。

此番出行不甚低调，也没有一味赶路，是因为这本就是个幌子。数日之前，江绪便遣了津云卫出发前往灵州，暗探灵州市舶司监官周保平暴毙一事。

至于他们一行，想要低调也不能够，自出发起，便有人一路暗随了。

不知想起什么，舒景然还恍然大悟般推测道：“那王妃……你该不会是为了让暗中盯梢之人以为，你饥色急色才连夜行至束镇吧？”

“什么？”江绪忽地抬眼。

“不过你对王妃，也太不怜香惜玉了些，路都走不了了。”说到这茬儿，舒景然颇觉尴尬，委婉提醒道，“依我看，以后还是别拿王妃遮掩为好，传出去，终究于王妃名声有损。”

走不了路，名声有损。江绪稍顿。

舒景然又不自在地规劝了几句。

江绪隐约明白了什么，不耐地点了他的哑穴，起身望他一眼，冷淡地吐出四个字：“不知所谓。”

江绪回到房中时，明檀已经睡熟。屋中很暗，桌上原是为他留了盏灯，不知何时已经灭了，只窗外月光透过窗纸，投出浅淡暗影。

他走至榻边，轻轻掀开锦被，看了眼明檀腿间伤处。

屋中晦暗，借着浅淡月光，仍可看出她双腿内侧被马鞍磨得青紫一片，与旁处白皙肌肤对比起来，颇有几分触目惊心。

此事是他疏忽，他惯常骑马，日行百里亦是无碍，一路纵马疾驰，都忘了去想这位平日就娇贵非常的小王妃是否能受得了。

这两夜，她竟也没哭没闹。

江绪用指腹摸了摸她的脸颊，本想给她上药，又发现已经上过了，他顿了顿，还是重新给她盖上了锦被。

次日上路，明檀察觉，马车中的软垫似乎厚了几层，因为她看书惯常支着桌案，今日桌案竟莫名矮了不少，且……似乎只有她这一侧的软垫变厚了。

她稍稍有些疑惑，撩开车幔，悄声问了问在车旁随行的云旖：“车上软垫，是你放的？”

“软垫？不是。”云旖下意识摇了摇头，不过她很快又想起什么，“今早主上好像命人往车里放过东西。”

夫君？

明檀一怔，探身往前，看了眼江绪高大英挺的背影，唇角不受控制地，忽然往上翘了翘。

因是在城中驾车而行，不能疾驶，小半个上午过去，他们都未能出城。

临近午时，江绪示意停车，就近找了个酒楼，歇脚进食。

这酒楼对面也不知是间什么铺子，热闹得紧，他们落座的这一小会儿工夫，就进进出出了几波打扮华贵、被丫鬟们伺候着的夫人小姐。

跑堂的来送吃食，明檀好奇地问了声：“小二，对面是间什么铺子，竟如此热闹？”

“对面啊，玉罗坊！成衣铺子，这几日新开的。”他们这桌点了不少酒菜，店小二介绍起来很是热情，“这玉罗坊噱头挺足，说什么新店开张头三日，特意给各位夫人小姐准备了独一无二的衣裳，每日午时拿十件出来，每位夫人小姐，每日仅可买上一件！”

明檀闻言，来了些兴致。

小二又凑近咂舌道：“您都不知道这几日玉罗坊的生意有多红火，那一件衣裳的价儿，都够普通人家一两年的嚼用了，可架不住咱们城里头有钱人多啊，日日都有人上赶着来买，为着件衣裳，前两日还有人吵起来了。对了，今日仿佛就是最后一日，夫人，您要是有兴趣，不妨也去瞧瞧。”

旁桌有人在唤小二，人介绍完，忙拿着空屉退下了。

明檀转头看向江绪，虽掩着面纱，但她眼里亮晶晶的，小手还在桌底下悄悄拉了拉江绪的衣摆。

“……”

“云旖，陪夫人去。”

“多谢夫君！”

明檀立马起身，只苦了正盯着红烧肉的云旖，那盘红烧肉肥瘦相间，糖色炒得极好，一看便知软糯可口，极是入味。

她不动声色地咽了下口水，抱剑跟了出去，并没有注意到舒景然向她传达的“放心舒某会给你留上半盘”的信号。

及至对面玉罗坊外，明檀抬头，打量着先前被街边小摊挡住的匾额。

匾额上头的字写得不错，所用木料也是极好的紫檀，字上还覆有精细金箔。

见有客来，伙计笑着出来迎人：“夫人，可是要看看衣裳？来，您这边请。”

明檀矜持颔首，跟着他往里走。

铺中装饰得颇为雅致，柜后规整摆放着各色绸缎布匹，男女成衣则是分作两边悬挂，都未挂太多，每件都有足够的位置供人打量，这做派，倒与京城那些她光顾过的成衣铺子一般无二。

“不知夫人想看些什么衣裳，素淡的，华贵的，小店都有。”那伙计殷勤陪在旁侧问道。

明檀的目光从挂出的衣裳上随意扫过，跟在身后的云旖适时应声：“我们夫人自然只看独一无二的。”

伙计了然，腰又往下躬了些：“那夫人这边请。”

他快步往前，先一步为明檀撩起门帘。

一道门帘相隔，里头别有洞天，一看便知是为贵客准备的歇坐之所。

伙计引她至一张八仙桌旁落座，又为她奉上盏茶：“夫人，您稍等，衣裳马上给您送来。”

她可有可无地“嗯”了声，没动茶水，只望了眼斜对面一盏屏风半掩的八仙桌后，那套正被裁缝绣娘拿在手中展示，又正被人争抢的衣裳。

那套衣裳是杏粉搭玉白，交领短衫配褶裙的式样，离得远，上头绣样看不大清，不过她一眼便认出，短衫用的衣料是瑶花缎。

瑶花缎是苏州今年新出的样式，几月前首批入贡，统共不足十匹。皇后娘娘得了两匹，赏给了她。

听闻瑶花缎不易织成，虽已过数月，但产量仍应不多。

而这玉罗坊如今就有了瑶花缎制成的衣裳，确实有几分本事，也难怪禾州女子趋之若鹜，为它相争了。

“这套瑶花缎的衣裳，我们家夫人昨日便看上了，指明让我今日来买，苏小姐还是识趣些为好。”

说话的是个小丫头，也不知是哪家的，很有几分趾高气扬仗势欺人的气势。

“灵芝姑娘也要讲些道理，这套衣裳谁不是昨儿就看上了？”苏小姐的丫头忍不住辩道，“掌柜的都说了昨日不卖，今儿谁先来便是谁的，我们家小姐来得早，便理应是我们家小姐的。”

被唤作“灵芝姑娘”的丫头笑了，阴阳怪气道：“既是先来，怎的不先支账？还比画来比画去，不就是嫌贵又不合身嘛。”

“你！”

那苏小姐拦了把丫头，自个儿出声道：“那我现在支账，你作甚要拦？”

“还未支账，便不是您的。我家夫人的账先支在这儿了，这衣裳便是我家夫人的。”灵芝睇了眼旁边的裁缝、绣娘，“你们说，是不是这个理？”

“这……”

今日是苏小姐先来要这件衣裳，只不过想先试试，看如何作改更为合身，所以这衣裳自然是苏小姐的。可这位灵芝姑娘的主子……他们也不好轻易得罪，裁缝、绣娘面面相觑，委实是有些为难。

灵芝不耐道：“你们可想清楚了，我们家夫人出自靖安侯府，是定北王妃的亲姐姐，若是惹了我家夫人不快，回头给侯爷和王妃去封信，你们铺子还开不开得下去可就说不好了！”

听到这里，明檀：“……”

她何时有这样的好姐姐？还有，为何看戏总能看到自己身上？

正在此时，先前招呼明檀的伙计领着裁缝绣娘捧了几套衣裳过来：“夫人，这些——”

明檀打断，望了眼斜对面的屏风，轻问了声：“那边，该不会是宣威将军府上的吧？”

伙计顺着她的视线望过去，点了点头，面露尴尬，却不好多说什么。

很显然，灵芝这番话说到了点子上，屏风那头静默了会儿，竟是那位苏小姐忍着气主动让道：“给她吧，我不要了！”

说完，那苏小姐便带着丫头负气出来，直往外走。

她的小丫头跟在身侧打抱不平道：“仗着有个做王妃的妹妹成日横行，她又不是王妃！”

明檀：“……”

她本想喊住两人，可不知想到什么，又暂且按下了，还给云旖递了个不要轻举妄动的眼神。

屋中还有几位在看衣裳的夫人小姐，有的事不关己，当作什么都没发生，有的则是上前奉承那位灵芝姑娘。

“这套衣裳依我看正衬你家夫人，两日之后的风荷宴上，夫人穿上这身，定然是要艳压群芳，一枝独秀的。”

“那是自然，承您吉言，我这买了衣裳还要回去向夫人复命呢，就不奉陪了。”

那灵芝语气傲慢，竟是连声“奴婢”都不称。一个丫头，轻狂至此，若是在靖安侯府和定北王府，怕是早被发卖一百回了。

待她走后，明檀勉力保持着心平气和，边看衣裳，边问身侧的伙计：“我初来乍到，不知冯将军府上这位三少夫人，往日也这般威风吗？”

伙计讪讪笑着，打太极道：“夫人，咱们铺子也才开到第三日，城中贵人都认不全，哪知道那么多。”

明檀望了眼云旖，云旖掏出袋银子粗暴地塞给那伙计。

伙计一怔，这位夫人可真是——

他好半晌才回神，掂了掂银子重量，话头一转便压声道：“咱们铺子虽然才开三日，但，但小的之前在另一家铺子干活，倒是听过些这位冯家三少夫人的事儿，这冯家三少夫人她……”

明檀耐心听着，越听越有些压不住心里头的火。

原来明楚刚嫁进宣威将军府那会儿，有冯家老太太压着，府内府外都没怎么生过事端，甚至都极少出门。

可今年入夏以来，冯家老太太不知怎的一病不起，至今都未清醒，她竟就此张狂起来。

府中两位嫂嫂都是将门虎女，她不敢轻易对上，然出了冯府，她没少借着靖安侯府与定北王妃的名头在外张致。

尤其是她妹妹定北王妃的名头，禾州这边虽不知两人是否亲近，可都想着，怎么说也是亲姊妹，她能拿出来成天挂在嘴边，关系自然是不差的。

听到这里，明檀都快气厥了。

明楚还真够可以的啊，嫁到禾州了还不安分，从前不是看不上她吗？如今竟四处打着她的旗号招摇欺人！

不过明楚倒是没有从前那般蠢了，如此行径，一来仗势得了利，二来又败了她的名声，可不是一箭双雕美滋滋嘛！

那伙计又道："今日那苏家小姐，听说本是要与冯家三郎议亲的，后来冯家三郎与三少夫人……所以，这三少夫人没少针对苏家小姐。"

明檀沉默听着，不发一言。

好半晌，她忽然起身道："衣裳我要了，云旖，付账。"

待回到酒楼，明檀浑身都冒着火，纵然遮着面纱也掩不住她的火气，仿佛给她身上浇盆水就能滋滋冒烟了似的。

江绪望了她一眼，又睇了眼云旖。

云旖："……"

红烧肉都不香了。

"夫君，我是可以下谕的，对吗？"明檀忽问。

江绪点头："何事？"

"无事，不用麻烦夫君。"

既敢借着她的名头横行无忌四处欺人，她便要让她知道这名头使起来到底要付出什么代价！

两日后，禾州余知府家开风荷宴，明楚好生打扮了番，穿着玉罗坊那身瑶花缎衣裳姗姗出席。

自嫁人后，明楚倒懂了些京中贵女惯爱绮罗锦缎的乐趣，当然，主要还是因着家中那两位嫂嫂飒爽利落，根本就没给她在英气这条路上留下什么发挥的余地。

且男人爱的终究还是颜色，她嫁进门时，夫君已经有了一个通房。虽碍于靖安侯府的颜面，一直未将其抬成姨娘，但夫君对其处处照拂，一月总要在那通房屋里歇上十来日，比在她这正头夫人屋里也少不了多少。

那通房就是有那么几分姿色，又惯会捯饬打扮，瞧着柔柔弱弱的，自她入门后，没少给她挖坑使绊子。

起初她气急了，想要拿出正室派头整治，那小贱人还敢倒打一耙寻着老夫人和夫君来为其做主，她是个急性子，不如人会卖可怜，几次三番下来，夫君对她都不免心生厌烦。

不过在后院磋磨久了，她也慢慢悟出来了，很多事，男人不是不懂，但心下有偏，有时就是要装作不懂。

好在从前服侍她娘的丫头柳心寻上门来求她收留。柳心是个主意多的，仔细与她分析了番如今的冯家后院，劝她学着打扮，学着忍耐，学着在夫君面前收敛性子。慢慢地，竟也有了几分成效。

如今老夫人病得要死不活管不着她，那通房也被她寻了个由头打杀了，日子总算是渐渐舒心起来。

余府。

明楚一出现，便有不少夫人小姐上前环绕着她，说些个奉承讨好之言。

如今每逢这种场合，明楚便会有意无意提起自个儿那位好妹妹。

这也是柳心教她的。

柳心说，靖安侯府与定北王府这两座靠山这般强势，不拿出来用委实可惜了些。且禾州不是京城，她又没打着两府旗号做什么欺男霸女的恶事，很难为人知晓。

起初明楚心里头很是硌硬，她作甚要借明檀那贱人之势！

可柳心又说了，既是厌她，那借她之手横行嚣张，既得了便宜，损的又是她的名声，岂不快哉？

明楚仔细一想，正是此理。

“这衣裳啊，也就凑合，若换做我那王妃妹妹，想来不怎么能看上眼。”有人夸明楚身上那身瑶花缎，她漫不经心道，“我那妹妹最是喜奢，无事剪着细帛玩也是有的。”

“毕竟是王妃，什么好东西没见过。”

“就是，听说前两日苏家那位还想抢这身衣裳，也真是自不量力。”

……

这头围着明楚正说得热闹，不知是谁“咦”了声，众人回头，怔了一瞬，心下不由得惊讶，皆嘁嘁促促地交头接耳起来。

明楚一看来人，脸色倏然变了。

苏容容？

她怎么也穿了瑶花缎!

这苏容容便是前两日在玉罗坊，被明楚的丫头抢了衣裳的苏家小姐。她今日着一整身的瑶花缎蝶戏海棠交襟锦裙，红白相间，环佩叮当，行动间仿若真有蝴蝶翩翩。

相较于明楚只有上身短衫是瑶花缎，她这一身显然要华贵许多，且上头的绣样精致繁复，一看便知做工极巧，价值不菲。

不止这身衣裳，就连绣鞋和珠钗耳坠，也似是特意搭这一身配的，都是一眼望去就十分不俗的物件儿，衬得她整个人都比平日明艳动人了几分。

“容容，你这一身，也是瑶花缎?”有好事者忍不住问。

苏容容抿唇浅笑，矜持点头。

“难不成玉罗坊那日，还有别的瑶花缎衣裳?”

“那倒没有。”苏容容似不经意般扫了明楚一眼，“我原也买不着这么好的衣裳，今日这身，是有贵人相赠。”

“贵人?什么贵人?”

众人七嘴八舌好奇起来。苏家在禾州算得上是家底颇丰的富贵人家，可也仅是富贵，家中并无高官显爵，更从未听过她家识得什么贵人。

苏容容莞尔一笑，从容道：“说来也多亏了三少夫人，那日在玉罗坊，原是我要买三少夫人身上的这身衣裳，可夫人身边的灵芝姑娘好生霸道，非说我未支账，这衣裳就不是我的，又逼着玉罗坊将衣裳卖给她，否则就要去信给定北王妃，让玉罗坊的生意都做不成了，我心想不过一件衣裳，倒也不必为难人家玉罗坊，便主动相让了。”

众人：“……”

这……冯家三少夫人也不是霸道一两天了，苏家小姐今日这般敢说，是失心疯了不成?

众人面面相觑，一时竟无人接话。

苏容容又道：“其实当时我是有些生气的，平白被人抢了衣裳，换做诸位，可不生气？只不过生气又有什么用，生气也换不来定北王妃这般尊贵的妹妹。当时我还想，定北王乃是为我大显平定北地、威名赫赫的战神，怎的就娶了位仗势欺人的王妃？”

众人已经惊到呆若木鸡了。

苏容容是活腻了吗，竟当众说定北王妃仗势欺人？

“就这么气了一日，谁想，第二日就有贵客登门，说是她家夫人昨日在玉罗坊中，碰巧目睹了灵芝夺我衣裳。她家夫人心里过意不去，想着恰好也做了身瑶花缎制成的新衣，还未穿过，便特特拿来送我，当是赔礼道歉。”

有人敏感捕捉到了“过意不去”与“赔礼道歉”，也有人只想知道谁胆子这么大，如此行径，难道不是公然与定北王妃作对？

然不管这些人如何想如何问，苏容容也只是笑而不语，转头优哉游哉地望向神色已然有些不对的明楚。

“三少夫人今日还有闲情来此参加风荷宴，也不急着回府接王妃谕令？”她好整以暇地问。

“王妃谕令？”

“什么谕令？”

“苏小姐你如何知晓？”

众人嗅出不对的苗头，你一句我一句地发问。

恰在此时，明楚身边那位极为嚣张的灵芝姑娘忽然跑来了，她慌慌张张地附在明楚耳边低声说了句：“夫人，不好了，定北王妃遣人来府下谕叱责，老……老爷刚好在府中！”

明楚原本就气青一层的面色唰地就铁青了。

苏容容这才笑着继续对人解释：“大家可知道那位派人来我家送衣裳的贵人是谁吗——

“正是三少夫人口中三句不离的好妹妹，定北王妃呢。”

众人哗然。

“王妃娘娘心里头也纳闷，她如何就有一位这般威风的好姐姐，竟打着她的名头四处招摇。这不，今儿特特遣人至宣威将军府下谕，就是想要告诉某些人，可别仗着娘家胡作非为、狐假虎威！”

大家你望望我我望望你，这三少夫人与定北王妃的关系……

不说旁的，就说王妃两日前便知此事，偏要等到今日风荷宴让苏容容当众打她的脸，还要去冯府下谕斥责，怕是得知这位庶姐在禾州仗着她的名号耀武扬威，气得不轻啊。

而此刻，冯府众人也气得不轻。

如今家中老太太病重，其余人也不敢太拘着这妇人。这妇人在外头处处以“定北王妃亲姐”名号自居，他们多少也知道些，可知道也不能拿她怎样，人家的确就是定北王妃亲姐，定北王妃都没说什么，他们又怎好置喙？

且她先前还打杀了三郎的通房，因她本是正室，惩处个通房不算大事，又仗着定北王妃撑腰，手段虽狠，但也没人敢追究什么。

可这妇人与定北王妃不如她吹嘘的那般情深也就算了，这到底是有多大的仇，竟惹得人家毫不顾惜姐妹之情上门打脸，下谕责其“假借王府之势横行霸道、私德有亏不宜在外招摇”，甚至连他们府也落了句“治家不严”的警告。

明楚铁青着脸回到府中时，婆子守在门口，径直将她架进了正屋花厅。

没等她出言辩解，冯将军便怒不可遏地大喝一声：“蠢妇，跪下！”

她原本不肯跪，还想找冯三郎，没承想她夫君已然因着约束不力跪在那儿了。

不过一晃神的工夫，有仆妇踢着她腿窝，按着她跪在了冯三郎的旁侧。

冯将军是个粗人，一生戎马，从未干过什么仗势欺人的事儿，今儿被个年纪轻轻的小王妃下谕责骂了通，老脸都丢尽了！

他劈头盖脸便是冲着夫妻俩一番痛骂，让夫妻俩都滚去跪祠堂，且警告冯三郎再不准放这蠢妇出门放肆半回，还有明楚身边那两个叫柳心、灵芝的丫头，一个挑唆是非一个狗仗人势，通通打死了事！

明楚自然是不愿的，挣扎着，气极道：“你们冯家这样对我，我爹爹若知道了——”

她话没说完，冯将军就将一封信甩到了她的脸上，粗声道：“这便是你爹来的信！你爹说如今你是冯家儿媳，如何管教凭我冯家！他日若要休弃，也不必打发回靖安侯府，直接一辆马车拉到眉安与你姨娘一道青灯古佛便是！”

明楚闻言，耳鸣一阵，瞪直了眼，颇有几分不可置信。

好半晌，她惨白着脸将信展开，手抖得哆哆嗦嗦的。那上头，竟真是她爹的字迹与印信。

“娶了你这般蠢妇，是我冯家家门不幸！你若再生事端，我冯家便立马休了你！”

她浑身泄力，当初被裴氏关在侯府祠堂的恐惧与无助涌上心头，再不敢放肆半分。

冯家闹得天翻地覆之时，江绪、明檀一行已离禾州甚远，马车正不快不慢地驶在前往禹州的官道上。

见明檀手中的书半晌未翻一页，江绪问了声："在想什么？"

明檀慢慢放下书卷，若有所思道："在想，此刻我那三姐姐应是知晓，用我名头行事的代价到底是什么了。"

她不可能让夫君在禾州无端逗留两日，便只留了云旖，让云旖给苏家小姐送东西，再特意等至今日的风荷宴前往冯府宣谕，另外她还往靖安侯府递了封信，想来有裴氏从旁进言，爹爹不会连这点事儿都拎不清。

……

"其实她若只是打着靖安侯府的名号，我最多给爹爹去封信，爹爹对三姐姐，总是有几分疼惜的。可她千不该万不该借着定北王妃的名头行事。

"她如此行事，损的不只是我的名声，更是王府和夫君的名声。夫君的战功与威望都是沙场上一刀一枪拿命搏来的，我岂能容她这八竿子打不着尽干蠢事儿的在后头糟蹋。"

见她认真又生气，江绪略感意外，也略感触动。其实他并未想过，他这小王妃整治庶姐是为了他的名声着想。

明檀喝了口茶缓了缓，又气气地补了句："我还没糟蹋呢！"

"……"

江绪稍顿，默默将方才那分触动收了回去。

此番云旖留在彭城办事，舒景然也主动留下等她。待事情办成往前追上队伍，车马已经行进了禹西。

禹西地区是西域往来要塞，沿途景象颇具异域风情。明檀一母同胞的嫡亲兄长在禹西庞山任县令一职，江绪已答应她，会绕路庞山经停一日，带她去见兄长一面。

明檀兄长名唤明珩，长她八岁，参加过两次春闱，成康二年得同进士出身。薄取功名的同年，他与左谏议大夫长女定亲，不承想定亲不久，左谏议大夫长女便因时疾难愈，不治身亡。

明珩虽无大才，但为人勤勉踏实、重情重义，仅与未婚妻子相见一面，仍发愿为其守丧，三年不娶。且一意孤行，不愿依侯府之势留任京官，自请外放，甘做小小县令。

今年是他外放庞山的第四年，明年便任满归京，待述职调任了。

江绪看过明珩在吏部的考评，年年上等，政绩颇丰，似乎是个不错的父母官。此行绕路庞山，不只是满足明檀，也是他自己想与明珩见上一面。

得知几年没见的小妹妹要与她那位王爷夫君一道途经庞山，明珩心中很是激动。

明檀大婚，他没能回京观礼，只能遣人为她添份嫁妆。

明檀婚后，他与京中通了几回信，每每问及明檀，回信都说很好。可回信是回信，没能亲眼所见，好与不好，又如何能妄下定论。

“大人，今日不是要去义庄吗？”小捕快在身后追着问。

“让仵作去便是，今日本官妹妹要来。”

判完田产纠纷的案子，明珩摘下官帽，匆匆往县衙住处赶。

走至半程，他忽又停步，对跟来的小捕快道：“青和，你也别去了，你是姑娘家，刚好可以帮本官收拾收拾屋子。”

小捕快怔了一瞬，面上讶意难掩：“妹妹？大人的妹妹……怎么会来庞山？”

他们家大人不是上京人士吗，那大人的妹妹自是京中闺秀，如何会来庞山小县?

“说来话长。总之，你先同本官去收拾屋子。”

青和点头，跟上明珩的步伐，心中对这位久闻其名的县令妹妹不免又多了几分好奇。

县衙众人只知大人家住上京，却极少听大人提起家中之事，偶尔提上那么一回，都是在说他那位漂亮可爱长得和天仙似的小妹妹。

大人素来简朴，吃喝都在县衙，穿着只讲干净，可给妹妹搜罗稀奇物件儿的银子花起来毫不手软。她倒是极想见见，大人这位稀罕得紧的小妹妹到底是何等人物。

车马行进庞山县后，明檀按捺不住撩开车幔，好奇地往外张望。

与兄长已近四年未曾谋面，她想仔细瞧瞧，兄长治下四载的地方，到底是何模样。

可这一瞧，明檀心中不免有几分酸涩。

庞山虽是望县，终不能与上京作比，上京城里那些世家公子，谁不是纵马风流，红袖招招，偏她兄长实心眼，非要到这小地方当什么县令，还因守丧不娶与父亲闹僵，如今连个嫂嫂都没见着落。

不一会儿，车马停在了县衙外头。

明檀轻踩轿凳，遮薄薄面纱，搭着云旖的手下了马车。

她通身着玉白梨花纱襦裙，几欲乘风，飘飘若仙，因无绿萼巧手相伴，她发髻绾得简单，只簪碧绿玉钗，但仍难掩其眉目如画。

虽条件不允许，不能像在京城那般出入皆呼仆唤婢，但云旖为了撑起自家王妃的排面，一个人默默干着一堆人的活儿，将明檀扶下马车，又立马为其撑起遮阳纸伞。

青和瞧呆了。

明珩也瞧呆了。

他离京之时，明檀还只是个脸颊嘟嘟的漂亮小姑娘，笑起来眼睛像两弯月牙，总是甜甜地喊他“哥哥”，没想到四年不见，小姑娘竟真出落成了天仙，一行一止，如春水梨花，楚楚动人。

“哥哥！”

明檀的目光自出迎的一行人中掠过，很快定在为首着深青县令官服的男子身上。

男子相貌堂堂，端正温润，是那种一望便知极好相处的面相，她忍不住轻喊了声。

明珩回神，一声“妹妹”也差点脱口而出，不过他暂且忍了下来，因为，他的目光很快被后一步下马车的黑衣男子吸引。

黑衣男子身形颀长，眉目冷淡，仅是下个马车，就带着上位者的天然气势。

想来这便是威名赫赫的大显战神，他的妹夫，定北王殿下

明珩怔了一瞬，目光又移回明檀身上，好半晌才克制下内心翻涌的激动之情，镇定道：“二位舟车劳顿，里面请。”

见到从后头那辆马车上下来的舒景然，他亦是有礼引道：“舒二公子，里面请。”

舒景然点头展笑，本欲喊声“世子”，可想到庞山府衙中人似乎不知明珩的身份，还是改口喊了声“大人”。

他与明珩并不相识，但他记得，从前兄长邀人煮茶论诗，这位靖安侯世子是其中常客。兄长还说过，靖安侯世子为人宽厚，极好相处。

一行人跟着明珩走进庞山县衙。

一路行至衙内的待客花厅，明檀终于忍不住摘下面纱，上前抱住明珩，红着眼喊道：“哥哥！”

“妹妹！”明珩也忙抱住明檀，摸了摸她的脑袋，声音激动得有些发颤。

江绪：“……”

他这小王妃，平日在外头一口一个守礼，如今哥哥倒能随便抱了。

“哥哥，你怎么都瘦成这样了，是不是平日忙于公务都没有好好吃饭？阿檀好想你！”明檀眼眶含泪，一脸心疼。

候在不远处的青和咽了咽口水，惊叹于大人妹妹美貌的同时，也很想分辩一句：大人来庞山后明明都厚了一圈，今年官服穿不下，还重新领了两套新的，您长得好看也不能睁眼说瞎话啊。

然说瞎话的不止她，明珩也道：“还说我，你也瘦得风都能吹倒似的，是不是——”

他话没说完，江绪便望了他一眼，那眼神似乎在问：怎么，世子是觉得定北王府亏待了王妃？

“我很好，哥哥不必担忧。”还是明檀先回过神，堵住明珩话头，“对了哥哥，这是我的夫君。”她又向江绪介绍，“夫君，这是我的哥哥。”

两个男人的视线终于对上。

有外人在场，且他们没有主动表明身份，明珩一时不知该如何称呼，便斟酌着喊了声：“妹夫？”

江绪沉默了下，良久，他颔首道：“兄长，唤我启之即可。”

兄长？明珩点点头，虽然听着没什么不对，但隐隐感觉自己好像占了个不小的便宜。

此番兄妹相见不易，江绪既带明檀前来，倒不至于连单独叙话的机会都不给。他主动与舒景然离开，只留云旖在花厅外头候着两人叙话。

这话一叙，便是一整个下午，明珩与她说着自个儿在府衙的境况，她也与明珩交代了家中诸事。

晚上，明珩早早备了桌好酒好菜，与江绪这妹夫，还有舒景然这故人之弟畅饮了番。

明檀心中欢喜，也与他们一道小酌了两杯。可她酒量不好，喝的又不是果酒，两杯下肚，小脸便红扑扑的。

江绪本只准她喝一小杯，眼见她都开始偷喝第三杯了，他忽地夺过，一饮而尽，没什么表情地冲云旖吩咐道：“夫人醉了，送夫人回房休息。”

他一发话，明檀便心虚得像做错了事被抓包的小孩子般乖乖起身。

明珩见状，心中不免担忧。下午叙话时，明檀说王爷待她很好，但怎么看，自家妹妹都像是被王爷吃得死死的。

四下无外人，他边倒酒，边犹豫着说了声：“王爷，舍妹年纪小，不晓事，若是平日犯了什么错，还请王爷多多担待。”

江绪很给面子地饮了他倒的这杯酒，声音也如这酒般清冽冷淡：“兄长放心，本王的王妃，自然不会有错。有错，那也是别人的错。”

明珩：“……”

很好，很霸道。

这夜，江绪、明珩还有舒景然三人相聊甚晚。

大多时候都是江绪与明珩在聊，舒景然甚少插话，他知道，此番特意途经庞山，江绪是存了用人心思的。

假以时日桐港一开，全州禹州都必须由自己人完全掌控，明珩在庞山待了四年，对禹州极为了解，若是可用，自然不能错过。

……

话毕回房，已是深夜。

江绪见屋内安静，以为明檀醉了酒，已然熟睡。不想及至里屋，明檀忽然从被子里钻了出来。

不知怎的，她竟换上了今日在外头买的西域舞衣，绯色，上身露出白皙细腻的肩颈腰腹，边缘坠有许多装饰闪片，下身则是薄薄一层绯纱，朦胧遮着紧要之处与两条笔直修长的腿。

“夫君，阿檀好看吗？”

她声音甜甜的，醉得不轻，晃晃荡荡地起身，学着今日在集市上瞧见的西域舞娘，直勾勾地瞧着江绪。

她学得不像，然纯情娇憨中略学几分做作的媚意，娇嗔磨人，更是要命。

江绪搂住她的纤腰，将她两只不安分的小手扣在身后，声音略沉：“别闹，这是在你兄长府上。”

“兄长？唔……哥哥？”

她醉得已经听不大懂江绪在说什么了。

“叫谁哥哥？”江绪白日听她一声又一声地喊着明珩“哥哥”，心里就有种极异样的冲动，此刻她不甚清醒，心底某种冲动又在隐隐作祟，他不动声色地问，“本王叫什么？”

“唔……江，江绪。”

“字呢？”他循循诱道。

“启……启之……”

今日他告诉过哥哥，她记得的。

“这是在谁府上？”

“哥哥？”

“连起来。”

“……”

明檀此刻醉眼迷蒙，问些无须思考的简单问题倒罢，可让她连起来……她打了个酒嗝，脑袋歪在江绪胸膛上，往上仰着，眼神蒙眬又疑惑。

“连起来？”

如何连起来？

不知想到什么，她忽地往后退了退，一把扯开江绪袖上的束带，踉跄着转圈圈，往自己身上绕。

绕到最后束带不够长了，她又惯性跌回江绪怀中，本就不甚清醒的小脑袋转得晕乎乎的，磕在那堵熟悉的胸膛上，似乎很有些痛。

她蹙起秀眉，边揉着额头，边拉了拉束带，还嘟囔道：“连起来了呢。”

江绪：“……”

他今夜也喝了不少酒，身上带着浓重酒气，目光所及之处，是明檀身上的绯红薄纱与白腻肌肤。银亮闪片晃动，勾起她身上的浅淡馨香，直直钻入他的鼻腔。他眸色渐暗，喉间不自觉滚动了下。

偏这般，明檀还不安分地蹭来蹭去：“夫君，你身上怎么凉凉的，唔……真好。”

江绪身上被她乱动的小手撩起一簇又一簇的火，念着是在明珩府中，他忍了片刻，可终是不想再忍。

夜里暗香浮动，明檀半醉半醒间，一声又一声的“启之哥哥”从唇边逸出……

一夜贪欢，次日醒来，明檀头疼得紧，脑子突突的，因着醉酒，也不大记得自己昨夜做了什么，又发生了什么。

只不过见到还躺在身侧的江绪与乱作一团散发着暧昧气息的锦衾，方才还混沌一片的脑中又零星冒出了些羞人画面。

启之哥哥？

她昨夜喊启之哥哥了？

想到这里，明檀脸红了红，忙捂脸往里侧翻，身子蜷成了小虾米。

她可太不知羞了，为何会这样喊？这可是在哥哥府中，也不知昨夜有没有被人听到，真真是喝酒误事，喝酒误事！

忽然，身后长臂将她捞入怀中，粗粝指腹在她身上肆无忌惮地流连着。

她忙将其拍开，回身恼道：“昨夜你……明知是在哥哥府中，你太坏了！”

“本王醉了。”他的声音低而餍足。

醉了，平日怎的不见他醉？且云旖明明说过，主上千杯不醉！明檀羞恼，拿他没法子，往他身上捶了两拳，可力道也是轻飘飘的。

江绪拢住她的小拳头，哑声安抚道：“无事，舒景然与你哥哥也都醉了。”

“真的？”明檀狐疑。

江绪“嗯”了声。

明檀将信将疑，但还是稍稍心安了些。

在床上温存了会儿，两人起床更衣。

见江绪又要穿一身黑，明檀按住，给他挑了身松青便服，还颇为贤惠地一件件帮他往身上穿。

穿好后，她随手拿起江绪换下的黑色锦衣，想将暗袋里的东西拿出来。

他暗袋里头通常会放些银两银票、信号烟弹，还有亲王印鉴。

“哎，夫君，这是什么？”明檀忽然摸出块长条状的玄色小玉牌，好奇打量。

这东西顶端穿孔，原本似是挂在什么东西上头的，通体呈玄黑之色，摸着似玉非玉，上头还有明显的钝器磨损痕迹。明檀瞧着，莫名有些眼熟，可一时也想不起在哪儿见过。

江绪稍顿：“你不认识？”

明檀老实摇头：“不认识，但有些眼熟。”

“此物，救过本王一命。”他从明檀手中接过，摩挲了会儿，又将其放入暗袋之中。

救过一命？明檀想再仔细问问，可明珩忽至屋外敲门，来唤他们一道用早膳。

听到明珩的声音，明檀脑中那根忽上忽下的弦倏然绷直。她忙支应了声，举起小铜镜瞧了瞧。

很好，发髻妆容都很妥当，她整理了下衣襟，拉着江绪一道出门。

早膳摆在花厅，用膳时，明檀旁敲侧击地问："听夫君说，哥哥与舒二公子昨夜都醉了，你们休息得可好？"

明珩揉额，有些无奈："是有些醉，回屋便睡了。"

舒二点头，轻轻叹气："我也是，论酒量，还是不敌启之啊。"

明檀闻言，悄悄松了口气。

江绪自顾自用着粥，几不可察地扬了扬唇角。

他们此行的目的地是灵州，绕经庞山本就只能稍停一日，依江绪的意思，用过早膳便要继续出发。然明珩盛情，非要留他们再用顿午膳，明檀也眨巴着眼望他。

念她昨夜辛劳，江绪颔首，答应了。

早膳过后，明珩带他们去县衙各处瞧了瞧，又去街上转了圈。

庞山百姓对明珩极为熟稔，卖菜的老伯妇人见着他，笑得眼都眯成了一条缝，非要给他捎些自家种的新鲜蔬菜，街边布庄的老板娘也一口一个"明大人"喊着，扭着丰腴腰肢上前，话里话外都是想给他介绍姑娘。

明檀掩着面纱，一直规规矩矩跟在江绪身侧。听到有人要给她哥介绍对象，她终于忍不住，出声念叨道："哥哥，你为杨家姐姐守丧已满三年，明年回京，这婚事可得提上日程了。爹爹虽不说，但他对你的婚事是极在意的，母亲也暗地里给你物色了好几家小姐呢。"

提及这一话题，明珩颇有些不自在。跟在后头的青和也莫名一顿，抬眼偷觑自家大人。

就那么一瞬，明檀敏感地捕捉到了两人的微妙反应。

她好奇地望向青和。

原本她没大注意，只当人是衙门里头的小捕快，也没想这小捕快是不是出现得太频繁了些。

现下打量，这位青和姑娘很是眉清目秀，瞧着还很机灵能干。最重要的是，她极为崇拜明珩，出口三句，必有一句是以“我们家大人”开头。

明檀心思玲珑，有心套话时，没几个人能招架得住，何况是青和这种在衙门里头办差、惯常直来直去的姑娘。

她只随意抛了几个话头，青和便竹筒倒豆子般，将自个儿祖上三辈埋骨的风水宝地都交代得清清楚楚。

嗯，身份是有些差距，爹爹那关定不好过。不过靖安侯府已是招风大树，世子夫人的身世本就不该太过显赫，找户清白识大体的人家也算不错。只不过哥哥是世子，他的妻子以后会是明家宗妇，清白之外，还需要贤惠明理，担得起宗妇之责。

不知道这位青和姑娘担不担得起，又愿不愿意担起。

回到县衙时，厨房正在备午膳，云旖也趁着这会儿工夫收拾行李。

明檀发现那位青和姑娘在看他们的马，于是又上前搭话道：“青和姑娘会骑马吗？”

“不会，不过我一直很想学。”青和摇摇头，一脸老实。

“你想学？那刚好我可以教你。”

“小姐……你会？”

青和挠了挠头，直白地质疑了下，毕竟自家大人这妹妹看着就是个十指不沾阳春水的，让她上马都挺为难的样子。

“当然。”

明檀之前便亲受江绪指点，这一路坐在马车里头烦闷，她也时不时与江绪同乘一段，顺便接受师父指点。虽然骑不稳，但她记得快，如今理论知识已颇为丰富。

于是江绪与明珩路过时便见到，青和坐在一匹马上晃荡，明檀在旁边严肃指点着：“对，就是如此，握紧缰绳，直起腰，一定要坐直，夹紧马腹……”

“王爷，阿檀会骑马了，竟还能教人？”明珩愕然。

江绪：“……”

真是一个敢教，一个敢学。

许是明檀理论知识到位，又许是青和悟性好，两人这么瞎折腾，竟也没出什么岔子。

没一会儿，云旖过来了。

云旖是正儿八经的津云卫出身，骑马自然不在话下。明檀很有自知之明地腾出了师父之职，让云旖来教青和。

见青和对骑马是真感兴趣，明檀还留了匹马送给她。

用过午膳，再是不舍，也得继续上路，好在明珩还有一年便要回京述职，话别也不至于太过伤感。

临走前，明珩给明檀送了盒小玩意儿。

“这些是近半年搜罗的，原本打算下月捎回上京，既然来了，便一道带上，路上也解解闷。”

“谢谢哥哥。”

明檀弯唇，接过紫檀木盒，打开看了眼。

里头有精巧复杂的鲁班锁、玉质九连环、彩绘磨喝乐，还有闪闪夺目的宝石簪钗，都是京中很难见到的新鲜式样。

看完正要合上，明檀又忽然瞥见角落一抹极易忽略的玄色。她好奇，伸手拨了拨，将埋在角落里头的那块玄色玉石拿了出来。

这块玄色玉石与今早在江绪衣裳暗袋中见到的那块质地极为相似，只不过形状不同，这块呈椭圆状，更近鹅卵石的模样。

“哥哥，这是何物？”她将其放在阳光下照了照，并不透光。

明珩解释：“噢，这是西域那边一个叫‘乌恒’的小国独产的一种玉石，名为‘乌恒玉’，通体呈玄黑之色，质地极为坚硬。乌恒虽产此玉石，但产量极少，我偶然得了这块，见玄色玉石难得，想着你做首饰许是能用得上，便放在里头了。”

明檀闻言，了然地点了点头。

明珩想起什么，又道：“不过这玉，我从前也着人给你捎过一块，你不记得了？”

明檀：“……”

有吗？明檀疑惑了一瞬，又很快释然。

她的宝石簪钗数不胜数，当初福叔借错金阁名头给她送的极品东珠头面，她也只打开看了一回，都没有戴过。

哥哥这么说，那应该有吧，这样一来，今早见到夫君那块玉石觉得颇为眼熟，也能解释得通了。

明檀没多想，上车后还将这块乌恒玉拿出来在江绪眼前晃荡，边打量边絮叨道：“夫君，这块玉石和你的那块好像是一个东西，叫什么‘乌恒玉’？

“哥哥说，他从前也送过我一块，难怪我今日见到你那块玉石颇觉眼熟。不过也不知道哥哥在想什么，这黑乎乎的，竟拿给我做首饰，谁家姑娘会用什么黑乎乎的玉石做首饰，哥哥他也太不懂姑娘……”

说着说着，明檀忽地一顿。

等等，她想起来了。

几年前，她似乎真收到过这么一块黑乎乎的玉石，且当下觉得新鲜，还真用这黑乎乎的玉石做过首饰，做的正是江绪暗袋里那种长条状的小玉牌，挂在腰间禁步上头，聊做点缀。

那禁步，应是三年前从寒烟寺踏青回府后嫌晦气，与其余衣裳首饰一道全都锁进了箱笼，再没拿出来用过。

说到寒烟寺，明檀不免想起桩旧事。

寒烟寺早些年在上京，香火也十分旺盛。可三年前一夜大火，竟将其烧了个干净彻底，此后京中众人对此寺讳莫如深，无人再提。

明檀记得，烧光寒烟寺的那把大火，正燃在那年的踏青节。

彼时她正值豆蔻之年，踏青节与京中闺秀一道，去寒烟寺寻春赏花。

寒烟寺地偏，因求子灵验颇负盛名，后又不知怎的，传出求姻缘也十分灵验的名头。

少男少女正初识慕艾，对姻缘一事有些懵懂的热衷，故不辞劳苦，也非要出城去寒烟寺走上一遭。

那时明檀与梁子宣定着亲，没见过什么世面，对这门婚事颇为中意。

去寒烟寺时，她也顺道拜了拜，祈求姻缘顺遂，只不过拜完求签，却是下下凶签，可把她气得不轻。

因着这支签，她心情不好，后与一众闺秀在寺中后山围坐一席赏花斗草，也不大能提得起精神。

也不记得当时是谁家小姐忽然要放风筝了，风将风筝吹得高远，那小姐追着往前，眼睛不注意，脚下不留神，竟在她的浅色裙摆上踩了好几个脚印。

明檀遭了无妄之灾，本就不佳的心情越发郁闷。

只不过她也不可能因着被踩脏了衣裳就掉脸子，只能心里头暗生闷气，而丫头伺候她去厢房换衣时，就有人刚好撞上了她这气恼的当口。

衣裳换到一半，寺僧砰砰叩门，说寺中进了刺客，想请她开门一查。

她当时心火就噌噌上冒！查人都查到她这儿来了，浑说八道的她名声还要不要了？！

她揪着礼法对着外头好一通怼，一二三四愣是没歇半口气。

外头寺僧面面相觑，查人之事本不好张扬，寺中贵客也不好轻易得罪，几经思忖，他们还是没往里硬闯，先去查了别的地方。

只不过她换好衣裳离开之时，忽地扫见屏风角落有零星血渍。

她心跳漏了一拍，大脑倏然空白，浑身僵直，差点都没能走动道，好在最后还是强忍镇定，当什么事都没发生般，缓步走出了厢房。

那回踏青着实不顺，明檀又气又怕，只觉寒烟寺处处晦气，回府后她心情极差地闷头睡了一觉。谁想一觉醒来便听闻，寒烟寺昨夜大火，整座寺都被烧没了。

京中府衙对外称，清明时节焚香烧纸者众，引了山火，寒烟寺不幸蒙难。

可这事儿处处透着古怪，说是山火，也没听说山烧秃了，只独独烧了座禅寺，且寺众只死伤了一小部分，其余都已被转移至其他禅寺。

明檀当时年纪虽小，也觉出些不对，甚至还有些害怕是自己放走刺客，才使寒烟寺遭此大难。

不过后来她从裴氏处隐隐得知，寒烟寺此番遭难并非意外，而是上头着意清理。

寒烟寺有些僧人，似乎闹了什么见不得人的勾当。

具体的裴氏也没多说，许是怕污了她的耳朵。可那年京中陆续有几家夫人或是上吊自尽，或是因疾而逝，而那几家夫人都曾在寒烟寺求子如愿。

诸般相联，再加上坊间极偶尔的隐晦传闻，明檀隐隐有了个大胆的猜测：那寒烟寺里头，怕是有荒淫假僧，所谓的求子灵验，不过是相胁索欢罢了。

再后来，她也留心过夫人过世的那几家，无一例外，生出的孩子都因各种理由陆续夭折。只一家称自家孩子身体孱弱，要送至江南老家休养，至此再无消息。这显然也更印证了她的猜测。

不过猜测始终只是猜测，上头有人不想公之于众，便不可能轻易得知，她只要知晓寒烟寺之难非她之过就好。

明檀陷入回忆，静默了半晌，江绪忽问：“在想什么？”

“没什么。”明檀回神，下意识地摇了摇头，“对了夫君，你先前说，那块乌恒玉曾救过你的性命？”她还是对这件事更感兴趣。

江绪“嗯”了声：“三年前收复虞州，有一仗打得艰难。从战场脱身又遇追杀，护心镜已碎，它替本王挡了一回淬毒之箭。”

明檀恍然，立马便想起了哥哥所说的此玉极为坚硬。

江绪只轻描淡写地说了这么一句，然个中艰险，却是千言万语都难以道尽。

在收复虞州之前，大显表面和平繁盛，实际内忧外患已达顶峰。

宿太后虎视眈眈，几次三番对成康帝出手，甚至还利用寒烟寺的荒淫假僧，把控朝中数位重臣家眷，步步相胁，混淆子嗣，为的就是让她们为己所用，窃取重要情报。

江绪潜入寺中调查，因轻敌中计，负伤藏于厢房。不巧，正是明檀换衣的那间厢房。

彼时他就藏身屏风之后，而明檀就在屏风的另一折面换衣裳。

她将换下的外衣搭在屏风上头，珠光熠熠的禁步也随意搭着。不知怎的，禁步上头忽地掉下块玄色小玉牌，声音清脆，清晰入耳。

那一瞬——

江绪动了杀心。

可对面的小姑娘没管掉落的东西，只气气地念叨着这寺里的签如何如何不准，她的衣裳如何如何金贵。

后头有人来查刺客，她似乎气极，条理清晰地一条条怼了回去，硬生生将人怼离了厢房。

江绪不由得望了眼屏风间隙，那头的小姑娘似乎才十三四岁，面庞精致，略带几分稚气。

可就是这位略带稚气的小姑娘，拿礼法堵了通人，又故意磨蹭换衣，无意中为他争取到了极为紧要的一刻。

他利用这短暂一刻席地疗伤，恢复了五成内力，顺利离开了寒烟寺。

夜里烧寺抓人，白日朝中暗潮汹涌。许多事由始至终都未放在明面上说，然一夜之间已天翻地覆。

寒烟寺一案可以说是宿太后一系当年不得已沉寂的关键所在，因此事做得过火，数位原本持中的重臣愤而表明立场，与宿太后一脉势不两立。

他的小王妃，在寒烟寺无意中帮了他一回，那块被他顺手带走的玄色玉牌在不久之后的虞州之战中又救了他一命。

收复虞州是他平生所遇最为艰险的战役。前线交困，朝中贪饷，大显军节节败退，死伤数万。

他身负重伤在林中以身作饵诱敌追杀之际，忽而数箭齐发，其中一箭直逼心脏，他以为难逃此劫，然那块他随手放在胸口的玄色玉牌，竟是坚硬不摧的乌恒玉，替他挡下了淬毒一箭。

缘分一事从来奇妙，有些人相识数载不过点头之交，而有些人平生一遇，便是命中注定。

◈ 第十章 ◈
心动

自庞山出发，一路不急不缓地往前行了十日，终于到达灵州。

明檀此前从未离京，只知灵州海贸发达，经济繁盛，且多出美人。听闻历朝采选，灵州送入京城的女子都比旁处要多不少，前朝继后、如今的宿太后也是灵州人士。

直到进入灵州地界，她才无意从江绪口中得知，原来宿太后不只是灵州人士，其背后的宿家甚至已经掌控了大半个灵州。

前朝至今，灵州市舶司一直是宿家的一言堂，数任市舶使全都出自宿家一派，灵州最大的私商船队也是由宿家出资组建，这便等于，无论是官营还是私营海贸，都完全被拢在了宿家手中。

灵州上下的地方长官也多与宿家勾连，没有勾连且不愿有所勾连的，总会因各种理由死于非命。

明檀听蒙了："那，那我们岂不是很危险？"

明檀所受到的教导一直是女子不得干政，所以她从不过问江绪的公事，此回南下灵州，她也没问江绪办的到底是什么差，还下意识地以为，既都能带上她，必然无甚凶险。

"怕了？"江绪抬眼瞥她。

明檀沉浸在方知此事的震惊之中，老实地点了下头。点完她反应过来，又立马摇头，强装镇定道："有夫君在，阿檀不怕，有什么好怕的。"

她嘴上这般说着，身体却很诚实，背脊瞬间绷紧，还谨慎地撩开车幔一角往外张望。

江绪微不可察地翘了下唇角，垂眸翻书，并未告诉她不必担忧。

灵州已是宿家最后一张筹码，他们不会希望当朝亲王与右相公子在此地界出事。退一万步说，若真有人心存不轨，想要做些什么，也得看他们有没有那个本事。

晌午，车马停在灵州西南一座小镇，一行人在镇上找了家酒楼歇脚用膳。

几人坐在二楼雅间，明檀皱眉，刚想说这龙井不好，里头掺了陈茶，楼下就忽地闹将起来，似乎是有人吃了白食不愿付账。

明檀往楼下望去，掌柜的很是硬气，让人拦着，不付账不许出门。

然那吃白食的也很硬气，撸起袖子一脚踩在凳上，粗俗地往地上吐了口痰，扯着嗓门道：“我呸！老子告诉你，我妹子调去伺候宿家三房的九姑娘了！等我妹子拿了月银，还怕付不上你这几个小钱？我妹子在九姑娘跟前可得宠得很，过几日给我在宿府谋个差事也不算个事儿，你少给老子不长眼睛！”

这年头吃白食还带这么嚣张的？

明檀仔细打量着，只见掌柜的听到这番话，竟还真犹豫起来。那吃白食的见状，得意扬扬地捞起桌上半只油亮烧鸡，大摇大摆地出了酒楼，掌柜的竟也没让人拦。

等等，妹子是宿家三房九姑娘跟前得宠的小丫头，就能让人如此忌惮？看来这宿家在灵州，还真是土皇帝啊。

明檀心中越发担忧。

两日后，他们一行终于到达此行目的地，灵州泉城。

到了泉城，江绪不打算继续低调，在城门查验处便亮了身份。

知府闻讯，忙至城门亲迎。

“不知王爷亲临，下官有失远迎，还请王爷见谅。”知府诚惶诚恐，明明知道江绪为何前来，也要硬着头皮装出浑然不知的模样，还得小心翼翼地问上一句，“王爷此回大驾光临，可是有差使在身？”

“本王行事，还需先告知知府大人吗？”江绪负手，显然没将人放在眼里。

“下官不敢！”

知府腿都快软了，他是知道这阎王爷要来，但没想到人家会直接亮身份啊，前头那么多地方这阎王爷不都是安安静静住客栈嘛，为何一到泉城就找上了他？他又不是宿家人！

知府心里头叫苦不迭，可嘴上还是得找番漂亮说辞解释：“下、下官的意思是，王爷行事，若有什么用得着下官的地方，下官定竭力配合！”

江绪淡淡扫了他一眼：“那就辛苦知府大人了。”

知府点头，边擦着汗，边殷勤将他们一行引回府衙，好吃好喝招待着，半分不敢怠慢。

只不过明檀警惕，什么都不敢碰，入口必试毒，器具边缘也不放过，床褥摆设亦要着人仔细验看。

晚上，知府费心安排了一番，邀请江绪与舒景然去仙泉坊，为二人接风洗尘。

这仙泉坊便是灵州一百八十舫中规模最大的一坊，共有六十八条舫船相连，坊中姑娘容貌才情，比之上京别玉楼也不遑多让。

得知晚上江绪要去此处应酬，明檀心中担忧，用膳时，几次三番欲言又止。

江绪以为他这小王妃又是醋性上来了，斟酌着，难得主动道：“今夜有事，你……不必担忧，若知府家中女眷相邀，你也可以与她们一道去热闹热闹。”

她惯爱热闹，这些时日舟车劳顿，恐怕也憋得慌了。

“可夫君去那仙泉坊——”

“王妃该对自己有些信心才是。”说着，他给明檀夹了块肉。

“……”

她对自己很有信心好嘛！她人都跟到灵州来了，还怕他带个画舫女子回来不成？

好吧，她的确有那么一点点怕，若她一道出行他还能顺路捎个女子回府，那回到上京她也是不用做人了。

可如今她更害怕的明明是宿家对他不利，正所谓强龙不压地头蛇，如今在人家地盘上，若他要办的差事触及人家利益，那再是能耐，也不免凶险。

江绪出门前，明檀忍不住絮叨叮嘱：“夫君酒量虽好，但方至灵州，还是要少饮些酒，万事多加留心才是。”

说着，她还将离京前找封太医偷偷要的解毒丸塞给了他，小声道：“夫君若觉得有什么不舒服的就吃上一丸。这是我找封太医要的，可解数种寻常的迷药毒药。”

“……”

江绪想说些什么，又觉得无甚必要，临走前只点了点头，嘱咐云旖：“好好照顾王妃。”

江绪突如其来的亮身份举动不仅打得知府措手不及，也让知府府中的女眷有些手忙脚乱。

她们得知定北王殿下带了王妃一道住在自家府中，而自家大人请了王爷和那位右相公子去仙泉坊接风洗尘，那王妃，她们总不能就这么晾在府中不闻不问，所以夜里，知府夫人也安排了河中戏，请明檀前往一观。

这河中戏是灵州一大特色，源起于灵州的一百八十舫，后有戏班子加以改良，创出了仅在灵州盛行、夜里才唱的河中戏。

河中戏顾名思义，自是要在河里头唱。戏台子搭在河里，入夜台上灯火环绕，河面也燃起簇簇河灯，观者坐在画舫里头乘凉，闻着荷香，赏着夜戏，别有一番惬意。

明檀收到邀请时下意识便想拒绝，人生地不熟的地方，她怎么可能往河里凑，嫌名声太好还是活得太久了？

可她的拒绝让知府夫人很是心慌了一番，以为是自个儿哪里不周到，又亲自来请，言辞热情恳切。

明檀本想说身体不适，可冷不丁地，她忽然又想起先前夫君所言——

夫君为何会特意提醒一句“可以与知府府中女眷一道热闹”？莫不是在暗示她，让她与知府府中的女眷多接触了解？

见明檀犹疑，云旖悄声道：“王妃放心，主上还留了两名津云卫的高手在随行护卫。”

有吗？为何她半点都没感觉？

不过既是如此，她也没再继续拒绝，心想还要在灵州待上数日，与此处女眷多接触了解，许是对夫君办差有所助益也说不定。

知府府衙离看戏的灵雨河很近，一路上，知府夫人还和明檀细细分说了番这灵雨河的来历，大约就是些求雨很灵因而得名的鬼神奇事，明檀有一搭没一搭听着，并不是很感兴趣。

倒是知府家二小姐的话头引得有意思些——

“王妃娘娘，您可听说过咱们灵州的一百八十舫？瞧，那头一片亮的地方便是咱们灵州的一百八十舫了，王爷与爹爹他们去的仙泉坊是靠右的那一片。”

知府夫人忙瞪了她一眼示意她闭嘴，领人夫君去舫间取乐是什么值得炫耀的好事不成？王妃不怪罪就是天大的面儿了，姑娘家家的，竟有脸在人跟前提！

不过明檀还真顺着话头望了眼，远处河面灯火通明，熠熠生辉，粼粼波光之上，映照出了几分如梦似幻的灯火盛景。她想着，若是再近些，许是还能听见女子的娇笑声响。

知府夫人安排看戏的画舫很是宽敞，上头八仙桌早已摆了精致的果盘点心。

河面夜风习习，船行至离河稍有段距离的地方就停了下来，不远处的戏台，戏子也傅粉登场。

明檀得知远处那片夺目灯火便是灵州一百八十舫后，看戏总有些心不在焉，时不时就要往那头望上一眼。

待到台上一出《春江花月夜》唱至尾声，明檀忽地瞥见远处那片灯火冒出了簇簇青烟。

这……难不成是他们那处的什么新鲜节目？

她不由得盯着，可越盯越不对劲，怎么瞧着，好像有大片大片的人影在移动？

她坐直了些，忽然，惊道：“那儿是不是走水了？”

此言一出，画舫上看戏的众人都不由得往那处望去。

离得远，有些看不清，知府夫人吩咐个小厮划小船往那头查看。

那小船划至中途便急忙折返，小厮冲画舫大喊：“夫人，走水了！那……那头走水了！”

此刻不消他说众人也看清了，那火势迅猛高蹿，一簇簇烧着青烟，瞧那位置，正是大片光亮的最右侧，仙泉坊！

知府夫人的脸色倏然煞白。

仙泉坊？

那，那自家老爷岂不是……还有那位定北王殿下和右相公子……

天爷啊！

她眼前闪过一阵白光，刚站起来望了眼，又一屁股跌坐回去，六神无主，慌得半晌没能张口。

戏台上的戏停了，画舫众人七嘴八舌：

“怎会如此？这风一吹，舫船怕是都得烧光了！”

“是仙泉坊！娘，怎么办，爹爹还在上头呢！”

“夫人，是不是要派人去救火？”

“这么大的火势，潜火军应是已经出动了吧？”

……

夫人小姐们你一言我一语，甚至还有些抱着看热闹的心思暗暗想着：这水走得可太好了，把那些个舫船里头的狐媚子都烧个干净才好，省得成日妖妖娆娆惯作可怜，勾着爷们儿不着家！

知府夫人哪遇上过这场面，平日在内宅养尊处优，最多也就是料理些妯娌女眷间拉里拉杂的琐事，一时指着她拿主意，她脑中全然空白。

就在这时，明檀压下心里头不断上涌的慌乱，冷静出声道：“夫人，立即遣人通知潜火军与城防司，让他们前往救火，府衙能调动的兵丁也全部调去救火！”

知府夫人正没主心骨，一听明檀所言，回了回神，忙点头道：“是，是，王妃说得是，还不快按王妃说的去办！”

下人们面面相觑。

这……通知潜火军倒没什么，潜火军肯定会派人前往，说不定此刻都已经在路上了。可城防司与府衙兵丁，这哪是他们去报信就能调动的，王妃和知府夫人也没这特权啊。

知府夫人正慌着，哪想得到这一层，见他们踌躇，急得手忙脚乱指挥道：“愣着干什么，还不快去！”

有人一脸为难：“夫人，若无知府大人手令，城防司与府衙兵丁，小的们去报信，他们也不会听的。”

明檀闻言，立马驳道：“知府大人如今也被困舫船，如何能有手令？你们去便是了，就说是本王妃的谕令。”她扯下腰间的王妃玉牌，“若不听令便告诉他们，今夜王爷与舒二公子若在泉城出事，城防司与泉城府衙谁也别想脱罪！”

她如何不知王妃谕令无法调遣府城兵丁，可此刻她也顾不得那么多了，冷言威胁道：“本王妃在皇上面前，说这句话的分量还是有的。”

此言一出，下人们背脊都生了层薄汗，忙躬身接过玉牌，再不敢推托。

不出所料，潜火军早已赶至舫船救火，然城防司与府衙兵丁都推说没有知府手令不可妄动，还是前去通禀的人拿出王妃玉牌，复述了番明檀之言，两处长官才开始犹豫。

正所谓事急从权，当朝亲王、右相公子，还有知府大人都在，只去个潜火军委实说不过去，若真出了什么岔子，皇上震怒拿人陪葬，宿家也不一定保得住他们。

想到此处，城防司与府衙都应了声是，忙点人出发。

看戏的画舫已经靠岸，众人都站在岸边等人来禀火情，明檀也一直死死盯着火势高蹿的那处。

云旖见她紧张，低声宽慰了句：“王妃放心，以主上身手，不可能被区区火势困住的，且主上身边也有暗卫随行，您不必担忧。”

云旖这话其实说得十分保守，依她所见，主上何止不可能为火所困，不是他放的火就不错了。

然明檀无法心安，她如何不知自家夫君身手了得，可这是在人家的地盘上，若这火本就是针对夫君而来，先前早有埋伏，那眼下情势又有谁能知晓？

潜火军、城防司还有府衙三处出动，舫船那头很快便传回了消息。

“禀王妃，禀夫人，火势由仙泉坊起，河面有风，火势正急剧蔓延，暂时还未找到王爷一行！”

知府夫人脸色惨白，声音发颤道：“没找到回来禀什么，还不快去找！”

“别忘了水下，水下也要派人去找。”明檀沉静吩咐。

“是！”

这人禀完离开，很快又有人边跑边高声传回消息：“大人、知府大人找到了！”

明檀上前忙问：“知府大人找到了？那王爷与舒二公子呢？”

那人喘着粗气，声音断续：“禀……禀王妃，只在水下找到了知府大人，王爷……王爷与舒二公子还没瞧见身影。”

知府夫人忙冲过来问：“大人如何了？人呢？”

“大人呛水昏迷，暂时还不知道有没有受伤，但……但性命应是无忧，府衙兵正打算将大人抬回府中。”

知府夫人先前受了冲击惊吓，此刻忽闻自家大人性命无忧，她捂了捂胸口，嘴里念叨着“大人无事便好，大人无事便好”，谁想下一瞬，她便浑身脱力，软绵绵地往后倒了下去。

“娘！”

“夫人！”

众人手忙脚乱，忙扶住晕死过去的知府夫人。

“……”

这么点事就晕了。

明檀抿着唇，想到还无音信的江绪，拢在宽袖中的手攥得极紧，指尖边缘都攥得泛起了白。

其实理智在告诉她，没有消息便是最好的消息，知府都无事，征战沙场杀伐果断的战神又怎么可能有事？可她心里又不断想着，若是有人针对夫君，企图纵火掩盖罪行又当如何？

她脑中每一瞬都晃过无数想法，甚至想到这是否是知府夫人也心知肚明的一个局，为的就是将她骗过去，好拿她对付夫君。

那些想法纷繁杂乱，可都在提醒她，她应该相信夫君不会出事，她应该待在这里等好消息，她应该保全自己不要轻举妄动。她是定北王妃，每一个不经思量的轻率决定，都可能造成不可挽回的后果。

可无论她如何劝说自己冷静，只要想到夫君有那么万分之一的可能遭人陷害设局，此刻正深陷火海，她就无法忍受自己只是这样候在这里，被动地等人传回消息。

时间一分一秒地过去。

终于，她坐不住了。

“送夫人回去休息，各位也先散了，此处有我在即可。”明檀忽然稳声吩咐。

爹爹既已找到，母亲又晕了过去，知府家的小姐们早不想在这儿待了，告了声退，便忙扶母亲回府。

余下的夫人小姐见状，想着也不关自家什么事，纷纷应声，很快就四散离开。

人都走光过后，明檀忽然看向云旖，目光灼灼道：“云旖，我要过去。”

云旖怔了怔：“过去？”她怕自个儿会错了意，还特意望了眼起火的仙泉坊，“娘娘……现在过去危险，您去了也做不了什么，而且，主上不会有事的。”

“我一定要过去看看。”

“请恕属下不能从命，主上说过……”

“夫君既派你保护我，那你便是我的人。”明檀语速极快地打断，“我也记得夫君说过，津云卫不事二主，现在到底谁才是你的主子，你到底听谁的话？”

“……”

云旖听蒙了，直觉有哪儿不对，一时却说不上来。

明檀又望了望四周，扬高声量道：“不是还有两位暗卫吗？人呢？王爷若是出事，保护我还有什么用？！”

四下寂寂，只水波轻晃。

云旖正被明檀那番话绕得有些糊涂，谁想明檀趁她不防，忽地提起裙摆，拔步上了停靠在岸边的那艘小船。

她咬唇，用力地解开绳索，还像模像样地拿起船桨，大有要自己划过去的架势。

云旖见状，忙飞身上船，从明檀手中夺过船桨。

明檀知道自己肯定划不过去，打的便是将云旖骗上船的主意。

见云旖上船，明檀眼眶说红就红，声音也忽地软了下来，还轻轻地捏住她的衣摆："好云旖，就带我过去吧，不会出事的，一定不会出事的。"

云旖："……"

这好像是她第一次见自家王妃如此着急，就像个没要到糖的孩童，急得似乎下一瞬就能吧嗒掉下眼泪。

不知为何，她常年无波无澜的心底，泛起了浅浅涟漪。

静默片刻，她忽然吹了声哨。

一直守在暗处的暗卫终于现身，悄然点水，飘上了小船。

云旖嘱咐道："娘娘，您不可近舫，只能待在船上。"

只要云旖愿意带她过去，她此刻自然是什么都好。她乖乖点头，诚恳保证道："我就待在船上，不会让自己置身险地的。"

但愿如此吧。

云旖暗暗叹了口气。

很快，小船划至河中央。

不远处，火势已蔓延至其他舫船，仙泉坊的火反而灭了大半，舫船烧得沉的沉，塌的塌，有不少焦黑的横梁与尸体漂在水面，气味混杂，难以名状。

潜火军、城防司还有府衙的兵丁正在那些冒着黑烟的残船上搜寻，遇见焦尸，便一具具往岸上抬。

"你们快去找找。"明檀忙看向船尾两道暗影。

那两道暗影倒很听话，略一颔首，便齐齐点水，飞至残舫。

仙泉坊的这些舫船都建得十分宽敞华丽，最矮的都有两层，最高的有近五层，纵然烧沉不少，剩下的舫船搜寻起来也颇费工夫。

半刻没见人回，明檀就有些等不及了。

她脑海中关于宿家的那些传闻想象被无限放大，以前与夫君在一起的画面也与之交织在一起。

她回身，磨起了云旖："仙泉坊的火差不多灭了，我们也去找找吧。"

"娘娘，您答应我不下船，也不会置身险地的。"

"火已经灭得差不多了，并不危险。"眼见离仙泉坊距离并不远，她索性耍赖道，"你若不让我去，我便自己游过去好了。"

云旖："……"

半刻前的保证她也就是听了个寂寞。

可明檀磨也磨了，赖也耍了，云旖没法子，只能护着她，让她如愿上了舫船。

火势虽已遏住，上头浓烟却仍是呛人，明檀用沾水的帕子掩住口鼻，在还未被其他人搜寻到的舫船上边找边喊：“王爷，王爷！夫君！”

也不知是被浓烟呛的还是急的，她眼角都已冒出了泪花儿。

云旖寸步不离，陪着她一道，一间一间搜寻。

这些船不仅往上建了好几层，还都有往下通腹的船舱，明檀觉得若是意外被困，在底部船舱的可能性最大，所以寻完上头，还坚持要去船舱里找。

而此刻底部船舱宛如蒸笼，温度极高，热得灼人，明檀上上下下爬了趟，浑身上下就已狼狈不堪。

虽然没找到江绪与舒景然，但在船舱里头倒是意外找到个被捆得结结实实，已然奄奄一息的女子，明檀与云旖一道，合力将她救了上来。

“没找到？”江绪站在岸边芦苇丛中，问了句。

来人摇头：“没有，追影已经去清查女尸了。”

江绪没再接话，但已经不打算在此继续纠缠。

可就在这时，忽然又有一道身影落定在芦苇丛中，拱手低声禀道：“王爷，王妃在仙泉坊。”

“你说什么？”江绪稍怔。

“王妃为了找您，上了仙泉坊。”

他心底忽地一顿。

夜色浓重，无人看清他面上表情，只知莫名静了一阵，他忽然往前动身。

在底部船舱救出个被绑住的女子过后，明檀越发坚定了继续搜寻其他舫船底舱的信念，然她体力本差，一番折腾下来，发髻凌乱，汗如雨下，脸上也全是脏灰，已是精疲力竭。

她也不知道自己在坚持什么，明明知道眼下火都灭了还没找到，以他的能耐应是早已脱险，可一刻没有收到他的消息，她便一刻不能心安。

她想去其他还未搜寻的舫船。

舫船间有窄窄的独木桥相连，眼见明檀要上桥，云旖忙将救出的女子放下，快步往前跟上。

“咔嚓——”

这独木桥乍一望去完好无损，然另一端已被烧焦，明檀刚走两步，对面便呈倾塌之势，她稍有慌神，身形一时不稳，似要往前栽去。

云旖正要伸手拉明檀，夜幕下忽有人飞身而来，先她一步揽住明檀细细的腰肢，在半空中转了一圈，足尖点水而行，稳稳落在了舫船之上。

见到来人，明檀恍惚了会儿，不可置信地道：“夫……夫君？”她表情愣怔，声音都已被浓烟呛哑。

“跑到这儿来，你疯了吗？”江绪垂眸看她，低声问。

明檀有很多话想说，可眼睛半瞬都不舍得眨，只流连在他脸上，仔细辨认着他的眉眼。

好半晌，她一直提在嗓子眼的一颗心，终是缓缓落了下去。

“夫君你没事就好，没事就好。”

说着，她感觉脑中始终紧绷的那根弦彻底松懈下来，轻飘飘的，眼前也莫名模糊。

失去意识前她只剩下一个念头，好丢人，竟和那知府夫人一样，遇这么点事就晕了过去！

“……王妃说，属下若不让她去，她便要自己游过去。当然，属下也可以直接敲晕王妃，但属下见王妃是真的很担忧主上，有些不忍这么做。是属下失职，属下甘愿领罚。”

回到府衙，云旖将今晚所发生的事一五一十都交代了。

“不忍？”江绪瞥她。

“属下出身津云卫，的确不该不忍，但相伴王妃多时，属下第一次见到王妃如今日一般着急失态，王妃不知主上要做什么，只不过是害怕主上出事，想救主上而已，还请主上不要责怪王妃。”

“你这是在指责本王？”

“属下不敢。”

云旖跪在地上，背脊却挺得很直。

江绪也不知在想什么，沉默良久，忽开口道：“你找到了本王要找的人，这次便算了，以后若再纵容王妃涉险，你不必再出现在本王面前，滚下去。”

“是。”

云旖退下后，江绪在明间静立了好一会儿，屋外夜色沉沉，零星有鸟叫蝉鸣，他抬步，往内室走去。

内室寂静，满目都是她平日嫌俗的富丽堂皇，好在床褥与安神香是她自己带的，许是正因如此，她此刻才睡得这般香甜。

江绪坐在榻边，看了眼她手上的轻微烫伤，又拿起搭在面盆边的湿帕，轻轻擦拭她脸上残余的脏灰。

其实今夜，他之所以会应知府邀约前往仙泉坊，是因为周保平留下的证据，有线索了。

早先数日，他就遣暗卫潜入灵州，调查周保平暴毙一案，且已有了结果。

毋庸置疑，周保平就是因为拿到了灵州市舶司操控博买、瞒报抽解的证据才遭人灭口，还被安上个狎妓暴虐、纵乐无度的难听死因。

不过周保平能成为皇上信任得用之人，也十分敏锐聪颖，知道自身难保，便提前藏好了证据。

他在灵州市舶司任监官期间，常独来独往，甚少与人结交。当然，在宿家这地界，也无人敢与之结交。

暗卫入灵州寻查数日发现，他唯一能称得上爱好的，就是去灵雨河上的一百八十舫听曲取乐，他去过很多家，但去得最多的，还是与仙泉坊齐名的慕春坊。

而慕春坊里头他点得多的几位姑娘，便是他狎妓暴虐、纵乐无度这一荒唐死因的证据与陪衬。

据暗卫调查，市舶司应是在发现周保平拿到证据的第一时间便将其控制，不知遭受了什么，反正周保平始终都没松口，市舶司见从他口中撬不出东西，索性解决了他，之后又顺着他平日的关系，找到了慕春坊的那几位姑娘。

那几位姑娘对此毫不知情，声称平日周大人点她们就是听曲解闷，从不说自个儿的事儿。

但作为与周保平接触较多之人，市舶司定不会轻易放过她们，严刑拷打未果，便直接将几人杀了，与周保平凑作一堆，做出狎妓暴毙的假象。

至此，再无周保平所藏证据的线索，暗卫寻查数日没有头绪，宿家也同样没有进展。

直到江绪他们一行进入灵州，忽然有人秘密联系上了暗卫，声称周大人将东西交给了自己保管，但她受周大人所托，只能亲自将东西交由圣上派遣之人。

那秘密联系暗卫之人是慕春坊里的一个不起眼的小丫头，秋月。

饥荒之年，周保平好心救她一命，她便一直忠心为周保平办事。

早在周保平被调入灵州市舶司的三个月前，她就孤身来到灵州，提前在慕春坊寻了个烧火丫头的活计。

秋月长了张平淡无奇过目即忘的脸蛋，平日专心做事闷声不吭，极没存在感。

周保平到慕春坊点人唱曲之时，她有好几次往屋里送茶伺候，可她太没存在感了，无论是宿家还是暗卫，调查时都将其忽略了过去。

不过因着出了周保平的事，一连折损了几位头牌姑娘，再加上市舶司隔三岔五便来查人，慕春坊近些时日生意惨淡，只得将秋月在内的一波丫头都遣了出去。

秋月一直记着主子的交代，要等到圣上所派之人出现才可将证据交出，为避免被觉出行迹可疑，她未妄动，与其他大多数丫头一样，就近在仙泉坊找了份活计。

江绪今夜应邀去仙泉坊，就是为了亲自去见这位秋月姑娘。

只不过大约是秋月此番主动联系暗卫露了马脚，今夜江绪入仙泉坊后，还未与之见面，宿家就先一步觉出不对，派人前来想要劫她。

然舫上有不少暗卫，来人劫了秋月却无法将其顺利带走，情急之下索性将其扔进船舱，而后铺油，四下纵火。

这时节天气干燥易燃，加上河面风势最易将火吹散，自能将江绪一行暂时逼离舫船。

来人大约是想着，若到火势扑灭秋月还没被闷烧至死，他们再将人劫走那就最好不过，若是死了，江绪一行暂时怕也难再找到证据。

此举确实也成功了，仙泉坊无端走水，江绪与舒景然不得已，只能暂时撤离。

暗卫在来人趁乱想要逃离舫船之际将人截下，但来人皆是死士，未及逼问便已咬毒自尽，当下唯一能确定的只有，他们并未来得及带走秋月。

眼见舫船之火烧尽扑灭也未找到秋月，江绪本已不欲停留，没承想，竟横生出了明檀这一变故——他的小王妃，竟亲自上了舫船，要去救他。

其实走水之时，他脑中有那么一瞬想过，灵州的河中戏十分出名，知府夫人今夜也许会相邀王妃前往一观，那她也许会看到远处舫船失火。

不过他也就想了那么一瞬。看到如何？知道又如何？她素来有几分小聪明，总不至于以为他会为此所困。

所以当他听到暗卫来禀，王妃为救他上了舫船的时候，一时有些没能回神，回过神后，半瞬觉得荒唐，半瞬又有些难以言喻的触动。

明檀觉得自己很累，似乎是睡了很长一觉，缓缓睁眼时，只见屋外漆黑，屋内也已掌灯。

江绪坐在不远处的榻上看书。

听到床上动静，他抬眼，放下手中书卷，起身走至床边。

“醒了？”

明檀点头，想要坐起来。

江绪扶了把，又立起锦枕，让她靠着，自己也撩开下摆，顺势坐到榻边。

“感觉如何？”他温声问。

“无碍。夫君你呢，有没有受伤？”

“本王无事，倒是你，睡了一天一夜，需不需要再请大夫看看？”

明檀稍顿：“一天一夜？”

她还以为就是睡了几个时辰呢。

那，舫船走水已经是昨天的事了？

她忙问了几句昨夜之事。想起昨夜江绪还上船救她，她又小心翼翼地问：“对了夫君，昨夜我上舫船，没有给夫君添麻烦吧？还有，我昨夜与云旖在船舱底下救上来个姑娘，她被人捆着，也不知道是怎么了，还活着吗？”

“活着，她恰好是本王在寻之人，王妃并未添麻烦，反而帮了本王。”

明檀略有些意外：“夫君在寻之人？真的吗？那夫君为何寻她？”

其实她只是顺口一问，问完便觉失言，忙打岔，想将这话头掩过去。

没承想江绪又主动将话头拉了回来，耐着性子，将所有事情，包括他与舒景然来灵州到底办的是什么差，全都和她讲了一遍，其中甚至还包含了许多朝局之事。

这话里头信息太多，明檀怔愣半晌，一时有些消化不来。

待她压下心中震惊慢慢消化完这些事，她攥紧被角，忍不住，有些犹疑地小声说了句：“夫君，本朝女子不得干政……你和我说这些……”

“是本王与你说，又不是你主动探听。”江绪打断，“且女子不得干政，从来都是约束没有主见的昏庸之辈，以后你大可不必刻意避讳。你是王妃，说上几句并不妨事，若有用，本王也可听一听，若是谗言，本王会被其左右，那也是本王没有分辨是非之能，与你何干？”

明檀愣愣地看着他。

他今日所言，有些超出了她从前所受的教导，可听起来，好像也很有几分道理。

“想什么？”

明檀摇头：“夫君今天话好多。”

“……”

明檀忙解释：“我不是嫌弃夫君话多，是因为平日夫君话比较少，那夫君今天说的话，比寻常一月加起来还要多呢。”

越描越黑。

明檀语无伦次，正不知该说些什么弥补的时候，江绪忽开口道：“有件事，本王想问你。”

“什么？”

“你为何要上舫船？”

他从昨夜想到今日，勉强理解了，她为何会觉得他不能安然脱险。无非是觉得宿家在灵州占地为王，手眼通天，此局乃是宿家刻意陷害。

可在他的认知中，即便他真出了什么事，王妃也不应如此冲动才对。

宿家若都能在舫船上要了他的命，她上去也不过是白白送死。她向来聪慧，不至于连这点都想不明白，且她素来惜命，为何要这样做？

其实他心里隐隐有了答案，但不知为何，还是想亲口问一问她。问完，他就那么一直看着，目光沉静而笔直。

明檀怔怔与他对视半晌，忽而有些不自在地别开了视线。

她揪着被角，耳根莫名开始发烫。

现下清醒过来，她也觉得昨夜自己蠢得有些失控。可当下她就是那么做了，就是觉得夫君若是出事她也不想独活了，那她也不知是怎么了，许是被下了蛊也说不定，为何要一直问她！

“我，我好像有些晕，还想再睡一会儿……”

她声音虚得紧，扯起锦被，一骨碌整个人钻了进去，连小脑袋都掩得严严实实的，还往里头翻了个边，一步步蹭近床角。

灵州的夏夜与上京不大一样，夜风湿润，还沾着白日未歇的热气。明檀不愿回话，江绪也没勉强，稍站片刻，便悄然退出了内室。

他一路行至屋外，定定负手立于台阶之上，也不知道在想什么。

而明檀窝在被子里头装着鹌鹑，脑子里也混乱得很，甚至还生出些许因迷茫未知而带来的慌张。

她知道，她一直都是很喜欢夫君的。但她喜欢的，应是容貌、身份、品行、才华都十分出众的——她的夫君。

所谓喜欢爱慕，都是建立在这个男人是她夫君的前提之上。

如若未生变故，未有赐婚，她的夫君换成梁子宣或是舒景然，她亦会喜欢，亦会全心全意与之相处。女子出嫁从夫，同心同德，又有何不对?

从前，她一直是这样想的。

可现在，她有些不确定了。

不论她的夫君是谁，危难关头，她都会为之不顾性命，不想独活吗?

她辗转反侧，手中紧攥的被角已变成皱巴巴的一团。她睁着眼，睡不着，眼前不由自主地浮现出一幕幕往日与夫君相处的画面。

他总是话不多的，端肃，冷淡，有时还会表现出十分明显的不耐，可对她，又总是有些温柔的，会一再包容，一再忍让……

不知想到什么，她的小脑袋忽然从被子里冒了出来。她翻了个身，唇角不自觉地向上翘着，心里头又是纠结又是甜蜜。

半晌，她将脑袋伸出床沿，试探着朝外面喊了声："夫君，阿檀有些饿了。"

外头的人"嗯"了声，不多时，江绪便领着呈宵食的下人一道进了屋。

如此良夜，不可辜负。

舒景然闲散赏月，寻至僻静处，正欲对月吹笛，忽见云旖半靠在不远处的屋檐上头，颇煞风景地啃着鸡腿，他不由得喊了一声："云姑娘。"

云旖见他，啃鸡腿的动作缓了缓，还下意识地擦了下嘴边的油。

"舒二公子。"

舒景然颔首，纵身飞上屋檐。

"舒二公子，你会武?"云旖稍稍有些意外，一路同行，她都没看出这人竟习过武。

"略通。"舒景然笑了笑，拂净瓦片，撩开下袍落座。

舒景然这话倒不是自谦，从他的轻功中，云旖也看出他内力不深，大约只是寻常自保的程度。

她的鸡腿刚啃一半，一时不好独自继续，可吃得正香，她又不愿搁下，想了想，她还是将怀中用油纸包着的另一包鸡腿递了过去："给，舒二公子，请你吃。"

舒景然垂眸，忽地一笑："那多谢云姑娘了。"

他眉目舒朗，展笑时更是令人如沐春风，云旖怔了瞬，忙收回手，继续啃着鸡腿，只是动作不由得收敛了不少。

“这是灵州的樟茶鸡？”舒景然闻了闻，问道。

云旖点头：“我寻了生意最好的一家，说是已经做了三朝了，每日三更店家便会起炉，每日要卖数十炉，樟茶香气很是浓郁，舒二公子你尝尝。”

舒景然很想尝一尝，只是就这般徒手撕吃，委实是有些为难于他。沉吟片刻，他缓声道：“舒某方用过宵食，待回屋一定好生品尝。”

云旖点了下头，倒也没多说什么。

“对了，舒某一直有个问题想要请教云姑娘，云姑娘为何如此爱吃烧鸡？”舒景然略有些好奇地问。

云旖莫名：“烧鸡好吃啊，何况我也不只是爱吃烧鸡，烧鸭、烧鹅我也爱吃，好吃的我都爱吃。”

舒景然又是一笑。

云旖垂眸，三两下啃完了剩下的半只鸡腿，声音含混道：“津云卫无父无母，大家都很能吃的，也许是小时候受过饥荒吧，不过我也不记得了。”

闻言，舒景然唇角微滞：“抱歉，是舒某唐突了。”

“津云卫无父无母是事实，小时候的事不记得了也是好事，舒二公子不必觉得抱歉。”

“云姑娘能有这份豁达心境，实属难得。”

“舒二公子，你们读书人说话都这样吗？”云旖浑身都不大自在，“还是说高中探花的才这样？”

“‘这样’是……怎样？”

“就是……很会夸人？”云旖揉了揉鼻子，“说话总是会顾忌旁人的感受。”明明是好友，却不像主上，三天两头让人滚，让人提头来见。

舒景然极淡地笑了笑：“人生在世，艰难之事已足够多，少与人添堵便是再好不过。其实舒某幼时不懂事，进学时也曾出言伤及同窗，却不知他自幼不受家人重视，挣扎多艰，三两句话险些使其轻生，无知的残忍最为伤人，犯过错事，自省过后，或多或少都懂得温和了些。”

云旖似懂非懂地点了点头。

舒景然望着月色，忽而心念一动：“云姑娘可想听曲？”

他轻抚玉笛。

“好。”

舒景然起身，长身玉立于月下，兴起，行云流水般吹奏了一曲《西江月》。

悠长一曲终了，舒景然缓缓地放下玉笛：“这曲《西江月》共分三叠，初叠……”

舒景然回头，只见云旖脑袋一点一点。

“云姑娘？”

云旖的脑袋猛然一栽，迷茫睁眼，还下意识地擦了擦嘴边可能存在的口水：“哦，三叠，三叠。”

这曲子还挺催眠，她是想好好听来着，可实在是没什么意思，刚听半刻她就困到不行了，他们这些读书人的爱好，委实奇特。

……

“这曲《西江月》吹得真好，初叠灵动缥缈，如朦胧早月先揭，中叠恬淡宁静，如月华高升流转，尾叠悠长不绝，余韵回响。早闻舒二公子笛箫双绝，今日一闻，真是名不虚传。”明檀边等着江绪喂宵食，边捧着脸赞叹道。

江绪舀粥的手顿了顿，声音沉静：“王妃对琴笛合奏一事似乎十分挂怀，不如改日，本王让舒景然过来与你合奏。”

“真的吗？好啊好啊。”明檀眼睛都亮了，点头如捣蒜。

“……”

他手中银勺往碗边略撇，又往前送。

明檀本想再说些什么，见他喂来了粥，便凑近喝了一小口，可刚入口她便皱眉道：“烫！”

“烫就少说话。”

“……”

原来自家夫君并非真心想邀舒二公子与她合奏，明檀委委屈屈地“喔”了一声。

因明檀与云旖无意中救下秋月，江绪很快便拿到了周保平留下的那份证据。此事显然瞒不过宿家人，所以次日，灵州市舶使喻伯忠便向江绪下了拜帖。

得知此事之时，明檀正在院中书房为江绪研墨：“夫君，这位喻大人与宿家是什么关系？”

“赘婿。”

原来如此，难怪不姓宿。

江绪搁笔，对禀事之人道：“请他来书房。”

“是。”

明檀怔了怔：“夫君就在这儿见他？”

“有何不可？”

明檀摇头，倒也不是不可，只不过她以为，他们会去外头正式摆宴，又或是邀上知府一道在花厅相见。

既如此，她懂事地放下墨锭：“那阿檀先回屋了。”

她是想走，可也不知这喻大人是长了几条腿，速度飞快，三两句话的工夫竟已到了屋外。她蒙了蒙，下意识便望向江绪。

江绪倒没太在意，只望了眼屏风。

明檀会意，忙躲至屏风后头。可她躲得匆忙，忘了研墨研得发汗，她还将外罩的绫光纱搁在了外头椅上。

“下官喻伯忠，拜见定北王殿下，殿下万安。”

喻伯忠瞧着约莫是年近而立，略有些福态，进来便毕恭毕敬地朝江绪行了个跪拜大礼。

江绪眼都没抬，声音极淡：“喻大人少放两把火，本王自能万安。”

喻伯忠：“……”

早闻定北王杀神之名，没承想年纪轻轻，威势确然极重，一句话就说得他背脊直冒冷汗，不知该如何往下接。

明檀躲在屏风之后，也没想到夫君会这般直接，似乎并不打算与来人多打机锋。

“你今日既来见本王，便是心中有数，本王不欲与你们市舶司多作纠缠，证据可以交还，但有两个条件。

“一、灵州近两年抽解税收，全数补齐，往后灵州港不得再动抽解；二、周保平是忠臣，不可枉死。”

喻伯忠额上也开始冒汗了：“这……”

“你若做不了主，回去与做得了主的商议便是。来人，送客。”

喻伯忠全程发蒙，万万没想到，他苦苦编派了一晚说辞，今儿到这里却只给了他行跪拜大礼的机会。不过被人请出去前，他倒是眼尖地瞧见了椅上那条绫光纱。

回去后，喻伯忠向岳父大人大吐了番苦水。

“……这定北王殿下的确不好对付，根本就没给小婿开口的机会。其实周保平的事儿好说，无非是赔上几个人，另给他编个入耳的死因，可这抽解，岳父大人，这还要让补上近两年的抽解，圣上未免也忒狠了些，这一时半刻的，市舶司哪有那么多银子！”

宿大老爷沉吟片刻：“若说往后的抽解不让克扣，倒是极有可能，可这补上近两年的抽解，未必是圣上的主意。”

“您是说，这是定北王殿下自个儿的主意？”

“太后传信，一直都是让做好退让抽解之税的准备，可从未提过还要补上近两年的抽解，溯不及往，圣上应不会逼得如此着紧才对。”

喻伯忠想了想：“莫不是前几日那把火，烧得那阎王爷有些不快？”

宿大老爷哼了声：“还不是你干的蠢事！”

喻伯忠讪讪，忙道：“小婿定尽力弥补，尽力弥补。”

“你弥补什么？抽解税银你来筹集？”

“是这样，小婿今日去见那定北王殿下，发现这定北王殿下……”喻伯忠忽地凑近，与宿大老爷耳语了一番，“如此，只要这阎王爷消了气，想来这条件也有商量的余地。”

宿大老爷闻言，脸色缓了缓：“还不快去办。”

“是，是。”

喻伯忠一溜烟儿退了出去。

次日，喻伯忠送帖，寻了个接风洗尘的由头，邀定北王殿下与舒二公子过徽楼小坐，品酒赏乐。

这回出门前，江绪倒是特意多说了几句，让明檀心安。

明檀如今知晓其中的利益博弈，自然也能分析出宿家应是不会对他怎样。

可昨儿才听知府夫人说起，泉城徽楼中的女子都是比肩扬州瘦马的存在，与那一百八十舫里头迎来送往的姑娘可不一样，被达官贵人们领回府中做姨娘的大有人在。

明檀心里略有些别扭，然也不好多说什么，只小声嘟囔了句：“请人就请人，由头也不知道找个听得入耳的，什么接风洗尘，都来灵州好几日了还接风洗尘，夫君莫不是个鸡毛掸子，哪儿来那么多尘。”

她边嘟囔边伺候更衣，垂着眼磨磨蹭蹭的，挂好玉佩后，又暗戳戳给他挂了个鸳鸯戏水纹样的玄色香囊。

江绪只注意到香囊颜色还算低调，没仔细看上头的绣纹，穿戴好后，他嘱了明檀两句，顺手揉了揉她的脑袋，便与舒景然一道出门了。

喻伯忠此番设宴，既打的是为定北王殿下接风洗尘的名头，少不得要多邀几位官员作陪，除知府外，通判等地方高官也都来得整整齐齐。

喻伯忠一番寒暄，众人又轮着给江绪敬了杯酒。

见定北王殿下今儿比昨日给面，喻伯忠倒没再那么战战兢兢，饮了杯酒，还嘴快多客套了句：“王爷与舒二公子已至灵州数日，下官本应早些为二位接风洗尘才是，可前些日子有事，给耽搁了，招待不周，招待不周。”

江绪垂眸把玩着酒杯，忽淡声道：“喻大人这是哪里的话，原也轮不上你招待不周。”

众人：“……”

的确，知府、通判都还活得好好的，哪就轮得上他一个市舶使摆东道主的谱儿，灵州再是宿家地盘，这话也委实说得狂妄逾矩。

喻伯忠脸色稍僵，被昨儿威势逼压所支配的恐惧又涌上心头，他背脊生出层冷汗，忙赔笑道：“是是是，这还有知府大人、通判大人，还轮不到下官先行招待，只不过是下官久仰王爷威名，想为王爷多尽几分绵薄心力罢了。”

江绪没再应声。

喻伯忠擦了擦额上的汗，又与舒景然小心客套了番。好在舒景然说话中听许多，这才缓了缓他心里头的忐忑紧张。

酒过三巡，喻伯忠终于提起正事。

“对了，王爷，下官有一事容禀。市舶司监官周保平之死，我司与府衙一道细查了许久，下官以为，周监官素来洁身自好，为官勤勉，万不会是那等，终日醉心于狎妓享乐之人。”

江绪与舒景然静静听着，其他人则是纷纷点头，配合着喻伯忠的表演。

“大家也都觉得，周监官暴毙一事应是另有蹊跷，然先前查了许久都没查出眉目，下官想着周监官是圣上看重之人，也不敢隐瞒耽搁，第一时间便将周监官明面上的死因写了道折子递进了京，周监官的真正死因，下官一直在遣人细查，皇天不负有心人的，过了这么些日子，总算是查出来了！”

喻伯忠脸不红心不跳：“原是市舶司里的舶干与周监官不和已久，心有嫌隙，这舶干又在市舶司里头拉帮结派，与下头吏官里那些个贴司、都吏、孔目勾连一气，私下敛财，不巧，被周监官给发现了。周监官清正，不愿与之同流合污，拉拢不成，那舶干一众遂将其杀害灭口，还刻意构陷，着意损其身后清名啊！”

江绪仍是没什么表情，舒景然垂眸抿酒，心里想着：倒也为难这喻大人忍痛割肉了，竟舍得一气儿交出这么多人给周保平陪葬。

“如今涉事人等已尽被送往府衙，这些人戕害同僚，为官不正，死不足惜，只待押解上京等候发落。然周监官为市舶司鞠躬尽瘁，品行才干众人皆是有目共睹，如此丧命，实乃无辜。还望殿下回京之后，能代灵州市舶司众向皇上陈情，还周大人一个清白，让忠臣在九泉之下也能得以瞑目。”

喻伯忠说完这番话，其他人都不由得附和：

“是啊是啊。”

“周大人何其无辜。”

“可惜了啊。”

江绪不知在想什么，听完这番陈词，也没表态。

喻伯忠心下忐忑，仔细回想着方才所言是否有何处不妥，又或是此番改口殿下仍不满意？

良久，江绪终于“嗯”了声，又斟酒自饮了一杯。

这是满意了的意思？

喻伯忠小心翼翼地打量着江绪神情，好半晌，他终是松了口气，又忙拍了拍手，引一众袅娜姑娘入内。

不多时，只见一行姑娘娉袅而来，一字排开，柔声福礼道：“给定北王殿下请安，给各位大人请安。”

舒景然都不由得看愣了瞬，这些女子，似乎比那日在仙泉坊中所见，还要来得养眼，环肥燕瘦，各有千秋，单拎出来容色比之宫中妃嫔都不遑多让。

这些皆是徽楼中精心教养多年的姑娘，自非寻常妓子可比，个个都是一等一的美人，琴棋书画亦是样样精通，行止不输闺秀，又比闺秀多些学不来的好处，其中好几个都是宿家老爷们养着原打算收用的，然如今不得不先拿来招待了这阎王爷。

江绪扫了眼，不知怎的，在右手边第二位姑娘身上多停了一息。

喻伯忠很是会察言观色，见状，忙示意那姑娘近前伺候。

其余姑娘也未近其他男人身，悄然退下，只另进了几位容色上佳，然没那么拔尖的姑娘陪侍。

那被指派伺候江绪的姑娘穿了身绯色襦裙，肌肤赛雪，眉眼盈盈。

她行了个礼，乖巧地落座在江绪身侧，规规矩矩地保持着寸许距离，只执起玉箸，为江绪添了一筷子青笋，声音亦是柔婉干净：“灵州青笋鲜脆，清炒味最佳，殿下不妨尝尝？”

所有人都在关注着江绪的反应，包括舒景然。

这位姑娘，容色极美，但他看着怎么，眉眼间有些眼熟？有些像……像……他似是忖住了，一时竟想不起来。

江绪没看那姑娘，但静了片刻，他竟执箸，夹起了那姑娘为其着添的青笋。

喻伯忠心下大定，英雄难过美人关，英雄难过美人关啊。他就知道，这位定北王殿下表面冷淡，私下却能在书房幸女，想来必不会拒绝这徽楼里头的姑娘，这步棋还真是走对了。

而此刻知府府衙中，明檀也正品尝着知府夫人特意着人准备的灵州美食。

灵州富庶，饮食也十分讲究精细，明檀一连尝了几道颇觉新奇的点心，正与知府夫人说着，待日后回了上京，定要寻名灵州厨子入府，外头忽有人禀：“王妃，夫人，喻……喻大人送来了几位徽楼的姑娘，说是……说是要送予定北王殿下。”

明檀唇角笑意微僵。半晌，她撂箸，起身问道：“你说什么？”

下人战战兢兢，将方才的话复述了遍，又道：“几位姑娘现下都在花厅外头候着……”

明檀静立片刻，沉静吩咐道：“请进来。”

她转身，端坐至花厅上首，知府夫人则是大气儿都不敢出地在一旁陪坐。

徽楼姑娘又是袅娜入内，一字排开，给明檀和知府夫人见礼。

明檀一个个打量过去，心里无名火直往外冒，她不动声色地攥紧了手：“各位姑娘从徽楼来，王爷可曾知晓？”

这……几位姑娘面面相觑。她们走时，王爷是不知晓的，之后知不知晓，那她们也不知道了。

见她们神情，明檀稍松了口气，又问：“王爷人呢？”

其中有个姑娘心思活络，想着以后就是王爷的人了，若不想被王爷收用时便扔在一旁不得随同回京，还得傍紧王妃才是。

毕竟她们这些人容色才情再好，出身摆在那儿，就注定了随时可弃，而这后宅终归是王妃做主，王妃眼瞧着是不喜她们，不若引开注意，再另寻机会求得庇护，起码也得跟着回京入了王府才不算吃亏。

想到此处，那姑娘上前盈盈福礼，规矩答道：“回王妃，奴婢们来时，王爷仍在与各位大人把酒言欢，王爷只让清羽作陪，其他的奴婢们也不知晓了。”

这位清羽姑娘的态度，稍稍有些不同寻常。

可舒景然方想到此处，江绪便无波无澜地应道：“长伴本王左右，你还不配。”他神色寡淡，声音没什么情绪，轻飘飘的，半分被挑起兴趣的意思都没有。

清羽怔住了，面上一阵红白交错。

怎么会呢，她行此举，心中起码有七成把握，这位定北王殿下怎会没有丝毫迟疑？她不配，那谁才配？

可没待她想明白，江绪就已绕过她，径直离开了徽楼。

徽楼外，灵雨河一百八十舫被火烧毁大半，所有舫船都被勒令休整停歇，河面黑灯瞎火，一片静谧，离河不远的知府府衙也静悄悄的。

回到府衙后，江绪吩咐暗卫几声，没理舒景然，径直回了暂住的小院。

院内正屋灯火通明，想来某人还没睡。江绪推门而入，不承想吓得里头正在铺床的丫头回头，忙扑通一跪。

“王妃呢？”他环顾一圈，问。

小丫头跪在地上，战战兢兢地答道：“回王爷，王妃在后院乘凉，说是……心火旺，想吹吹风，还让奴婢铺床时在枕下放个薄荷香包，熏上些清凉之气。”说着，她双手发颤，恭谨地呈上香包。

心火旺？

江绪从那薄荷香包上略瞥一眼，眸色暗了暗。静立片刻，他蓦地离开正屋，去了后院。

知府给他们安排的这座小院后头带了个小花圃，这时节，姹紫嫣红开遍，白日还有蝴蝶穿梭，翩翩流连，夏日香气亦是沁人心脾。

花圃间有架藤蔓缠绕的秋千，装点得甚是惹眼，可明檀大约是先前在永春园的秋千架上出足了糗，来府数日，从未往上头坐过，现下乘凉也是着人搬了张软榻，侧身斜倚。

半个时辰前，明檀让知府夫人临时寻了个住处暂且安顿那数位徽楼美人，自个儿回了院子，气着委屈着，不知不觉竟气到睡着。旁边婢女倒不敢懈怠，仍是动作轻柔地为她打扇。

见江绪来，婢女欲停扇行礼。

江绪抬手，示意其继续打扇。

先前知府夫人相邀品食，明檀特地换了身衣裳。雪色襦裙在夜色下飘逸若仙，胸前朱红诃子绣着精致的海棠缠枝花纹，正若她的肌肤白得欺霜赛雪，不点而红的朱唇又似在引人采撷。

江绪走近，指腹刮了刮她柔软的小脸，又帮她拨开颊边睡得散乱的青丝。

睡梦中明檀感觉有什么粗糙的东西在她脸上磨蹭，眼睫颤了颤，不由得秀眉轻蹙，樱唇紧抿，嘴角不高兴地向下撇着，小脸也略鼓起来。

江绪凝视着她，挥退了打扇的丫头。

哪晓得明檀半点都受不住热，扇停不过几息，她就热得咂巴着小嘴，翻身侧向另一边，还无意识地扯了扯胸前的朱色诃子。

四下无人，隐有清浅暗香浮动。江绪一眨不眨地盯着她，喉间莫名发紧，他撑着软榻边缘，缓缓俯身，停在她唇上，也不知在犹豫什么，最后，还是如蜻蜓点水般，在她唇上亲了一下。

明檀没醒，但热得难受，三两下都快将遮胸的诃子给扯掉了。

江绪见状，拿起丫头搁在一旁的罗扇，给她扇了扇。可他从前没干过这活儿，手上没轻没重的，先头两扇还只是扇得有些用力，第三扇却是直接拍到了她胸上，像是重重在她胸上拍了一巴掌。

明檀不由得惊醒，下意识地捂住胸口打了个激灵。

“夫，夫君？你干什么？”她睡眼惺忪，迷茫过后又惊得瞪直了眼。

“……”

江绪没什么表情地扔下了扇子。

明檀怔怔地看了眼罗扇，恍然明白了什么，从榻上缓缓坐起，一蹭一蹭挪到软榻边缘，四下环顾了圈，又忙整理散乱的衣襟。

方才醒来，脑子有些混沌，她还没来得及续上睡前的情绪，可现下整理着衣襟，她忽然想起了什么——

她是怎么就睡到了外头来着？哦，对了，徽楼美人，被送上门的美人给气的。

她手上一顿，动作缓了，整个人的神态也倏然变了。

她边整理着衣襟，边不以为意地问道：“夫君怎么就回了？还以为夫君与诸位大人把酒言欢，又有美人相伴，今夜是不会回了呢。”

“……”

果然，该来的总是会来。

吃醋的某人以为自己掩饰得很好，全然不知醋味儿已经大到快能熏死花圃里头的娇花，还若无其事继续道：“喻大人送来的那些美人，我已经让知府夫人寻了住处安顿好了，只不过人多，又来得匆忙，怕是会有些挤，还请夫君勿怪。当初我要多带马车，夫君不让，不日回京，也只能多买些车马了。”

江绪顿了顿，解释道：“本王不知他会先斩后奏，将那些女子送入府中。”

明檀无动于衷。

江绪倒也没再多说，只道：“算算时辰，暗卫应已将人送回去了。”

明檀这才看他一眼，半晌，她又压下想要质问的欲望，边低头整理衣袖，边云淡风轻道：“也是，想来清羽姑娘一人便能抵过万紫千红争春。”

“……”

见江绪这回不出声，明檀动作稍凝，心下凉了半截。

她调整了下呼吸，问：“清羽姑娘人呢，夫君没带回来吗？莫不是要寻个良辰吉日再去徽楼接人？”

“你希望我带她回来？”

“……”

自己想要为何推说她希望？

她希不希望他心里没数吗？

明檀气到模糊，指尖不由得攥紧袖口，嘴硬道：“府中寂寞，多个姐妹做伴也是好的。妾身粗手笨脚，不会伺候王爷，不够贴心，倒是让王爷受累了。”

江绪也不知怎的，见她明明脸都气鼓了还要强装镇定做出大度模样，就颇想逗弄一番。

定定地看了她一会儿，江绪忽道：“既如此，本王这便命人去将她接过来。”

他转身。

明檀瞬间炸了，扒拉住他的衣摆，不经思考地往他身上打了下。

她这一下打得极重，自个儿手心都打得发麻了。

四下忽然寂静。

明檀也忽然清醒。

她这是在干什么？打夫君？这不就是犯了七出里头的善妒？她还无所出，夫君该不会愤而休妻，或是以此相胁让她同意那个徽楼里头的女人入门吧？

她脑袋空白了瞬。

半晌，她神色清明些许，又往江绪身上打了下。

“……”

江绪见她打完人的神情，差不多明白她那塞满礼仪规矩的脑子里在想些什么，可停顿半晌又打，他倒是有些不明白了。

“为何又打本王？”

明檀梗着脖子，气红了眼望他，理直气壮道：“打都打了，七出也犯了，不多打几下岂不是很吃亏！”

四下寂静。

好半晌，江绪竟点了点头：“王妃所言，很有道理。”

说着，他忽而上前，将人打横抱起，往屋内走，眼底也闪过一抹不易察觉的笑意。

“你干什么，不是要去接人？”

“接什么人？”

“你不是说——”明檀一凝，后知后觉地反应过来，“你怎么这样！”

“本王哪样？”

她气得说不出话。

倒是江绪将她放至榻上后，忽然捏了下她的脸颊，目光沉静，哑声道：“王妃吃醋的样子，甚是可爱。”

这似乎是明檀第一次听到江绪夸她可爱，不由得望着他，愣怔了瞬。也就这一瞬，她身上衣裙被剥开了大半，男人带着熟悉的侵略气息欺身而来。

两人上回欢好，还是在庞山，数日未曾行事，倏然亲近，明檀莫名有些害羞，还有些不自在。

——这似乎也与舫船救火后，她察觉出自己对夫君并非止于夫妻情分有关。

她小脸柔软微红，眼睫躲闪着，含羞半垂，小手还不安分地轻轻推拒，惹得江绪眼底的欲色又浓重了几分。

内室春色渐染，屋外却忽然传来一声突兀的通传——

“王、王爷，大人求见。”

这是知府府衙，婢女口中的大人，自是指的知府。

江绪箭在弦上，本欲不理，可明檀却推了推他的胸膛，喘声断续道：“知府此刻前来，想来，想来定是有要事相商……”

他沉默了下，偏头望向门口，压声问了句：“何事？”

“奴婢不知，大人只让奴婢通传，说是要求见王爷。”

江绪眼底欲色未褪，然终是翻身下榻，整理了下散乱的衣襟。离开前，他俯身捏了把明檀的脸颊，声音微哑：“等本王回来。”

明檀捂住被他捏过的右脸，另一只手撑着床榻坐起，害羞又心慌地擦了擦身上被啜出的痕迹。

屋外，江绪径直跨出院门，眼神都未在知府身上停留，只声音不带丝毫温度：“你最好是有什么要紧之事。”

知府冒了一脑门汗，如果可以，他也半分不想打扰这位阎王爷好嘛，这不是宿家他也开罪不起，只能夹缝求生了。

他躬着身，诚惶诚恐道：“殿、殿下，有位自称是从徽楼来的清羽姑娘，要见您。”

“就这件事？”

知府点点头，一脸为难：“这位清羽姑娘说什么也不肯走，说是有要事要与王爷相商……下、下官也不知如何阻拦，只得将人请到了花厅。”

他不是不知如何阻拦，如若真是不知，他什么都不必做，自会有暗卫将人挡回去，不过是因为来人打着喻伯忠的名头，他不想开罪宿家，这才将人请至花厅，转而又来请江绪。

知府正忐忑等着江绪回应，然江绪身后忽有人缓步上前，平静道：“既然来了，见见也无妨。”

明檀本是见江绪落了印鉴，想着若有要事，可能少不得要用，便匆匆换了衣裳追了出来，倒没想刚出来就听到知府这番话。

这会儿她才想起，她方才还生着气呢，被某人一番打岔竟忘到了九霄云外。

他是遣了那些美人不假，可那位清羽姑娘呢，他可从头到尾都没解释，现下倒好，他不去接，人家自个儿送上门来了，她倒要瞧瞧到底是什么了不得的人物。

说完，她也不等江绪开口，便让知府带路。

花厅内，清羽换了身水蓝长裙，正端坐等待。见知府来，她起身，眼角余光瞥见定北王殿下的喜悦还未来得及上涌，便因瞧见陌生女子略怔了一怔。

那女子雪肤花貌，明眸皓齿，盈盈迈步间，美得让人移不开眼，似是珍宝难得，精致易碎，让人莫名就屏住了气，不敢随意呼吸。

明檀亦在打量眼前女子，此女子生得极美，可她似乎是在哪儿见过，有种极微妙的熟悉感。

兰妃、皇后、白敏敏、周静婉、沈画、云旖……她脑海中闪过很多张熟悉的貌美面庞，甚至连自个儿揽镜自照时的模样也略略回想了番，不对，都不对。

可这眉眼……

她还没思索出答案，清羽竟“扑通”一声跪在她面前，磕了三个响头，背脊挺得直直的，颇有几分不卑不亢的倔强之意。

“奴婢见过王爷，见过王妃。”

来时路上，她遇上了方才被遣回徽楼的诸位同伴，知晓了此回定北王殿下前往灵州，原有王妃一路相随，那眼前这位，显然就是王妃无疑了。

她跪在地上继续道：“奴婢自知身份卑微，不配伺候王爷，然市舶使喻大人紧逼，如若王爷不肯收下奴婢，奴婢……”她又向着明檀的方向多磕了几个头，“还请王妃宽留，奴婢愿做牛做马报答，绝不逾矩半分。”

这作态，那些微妙的熟悉感又全然消失了。

明檀正思忖着那熟悉感到底从何而来，清羽却误以为明檀意动，继续说了番自幼在徽楼如何不易，隐晦暗示她有多么想要摆脱徽楼、摆脱宿家。

明檀落座上首，正欲说话，可抬眸时瞥见花厅右侧挂着的那幅《洛神春水图》，电光石火间，她忽地想起了什么，心下震动，下意识地便望向江绪。

江绪与她对视一眼，算是默认了她心中所想。

明檀缓了缓，心头大石落定，端起茶盏，矜持地饮了半口，这才望向跪在地上的清羽。

她温声问：“清羽姑娘想离开徽楼是吗？”

“是。”清羽毫不犹豫地应道。

她好不容易说服喻伯忠让她前来一试，无论以何种方式，她都要为自己再争取一次留在定北王殿下身边的机会，哪怕是过河拆桥，得罪宿家。

明檀沉吟道：“王府不是避难所，若是谁来求上一求都要收留，那王府便要挤得无处可站了。不过清羽姑娘生得颇合眼缘，若想离开徽楼，我倒是可以帮你一回。”

清羽忍下翻涌的心绪，面上只露感激，立马便要磕头谢恩。

果然，她赌对了，这些没吃过苦头的娇小姐都心软得很，与之针锋相对，还不如将姿态放至最低，博其同情。

可明檀又抬手按了按：“清羽姑娘不必忙着告谢，我能帮你离开徽楼，也能保证喻大人不会因此事找你麻烦，但这份眼缘，仅止于此。离开徽楼，往后是贫是苦，是富是贵，全凭姑娘自己，当然，离不离开，也全在姑娘自己。”

这意思是，她能帮她离开徽楼，却不能允她进定北王府？清羽抬眼，对上明檀温和的视线。

“王妃，奴婢——”

“清羽姑娘不用着急回答，我给你一日的时间好生思量，明日日落之前，若想离开徽楼，都会有人为你安排。”

清羽一时哑声，不由得望向江绪，希望他能为她说句话。

先前在徽楼，这位定北王殿下明明是多看了她一眼的，那就证明他对她至少不是毫无兴趣，这中间到底是哪里出了错？

半晌，江绪说话了，却不是为她。

“来人，带她出去。不论王妃的恩典她要与不要，本王都不想再见到此人出现在本王与王妃面前。”

他声音冷淡，也未看她，显然是不甚在意。

夜风习习，月色溶溶。

回院路上一路寂静，明檀斟酌着想说些什么，却不知如何开口。她先前诸般情绪都已消散，心中只余对夫君的隐隐担忧。

在花厅蓦然瞥见美人图时，她终于想起了清羽姑娘眉眼间的熟悉到底缘何而来，不正是源自王府书房里，被卷帘遮盖住的那幅敏琮太子妃画像吗？

她曾在书房不小心看到过一次，那画应是婆母被立为太子妃时所画，穿的是太子妃制冕服，容貌神态画得细致入微，栩栩如生，是令人见之难忘的雍容美人。

那位清羽姑娘的容貌气度，远远不及仙逝的婆母，然粗粗一瞥，眉眼却极为神似，也无怪乎夫君会让她作陪了。

夫君，应是极为怀念婆母的吧。

听闻他未满周岁，父亲便意外离世，未曾享过如山父爱，然母亲是在他五岁时才因郁疾逝世——

“本王母妃，出自岭南易家，家世显赫，自幼便是依国母要求培养。”也不知怎的，江绪忽然主动开口道。

岭南易家？

这可是有从龙之功的开国大族啊。

“父王薨后，盛家有意扶持皇太孙，也就是本王，可母妃不愿本王成为争权夺利的棋子，只希望本王一生平安顺遂。

“她不通政事，不懂身处朝局之中，很多事不是不争即可，所以，她的选择给易家带去了不小的灾难，时至今日，易家仍偏居岭南，不敢与本王有半分牵扯，易家家主曾斥她不配为易家女，意欲将其清出族谱。”

他顿了顿：“她也许不是一位合格的易家女，但她是一位，很好的母亲。”

明檀闻言，抿了抿唇。

当初要嫁入定北王府，她也打听过未来夫君的旧事，舅舅确实说过，他作为前皇太孙，能在政权两度交替下安然存活，少不了敏琮太子妃的取舍庇佑，不过当初她并未深究，竟连婆母出自岭南易家都不知道。

她犹豫着，开口道："夫君，那位清羽姑娘，不然……"

"不过三分肖似，她如何能与本王母妃作比，无须介怀，亦无须理会。"

明檀缓缓点头，心里却盼着那位清羽姑娘能拎得清些，顶着这张略有相似的容颜，能选择更为平顺的一生。

然事与愿违，次日明檀便收到消息——

清羽姑娘不愿离开徽楼。

清羽是徽楼最出色的姑娘，离开徽楼，除了脸什么都没有，一时也寻不上比宿家更硬的靠山。

那还不如留下，等着被送入宿家。至少宿家在灵州说一不二，凭她的本事，入府之后想要多博几分宠爱并不算难。

得知此事，明檀心中莫名有些惆怅。个人有个人的缘法，她也不能说人家的选择一定是错。

只不过夫君的事情似乎已办至尾声，不日便要离开灵州，她收拾着衣物，莫名陷入了沉思。

夫君被勾起旧事，定然是不开心了，她能为夫君做些什么吗？

两日后，灵州事了。

周保平暴毙一案由市舶司拨乱呈情，上达天听，成康帝下旨复其身后清名，官给葬事，并下恤银抚其家人。

明面上，这已是成康帝能给他的最好交代，暗地里，成康帝自会另加照拂他的家人，至少保其一生富贵无虞，若子孙争气，往后也自能得其恩荫，有锦绣前程。

至于灵州港抽解，补齐两年税银还莫名多出利息，这无疑是往市舶司身上明晃晃割肉。

然江绪并未给出让步余地，京中宿太后与成康帝暗下交锋了番，成康帝话里话外也都表示，定北王的意思就是他的意思。

其实成康帝原本只是想给宿家一个警告，把控博买和官私海贸之事他暂时可以睁一只眼闭一只眼，但往后若仍连抽解税收都敢肆无忌惮妄动，可别怪他撕破脸皮，自损八百也要伤敌一千。

至于补齐近两年的税银及利息，他想都没想过，可江启之这么一提吧，他竟然觉得也很可以。

这摆明了是要让宿家肉痛，但又不会痛到让其不惜两败俱伤的地步，毕竟证据若是拿出来，市舶司上下必然面临全盘洗牌，包括与之牵连的多位灵州官吏，甚至是京中的宿家一派，都会有所折损。

他们能断腕换血，另扶人上位，可宿家并非上下一心不分彼此。

若真舍弃，被牺牲的几房必然心生嫌隙，那些依附宿家的官员门客也必会有所计较。

届时人心浮动，难保不会给他留下往灵州安插棋子培养势力的空子。

相比之下，补笔巨额税银，也没那么难以接受了。

果不其然，宿家再是不愿，最后还是捏紧鼻子同意了补上抽解税银及其利息，只不过推说筹措税银需要时间，望能宽至年底。

江绪倒好说话，什么时候补上，什么时候交出证据。宿家很是心梗了一番，只好又改口应下，一月之内定会补齐。

补齐的税银数额谈妥，江绪要了其中三成，为北地驻军着添军饷。

国库平添大笔进益，一向抠搜最擅哭穷的户部尚书难得大方一回，一口应下了此事。

此间事毕，江绪一行未在灵州多留。灵州众官胆战心惊数日，终是毕恭毕敬地将人送出了城，松了口气。

连被狠薅了一回羊毛的宿家也未流露出半分怨怼之意，似乎只盼着这阎王爷早些离开，别再在灵州地界生出什么事端。

明檀以为江绪这差事办完，他们便要原路折返回京。可离城前一日她才知晓，江绪竟还打算去一趟全州桐港。

“你与舒景然一路先行折返，本王会尽快追上，若追不上，你们先行回京便是。”

明檀忍不住问：“阿檀不能一起去吗？”

“你知道桐港是什么地方吗？”

明檀摇头，全州都不是什么要紧的州府，她又怎会了解全州底下的无名小镇。

“桐港地偏落后，连沐浴都是难事，比露宿林中不会好上多少。”江绪耐心解释道。

明檀有些不明白：“桐港不是临海吗，为何会连沐浴都是难事？”

江绪顿了顿：“海水咸涩，不能饮，也不可用来沐浴。”

明檀长于深闺，平生从未见海，认知有限，她一直以为海就是漫无边际的江河，倒不知还有如此差别。

她忽然明白了什么：“难怪灵州也曾有过旱灾，先前听知府夫人说起，灵雨河因祈雨得名，总觉得有些不对，后来一想，灵州近海，为何需要祈雨？原来如此……”

江绪颔首：“所以，你先与舒景然一道回京。”

可明檀回过神来，又有些不情愿，磨蹭上前，抱住他的胳膊撒娇道：“夫君，阿檀不想先行回京，阿檀不怕累的，若是不能沐浴……忍几天便是了，带我一道好不好，我想看看海是什么模样。”

不知为何，江绪这回倒是极好说话，只略略沉吟便应道：“上路后不可反悔，本王不会为你耽搁。”

“嗯嗯，我不会耽搁夫君办正事的！”明檀立马挺直小身板，竖起三根指头发誓道。

江绪姑且信了。

然明檀嘴上说着不会耽搁，离开泉城不久便试探着提起了要求：“夫君，我方才看了舆图，我们似乎可以走理县这条路过去，至多只费半日便可回归原定路线，理县比澄县富庶……我想去理县添些东西，省得到了桐港缺东少西的。”

“在泉城不是添置了？”

“先前添置的……可能不够。”明檀冒着被他冷脸的风险绞尽脑汁地找着借口，“而且来时我们途经理县，不是吃了种很好吃的糕点嘛，我想再买一些。”

江绪放下兵书，定定地看着她。

明檀心想，完了完了，夫君定是要板着脸不留情面地将她训上一顿了。

她小脸紧绷，心下忐忑。然江绪看了她一会儿，目光未移，只对马车外头说了声：“取道理县。”

“……”

这就同意了？

夫君今日未免也太过宽和了吧？

明檀不动声色地偷觑着他，他却神色如常，继续看起了兵书。

灵州理县，大显烟火之乡，因盛产各式爆竹烟火而丰饶富庶。

往理县街上走一遭，十家铺子里头起码有七家都是做烟火生意的。就连宫中庆典需燃烟火，也多是由理县制成送入京师。

早先前往泉城，他们一行便在理县暂住了一宿，此回事毕，明檀也满以为会途经理县折返，所以早早儿遣了云旖前来做了准备，谁想还要绕去桐港，不得已，她只能硬着头皮，找些听来牵强的借口试上一试了，没承想夫君这么轻易就答应了。

到理县后，他们在来时歇脚的那间客栈下榻。

明檀趁江绪不注意，小声问了问云旖："都准备好了？"

云旖利落点头，又给明檀递了个"我办事儿您放心"的坚定眼神。

明檀跟着江绪回了房，略略梳洗番，又装模作样地拉住江绪，撒娇卖嗔，非要他陪自个儿一道去买糕点。

这一路经行，明檀出门大多是由云旖陪同，这倒不是因为江绪不愿陪同，而是明檀不喜让他陪同。

与他一道出门逛街，她若不开口，他便半句话都不多说。若问好看与否，他便都答好看。若问买哪个更好，便让她都买……简直就是根行走的木头。

且他这木头虽不发表意见，但总会让人心底生出种"逛完了吗逛完了就赶紧回去"的紧迫感，有他在旁束缚，逛起来总是不甚自在。

现下出门，又是一样，明明是两人一道，明檀却逛得颇为寂寞，买完糕点便兴致寥寥漫无目的地闲晃着，若不是为等天黑，她都想回客栈歇息了。

正当她无聊到三步抬头望一次天，看天有没有黑之时，身边静默的木头成精了。

江绪忽然在某个街边小摊旁停步问道："这糖人如何卖？"

"捏好的五文一根，随您挑选。若要现捏，八文一根。"摊贩热情应道。

"现捏是如何捏？"

"您说个样儿，这就能给您现捏一个。"摊贩拍了拍胸膛，摆出副老手艺人的架势。

"那能照着我夫人捏吗？"

明檀闻言，不由得望了他一眼，颇有种太阳打西南北边一道出来了的稀奇感。

"自是能的。夫人天仙之姿，公子好福气啊！"有生意上门，摊贩嘴上热闹得紧，明檀还遮着面纱，天仙之姿也是说夸就夸，“对了，公子自个儿可也要捏一根，两根便宜些，只收您十五文如何？”

江绪本想说不必，然明檀先应道：“好啊，那便照着我俩各捏一根。”

“哎，好嘞！佳偶天成，好事成双嘛！”

闻言，江绪也没再多说什么。

这小摊贩嘴上活络，手艺却不如嘴巧，依着两人捏的糖人，除了身上衣裳对了颜色，其他地方愣是瞧不出半分相似。

付了账，明檀拿着江绪的糖人都乐了。

“这是如何捏的？我遮着面纱捏不出容貌便罢，夫君生得如此英俊，竟被捏成了这般模样，瞧着脸都宽了两倍不止，还有这眉毛，这嘴巴……”

她边说，边拿起糖人往江绪脸边比对：“啧，可真是太丑了。夫君若是如斯尊容，阿檀嫁入定北王府的第一日怕是就要抹了脖子去了。”

江绪：“……”

明檀正絮絮叨叨念着这儿丑那儿丑简直就是丑得不堪入目，身侧之人竟忽然从她手中夺走了糖人，面不改色地咬断了糖人的脑袋。

“……”

明檀僵了一瞬。

这糖人多是用来看的，味道并不好。她夫君未免也太凶残了些，丑起来连自己都吃！

想到这里，她下意识便望向江绪手中照着她捏的那根糖人。

江绪也垂眸，捏着木棍转了两圈，做出似乎要吃的姿态。

明檀瞪直了眼，丑的只有他，为何连她的脑袋也要咬断？

可那糖人送至嘴边，并未如明檀所想那般身首分离，他只缓慢将糖人含入口中，而后漫不经心地看着她。

“……”

明檀脑袋空白半瞬，耳根忽热，也不顾平日在外时刻注意的矜持，在他靴上踩了一脚。

登徒子！孟浪！下流！

明檀臊得独自往前，径直走出了大半条街。

天色渐暗，走至街口，明檀才想起正事，四下望了望，原来自个儿还走反了方向。

她停步，想要回身，可又不自觉被不远处的热闹吸引——

两街交会之处，路人里三层外三层围得密不透风，还时不时交头接耳，嘁促低语。

江绪跟了上来，手中的糖人不知是被他吃了还是被他扔了，明檀也没注意，只探头探脑望向人群，好奇地喃喃了声：“是在演杂耍吗？”

江绪扫了眼。

“这也太难了，都解不开！”

“依我看啊，那小雀儿本来就拿不出来，就是骗人的东西。”

“对啊，头能出来翅膀就出不来，翅膀出来身子出不来，哪有这样的理？”

两人上前，围观百姓正讨论得热烈。

明檀瞧见也有几位女子在看，便打听了句：“姑娘，请问这是在做什么？”

“摆摊解机括呢。”那姑娘眼不离，只热心解释道，“这人说，先前有个做机括的高人在他家中借宿过一晚，走之前送了他一个机括当谢礼，喏，就是那玩意儿。”

明檀踮脚，顺着视线望过去，只见小摊上摆了只小小的木笼，笼子里头还有只木作的小雀儿，旁边歪歪斜斜写着：五十文一次，一次半炷香。

“别说，这东西做得还挺精巧，这人拿它出来摆摊，说是谁能将那小雀儿从笼子里弄出来，还不弄坏这玩意儿，便将这玩意儿给谁。解一次五十文，一次只能解半炷香，还得提前押上五两银子，若是把东西弄坏了，这五两银子就不还了。”

明檀闻言张望，那碗里头约莫有几百文，也就是说有几个人试过了，都没成功。

“为何大家只看不试呢，难道这其中还有什么讲究不成？”明檀忍不住问。

那姑娘这才转头看了她一眼，以为她是没听清先前说的话，特意比了个“五”的手势。

“要押五两银子，这哪是随便能试得起的？就算拿得出五两银子，那木头玩意儿谁知道会不会一个不小心就碰坏了，若是五两银子白白打了水漂，换谁不心疼！”

五两银子很多吗？明檀迟疑了一瞬，又看了眼江绪。

江绪低头问她：“喜欢？”

“瞧着很是精巧，应不是随便能做出的东西。”明檀矜持暗示。

江绪颔首，缓步上前，径直往桌上放下一锭银子。

见他放的是锭十两的银子，摆摊那人都没让他先付五十文的账，忙堆出笑脸，捧起那木作的笼中雀机关，往前递了递：“公子，您请，您请。”

江绪拿到那笼中雀机关，目光微凝了一瞬，站在旁边的明檀心下也不由得讶然。

江绪察觉到她的反应，问了声：“知道？”

明檀点头，轻声迟疑道：“这应是……云偃大师所做的机关？以前在闺中看过云偃大师写的《机关术论》，虽从未见过实物，但听闻他所做机关均会在上头刻流云纹。”

眼前这笼中雀机关，木笼底座便刻有极精致的流云纹，与《机关术论》上头印着的一模一样。

这拿出来摆摊解机关的约莫是不识云偃大师，竟只让人押上五两，这意思不就是在他眼里这机关只值五两嘛，若拿到上京城里去卖，遇上懂行的，五百两想来也不成问题。

云偃是高宗时期的机关大师，听闻高宗在世时，便让他为自己设计了陵寝中的机关，以保后世不被宵小扰其清净。高宗离世后，他也避世消失，再未听其音信，先帝似乎还寻过他，但未寻见，如今出自他手的机括作品留存的极少。

江绪打量了会儿，便开始解。

这木笼上下只两个不大的圆洞，都没有可活动的余地，周身由五根木栏围立，小雀儿的翅膀是可以上下拨动的，其他部位都无法动。

显而易见的是，这小雀儿只可从木栏缝隙里拿出来，然这小雀儿的头圆圆的，只能恰好卡在木栏缝隙里。若是换个方向，脚倒可以先出来，可翅膀便会被木栏卡住。若挪动翅膀，让翅膀侧出，身子又会被卡住……

总之，无论如何挪腾，出了一个部位，总会有其他部位被木栏卡住。

江绪原本以为简单，可摆弄了好一会儿，竟也没将其解出来，他神情专注，尽量控制着力道，省得一个不小心就直接将这机关给拆散架了。

半炷香的时辰将至，明檀看了眼周身都莫名降温的某人，心底不由得生出些许淡淡的尴尬。

方才围观的小姑娘可都窃窃私语说着，这位公子俊朗不凡，且瞧着极有底气，定能解开这机括。

她亦是如此认为，和身边的姑娘悄悄吹嘘了两句，还满心期待着夫君大展神通，赢下云偃大师的机括送给她，可现下……

“公子，半炷香到了。”摆摊之人小心翼翼地提醒了声。

江绪眼都未抬：“再来半炷香。”

“哎，好嘞，好嘞。”

……

眼看半炷香又要燃尽，周围的人议论纷纷，倒不是觉得江绪解得不对，都只认为这玩意儿就是坑人的，根本就不可能解开。

明檀站在一边看江绪解了许久，倒是看出了些门道，她拉了拉江绪的衣袖，忍不住小声道：“夫君，不如让我试试？”

江绪稍顿，将机关递给了她：“有些难。”

她接过后，拿在手里也没急着动，先是仔细观察了会儿，确认心中所想后，尝试着换了个方向拿着木笼，动作极快地左拨了拨，右拨了拨，最后从里往外按了下脑袋——

出来了。

“……”

这么快就出来了？

明檀自个儿都怔了怔。

其余人自不必提，都不由得静了一瞬。要知道先前好几个人都没能解出来，可她动手不过几息，就将小雀儿从木笼里头拿了出来，这委实是太不可思议了些。

“姑娘，你是不是玩过这机括？”

“是啊，怎会如此之快？”

“这竟真能解开，是怎么弄的来着，你们看清了吗？方才我都看眼花了。”

其他人也许没看清，但站在明檀身侧的江绪看清了。

事实上从明檀换了方向拿木笼开始，他便注意到了先前忽略的细节，也想通了这一机括的解法。

木笼上头的五根木栏一眼望去呈均匀围立之态，宽度似乎一致，然实际间隙有细微差别，能拿出木雀的那一处间隙比旁处略宽一些。当然，拨出木雀部位的顺序和角度也十分关键，错一步都会无法顺利将其拿出。

周围都在议论，连老板都好奇明檀是不是从前便懂这机括的解法，明檀说没有，众人还不信。

可江绪知道，她不可能懂其解法，云偃大师所有的作品都是仅此一件，且此件作品《机关术论》中并未收录记载，应是避世后所做，她不可能在此之前便知晓解法。

明檀欣喜地从老板手中赢了笼中雀机关，押下的十两银子没让退，还与这老板说了这机括的来历，想再给他补上些银子。

然这老板也实诚，说是一早便定了规矩，这十两银子不让退他都觉得过意不去，哪能再收，十分坚决地拒绝了明檀，明檀只得多告了几声谢。

赢了机括太过开心，走出好一段，明檀不知想起什么，忽然缓下步子，轻轻地拉了拉江绪的衣摆，故意做出小心翼翼的模样问了句："夫君生气了吗？"

出嫁前宫中嬷嬷来府教导，女子出嫁从夫，事事需以夫为先，尤其在皇家，万没有王妃在王爷跟前强出风头的理。

她从前学得认真，嬷嬷的话亦是奉如圭臬，然夫君惯着她，嫁到定北王府后，她逾矩的事儿好像也不止做了一件两件。

"生什么气，气王妃比本王聪颖吗？"

明檀紧张又真诚地解释道："我没有比夫君聪明的，是因我从小就爱解九连环、孔明锁、鲁班锁……方才也是见夫君摆弄许久，已然观察出门道才想要试上一试，我也没想到会如此顺利。其实再多给夫君一些时间，夫君也一定可以的。"

江绪正想说些什么，告诉她不必如此小心翼翼，他并不是这种小气之人。

然明檀忽又提起机关在他面前晃了晃，还眨着眼道："那夫君生气的话，这个送给你好不好，阿檀以后一定努力藏拙，不让自己比夫君聪明？"

说到"努力藏拙"，明檀终于演不下去了，"扑哧"一下笑出了声。

她转身，提着赢来的机括，步子轻快地往前蹦跶，嘴里还念叨着"我怎么这么聪明""静婉的才女之名该让与我才对""智慧这种东西果然是掩藏不住的"……

江绪望着明檀的背影，顿了顿。

他许是失心疯了，竟相信他的小王妃，会胆小到因抢了他的风头而惴惴不安。

天色已暗，街上渐上华灯。县城虽小，却也有种不同于上京的挤挨热闹。

江绪上前，揉了揉某位嘚瑟小王妃的脑袋，又牵住她的手，不着痕迹地带她躲开了身后疾驶而来的马车。

理县比庞山小上不少，只一条不甚宽阔的主道，好在热闹，入夜沿街，小贩叫卖，灯火通明。

两人行过落脚的客栈，明檀装没看见，不停地打岔说着别的事儿，江绪也就当不知她在打什么主意，缓步随她一道往前。

快要行至西城门时，明檀忽道："对了夫君，前几日行经理县，我听人说，西城门外有个映雪湖，湖水格外清澈，连湖底石头都清晰可见，月色映在上面，十分静美。"

"那为何不叫映月湖？"

明檀没想到江绪会有此问，语凝片刻："可能下雪的时候更美？"

她不想在这种莫名其妙且答不上来的话题上多做纠缠，忙又拖住江绪的手晃荡道："夫君，我们去看看好不好，前面就是西城门了。"

"可城门早已关了。"

"夫君不是有通行令嘛！"

江绪不由得扫了她一眼："你倒是什么都惦记。"

"那是自然。"明檀理所当然，半分没觉得不好意思。

之前单骑夜行至束镇时，也已过闭城时分，然夫君拿出那道通行令，城门守卫二话不说便放了行，也没过问两人身份。这东西如此好用，她怎能不惦记。

江绪沉默了下，看了眼不远处的西城门。

理县并非地理位置优越的兵家必争之地，城墙修得简单低矮，夜里城楼上也只两人值守，以他的身手想要出城，完全用不着惊动守卫。

"抱紧了。"江绪忽然搂住明檀，低低提醒了声。

明檀还未反应过来，便被江绪抱着飞上城楼，又轻松纵跃而下。直到落定在城墙之外，那声"抱紧了"似乎还在耳畔回响。

明檀惊魂未定，又稍稍觉得有些刺激，她捂着小胸脯跟上江绪脚步，轻声惊叹道："夫君，你竟可以带人飞这么高！先前我问过云旖，云旖说她若带人，至多只能上树或上屋顶，这城墙可比屋顶高多了。"

"你问她做什么，想让她带你偷偷出门？"

明檀哽了哽。

为何夫君如此敏锐？

她只不过是之前有几天不想见客，推说身子不适需卧床休养，可某日夜里他未回府，她又有些想出门透气，不方便从正门出打了自个儿说要卧床休养的脸，所以偷偷问了云旖一嘴而已。

她心虚嘴硬道："才没有，我是王妃，想要出门自然可以光明正大地出去，夫君不要以小人之心度君子之腹。”

江绪唇角轻扯，点点头道：“嗯，本王小人，王妃君子。”随即又瞥了眼她的小腹。

明檀羞恼地双手按住。

好在映雪湖就在城门外不远处，几句话的工夫便远远瞧见了。

明檀不由得松了口气，今儿拉着夫君在外闲逛半晌，她两条腿早已发胀酸痛，若是那映雪湖再离得远些，她怕是还未走至湖边就小命休矣！

映雪湖并不大，湖水影湛波平，清澈见底。湖边拴着条云旖准备的小舟，上头备了酒与吃食。

明檀这会儿也不藏着掖着了，径直拉着江绪往小舟走：“夫君，快来。”

上了小舟，明檀正想和江绪好生解释一番自个儿的这番安排，然江绪宠辱不惊地、熟练地解开麻绳，任小舟随水漂荡，还垂眸执壶，给自己倒了杯酒。

明檀略怔。

“夫君早就知道了？”她迟疑地问。

江绪未答，只掀了掀眼皮。

明檀心下不免失落，并且有一点点生气。亏她还一路打岔找借口，绞尽脑汁引他来映雪湖，没承想他早就知道了，那他岂不是一直在看她笑话，这又算什么惊喜！

江绪见状，解释道：“暗卫见云旖单独行动，禀给了本王，但本王并不知王妃准备了什么。”

喔，并没有被安慰到。

不过来都来了，想起此行目的，明檀静默片刻，还是调整了下心情：“好吧，就当你不知。”

她兀自缓了会儿，又积极地给江绪添了杯酒，然后按预先所想那般，将话头引至幼时，和江绪说起自个儿垂髫总角时的事儿。

江绪静静听着，也不插话。

“……本以为我那庶姐走后日子会松快许多，可谁知道日子却越发过得辛苦了，每日要习琴，要刺绣，还要去昌国公府上私学。”明檀就差掰着指头数了，“原本母亲想让我去周家上私学，周家是书香门第，家中名士辈出，在京中的女子私学里头也甚为出名，夫君知道我最后为何没去吗？”

“为何？”江绪很给面子地顺着话头问了句。

“那时南鹊西街未通，去周府要绕上一大圈，卯初就得出门，那最迟寅时三刻也得起身，可太早了。昌国公府就近多了，寅正二刻起床都不算晚。”

“卯初出门，为何寅时三刻便要起身？”

“洗漱、梳妆、更衣、用早膳……可不得要寅时三刻就要起身嘛。”

江绪想起她在府中晨起时的诸般种种，忽然懂了。

明檀托腮继续道：“幸好没去。周家私学太可怕了，一日得念三个时辰，还有许多功课要做，若回府后再学些别的，一日也不必歇了。”

明檀又絮絮叨叨说了些念私学时候的辛苦事儿，还有学琴不认真被先生罚，在祠堂跪得险些患了风寒……

她说这些其实是想安慰安慰江绪。

她自出生起便没了亲娘，爹爹又不止她一个女儿，外任数载，她时刻为着成为京中贵女典范而努力，过得颇为辛苦，也算是与他同病相怜了。

没承想江绪想了想，忽道：“你上私学时，本王应是去了西北军中，西北多旱，军中每日饮水都有定量。本王记得有一回去敌营刺探军情被发现，逃出来后迷了路，两日暴晒，本王与同伴都未饮半滴水，险些因缺水渴死在回营途中。”

“……”

明檀哑口无言。

她为何会觉得自己过得辛苦呢，只不过是念念私学做做功课学些规矩绣绣花儿罢了，如若她死活不肯做，也无人逼她，与夫君这比起来，真真算得上是养尊处优了。

她兀自想了下差点渴死在回营途中的画面，又是心疼，又不知该接些什么话。

江绪还并未意识到明檀先前所说是为了什么，也并未意识到自己三两下就把天给聊死了。

他自斟自饮，还难得地给明檀也斟了一杯。

明檀有些手忙脚乱地端起酒盏抿了一口，另一只手背在身后，悄咪咪地比了个手势。

这话题是进行不下去了，还是早些办正事为好。

云旖等了许久，都有些困了，王妃总算是有了动静，她躲在树后，活动活动脖颈，还抻了抻腰。

不一会儿，湖岸忽有一点星芒伴着异响升空，升至一定高度后——

“砰！”

“砰砰砰！”

“夫君快看！”明檀放下酒盏，一手拉住江绪的衣袖，一手忙指向夜空。

江绪抬眼。

今夜夜空湛蓝如洗，月色皎洁，零散缀有点点秋星，不远处焰火簇簇升空，在夜幕上迸发出夺目耀眼的光彩，又在寂静湖面上倒映出粼粼闪动的波光。

这烟火，很特别，从前在京中从未见过。

烟花升空绽放后，明明应是静的，可它看起来却是动的，如小人书一般，一气儿翻阅时画面连贯，这烟花也是一簇接着一簇，升空时形态微变，极快地组成男子舞剑的画面。

虽然烟花形态算不上惟妙惟肖，但江绪已然看出，那些剑招，都是他曾在她面前用过的。

“是本王？”

见他认出来了，明檀忍住心里的小骄傲，邀功道：“是不是很像？我画了两个时辰才画出来呢，有些动作记不得了，多亏了云旖告诉我才知道该怎么画。”

江绪起身，仰头望向夜空，神情是从未有过的认真。

明檀也起身走至他的身侧，碎碎念道：“听闻理县什么烟花都能做，我便让云旖拿着我画的图纸，提前来理县找人做了，原本也只是想试一试，没承想赶着时日还真能做出来，不过若是再多给些时日，说不定能做得更像……”

她突发奇想：“哎，夫君，回京之后你不如和圣上提一提，宫中每年不是都会放烟花嘛，听闻宫中烟花也是理县做的，但样式并不新奇，我在宫外看到过好几次，每回好像都差不多，今年说不准可以做些动起来的，比如童子拜年？瞧着也新鲜。”

“不了。”

“为何？”明檀疑惑，难不成宫中连烟花样式都有规矩？

“这是你为本王所想的花样，为何要让其他人看。”

他缓声说完，看向明檀，目光深深。

明檀稍怔，完全没想到他会这般说。

夜空焰火仍在簇簇绽放，两人面庞时而被映照得明亮几分，时而又隐入黑暗。

明檀与他对视，耳根发烫。

其实这话听来不免霸道，可她听着，莫名就觉得开心满足。

她垂眸躲开江绪的视线，又一点点蹭上前，害羞地拉住他的手："那夫君是喜欢阿檀为你做的烟花吗？"

江绪"嗯"了声："喜欢。"

"夫君喜欢就好，其实阿檀做这些……是怕夫君见到那位清羽姑娘就想起母妃，心中伤怀，阿檀希望夫君可以开心一点。"明檀脸红红的，鼓起勇气解释道。

江绪垂眸看她。

这些年也有人真心实意为他好，但从未有人说，希望他可以开心一点。他的人生，似乎与开心从未有过什么联系。

良久，他回握住明檀的手："阿檀有心了，本王今日……很开心。"

这是他第一次唤她的名字，手心微湿，难得地冒出些汗。

也不知云旖准备的是什么酒，明檀不过喝了一口，便有些醉了。烟花放完后，她脑袋晕乎乎的，原本还有些想和江绪说的话，一时竟想不起来。

她双手捧脸，眼前的夜空明净璀璨，湖光干净清澈，偶有夜风吹皱湖面的点点碎星，待一阵眩晕袭来，这些画面又旋转交错，仿佛将她拽入了一个沉静的绮色梦境。

梦里有一望无垠的星空，有碎星密布的镜湖，树木静立，她趴在夫君的宽肩上，一步一步往前走。

那宽肩的触感过于真实，她有些分不清到底是不是梦，打了个酒嗝，不知怎的还嘟囔着念了句诗："醉后不知天在水……满船清梦压星河……唔……但我没……没有醉！"

江绪余光往后稍瞥，温柔地将她往上掂了掂。

这一切原本十分静好，可云旖在不远处见了这幕，想都没想便上前提出要为主上分担，毕竟背人这种力气活儿好像没有让主上亲自来的道理。

江绪沉默了下，淡声道："不必，管好你自己。"

在理县短暂地停留了一晚，次日，江绪、明檀便与舒景然分道，前往全州桐港。随行暗卫也由此分道，其中大半都被江绪派去保护舒景然，还有云旖也被舒景然要走。

其实云旖他本不打算给，可最后还是给了。

明檀对这一安排有些不解，上了路还问他："夫君为何让云旖也随舒二公子一道走？”

“你觉得是为何。”他随口应。

明檀想了想，试探道：“难道是因为舒二公子对云旖有意，夫君你想成全他们？”

江绪没答。

明檀又蹙眉道：“右相夫人在京中是出了名的重规矩，她怎么可能会让舒二公子与云旖在一起，夫君你确定这样没问题吗？”

这一路她如何看不出舒景然对云旖分外不同，初时云旖毫无反应，然近几日从泉城出来，云旖对舒景然也明显热络了几分。

明檀看出来了，但一直当没看见，也从未撮合两人。因为这两人在她看来，应是没有半分可能的。

右相公子与津云卫暗卫之间，怕是隔了上千个侯府世子与府衙小捕快的距离。连与寻常人家结亲都不可能，又何况是云旖，难不成要云旖嫁予他做妾不成？

依右相夫人那重规矩的名声，怕是连纳其为妾都不能够，且云旖这般自在的姑娘，又凭何要入他右相府为妾？与其最后困难重重，还不如一早便不要产生过多瓜葛。

“舒景然的事情，他自己会处置。他很有主见，你不必担忧。”江绪解释了声，尽管他只是觉得云旖碍手碍脚，并没有撮合之意。

明檀点点头，只不过心下有些怅然。她也是操心操的，到头来除了自己，好像谁也管不了，这离京已有月余，还不知道白敏敏和静婉的婚事如何了。

不过三日，车马便行进了全州，然去往桐港的路不好走，前半截官道都是窄小坑洼，看起来多年未曾修补，后半截更不堪提，饶是坐在舒适的马车里，明檀都被颠得有些头晕想吐。更噩耗的是，在邻近桐港的城镇，江绪便说，再往前，不能坐马车了。

明檀忍不住问了句：“为何？”

“前方多小路，马车难行，且穷乡僻壤，不宜招摇。”

夫君既都这般说了，明檀也没想给他添麻烦，还颇为自觉地上下打量了下自个儿这身虽已尽力低调但在人群中仍十分显眼的衣裙，主动问道：“那衣裙也要换吗？”

“最好换了，朴素些为好。”

明檀乖巧点头，又从八宝柜里取出面小铜镜，揽镜自照。

片刻后，她颇为烦恼地碎碎念道："可是我这容貌，就算遮着面纱也难掩风姿，难不成一路上都要戴着帷帽？"

"……"

倒也不必如此自恋。

虽江绪多次言明桐港乃偏僻穷苦之地，可明檀未亲眼见得，便也想象不出到底如何才算偏僻穷苦，毕竟以她的标准衡量，明珩所在的望县庞山就已是远京小地。

沿途未见客栈，只山脚下有个简陋的野店，明檀见那棚顶似乎都随时可能坍塌的破败模样，连坐下喝碗茶都不愿。

她换了身朴素的细布衣裙，暂舍马车，改与江绪共乘一骑。

江绪许是为了照顾她，骑马速度也放缓了不少，不好走的路段还翻身下马，走在前头牵马而行。

天色擦黑，明檀四下张望，见沿路荒凉，不由得问了句："夫君，我们今晚歇哪儿？"该不会要露宿林中吧。

怕什么来什么，江绪应道："本王行军之时，常露宿荒郊野外。"他一手负在身后，一手牵马走在前头，也没回头看一眼坐在马上的明檀。

明檀以为他方才那句没有下文，心情低落地做起了露宿林中的准备，可他忽然又道："不过前面应有人家，找户人家借宿一晚便是。"

明檀蓦地松了口气，虽然没带自己的被褥，借宿她也很难睡着，可与露宿林中相比，这已经好接受多了，至少不必担心夜里下雨，要在林中被淋成落汤鸡。

不过在借宿到人家之后，明檀发现这一担忧似乎并不能消除。

他们借宿的是山脚下的猎户人家，这样的人家山脚下约有五六户，他们借宿的已是屋子盖得最大最齐整的一户了，屋外挂有不少干苞谷串，还有风干的猎物，瞧着比其他几户富足不少，只不过屋中仍是简陋非常，屋顶缝隙指宽，若是下雨，躲无可躲。

"我家男人这两天都在山里打猎，屋顶也没来得及补，今晚可能要下雨，二位用这个接一接吧，受罪了。"这户人家的妇人哄着奶娃娃，还热心地给他俩送来个小木盆。

"多谢刘嫂。"明檀弯唇笑道。

“咱这地方不兴这个。”被唤作刘嫂的妇人摆了摆手，“你们安心住上一晚，今晚也没啥吃食了，馒头咸菜，将就下，明儿一早做肉糜粥。”

“不用了刘嫂。”明檀忙推拒。这地方破成这样，想来肉也不是什么寻常吃食，哪好意思让人拿出来招待。

“这有啥，咱家不富贵，肉还是吃得上的，我男人打猎厉害，十里八乡那都是这个。”刘嫂竖了竖大拇指，脸上是掩饰不住的骄傲和满足，“我男人对我和娃娃好，每回去镇上卖东西，总要捎两斤肉回来，你们不吃，我家娃娃也是要吃的。”

她刚说到娃娃，怀里头的奶娃娃就哇哇哭叫起来，她熟练地哄着，又抬头道：“那你们先休息，我就不打扰了。”

明檀点了点头。

待刘嫂走后，明檀望着她送来的木盆，半晌没说出话。

从前在府中，她也见过下人用木盆接雨水，可那都是一整排放在外头屋檐下，接满便换，以防雨势过大堵塞水渠，她从未想过，人住的屋子里头也需摆盆接雨。

当然，她也从未想过，人住的屋子能简陋至此，且还是这地界算是殷实的人家。

刘嫂说，他们住的这间屋子是她家大闺女出嫁前住的，屋里靠墙摆着张木板床榻，梳妆台……也很难称得上是梳妆台，上头摆满了杂物，桌角不平，摇摇晃晃，一张陈旧的小圆桌，上头摆着套半旧不新的陶制茶具，两个茶碗都缺了口，再没有其他。

明檀初初进屋时，只觉得连下脚的地方都没有，坐也不是，站也不是，完全无法想象一个姑娘家要如何在这样的屋子里住上十几年。

可听刘嫂那语气，她和她男人还颇为看重这闺女，旁的人家根本就没有一个姑娘单独住间屋的理儿，而且她和她男人等闺女嫁了人才要了个男娃娃，已是十里八村都找不着的看重了。

明檀也不知说什么好，与江绪小声感叹了好一会儿。

然江绪却道：“其实大显七成以上的百姓，都过得不如他们，有屋遮风，有食果腹，是许多百姓毕生所求之事。”

明檀略顿，一时有些难以想象七成到底是多少人。

今儿白天天色便不好看，有下雨之兆，果然，两人没说多久，外头就下起了雨。

起初雨声淅沥，而后愈来愈急，愈来愈重，豆大雨滴从屋顶的缝隙里头砸下来，砸出水花，四溅开来。

屋顶指宽的缝隙不止一条，一个木盆显然接不住。江绪将那木盆放在了要紧的床榻之上，又将坐在榻上手足无措的明檀抱至床角："你睡这儿，不会被雨淋到。"

"那夫君你呢？"

这半边不会被雨淋到的地方显然塞不下两个人。

"无事。"

他话音刚落，屋里那盏昏黄的油灯也被风吹灭了。

明檀缩在床榻角落，雨落在榻上木盆里头，滴答不绝，不一会儿接得半满，盆里也溅开水花，她的衣袖被打湿，袖管里头冰冰凉凉一片。

屋外雨越下越大，时不时还扯过闪电，不甚牢固的窗也突地被吹开，风裹着雨，肆无忌惮地斜吹进来。

江绪起身，重新关紧了窗，又走至床榻边问了句："睡不着？"

这谁能睡得着？

明檀原本是想着说好了跟来桐港绝不给他添麻烦，那无论多难忍都得忍着绝不抱怨，可她委实是从未遭遇过如此窘境，整个人缩在角落都不敢动，衣裳被木盆里头的雨水溅湿，外头雷响一次，她便瑟缩一次。

憋了半晌，她还是摸黑蹭到了床榻边上，伸出双手环抱住江绪的腰，委委屈屈地小声说了句："夫君抱着我好不好，我有些害怕。"

江绪缓了缓，抱住她，又抚了抚她薄瘦的肩："不怕，我在。"

这一夜过得浑浑噩噩，明檀蜷缩在江绪怀中，有时困到昏沉，仿佛已然入睡，可下一瞬又被溅到身上的雨滴与屋外闷雷惊醒，偶尔还能听到几声微弱的婴儿啼哭。

直到五更，屋外天色才朦胧亮起，雨势也逐渐微弱。晨曦微光映照出屋内略显狼狈的景象，地上积水，桌椅打湿，榻上木盆几近满当，大约是窗子被吹开了一回，椅上还落了两片被风雨摧折的残叶。

江绪抱着明檀，靠在床头阖眼休息。

明檀见他仿佛是睡着了，轻手轻脚地从他怀里退了出来，又趿上湿了又干的素净绣鞋，悄无声息出了屋子。

屋外，雨后浊气尽消，不远处的山林间似乎有一股裹着草木花香的清气扑面而来，鸟儿啁啾叽喳，声音空灵清脆。

明檀重重吐出口气。

在昨夜之前，她是完全想象不到自己可以在如此恶劣的环境下生生忍受一夜的，那屋子，住得还不如靖安侯府的洒扫下人。

可想到夫君所言，大显竟有七成的百姓可能过得还不如他们，她心情极为复杂。

堂屋里头传来利落的笤帚扫地声，明檀活动完僵麻的身子，往堂屋走去。

她进屋时，刘嫂正扫完地，又拿起抹布开始擦屋里被雨水浸湿的桌椅。

其实四更天时，刘嫂就已经起身忙活了，这会儿堂屋里头收拾得很是齐整，后头灶上还生着火，正煮着粥。

见明檀眼下有一圈明显的淡青，神情也比昨日憔悴不少，刘嫂停下手中动作，有些不好意思地道："妹子，昨儿夜里漏雨，没睡好吧？都怪我男人，这屋顶坏了好些日子了，愣是没补上，害你和你男人遭了罪！"

明檀岂止是没睡好，压根儿就没怎么睡，可人家好心让他们借宿，又哪有让人家觉得抱歉的理。

她忙摇头道："您言重了，我夜里睡眠浅，打雷下雨睡不着是常有的事。"她又转移话题，"对了刘嫂，昨儿夜里我好像听到小宝哭了？"

提起自家娃娃，刘嫂不由得叹了口气："嗨，就是。大人都睡不着，娃娃被那雷啊雨吓的，哄了大半宿才睡着呢，吵着你了？"

"没有没有。"明檀忙又摇头。

哄了大半宿小孩，想来刘嫂也没怎么休息，可同样是一夜没怎么休息，刘嫂说这话的时候精神十足，还有力地继续擦着桌椅。

一宿没睡一早上还能起来张罗这么多事，明檀忍不住问了声："刘嫂，您不累吗，要不要休息会儿？"

"休息啥啊休息，我瞅着娃娃睡得香才赶紧起来做事，等下醒了又嗷着嗓子要吃奶，愁人得很。"刘嫂想都没想便答，"再说了，村里哪个人家的女人不是要干活的，前头王家媳妇，天天都是三更就起来做事，喂鸡喂猪泼菜，还要伺候公婆，我可比她好命，没有公婆等着伺候。不过我们乡下女人干粗活都干惯了，跟妹子你肯定是不一样的。"

她忙里抬头看了眼明檀，好奇地打听道："对了妹子，你和你男人来桐港是干啥的？我瞅着你俩这模样、这打扮，富贵人家出来的吧？咱这地方穷得很，前头山翻过去桐港镇上，那海里头的风哟，一天到晚地吹，到处都一股子咸味腥味！"

“我和我夫君……”明檀稍稍语塞了一瞬，随口编了个理由，“他想做些生意，打算到沿海的地方看一看。”

闻言，刘嫂讶然道：“做海上生意？”

明檀没应声，默认。

刘嫂忙摆手道：“海上生意要命，不要做，不要做！”

“为何？”明檀好奇。

“你不晓得这海里头的厉害，风啊浪啊一打过来，死都不晓得怎么死的，当然不要做！”刘嫂好心劝道，“要是想跟船队做事，那还是要去灵州，人家那里有大船，安全！”

明檀认真听着。

“嗨，我们这地方不是穷得揭不开锅的，没人敢出海的。以前也有男人出海，带了东西回来，可我们这地方也没人收的呀，还是要去灵州禹州卖。小地方要出去哟，路不好走，累得很！

“来来回回一趟搞下来就是一年，一年不回，屋里头娃娃都能说话了，而且你搞得来的东西，灵州那大船队还搞不来？东西拿去城里，也卖不上好价钱，不划算，不划算。”

明檀闻言，若有所思，轻轻点了点头。

刘嫂忙完堂屋里头的活，又去后头灶上拿粥，顺便还招呼明檀，让她叫自个儿男人起来一道吃早饭。

刘嫂干活麻溜，早饭也做得简单干净，一小锅肉糜粥，一碟咸菜包子，还有自个儿打的香喷喷热腾腾的米浆，摆在小方桌上，就莫名让人很有食欲，明檀也难得动筷，各样都用了些。

早饭还没用完，刘嫂她男人打猎回来了。刘嫂她男人姓朱，原先在家里头是老四，所以这周围邻居都叫他朱四。

朱四是个五大三粗但面相憨厚的汉子，他回来得突然，明檀正用着粥，也没来得及戴面纱。

这地界，明檀和江绪这样的人是从没有过的，朱四不由得看呆了一瞬，还自以为小声地和刘嫂咬耳朵道：“婆娘，这两人和神仙似的，打哪儿来的，咋到我们家里来了？”

刘嫂也和他小声叨叨了两句。

说实话，若不是明檀和江绪两人生得和神仙似的，一看就非富即贵图不了他们家啥，刘嫂一个女人家带着孩子，再是热心也不可能随便放他俩进屋。

听说是过路借宿，朱四也没多想，热情地招呼他俩继续吃，自个儿先到屋里头看了眼睡熟的宝贝娃娃。

他们这些猎户进山，一趟没个两三天出不来，昨儿夜里雨大，朱四和同伴就在山洞里凑合了一宿，家里屋顶漏雨没补，他惦记着自个儿婆娘儿子，一大早便赶了回来。

等看完儿子，朱四才出来和他们一道吃早饭。

刘嫂已经给他舀了粥，应是熟悉他喝粥的速度，这边一碗见底，刘嫂又刚好舀了一大勺要给他添，嘴上还嗔怪道："让你慢点吃慢点吃，没人和你抢，吃快了噎喉咙！"

"噎不着，放心，放心。"朱四虽这般说，但还是听话地放缓了喝粥的速度，他憨笑着，望向江绪、明檀，夸道，"我婆娘煮的粥好喝，你们也多喝点，家里没什么好招待的，你们可千万别客气。"

刘嫂用手肘顶了顶他，让他不要胡说八道，然嘴角止不住地往上翘着，脸上俱是满足甜蜜。

用过早饭，明檀与江绪便打算继续上路了。

明檀收拾完，打算去和刘嫂道别，走至堂屋后头，却见刘嫂和她男人一道在洗碗。

两人絮絮叨叨安排着，这回打的猎拿到集市上卖了之后，要给家里添点啥。又说起等放晴外头地干了，得赶紧把屋顶修补修补，来了客人住了一晚上漏雨的屋子多不好意思。还说起这两天她在家里给他又纳了几双鞋底，常在山里头走换鞋换得勤，这回的底又做得厚一点，上脚肯定舒服。

两人聊的都是些平常至极的琐事，听起来很没意思，可两人有商有量的，朱四还时不时腾出手来给刘嫂擦汗，日子好像就在你一言我一语中变得生动了起来。

明檀见了这幕，莫名觉得温馨，甚至不由得想，她若与夫君也能这样，好像也不错。

当然，碗她是不会洗的，她的手可是用羊奶蜜露等各色方子常年滋润才如此细嫩，如今在外没条件养护，心里头已然愁得不行，若还洗回碗，上头怕是要生出细纹来了，不过夫君肯洗的话，倒很不错……

乱七八糟想了会儿，见刘嫂夫妇没发现她，她也没上前打扰，只轻手轻脚往后退，又在刘嫂纳好鞋底还没收针的针线盒旁放了一包碎银。

她本想直接放张银票，可想到这地方穷苦，兑银票怕是都麻烦招人得紧，还是碎银用起来不那么引人注目。

“……所以想要在桐港再开海贸，起码得有一条顺畅的官道，不然运送起来极不方便，可一路过来，我发现全州境内的地势似乎十分复杂，与灵州的平坦开阔大为不同。

“而且这道，通往灵州不若通往禹州，禹州更近，且禹西地区与西域来往密切，假以时日桐港海贸打通，禹州便是茶马与海贸的互通之所。”

江绪与明檀继续上路，路上，两人共乘一骑，明檀被江绪圈在前头坐着，也就顺势靠在他怀里，说起了自个儿对桐港开海贸的一些想法。

这一说，她有些停不下来。

“还有，我听刘嫂说起，桐港的风浪似乎比灵州港要严重许多，这是为何？是因为位置不同，还是桐港太过落后出海经验不够丰富？若是出海经验不够丰富，不知该如何对抗风浪，倒不算难题，可若是前者，就有些麻烦了。”

江绪没答，只另问道：“你与那妇人不过闲聊几句，就想到了这么多？”

明檀往后望，有些犹疑：“我想得……不对？”

“本王只是有些没想到，王妃原来如此聪颖。”

“……”

“夫君以前觉得我很笨吗？”

江绪仍是不答。

明檀扭头往后看他，扬着脖颈不依不饶：“夫君怎会有如此错误的想法，难道云偃大师的机括还不能让夫君认清你的王妃要比你聪颖百倍的事实吗？”

江绪垂眸与她对视了眼，仿佛在提醒她悠着点吹。

她就看不得某人这张不管何时都极为沉静的脸，一时没忍住，往上啃了他一口。

“王妃是在别玉楼看了避火图册，想要在这荒郊野外试试马上房中术吗？”江绪瞥她，声音云淡风轻。

“……”

马上房中术，什么东西？

江绪倏然收紧手臂，策马快进。

明檀还以为他要在马上对她做什么，惊得一缩，差点从马上摔下去。

待反应过来，她羞恼不已，回嘴道：“夫君可真是博闻强识，避火图册上有什么都记得这般牢！”

“避火图册本就该夫妻一同探讨，王妃记性不好，本王自是该记得牢些。”

孟浪！

一路斗嘴，到桐港镇时，已是未申。

路上明檀就念叨着，到了镇上定要找家布庄买件新衣，昨夜衣裳被雨水溅湿，这会儿虽然已经干了，但穿在身上还是难受得紧。

江绪没应承，也没怪她娇气，只勒着缰绳，淡声道：“到镇上再说。”

到镇上后，明檀蒙了。

沿途经过的大小城镇没有二十也有十八，她自认为这一趟也算是窥见了民生百态，可到了桐港，她忽然发觉自个儿见过的世面，还是太少了。

这若不说是座城镇，说是个贫民窟或是座刚遭了灾的村子她也信。

一路往前，就没有半条好路，坑坑洼洼的，三步一脚烂泥巴。

沿街屋子也都破破烂烂，窗上用糨糊粘着各色胶条，浆洗得发白的衣裳都从二楼窗外伸晒出来，一排排，密密麻麻。

日头很晒，迎面夹着热气的风一阵阵吹，呼吸间都是极难闻的咸腥味。明檀不由得掩住鼻子，放缓呼吸的节奏。

说实话，她是想过桐港比较穷苦，但没想过会这么穷苦。她十分怀疑，江绪是早就知道镇上什么破样，才没应承她要买衣裳的提议。

这还哪敢想衣裳呀，晚上能有个住的地方就不错了。

她从马上下来，与江绪一道，牵着马往前走。

没走几步，忽然有个小乞丐噔噔噔跑上前，想要抱她的腿。

江绪不着痕迹地挡了挡，冷淡垂眸。

那小乞丐对上江绪的视线，不由得瑟缩了下，吓得想往后退。可不知想到什么，他看了看明檀，还是吞咽着口水，小声开口：“哥哥，姐姐……”

小乞丐浑身脏兮兮的，脸上也灰扑扑沾着泥，瘦瘦小小，似乎只剩皮包骨架。

明檀不忍，下意识便想掏银子。

江绪扫了她一眼。

明檀迟疑，忽然想起云旖当初给人买馒头，结果被一大群乞丐缠上来缠光了月例的事儿。

“姐姐，我三日没吃东西了，您行行好，佛祖会保佑您的。”那小乞丐又小声哀求，声音诚恳稚嫩。

可这小乞丐委实可怜得紧，明檀犹豫片刻，望了望四周，见没有旁人，还是从包袱里取了包糕点，并着一小块碎银塞给了他。

小乞丐眼睛亮了一瞬，抱住糕点，又咬了咬碎银，忙鞠躬道谢："姐姐，您真是个好人，谢谢您！"

明檀弯了弯唇，待小乞丐一溜烟儿跑远，她轻轻拉了拉江绪的衣袖，小声道："我不买衣裳了好不好。"

江绪没说话，只极淡地扫了眼惹上麻烦还不自知的某人。

这镇上只有一家客栈，见有客来，掌柜的十分惊讶。

明檀打量四周，果然是不负所望的破，不过遮雨应该不成问题——经过昨晚，她对住处的最低要求已经降到了遮风挡雨。

只不过她做好了准备，江绪却莫名变卦了。

"走。"他拉住明檀的手腕，忽地回身往外。

"哎，客官！客官不是要住店？镇上可就咱这一家客栈啊！"掌柜的在身后喊了两声。

明檀不明所以，小快步跟上江绪的步伐。待被拉出客栈，她才来得及问上一句："夫君，怎……怎么了？"

"你觉得这像客栈？"

明檀语塞，虽是破了点，但招牌上的确写着"客栈"二字，怎么就不是客栈了。

她忽然想到什么，紧张地试探道："难不成是黑店？"

她以前看过个话本，说的是富家千金与穷书生私奔，夜里不慎投宿在一家黑店，富家千金带的金银细软都被人偷走了，黑店老板还串通附近山匪将其掳走。

就在富家千金将被山匪玷污的那一刻，穷书生带着官兵一鼓作气冲上山头，剿了匪窝，救出了富家千金。

千金家中得知此事，对穷书生大为改观，遂同意了二人这门婚事，二人喜结连理，过上了幸福美满的日子。

她记着这个话本倒也不是因为旁的，纯粹是因这话本写得太过离谱。

且不论山匪为何会放过书生，书生又是如何报的官，光是富家千金被山匪掳过还能高高兴兴谈婚论嫁，就足够令人费解了。

江绪没应她的话，只示意她看客栈二楼晒出的那些衣裳。

明檀顺着他的视线抬头望去。

客栈外头晒着的衣裳与旁处不大一样，虽在她眼里都是破布，但这一溜儿十几件都颜色鲜妍……她灵光一闪，仿佛明白了什么，继而又想起，方才在客栈中感受到的不甚和谐之处。

这不是客栈，而应是个挂羊头卖狗肉的花楼！

不，说花楼太抬举它了，这上上下下也没个花楼的规模，最多算个暗娼窑子。

明檀心有余悸地捂着小胸脯，边往前走，边回头望了望那暗娼窑子。刚巧，她这一望便望见个衣衫褴褛的汉子色眯眯地颠颠儿往里走，手里揣着几个铜板上下晃荡。

还真是个窑子。

“既不是客栈，为何要留我们？”明檀不解。

“有钱可挣，自然要留。”

这种地方，做什么本也没有定数。

明檀小声嘀咕道：“都穷成这样了还去逛窑子，他们也不怕逛完窑子饿死了吗？”

“食色皆乃人欲。”

“可人欲也分个先后吧，如若是我穷得揭不开锅，必然要想法子挣上钱盖好屋子填饱肚子再说，哪还有心情逛窑子。”

江绪瞥了她一眼，倒是没想到他的小王妃如此上进，很有事业雄心。

临近黄昏，镇上再无客栈可住，明檀又开始为夜里歇哪儿发愁了。

江绪问她能接受什么地方，她想了想：“只要能遮风挡雨即可。”

“好办。”

——他领着明檀在小镇荒郊找了个破庙。

“……”

真是只能遮风挡雨呢。

明檀无语凝噎，进了破庙蒙蒙的，都不知该往哪儿站。

江绪找了块干净地方，将外衣铺在地上，示意道：“坐。”

明檀“喔”了声，乖巧地坐下了。

随行的两个暗卫也不知打哪儿冒出来的，忽然往里抱了两摞干柴，还提来只鸡。

“这荒郊野外，还有鸡可以捉？”明檀犹疑。

“回王妃，找农家买的。”

噢，所以为什么不干脆买只熟的回来？自己烤比较有意思是吗？

她踌躇着想问，只是没等她问出口，暗卫又悄无声息地消失了。

明檀抱膝坐在一旁，看着江绪熟练地生火，将清理干净的鸡放至火堆上烤。嗯……其实她很想说，包袱里头还有干粮，委实不必如此野外求生实景再现。

这鸡这样子烤，定然是不好吃的，她远远观摩过府中大厨烤鸡，从腌制时辰到所选柴火再到火候佐料，每一步都十分精细。

这鸡估摸着要烤很久，自家夫君又闷得很，明檀摸了摸胳膊，还是主动找了个话题：“夫君，今日遇上那家客栈，倒是让我想起个话本。”

“什么话本？”

她将富家千金与穷书生私奔的故事又绘声绘色和江绪说了遍，末了还不忘发表一番自个儿的见解。

江绪一直看着烤鸡，声音不高不低：“话本的确有些错漏，譬如说，山匪如此明目张胆，官府不可能浑然无知。他们要么是对山匪心存忌惮，要么是懒政庸政不愿多管闲事，当然，也可能官匪之间本就存在某种勾连，可不论是哪种情况，此前既未出兵剿匪，此后仅凭穷书生三言两语，也不可能搬得动救兵。”

明檀点头，觉得他说得很有道理。

他又问：“但你为何觉得，富家千金被掳之后，不能再谈婚论嫁？”

“名节有损，自然不可能再谈婚论嫁。”明檀理所当然道，“女子若真被山匪掳去，即便救回来，也多是抹了脖子了事，最好也不过铰了头发去做姑子，那书生哪还会娶她。”

“这并非是富家千金之错。”

“诚然非她之错，可这世道于女子苛刻，名节重于性命，也就只有话本里头敢胡乱编派了。”她托腮，又无聊假设，“若我是那富家千金，夫君是那穷书生，夫君当如何？我被山匪掳去，夫君会去救我吗？救了我之后还愿意娶我吗？”

“自然会救。”江绪将烤鸡翻了个面，沉吟片刻，又不以为意道，“不过本王无须去寻官府便能让匪窝尸横遍野，你既在乎名节，除了本王，不会有第二个活着的人知晓此事，如此，谈婚论嫁也无人置喙了。”

“……”

想得可真周到。

“尝尝。”鸡烤好了，待稍凉些，江绪扯下只鸡腿递给她。

“等等。”

明檀拿出竹筒，倒了些水净手，又拿出块干净帕子，隔着帕子小心翼翼地握住鸡腿。

她惯是如此造作，江绪早已习惯，也没多说什么。

平心而论，这烤鸡卖相还算不错，色泽油亮，散发着诱人肉香。可明檀先入为主，咬了一小口，没敢多尝就咽了下去，还违心地吹捧道：“味道真好，夫君手艺也太棒了。”

江绪抬眼瞥她：“鸡腿和翅膀都留给你，慢慢吃。”

“……”

明檀一哽：“不，不用了，夫君也吃。”

“不是好吃吗？”

“可好吃，我也吃不下这么多呀。”

这话说出去不到半刻，明檀就啪啪打脸了——

她可以，她十分可以！夫君做的烤鸡也太好吃了！

啃完一只鸡腿，又啃完一只翅膀，她眼巴巴地望着剩下那只大胖腿。

江绪看了她一眼，扯下递给她。

她虔诚接过，不动声色地咽着口水，发出来自灵魂深处的疑问：“夫君为何能烤得这么好吃，从前我在府中看大厨烤鸡，似乎很是繁杂，但味道好像也没有太大差别。”

“因为是你夫君烤的。”

“……”

说完这话，江绪忽地抬眼，边就着明檀用过的素帕擦了擦手，边轻描淡写地说了声：“你惹的麻烦来了。”

明檀有些反应不过来，咬着鸡腿抬头，懵懂望他。

她怎么就惹麻烦了？

不过没等江绪解释，她就听到破庙外头传来了脚步声，那些脚步声乱而急促，有的轻有的重，总之听着就很来者不善。

明檀仿佛懂了什么：“这……这是客栈老板带人来了吗？”

今儿到桐港镇上，他们好像只接触过客栈老板，莫不是因为他们知晓了客栈的真面目，特意带人过来灭他们的口？

可这……不应该呀，客栈到底是干的什么勾当，镇上的人明明都清楚得很，不然也不会有人门儿清地径直往那处窜了，所以他们是做了什么就惹人来灭口了？

明檀一时没想明白。

不过她脑子没想明白，身体反应倒是很快，忙不迭放下鸡腿，灰溜溜地躲到了江绪身后。怕江绪不敌，她还拉着江绪的衣袖，欲与他一道往佛像后躲。

江绪看了她一眼，没说话。

外头的脚步声越来越近，明檀心里也越来越紧张，捏着江绪衣袖的手都冒出了汗。

可她没想到的是，那脚步声来势汹汹，却不约而同全都止在了庙外，随即庙外便传来摔落在地的痛呼声——

“啊！痛！”

“哎哟！”

明檀后知后觉地想起，哦对了，外头还有两个进能砍柴退能买鸡，话比夫君还少的暗卫。

她稍稍心安了些。

半刻过后，暗卫将外头那些人全都捆了个结结实实，一个个提溜着，扔沙包似的扔了进来。

一个，两个，三个……

十个。

等扔到第十个的时候，明檀怔了一瞬，目光胶着在那人身上，半晌没动，眼也没眨。

那人她见过，正是白日看起来十分可怜的小乞丐，她给了他一包糕点还有一块碎银。

为何会是他？

“这……这是怎么回事？”她下意识地望向江绪。

江绪没答，起身扫了眼躺在地上离他们最近的矮胖男子，目光睥睨，不发一言，只伸脚，踩在男子左脸上，慢条斯理地碾了碾。

“啊啊啊！大人饶命！饶……”男子惊叫，脸被踩得变形，嘴角溢血，话才说了半句，后头的都没法儿再说完整。

其他人见状，都吓破了胆，纷纷跪在地上，磕头求饶。

之前被明檀施舍过的那个小乞丐更是唇色惨白，瑟瑟发抖，眼泪不受控制地往外涌。

他不停地往前挪，挪到明檀面前，又不敢靠得太近，只吓得不停地磕头，声音小而呜咽：“姐姐，姐姐！我错了！饶了我吧！姐姐，我给您磕头了，饶了我，饶了我吧！”

不一会儿，他便磕得头破血流，额上的血与地上的脏灰还有眼泪混杂在一起，仿佛也无知无觉。

明檀知道此事与他脱不了干系，可见他瘦小可怜，仍是不忍：“别磕了！”

她压了压火气，又问：“这到底是怎么回事？”

小乞丐想说什么，可开口之前，又不由得望了眼被江绪踩在脚下的男子，莫名瑟缩了下。

明檀察觉不对，半蹲下来，耐着性子又问了遍：“告诉我，到底是怎么回事？”

小乞丐惶恐不安，浑身发抖，好半晌，他才半是犹疑半是怯懦地讷讷道：“姐姐，我不想害您的，可我如果不听话，他……他就会打死我！”

他？

明檀望向被江绪踩在脚下的男子。

那男子好像是想说些什么，挣扎了下，可仍是无法动弹，也无法开口。

江绪垂眸，又重了三分力道，那男子竟是承受不住，白眼一翻，直接昏死了过去。

明檀心中隐隐有了猜测，她给那小乞丐递给块干净帕子，声音也不由得缓和下来：“别怕，慢慢说。”

小乞丐许是见那男子直接昏死了过去，明显松了口气。他犹豫了会儿，还是鼓起勇气，磕绊着讲起了事情的来龙去脉。

原来这小乞丐名唤小石头，是从其他村子被拐来桐港镇的，拐他的人就是昏死过去的矮胖男子，陈五。

陈五与李四还有王三麻子常在桐港附近的村子里拐小孩，拐到一批，便带他们从桐港去附近富裕些的城镇。

那边有接头的人，会专门将他们养成坑蒙拐骗的乞儿，且这乞儿还不是谁都能当的，得手脚麻利，脑子机灵，不然就只能缺胳膊少腿靠卖惨行乞了。

小石头这批过两日就要被带走，今儿是碰巧在街上遇见了他们这两个外乡人，陈五便顺手推了小石头出来行乞。也没想到人出手如此大方，给了糕点，竟还给了块碎银！

陈五不由得动了歪心思，白日暗中跟了一路，到傍晚，见他们进了破庙，又想领人前来打劫，发笔不义之财。

“……他，他还说，姐姐虽然戴了面纱，但看身段就知道，肯定是个美人，可以先，先……然后再一起绑了，卖到花楼。”

小石头所言，与明檀所想差不太多，只不过当她听到小石头说，坑蒙拐骗这活儿干不了会被直接砍断手脚时，不由得倒抽了口凉气。

还是孩子，何至于如此残忍?

她压下心里头翻涌的不适，轻轻伸手，拨开小石头黏着血的脏乱头发：“还记得家在哪儿吗？”

小石头垂着脑袋抽噎了下，小声道：“记得的。”

明檀差点就想脱口而出一句“那姐姐送你回家”，可想到此行目的，她又将这话咽了下去。

她转头，想问问江绪能不能让暗卫送送这些孩子。小石头又抽了抽鼻子，给她磕了个头，声音战战兢兢，满是不安：“姐姐，您，您是好人，我们都不想害您的，您可以饶了我们吗？”

“别磕了。”明檀忍不住扶了他一把，冲动道，“姐姐让人送你回家，好不好？”

小石头闻言，抬头看她，欢喜得都冒出了鼻涕泡：“谢谢姐姐，姐姐您真是个好人！”可他看了眼江绪，声音又不由自主地低了下来，“我们可以自己回去的，不用麻烦哥哥姐姐。”

这小孩，真是懂事得让人心疼。

明檀看了眼其他同样面黄肌瘦又灰扑扑的孩子，心里很不是滋味。她起身，将包袱里的碎银和干粮全都拿了出来，给这些孩子都分了分。

江绪任由她动作，也没阻止。

其实今夜前来破庙的，除了这些被带来当帮手的孩子，还有陈五的同伴，李四和王三麻子。只不过李四和王三麻子先前在外头比较能耐，暗卫出手自然也就更重一些，早在被扔进破庙之前，这俩就昏死了过去。

明檀分完东西，得了吩咐的暗卫便上前，领着这些孩子离开。留下的暗卫则是卸了昏死三人组的胳膊和腿，将人扔去了乱葬岗。

破庙重归于寂。

没吃完的烤鸡已经凉了，当然，明檀也没心情再吃。

她在留有余温的火堆旁抱膝而坐，发了好一会儿呆，才怔怔问道：“夫君是早就知道，我给了东西会惹上麻烦吗？”

江绪缓步走到她旁边，坐下：“饿了三天的人，看到糕点和银子，又怎会不动糕点，去咬银子。”

明檀这才回想起白日那幕。

她犹豫道：“凭这一点就可以推断吗？这也……不一定吧？”

江绪垂眸，平静道：“你没有饿过三天，不明白也是正常。”

明檀闻言，不由得转头看他，眼里满是惊疑：“夫君你饿过三天？”

问完她就想起，夫君之前说过，从前行军差点渴死在路上。差点渴死的经历都有，想来差点饿死对他来说也不算稀奇。

明檀心里更不是滋味了，夫君乃堂堂亲王，这从前过的都是些什么日子？

可江绪没应声，只揽过她的肩，让她平躺到自己腿上：“你累了，早些休息。”

明檀还想说些什么。

“睡吧。”江绪低头，拂开了她脸上的碎发。

她仰面望过去，夫君的轮廓线条似乎比平日柔和许多，连带着声音也变得低哑温柔。

她一眨不眨地望了会儿，冷不丁地说了声：“夫君，阿檀以后会对你好的。”

不待江绪反应，她便环抱住江绪的腰，往里侧拱了拱，安心闭上了眼。

江绪略怔，眼底也划过一抹极浅淡的暖意。

夜幕沉沉。

今夜晴好，月华如洗。破庙四周十分寂静，只山林间有不知名的鸟兽在断续夜啼，听来有些孤寂。

这些日子磋磨下来，明檀在这恶劣环境下也已能安然入睡。

见她呼吸均匀，俨然已经睡熟，江绪将她轻轻放在草席上，缓缓起身。

走至门外台阶，江绪给守在暗处的暗卫递了个眼神，便几身融入了破庙外的无边夜色。

小石头一行孩童在暗卫护送下，安全地离开了荒郊破庙，重新回到了镇上暂居之所。

待暗卫离开，孩童们静了会儿。

“也不知道陈五、李四还有王麻子怎么样了。”忽然，小石头开口，“我们今晚就去荷花镇，省得他们醒了说出来，那几个人又来找我们麻烦。”

孩童们都听他的，纷纷点头。

小石头面上浑然不见先前的怯懦，取而代之的，是与年龄不甚相符的成熟。

“我先去外头看看，把把风，你们快点收拾东西，把他们几个那些值钱的东西都收拾了。”说完，他起身，拍了拍屁股上的脏灰，利落地往外走。

深夜的桐港镇，街道寂静非常。

小石头一路走至十字路口，都不见半个人影，他松了口气，看来，送他们回来的男人是真的离开了。

可他回身，却忽地顿步。

清冷月色下，男子一身玄衣自屋顶飞身而下，他面上没什么表情，目光很淡，里头似是沉了一汪静水。

“想去哪儿？”

小石头怔了怔，一时间，他脑子里转过很多念头：拔腿就跑？装没听懂？还是继续卖可怜？

可他与江绪对视了好半晌，最后还是选择卸下伪装，平静道：“你都知道了？你想怎么样？”

江绪就那么静静地看着他，缓步上前，在离他不足半丈的地方，又停了下来。

小石头抿着唇，强装镇定，不让自己后退半步，只不过他的背脊早已不受控制地生出了一层薄汗。

他心里不由得懊悔，白日就看出这男人不简单，早知道就不和他们那群蠢货一起去了，平白惹上一身麻烦。想来，今晚是很难全身而退了，只不过他还是有些不甘：“你是怎么知道的？”

“他们太听你的话了。”江绪轻描淡写道。

当然，也不止这一条，或许可以说是一种本能的直觉，在看到这小孩的第一瞬，他便知道麻烦来了，所以夜里才找了个破庙歇脚。荒郊破庙，解决起来干净利索，无须惊动他人。

小石头稍顿，后知后觉地明白了什么，他只顾着博取那女子的同情与信任，倒忘了去管身后同伴的表现，他们都傻傻的，可没他那么能装。

“人为财死，鸟为食亡。事到如今，我无话可说，要杀要剐都随你便吧。

但其他人是无辜的，他们什么都不懂，希望你能放过他们。”

“人为财死，鸟为食亡。”江绪看着眼前如临大敌，装出副大义凛然大人模样的小孩，忽问，“你念过书吗？”

闻言，小石头扭头，不想说话。

这男人看着聪明，也是个蠢的，有本事念上书的人家，怎么会出来做这些偷鸡摸狗的勾当！

说到底，还是桐港这地方太穷了，穷到父母都不惜把自家孩子送去陈五他们那儿，学当乞儿坑蒙拐骗，好歹能混口饭吃，不至于饿死，机灵的还能给家里也挣上几口吃食。

当然，他不一样，他自幼无父无母，在泥坑里打滚长大，一人吃饱，全家不饿。

其实先前在破庙，小石头也不是全然说谎，他们的确是要去荷花镇了，荷花镇上的确有人接头，也的确有被拐来当乞儿的孩童，不机灵就会被砍断手脚，靠卖惨行乞。

只不过他们与那些孩童不同，他们都是自愿的，家里都知道，和陈五、李四还有王三麻子可以说是合作的关系。

白天他也是看到明檀的包袱鼓鼓囊囊，主动上前找明檀行乞。

他讨到一包糕点和一块碎银其实已然满足，奈何陈五他们见钱眼开，见只有两个人一匹马，兴奋地商量着，非要在去荷花镇前先干上一票。

还说客栈里头的娘们儿又松又老，去一回要五个铜板，可不值那个价。这外乡来的小姑娘水灵得很，细皮嫩肉的，他们哥们几个还可以爽上一回，回头顺道带去荷花镇卖了，还能卖上个好价钱。

他原本不想去，可他们拿不干完这票就不去荷花镇说事儿，其他小孩为难得很，不知道该听谁的，如果不去荷花镇了，回家爹娘还指不定要怎么打骂他们呢。

他不想同伴出事，想了想，还是跟着一道去了，不过半路他找机会悄悄告诉了同伴，如果情况不对，出了事儿，就把责任都推到陈五他们几个身上，说是陈五把他们给拐来的，他们是小孩子，大人会信他们的。

果不其然，那男人不好对付，还没进破庙就出了事儿。

后来事情的发展如他所料，他们也顺利逃脱，可没想到，最后还是棋差一着。

“要杀就杀，你少啰唆！”

做错了事，认栽便是。

小石头没念过书，但从前镇上有人说书，他混进去听过几回，记得那些故事里头的英雄赴死时都是要闭上眼，昂着脖子的，于是他也闭上眼，往前昂着脖子，摆出一副慷慨赴死的模样。

江绪顿了顿。

半晌，小石头没等到架在脖子上冰冷的利刃，也没等到射穿胸腔的冷箭，只等到了一句问话："你觉得，方才送你们回来的人如何？"

小石头的眼皮不安地颤动，底气不足地反问道："你到底想干什么？"

"我问话，你答便是。"他的语气不容置喙。

小石头犹豫，脑海中不由自主回想起方才送他们回来的那个男人，先前闯入破庙时，也是那男人，一个闪身两个动作，便将李四和王三麻子打得晕死在地。

"他，他武功很高强，很厉害。"

"那你想不想变得和他一样厉害？"

小石头倏然睁眼。

"你说什么？"

"我给你一个机会。"江绪望着他，"只不过能不能变得和他一样，全都在你。"

小石头怔住了。

他……他也可以变得那么厉害吗？他有些犹疑不安，这……该不会是什么更吓人的骗子吧？

可转念一想，再坏也不过一死，连他的命都不要，那又有什么好怕的。

他攥着的小拳头松了又紧，紧了又松。半晌，他下定决心道："好，我听你的！但是我有一个条件！"

"你没资格和我谈条件。"

江绪想都没想就堵了回去，转身往回走。

小石头不死心，小步往前追："那其他人，我们能不能……"

"不能。"

资质太差，津云卫不是收容所。

不过走了一段，江绪忽然停下来："无知的仗义无用且廉价，你帮不了他们，能帮他们的要么是自己，要么是假以时日，不再贫苦的桐港。"

假以时日，不再贫苦的桐港……

小石头呆了会儿，一时很难去相信，会有那个“假以时日”。

江绪继续往前走着，小石头忽然追上来，伸出小手，拦在他的身前，抬头认真道：“我不想变得和他一样厉害。”

江绪垂眸望他。

“我想变得和你一样厉害。”

不远处的暗卫：“……”

真敢想。

江绪倒没嘲他，只看着他轻描淡写道：“你可以期待有那么一天。”

“我一定会的！”

暗卫：“……”

不，你不会，你对王爷一无所知。

暗卫正难得走神，身后的人忽然拿簪子戳了戳他，压着气儿低声道：“走。”

暗卫回神，垂首领命。

明檀跟在暗卫身后，猫着腰穿过小巷，又抄近路往破庙回走，一路还不忘低声警告：“等会儿回去之后你们不许和王爷说我出来过，就当什么事都没发生。

“本来也不是什么大事，没有必要告诉王爷，而且你们违抗命令带我来这儿，告诉王爷你们也落不着好，所以什么都别说，无事发生，记住了吗？”

暗卫：“……”

不，我们没有违抗命令，您想多了。

若不是主上说，如果王妃醒了非要出来便带她来，他们就是直接将人敲晕也不会轻易受她威胁的。

王妃娘娘低估了津云卫的训练有素，又不是所有人都会和云旖一样吃王妃那套，三两句便感情用事还敢顶撞主上。

“阿嚏！”

远在回京路上的云旖睡不安稳，半夜打了个喷嚏。

回到破庙后，明檀千头万绪，怎么都没法平静下来。

原本她是靠在江绪怀里才勉强入睡的，骤然离了他的怀抱，草席无甚温度，她很快就惊醒了。醒来看到江绪不在，她先是心下一跳，脑中又不由得转过很多念头，也想起了先前的不对劲之处。

当下她受小石头所挑起的情绪影响，思绪完全被同情牵动，可睡了一觉醒来细想，总觉得很多地方都不大对。

小石头作为一个被拐来的孩童，为何会知道被转移至镇上之后有可能被砍断手脚？

陈五那几人带着他们这些被拐来的孩童打劫，就不怕人临阵反戈，求助于他们，与他们一道反制于自己吗？

还有，他虽然浑身脏兮兮的，面黄肌瘦，可身上并无半处肉眼可见的伤痕，其他小孩也是。

想到这儿，明檀整个人都坐不住了，这才非逼着暗卫领她出去寻人。

回来时因是抄的近路，暗卫领着明檀回到破庙之后，过了约有半刻，江绪才姗姗归来。

明檀觉得自己装睡可能装不好，且这会儿心跳也未平复，一摸便摸得出来。她索性睡眼惺忪地翻了个身，做出悠悠转醒之态，打着呵欠慵懒道：“夫君？你去哪儿了？你出去了吗？”

“……”

平心而论，小王妃演技还不错，头发都弄出了熟睡的凌乱感，声音也和睡哑了似的，不知道的一眼望去还真能被她蒙住。

江绪本想配合她，可走到她面前，他发现自己还是无法配合。

“别装了。”

明檀的呵欠打到一半，硬生生停住了，蒙蒙地看着他，眼角都被逼出了泪花。

她下意识便以为是外头暗卫打的小报告，可江绪坐下，拿火折子点了把干草，放至燃尽的火堆里，又道：“不关他们的事，如果本王连附近来了什么人都不知道，任由旁人偷听对话，那本王至少死了一百回了。”

他看了眼明檀：“你以为本王是你吗？”

“……”

为何无故内涵到了她的身上？

她难道在什么不知情的情况下被人偷听过对话？

不对——

“我明明和暗卫确认过，隔那么远不会被发现的。”明檀疑惑道。

“那是他们的距离，不是本王的距离。”

明檀被噎了噎，半晌，才环抱住膝盖，干巴巴地夸了句：“噢，那夫君可真厉害，难怪小石头想变得和你一样厉害。”

“哄孩童的话，不必当真。”

明檀看他熟练地燃着火堆，浑然没放在心上的表情，明白了他的意思——想和本王一样厉害？在做梦，别想了，不可能。

前夜没睡好，又在破庙待了一夜，明檀肉眼可见地憔悴了不少。不过她没喊累，稍歇了两个时辰，次日一早，又跟着江绪一道去海边渔村，打听桐港近些年海上风浪到底是何种情形了。

明檀先前分析过桐港的开港难处，大差不差，无非就是桐港本地过于贫苦，各类基础条件都有所欠缺，还有就是海上风浪变幻无穷，凶险莫测。

其实前者只要朝廷愿意拨款，大力扶持，穷乡僻壤想要改头换面也不算难事，后者才是桐港能否成为下一个灵州港的关键所在。

怎么说呢，桐港这地方是真穷，从里到外，从镇到村，穷得如出一辙不分你我。

海边渔村破乱不堪，海水咸腥，日头全无遮蔽，明檀掩着面纱，都觉得自个儿的脸被晒得火辣辣生疼。

江绪早先就已调过桐港的地方志，桐港虽一直不甚富裕，但往前追溯两朝，也没差到这个地步。

桐港变成如今这般模样，还是应从太宗年间，桐港海坝年久失修，海潮溃堤说起。

海坝溃堤是大事，但只对盐场重地来说是大事，桐港这种小地方，溃堤也就溃堤了，上头官员不重视，依例往上报了报，没有下文便也无人追着要个下文。

溃堤之后，暴雨时节海潮大涨，海水倒灌，周遭原本肥沃的农田被海水侵蚀，板结泛白，无法再继续耕种，随之而来的自是大面积的饥荒。

太宗年间那场饥荒，逼得桐港的年轻人不得不出走他乡，另谋生路，只余年迈无力者留守，桐港肉眼可见地日益衰败。

时至今日，桐港海坝也未修补，每隔几年便要决堤倒灌一回。全州官员对桐港从无关注，只觉得僻壤人稀之地，连路都不必多修。

诸般种种，也无怪乎这地方穷困难脱了。

江绪与明檀在渔村一连打听了几家，一提到出海就都连连摇头，直说海上风浪大，去了就是送死。

还有村民热心，和他们说起过往出海无归的例子。

什么村里有哪家的男人想出海挣银子，一去就是几年没回，全无音信，前两年媳妇儿不等了，改嫁到邻村，又生了个大胖小子，某回海潮冲上船只残骸，那媳妇儿认出船上物件便是先头男人的，还狠哭了一回。

这种出海遇难的事儿从前数不胜数，如今倒少了，存着去海上挣银子心思的都想方设法去了灵州，留下来的多是些老弱妇孺和懒汉，捕鱼打猎，能混口吃食就成。

这些事儿猎户家的刘嫂也粗略说过，明檀耐着性子，又问了问海上风浪的具体情形。

可一问到这里，村民们也说不出个所以然，多是说海闹的时候电闪雷鸣，海潮翻涌，渔船一下子就打翻了之类的，可吓人得很。

明檀不知想到什么，换了个方式问："那大娘，你们家在这儿住了有多久了呢？"

住了有多久了？

大娘细细回想了下，忙道："我娘家在隔壁村子，我男人家在这儿，两屋祖坟都在山上哩，祖祖辈辈好几代了！"

明檀闻言，点点头，若有所思。

待大娘离开，两人继续往村边礁石处走。

明檀边走边分析道："虽然他们都说海上风浪大，隔几年还会海潮倒灌，可在这儿祖祖辈辈住了好几代，想来这风浪也没有他们所说的那么厉害。

"灵州港不是也有风浪嘛，喻大人还拿这事和你卖过惨，可我在灵州之时套过知府夫人的话，似乎只要船队经验丰富，能准确观测海上天气，还有在船只建造上多下些功夫，出海也不是难事。"

江绪"嗯"了声，负手立在礁石前，远眺道："海潮倒灌乃决堤所致，沿海之地多有此灾，灵州港若无坚实堤坝，一样也逃不过，只要不是海溢即可。"

"海溢？"

江绪解释："海溢之灾，非人力可抗，史书有载，海溢多由地动引起，若此地有海溢之险，无论如何也不可开港。"

明檀此前从未听过海溢，但听起来和海上的大洪灾差不多？她似懂非懂地点了点头。

"其实在圈定桐港之前，我也考量过其他的沿海城镇，其中不乏地理位置远胜桐港之处，只不过这些地方的地方志上多载地动前迹，溯史而观，地动之处必不会仅此一回，长远来看，都不宜开港。桐港无此前史，如今实地而观，也无出入。”

远处海浪晦暗灰蓝，近处脏乱，还有死鱼翻着白肚，混着海潮咸腥飘出腐臭味道。天是晴朗的，可这片灰蓝无边无际，苍穹亦染上几分郁色，像是积着什么，几欲逼压下来。

见明檀半晌都未出声，江绪转头望她，却发现她一直在看着自己。

“你看什么？”

明檀定定盯着他，小脸绷紧，忽然严肃道：“我发现了一件事。”

“什么？”

“夫君你方才没有自称‘本王’。”

“……”

“夫君没有自称‘本王’，突然就和蔼可亲了许多呢。”明檀面上的严肃倏然被调戏取代，她学着江绪，将手负在身后，脚步轻快地踮着上前，故意一把抱住他的胳膊。

“本王年轻，何须和蔼可亲？”

“夫君年轻吗？让我算算，夫君可比我大了一二三四五……”明檀掰着手指头数了起来。

江绪忍不住望她：“你嫌本王老？”

“我可没说，夫君是王爷，但也不能随便冤枉人吧。而且我哪敢嫌呀，人家都说我嫁给定北王殿下是高嫁呢，就算是有那么一点点小意见，自然也只能深深藏在心底。”

“本王真是太纵容你了。”

他垂眸，捏了捏明檀的后脖颈。

“别捏，痒！”明檀边笑边躲。

可江绪的手轻易便跟了上来，非是捏得她告罪求饶，都冒出了眼泪花儿才肯停下。

两人在渔村耗到晌午，本是打算回转到镇上寻些吃食填填肚了，可明檀渴极了，江绪见状，拉着她随意找了户人家，想讨碗水喝。

渔村人家大多淳朴，讨碗水而已，开门的大娘没多想便应了下来，还热情邀两人进屋歇脚：“二位这是做啥来了，晌午日头可毒了，都晒坏了吧？快进来坐坐。”

明檀还真是被晒得有些发晕了，脚也痛得很，想着略歇半刻多打听打听情况也不错，于是便和江绪一道进屋了。

谁想一进屋，方才对两人和蔼热情的大娘就转身对屋里人吼道：“跪都跪不老实！我瞧你这娃子就是欠打！”

明檀被这突如其来的粗嗓门吓得一蒙，心跳都不由得漏了半拍。

那大娘这才想起身后还有两位客人，又立马转身，堆着笑，对两人抱歉道：“不好意思啊，让你们看笑话了，家里娃不听话，你们坐，随便坐，我这就去给你们倒水。”

明檀点了点头，心有余悸地与江绪一道坐在半边土炕上。

她打量着这间屋子。

若说山脚猎户家是清贫，他们这儿可就是正儿八经的家徒四壁了。严格来说，应是家徒三壁，朝西的那一壁已经塌了，只扯了块油布胡乱遮掩。

东边角落里跪着个瘦小的小孩，大约就是大娘口中不听话的自家娃娃。

“来，水。”

明檀双手接过，忙道谢：“多谢大娘。”

她渴得也顾不上这碗有多破了，可刚喝半口，大娘又回头粗声骂了句：“你个死人又去镇上那臭窑子了？！一宿不回，长本事了啊你！有本事你就干脆死在那里再也不要回了啊！”

明檀差点没被呛死。

她顺了顺气，勉强又喝了半口，不动声色地拉了拉江绪的衣袖，打算离开。

可忽然又听那大娘对着方进屋烂成一摊泥的懒汉骂骂咧咧道：“自家娃子都要送过去讨饭吃，你还有脸去逛窑子，你说你是不是个人啊你！”

送过去讨饭吃？

明檀下意识地望了眼角落里缩成一团跪在地上的小孩。

先前小孩背对着他们，她也没瞧清楚，现下转过头，她倒是瞧清了，这小孩正是昨夜去破庙的孩童之一。

他也正在偷觑他们，瞧他神色，应是认出了他们，有些害怕他们为着昨晚之事找他与他家人的麻烦。

明檀心中有些不是滋味。

她一直在想，什么样的人家才会狠心把自家孩子送去做乞儿学着坑蒙拐骗，应是冷血无情，自私自利？可这大娘连陌生人都能热情以待，显然不是毫无善心之人。

离了大娘的家，明檀忽然惆怅地问：“夫君，假以时日，桐港不再贫苦，他们真能过上好日子吗？”

江绪顿了顿，其实在他看来，并不一定。可怕的从来不是贫苦，而是刻入骨髓已然安于现状的妥协，只不过看她怅然若失，他还是应了声：“会的。”

明檀心中已有答案，她跟上江绪的脚步，边往前走边道：“假以时日，此处开港，镇上日渐繁荣，自会有读书人来此开设学堂，届时那些孩子便可明理学识，长大后或是留在此地建设一方，又或是走出去，去见识更为广阔的天地，总之，一定会越来越好的。”

江绪略怔。

其实他还并未想到如此遥远之事，不过依她所言，倒也没错，唯读书之计，可从根源改变这座城镇的贫苦。

他抬步往前，牵住明檀的手，又沉静重复了声，似是在保证什么——

“会的。”

“醉后不知天在水，满船清梦压星河。”出自唐珙《题龙阳县青草湖》

◈第十一章◈
回京

在桐港逗留了三日，两人终于返程，明檀始终记着来时自个儿说过的话，便是早撑不住，也没叫苦半声。

其实吃睡之事，忍一忍挨一挨也就过去了，少吃少睡，至多有些饥饿疲累，明檀最受不了的，还是三日都未沐浴。

第三日，她都不再敢近江绪的身，生怕夫君闻到什么不该闻的味道，从此再也不记得从前浑身香香精致无比的小仙女了。

江绪不懂她在矫情什么，离开桐港时与他同乘一骑，忽然说不想坐在前面。

他问了半晌，她才不情不愿小声说了句：“我三日没有沐浴了，也不知道身上是不是有味道。”

“本王也三日未曾沐浴，要臭也是一起臭。”江绪不以为意。

“那怎么能一样，你是男人，本就有臭男人一说，可没有臭女人一说，谁要和你一起臭！”明檀想都没想便驳。

“……”

僵持半晌，江绪忽道：“上来，带你去沐浴。”

“……”

“今夜赶不到邻镇吧？”明檀犹疑。

桐港的路这么烂，也没办法纵马飞驰，来时在山脚凑合了一宿，她可是毕生难忘呢。

“赶不到，带你去温泉沐浴。”

江绪行事从来都是谋定而后动，离京之前，南下路线以及将要久停的灵、禹、全三州舆图，他就已经记得烂熟于心。

离桐港约五十里的须岷山脚，有一处温泉。

今夜虽赶不到临近可舒适歇脚的城镇，但稍晚些，赶至这处温泉是没什么问题的。两人一骑缓行，有一搭没一搭地说着话，在皎月升至中空之时，终于抵达须岷山脚。

许是此处山僻，夜空也蓝得格外纯净，繁星点点，月华如水，夜色下，一池温泉上方升起朦胧雾气，如半遮面的美人，似掩非掩，袅娜绰约。

明檀看到温泉，整个人都仿佛是活过来了。

“温泉，真的是温泉！”她下马，及至近前，语气都变得雀跃轻快，“夫君，我可以现在就下去吗？”

“随你。”

江绪拴好马，也跟着上前。

得了准话，明檀迫不及待地开始解起了衣裳，可刚解下腰间系带，她又想了想，和江绪商量道：“不如这样，我先洗，夫君你生个火，我在水里把衣裳也过一过，夫君帮我烤一下好不好？”

江绪搭在腰间系带上的手忽地一停，半晌，他“嗯”了声，沉默转身，去捡干柴。

明檀没管他，很快就开心地玩起了水，待江绪在温泉边生起了火，她又学着府中丫头浣衣，像模像样地捏着衣裳在水里搓了搓。

“好了，夫君，给！”

江绪接过衣裳，又坐回火堆边，耐着性子将她的小衣中衣、短衫襦裙一件件挂在临时支起的树杈上。

跳动火光映照出他利落干净的轮廓线条，剑眉星目，鼻挺唇薄，半抿的唇莫名将他的神色衬得有些认真。

明檀见他烤个衣裳也烤出了看公文的架势，有些想笑，又有些想逗逗他。

“夫君！”

江绪侧目。

明檀瞧准时机，掬起一捧水就往他身上泼。

可江绪动都没动，就静静看着那捧水无情地泼洒在离他还有半丈的地方，他收回目光，嘲弄般淡淡说了声：“无聊。”

似有冷风穿林而过。

明檀：“……”

江绪恍若无觉，又继续道：“你在水中，身处低位，又有丈远距离，想要将水泼到本王身上，无内力加持根本做不到。当然，本王不想让你泼，你有内力加持也是徒劳。”

“我看你才无聊！”明檀小声嘟囔。

怎么会有这么不解风情的男人？想当初梁子宣出口便会夸“檀妹妹乃熠熠明珠，纵轻纱遮面，也不掩光彩”，这个男人就只会“你不行”“你无聊”“本王最厉害”。

明檀气呼呼地背过身，挪到离岸最远的角落蹲坐着，暂时不想再看到某位厉害得天上有地下无、本王不死尔等皆婢的战神殿下。

不过温泉水解乏，却也不比寻常净水，水温持续不下，明檀泡了一小会儿，便觉得热，有些想要上岸。

这会儿她才想起，自个儿总不能光溜溜上岸，衣裳还在某人手里呢，可她气得这么明显，现在主动去搭话岂不是很没有面子？

正当明檀蹲坐在角落，边调整呼吸边纠结要不要去主动搭话的时候，身后忽有某种危险气息悄然袭来。

该不会是……水里有什么东西吧？

她背脊竖起了汗毛，下意识回身，想要惊叫。

可下一息，她便猝不及防地被人拢入怀中，惊叫堵在唇齿间，变成了闷闷唔唔声。

好半晌，江绪才松开她，由她喘气。

"你怎么下来了？"明檀喘着惊问。

"反正衣裳还要烤很久。"

"那你也——"

"别动。"他声音低沉微哑。

明檀被他拢在怀中，与他肌肤相贴，自是很快就察觉到了什么。

她头皮一紧，还真不敢动了。

不知是温泉水太烫，还是她太紧张，一时间，心跳似乎快了许多，怦怦地，好像要从嗓子眼蹦出来，耳根、脸颊，甚至是脖颈、锁骨，都不由得泛起了一片粉晕。

天哪，虽然四下无人，可这荒郊野外幕天席地的，她可不想在这地方做些什么！谁家好姑娘敢在外面做这档子事儿！

她极为听话，吓得乖乖的，一动不动。

可明檀还是太过单纯，男人存了心想做些什么，哪是她乖乖不动就能解决的。

僵持片刻，江绪略略退开半寸，明檀缓了缓，以为危机暂时解除，松了口气的同时，也悄悄挪了挪已经僵麻的小脚。

哪想身后水波忽动，她脑中刚松的弦再次绷紧，挪动的脚底僵麻，又似是有一万只蚂蚁在爬，她不由得轻嘶了声，没蹲稳，往后趔趄，恰好就倒在了某人怀里。

“不是说了让你别动?

“看来……王妃是很想投怀送抱，做些什么。”

江绪的声音低低的，宽掌在她细腻肌肤上流连，语气中满是“本王就勉为其难成全你”的云淡风轻。

“……”

不！我没有我不想别瞎说！

明檀辩驳的话还没来得及说出口，就已被人揽入怀中，封住了唇。

温泉水波一圈圈地荡开，她眼神控诉，声音呜咽，然全都被温泉上的袅袅雾气遮掩，月色也在这片蒸腾的热气下变得暧昧朦胧。山林中惯爱夜啼的鸟兽似被羞开，四周只余粗喘声和忍得极为辛苦但仍忍不住从齿缝泄出的娇吟声。

这下不只是没面子，连里子也没了。

夜深寂静，风声倏忽。

水波归于平静之时，明檀也已累极，这几日积压的疲累似乎都在今夜一齐上涌。

她意识模糊间，只记得某人帮她绞了发，又给她穿了衣。衣裳被烘得暖暖的，里头的小衣和中衣无须露在外头，来时便未特意调换，是她平日惯用的料子，穿在身上舒服极了。

她什么事都不想做，就连手都不愿抬一下，穿好衣裳后，就趴在某人胸膛间昏睡过去。

之后两日上路，明檀都不甚自在，羞答答的，总在躲闪江绪的眼神。江绪也不知道她在害羞什么，行房而已，又没少做，在温泉与在净室有何不同?

回程至先前暂停车马的城镇，这一路艰辛终于得以舒缓。

有了桐港这遭经历，坐在马车上返京，明檀也不觉得疲累了。

其实回程无事在身，本应轻松许多，江绪还打算带她走一截水路，绕富庶之地而行，满足一下她想要买十辆马车回京的需求。

可明檀却忽然懂事起来，一路除了给京中亲朋好友准备手信，愣是什么都没多买。

江绪一问，她便严肃地说起大显的民生百态，这世上还有许许多多如桐港一般贫苦偏僻之地，她如今身为宗室皇亲，理应以身作则，厉行节俭。

江绪想说些什么，可她难得有这份心，哪怕是心血来潮，也不应泼冷水，便由着她去了。

明檀这一懂事，就懂事到了回京。

盛夏时节南下灵州，如今回京，上京都已入深秋，显江两岸垂柳萧瑟，银杏却是沿街铺满了金灿灿的一片，风一吹，满城金黄纷落，煞是好看。

江绪因是出门办差，回京定然是先要去见成康帝的。在岔路口，江绪嘱咐人先送王妃回府，单骑只身入宫。

定北王府。

车马停在门外，明檀下车。

福叔特特敞了大门，下人们从门口往里两列分站，直站进了二门，一眼望不到头。

“恭迎王妃回府！”见明檀下马车，众人齐齐行礼，迎人入内，恭迎请安之声极为洪亮。

明檀许久没见这么大阵仗，有些怀念，又有些受宠若惊。

好在离京数月，她还记得自己是定北王妃。她端出王妃派头，镇定地点了点头，又弯起唇角，朝着福叔温声道：“我与王爷离京数月，府中有劳福叔操持，辛苦了。”

“不辛苦不辛苦，这都是老奴的本分。”福叔还是谦虚异常，笑容也是一如既往的恭敬和善。

“外头如何广阔，自是不及咱们自家府上舒坦，娘娘在外舟车劳顿数月，定是劳累非常，您快回启安堂歇着，素心姑娘和绿萼姑娘自打前几日得了您与王爷快要回京的信儿，可是高兴坏了，这几日忙得脚不沾地呢！”

明檀点头，由福叔陪着，入了府，往启安堂走。

别说，福叔对她这王妃也算是尽心尽力万分看重了，从前江绪出京办差，去就去了，回就回了，可没如今这开正门，仆众列立，一路恭迎至启安堂的排场。

至启安堂，院外张灯结彩，启安堂恭迎的丫头也都个个儿换上了鲜亮新裳，不知道的估摸着还以为王府要办什么喜事。

院门口摆着火盆。

隔着火盆，素心与绿萼在里头一脸喜气地乖巧福礼道：“恭迎王妃回府，请王妃娘娘高抬贵足，跨火盆，趋吉迎福。”

“……”

行吧，上京好像是有这么个习俗，远归之人要跨跨火盆。

明檀跨了过去。

素心与绿萼忙迎上来，再也忍不住，你一声我一声地喊着小姐王妃。

“小姐怎么瘦成这样了！”

“这件裙子小姐怎么还在穿，天哪，上头刺绣都脱线了！”

“小姐在外头是不是遭了什么罪？”

……

两人你一言我一语没个停歇，完全没给她说话的机会就直接将她架入了屋子。

连素来稳重的素心亦是紧张地不停打量着她，先前喜意消散，取而代之的是泛红的眼圈还有哽咽的声音。

“小姐在外头定是受苦了，脸都瘦成这样了，面色也如此憔悴！”

绿萼的情绪也被带了起来，抬头看着明檀的发髻：“就是。有奴婢在，小姐何时梳过如此简陋的发髻，这根本就不能叫作发髻。”

“云姨娘前几日先回了，竟还说小姐这一路都过得不错，这哪是过得不错啊，分明就是去遭罪了！我们小姐何时受过这等委屈！”

“早知如此，小姐就不该带云姨娘去，云姨娘只会舞刀弄剑，哪晓得照顾人，若是带奴婢去，必不会让小姐吃这等苦遭这等罪的。”

两人都是从小便伺候明檀，从没离过明檀这么久，看明檀和看眼珠子似的，见她瘦削憔悴不少，自是心疼得不得了。说着说着，两人围着明檀竟痛哭起来。

明檀被两人哭得头昏眼花，好半晌，她才寻到个空隙无奈喊道：“停停停，不知道的还以为定北王府怎么给人委屈受了呢，丢不丢人？你俩是在哭丧吗，我只是出门远归，又不是死而复生！”

“呸呸呸！小姐刚回来，怎兴得说那个字！小姐快朝着这边拜一拜，给天爷告个罪。”素心一脸忧心忡忡。

“……”

明檀无法，到底是拗不过这两个丫头，双手合十，乖巧地朝着门口拜了拜。

其实明檀也从未离过素心与绿萼这么长时间，心中亦是甚为想念。

没一会儿，外头就有人将行李陆续搬进了启安堂。明檀找了找，在一口大檀木箱中，找出了两个雕刻得极为精致的小盒子。

“行了，别哭了。拿着，给你们俩带的礼物。”

两人面上的泪止了止，对视一眼，又不约而同地绽出笑容来。

绿萼开心道：“奴婢就知道，小姐最疼我们了！”

她打开盒子，看到里头编得极为精巧的璎珞还有簪钗胭脂，高兴得立马就想给自个儿装点上，往外头去招摇炫耀自家王妃到底对她如何看重。

素心也高兴，可她到底稳重些，能把得住，抹干了泪，又忙道："这一路舟车劳顿，小姐不如先沐个浴解解乏？奴婢一早便去园子里采了新鲜花瓣，小厨房里也备着杏仁酪、嫩笋鸡汤，还有水晶包和白粥。

"因想着一路劳累，处处饮食也不尽相同，便只备了这几样易克化的，也不伤胃，小姐沐浴完恰好可用，若是想用别的，奴婢再吩咐小厨房给您准备。"

也好，回程一路甚少休歇，今儿又是五更赶着入城，确实也有些乏了。

明檀点点头，素心就立马去招呼人进水，绿萼也没闲着，有条不紊地指挥着小丫头归置行李，还不忘给明檀沏茶捏肩。

明檀坐在明间，看着有丫头去搬方才那口箱子，忽然想起什么，喊了声"停"，又亲自上前，取出了明珩送给她的那盒小玩意儿。

她一打开，绿萼便在身后机灵道："这是大少爷送给您的吧，大少爷对您可真是没得说。"

她早听云旖说过，此行绕路经停了庞山，再瞧里头这些稀奇玩意儿，除了大少爷还能有谁。

明檀弯唇，从里头拿出那一小块乌恒玉摩挲了会儿，不知想起什么，她忽然问："对了，绿萼，你记不记得，我前几年去寒烟寺时，戴的那串禁步？"

"禁步？"绿萼迷茫，"小姐，您的禁步没有一百也有八十呢。您去寒烟寺那回……好像是踏青节？"她努力回想，"那回踏青节前，奴婢与素心没照顾好您，让您受了风寒，正在兰馨院守着罚，都没随您一道去。"

"我知道，但我从寒烟寺回来不是发脾气了嘛，那日穿去的衣裳首饰还有绣鞋都没要了。"

绿萼终于想起来了："噢，是有这么回事儿。您说不要了，那日的衣裳首饰奴婢就照例收进了箱笼，小姐怎么突然问起这个来了？"

也不怪绿萼一时想不起这事儿，明檀每回在外头生气发火，都要迁怒于当日穿的衣裳首饰，靖安侯府穿用一两回便被打入"冷宫"的东西可多了去了。

"那些东西现在在哪儿？在侯府吗？"

"应是在侯府吧。小姐嫁妆丰厚，咱们来定北王府，除了惯常穿戴的那些，旁的都没有带。"

先前回门，夫人还说小姐的院子会一直留在那儿，方便他们夫妇小住。侯府也不缺钱，想来夫人也不可能招呼都不打一声，就随意去动照水院的东西。

明檀点点头，打算过几日回侯府送手信时，回自个儿院子找找。

明檀这边先行回府安置，江绪那边却一直在宫中待到宫门快要下钥。

原来舒景然先行回程时，还在远离灵州之地遭受了宿家遣来的死士伏击，幸而江绪将大半暗卫都派去保护舒景然了，还有云旖这等近身高手相伴，并没有出什么大岔子。

后来宿家大约是收到了京中来的警告，没再继续妄动，因为妄动他们也拿不到想要的东西。

早在拿到证据的第一时间，江绪就明修栈道，暗度陈仓，明面上与宿家拉扯周旋，私下却已将证据转移至定北军，由军中将领八百里加急送回了上京。

他早料到，抽解之税不是小数目，他还狮子大开口让人补齐近两年的税收及其利息，宿家不可能交易得那么爽快。

至于他带着明檀和两个暗卫就敢直下桐港，在远灵州之地也并未遭受来自宿家的袭击，是因行经的州府都已安排驻军，宿家再是势大，也不会愿与军队正面为敌。

成康帝与他细谈近三个时辰，最后才长长舒了口气，满意道："这回幸好是你去了，若只是舒家那小子去，怕是没这么顺利。对了，王妃如何？皇后昨儿还念叨着，这一路怕是累得紧，过两日休息好了，定要邀王妃入宫赏方开的绿菊。"

不提明檀入宫，江绪还没想起。一提这事，江绪轻叩着桌，忽道："宿家并不知晓周保平还留了本行贿名册，灵州动不得，行贿行到附近州府的，陛下以为如何？"

成康帝顿了顿，沉吟片刻，摩挲着玉扳指，有些为难道："照理来说，是该立时办了，只是这淑妃你也知道，潜邸旧人了，伴朕多年，没有功劳也有苦劳。"

说到这儿，他咳了声，压着声又道："上月请平安脉，她已怀有龙胎，因未满三月，还未对外宣布。所以这事儿，朕打算稍缓一缓。"

这行贿名册上头的人若要办，第一个该办的便是淑妃父兄，成康帝子嗣不丰，有所犹豫也是理所当然。

且这事儿不比先前佳贵人那事儿，佳贵人闹的那出，待平安产子，多半就复位抹平了，江绪、明檀也不可能和她多作计较，可淑妃父兄的事儿办下来，皇嗣便有了个获罪的母家，这可是极不光彩的。

江绪显然也明白这点，没再多说什么，只点了点头道：“那若无其他事，臣先告退了。”

“不留膳？”

江绪没再应声，只略略行礼，很快便退出了御书房。

御书房外，江绪垂眸，漫不经心地整理着袖口，淡声吩咐道：“查查淑妃何时有的身孕，再查查证物入宫那日，圣上身边有无内侍行动异常。”

“是。”

迈下台阶，江绪忽然又改了主意：“不必了，去趟坤宁宫，让皇后查，她会查的。”

内宫之事，还是六宫之主做来最为便宜。

却说明檀回京的消息传开，次日拜帖邀帖便如雪片般飞进了定北王府，不过下帖之人都懂事得很，知道她方回京，需要歇息，相邀都在数日之后。

明檀拣了几封要紧的看了，余下的便是绿萼和素心在一旁念。

绿萼也不知道是不是自个儿耳朵不大好使，出现了幻听，她竟听到自家小姐无意中嘟囔了句：“这金箔嵌的邀帖未免也太过奢靡。”

奢靡？

她惊疑地偷觑了眼明檀。

一定是她听错了，小姐怎会嫌弃邀帖做得奢靡呢，从前靖安侯府办赏花宴，小姐精心准备的邀帖，一张就得花上二十两银子，嵌个金箔算得了什么！

可午膳过后，锦绣坊本是要来量身裁做秋衣与入冬的薄袄，明檀竟也说不必了，今年她不用做秋衣和薄袄。

素心与绿萼都有些疑虑。

绿萼以为，这回离京小姐在其他地方已经买了不少秋衣与薄袄，穿不过来也是有的，然随后给明檀整理带回来的那数箱行李，里头竟都是给人准备的手信，新衣裳只有一套，还是夏衣！

这委实是太诡异了。

更诡异的是，明檀晌午小睡过后，竟吩咐绿萼，将前两年没怎么穿过的秋衣与薄袄都寻出来，今年便穿这些了。

“小……小姐，您这是怎么了？”绿萼忍不住问。

“什么怎么了？”明檀理所当然道，“没有穿过的衣裳不拿出来穿，岂不是糟蹋了？不过不知道这两年身量是不是变了许多，你收拾出来，我试试，若是不合身，再找锦绣坊的裁缝过来改改。”

绿萼如遭雷劈！小姐这是怎么了？口中竟能说出“糟蹋”二字，不合身的衣裳还要再改改，这不可能，这绝对不可能，小姐定是让人给换魂了。

绿萼六神无主地去找素心商量，素心闻言，一时竟也不知从何而驳。早膳午膳吩咐少备，她还没当回事，只当小姐这是刚回来，胃口不好，可连衣裳都要穿旧的，这问题可就大了。

小姐的衣裳自然都不差，可放了一两年，衣料都过时了，小姐从不会穿，京中闺秀也不会，这穿出去定然是要被人嘲笑的。

素心一会儿没应声，绿萼已然惴惴不安，都想到是不是该准备黑狗血之类的驱邪之物了。

素心轻拍了一下她的脑袋：“别胡思乱想！小姐许是在拿什么主意也说不定。”

绿萼本来还想再说些什么，可转念一想，觉得素心所言也颇有道理，从前小姐在侯爷面前卖惨时总是打扮得素素的，还要备上蒜汁帕子，这回说不准也是要办什么事儿。

嗯，这么一想就对了。

绿萼总算是松了口气。

江绪也没想到，他这小王妃还能将这一时的心血来潮坚持到回京。

眼见回京几日，她都没和平日一般衣裳不重样，倒是穿了好几件他见过的衣裳，三餐膳食也都比平日减了大半，且似乎还有越减越少的架势。

这日晨间练完剑回启安堂，只见桌上摆了四个包子、两碗米浆，江绪沉默了下，不知该说些什么。

明檀恍若无觉，忙从婢女手中接过帕子，给他擦了擦汗，又拉着他坐下，殷勤道：“昨日早膳剩下不少，阿檀今日便只备了包子和米浆，夫君三个，阿檀一个，阿檀不饿，夫君若是少了，阿檀还可以再给夫君多分半个。”

江绪想要开口，不知想到什么，最后还是点了点头。

可他拿起包子咬了一口——

竟还是素的。

说出来别人可能都不信，堂堂大显定北王，回京数日还没在早膳时沾过半点荤腥。

“王妃……倒也不必如此节俭。”

明檀不解，张口又要和他念叨沿途见过的民生百态。

江绪想了想，斟酌道：“许多事，非一朝一夕可改，王妃苛求自己，银子也并不会流入百姓手中。且即便是苛求自身，将省下来的银钱用以施恩行善，也无法从根源上改变贫苦之态。

“如若让贫苦之人养成被施恩的习惯，也许并非在帮人，而是在害人。正如你在桐港时所言，唯读书明理，或是令其建设一方，或是走出贫苦之地，看到这世间更为广阔的可能，才是根本解决之法。

“而让大显百姓安居乐业，便是为君者以及整个大显朝廷，从前在做，如今在做，往后也会继续做的。”

当然，他还是对明檀有此节俭意识给予了肯定：“王妃能这么想，自然是很好的。只不过不奢靡，不等于要苛求自己，王妃以后不必如此。”

明檀托腮，有些惆怅：“那阿檀就没什么能帮得上忙的吗？”

江绪又道：“过些时日皇后应会邀你入宫赏花，你可以与皇后提一提，让皇后拿主意，将要入冬，若是皇后能号召官眷捐些金银细软，为苦寒之地的百姓添上一批取暖之物，倒也不错。”

明檀琢磨了会儿他这番话，点头应好，同时也心中一暖。让皇后出面，的确比她这王妃张罗来得合适。

江绪今日还要入宫，吃完那三个素包子就离府了。

绿萼给明檀梳发时，见四下无人，她凑到明檀耳边，语含钦佩地轻声赞叹道：“小姐这招委实高明。”

明檀莫名：“你说什么？”

绿萼自以为是地分析道：“此次外出，殿下是不是觉得小姐平日太过奢靡了？小姐这几日回府故意做出节俭姿态，殿下见了，定是觉得对小姐太过苛求，今儿总算是忍不住提出小姐不必如此了！”

“……你觉得我在故作节俭？”

难道不是吗？绿萼脑中疑惑了瞬，嘴上倒是忙改了口风：“当然……当然不是，奴婢的意思是——”

“行了，不用说了，我懂了。”

明檀深吸了口气，先是郁闷，可越想就越觉得自个儿快要气死了！

这些小丫头竟以为她是在故作节俭，故意苛求自己博得夫君怜惜！

见情况不对，绿萼忙又拿出保命绝招狂夸明檀。明檀不在的这些日子，她学了不少溢美之词，这会儿刚好派上了用场。

她嘴上夸着，还不忘举起小铜镜放到明檀眼前：“小姐快消消气，小姐这么美的脸蛋，多看几眼，天大的火气都消下去了。”

“……”

好吧，这招虽然老套，但很有效。

明檀举着小铜镜欣赏了会儿镜中的朱颜玉貌，好半晌，她平静下来，心平气和地问了句：“我看起来，难道就那么不像一个勤俭持家之人吗？”

“这——”

“说实话！”

“不像。”

回府休整并自闭了三日，明檀总算干起了正事。

她着人分好带回来的手信，亲写了短笺，命人送往京中各家，又遣人去昌国公府和周府，邀白敏敏与周静婉来王府一叙。

深秋的上京，晌午最好赏花，天光清朗，风也温凉。三人坐在王府园中的凉亭中，小丫头提来炉火与茶壶，在一旁摇扇煮茶。

“此番南下数月，如何？是不是很好玩？”白敏敏一心就想着玩，见了明檀便好奇地问东问西。

周静婉倒是细细打量了她一番，温声关切道：“瞧着似乎清减了不少，这几月是不是累着了？”

“当然累了，可别提了，这一路我住过漏雨的屋子，住过破庙，还在林中露宿过，在全州还有三日未能沐浴呢。”

明檀有太多话想和两人说了，这一开口，便是碎碎念叨了近两个时辰。

明檀叫苦，白敏敏与周静婉是能预见的，可没承想她这回叫完苦，话锋一转，竟说起了她这一路的诸般感慨，两人听完对视一眼，神情亦与绿萼有得一比。

“你们俩这是什么反应？”

周静婉说话素来委婉，只字不提她的长篇大论，只问她这几月在外头是不是受了委屈，有委屈不妨说出来，别憋在心里。

白敏敏也咽了咽口水，忙附和道：“就是，若受了委屈，可千万别憋着，说出来咱们一起商量商量，你这样怪吓人的……”

明檀听明白了，合着她们俩也觉得自个儿是受了刺激！

她无语地端起茶盏，连浮沫都没撇，就径直喝了大半。

周静婉忙安抚她："阿檀，我们没有别的意思。其实依我看，王爷就说得很对，有善心、懂勤俭是好的，只是你也不必倏然之间就对自己过分苛求，凡事过犹不及。"

"我这不是没苛求自己嘛。"她支着额，郁闷道。

夫君说了之后，她也细想过了，真让她苦哈哈过完下半辈子她肯定也过不来，该吃还是得吃，该穿还是得穿，只凡事适度即可，不可明知用不上，还奢靡浪费。

她还打算等忙完手头这些人情往来，过些日子将自个儿那些不爱用的东西都收拾出来，变卖成银钱，用以给苦寒之地的百姓添置过冬的物资，也算是尽份心意。

想到这里，她又游说起白敏敏与周静婉。

两人听完，也都觉得这是好事儿，纷纷答应回去便将那些已用不上的金银细软都收拾了，只待皇后那边有讯儿，便都捐了。

明檀这才满意，喝了口茶，又想起什么，忙问："对了，光说我了，你们俩这段日子如何？"

"什么如何，每日不都是那些事儿，赏花喝茶看马球学女红……"白敏敏百无聊赖地数着，"噢对了，上上月平国公府又办了生辰宴，你说平国公府怎的就如此邪——"

她顿了顿，又改口道："怎的就如此多事？生辰宴上又闹出了男男女女那档子丑事儿，明面上虽遮掩过去了，可私底下议论了许久呢，听闻平国公夫人气得再也不允含妙办劳什子宴会，含妙也是无辜，这与她又有什么干系？"

"停停停，你知道我要问的不是这个。"

离京之时，舅母正四下为白敏敏相看人家，周家也似乎着意于陆殿帅。这数月不见，议亲之事总得有些进展吧，白敏敏与周静婉两人的年纪可都不算小了。

白敏敏与周静婉又对视了眼，似乎都有些不自在，尤其是周静婉，面上还飞上了两朵红云。

到底是白敏敏嘴快："陆殿帅与静婉已经定亲了呢，婚期就在明年开春。"

周静婉轻瞪了白敏敏一眼，羞得以帕遮面，半晌才道："可别说我。"她看向明檀，忙转移话题，"方才敏敏说的那事儿，倒也不是全然无关紧要。"

明檀好整以暇地听她说着。

"先前平国公府办生辰宴，众人都在席间用膳，可后湖园子旁却闹出了丑事儿，被平国公府的表姑娘给撞破了。那表姑娘才七岁，还是个孩童，自是不大懂这些的，回到筵席上，竟当着众人的面问起了这丑事儿，平国公夫人当时的脸色十分不好看——”

“岂止是不好看啊，我都替平国公夫人心堵得慌，都是些什么事儿啊。”白敏敏忍不住插了句。

周静婉继续道：“你可知那闹出丑事儿的是何人？”

明檀问：“何人？”

“正是张太师的孙女和步家三公子。”

步家三公子……那可不就是上京城里有名的浪荡子，上门提亲都会被拒之门外的那种，他能在别家府中闹出丑事可不稀奇。

只不过……等等，张太师的孙女?

明檀回过神，惊讶不已。

她记得南下途中，夫君便与她说过，平国公世子章怀玉的亲事，皇后已亲自相看过了，定了张太师的嫡孙女，张太师就这么一个孙女，可谓是十分看重。

见明檀面上神情，显然是已知晓平国公世子与这位张太师孙女的亲事了。

定北王殿下与平国公世子交好，周静婉也不觉意外，她继续道：“听闻此事皇后娘娘知晓后，怒不可遏。张太师一把年纪，本是留在京中颐养天年，只待身后配享太庙。可因着此事，还为自家孙女入了宫，脱帽素服，痛哭流涕，在勤政殿外向皇上告罪，还自罪治家不严，家风不正，请圣上收回配享太庙之殊荣。”

明檀挑眉：“张太师乃三朝元老，清正廉明，功载史册，皇上定不会因此事，就收回其配享太庙之殊荣的。”

周静婉点点头：“不仅如此，听闻圣上还好生劝慰了张太师一番，请太医一道陪同张太师回府，为其请平安脉。只不过出了这档子事儿，圣上也不能拂了皇后娘娘还有平国公府的面子。”

那不用想，遭罪的只能是步家了。

“步大人丢了官，步家三公子是个没心没肺的，还有心思去花楼喝酒，然一觉醒来，竟被人给阉了！”周静婉觉得此事颇为不雅，说到此处，还掩了掩唇，“张家人也亲自上门，去平国公府赔礼道歉，碍着张太师的面子，平国公府压着火，倒也没多闹什么。当然，婚事定然是不成了。”

说了半晌，周静婉也掩袖喝了口茶，润了润嗓子：“平国公世子年纪也不小了，皇后看的这门婚事黄了，再看其他人家就越发挑剔。前些时日京中办马球赛，有豫郡王上场，大家纷纷押豫郡王胜，唯独敏敏，押了平国公世子胜，结果你猜如何？”

“平国公世子胜了？”明檀边猜边小口用着新鲜瓜果。

“怎会，豫郡王可是大显一等一的马球高手，自然是豫郡王胜了。”

“……”

明檀用一种“那你卖什么关子”的眼神看着她。

“可皇后娘娘听闻此事，觉得敏敏甚有眼光，这一月便召了昌国公夫人入了两回宫。”周静婉打趣着看了眼白敏敏，“想来皇后娘娘，多半是看上敏敏做弟媳了。”

“你都浑说些什么呢！”白敏敏羞恼，“我也想押豫郡王的，若不是章怀玉那厮私下寻我，让我押他充充面子，回头十倍赔给我，谁要押他！就他那马球水平，还想赢过豫郡王，真是青天白日，惯会做梦！”

周静婉：“那他为何不寻旁人，偏要来寻你？”

“你！你家陆殿帅还不够你操心的吗，净琢磨些浑事儿！”

“嗝——”明檀看着她俩你一言我一语地斗着嘴，不雅地发出了吃撑瓜果的打嗝声。

见两人望向自己，明檀忙示意两人继续，并端起茶盏喝了一小口，眼中划过一抹满意神色。

很好，不愧是她的小姐妹，大家整整齐齐，都没闲着。

晚上，江绪回府。用膳时，明檀和他说起周静婉与白敏敏的婚事。

周静婉那儿，离京之前就已八九不离十了，听闻已然定亲，明檀并没有多意外。倒是白敏敏与平国公世子，她的确没想过，这两人还能凑一块儿。

江绪显然也已知晓此事，他边夹菜，边淡声道：“平国公府与昌国公府门当户对，议亲也实属正常。不过你表姐性子跳脱，其实并不是皇后心中的最佳人选，但皇后只有章怀玉这么一个嫡亲弟弟，凡事都会以他的喜好为先。”

说到这里，江绪顿了顿，看了明檀一眼：“是章怀玉告诉皇后，他属意于你表姐。”

明檀：“……”

“圣上也劝了劝，反正她先前千挑万选出来的张太师孙女德行也不过如此，还不如遂了章怀玉之意，皇后听了，觉得很有道理，所以近日才频频召你舅母进宫。”

明檀：“……”

她也觉得很有道理。

许是知道明檀已经开始会客，次日，章皇后便派人来定北王府传话，说今年宫中新培育出了绿菊，近些时日开得正好，邀她入宫一道赏花。

明檀自是欣然应下。

这绿菊培育起来颇费工夫，明檀入定北王府后，也一直着人悉心培育，只是这事儿也急不来，今年府中养出来的不过在边缘处堪堪泛些淡绿。

“到底是宫中花匠更精于此道，除了绿云、绿牡丹，这些墨荷、帅旗、玉壶春也盛放得如此绚丽多姿，尤其是这凤凰振羽，真真是光彩夺目，依臣妾看，与皇后娘娘最为相衬。”明檀笑意盈盈地夸赞道。

“看来王妃是懂菊之人。”章皇后不由得弯唇，握住明檀的手，拍了拍，温声道，“永春园一别，也有好些日子没见着你了，本宫瞧着，你可清减了不少，可要好好保重身子。”

“是，多谢皇后娘娘关怀。”

章皇后又道：“你若喜欢这菊花，每样都挑些好的送去定北王府，如何？”

“多谢皇后娘娘厚爱。”明檀恭谨福礼，“只是臣妾觉得，这菊花还是花团锦簇摆在一块儿才最为好看，平白搬些去了王府，其他的也稍显孤单了些，臣妾若能得了那两盆帅旗，便是极为满足了。”

御花园里统共就这么些花，她若每样都薅上几盆，怕是剩不下多少，皇上还如何拿来赏其他嫔妃？

成为定北王妃后，她才慢慢了解许多宫中之事，原来宫中连花都是有定数的，什么季节得了什么珍奇品种，那都是各宫妃嫔地位的象征，她还是不夺人所好为好，毕竟定北王府也不缺这三两盆花，而且，皇后若是真要每种都给挑些送她，便不会问一声“如何”了。

章皇后点点头，唇角的笑意又深了些。

这定北王妃，的确是难能可见的进退有度。

“如此也好。定北王乃难能可见的将帅之才，帅旗与之正堪相配。来人，将那两盆帅旗送去定北王府。”

不知想起什么，章皇后又抬手往前指了指，吩咐道：“那两盆玉壶春，送去昌国公府。”

一直缀在皇后旁侧难得规矩一回的白敏敏忙行礼谢道："多谢皇后娘娘厚爱。"

皇后也温和地朝她笑了一笑："不必紧张，就当是逛自家园子。"

白敏敏嘴上应着"是"，手心却忍不住冒出了汗。

前几回皇后都是召她母亲进宫，这回竟是不打招呼直接将她召进了宫，她连衣裳都没来得及好生准备，如何能不紧张！好在今儿明檀也在，她才稍稍心安了些。

相较于白敏敏，明檀本就更擅应付这些虚礼，且进宫次数多了，如今也更是游刃有余。

好不得见白敏敏安生老实一回，她觉得颇为好笑，还打趣道："倒是难得见我表姐如今日这般乖顺，想来……是被皇后娘娘母仪天下的风姿所折服了。"

白敏敏忍不住瞪了明檀一眼，皇后的目光移过来，她又马上垂首，眼观鼻鼻观心的，做鹌鹑状。

皇后弯唇浅笑："敏敏活泼，今儿头回见本宫，紧张也是有的，往后来得勤了，自是不会再多拘礼。"

章怀玉认准了这昌国公府的姑娘，她一开始听说这姑娘性子跳脱，是不怎么满意的，可皇上那番劝慰，她细细想来也觉得很有道理。

张太师的孙女她可是相看了有足足一年才最后定下，本以为是个大方得体、端庄娴静的好姑娘，哪晓得竟是个毫不守礼的！

出事之后，她怕是步家那浑人相逼，辱了这姑娘清白，还着人仔细查了，那张家姑娘可是没有半分不愿，被步家那浑人花言巧语哄得五迷三道的，事发后还苦苦哀求张太师，让他救救自个儿情郎，差点没把张太师给气死。

这白家姑娘，虽是跳脱了些，但门第模样都不差，章怀玉又中意……她想了想，也不是不能考虑。

章家出了她这么一位皇后，未免外戚专权落人话柄，父亲一直只领着富贵闲职，将来章怀玉承袭爵位，必然也只可富贵，不可太露锋芒。

当然，章怀玉本来也无甚锋芒可露，于入仕之事毫不上心，琢磨些闲散事儿倒是勤快得紧。

依他这性子，若能娶一位喜欢的姑娘，富贵安乐一生，她这做姐姐的也没什么好阻拦的。

想到这里，她又握住白敏敏的手，轻轻拍了拍："来，陪本宫坐坐，也走累了。”

“是，皇后娘娘。”

白敏敏与明檀一道陪着章皇后入了园中凉亭小坐，趁此机会，明檀向章皇后提了提号召官眷将无用之物捐出，变卖成银钱，给苦寒之地百姓添些过冬物资的事儿。

章皇后略想了想，便展笑道：“这倒是个不错的主意。京城官眷素喜奢靡之风，然国泰民安，强求所有人都厉行节俭只会适得其反，可若只是让捐些无用旧物，想来众人尽会乐意。”

白敏敏也主动说了句：“臣女觉得，这无用旧物也该定好成色与种类，毕竟捐赠并不是收捡破烂，太过破旧的收来怕也难以变卖……”说完，她又忙补道，“这只是臣女的一点拙见，若是说错了，皇后娘娘不要放在心上。”

“怎能不放在心上！”章皇后一脸满意，“本宫觉得，敏敏这话说得极是有理。”

明檀也和王婆卖瓜似的忙瞧准机会夸道：“是啊，表姐性子虽活泼，但也素来聪颖细心，常能想到旁人想不到的地方。”

白敏敏被夸得有些不好意思，不过似乎也受到了鼓舞，随后又主动说了些自个儿想到的意见，有不周到之处，明檀便不着痕迹地帮着一道补充。

这种坐着收名声的事儿，对章皇后来说可以说是有百利而无一害。她细细听来觉得十分可行，末了端起茶盏喝了口茶，便缓声定了下来。

“既如此，本宫过几日再办个茶会，邀上几位诰命夫人，把这事儿和大家说上一说。至于捐物变卖事宜，这主意是王妃提的，敏敏也颇有想法，便交由王妃负责，敏敏从旁协助，如何？”

两人对视一眼，忙齐齐福身领命。

和聪明人打交道，许多事无须说得太过明白，双方就能互相觉得舒坦。

章皇后得了这么个坐收名声的主意，并没有心安理得独揽，而是放权交由明檀督办。

诚然明檀并没有想靠这事儿收揽名声的意思，但她是真心实意地想要亲自做这件事的，皇后能让她如愿，她很感激。

让白敏敏从旁协助，皇后显然也是有周全考虑，她个未出嫁的姑娘，能多攒些名声，对自个儿，对未来夫家，都是好事。

且办这种事，很能看出一个人的品行与能力，平国公府的世子夫人，再是性子活泼，总不能连执掌中馈的能力都没有。

此事说定，天色也已不早，明檀与白敏敏起身告退。

宫中不是说话之地，白敏敏虽然有一肚子话想说，还是辛苦憋着，与明檀安安分分地相携离宫。

只不过至宏永门外，两人竟遇着了佳贵人的轿辇。

白敏敏身无诰命，只是个官家小姐，见了宫中妃嫔理当行礼。

只不过她迷惑了一瞬，瞧着轿辇上的宫嫔穿的应是淑仪以下服制的宫装，却乘着轿辇……

她进宫之前母亲可是请了人特意教过她的，宫中只有淑仪以上才配乘坐轿辇，所以这位宫嫔到底是个什么位分？一上一下，礼节可是不一样的。

她这一迷惑，佳贵人就已停了轿辇，捂着已然显怀的小腹，居高临下拿着眼尾瞧人道："这是何人，见了本宫轿辇竟不行礼？"

白敏敏忙要按淑仪以上的礼节蹲身，明檀却不着痕迹地拦了拦，浅笑道："佳淑仪这是复位了吗？恭喜。"

"你！"

这定北王妃到底是有完没完！害她贬了位分不够，如今还哪壶不开提哪壶！

眼见如今月份大了，都说她这一胎保准是个小皇子，皇上近些时日对她也消了气，解了她的禁足，特许她乘坐轿辇，可这位分却迟迟不复！

她心里还对定北王心存忌惮，倒也不敢再惹是生非，只转而看向白敏敏，又问了遍："你是何人，见了本宫为何不行礼，懂不懂规矩？"

明檀正要说话，却见宏永门外一身绛色锦服的翩翩公子摇着折扇上前，吊儿郎当道："我当是哪宫娘娘，佳贵人，您这一口一个本宫，可真是懂规矩得很啊。"

淑仪之位，犹如天堑。往上可乘轿辇，可自称本宫，往下——

轿辇还可破例，这自称却没有破例一说，佳贵人这是还停在淑仪的风光上头出不来，又怀有身孕，平日也无人与她较真。

见了来人，佳贵人一口气堵在胸口，不上不下。

行，又来一个惹不起的。

惹不起她还躲不起嘛！

她咬了咬唇，负气道："走！"

佳贵人的轿辇走开后，宏永门前的甬道倏然变得宽敞起来。

来人摇着折扇往前，腰间的羊脂玉佩也随着步子轻晃。

白敏敏见着来人，明显略怔了一瞬：“那位贵人怀有身孕，你这样对她说话——”

“怕什么，宫中有孕的又不止她一人，淑妃的架子都没她大。”章怀玉不以为意，“你平日不是很能嘛，㞞什么？”

“你！”

算了！人家是国舅爷，自然天不怕地不怕。

白敏敏没好气地又问了句：“这时辰，你怎么进宫了？”

章怀玉看了她一眼：“怎么，皇后召我用晚膳，还得经由白大小姐同意不成？”

旋即他又收扇，拱手向一旁的明檀行了个礼：“王妃。”

明檀也点头回礼道：“章世子。”她打完招呼就不再吱声，只静静思忖着章怀玉方才所言——

宫中有孕的又不止她一人，淑妃的架子都没她大……难不成，淑妃也怀孕了？

虽然知道这不是什么说话的好地方，白敏敏还是忍不住与章怀玉对呛：“皇后娘娘方才分明说，晌午积食，今儿晚膳不摆了，你扯谎也扯得稍微靠谱些成不成！”

章怀玉挑眉：“这便是了，皇后不想留你用膳，才给你铺这么个台阶，你还当真了？”

“章怀玉你！”

白敏敏气得差点在宫中就要爆炸。

最后还是章怀玉上下打量了会儿，云淡风轻说了句：“今日这身衣裳不错。行了，再不出宫宫门就要落锁了，王妃自然有地儿歇，至于你……”

白敏敏冲他翻了个天大的白眼，拉着明檀就气冲冲地往前走：“真不知道舒二公子怎会和你这种人结交！”

章怀玉：“那你不知道的可多了去了。”

白敏敏忍住踹他的冲动，刻意从他胳膊上撞过去。

章怀玉回头，看着气得迅速消失的背影，笑了下，优哉游哉地往长春宫走。

长春宫内，章皇后正在看内宫账册，听人通传世子来了，她掩上账册，传人进来，又着人去备章怀玉喜欢的金骏眉茶。

“给皇后娘娘请安。”

“坐吧。”章皇后随意应了声。

章怀玉也不客气，径直坐到了软榻的另一侧。

侍女很快便给章怀玉上了茶，虽还烫着，可袅袅升起的茶香十分熟悉，章怀玉不由得会心一笑：“还是姐姐疼我。”

“知道本宫疼你还紧巴巴地跑进宫来，怎么，怕本宫将你的意中人给生吞了？”章皇后斜觑了他一眼。

“姐，您说的这是哪里话，我这不是怕她不懂规矩，冲撞了您嘛。”

章皇后听了，轻哂道：“人家大家闺秀，还能比你没规矩？”

“大家闺秀？姐，您一定是有什么误会，她算哪门子大家闺秀，她——”章怀玉说到一半，意识到想娶上媳妇儿这些话好像也不该当着他姐的面说，又默默咽了回去。

“她如何？”

章怀玉喝了口茶，违心夸赞道：“是比我有规矩。”

章皇后又忍不住轻哧了声。

章怀玉脸不红心不跳地继续搁那儿坐着，装出一副不知道他姐在嘲笑他的模样，还欲盖弥彰地解释道：“我当然知道姐不会对她怎样，可这宫里贵人多，她那性子，指不定一不小心就冲撞了谁，姐，您以后还是别让她进宫了。”

“如今能不进宫，往后若成了世子夫人，年节里也是免不得要进宫了，一味躲着怎么成？

“行了，本宫自有分寸，你也不必隔三岔五往宫里头跑，这宫里有本宫在，还能让人吃了亏不成？既然来了，去勤政殿，给你姐夫请个安。”

勤政殿可远，章怀玉不情不愿地起身，应了声“是”。

与此同时，明檀与白敏敏也在宫门落钥前顺利离了宫。

出了宫门，白敏敏总算能畅所欲言一番了，她小嘴叭叭地不停数落着章怀玉，连气儿都不带喘一声，一直数落到江绪从定北王府的马车中出来，她才安静闭嘴。

江绪扫了她一眼，朝明檀道：“走了，回家。”

明檀稍怔片刻，忙和白敏敏告别，上了车。

“夫君，你怎么来了？”坐上马车，她有些意外。

“今日去了殿前司，办完事见时辰差不多，便过来了。”

明檀缓缓点头，又想起什么，忙和他说起方才在宫中章皇后指派给她的差事。

此事在江绪意料之中，他并不惊讶。

两人一路聊到回府，用过晚膳，江绪又允她一道进了书房，在桌案对面多摆了把黄花梨椅，两人共用一方端砚，一个写公文，一个写章程，偶尔说上几句，烛光暖黄，书案寂静。

先前在宫中，为了让白敏敏好生表现，明檀还有许多建议未曾提出。

她记得南下途经禾州时，禾州女子对那些华丽衣裳十分追捧，只不过她们身上穿戴的衣裳首饰，多是京城上一轮时兴的花样。

再远些小些的地方，当地的富家女子甚至还在穿上京前两年流行的衣料和纹样。

据她观察，有些东西这些人家并非买不起，而是流传到当地需要时间，偶尔也有人花大价钱托人弄来的时兴物件，稍有一件，拿出去都是很有脸面的。

所以她想，收来的各式衣物也不必作践折换了，若能拿去需要这些东西的地方，不愁卖不出好价钱。

她将这一想法和江绪说了说，江绪略略思忖道："想法不错，可这其中来回所需的时间与耗在路上的成本也得考虑进去，若所耗成本与两地差价持平，便不可行。"

明檀经验还是太少，江绪说到此处，她才想起。

她点点头，边将这点补充下笔边认真道："那便要先核算成本与所能折卖出的差价……"

她笔下的小楷写得工整秀丽，嘴上碎碎念叨时，脸颊微微嘟起。

江绪瞧着，稍稍有些出神，笔尖浓墨滴下，迅速在纸上洇染开来，他回神，不动声色将其揉成纸团搁在一旁，又重新铺纸，写起了公文。

三日后，皇后邀了京中几位较有声名的诰命夫人入宫，赏花喝茶之余，又和她们说起这筹捐一事。几人自是纷纷赞同，直夸皇后娘娘心慈，并十分懂事地在离宫后将这消息分说开来。

捐些无用之物而已，能捞着名声，还能帮到他人，这是好事儿，官家女眷都很是积极。

不足两日，筹捐到的金银细软便有足足八十余箱，到第三日，便超过了两百箱。

后头几日，有人比着其他人，觉得自个儿捐少了，忙又补捐，有人还有刚清理出来的物什……筹捐数量还在不断增加。

明檀着人登记造册，白敏敏着人分拣类别成色。

周静婉也被明檀拉来帮忙了，她文采好，字儿也写得好，筹捐了这么多东西，明檀让她写谢词，预备等事成后，再一封封客气地回往各府。

因着是章皇后的提议，敢拿破烂物什对付的也没几个，每家小姐至少都拿了四五支簪钗，多的还有拿成套头面的，虽已不是京中时兴的款儿，但许多都还簇新，瞧着从未用过。

值得一提的是，这回沈画遣人送来了满满一盒的首饰，她有喜了，许多新做的衣裳穿不上，也一并送了来。

明檀离京这几月，原国子监祭酒告老还乡，李司业升祭酒一职，李二公子也因文章做得不错，得了圣上亲口夸赞，李府如今势头很是不错。

回京后，明檀给李府送了手信，但一时还未顾上见见沈画，不过光瞧她送来的这些东西，也知道如今她在李府应是过得十分滋润。

明檀想起侯府还有些她闺阁时的旧物，决定回靖安侯府一趟将其清点出来，也刚好将南下带回的手信给送过去。

其实先前回京，她本是打算尽早回府一趟，可裴氏回娘家喝喜酒了，不在府中，她便一直没回。

得知明檀要回靖安侯府，江绪左右无事，打算陪她一道去。

明檀也知，夫婿陪着回娘家极有面子，可他一道，侯府上下必要诚惶诚恐忙得脚不沾地，她回去是办正事儿的，可不兴添这个麻烦，于是便将江绪劝下了。

次日独回靖安侯府，裴氏亲到门口相迎，挽着明檀回兰馨院，母女俩叙了好一会子话。

原来明檀离开禾州之后，冯家便月月给侯府来信。

明楚如今乖觉得紧，隔三岔五还会去冯老太太跟前侍奉汤药，冯家众人也谨遵王妃谕令，将人拘在府中，不让她出去惹是生非。

只不过说破了天，明楚也是侯府姑娘，他们冯家不愿与侯府生出龃龉，所以若要行什么事，总会先来信请示一声。

明檀觉得这样很好，只要明楚不惹事，她也无意与之多做计较。

说完明楚，裴氏又不意外地说到了沈画：“她这一胎怀象极好，肚子尖尖儿的，保不齐就是个男胎，李家孙辈可还没男丁，若是生个大胖小子，李夫人怕是就要将掌家之权尽数交给阿画了。

“当然，姑娘也好，她家二郎早说了，他就喜欢小姑娘，生个女儿才好。总之，只要能平安生下来，都是好的。而且阿画有福啊，旁的人家吐得天昏地暗，都只剩胆汁了，什么都吃不下，可她没吐几日，如今胃口也好。上回瞧她，人都圆润了一圈儿呢，肚子里是个懂事的。”

明檀初初听着没什么，还依言附和。

可裴氏紧接着又说起，她这回回娘家喝的喜酒是双生子的满月酒，还一个劲儿说着那对双生子如何如何可爱，如何如何机灵……明檀慢慢就听出那么点儿意思来了。

果不其然，裴氏话锋一转，就望向她的肚子，试探地问：“说来，你与王爷成婚也有些时日了，就没半点动静？”

明檀摇头，迟疑道：“夫君说我年纪小，不急，还说女子早育于身子并无益处。”

裴氏叹了口气，怜惜道：“那是王爷疼惜你。你年纪小，可王爷这年纪，许多人家的孩子都能去学堂念书了，怎能不急！”

可这是因为他成婚晚吧，她嫁过去即便是立时有喜，那孩子也念不了书呀。明檀在心里默默想着。

见明檀不出声，裴氏又絮絮念叨了好一通，无非就是些子嗣要紧、后宅立足还是得有子嗣傍身之类的老话。

明檀向来敬她，倒也不驳，听得头昏脑涨还勉强饮着茶附和。

直到用过午膳，明檀总算喘了口气，她领着绿萼回照水院歇息，顺便着人整理院里头的旧物。

“对了，你看着点，若是见着我从寒烟寺回来时戴的那串禁步，便告诉我。”

绿萼嘴上应了，可眼睛却看不过来，她家小姐东西可太多了，这些旧物一箱箱打开，仍是琳琅满目，且她根本就不记得小姐当年去寒烟寺穿戴的是哪一身了。

到底还是明檀眼尖——

“停。”

她忽地起身，走至一口檀木箱前，翻看了下那身衣裳。

没错，她去寒烟寺时，穿的便是这身衣裳，被人踩脏的痕迹还在，叠放在下面的便是她后头去厢房换的那身。

紧接着她又打开了箱子里的锦盒。

锦盒里不意外地躺着一串精致繁复，如今看来依旧别致非常的禁步。

明檀将其拎起，仔细打量着。

日光从明间屋外投射进来，将这串沉甸甸的禁步照得十分晃眼，她的目光一寸寸挪着，始终没找见应在上头的玄色长条小玉牌，末了，她的视线停在左下侧的细小缺口上——

这处空落落的，应是掉了一样配饰。

她蓦然想起江绪暗袋里的那块玉牌。

其实当初在庞山时，明檀脑海中也曾倏然闪过某种念头，可那念头稍纵即逝，毕竟她没想过，自个儿禁步上的小玉牌，早就已经丢了。

可如今看来——

她垂眸，边将禁步收回盒中，边细细回想当年在寒烟寺所发生的事。

厢房内的血，烧光寒烟寺的那把火，还有后来京中那些接二连三发生的不同寻常之事……她静下心来，重新回忆梳理。

回到定北王府时，明檀心中已经梳理出了前后都说得通的某种可能。只是她并不知道，她所猜测的可能其实与真相已然相差无几。

今日军中有事，江绪遣人回府知会了声，今儿不回来用晚膳了。

明檀本打算在晚膳时问他，这下好，白备了一桌子菜。她心里想着事，没什么胃口，喝了盅汤，余下的便让人撤了自行分食。

晚上沐浴过后，明檀在屋子里走来走去。

她早将江绪留在家中的暗袋翻出来看过了，东西不在，想来他是随身带着。

她也不知在想什么，边在屋中转着圈，边低头轻咬手指，似在思考什么严肃之事。

终于，院外传来动静。

明檀回身，急忙往外相迎。

可方走至外间，她脚步又顿了一顿，然后往回走，慌慌忙忙坐回内室的软榻之上，顺手拿起本书，支着脑袋，装出副正在看书的模样。

不一会儿，江绪进屋了。

“夫君，你回来了。”明檀放下书，面露微讶。

刚沐完浴，她乌发披肩，绯色襦裙将她的肌肤衬得欺霜赛雪，因在屋中，她只着了双木屐，蜷在榻上，足是裸在外头的，白皙脚趾正不安乱动。

江绪边解着袖口束带，边扫了她一眼。

她努力保持着镇定，趿上木屐，脸不红心不跳地走至江绪面前，如往常一般温柔小意道：“夫君今儿累着了吧，我这便让人备水，夫君先沐浴解乏，等沐完浴便可以用宵夜了。军营里头伙食不好，如今这时节，夜里寒气也重，我特意煨了姜丝鸡茸粥，能暖胃驱寒，夫君待会儿多用些。”

她边说，边不动声色地帮江绪更衣。

江绪似乎未有所觉，极轻地“嗯”了声，垂眸静静望她：“王妃有心了。”

明檀闻言，莫名心虚，手上动作微滞，又硬着头皮继续给他宽衣解带。

婢女们很快便送了热水进屋，净室里袅袅升起朦胧雾气。

见到江绪下水，明檀终于放下心来，悄咪咪地退出净室，顺便顺走了他衣裳里头的暗袋。

她边翻找边回内室，很快，她便从暗袋里头摸出了那块玄色小玉牌，她步子加快，忙去妆奁前拿今儿带回来的禁步。

禁步沉甸甸的，玉牌相比起来，就很没什么分量。

她的心跳得很快，手也略有些抖。

她缓缓将玄色小玉牌对准禁步的缺口处，瞳孔蓦地收缩——

对上了！

玉牌上裂开的小孔，与禁步上的缺口正好能对上。这也就是说，夫君的这块乌恒玉是她的，她没有猜错！

明檀忙回身，可还没迈出步子，她便撞上了一顶温热硬挺的胸膛。

不知何时，江绪披了件寝衣悄无声息地站在她身后，身上水珠都未擦干。

她蒙了一瞬，下意识将小玉牌往身后藏，心脏险些被吓得顿停。

然江绪只淡淡扫了眼她放在桌案上的暗袋。

明檀顺着他的视线望去，心下顿感懊恼，她垂头丧气地松了手，将小玉牌递还回去。

江绪正要接，可明檀忽然想起什么——

不对，她为何懊恼，为何要有做贼心虚的负罪感？这块乌恒玉明明就是她的，该是某人好好解释一下这块乌恒玉为何会被他据为己有才对吧。

想到这里，明檀陡然就理直气壮起来，她手一扬，江绪伸出的手便接了个空，略滞了瞬。

紧接着，她仰起小脑袋，拿着那块小玉牌戳了戳他的胸膛，义正词严地问道：“夫君，事到如今，你是不是该好生与我解释解释这块乌恒玉的来历，这块玉明明就是我的，你早就知道了吧？”

江绪沉默了下，问：“你鬼鬼祟祟，便是为了这事？”

“谁、谁鬼鬼祟祟了！”

“嗯，也不知道是谁，明知本王回了，还要装出一副不知的模样。”江绪极淡地扫了她一眼。

早在进屋之前，他便在外头看到明檀的身影在烛火映照下前后乱窜，瞧那身影，明明是想出门相迎，最后又莫名窜回软榻蜷着。

进了屋，看到她蜷在软榻上的模样，他还以为小王妃今夜是有事相求，又想以色相诱，本来他还打算勉为其难接受，现下看来，倒是他想太多。

明檀被他一语揭穿，不由得有些羞恼。

“你想知道什么，直接问本王就是了，不必如此大费周章。”

“我本来也是想直接问夫君的，可这不是怕想差了，闹出什么乌龙……想先确认一下是不是我的玉嘛。”明檀忍不住小声嘟囔。

她在夫君面前可没少出糗，这回若是都不确认就自顾自脑补完一出大戏，回头这玉若不是她那块，可不就是个大乌龙嘛。而且夫君说这玉救过他性命，上赶着乱认救命恩人，若闹了乌龙，夫君不笑她，她都得找条地缝往里头钻进去！

江绪听完，又默了默，忍不住揉了揉她的小脑袋，还给她顺了下头发：“并非乌龙，王妃的确是本王的救命恩人。”

明檀抬头。

他亦是不避不让地看着她，将当初寒烟寺之事，以及后来林中遇险一事尽数与她详说了。

明檀听得有些蒙，末了，她总算理出了些头绪：“那这样说来，我救过夫君两次？”

“嗯。”

“那在庞山之时，夫君为何不说？”

“你没有问。”

明檀张了张口，竟不知从何而驳。

不一会儿，婢女送了宵夜进来。明檀落座桌边，陪着江绪一道用膳，可方才江绪所言，她听来仍觉不可思议，陷在里头半晌没能回神。

她委实很难相信，在素未谋面之时，她与夫君就有过那么多的交集。

这样想来，很多她未曾细想的事情好像就有了解释。

譬如上元落水之时，夫君为何会出手相救？又为何会知晓她是靖安侯府的小姐，径直遣人将她送回了府中……

所以从始至终，夫君都是知晓此事的。

想到这里，明檀的心情有些复杂。

熄灯上榻后，明檀翻来覆去睡不着。

江绪将她揽入怀中：“早些睡，明日不是还要入宫见皇后吗？”

“可是我睡不着。”

“为何睡不着？”

明檀依偎在他胸口，犹豫半晌，还是忍不住，小声问了出来：“夫君一早便知我是你的救命恩人？”

“……”

其实也不是一早，是在灵渺寺见过她面容之后才想起来的。只不过江绪没有否认，若否认，想来以她的聪慧，很快便能觉出上元落水之时，他救人动机不足。

不知为何，时至今日，他已不想再追究当初到底为何娶她。

可他不想追究，明檀却很想要一个答案，她犹疑半晌，又轻声问道：“那夫君娶我，是想要报恩吗？夫君对我好，也是因为想要报恩吗？”

她不傻，以他的权势还有与圣上的关系，他若不愿娶，圣上断不会随意下旨赐婚。

江绪沉默了很久。

久到明檀以为他不会回答之时，他开口了：“不全是。”

这三个字有很多意思。

当初他娶她，的确不全是因为报恩，更多的是出于对靖安侯府的考量。他与她的婚后相处，一开始也许是因恩情，容忍居多，可如今他很清楚，不是。

明檀心里头有所准备，所以听到这答案，也不是十分失落。

她勉强让自己心平气和下来，接受这一事实。静了会儿，她又有些不甘心地小声问道：“那夫君不全是的其他缘由里头，有没有那么几分，是因为喜欢阿檀？”

这种事情，好像很难用言语回答。

静了半晌，江绪将她往上抱了抱，封住她的唇，往里长驱直入，以实际行动给出了回应。

明檀被亲得喘不上气，呜咽着，脸颊憋得通红，待江绪放开她，她才喘着气，抵住他的胸膛，眼睛湿漉漉地抬着，对上他沉静而笔直的视线。

“你说呢。”他声音低哑，眼里的答案太过明显。

明檀耳根发热，一时竟不好意思厚着脸皮追着让他亲口说出来。

其实这样她就很满足了，报恩又如何，至少还有恩情牵扯。何况夫君如今对她不止报恩，也有喜欢，他们还有很长很长的时间，她相信夫君会爱上她的。

江绪欲望被挑起，很快又倾身覆上她柔软的身子，温热气息一路往下流连，在所经之处簇簇灼烧，帐中不时传出暧昧的低喘与娇吟。

过了半晌，正是情浓之时，帐内却忽地静默了瞬。

“你来葵水了？”

明檀老实点头。

江绪眼底还泛着红，声音也压了又压：“方才为何不说？”

明檀无辜道：“夫君没有问呀。”

“……”

原来在这儿等着他。

◈ 第十二章 ◈
结发

不知不觉便至霜降，离立冬不足半月，京中官眷所捐赠的金银细软都已登记造册，并已分门别类进行了整理，珠宝簪钗共计四十余箱，衣裳细软共计两百余箱，另有其他物件若干。

明檀原本将打听运输耗用的事儿交给了白敏敏，想着有舅舅与白家表哥在，此事应是不难。

谁想章怀玉得知此事，竟不动声色寻了朋友，省略中间几多繁复，直接找上了盘踞于禹西一带的西域商人。

那些西域商人竟愿意以禹西地区的市价收下这批金银细软，直接以等值的大批御寒取暖物资进行交换。

明檀细细盘算了番，这似乎是一笔互惠互利、十分得宜的买卖。

如今时间十分着紧，最迟也应在冬至之前将东西分发至百姓手中，不然又叫哪门子御寒？

可变卖折成银钱再添物资，这事儿本也烦琐得紧。现下有人愿意直接省略中间的过程以物易物，可以说是既省时，又省力。禹西地区的市价虽不算最好，但定然比在上京城里随意当换要来得合算。

不管如何计较，明檀都觉得此法甚好，没有理由不应承下来。可白敏敏却不是很赞成，她不情不愿地小声嘟囔：“谁知道他找的人靠不靠谱。”

“你觉得我连这一点都没弄清楚吗？”明檀颇觉好笑。

白敏敏又不服气道：“那谁会没事儿收下这么多东西，还愿以禹西地区的市价等值易换，我看要么就是不靠谱，要么就是章怀玉私下还答应了他们什么条件。

“若是章怀玉私下与他们达成什么额外条件才促成此事，那我们做成了这件事又有何意义，不过是倚了人家的本事，沽名钓誉罢了！”

明檀顿了一瞬：“倒也不是，你想差了。”

白敏敏看她。

明檀又道：“此事我也打听过了，西域商人收下我们的东西，可以将其卖往西域小国。在西域乌恒等国中，来自大显上京的物什素来昂贵新奇，且我们这些金银细软，本是大显宫妃与官眷所有，卖往西域小国，这其中之利远非其他地方可比，他们是有利可图，才会答应这笔买卖。”

“可——”

“可什么？”

白敏敏本想说，章怀玉就是为了让她欠他人情才这么做的，可此事由皇后提议，他即便是帮忙，帮自己姐姐办事又有何不对？她若往自个儿身上揽，未免也显得太自作多情了些！

见白敏敏不吭声，明檀以为她是没意见了，又托腮出神，半是惋惜半是反思地喃喃道：“明明哥哥也在禹西，我竟未能想到此法。从前甚少关注章世子，如今看来，章世子也并非泛泛之辈。”

他当然并非泛泛之辈，哪个泛泛之辈能在逞口舌之能与找人不痛快这两件事上如此出类拔萃！

白敏敏气恼地背过身，对于被迫承下章怀玉人情一事颇为不爽。

转眼便入腊月，冬至将近。一年众多时节里，除夕之外，便数冬至最为要紧。

随着御寒物资顺利送至所捐苦寒之地的百姓手中，章皇后交代的差事，总算是圆满办成了。

御史纷纷上书，言章皇后胸怀悲悯、心系众生、贤德良善，堪为天下女子之表率，有此国母，乃大显百姓之福。

虽朝野上下赞颂不缺，然章皇后并未独自揽功，时时不忘推说是京中官眷仁善，都愿捐物筹资，能帮到边地百姓，是大家的功劳。

作为此事的实际促成者，明檀自然也少不了嘉奖，成康帝甚至专程下了道圣旨，夸赞她兰心蕙质、聪慧机敏，还特意着内侍于王府门外宣读，广而告之。

如今名声于明檀而言，已不是那么重要，第一次想要竭力促成的事情圆满办成，她心中就很是骄傲满足。

只不过年关将至，也容不得她歇，办完这桩差，她又脚不沾地操持起了府中之事。

王府大多时候虽是福叔在管，然福叔管好府务与外头铺子就已分身乏术，可没精力再操持府中迎来送往的诸般人情。

主要是从前没有王妃时，王府肃穆冷清，府中也并无人情，如今有了王妃，王府比从前热闹许多，这里头多出的事儿，少不得要明檀亲自操心。

“李府的礼太轻了些，这是如何备的？添些有孕之人可用的补品，再添株上品老参，这老参给李家老太君用最合适不过了。对了，还有皮料……前些日子我与王爷虽不在府中，可我记得秋猎过后，圣上送来的赏赐中有一张白狐皮？”

婢女应是。

“将白狐皮也添上去，记得嘱上一声，是我专程送予表姐御寒的。冬日怀着身子，穿得太笨重了不方便出门，白狐皮暖和轻便，最适合表姐。”

婢女又应了声是。

“还有平国公府，这回平国公世子可帮了大忙，这礼再厚上三分也不为过……”

到底是学过掌家的姑娘，明檀理起这些事儿虽风风火火，却也有条不紊。

她花了一日工夫备好冬至节礼，又看了一日账簿，紧接着花了大半日在王府里头闲逛，将府中需要修葺的地方一一指予随行管事，命其好生督办。毕竟冬至一过，除夕也离不了多远，过年时，府中自是应该簇新明净。

晕头转向忙至能喘口气的时候，已是冬至前夕。明檀这才想起，明儿圣驾亲临太庙，夫君身为宗室亲王，自然是要随驾出行的。她本还想着明日要与夫君一道吃回饺子，现下看来是不能够了。

近些时日她累得慌，常常不待夫君回府便早早安置，夫君出门又早，好几日两人都没怎么说上话，明儿冬至竟也不能一起过……明檀也不知在琢磨什么，末了竟是趁江绪还没回府，让绿萼掌灯，自个儿翻出了压在某口檀木箱箱底，做了大半的冬靴。

她拿着瞧了好一会儿，终于回想起该如何继续缝这冬靴了。

最近太忙，她险些忘了，之前前往桐港时在猎户家中歇脚，她偶然听得人家夫妻对话，一时心热于平凡夫妻生活之温馨，便也想学着人家为自个儿夫君做些什么。

回程时，江绪有几日将她留在客栈，独自去了定北军驻军之地巡兵，她左右无事，就翻找出皮毛，给他做起了冬靴。

得亏她对自个儿做东西的速度有些计较，若是做寻常靴履，怕是只能等年后开春才能送出手了。

“小姐，这鹿靴缝得可真精致，您这是打算做了送给殿下？”绿萼好奇问道。

明檀“嗯”了声，很快便认真缝制起来。

见明檀累了一日还坐在榻前认真地穿针引线，绿萼忍不住又问：“小姐，您今儿累了，不如先歇了吧，白日再缝也不迟。”

“不了，我要在夫君回府之前做好。”

“那奴婢帮小姐吧？瞧着也没多少了，灯下缝东西熬人，伤了眼睛可不好。”

“不用，我自己来就好，你去外面守着吧。”明檀有些困，不由得打了个呵欠，可态度仍是十分坚持。

绿萼无法，只得给她换了盏更为明亮的烛灯，默默退了出去。

没了绿萼在一旁说话，屋内倏然变得格外寂静。明檀打起精神继续缝制左靴，时不时还要拍拍自己脸蛋，应付不断上涌的困乏之意。

许是因为太困，针尖几次都错着靴面扎到了她的手指头上，指尖倏然冒出细小血珠，她轻嘶了声，又含吮住指尖，含上一会儿，又挑开针线继续缝制。

明日冬至，圣驾出宫，拜祭太庙。京中军备之处皆是严阵以待。皇城司身负守城之责，陆停所统领的殿前司禁军则是需全程护卫圣驾。

江绪与之商议甚晚，漏夜归府时，本以为小王妃定是如往常一般早早歇了，却不想今日屋中还亮着灯。

他进屋时，明檀正忍着呵欠给冬靴收边，听到帘外动静，她不由得走神，又不小心扎到了指尖。

“夫君。”明檀抬头，颇感意外。

江绪未应声，上前握住她的手腕，只见她指尖发红，上头被扎了许多细密针孔，稍一用力捏着，小血珠又往外渗。

“这是在做什么？”江绪沉声问。

明檀忙抽回手，细致地缝完最后几针，用剪子将线头剪断。

“给夫君做的冬靴。这鞋底纳得又厚又松软，走路会很舒服的，靴里皮毛也很暖和，便是下雪也不用怕，不会往里渗水！”明檀一扫困意，捧着这双靴履期待地望着他，“夫君要现在试试吗？”

江绪静静看了她一会儿，轻“嗯”了声，接过鹿靴。

这双鹿靴做得极为精致用心，江绪不经意间瞥见，左靴内侧绣着“启之”二字，他下意识看了眼右靴，内侧也绣了“阿檀”二字。

“你在暗处绣了字。”

明檀点头，眼睛亮晶晶地望着他，擎等着他夸。

却不想他打量半晌，明明想说一句夸赞之言，出口却是不经思考的：“绣在靴中，不会臭吗？”

“……”

明檀面上的笑意一瞬僵硬，满腔欢喜也似是被一盆冷水浇得只冒着余烟。

这人到底会不会说话？

他平日是因不会说话所以才很少说话是吗？

江绪说完也觉得，这话似乎问得不大对，他解释道：“本王没有别的意思，本王的意思是——”

“你才臭，你脚臭鞋臭浑身都臭！”

明檀的睡意已经被江绪气得倏然消散，精神得现在坐下来还能再看十本账册。

江绪：“……”

明檀一屁股坐下，自顾自收拾着针线，再也不看他一眼。

江绪沉默了下，也在另一侧落座，换上了这双新做的冬靴。

“很舒服，也很合脚，王妃有心了。”穿上后他道。

明檀没搭理他。

他起身，站到明檀面前，那冬靴便也迈入了她的视线。

她忍不住瞟了眼。

确实很合适，就是她想象中上脚的模样。可她做得这般好，还在里头藏了自个儿的小心思，这男人竟不解风情至此，更气了！

她起身，抱着收拾好的针线盒子就要往妆台那儿走，江绪却在她身前挡了挡，她欲绕开，江绪又伸手，拦住她的去路。

“你拦我做什么？”明檀没好气地问道。

江绪没应话，只从她怀中接过针线盒，将其放置回妆台，又从屉中找出药箱。

“你的手受伤了，本王……”江绪略顿，“我给你上药。”

明檀没吭声，任由江绪拉着她坐回软榻。

“可能会有点疼，忍忍。”他沉声道。

“再疼也疼不过被扎的时候！”

江绪的动作停了停，抬眼看她：“很疼吗？”

“当然疼了。”

明檀可不是什么默默奉献不求回报不求心疼的傻姑娘，平日盯着人做个点心她都能在江绪面前细细分说上半刻，准备这么大个惊喜，她原本就打算好生邀功，让夫君从方方面面感受到她对他到底有多用心的！

方才她是被气着了，不想理人，这会儿他主动问起，她自是不会放过大好机会，小嘴叭叭絮叨个不停，直从如何起的念头一路絮叨到了今儿手上被扎的十一针整。

她越说还越委屈，将上了药火辣辣的手指头往江绪面前递了递：“我可没夸张，你看，十一针整呢。”

江绪一时静默，有些不知该如何应对。

半晌，他道：“是本王的错。”

他自觉理亏，可也觉得好像哪儿不大对。

只不过明檀没给他太多细想的时间：“那你吹吹。”说着，“爪子”又递得更近了些。

江绪迟疑一瞬，还是依她所言，轻轻吹了吹。

明檀又问：“我绣的字好看吗？”

“好看……”

“可我瞧着，夫君好像不是很喜欢。”

“喜欢。”

“真的喜欢吗？”

“自然，明日本王便穿你做的新靴，王妃费心了。”

“夫君为何与我说话总是这般客气！”

江绪默了半晌，终是改口道：“阿檀费心了。”

听到这声“阿檀”，明檀总算是满意了，起身拉住江绪：“夫君早些睡吧，明日还要去拜祭太庙，可累得紧。”

江绪点头，莫名缓了口气。

冬至祭拜太庙乃朝中重事，江绪没歇两个时辰便起了身。他换上亲王朝服时，外头天还黑着，府内寂静，明檀也还睡得很沉。

他看了会儿明檀恬静的睡颜，掖紧被角，本欲起身，可不知想到什么，他又俯身在她额上亲了下，这才悄无声息出门。

冬祭繁复，出行太庙，郊祀祈福，还要暂歇斋宫，没个三五日回不了銮。外头摊铺也例行休市，无甚可逛。左右无事，明檀索性在府中会了好几拨客。

这头一拨来的，便是沈画与她的婆母，向氏。

向氏是个和善性子，头回相看就对沈画十分满意，后来结了亲，婆媳之间也相处得极为融洽。

此回来定北王府，向氏也是担心沈画怀着身子不方便，才特意前来一道照顾。

沈画如今还未显怀，只不过身形丰腴了些，眉眼盈盈，光彩照人。明檀见她这般模样，也知她如今过得应是十分舒心。

三人闲话家常，聊得甚是愉悦，只不过不知是沈画有心避讳还是如何，她与向氏都只字未探明檀的身子。

倒是明檀好奇地摸了摸沈画略微突起的小腹，感叹道：“表姐也要做娘亲了，不知我何时能做娘亲，我总觉得自个儿还没长大呢。”

向氏忙道：“王妃年纪尚轻，倒也不急。”

明檀点点头，深以为然：“王爷也是这么说的。”

见明檀并不介意这一话题，向氏暗自舒了口气。

沈画不知想到什么，沉思片刻，也没多说，待婢女领着向氏去如厕，她才与明檀道：“早先听舅母话里那意思，颇有些担忧你这子嗣一事，不过我瞧你，似乎并不担忧。”

“我原本是有些担忧的，可王爷并不担忧，还说我年纪小，不必急着有孕，想想……也有道理，此事急不来，顺其自然便是了。”

沈画欲言又止，半晌，还是斟酌着问了句：“可有找大夫看过？”

“太医每月都会来请平安脉，无碍。”

沈画这才放心：“你所言也是，想来舅母她是怕你与她一般……不过王爷不急，那顺其自然就是了。”

明檀点头。

不过沈画这么一说，她打算等下回封太医来请平安脉时好好问上一问，有没有什么法子能让人怀上身子的机会大上一些。

可话说回来，她与夫君又有小半个月没有行房了，这不行房，孩子总不会凭空怀上。

三日后，圣驾回銮。将成康帝与章皇后送回宫中，江绪也早早打道回府。

休市三日，街铺重开，上京城里热闹得紧，江绪骑在马上，不紧不慢地往前，时不时往街边扫上一眼。走至街角时，他瞥见一间布庄生意极好，往来络绎不绝。

想起明檀在禾州时逛成衣铺子的热情，江绪勒紧缰绳，翻身下马。

“这位客官，里边请。”店里伙计十分热情地招待着他，“您想看些什么？冬衣还是绸缎，咱们店什么都有。”

江绪扫了圈，目光定在一匹泛着浅淡光泽的素色缎子上。

伙计很有眼色，忙道：“客官，您可真有眼光，这雪缎是极好的料子，达官贵人都喜欢得紧，您瞧瞧这光泽，这手感，可不是寻常料子比得上的。只不过这好料子嘛，比旁的肯定是要贵上——”

“要两匹。”江绪径直道。

“哎，好嘞好嘞。”遇上如此干脆的顾客，伙计自是殷勤，“您稍等片刻，我这就给您包起来。”

江绪颔首，心想，自南下回京后，似乎都未见她添什么衣裳，前几日她还送了他冬靴，今日送她布料，想来她定会高兴。

只不过还没等他回府见到某人高兴的样子，京畿大营又出了事，需他前往处置，待他绕道京畿大营完事回府，天色已近黄昏。

他心里默备了许久说辞，可没想到回启安堂时，小王妃竟不在。

“王妃呢？”

“回殿下，王妃本是在府中等您回来一道用午膳，可您遣人回府说要先去趟军营，王妃便独自用了。晌午王妃歇了小半个时辰，白家小姐派人来请，王妃便去了昌国公府吃茶，去之前王妃还吩咐说，今儿不必备她的晚膳。”留在启安堂看家的素心细致答道。

江绪闻言，也没往屋里走，只将那两匹缎子交给素心：“本王去书房，王妃回了，告诉她这是本王挑的。”

王爷挑的？素心接过缎子，稍怔了瞬，忽然明白过来，又不由得看向负手跨过院门的那道背影，抿唇偷笑。

明檀今日在昌国公府吃了两杯青桔酒，稍稍有些脸热，回府时天已漆黑。见院中寂静，她边回屋，边随口问了声：“殿下还没回吗？”

素心帮她宽衣，笑盈盈道：“回了，殿下这会儿在书房理事。”

“回了？”明檀稍感意外。

素心揶揄笑道：“不仅回了，王爷还特地给您挑了礼物呢。”

“什么礼物？”明檀酒都醒了几分。

素心回身，将江绪带回来的两匹缎子呈了上来。

明檀打开一看，蒙了蒙。

雪缎？这起码都过时三个月了吧？京里寻常富贵人家还穿，可她认识的夫人小姐们早就不穿了。

瞧这上头还有金缕阁的标识，想来这并不是宫里赏的，是自个儿在金缕阁买的。

堂堂定北王殿下跑金缕阁精挑细选了两匹过时已久的布料，好笑中让人觉得有些心酸，心酸中又让人觉得有些感动呢。

她唇角上翘，爱惜地摸了摸布料，也不知在想些什么。过半天，她忽然吩咐人备上吃食，自个儿也拾掇了下妆容衣裳，领着素心往书房去了。

书房内，江绪正在密室，与秘密前来的几位将领商议要事。

北地十三州仅余荣州还未收复，东州一役之后，边地兵将养精蓄锐休养生息已近一年，如今也是时候着手布局如何拿回荣州了。

说到一半，江绪忽闻屋外有熟悉的脚步声渐行渐近，想到外头护卫并不知他正在与人秘密议事，定不会阻拦她，他收了声，示意几人稍待片刻，挪开机关，独自走出了密室。

明檀进书房时，江绪恰好坐回桌案。

他还没来得及问她来做什么，她就一阵风似的卷到了他面前，还带来一阵似有若无的浅淡香风。

她将食盒搁下，又径直斜坐到他腿上，搂住他的脖颈，无理撒娇道："夫君，你送的东西一点都不用心，雪缎虽好，可都已经过时三个月了。你是不是不喜欢阿檀，不爱阿檀了？"

"……"

江绪眉心突突起跳。

"本王——"

"又来了又来了。"明檀对他的自称一向不满。

"我——"

明檀凑近，亲昵地继续撒娇："不管，罚夫君亲阿檀一下！"

"……"

江绪用一种"你确定吗"的眼神看了她一眼。

明檀似是等不及，先亲了他一口。

她就不信，今夜她这般主动热情，夫君还体会不到夫妻之间该有的情趣！

事实证明，某人真的体会不到——

“别闹，你先回屋。”

他喉结略略滚动了瞬，声音低哑。

谁闹了？明檀正不满想控诉于他，博古架后忽地传来一声响动。

“什么声音？”明檀疑惑了瞬，起身走近博古架。

“书倒了。”她没多想，将倒下的兵书重新摆放规整，又走回了桌案。

密室不甚隔音，几位将领正襟危坐于内，头皮发紧，面面相觑，面上神情也都十分精彩。

几人心中不约而同嘀咕道：万万没想到，王爷与王妃私下相处竟是这般腻人……

想当初王爷大婚，他们也是来王府喝过喜酒的，那会儿可看不出王爷对这桩婚事有多看重，且成婚之后王爷也甚少提起王妃，就和没这号人似的，大家自然以为两人感情平平。

现下几人如坐针毡，有人甚至想到，今儿在这里听了不该听的，王爷该不会让他们永远留在这密室吧？不知道现在让自个儿聋瞎还来不来得及保住一条小命。

好在江绪没打算让密室中的几人继续待在里头偷听壁脚，也没打算让明檀因她自个儿突然兴起的这出，尴尬到又能用脚趾抠出一座大显十三陵。

他合上书卷起身，一手牵起明檀，一手提上食盒：“书房不通风，回屋一起用。”

明檀莫名，本想说开窗不就通风了，可被他温凉的宽掌握住，她那话又咽了下去，只乖巧点头，任由他牵着往外走。

然就在两人将要出门之际，密室里头某位患了风寒的将领实在是憋不住了，忽地“阿嚏”一声！

门恰好打开，初冬的风往里灌着，凉飕飕的。

明檀仿若石化，脑中一片空白，也不知过了多久，她才后知后觉地抬头，看了眼江绪。

江绪沉默了下，见瞒不住，只好言简意赅解释道：“博古架后有密室，你来之前，我正在与人议事。”

明檀下意识便想问他为何不早说！可脑海中迅速回闪了遍方才之事，羞恼疯狂上涌的同时，她也没法再理直气壮地质问出口，毕竟她方才压根儿就没给夫君早说的机会。

她甩开江绪的手，浑身上下就和被火烧了似的，捂住脸忙匆匆往启安堂跑。

要死了要死了！丢人现眼的第四座高峰就这么猝不及防地出现了！当初她就不该想什么那三座高峰定是不可逾越，这不就轻轻松松逾越了嘛！怎会发生这种事，委实是太离谱了！

不出所料，等江绪回到启安堂时，面子薄又老出糗的某人已经将自个儿关进屋中，羞臊得钻进被子死活不肯出来了。

江绪坐到床榻边，酝酿了会儿，脸不红心不跳地扯谎安抚道："你这是做什么，夫妻之间，关系亲密也是正常，他们没多想，你也不必如此介怀。"

明檀显然是半个字都不相信。

"我已警告他们。你放心，他们不会对任何人说起今夜之事，王妃贤良淑德的好名声，更不会因此事造成任何影响。"

这话是真的，可明檀也只是在被子里呜了两声，并未给出更多反应。

也不知干巴巴地安抚了多久，某人的小脑袋总算是从被子里钻出来了，可看着也不是想通了，而是被闷坏了。

她小声道："夫君不用安慰我，让我静静。"说着，她便翻身朝向床榻里侧，身体蜷成了一只小虾米。

江绪也已无话可再安慰，静默半晌，他熄灯上榻，揉了揉她的脑袋。

"睡吧。"

明檀闷闷地"嗯"了声。

他从身后抱住她，见她并未抵触，他又将人翻过来，揽进怀中。沉吟片刻，他试图开口："本王，我——"

"说了夫君不用再安慰我了，我没事。"

"我不是安慰，我只是想问，布料为何会过时三个月，是发霉了吗？"

"……"

明檀一个骨碌就从他怀中脱了出来，继续对着床榻里侧，气到自闭。

江绪未从她口中得到答案，还在认真思忖着这一问题，并打算明日早起再寻小王妃身边的丫头问上一问。

冬至一过，一年便也接近尾声，朝中无大事，宫内在紧锣密鼓地准备除夕宫宴。

御书房内，成康帝也难得放下奏章，与江绪闲坐手谈。

"当真不来？今年宫中焰火可是有新花样，御膳房还来了几位新厨子，嘴上也亏不了你。”

“臣已看过最好的焰火。”

“什么？”成康帝下意识抬头。

“没什么。”江绪垂眸望着棋面，轻描淡写道，“王妃已在府中准备多日，臣就不来了。”

成康帝想了想，倒也没再勉强，人家小夫妻成婚后这还是头回过年，想在府中独过也正常。

“那到时朕让内侍赐菜到你府中。”

江绪没再推拒，毕竟赐菜并不只是字面意义的赐菜，更多的还是代表君臣之间的信任与亲密。

下了两局棋，内侍将皇后拟好的各府新年赏赐名册呈给成康帝过目。

成康帝打开，随意扫了眼，见排在最前头的便是定北王府，将册子扔了过去："你看看还缺什么。"

八宝攒丝满福海棠金簪一对、南海玉如意一对、缂丝捻金如意云纹锦被一床……

江绪耐着性子看至末尾，忽问："这锦春缎与流云缎可是最新的衣料？"

成康帝："……"

他不过是客气一下让江绪看看名册，没承想江绪还真看上了，看完了竟还发表上了意见。

候在一旁的内侍恭谨答道："回王爷，锦春缎是苏州那边前几日进贡的新料子，统共才进贡了二十匹，做春衣最是华丽。这流云缎虽不是新料子，却是钦定的贡品，若不得赐，宫外即便得了也是不可穿用的。"

江绪颔首，合上册子，递还回去。

成康帝忍不住问了句："你问料子做什么？"

“没什么，就是上回买了两匹锦缎，王妃嫌过时了。”江绪不以为意道。

他从前只知衣裳有新有旧，却不知京中女子穿衣还讲究衣料新旧，他虽觉得离谱，但也不至于让自家王妃成日穿着过时衣料受这份委屈。

“……”

“你还会买锦缎？”

江绪用一种“怎么不会”的眼神坦然回望。

成康帝一时哑口无言，只惊叹地望着他，连他告退离开，背影消失得干干净净都半晌没能回神。

江启之都会给自家王妃买锦缎了，现下就算有人忽然来禀荣州不攻而破他都能信了。

年尾的日子各家都过得风风火火，瑞雪兆丰年，成康七年的除夕终是在一场纷纷扬扬的大雪中如期而至。

“下雪了！”一大清早，明檀听见屋外雪落的窸窣声，便光着脚起身推开了窗。

她只着单薄寝衣，青丝松散披肩，兴奋地踮着脚往外探出身子，还伸手接雪，仿佛不觉得冷。

不多时，有人拿着厚厚鹤氅披到她肩上：“当心着凉。”

鹤氅不是她的，又厚又重，似是往她身上压了床厚实被子。

明檀没管，只将接到的雪花小心翼翼地捧回来，伸到江绪面前：“夫君你看，真的下雪了，雪花是六角的！”

“你是头回见雪？”

“不是呀，可今年的雪不是来得迟嘛，先前还与敏敏约好要堆雪狮的，可这雪迟迟不下。”

这倒是。

今冬头一场雪竟至除夕才下。

窗外银装素裹，屋顶似是盖了床鹅毛锦被，树枝也被厚重的新雪压弯了腰，风冰冰凉，夹着新雪的清冷往屋里吹送，将屋内欢爱过后的靡靡气息吹散了几分。

昨夜折腾到三更，某人直喊若是明儿除夕起不来床，全都是他的罪过，他便忍着收敛了几分，可现下看来某人也就是嘴上夸张，这一大早精神头甚好，还有心情跑来窗边赏雪。

江绪拢了拢她乌黑的长发，又将她拦腰抱回软榻上坐着，沉声道：“光脚在地上跑，容易着凉。”

“烧着地龙哪会着凉。”

明檀边驳边心虚地将脚丫缩回鹤氅。

江绪见了，也没说什么。

明檀又向他确认道：“夫君，今儿我们不用进宫吧？”

“不用。”

明檀总算是放心了，早听豫郡王妃说，往年若在京城，陛下都会召亲近的宗室入宫，一道用除夕宫宴，赏新春烟火，还要留宿宫中。

这可是她与夫君头回过年，她才不想入宫见那一大群闹腾得紧的宫妃。

不知想到什么，她又道：“夫君，你待会儿去演武场吗？”

“去。”

“那我们一道去吧。”

“你去做什么？”弓都拿不起来，他早已不指望她能屈尊去演武场锻炼了。

“我想堆雪狮，夫君陪我一道好不好？”明檀亮晶晶地望着他。

幼稚。

江绪脱口便想拒绝，可明檀伸手拉了拉他衣角，于是话至嘴边，又变成了勉为其难的一声“嗯”。

得了这声应允，明檀欢喜得从软榻上伸直了身子搂住江绪的脖颈，并往他脸颊上亲了一口，撒娇道：“夫君待阿檀最好了！”

除夕除夕，爆竹声响，除旧迎新。今儿府中，从上到下都穿得喜气，婢女们身着鲜妍新袄，明檀也特意披了件火狐斗篷，只江绪是个异类，仍是穿一身玄色的单薄锦衣。

明檀想让他换，他却推说还要去演武场，穿厚重了不方便，明檀一想也是：“那夫君先披件鹤氅，等到了演武场阿檀帮你拿。”

说着，她便拎起鹤氅，踮着脚往江绪身上披。

雪下一夜，屋顶树枝皆是满目素白，演武场上倒早有下人清扫出了一片干净地方，供自家王爷练剑。

明檀坐在一旁，拢抱住他的氅衣，手中还揣了个小小的暖手炉。

江绪也不知是故意还是怎么，不好好在清扫出来的地方练，几招几式便落至雪地，他一身玄衣，剑光映雪，招招凛然凌厉。

就……还怪好看的。

明檀不知不觉看入了迷，满心满眼都想着：夫君可真英俊，夫君可真厉害！

她眼睛一眨不眨地盯着江绪，利刃挑起雪花在半空乱舞，收剑之时，她仍意犹未尽。

待江绪负手朝她走来，她才后知后觉地发现，他身后的雪地里竟已挑剑堆起了只小雪狮！

明檀瞪直了眼，忙起身上前，打量那只蹲在雪地里，已然勾勒出大致轮廓的雪狮。

她发自内心地赞叹道：“夫君，你也太厉害了吧，光是用剑就差不多堆好了，好可爱！”她欢喜地伸手戳了戳。

江绪折了根枯树枝递给她：“剩下的你来。”

明檀迫不及待地点头，凑近半蹲下身，用树枝在雪狮身上描绘毛发。只不过倏然离开暖炉捧着冰雪，手冷得紧，用一会儿左手，就不得不将其拢进衣袖换上右手。

好在剩下不多，不一会儿，她就弄完了，起身打量了会儿，还挺像模像样，她满意地笑眯了眼。

江绪瞥了眼她微红的手，将暖手炉重新塞回了她的手中。

白敏敏与明檀也算得上是心有灵犀，起床时见外头下雪，便也找了府中孩童一道堆雪狮。

可与孩童一道自是不比与定北王殿下一道，小孩子什么都不懂，帮不上忙就算了，还净给她捣乱。

白敏敏忙活了一早上，差点被小屁孩气晕不说，手还冻得通红通红的，半晌都没知觉。回屋泡了温水，手心又痒又痛，婢女在一旁心疼数落，着急忙慌地给她上冻疮膏。

几日后各府拜年，白敏敏见着明檀，说起堆雪狮一事，谁想不等她诉苦，明檀就兴冲冲说起自个儿与夫君堆的雪狮可爱又威武，还说堆雪狮可好玩了，改明儿下雪她俩再一道堆一次。

白敏敏有些犹疑地问：“你手不冷？”

“为什么会冷？”

白敏敏就奇了怪了，细问之下才知，喔，她所谓的堆雪狮，就是夫君给她堆得七七八八了，自个儿拿树枝在上面胡乱划拉两下，马上抱住暖手炉，就算是两人一道堆的了。

很好，有夫君了不起。不知怎的，她婚事坎坷近两年，头回有了股恨嫁的冲动。

后头的事儿暂且不提，除夕当下，堆完雪狮，明檀拉着江绪一道，给府中的下人们分发了三个月月例的赏银，还感激鼓舞了番，下人们心中皆是欢欣感慨。

其实从前王府也未薄待他们，可府中惯常冷清肃穆，年节里总是少了些人气，如今有了王妃，这节是节年是年的，都有原本该有的模样。

明檀并不知道，这是江绪成年开府之后，头回在自己府中过年。

从前有时在边地，有时在宫中。

在边地还好，虽条件艰苦，但军中伙夫也会做上一顿丰盛好食，并着堆起的篝火，大家围坐一团，喝酒吃肉，也算热闹。在宫中却没什么意思，用顿饭都有无数规矩，他一个人，连盛大的烟花落在眼里，也是冷冷清清，无甚好看。

其实从定北王府朝南的方位，也能看到禁宫中盛放的烟火，只不过今夜定北王府，似乎无人特意守观这一瞬绚烂。

启安堂内，明檀与下头的婢女们笑闹成一团，追着赶着放烟花爆竹。

庭院里头架着火，厨子将腌好的烤羊放在上头来回翻面，油花儿偶尔在火中迸溅，外皮金黄油亮，滋滋冒着响。

旁边挪了张桌椅出来，高汤煮出的锅子泛着奶白色，嘟嘟往外冒着泡，旁边有各色薄切的牛羊肉，水灵的鲜蔬，佐着厨子调出的各味蘸料，鲜美自不需提。

江绪坐在桌边自斟自饮，目光始终追随着那道披着火狐斗篷的娇小身影。

婢女们原本是怕他怕得不行，半点不敢放肆的，可今夜殿下似乎格外好说话，一时忘了尊卑与王妃笑闹，他也没有要动怒追究的迹象。

不过有王爷在这儿，婢女们和明檀笑闹自然也知讲究分寸，没一会儿，明檀累了，坐下缓歇，她们便也知趣地福礼退下。

明檀闹得额上都冒出了细密汗珠，就着江绪斟好的果酒抿了口，满足得笑眯了眼。

见四下无人，她也确认屋中绝对没有密室，借着还未消散的兴奋劲儿，起身挪坐到了江绪身上。

“夫君，今日是我过得最开心的一个除夕了。”她半是撒娇半是认真地看着他，“和夫君在一起过除夕，好像有一种家的感觉，总之，我特别特别开心！”

江绪凝望着明檀，刚想回应些什么，明檀又想起件事：“噢对了，我有礼物要送给夫君。”

她一直贴身带着，低头翻找了会儿，便献宝似的捧了出来。

是他从前就收到过的鸳鸯戏水纹样香囊，只不过这回的香囊配色与之前有些不大一样，底部还缀有同心结流苏。

他接过香囊打开，里头有一束打结的头发。这束头发有长有短，参差不齐。

明檀不好意思地解释道：“我的头发养护得可好了，有些不舍得剪，那夫君的头发我也不敢剪，所以这都是在床上和妆台前捡的。”说着说着，她还变得理直气壮起来，“反正……总之，不是你的就是我的，我中有你，你中有我，便也算是‘结发为夫妻，恩爱两不疑’了。”

江绪审量着，没出声。

明檀觉得自个儿稍稍有些不知羞，哪有结发还不舍得剪发的，夫君该不会是嫌弃了吧？

她有些踌躇，正想问问现在剪上一束还来不来得及，江绪便将香囊拢紧，又收入怀中：“王妃的礼物，本王很喜欢。”

说完他发现不对，还很自觉地改口道：“阿檀的礼物，我很喜欢。”

明檀舒了口气：“夫君喜欢就好。”

“可是，我没有准备礼物。”江绪想了想，“这样，你有何愿望？若我能帮你实现，便当是送你的礼物了。”

明檀压根儿就没想过还能骗上份回礼，一时得了许诺，竟有些不知该许什么愿好。

“唔……让我想想。”她一脸为难。

“新年礼物，过了今晚就不作数了。”

哪有这样的！

明檀控诉地看了他一眼，可还是绞尽脑汁想了起来。

她边想边用了些吃食果酒，很快便近子时，江绪应晕乎的某人请求，抱着她上了屋顶。

定北王府乃亲王规制，屋顶都比旁处高上一些，今夜京中万家灯火，一片明亮，子时夜空升起簇簇烟火，不仅有禁宫的，也有京中富贵人家的，夜空霎时被映照得宛若白日。

明檀靠在江绪怀里看着头顶不停绽放的烟花，还不忘小声唤起自家夫君的记忆：“好看是好看，可并不独特。”

江绪“嗯”了声。

在理县的映雪湖上，他已经见过此生最好的烟火。

喧嚣过后，夜空归于沉寂，明檀半阖起眼倚在江绪怀中打盹，冷不丁地说了声：“下雪了。”

江绪抬眸，还真是下雪了。

起初只偶有冰凉落在身上，不一会儿，晶莹雪花在夜色中又纷纷扬扬飘落。

雪花飘落得越来越密集，江绪怕她着凉，抱着她下了屋顶。

见江绪要抱她进屋，她道：“今夜要守岁的。”

“明日有许多事要忙，不必守了，睡一会儿吧。”

也是哦，除夕松快，往后几天事情可多。想到这儿，明檀也不坚持了，反正府中只有两人，守不守的，两人在一起便也没差。

上榻安置时，明檀还趴在江绪身上不撒手。

迷迷糊糊入睡前，她终于想好了自己的愿望。

她附在江绪耳边，略带困意地小声絮叨道：“夫君，我的愿望便是，新的一年里，你能再多喜欢我一点，比之前多一点，好不好？这样我每年许一次愿，你就会越来越喜欢我了……”

江绪揉了揉她的脑袋。

这个愿望，他好像并没有把握能为她实现，因为现在，他好像就已经，很喜欢她了。

◈ 第十三章 ◈
新岁

岁首之日，皇帝依例于金銮殿行大朝会。

江绪平日惯不上朝，然大朝会不比寻常，不好缺席，是以五更天，他便起了身。

明檀也起了身，她给江绪穿好朝服，还不忘在他裤管里绑上护膝，絮絮叨叨：“我听父亲说起过元日的大朝会，礼节繁复得紧，跪来跪去的，夫君不常行大礼，还是绑上为好。”

江绪没出声，任由她动作。

帮江绪穿戴齐整后，明檀也披上斗篷，一路将他送至启安堂门口，天色灰蒙蒙的，还未大亮。

她踮起脚在他脸上亲了一下，也不等他反应，便将他往外推：“夫君快些去吧，晚了可不好。”

江绪望着她微微泛红的脸颊，轻轻“嗯”了声，随即转身往府外走。

雪地里逐渐落下一串渐行渐远的鞋印，在明檀看不见的地方，他几不可察地弯了下唇角。

其实对明檀来说，元日的事儿还不算多，去祠堂上香供奉完未曾谋面的公公婆婆，收了一堆相熟不相熟的拜帖，并遣人送了一堆相熟不相熟的拜帖，便也没其他事儿了。

初二才忙得紧，归宁之日，她一早起床梳洗，拉着江绪一道祭了财神，出门时连早膳都没来得及用，只让素心匆忙包了些点心。

出了门，路上车马喧阗，拥堵不堪，因车上备着礼，也不好半道弃车骑马，不远的路程生生耗了近半个时辰。

两人至靖安侯府时，同样归宁的沈画夫妇已经到了，沈画比前些时日又显得圆润了些，小腹也开始显怀。

这归宁聚在一起，男人谈论朝政之事，她俩与裴氏也聊得甚欢。

只不过江绪今日还需入一趟宫，不能久留，稍坐了会儿，与明檀说好办完事来接她，便在午膳前先行离开了。

不曾料，江绪走后没多久，明楚与她夫君冯三郎，竟也特意从禾州赴京归宁。

这是明楚出嫁后第一次回到靖安侯府，她梳妇人发髻，头戴不菲簪钗，身上穿的朱红新袄也是京中时兴的款式，瞧着气色很是不错，看得出，冯家并未仗着上回明檀的谕令苛待于她。

也不知是先前吃了教训不敢造次，还是力图在爹爹面前好好表现以期挽回些消磨殆尽的父女情分，明楚今日见着明檀与沈画，显得格外安分。

她不找事，明檀也就懒得同她计较，只当她不存在。沈画亦是如此。

可明楚的安分总归只是一时，用着用着午膳，她忽然望向沈画，颇为亲切地问："听闻画表姐有喜了？"

沈画稍顿，不失礼貌地点了点头。

明楚又问："不知这有了身孕可有什么忌口。我这两眼一抹黑，还什么都不大清楚呢。"

此言一出，桌上众人皆静了一瞬。

"你这话什么意思，你也有喜了？"明亭远搁筷问道。

明楚低头笑道："是，女儿已有一月身孕。"

冯三郎也忙在一旁补充："楚楚的身孕方及一月，小婿本想着路上颠簸，不宜出门，可楚楚嫁人后还未回过侯府，对岳丈大人思念得紧，且还想着亲自将有喜的好消息告诉二老，小婿拗不过，这才带着楚楚进京拜年。"

明亭远点点头，看向明楚的眼神也欣慰和缓了许多。

"原来三妹妹也有喜了。"沈画柔婉一笑，声音温和地回道，"这有孕之人忌口可多，我这脑子，也记不全，只不过婆母早早便吩咐了，忌口的东西平日全都不做。"

说到这里，她又好奇地问："三妹妹，你这也有孕一月了，没请个大夫仔细列列忌口单子，交由家中厨房吗？怎会两眼一抹黑的？"

明楚："……"

她这般说，不过是为了不着痕迹引出有孕的话头，硌硬硌硬怀不上的某人罢了，这沈画，说话还是时时不忘下套！

明楚没上套，可哪承想她夫君冯三郎生怕被岳家误会自家苛待了她，忙解释道："自然是请了的，大夫列了足足有三页的忌口单子，这些日子府中上下也都没再做过忌口的吃食。"

明楚在桌下掐了他一把，他才反应过来这解释和她先前说的对不上，于是又磕磕绊绊找补道：“楚……楚楚和表姐一样，是，是自个儿不大记得，出门便不知道什么能吃，什么不能吃了。”

沈画闻言，看了明檀一眼。只不过明檀没什么反应，只时不时给明亭远和裴氏夹菜。

明楚不甘心地看她这不当一回事的样子，忍了许久，还是没忍住主动问道：“四妹妹近日如何，身子可有动静？”

“不知三姐姐指的是哪种动静。”明檀掀了掀眼皮。

“四妹妹可别装听不懂了，你与王爷成婚时日不短，难道就没半点有喜的动静？这繁衍子嗣可是大事，四妹妹要上些心才是，若自己不行，府中姨娘生了，自己抱来养也是一样的，生恩不如养恩大嘛。”

明楚到底是没憋住，幸灾乐祸地说了个痛快。

冯三郎察觉不对，拦都拦不住。

明檀轻笑，也没抬眼看她，只四两拨千斤地说起，先前去永春园时在戏台边发生的事——

“……那位淑仪娘娘仗着有身孕，指点起了定北王府的家事，你们猜怎么着？圣上一怒之下，禁了她的足，还降了她的位分。”

宫中有孕得宠的淑仪都因多嘴降了位分，遑论其他人？冯三郎闻言，冷汗涔涔，忙按住明楚不让她再胡说。

明楚白了他一眼。

冯三郎心里头叫苦不迭，委实觉得自个儿这媳妇不知天高地厚了些，还以为是在闺中姐妹别苗头呢，如今人家是高高在上的定北王妃，身份天壤之别，她到底是哪来的胆子随意造次！

明楚也就是面上逞能，听了明檀这明示“管好你自己”的一番话后，心里其实也发虚得紧，再没多吱半声。

归宁再无插曲，虽当着明楚的面，明檀没表露出丝毫异样，可回府途中，她还是不由得惆怅起来，连明楚都已有身孕，为何她还没有呢？

虽然她也没有多想生儿育女，可这能不能有和想不想有是两码事，几次三番被人提起，她心里难免在意。

初二归宁之后，便是亲戚朋友之间的拜年了。

江绪万事不管，全赖明檀这当家主母逢迎送往，当然，这逢迎送往的本也都是她相熟之人。因江绪来府拜年的，仅章怀玉、陆停与舒景然三人。

他们三人是晌午一道来的，虽然熟得不得了，但还是备了不少礼。

可巧，几人落座没一会儿，刚上来盏茶，便有人前来传话说，昌国公府小姐与周家小姐来了。

章怀玉与陆停闻言，都不由得顿了一瞬。

这年节做客倒也不讲究什么男女大防，明檀着人一并将她们请进来，不想，传话时传的两人，进来的却只有一人。

明檀还未发问，陆停就先问了声：“周家小姐呢？”

“回陆殿帅，周家小姐家中有事，临到府外，忽然又回去了。”下人答。

白敏敏觑了他一眼：“还不是在外头听说某人也来了，静婉最是守礼，这婚期将近，男女怎好在外相见，这还要问！”

章怀玉忽地摇开折扇，挑了挑眉，意有所指道：“那这样看来，白大小姐倒是未学到周家小姐半分，明知本世子在此，还巴巴儿进来。”

“你！”

白敏敏涨红了脸，恼羞成怒。

不过很快，她又深吸了口气，怒极反笑道：“章世子可真会给自个儿脸上贴金，谁是因你来的，我是听说舒二公子在此——”说到这里，她笑眯眯地看向舒景然，造作地福了个礼，语调都拿腔拿调地温柔了三个度，“舒二公子，好久不见。”

舒景然头皮都麻了，干笑两声，忙颔首回礼道：“白小姐多礼了。”

章怀玉不淡定了，瞪直眼看了会儿舒景然，又看向白敏敏，手中折扇收起点了点：“你怎么这样？”

“我怎样？”白敏敏理直气壮。

“你是个要许人家的姑娘了，竟还觊觎他人，不知羞！”

“谁说我要许人家了？章世子，饭可以胡吃，话可不能乱说，你喜欢胡言乱语便罢，可别损了我的清白。”

……

这两人也是冤家，从前不识，见面也不搭话，如今倒好，不管何处相见，话头挑起便只能听见两人你来我往互不相让。

明檀好不容易才找着个话缝插上句话，问几人都想吃些什么，她好早些着人去安排晚膳。

只不过今日几人撞一块，晚膳是注定没法在这儿用了。

得知周静婉来了又走，陆停早坐不住，没过多久便寻了借口先行离开。

章怀玉与白敏敏斗嘴半晌，不知怎的气氛忽然缓和下来，章怀玉说起正月里哪家瓦肆的胡人表演格外精彩，白敏敏便和被勾了魂儿似的，忙催着他带自个儿去看。

到最后，留下用晚膳的只舒景然一人。

晚膳后，江绪领舒景然一道去书房议事。

明檀没去打扰。自年前起夫君频频入宫，频频与人议事，偶尔进书房还能看到荣州舆图，她便隐隐有了预感，北地十三州最后未收的荣州，应是要提上日程了。

两人秉烛议到深夜，明檀惦记着夫君晚膳用得不多，着人准备了宵夜送往书房所在的万卷斋。

夜色深重，还未至万卷斋，她便远远瞧见一道身影自侧门悄然而出，往王府后门的方向去了。

明檀略略顿步，那身影绝不是暗卫，瞧着有些陌生，又有些眼熟，她好像在哪里见过……可一时也想不起来。

明檀也没多作纠结，继续往书房走。方跨入院门，舒景然就恰好推门而出。

见是明檀，他拱手行礼："王妃。"

"舒二公子这便要走了吗？我正要拿些点心来给你们填填肚子。"明檀有些意外，从素心手中接过食盒，缓步上前。

舒景然略带遗憾地笑道："多谢王妃美意，不过天色不早了，父亲还在府中等着舒某，怕是无缘享用王妃准备的宵食了。"

这样。

明檀了然，也没强留。

吩咐人送舒景然出府后，明檀独自进了书房。江绪还站在沙盘前，不知在摆弄什么，她将食盒放在桌案上，扫了眼还未收拾的三只酒盏。

"夫君，我着人备了宵食，你晚膳都没用多少，快用些吧。"

江绪"嗯"了声，回身坐回桌案。

他也注意到了那三只酒盏，但坐下用着宵食，他似乎并未有提起的意思。明檀虽有些好奇方才在外头瞥见的那抹身影，可见他没打算提，她便也没有主动追问。

次日，江绪又要进宫。

明檀得闲，心里头惦记着要问问封太医，有没有能早些怀上身孕的法子，是以一早便让人去请。

不巧封太医回老家过年，如今还在归京路上。她想了想，又让人去请了给沈画安胎的仁心堂于大夫。

于大夫听说定北王妃有请，纳罕得紧，心里头七上八下的，边收拾药箱，边紧张地给前来请人的婢女塞银子打听：“姑娘，你可知王妃寻小人，所为何事？据小人所知，王妃一向是由宫中太医请脉的啊。”

婢女笑着将银子推了回去：“于大夫别担心，国子监祭酒府上的二少夫人是我家王妃的表姐，您不是给二少夫人安胎了嘛，二少夫人对您可是赞不绝口，所以咱们家王妃才想请您过府坐坐。”

原来是李家二少夫人推荐，于大夫提在嗓子眼的心总算是吞回了肚子里。

明檀知道，能在京中混出名堂的大夫不会是什么蠢人，在花厅与这于大夫说了几句，便开门见山直接问了。

于大夫行医多年，找他问助孕法子的不是一个两个，他都不需要细想，便可脱口而出。

明檀仔细听着，不时点头。她虽不懂医术，但也觉着这于大夫是有那么几分真本事。

待于大夫说完，明檀又主动道：“那便劳烦于大夫为我把把脉吧。太医回了老家省亲，我也好些日子没诊平安脉了。”

于大夫忙应了声是，殷勤地从药箱中取出脉枕与细布：“王妃，请。”

明檀将手搭了上去。

不一会儿，于大夫便收手温和道：“王妃身子骨稍有些弱，平日多走动走动，饮食上也需多注意些，少食辛辣生冷之物。”

“太医也是这般说的。”

“宫中太医医术精湛，有太医为王妃调养，这身子骨弱些也无甚大碍，王妃宽心，身孕迟早会有的。”

明檀点点头，示意素心奉上诊金。

虽料想他不敢往外乱说什么，但稳妥起见，明檀还是想多暗示两句，教他切勿将今日过府问孕一事说与旁人。只不过她还没来得及开口，下头的小丫头就送了补汤进来。

“先搁着吧，稍凉些便喝。”她吩咐道。

于大夫看了眼，本也没大在意，可那补汤还冒着热气，丝丝缕缕往鼻腔里钻。

等等，他似乎……闻到了某种似有若无的药材味道，极淡，也极名贵，寻常难见。

他只在师父那儿见过一回，本也不敢确定，犹疑着又闻了闻，才问道：“王妃喝的这是？”

“太医特意给我开的养生补汤。”明檀见他神色，察觉到了什么，“怎么，可是……有什么不对吗？”

于大夫心里头咯噔了下。

太医开的，那四舍五入不就是定北王殿下默许的？

于大夫也是人精，脑子稍稍一转就忙紧张应道：“没有没有，没有不对，小人只是随口一问。”

他心里头叫苦不迭，现在就是十分后悔。早知如此，他便不该来这定北王府！也不知定北王殿下知晓今日自己来过王府，还能不能让他见到明儿早上的太阳。

想到这里，他额上不住地往外冒汗，诊金都忘了拿，咽了咽口水，便忙起身告退。

然退至门口，却有人将他拦了下来。

明檀端坐上首，舀了舀那碗补汤，垂眸扫了他一眼：“这汤到底有什么问题，说吧。”

“没有，没有问题。”

明檀静静地看了他一会儿，又缓声道：“于大夫，你是个聪明人。你若说了，王爷是有可能寻你麻烦。可你不说，我现在便要寻你麻烦。”

于大夫吓得腿都软了，不过到这份上，他也没别的法子，只得颤颤巍巍上前，略尝了口补汤，加以确认，赔着小心将里头的门道与明檀细细分说了番。

明檀听完，静了好一会儿，面上也看不出什么情绪。

于大夫小心翼翼地找补道：“这避子汤于王妃身子是无半分损伤的，里头几味药材的确也有温补之效，许是，许是太医一时开岔了方子也说不定。”

明檀没理他，只轻扫一眼，示意婢女将人带下去。

花厅内倏然变得空旷寂静，明檀静坐了会儿，忽又吩咐：“今日之事，不必告诉王爷，那几个小丫头，你好生叮嘱叮嘱。”

“小姐——”

素心想劝些什么，可明檀支额阖眼，不容拒绝地挥退道：“你也先下去吧，我想一个人静一静。”

“是……”

其实请仁心堂大夫入府，原本就是打的给素心看风寒的名号。

江绪回府时，暗卫例行向他禀了府中之事，王妃给身边丫头请大夫的事也略提了提，只不过明檀待下一向宽厚，江绪听了，也没多想。

就这么不紧不慢过了两日，素心眼瞧着自家小姐和没事儿人似的，待王爷也与寻常一般无二，委实是有些担忧。

她家小姐可不是什么能憋事儿的性子，平日有什么，立时便要闹出来，容不得等，可这回……事出反常必有妖。

第三日，太医署那边传话来说，封太医回了，晌午后，会来王府为王妃请平安脉。

明檀耐心等着，待封太医来府，诊完脉，她又如前几日问于大夫那般，开门见山问了问他助孕的法子。

封太医稍顿，垂眸仔细应答了番。

明檀不动声色地观察着他的神情，末了又在他面前喝了碗补汤，可除了在她问询助孕之法时稍有迟疑，封太医面上再看不出半分异样。

今日江绪事多，夜里回府，径直去了书房。

至亥时，明檀提着宵食去探他，他恰好忙完，在书房用了宵食，两人就着清冷的月色缓步走回启安堂，路上闲聊些有的没的，一如寻常松缓闲适。

回屋之后，两人共浴，情到浓时又难得缠绵了番。

风收雨歇之时，明檀喘着气轻声道：“夫君，帮我把枕头放到腰下。”

“做什么？”

“封太医说，这样比较有助于怀上身子。”明檀认真挪了挪位置，声音虽小，却也一本正经。

江绪沉默了番：“上回不是说了，你年纪小，再晚两年生养无妨，不急。”

“可画表姐还有我庶姐都有喜了，这年节里走访拜年，有喜的可不在少数，就我没有，若不是封太医说我身子无碍，我都要以为是我怀不上了呢。”

江绪半晌无言。

明檀恍若未觉，细数着封太医所说的助孕法子，大有要一一试来的意思。

江绪听着，忽然打断道：“不必试了，你暂时还不会有孕。”

明檀顿声，直直看他。

他揉了揉她的脑袋，将避子汤一事和盘托出。

明檀就那么静静地听他说着，心里头却暗暗松了口气。

她是对的，夫君并非故意不想让她有孕。

这几日她心绪十分复杂，脑中闪过无数种纷繁推测，可最后她还是想要相信夫君，相信夫君并非不想与她生儿育女。是以她今日故作不知，从等太医喝补药到送宵食共沐浴，做戏做足了全套，就是想听他亲口说出避子汤一事。

好在，她等到了。

“先前没和你说，是觉得无甚必要，但没想到，你会有如此多的负担。”说完，他又将人揽入怀中，沉静道，“再等一两年，你想生几个便生几个，先等你身体调养好。”

也先等本王收复荣州。他心里默道。

其实明檀嫁入定北王府后调养已近一年，如今生养已无大碍。可荣州一战早晚就在这一两年，战场从无常胜，他若不能全胜而归，那便也无留有子嗣的必要。

他不希望他的孩子与自己一样，还未晓事，便没了父亲，也不希望他的妻子如他母亲一般，独活于世，还有多余的牵绊。

夜深人静，江绪已阖上眼，呼吸绵长均匀。明檀也终于有了困意，入睡前，她乖巧地窝在他怀里，极小声地说了句：“夫君，谢谢你告诉我。”

江绪没睁眼，只在她入睡后，将她往怀里拢紧了些。

其实今日封太医来向他回话时，他便听出了端倪。再一查当日来府为素心看诊的于大夫精通的是妇科，并不擅风寒杂病，他自是不难猜出她已知晓避子汤一事。

今夜种种做戏试探，她要的无非就是他的坦诚告知，既如此，遂她心愿也无不可。他的王妃，总归要让她心安才是。

正月十五，上元。

今年上元不同以往，有宫妃提议于金明池畔设宴，邀皇族宗亲赏灯夜游，成康帝觉得这主意很是不错，早早儿便与章皇后商议了番，预备操办。

江绪先前推了除夕宫宴，上元灯节，成康帝说什么也不许他再推。

明檀本还想着与夫君去南御河街夜游，这下可好，全泡汤了。

想到入宫又少不得要应付那群没个安生的妃嫔，她头疼得紧。

这回金明池夜游是由兰、淑二妃并着近日复宠的柔嫔一道操办的，毕竟年节里头事多，宫里这些事儿章皇后一个人也顾不过来。

兰、淑二妃明檀已经很熟悉了，可这柔嫔，明檀数回进宫，却印象全无。

筵席上，明檀小声问了问江绪：“夫君，这柔嫔娘娘什么来头？”

“本王又不是内侍，怎会知晓。”

“……”

也是，夫君正筹谋收复荣州一事，哪有工夫关注什么后宫妃嫔复不复宠。

下首坐着的是豫郡王夫妇，豫郡王夫妇是京中有名的青梅竹马、少年夫妻。明檀与豫郡王妃时常一道入宫，两人也常有话聊。

这会儿对面柔嫔正给皇上皇后敬酒，豫郡王妃略略倾身，与明檀讲小话道：“檀姐姐可知这柔嫔是何来头？”

明檀小幅度摇头。

豫郡王妃又神秘兮兮道：“柔嫔从前是玉贵妃的人，玉贵妃幽禁冷宫后，她也跟着失了宠。宫里头什么境况，姐姐也知道的，无宠无家世的妃嫔，日子不会好过，是以这两年，柔嫔连在人前露面的机会都没有，皇上也早将她给忘了。”

明檀递出个问询的眼神。

豫郡王妃还要再说，豫郡王却拉了拉她衣角，示意她老实点儿。

她不满地从他手中扯回衣角，继续和明檀八卦道：“听说她这回能够复宠，多亏了淑妃娘娘提携，淑妃娘娘不是有身孕了嘛，想找帮手也是人之常情。柔嫔位分不低，且从前在玉贵妃手下，早就被灌了药，不能生养了……”

豫郡王妃拉着明檀叽叽咕咕没个消停，豫郡王头疼，却也拿她没法儿，只颇为惭愧地看了眼江绪。

江绪倒没觉得有什么，端起侍女刚为明檀斟上的酒，一饮而尽。

今儿是家宴，来的都是皇室宗亲，规矩比平日要松散些，用膳时，还有不少寻常难见天颜的低位妃嫔使出浑身解数献艺邀宠。

不得不承认，能入宫的女人还是有几把刷子，献舞献曲都很是有模有样。

明檀认真欣赏了番，还与江绪小声说道：“方才这位美人的曲子弹得甚是好听，虽然比我差那么一点点，但这曲调倒是有几分新鲜。”

“……”

这句“比我差那么一点点”，就很灵性。

江绪扫了她一眼，不置可否：“你若想学新曲，我让人给你寻些谱子。”

“那倒不用了，我自己也会谱。”她又顺便强调了下自个儿的创作才情。

江绪无言。

皓月初升，舞乐正酣，众人饮酒说笑，一片和乐。

章皇后在上首温婉笑道："今日这宴操办得不错，有劳淑妃、兰妃还有柔嫔妹妹了。"

三人忙起身福礼。

淑妃浅笑着，谦虚道："皇后娘娘主理六宫，最是辛劳，能为皇后娘娘分忧，是臣妾与两位妹妹的福分。且臣妾怀着身子，行事不甚便宜，不过妄担虚名罢了，正经操持的还是兰妃妹妹与柔嫔妹妹。"

兰妃一如既往，声音淡淡："臣妾并未做什么——"

还没等她说完，柔嫔又笑盈盈地抢过话头："兰妃姐姐过谦了，臣妾哪懂什么，淑妃姐姐怀着身子不好打扰，平日拿主意都倚的兰妃姐姐，这功劳，姐姐可不兴推辞的。"

明檀没大注意几人在说什么，只不经意般打量了会儿淑妃的肚子。

淑妃这身孕似乎三月有余了，冬日衣裳厚，还瞧不出显怀迹象，不比下头的佳贵人，小腹圆鼓鼓的，配上她三不五时的挑剔叫唤，还没生，浑身上下就写满了"母凭子贵"四个大字。

明檀有些好奇，趁无人注意，又问了问豫郡王妃："听闻淑妃娘娘是潜邸时的老人？"

"嗯，正是。"豫郡王妃年纪小，知道的事儿却多，抛给她一个话头，她便能不带停歇地说上一大通，"淑妃娘娘在潜邸是太子良媛，位分并不高，不过胜在伴驾已有十数载，虽无生养，但圣上还是让她位列了四妃，且还将难产早逝的王美人之女四公主交由她抚养，也算是十分荣宠了，如今有了身孕……想来离贵妃之位也不过一步之遥吧。"

本朝太子除太子妃外，还能有两位良娣、两位良媛、四位选侍。淑妃在潜邸时只是个良媛，位分的确不高。

然以潜邸老人身份熬个四妃，也算不上什么荣宠，兰妃照样没生养，四妃不也是说坐便坐了。

不过明檀更好奇的是，淑妃如今应已年近三十，是如何在伴驾十数载都无生养的情况下，突然有了身孕?

宴毕，月至中空。众人又随成康帝章、皇后一道起身往外，沿着金明池提灯夜游。

早先在殿内柔嫔便提议，今儿夜游不如来点新鲜的，圣上与皇后分别领着宗室男女，绕金明池两边分游，沿途十步一灯谜，聚首时便看哪边猜出的灯谜多。

这提议有点意思，成康帝没多想便应下了。

是以出了设宴的宫殿，男女便分道而行。

不得不说，这回夜游，操办之人费了不少心思，沿途十步一盏的花灯俱是巧夺天工，美得让人移不开眼，金明池上河灯朵朵，如金莲于粼粼波光上夺目绽放，每隔不远，便有热茶小食，累了还能坐下缓歇，灯谜也出得心思奇巧，有猜字猜诗句的，有猜物件儿的，竟还有需要动手解机括的。

宫妃里头不乏诗才出众者，猜字猜诗，纵是难些，停留半晌也总有人解出，可那解机括的却难得紧。

那盏机括灯做得十分精巧，并不如其他花灯里头点的烛火，它里头放了颗夜明珠，灯面映出的光泽十分柔润，而这灯的谜底便是要拿出里头那颗夜明珠。

几位宫妃上前试了，都没解开，年幼的小公主好奇，也凑近摆弄了会儿，可最后还是扁了扁嘴退下。

明檀与豫郡王妃走在一道，本不欲在这种场合出什么风头，然总有人忘不了她。

佳贵人挺着个大肚子无差别嘲讽了番先前尝试的几位宫妃，还不忘给兰妃拉拉仇恨：“要说这才情啊，咱们宫里头还是得数兰妃姐姐，可惜兰妃姐姐是出题之人，不好解这机括，几位妹妹进宫不久，以为在宫外念过几本杂书便算是才智出众，哪晓得在宫里头，还远远不够看。你们啊，还是得多向兰妃姐姐学习。”

兰妃一向懒得和她计较。那几位宫妃里头有与她一样是贵人位分的，可她挺着个大肚子，谁也不愿和她争嘴，所以也无人驳她，只捏着鼻子任她冷嘲热讽。

本来佳贵人说上几句，这盏灯谜便算过了，抓紧时间解下一盏才是正经，可柔嫔又笑着接话道：“咱们宫里无人能解，可各位王妃、郡主、县主……都还没上前看呢。”

她望向明檀，轻福一礼，声音柔婉恭敬：“早先便听皇上说起，定北王妃聪敏过人，极擅机括，连云偃大师的机括都能解，这灯……王妃可要试上一试？”

明檀顿了顿。

回京时她给相熟的人家都备了手信，宫中也备了一份，可想着宫中什么都不缺，除些特产手信外，她将在理县巧得的那只笼中鸟机括也一并送了。

成康帝很是欣赏云偃大师的作品，得了机括后，还特地找江绪问了番，江绪也没隐瞒，直言这机括是王妃赢来的，所以柔嫔知晓此事，明檀也不算意外。

明檀本欲推托，可佳贵人适时轻笑了声：“定北王妃？只听说定北王妃爱吃荔枝，什么时候又擅解机括了？”

明檀：“……”

不提荔枝她还能忍上一忍，可当着她的面便敢如此放肆，这佳贵人的位分也真是降得不长记性。

明檀扫了她一眼，不轻不重地堵了句：“佳贵人禁足禁久了，消息自然是不甚灵通。”

听到禁足，佳贵人脸色不由得一僵，还想再回些什么，章皇后却略略蹙眉：“佳贵人若是累了，可以先回去歇着。”

佳贵人闭嘴了。

耳边得了清净，明檀缓步上前，打量起这机括灯。

这机括灯有些分量，她拿在手中试着旋转了下底部，仔细听着里头的响动。

咔哒，咔哒……那声音极有规律，每三下便空一下。

她转了整整两圈，终于确定里头应是有凹槽结构，每至凹槽处，便可以往上略推半寸，她摸出些门道来，不紧不慢地边听边试。

闭嘴不足半刻的佳贵人只觉她在故弄玄虚，忍不住小声道：“我瞧着王妃很是为难的样子，时间浪费在这儿，还不如多解几个其他灯谜，估摸着皇上他们也要来了，咱们这才解了多少呀，待会儿输得可别太难看。”

无人搭话。

章皇后专注地看着明檀解机括，也没理她。

她一边觉得待这儿没人搭理很是没趣，一边又想等着看明檀笑话，自顾自碎碎念道：“也不知还要等上多久，臣妾肚子里的龙胎可不能久站，既如此，臣妾还是去旁边休……”

她话还没说完，“咔哒”一声，机括灯开了。

灯的侧面自动往外突开了扇小门，硕大夜明珠由六爪盏托定在中央，光泽莹润，熠熠生辉。

明檀心底一松，不由得弯了弯唇，伸手去取。

可手方碰到夜明珠，她忽然察觉不对——

这夜明珠，竟是烫的。

明檀刚拿出来，立时便想放回，可她还没来得及动作，手腕竟突地一麻，那颗夜明珠就那么滴溜溜滚落在地。

众人轻声惊呼，下意识低头去寻，然人都围聚在一块儿，冬装裙摆俱是厚重繁复，还没见着夜明珠的影子，人群忽又一阵骚动，伴随着一前一后两道尖叫惊呼，婢女们的声音也满是恐慌惊惧——

“娘娘！”

“贵人！”

明檀也被推搡得差点儿没站稳，幸好豫郡王妃从旁扶了一把。

待她站定，不远处传来两道不约而同的惨叫，惨叫过后，又是一阵痛呼——

“好痛，我的孩子！”

明檀脑袋空白了瞬，这是怎么回事，一转眼，淑妃和佳贵人竟双双倒在了地上！

恰好这时，成康帝一行游至前方不远处。听到声音，一行人很快赶了过来。

见摔倒在地的是两位有孕宫妃，成康帝的面色霎时难看起来：“愣着干什么，还不快请太医！”

“已经请了。来人，快将淑妃与佳贵人扶至如烟阁！”面对突如其来的意外，章皇后还算镇定，行事有条不紊，只声音略显紧张急促。

淑妃和佳贵人的贴身侍婢都忙上前，与内侍一道扶着自家娘娘去往最近的如烟阁。

佳贵人原本只是有些隐隐作痛，可一起身，她就痛得头晕眼花了，面上也血色尽失：“好……好疼！”

淑妃那边更是惨烈，侍女吓得断续颤叫：“流……流血了！娘娘流血了！”

侍女手上一片红，淑妃的衣摆也浸出了深色。

明檀的心往下坠着。

成康帝脸色铁青，怒问：“这到底是怎么回事？！”

柔嫔慌忙跪下认错：“都是嫔妾的错，嫔妾非要请定北王妃来解这机括灯，王妃解是解开了，可许是太过高兴，那夜明珠没拿稳，滚落在地，佳妹妹踩着，脚下打滑便摔了下去，淑妃姐姐就站在佳妹妹旁边，也被佳妹妹撞倒在地。”

皇后与兰妃倒是想为明檀分辩，可方才局面太过混乱，她们并未看清都发生了什么，倒是几位低位宫嫔佐证了柔嫔这一说辞。

成康帝闻言，径直望向明檀，目光锐利。

明檀下意识便要下跪，可江绪忽然站到她身前，伸手挡了挡，眸光不避不让，静静地望着成康帝。

成康帝与他对视了会儿，眼神复杂。

周遭很静，气氛因两人的对视倏然冷凝成一片大气都不敢出的死寂。

然最终还是成康帝先收回视线，他什么都没说，只甩袖往如烟阁走。

很快，众人也都跟着往如烟阁去了，灯下只剩明檀与江绪二人。

江绪握住她已然冰凉的手，半晌，她指头动了动，轻声道："对不起夫君，阿檀好像连累你了。"

"与你无关。"

"不，是我大意中计了。"

"无妨，我来处置。"他的声音如沉金冷玉，低低的，却让人莫名心安。

明檀紧紧回握住他，这才从失神的状态中缓缓回过神来。

她迟缓解释道："方才那颗夜明珠，拿在手上竟是烫的。我察觉不对，没敢扔开，只想着要放回去，可手腕不知道为什么，忽然麻了下，等我反应过来，那夜明珠就已经掉在地上了，之后的事情，我也不知道是怎么发生的。"

明檀所言，江绪自是全然相信，他安抚道："无须担忧，有我在。"

他牵着明檀，走到方才淑妃摔倒的地方。

地上还有新鲜血迹，他半蹲下身："手帕给我。"

明檀忙交出手帕。

他拿着手帕沾了沾地上血迹，仔细打量。

明檀也不傻，忽然紧张问道："是人血吗？"

"是。"

明檀还没来得及失望，江绪又道："这女人心思缜密，不会在这种事情上留下破绽。"

明檀怔了瞬："夫君你的意思是，淑妃她……"他是有什么证据吗，竟这般直接地认定了淑妃有问题？

江绪没答，目光巡视一圈，在角落处找到了滚落的夜明珠。

夜明珠已经没有先前那般烫了，可握在掌心，仍有温热触感。

江绪打量了会儿，沉声道："是月光粉。"

"月光粉？"明檀不解。

“北地一种矿石研磨调配出的粉末，呈银色，微微泛光，密闭后再遇气，会快速升温。”

“所以这夜明珠上涂了月光粉？”

江绪不置可否：“走。”

此刻如烟阁内，两间屋子俱是一片手忙脚乱。

佳贵人叫得撕心裂肺，已有早产迹象，章皇后守在她屋中，边安抚她，边吩咐人去找产婆，做好接生的种种准备。

淑妃屋子里只有压抑的啜泣声，太医与成康帝低声回禀了番，而后大气也不敢出地缓缓往外退。

淑妃倚在床头发怔，眼泪无声滚落。

成康帝坐在床边握着她的手，一时也颇觉沉痛。

淑妃的孩子没了，且太医说，淑妃体质本就不易有孕，此番怀上极为不易，这回没了，以后应也不会再有了。

外头佳贵人的哭喊一声接着一声，撕心裂肺地不住喊着：“皇上！皇上！”

淑妃似乎是听得难受，眼泪模糊了视线，可她仍是半支起身子，哽咽道：“臣妾在这里，对佳妹妹不吉利，臣妾……还请陛下准许臣妾，先行回宫。”

成康帝不知该说什么，只紧握住她的手，拍了拍，又沉声保证道：“今日之事，朕必定给你一个交代。朕先让人送你回宫，佳贵人在这儿吵闹，你也没法好生休养。”

淑妃含泪点了点头。

可正当轿辇到达如烟阁外，婢女正要将淑妃从床榻上扶起来之时，江绪与明檀进来了。

见江绪将人牢牢护在身后，成康帝心里压着浓浓不快，阁中气氛也越发压抑。

江绪没管他情绪如何，只开门见山道：“陛下，夜明珠上涂了月光粉。”

月光粉?

成康帝闻言皱眉。

明檀从江绪身后出来，行了礼，不慌不忙地将方才拿夜明珠时所感受到的异样和盘托出。

成康帝听完，眉头皱得越发深了：“照你这么说，是有人在夜明珠上做了手脚，又故意不让你拿稳夜明珠？”

“回陛下，正是。”

内侍将夜明珠呈上前，成康帝拿起来打量半晌，表面微微泛着银光，的确是月光粉。这东西京中少见，保存亦有门道，江启之没可能随身带着，就为了给他那小王妃开脱。

他抬头，目光从兰妃与柔嫔身上扫过，扔下夜明珠，不怒自威：“你们操持的猜灯谜，说说，这到底是怎么回事？！”

兰妃与柔嫔齐齐跪下。

兰妃还没吭声，柔嫔就先喊起冤来：“陛下，嫔妾不知，嫔妾根本就没听过什么月光粉，且这灯谜与宫灯都是兰妃姐姐准备的，嫔妾冤枉！”

兰妃不由得看了她一眼：“柔嫔妹妹这是何意，这机括灯不是你提议的吗？”

“嫔妾也是听陛下说过一回机括之事才有此提议，可嫔妾也仅是提议，余下的难道不都是兰妃姐姐在办吗？”

兰妃还想再驳，然淑妃却虚弱地不可置信道：“兰妃妹妹，你？你为何要这样做？”

“不是我。”

“是与不是，姐姐嘴上也说不清楚，毕竟今夜的花灯与灯谜都是由姐姐预备的。”柔嫔跪在地上又道，“请陛下下旨彻查兰芜殿，想来若是兰妃姐姐所为，殿中定能寻到蛛丝马迹，若寻不到，也可还姐姐一个清白！”

听到这里，明檀不动声色地钩了钩江绪的小指，两人虽未对视，但也已明白对方心中所想。

原来今夜这出戏，还在这儿等着。

一箭四雕，淑妃可真是好计策。

想来此刻兰妃的兰芜殿内，已然有一瓶月光粉在角落等着。

不出所料，半刻后，内侍便来回禀，并呈上了一瓶密闭封存的月光粉。

成康帝扫了眼，又看向兰妃，声音听不出什么情绪：“兰妃，你作何解释？”

兰妃还未开口，淑妃便忽地扑上前，豆大泪珠往下落：“兰妃妹妹，你为何如此害我？你心悦定北王殿下，嫉恨定北王妃，就要借她之手除掉我的孩子吗？”

此言一出，兰妃倏然抬眸。

淑妃直直望向她，似乎已陷入一种失去孩子后口不择言的痛心状态：“你敢说你不是心悦定北王殿下？！”

四下死一般寂静。

成康帝神色难辨。

明檀的心也在慢慢往下坠。

她错了，淑妃这不是一箭四雕，而是想来个一箭五雕——

害佳贵人的胎；掩盖自己未有身孕的真相；让她担上不慎害人落胎的过失；嫁祸于兰妃；还有，离间圣上与夫君之间的信任。

且最为棘手的是，夫君能揭穿淑妃的真面目，却无法左右兰妃如何应对，偏偏最重要的，就是兰妃的应对。

明明不过几息，明檀却觉得，好像过了很久很久。

好半晌，兰妃终于有了动作。

她忽然放下自己的头发，郑重地磕了三个头，眼眶发红。

“臣妾幼时为公主伴读，曾与陛下一道读书，那时陛下躲懒，坐在臣妾身后，先生教书时，陛下贪玩剪下一缕臣妾的头发，惹得臣妾大哭，那时陛下为哄臣妾，曾许诺及笄之时便登门下聘。

“陛下许是幼时不懂事，并未将承诺当真，然臣妾一直当真。臣妾深知后宫多艰，可得知自己能够入宫时，仍义无反顾。这些年在宫中，臣妾从来都无意去争抢什么，也不敢多打扰陛下，只静静在宫中等着陛下闲时来寻。

“那些污蔑罪责，都推到臣妾身上也不要紧，可若要疑臣妾对陛下存有二心，臣妾愿落发为尼，自请长伴青灯，从此不再过问宫中之事，以余生以证此身分明！”

成康帝心头一震：“兰儿，你这是干什么，快起来！”

兰妃倔强地跪着，似乎不还她一个清白她便要在这儿长跪不起。

兰妃此举，显然在众人意料之外，就连淑妃也不由得怔了瞬。

兰妃她……怎么会？她骨子里清高得很，不屑于邀宠献媚，不屑于违心行事，可她现下里竟……

屋中只柔嫔看不明白眼前形势，还往前跪了跪：“皇上，兰芜殿这东西都找出来了，您可不能听信兰妃娘娘一面之词啊，兰妃娘娘她——”

“你给朕闭嘴！”成康帝咬牙切齿道。

柔嫔被吓得一哆嗦，忙将话头咽了回去，还下意识地望了眼淑妃。

可淑妃却没望她。

蠢货。

她都理所当然地以为兰妃是不屑于邀宠献媚违心行事的清高之人，陛下又会怎样以为？

这宫中宠爱从来都是简在帝心，信任自然也是。

兰妃今日做到了这份上，别说只是在她宫中搜出瓶月光粉了，就算她承认是自个儿害的皇嗣，皇上也只会认为她是爱惨了自己，见不得其他女人有他的子嗣，略施小惩便可轻轻揭过。

今日这局，到底是不能尽数如愿了。

成康帝适时下令道："来人，先送淑妃回宫，淑妃小产，悲痛难当，不宜再留在此处。此处有朕在，自会将今日之事查个水落石出！"

兰妃此番诉衷肠已让圣上对她深信不疑，再想将此事推到她身上只会得不偿失，左右最要紧的两个目的已然达到，余下的残局她本也备有两手安排，不是还有柔嫔那蠢货嘛，让其背着便是。

思及此处，淑妃只是配合着做出悲痛难当伤心失魂之态，任由侍婢宫娥将她扶起。

可行至门口时，江绪却忽然出声："淑妃娘娘留步。"

淑妃一顿，成康帝也皱眉望他。

"封太医马上就到。"

"你叫封太医来干什么？"成康帝问。

不待江绪应声，封太医便恰巧背着药箱匆匆入内："微臣给陛下请安。"

"起。"

封太医恭谨起身，又朝江绪点了点头，算是行礼。

江绪扫他一眼："给淑妃把脉，看她是否小产。"

此言一出，淑妃脸色变了："王爷，您这是何意！"

她心中惊诧不已，定北王怎会知晓此事？不可能，绝对不可能。

江绪看都懒得看她，只淡声吩咐："把脉。"

淑妃慌了，错愕半晌，她"扑通"一声跪下，眼圈发红，下一瞬便泣不成声："皇上，臣妾方才口不择言，那也是因失了我们的孩子才一时不察，王爷位高权重，深受圣宠，可又何至于跋扈至此，当着您的面便要如此折辱于臣妾！臣妾今日痛失腹中胎儿，本就不想活了，若还要再受此折辱，臣妾宁愿一头撞死在这儿！"

成康帝："……"

这上元佳节一个个要死要活的，成何体统？！这江启之，净会给他找事！

可淑妃到底不是兰妃，成康帝心里埋怨着，可对她的信任远不及江绪。

他深知，江启之不可能无缘无故做出这般举动，是以淑妃再如何哭闹，他也只是略沉了沉声：“太医都来了，把把脉再回去也不迟。”

淑妃瞪圆了眼，不住往后退。然成康帝都已发话，自有内侍将她按回床上坐着，任封太医为其把脉。

半晌，封太医起身，谨慎道：“淑妃的确有小产之迹。”

明檀怔了怔。

可封太医紧接着又说：“只不过淑妃娘娘的小产之迹是服用药物所致的虚假迹象，实际并非小产。”他顿了顿，“微臣仔细查看淑妃娘娘脉象，淑妃娘娘应是……并未有过身孕。”

屋中除明檀与江绪，所有人都惊了。

“你说什么？淑妃并未有过身孕？”成康帝不可置信地问道。

封太医颔首：“淑妃娘娘脉象全无有喜之状，且今日此种脉象极易误诊为小产，微臣仔细诊验后可以确定，的确是服用药物所致，皇上若不信，可以再请提点大人前来一诊。”

封太医的话都说到这份上了，淑妃面上血色尽失，也已全然不见先前的痛心悲愤，成康帝还有什么不明白的。

江绪又适时接过封太医的话头，没什么情绪地说道：“沈玉将灵州账册与行贿名册送入宫中当日，勤政殿洒扫内侍双禄与同屋内侍换班，偷偷去了趟栖云宫。”

栖云宫的主位便是淑妃。

成康帝听到这里，慢慢回过味了。

所以这一切，全是由淑妃策划？

在他动手处置之前先发制人，以多年相伴与腹中龙子为筹码保全父兄。

只是这假孕瞒得了一时，瞒不了一世，月份渐久，肚子却不显怀，再往后便要瞒不住了，所以她就想借定北王妃之手顺理成章落了这胎，顺便害下佳贵人腹中龙子，再全数推给兰妃，另以定北王妃之罪责与兰妃之爱慕让他对江启之心生嫌隙。

她许是还料定了江启之手握重权，即便他对江启之心生嫌隙，也不会立时与之翻脸，所以无论如何都不会处置定北王妃。

既不能处置定北王妃，便只能对她这受害者加以补偿，父兄得以继续保全，她甚至还能因此得以晋升——

成康帝脸色铁青，从齿缝里挤出几个字："你这毒妇！"

淑妃坐在床上，浑身泄力，眼泪一颗颗往下砸，她伸手用力抹去，面色是前所未有的平静。

她是聪明人，从来不做无谓的挣扎，事已至此，再多狡辩都是无用，这位定北王殿下显然是有备而来，太医、内侍……那些原本可以瞒天过海的蛛丝马迹想必此刻已全数被他握在手中。

她不知想到什么，忽然轻笑一声："臣妾是毒妇，没错。"

她转头，目光从柔嫔、明檀、兰妃身上一一停过，又略抬了抬，对上怒不可遏的成康帝。

"可这宫中，谁又从一开始就是毒妇？而今种种，还不都是拜陛下所赐！"

她仰着头，眼泪从鼻上滑过，泪流着流着，她唇角又往上翘了翘。

"兰妃与您幼时相识，可臣妾也是十六便入东宫。臣妾家世不显，刚入东宫时，只是个小小良媛，什么都不懂。

"入宫给皇后娘娘请安闹了笑话，回东宫后，臣妾羞愧得不敢出门，您亲自来臣妾院中劝慰臣妾，说当初选了臣妾，便是看中臣妾天真淳善，皇上您可还记得？

"那时我以为，您所说的看中，便是真的看中。可后来才发现，您可以看中臣妾天真淳善，也可以看中其他女人婀娜多姿、能歌善舞、温柔小意、明媚大方……您看中的未免也太多了！多到东宫装不下，这后宫也装不下！

"臣妾也一次次期盼，一次次希冀，可到最后，总是失望，后来臣妾才明白，您看中的这些里头，最没用的便是天真淳善！臣妾若是十年如一日天真淳善，白骨怕是都早已经成灰了，哪还能站在您面前告诉您，您的喜欢与心意到底有多廉价？"

她边说，边抬眼望他，唇角往上扯着冰冷讽刺的弧度。

成康帝怒极，面上抽动着，已说不出话。

然淑妃却已无所畏惧，只自顾自道："有时候我真羡慕定北王妃和豫郡王妃，有那么好的家世，还不用进宫蹉跎一生。这宫里的花，不论如何名贵，如何娇艳，要么被人修剪，要么无人欣赏，要么零落成泥，总归是不会有什么好下场。"

随着她的话音落下，屋子里也再次陷入死一般的寂静。

"皇上！佳贵人难产，血崩了！"正在此时，外头有人着急忙慌进来传话。

成康帝一听，回身便往佳贵人屋里走，走至门口时，他顿了顿："先将这毒妇给朕看好了！”

淑妃在后头扯出抹了然又讽刺的笑，她目光缓慢地移着，移至兰妃身上时，没头没尾地说了句：“本宫倒是低估你了，没想到忙活一场，到头来却为你做了嫁衣裳。”

她才不是要害佳贵人的胎，七个月，胎都已经成形了，若此时佳贵人来个难产而亡，那生下的皇子或是公主必要寻一位养母，试问这后宫之中，又有谁比她这痛失龙胎再也无法生养的高位嫔妃来得更为合适？

膝下再添一位皇嗣，贵妃之位就近在咫尺。若是位皇子就更好了，佳贵人出身陇西杜家，为扶皇子，她不愁拉不拢杜家做她身后靠山，如此一来，她的父兄也有了更为强劲的助力。

这般好的算计筹谋，却偏偏要织与了兰妃，想想，也真是讽刺。

兰妃起身，平静地看了她一眼，什么话都没说。

亥初，佳贵人产下一位小皇子，自己却因失血过多昏迷不醒。太医称佳贵人血崩之势已然损了身子，即便是醒了也撑不了多少时日。

成康帝闻言，沉默良久，着即下旨晋佳贵人为佳嫔，连跃两级。

淑妃被带回栖云宫严加看守听候发落，柔嫔则是连句辩解的机会都没落着，便被打发去了冷宫。

正月十五的圆月高悬，清冷明亮，显江上应是正在燃放烟火，两岸又是“一夜鱼龙舞”的灯火盛景，而这深宫之中，却冷寂得紧。

出了如烟阁，明檀站在台阶上，很轻地说了声：“多谢。”

兰妃站在明檀旁边，声音淡而缥缈：“不用，我只是……实话实说而已。”

她不能承认她心悦江启之，更不能表露出半分异样，从前不能，现在不能，以后不能，对谁都不能。

她犯不起一念之差的清高，那一念之差，会毁了自己，毁了家族，也可能会毁了江启之。代价太沉重，她承受不起。

终究，她也只是一介俗人罢了。

淑妃以为她赢了，可只有她知晓，在自己心悦之人面前对其他男人违心诉衷肠，到底是一件多么难受的事。

更可悲的是，她会如此这般，难受一生。

许是难受着难受着，从今往后也能慢慢习惯吧，总归也从未是彼此的良人。

宫门已经落钥，今夜注定留宿宫中。

明檀与江绪缓步走往暂歇的华音楼，途中，她问及许多从前不知之事。譬如行贿名册与淑妃有什么关系，又譬如他是何时发现淑妃这孕怀得另有门道。

得知勤政殿的内侍是章皇后查出来的，明檀又是一阵愕然。

皇后？这里头竟还有皇后的手笔？那如此说来，皇后也早就知晓淑妃假孕一事了？可皇后从头到尾都未沾半分，就连今夜事发，她也是守在佳贵人的屋中……

想到这儿，明檀恍然——

这就是皇后的高明之处了，她是母仪天下为人表率的皇后，很多时候她什么都不用做，只需要将自己从纷争里摘出来，避开皇上可能面临的难堪时刻，便永远都会是大显人人称颂、皇上也无比认同的贤德仁后。完美，无可挑剔。

只不过今夜听了淑妃所言，她莫名有些感慨，又莫名有些好奇，从来都无可挑剔的皇后娘娘，会否也曾有过少年意动的时刻？

可惜，她无从知晓，且就算是曾经有，如今应也不会再有了。

明檀看着清冷月色，忍不住小声道："这样算来，皇上辜负了好多女子啊。"

"你情我愿，何谈辜负。"江绪并未如她有所触动，还妄图纠正她，"后宫本是朝堂家族之间的制衡交换，如若不愿，皇上并不会逼她们入宫。世上之事，有得必有失，既要家族荣宠，又要帝心如一，话本都不敢如此作写。进宫之日她们便该想到，一国之君，不可能终日耽于情爱。"

明檀沉默了番，道理她都懂，可她还是忍不住小声驳道："话本敢呢，我都看过好几本。"

"……你看的话本自是与众不同，什么都敢，不是还敢写一夜要七回水吗？"

"……"

明檀瞪直了眼，忽然奓毛！

这夜宫中众人注定难眠，明檀也没睡好。

次日一早，天蒙蒙亮，明檀便拉着江绪，在开宫门的第一时间回了定北王府。宫里乱作一团，好不容易将自个儿摘出来，她是万万不愿再往里掺和了。

没过几日，宫中传出消息，佳嫔薨了。

皇上下旨，佳嫔诞育皇嗣有功，特允以妃礼厚葬。

她生了皇子，走之前连升至嫔，还以妃礼厚葬，杜家自然没什么不满，甚至还想借着这荣光，给她庶兄谋个礼部的职缺，圣上不喜这作态，然为补偿杜家，还是允了。

明檀听江绪这般说起，心中很不是滋味。

身世再好又如何，被送进宫，就注定只是用来交换利益的棋子，利益既已到手，人死人活，对家族来说似乎也没那么重要了。

她虽不喜佳嫔，但佳嫔也只是说话难听了些，并未做过什么伤天害理的事，一条鲜活生命骤然消逝，却只换得利益三两，不免让人心有戚戚。

至于佳嫔生下来的小皇子，皇上似乎有意记到兰妃名下。

这倒是件好事，兰妃性子素来清冷，不大与人结交，养位小皇子，怎么也能排遣几分深宫寂寞，且小皇子有高位母妃，在宫中的日子也会好过许多。

作为所有事情的始作俑者，淑妃自然没什么好下场。她先是被囚于栖云宫，后又有贴身婢女主动寻至皇后宫中，交代了她这些年对其他妃嫔皇嗣做过的阴损事儿。

别看淑妃平日不争不抢，惯以温婉贤淑模样示人，这些年宫里头出的大事小事，竟多半都有她的手笔。

皇后一一查来呈禀，成康帝越听，面色越是沉得滴水。他从来不知，素日良善的枕边人，竟能狠毒至此！

他原本念着往昔情分，只打算将其贬为美人，打入冷宫，可如今看来，仅是这般也太便宜她了。

“这毒妇，万死亦不足惜！”成康帝拍桌起身，“来人，传旨，淑妃戕害妃嫔，谋害皇嗣，祸乱后宫，作恶多端！即日起褫夺封号，贬为庶人，赐白绫一条，以恕己身之罪！”

淑妃似乎早就料到会有这一结果，白绫赐到时，她极为平静地屏退左右。

半刻后，屋中传出凳子倒地声，内侍再推门进去，她闭着眼，已没了气息。

淑妃被赐死，早先因她有孕一直无恙的父兄自然也难逃其责，那受贿名册上的一个个追究过去，尤以她父兄获罪最重，免职抄家，流放边疆，子孙三代不得归京。

此间事毕，见识了帝王之怒，宫中总算消停了阵，宫妃们循规蹈矩安守本分，连偶遇邀宠等事都许久未生。

宫中消停，宫外就也安生，明檀乐得多日不必入宫，闲来无事，陪周静婉一道绣了绣嫁妆。

出正月，周静婉与陆停的婚事就要提上日程了。

按理说，成婚前男女是不该见的，可陆停惯不是个讲究人，正月里头就往周府拜年拜了三趟。

周静婉无法，只得在府中假装与他偶遇了回，省得他见不着人还得再来第四趟第五趟，到时传出去，可真是要笑死人了。

听了周静婉埋怨，白敏敏在一旁给她们理着丝线，调侃道：“你可别得了便宜还卖乖了，谁不晓得陆殿帅为了娶周大才女，京中书斋书局翻了个遍，什么古籍古画都给买了回去，就连人家镇店之宝都不放过。”

明檀也不忘一唱一和地揶揄：“何止京中的书斋书局啊，就连宫中的藏书阁也被陆殿帅打劫了回，上回进宫，皇上还与我家夫君说……是这样说的，咳咳！”

她停下针清了清嗓，学起了成康帝的语气：“这陆停可真不客气，朕让他去藏书阁随便挑，他还真挑起来了，自个儿挑还不够，还问内侍哪些比较珍稀！”

“真有此事？”

“这还有假！”

“不行了，笑死人了，陆殿帅怎的这般有趣！”白敏敏捂着肚子笑个不停。

明檀也掩唇，跟着她笑作一团。

其实她这模仿也没夸张，只不过她还省了最为要紧的一句。

成康帝当时郁闷完，还犹疑地望了眼江绪：“他这该不会是和你学的吧？”

她当时在一旁听了，臊得差点没找条地缝给钻进去。

周静婉本就面皮薄，这会儿被两人说得脸颊通红，也臊得就差找条地缝钻进去了。

她羞恼着，不知想到什么，忽而又轻声慢语将话题转移到了白敏敏身上：“你还有闲情说我，连方手帕都绣不好，以后要皇后娘娘如何看你！”

“我又不是要嫁给皇后娘娘，况且皇后娘娘说，就是喜欢我开朗活泼，这不是很好吗？”白敏敏大言不惭，“还有章怀玉，哪里值得我给他绣手帕！”

周静婉一直拿眼瞧她，闻言忽地一笑，语气也倏然变得揶揄：“瞧瞧，谁成天嚷着章世子不如舒二公子品貌过人，不想嫁给章世子来着？连皇后娘娘喜不喜欢、要不要给章世子绣手帕都考虑上了，可见某人真真是心口不一！”

白敏敏顿了瞬，这才反应过来自个儿被套话了。

她放下手中丝线，去挠周静婉细嫩的脖颈：“好啊周静婉，这还没嫁人呢，怎的就会套话了？定是陆停那厮给你带坏了！”

周静婉怕挠，却知白敏敏也怕，忙伸手反击。

明檀乐得在一旁看她俩互挠，时不时帮白敏敏一句，又附和周静婉一句。挑事挑得正欢，两人不知怎的反应过来，冷不丁一齐将矛头对准她，翻起了她当初成婚前干过的糗事儿，还一起上手挠她，她自作孽，自是被挠得连声告饶。

◈ 第十四章 ◈
秋猎

十五一过，很快就出了正月。

宫中之事虽已平息，然这上元宫乱见血，终归不是什么好兆头。

方出正月，钦天监监正便向成康帝急禀星象，说是近日观星，南方星宿频频异动，先是有客星入东井，后又有陨星如雨，倾落南方。

监正躬身提醒道："陛下，常星二十八宿，乃人君之象，众星，乃万民之象，众星陨坠，恐民失其所啊。"

南方。

成康帝皱眉思忖。

可还没等他思忖出个所以然，禹州竟也传来消息，说是近日引川道人出没于禹西地区，与人交谈时，下一谶言曰："海龙王出世，巫以玉事神，祸也。"

这引川道人与云偃大师一样，都是高宗时期的能人，高宗曾称其"知虑绝人，遇事能前知"。

他云游四方，隐世多年，自高宗崩后再未出过谶言，如今此谶，饶是成康帝不信鬼神，也不得不重视几分。

当夜，成康帝急召江绪入宫。

江绪道："引川道人并非故弄玄虚之宵小辈，高宗时曾预稆河决堤、崇县蝗灾，还有南夷入关。"

成康帝面色凝重地点了点头："所以朕才找你来。"

江绪走至御案前，与成康帝比肩而立，他提笔，在纸上行云书成略显繁复的"靈"字，而后两人静默，半晌无言。

巫以玉事神，这是指靈（灵）。

成康帝先前听钦天监说起南方，还在想，是不是正值开港之际的桐港要出什么事端，而今合上引川道人的谶言，才发觉要出事的，许是灵州。

"海龙王出世，你觉得该作何解？"成康帝又问。

江绪声音沉静："海龙王出世，无非是灵州要反，海寇之乱，抑或是，海溢。"

依目前情形来看，除非宿家失心疯，嫌日子过得太舒坦，否则不可能妄动。

海寇之乱……高宗时有，然至前朝，灵州港已繁盛非常，海贸也已渐趋成熟，海寇极为少见，纵然有，也不过作乱三两回便被剿灭，成不了什么气候。

所以若是海溢——

成康帝沉默半晌，忽道："朕倒宁愿是宿家要反，或是海寇侵袭。"

海溢之难，绵延千里，尤其是灵州此等重地，死伤将以数百万计，百姓流离失所，诸灾频起，乱象必生。

"寿康宫如何说？"江绪问。

成康帝静了片刻才答："朕让钦天监监正去过寿康宫，也着人送了引川道人的预谶过去，寿康宫那边只四个字，无稽之谈。"

灵州从无海溢前例，如今若说灵州可能海溢，宿太后定不会信。即便是有引川道人之言，她多半也只会疑心成康帝寻了此人出山，意图以预谶之言逼迫她交出灵州港。

退一万步说，即便信了，宿太后也不会做什么。

若是即将海溢，灵州必将闭港，如今灵州海贸一日进出之体量，闭上一日，损失都不可估量。且还要让灵州百姓往外撤出……灵州可不是什么小地方，阖州之众外撤，从何撤起，撤往何处？宿家又要如何？

这里头顾虑太多，牵一发而动全身，她只能选择不信，也只能祈祷，这只是成康帝意图夺回灵州一场局。

其实这结果可以想见，可江绪听了，还是不由得沉默了瞬。

海溢之灾不同于其他，防无可防，灵州堤坝建得如何坚实，也只是用来抵挡寻常可见的海潮倒灌，海溢一来，全数溃堤，从古至今无人可抵。

为今之计，只有将百姓尽快撤出，才能尽量避免难以估量的惨重伤亡。

只不过灵州如今尽数由宿家掌控，宿家不动，此事就难行进，可江山社稷，从无易事，便是难，为君者也不得不一往无前。

次日早朝，钦天监监正在成康帝授意下再提星象一事，左相也得了成康帝授意，在朝堂上提起引川先生的谶言。

"引川之谶直指灵州，海龙王出世，极有海溢之嫌，再合星象……臣以为，应立即关停灵州港，安排灵州百姓撤离事宜，以免海溢突来，尸横遍野。"

有宿家一系的官员出列驳道："方士危言耸听，岂可尽信？灵州港关停，无异于断我大显海贸之路，万万不可！"

"引川又岂是寻常方士，刘大人是在说高宗识人不清吗？"左相逼问。

两人正要争起来，另有人出列禀道：“引川先生自是世外高人，然此谶也未必指示灵州，南方沿海城镇名中带‘灵’的一共有八处，灵州此前从未有过海溢前例，反而是汝州灵惠县曾出海溢。

“再者，‘海龙王出世’是否预示海溢犹未可知，微臣以为此事还需从长计议，毕竟灵州港极为紧要，贸然停港撤民，若无事发生，灵州百姓必会怨声载道。”

“此言有理。”

“向大人所言极是。”

宿家一派纷纷应和。

“极是什么极是，海溢还会等诸位大人从长计议吗！”江绪忽出声道。

他平日从不上朝，可为谶言一事，今日也难得站在了朝堂之上。

无他，纵观大显朝堂，众人皆惧的杀神唯定北王殿下耳，事关重大，群臣相争，若无人主话，何时能议出结果，是以成康帝昨夜特地嘱他今日必须上朝。

果不其然，江绪此言一出，骇于定北王之威，半晌无人相驳。

“百官入朝，将士杀敌，皆为国为民。如今民或有难，自应及时提防不计代价。陛下既有此意，哪怕此谶为虚，百年后史书工笔，也只会由陛下担此罪责，言陛下愚听方士谗言，净撤一州百姓，又与各位大人何干？”

成康帝：“……”

放心，若真有那么一天，史官也不会放过你这力主撤民的定北王殿下。

江绪冷淡往下扫了圈：“反是诸位大人今日阻挠停港撤民，不日若海溢来袭，伏尸千里，会否又要言，天之祸，乃为君者不正不端，不仁不勤，迫陛下下罪己诏，承此祸责？”

往下鸦雀无声。

没错，宿家一派还真这么想。

历来天地有异，那都是为君者德行有失，不配其位，若灵州海溢无可逆转，只需稍加煽动，民愤便会聚集于成康帝这一国之君身上，他好生背着这口锅，盘踞灵州的宿家也就能干干净净摘出来了。

至于宿家与宿太后，就想得更深远些。

灵州若真海溢，于他们而言是危机，也是转机，帝不配位，招致祸端，换德行兼备之君自是顺理成章。

这也是昨夜江绪与成康帝所顾虑过的，灵州倘失，宿家无所倚，亦无所惧，极有可能背水一战。

如今倒也不怕宿家的背水一战，只是若真到这般田地，民怨四起，民不聊生，推责于君主，成康帝便是避无可避。

是以江绪才在朝堂之上挑明此事——今日君要救民，百官不允，他日百官可愿承受史书之上千夫所指遗臭万年？

朝堂寂静，无人应声。

良久，成康帝沉声出言道："传令，灵州即日闭港，沿海十三城百姓尽数回撤灵西地区，禹州、甘州十日不闭城，纳灵州百姓避灾，不得有误！"

成康帝的圣旨是下下去了，可灵州这地界，执不执行，如何执行，全在宿家。他们若不想闭港回撤，便能寻出万般事端相拖，所以今日朝堂上议着，昨夜定北军早已八百里加急传信，着说书先生在灵州境内大肆宣扬引川先生神通，并引出"海龙王出世"的预谶。

宿家正竭力遏止这些说书先生危言耸听，四下又流传起了数首海溢预言的童谣，再加之灵州数地确实异象频出，空中飞禽，林间走兽，多呈躁动不安之态。一时间海溢之论在灵州境内街知巷闻，闹得是人心惶惶。

灵州富庶安逸，自有人不信传言风雨不动，可胆小怕事的也多，尤其是没什么身家的，来去避灾也不过换个地待着，损失不大，是以宿家在灵州一力弹压，却抵不住百姓蠢蠢欲动的离城念想。

两日后，申初时分，灵州泉城忽而地动山摇！地面龟裂出纵横沟壑，伴随着如闷雷般的轰隆作响，无数房屋坍塌倒败。

"地龙翻身了！地龙翻身了！"

"快跑啊！"

"别躲在下面，往城外跑！"

……

前后不足一刻，往昔繁盛的泉城就变得面目全非，惊惧哭喊不绝于耳。

然这只是噩梦开端，是夜，灵州港海溢，狂风忽作，疾风暴雨，海浪卷起足有两丈之高，凶猛浪潮瞬息冲垮灵州港坚实护堤，以不可阻挡的奔涌之势席卷吞噬。

灵州沿海十三城，一夜之间，损毁泰半，百姓死伤不可计数。

但这不算是最坏的结果，海溢之前，已有数十万百姓撤至灵西地区或是远避至禹州，逃过一劫。

“灵州海溢？”

明檀听到这消息时，整个人都蒙了。这几日她全副心思都在周静婉的婚事上头，见自家夫君日日早出晚归，只当是为荣州之事力图筹谋，却不知竟是灵州海溢了！

灵州此等繁华富庶之重地，数百年来都无事平安，如今竟因地动海溢成为大片废墟，她委实有些不敢相信。

别说她不敢信了，京中百姓议论纷纷，俱是觉得不可思议，这海溢本就是稀罕事，史书记载也多是偏远小地，灵州港海溢，搁从前，简直是想都不敢想。

如此重灾，虽于灾前就已下令停港撤民，然带来的损失仍是不可估量，后患亦是无穷。

灵州停港，海贸暂闭，灵州百姓流离失所，流民四窜，偶有暴动起，生出不少事端。

因灵州境内死伤无数，尸体又难得到及时处理，开春天气回暖，刚被灾难侵袭的灵州又传起了一场时疫，这场时疫随着四窜的流民扩散开来，甚至传入了上京。

多事之秋，江绪连荣州之事都只得暂搁，成日脚不沾地，接连数月少见人影。

明檀也不敢在这种时候给他添麻烦，只能将定北王府管得如铁桶一般，绝不让定北王府也有沾染时疫的可能。

除不敢添麻烦外，她也时时想着略尽绵力，时疫及上京，她便细细翻阅起王府账簿，与福叔商量着，以不知名身份捐出了大笔金银，还和白敏敏、周静婉等人一道，在城外支起了多家药棚，请大夫坐诊，供给大量药材，为京中感染时疫者提供救助。

若说这场海溢带来了什么微末好处，那大约便是，成康帝不费兵卒，便从宿家手中拿回了灵州。

只是如今的灵州已然千疮百孔，百废待兴，有过海溢之例，此地绝不能再开海贸，只能将从前的灵州港，慢慢转移至如今正在兴建的全州桐港。当初择了桐港另行开港也是万幸，否则大显海贸，还不知何时才能得以起复。

……

这场远在千里之外的海溢之灾所带来的后患，从成康七年出正月一直绵延至成康七年的深秋。

时疫绝，灵州稳步重建，朝廷倾全力兴建桐港，力图在最短时间内将其打造为替代灵州的第二港口。

昔日藏于崎岖旮旯中的小镇，渐渐露出欣欣向荣的崭新面貌。

这大半年，成康帝因灵州之事忙得近乎喘不过气，期间还在江绪布局下，无形消弭了宿家的垂死反扑。

宿家也是走投无路了，天晓得好端端怎会真生出什么海溢之事！世代盘踞扎根的灵州顷刻毁于一旦，且还不是毁在成康帝手中，想想也甚为憋屈。

没了灵州，没了海贸，宿家便是一盘不足为惧的散沙，成康帝想要对付，简直就是易如反掌。

宿家很有自知之明，自知已经走到绝境，等成康帝解决完海溢后患，就会拿他们来祭灵州百姓亡魂。所以也不等这缩脖子一刀，想来一招先发制人，里应外合，来场出其不意的宫变。

为此他们还暗中联系上了被成康帝打发回云城已贬为宜郡王的宜王等人，打算在宫变弑君后，推生母不显，还是孩童的二皇子上位。

届时尊宿太后为太皇太后，以二皇子年幼为由，着太皇太后垂帘听政，再以宿太后所出的康亲王为辅政大臣，如此便可将皇权牢牢握在手中。

他们挺敢想，宫变之计也筹谋得挺细致，仔细想来，也并不是完全没有成功的可能，毕竟朝政正乱，成康帝手边有永远也处理不完的政务，宫中的确是疏于防备。

可败就败在，他们遇上的对手是大显战神，定北王殿下。

定北王坐镇上京，让他们整场背水一战的紧张筹谋，最后变成了一场刚刚开始就已经结束的笑话。

无他，早在灵州停摆之前，江绪就对他们有所防范，且此处又不是他们逍遥自在的灵州，一举一动皆在津云卫眼皮子底下，江绪又岂会容他们在上京城里如此放肆。

倒是他们还白给陆停送了个护驾大功，陆停也不客气，事后便用这功劳为新娶的夫人谋了个诰命。

这大半年忙于收拾灵州的烂摊子，成康帝什么事都没办过，盛夏酷暑也是在宫中生生熬着，都未如往年移驾永春园避暑。

深秋之际，终于能缓歇口气。

成康帝兴之所至，要于京郊皇林，来场秋猎。

秋猎年年都有，然出阁前明檀非皇家女子，又身无诰命，不得参加，去岁与江绪一道南下，回转时又将将错过了这一盛事，所以今次秋猎，明檀是极想去瞧瞧热闹的。

“也好，这些时日你闷在府中，也该出去透透气了。你从前不是做过骑射服，刚好可以穿上。”书房内，江绪边看西北发回的密报，边随口与明檀说了句。

明檀在心里头翻了个天大的白眼，放下墨锭，强调道：“骑射服已经是去年初夏做的了！”

“那便做新的。”

“用夫君送的过时一年多的雪缎吗？”

江绪无言，半晌，默道：“王妃不是要节俭？”

“那这次不一样！”

“如何不一样？”江绪将密报重新封好，抬头看她，颇有几分洗耳恭听的意思。

明檀挪着小碎步，蹭到他怀里坐下，又搂住他的脖颈，看着他眼睛道：“这次南律的五皇子与六公主不是要来嘛。”

“来便来，与你何干？”江绪的目光不避不让。

明檀与他对视了会儿，见他毫无心虚之意，目光又自上而下流连，停在他胸口，伸出根食指，在他胸口一下下戳着，语带威胁慢条斯理道：“你说与我何干？”

江绪在这种事上，反应总是不够敏锐。

好半晌，他在明檀一口一个“南律六公主”中，终于迟缓地明白了什么——

“无稽之谈。”

“既有此传言，总归不会是空穴来风。”明檀又环得紧了些，不依不饶。

江绪沉默了番，一时也无从相驳。

这传言原是从南北商贩口中传至京师的，说是那永乐公主翟念慈去南律和亲后，南律顾着大显，对她也算礼遇有加，可后来也不知怎的，她竟与南律王后所出、集万千宠爱于一身的六公主在一场宴会上发生了争执。

而这争执，竟是为大显的定北王殿下——

传言说，定北王殿下舞象之年曾随使团出使南律，那时南律六公主才十来岁，其父还未上位，在宴上，她对定北王殿下一见倾心。

待南律新王登基，欲与大显结亲以固两邦之好，南律六公主便去她父王跟前撒娇卖嗔，想让父王去求这门婚事，只不过她不知，她心心念念的定北王殿下已迎娶王妃。

得知此事，六公主狠闹了一场，蛮不讲理地让她父王修国书，让大显皇帝命令定北王休妻，南律王险些被她气晕过去。

且不说大显皇帝命不命令得动定北王，人家王妃家世煊赫，其父在大显手握重兵，大显皇帝又岂会发了昏干这等蠢事？这国书修过去是嫌南律日子过得忒舒坦了些是吗？

好不容易按下这话头安生了几日，六公主竟又说，只要能嫁给定北王殿下，做妾也无不可。

她也许是无不可，可南律王还要脸！

她乃王后所出，是南律最为尊贵的公主，上赶着给大显王爷做妾算怎么回事？为防这爱女再生出什么奇思妙想，南律王火急火燎遣派使臣向大显求娶公主，总算是绝了她这一念头。

只不过南律六公主心有不甘，竟将此事怪在了前去和亲的永乐公主身上，觉得若非这永乐公主先一步嫁到了南律，她就能如愿当上定北王侧妃了，是以在南律宫中，她时常寻永乐公主麻烦。

可永乐公主也不是什么好性儿，忍了几回，某回宴会饮了酒，便与她当众争执起来，还让她认清自个儿，少在那儿成天白日做梦！

其实这传言去岁便有，个中细节原委都传得有鼻子有眼，明檀觉得很有那么几分可信。

然南律距京千里万里，她倒也管不上那么远，且夫君受欢迎，她也面上有光，姑娘家小小的虚荣心嘛。只不过这远在南律是一回事，而今随使团进京朝贡，还要参加秋猎，就是另一回事了。

江绪见自家小王妃摆明了是不想放过他，沉默了半晌，还是问了声："你待如何？"

明檀等的就是他这句。

"那人家想和夫君做一样的骑射服嘛，那种一眼望去，就知道我是夫君王妃的骑射服。"

"你与本王一道，谁不知你是本王王妃。"

"我不管，我就要做，夫君不做就是不爱我。"明檀缠着他，小声撒娇。

江绪："……"

大庭广众之下穿一样的骑射服，且以她做衣裳的眼光，必然是华丽非常，他觉得委实不必。

然夜色沉沉，小王妃以色相诱，此局仍是以定北王败北终了。

数日后，京郊皇林秋猎。

作为近半年来京中举办的第一场盛会，自是百官齐聚，热闹非常。

江绪与明檀到猎场时，大多数人已经到了，见一双璧人着一黑一白两套绣样一致的骑射服入场，众人目光都不由得落在了两人身上。

明檀在这种大场合素来是行走的礼仪范本，端庄娴静，光彩照人，一行一进既不刻板，也不轻佻，大显贵女风姿在她身上似乎得到最为标准的诠释。

直到向成康帝与章皇后行过礼请过安，在座位上坐定，明檀才不经意般，略往南律使臣的方向扫了眼。

很好，虽然她这一扫并没有精准认出哪位是南律六公主，但她已经感受到了南律使臣方向极为热烈的目光。

如她所想，南律六公主正怔怔盯着她。

其实上京城里那些个有关南律的传言，多半是真的，这六公主，的确在数年前江绪出使南律时，对他一见倾心。

这回南律朝贡，她也是闹着磨着，拿此回到大显见了定北王殿下她就乖乖回去与钦定的驸马成亲为条件，才让南律王松了口，允她与使臣一道出发。

她与皇兄来大显已有四五日了，可她被皇兄拘着，不能四下乱跑，接风宫宴定北王殿下也未参加，是以到今日，她才终于见到心心念念的定北王殿下。

数年不见，定北王殿下还是如从前一般，长身玉立，英朗不凡，可似乎又脱了从前她最迷恋的少年之气。

他不再是数年前出使南律时那位冷若冰霜、眉眼间充满戾气的少年战神了，如今他成熟了许多，身上多了份深不可测的沉静，身侧还多了位令人移不开眼的王妃。

他的王妃可真好看，就像是从画里走出来的人儿似的，就连笑出的浅弧都是那么赏心悦目，她在南律，从未见过如此精致的姑娘……

不，不对，这是她的情敌！

不过就是长得有些好看罢了！她也不差！

想到这里，六公主忙偷偷调整了下坐姿，背脊也悄然挺直。

不多时，人到齐了，成康帝照例忆了番灵州遭难以来朝廷上下的种种艰辛，又说了番如今拨云见日的开场鼓舞之词，顺带提了嘴今次入京进贡的友邦南律，随即宣布，秋猎开始。

江绪穿着骑射服，是来正经围猎的，然明檀穿着骑射服，是来秀恩爱的，根本就没打算上马。目送江绪入了密林，她便去找周静婉与白敏敏了。

周静婉如今是殿前副都指挥使陆停的夫人，虽因灵州之难，本要十里红妆大肆操办的婚仪不得不低调从简，然陆殿帅爱妻重妻，救驾之功都被他拿来换了夫人的一品诰命，京中女眷无不艳羡。

白敏敏与章怀玉的婚事也定下来了。这婚，章皇后本是要让成康帝赐的，也显得尊贵体面，可也是因着灵州之难，皇亲国戚都不宜高调嫁娶，故只平国公府与昌国公府自行议了亲。

章皇后就这么一个胞弟，赐婚省了，这婚事可不能再简，于是成婚之期便定在了今年冬，算算日子，也不过一两月了。

白敏敏如今既非皇亲也非诰命，本是不得参加，此番也是章皇后特允，她才得以来凑这秋猎热闹。

“章怀玉说要射只狐狸，剥狐狸皮给我做条毛毯，我瞧他那骑射水平，能射只兔子给我做围脖就不错了，也不晓得他对自个儿为何就这般没数！”白敏敏没好气道。

“你呀！”周静婉点了点她的额，“章世子哪就像你说的那般不堪了。”

白敏敏捧脸叹了口气：“反正定北王殿下和陆殿帅身手好，总是能射一大堆猎物，到时候分点给我也就行了。”

明檀没从她嘴里听过两句章怀玉的好话，也不由得为其抱不平道：“你也太小瞧你未来夫君了，章世子虽瞧着玩世不恭——”

白敏敏：“实际也玩世不恭。”

明檀被哽了哽。

周静婉又接上话头：“章世子身手似乎还不错，去年的马球赛，虽输给了豫郡王，但也是得了二甲的。”

“二甲有什么用，有一甲珠玉在前，谁还能记得二甲呢？”她打比方，“就说前年的科举吧，众人皆知状元郎是苏敬苏大人，可还记得榜眼是谁？”

明檀不假思索道：“榜眼是刘敏知刘大人啊。”

白敏敏：“……”

“这不是众人还都记得探花郎是舒二公子嘛，有人不记得吗？你不是那般追捧舒二公子吗？”

白敏敏一时竟哑口无言。

三人正说着话，方被提及的豫郡王家的豫郡王妃也凑过来了。

豫郡王妃生性开朗活泼，虽不会舞刀弄剑，但略通骑射，见三人都穿了骑射服，便来邀她们一道去林中捕猎。

三人这会儿倒是一致，嘴上说着“不了不了”，脑袋还摇得和拨浪鼓似的。

然豫郡王妃十分热情：“我也不怎么会，咱们就在这附近林子转转，让人牵着骑小马驹，看能不能猎到一两只兔子山鸡，无事的。”

这围猎的确也圈了一小块地方，供女眷玩乐，里头的兔子一只赛一只肥，都无须守株待兔，那兔就自个儿趴株上让她们猎了。

左右无事，豫郡王妃一人又不好独去，三人便应下了。

南律六公主自幼习武，擅骑射，当她英姿飒爽地从林中捕了十来只猎物准备先回转搁置时，就见到前头浅林，几个姑娘家让侍卫牵着小马驹笑闹着。

她勒马瞧了半晌，也是服气，一个稍微看起来像模像样点的，那箭都是往树桩上射，另有一个箭刚射出就软绵绵掉地上了，剩下两个更厉害，弓都拿不起来。

而那位美貌精致的定北王妃，就是那两个弓都拿不起来的姑娘之一。

六公主实在是看不下去了，忽而背脊挺直，提弓，瞄准，一箭破风，直直将散步的兔子钉死在地上，而后挺着小胸脯，优哉游哉地骑着马往前，扬着下巴，自傲中带着几分不屑道：“你们大显的姑娘骑射都这么差劲吗？要不要我教教你们？”

几人都用一种敬而远之的目光看着她。

“小兔子那般可爱，六公主未免也太凶残了些。”

“就是。”

“都见血了！”

“太可怜了，我们好生安葬了它吧。”

本还等着几人艳羡敬佩求教的六公主：“……”

六公主怀疑人生的这会儿，明檀几人正指挥侍卫刨坑，将她钉死在地上的那只倒霉兔子抱进去，煞有介事地重新埋上土，还商量着给这兔子立块小木碑。

六公主勒着缰绳，一时蒙得连声“这是我的猎物”都忘了说。

半晌，远处传来男人们捕获猎物的喝彩声，六公主这才回神——哦，这真的是在捕猎，她没搞错。

她望着眼前几人，又将目光定在明檀身上，忍不住道：“你们大显的女子未免也太矫情了些，捕猎就正经捕猎，这般矫揉造作做给谁看！”

几人默默在心里答道：当然是做给你看啊。

明檀整理了下衣摆，又用干净帕子擦了擦手，慢条斯理地对上六公主的视线，矜持道：“上天有好生之德，虽只是只野兔，可也是一条鲜活生命。六公主当它是猎物，但我等也可以当它是条生命，我等不管六公主狩猎大展英姿，六公主又何必管我等埋骨立碑呢？久闻南律也善学我朝文礼，有句古话叫作‘己所不欲，勿施于人’，不知六公主可曾学过。”

六公主：“……”

她在绕些什么？虽然听起来好像有点道理，但总感觉好像哪儿不大对……不过声音还怪好听的。

不对不对，六公主闭了闭眼，让自个儿清醒了下，又道：“你，你胡说八道什么，就你这弓都提不起来的样子，还好意思教训我，也不知道定北王殿下怎会娶你这种中看不中用的绣花枕头！”

明檀闻言，弯了弯唇角，示意人扶着自个儿重新上了小马驹，还故作矫情地整了整衣袖：“这可巧了，我家夫君就喜欢我这般好看的绣花枕头，正所谓‘秀色可餐’嘛，光是看着我，夫君都能多用好几碗饭呢。

“反倒是如六公主这般英姿飒爽的女子——”她自上而下打量了会儿眼前的六公主，遗憾道，“成婚前后，我都打发走好几拨了，自家夫君太受欢迎，也真是一种甜蜜的烦恼。”

？？？

六公主涨红了脸。

这绣花枕头方才瞧着还十分矜持，这会儿说话怎的这般不害臊！不是说大显女子都极为端庄自矜吗？

可偏偏瞧她身后那几位小姐妹，都深以为然地点着头，六公主再次陷入了自我怀疑。

半晌，六公主无甚底气地牵着缰绳，往一旁侧了侧：“算……算了，你们人多，我吵不过你们！”

她骑着马，忙往清算猎物的营地赶，瞧那小身影，颇有几分落荒而逃的意思。

明檀轻叹了口气，兴致缺缺道：“这六公主，脾气是有一点，但也没想象中那般胡搅蛮缠嘛。”

不远处停马的江绪、陆停几人沉默了番，不约而同心想：明明是你们比较胡搅蛮缠。

秋猎通常持续三日，这第一日的围猎一直到日暮时分才算结束，在林外营地，以成康帝与章皇后的皇帐为中心，四下早已搭建起了多处规格不一的营帐。

其实京郊皇林外不足十里就有行宫，然行宫落脚终是少了几分秋狝野趣，且钦天监已观测星象，近几日天气晴好，加之殿前司与皇城司守卫一路随行，不远处的京畿大营还有上万精兵拱卫，故才有此兴之所至的划地为营。

这秋狝第一日所得猎物最多的是武状元，其次是殿前副都指挥使陆停、平国公世子章怀玉。

至于江绪连三甲都未能进，纯粹是因他懒得多猎，此番入密林，他只想猎上两只火狐，给明檀做身斗篷，除夕时她穿那件火狐斗篷，甚是明艳动人，可后来下人烘烤时离炭火近了些，烤焦了一小块地方，她不肯再穿。

火狐难寻，一整日回转，他也才得一只，且不慎伤了皮毛，他给了章怀玉，随其拿去给人做围脖。

入夜，秋星于夜幕闪烁，营地燃起簇簇篝火，各色猎物被架在火上，火光映照下滋滋流油，还冒着油泡儿，肉香并着佐料味道四散开来，喷香扑鼻。

虽是野猎，可这皇林本就有专人看守饲喂，要送入皇亲国戚口中，自是干净无虞。

明檀乖巧坐在江绪身侧，任由他为自己烤着山鸡，这回添了佐料，比之夜宿桐港破庙那回，烤鸡的卖相更是好看，香味也更是浓郁。明檀不动声色咽了好几回口水，时不时就扯着他衣摆悄声问上句：“夫君，好了吗好了吗？”

“再等等。”江绪神色自若地翻转着铁钎，“葱花拿来。”

明檀忙用双手端起装有葱花的瓷碗，虔诚供奉。

又翻转着烤了会儿，撒上葱花，江绪终于将烤鸡从铁钎上剔下来装盘，递给她：“好了。”

明檀早早就和江绪说了今儿要吃他做的烤鸡，是以从出门到现在都未用膳，只潦草吃了两块点心并小半碟葡萄果腹，这会儿早已饿得饥肠辘辘。

她坐在一旁，忙不迭就要伸手去拿，可刚一碰，手又被烤鸡烫得立马就抽了回来，还不由得轻嘶了声。

“你急什么。”

江绪握住她的手看了眼，还好，没烫出什么事。

“浸浸冷水。”

明檀“噢”了声，听话地将一双玉手置入盛放冷水的面盆中。

半晌，江绪拿了块细棉布给她擦干净手，又问：“还痛吗？”

明檀摇头。

烤鸡已经稍凉了些，江绪扯下只鸡腿给她：“慢慢吃。”

明檀压着欣喜接过，闭上眼细闻了闻，又斯文地咬上一口——

呜呜呜，太好吃了！

这烤鸡表皮略脆，肉质嫩滑，还十分多汁入味，这熟悉的味道，她满足得直想往夫君怀里钻！太幸福了！

明檀不吝赞美地夸道：

“夫君你也太棒了吧！随便烤烤都这么好吃！

“夫君没当厨子可真是厨界的损失！

“不过夫君做什么都是这般信手拈来，当厨子又委实太可惜了些！”

……

江绪听她小嘴叭叭不停夸着，始终没出声。然在明檀看不到的地方，他面上也划过了一抹几不可察的笑意。

六公主在不远处看到这幕，瞬间感觉手边的秘制烤羊腿都不香了。

那还是铁面战神定北王殿下吗？这些年他身上到底发生了什么？那个绣花枕头家世到底是如何显赫，他竟然纡尊降贵给那个绣花枕头烤鸡！那可是用来握千钧之弓提万钧之剑指点江山上阵杀敌的手！烤什么鸡！

虽然她再次见到定北王殿下，并不如以前那般心心念念思之如狂，可见他如此对那个绣花枕头，仍是意难平……那烤鸡看起来很好吃的样子，绣花枕头吃得那么香，肯定很好吃，不知道拿她的秘制烤羊腿，绣花枕头愿不愿意和她换，应是愿意的吧，她用这么大的羊腿换一只鸡腿，怎么看都是她吃亏了，实在不行，换只鸡翅也是好的……

“皇妹！坐下！”五皇子见自个儿小皇妹突地起身，似乎要往那位大显定北王的方向走，忙伸手，紧张拉住。

六公主挣开他手：“皇兄你干什么，我就是去换只烤鸡而已！”

“烤鸡？皇兄给你烤便是。”

六公主一脸嫌弃：“那还不如我自己来。”说着，她举起烤羊腿，头也不回地走往定北王营帐。

“定北王殿下，我能用羊腿换你一只烤鸡吗？”她站到仍在继续翻动铁钎的江绪面前，有些紧张地问了句。

江绪抬眸，扫了她一眼，复而垂眸，淡声应道：“本王是为王妃而烤，交换与否，全凭王妃。”

虽然料到是这么个答案，但真听起来更心堵了呢。

六公主又不死心地转向明檀：“王妃，我能和你换吗？你这个，看起来很好吃。”

说完，她又忙补充道：“当然，我的也不差。这是我自己烤的，是我们南律才会做的秘制烤羊腿，和你们这边的不一样，很好吃的。”

“既然很好吃，六公主为何要与我换？”明檀故作不懂地问。

“我……我在南律就常吃，吃腻了。”六公主妥协道，“那不然就腿换腿，我用羊腿换你的鸡腿，如何？我的羊腿这么大，你总是不吃亏的。”

她本就只想着能换只鸡腿，可这不是先把要求往上提一些，降下来对方就更好接受嘛。

然明檀仍不应声，似乎在认真思考这笔买卖合不合算。

六公主本就不多的底气又泄了点，一张包子脸鼓了鼓，声音也塌了几分：“鸡翅也行。”

明檀余光瞥见她垮下来的白白嫩嫩包子脸，莫名就觉得，戳起来手感应是不错。

她正要应声，皇帐那边派人传话来说，圣上有请定北王殿下。江绪起身，扫了眼这位没什么威胁性的六公主，又与明檀交代了声，随内侍一道去了皇帐。

江绪离开，这六公主明显松弛了不少，讨价还价的口齿也更伶俐了些。

明檀似乎是被她不依不饶的精神给打动了，沉吟片刻，点头道：“好吧，我跟你换，我也不占你便宜，给你一只烤鸡。”

六公主瞪直了眼：“真的？”

明檀往旁边挪了挪地：“六公主若不嫌弃，可以坐在这里吃。”

江绪还给这烤鸡调配了蘸料，配合蘸料用，味道更是鲜美。

六公主一边心想着这绣花枕头还挺厚道，一边不客气地一屁股坐了下去。

这六公主倒是很有自知之明，坐下后便从一旁拿了银针，不住地往羊腿上扎着，上下左右都扎了一遍她才将羊腿递出去，一脸坦诚道：“你放心，无毒的，你要是担心，我也可以先尝一口。”

明檀倒不担心她下毒，南律使团都在这里，她但凡没疯，都做不出此等蠢事。

且瞧着，她对自家夫君也没那般如痴如狂，方才夫君还在，她就只盯着烤鸡，也没往旁边多瞥一眼，夫君走后她别说失落了，似乎还松了口气，整个人都变自在了些。

见这位六公主如此反应，明檀自是有些好奇，有关于这位南律王掌上明珠的传闻到底多少是真，又多少是假。

六公主是个不设防的性子，明檀不过些微示好，她便好似全然忘记了眼前这位是她情敌，不等人不动声色套话，就一股脑儿将人想听不想听的全都给交代了。

原来那些传闻里头，有关于她爱慕江绪的部分不假，可有关于她和翟念慈的部分，可真真是传得忒离谱了些！

“……我见都不想见她，谁想找她碴儿啊，明明是她到南律后，听闻我爱慕定北王殿下，有事没事便寻我说殿下与王妃，也就是你！”六公主没好气地瞪了眼明檀，“不停说你们俩有多恩爱！我都和她说了我不想听，可也不知道我是哪儿得罪她了，她自个儿爱慕不得，非要拉着我同她一道不舒坦，真是烦死了！

“哦对了，有一回她到母后宫中请安，我俩恰好遇上了，她又说！我忍不住，就同她吵了起来，刚巧我父王过来，听到我与她争吵，狠狠将我训斥了通，不仅如此，父王还说母后教女无方，可气死我了！”

“那平日，你父王更偏心于她？”

“怎么可能，我可是父王最宠爱的小公主！”她骄傲地挺了挺小胸脯，“父王不过就是顾着她的面子，才当面说我几句，回头就给我送来了好多好东西呢，还送了我最喜欢的小弓。”

说着，她又想起什么，绷紧包子脸，正经道：“不过父王待她也是不错的，因为父王很重视你们大显，你可不要误会，我们南律王宫可没人给她小鞋穿。”

明檀闻言，缓缓点头：“那真是太遗憾了。”

“你说什么？”

“没什么，我是说，她既已前往南律和亲，成为你父王的妃子，言行举止便要合乎南律王宫的规矩。你是公主，凡事倒也不必太过忍让。”

明檀边说，边看着她白嫩嫩的包子脸在眼前晃荡，没忍住，忽地伸出魔爪，往她脸上戳了戳。

“你干什么？”六公主莫名。

“你脸上沾了东西。”

明檀脸不红心不跳，摆出副好心帮她拿掉脏东西的正经模样，内心却在疯狂感叹：这六公主的小包子脸也太好戳了，原来脸上肉肉的，手感这么好，好想再戳一次如何是好！

六公主毫无所觉，还傻不愣登接着明檀先前的话头絮叨道：“我才不忍她，所以母后的千秋宫宴上我才和她吵起来嘛。你放心，有我在，她闹不出什么事的。再说了，你们大显那位太后娘娘不是称病不出了吗？听说那是她最大的靠山，她许是得到这消息，近些时日安生了不少。”

这倒也是。

翟念慈是宿太后的外孙女，宿家出事，翟家又怎可能逃得过清算呢？

如今宿太后自囚寿康宫称病不出，想来这辈子也不会再出。其父贬职，其母温惠长公主虽未在明面上受到牵连，可京里达官显贵对其态度也明显大不如前。

如此境况，翟念慈在南律又如何还能嚣张。

六公主是个话痨，话匣子一打开就停不下来，与明檀絮叨了好些翟念慈说过的话。

这里头自是不乏对明檀的抹黑，可不待明檀解释，她就将那些坏话全都归咎于翟念慈在胡编乱造。

明檀也没想到，她不过就是交换了只烤鸡，这六公主就特别自觉地将自个儿与她划入了同一阵营，颇有几分与她同仇敌忾的意思。

另一边，江绪方入皇帐，成康帝便从御案前起身，交给他一封密信：“你看看。”

信上洋洋洒洒数百字，最为要紧的一件事便是：郭炳茂互信北诃，疑变。

江绪一目十行看完，面上没什么情绪。

成康帝沉声道：“北诃新首领继位后，一直对阳西路虎视眈眈，若非内乱，自顾不暇，早就趁着灵州大乱生事了，想来如今也是看我朝大乱方平，余力不足，才想着与羌虞联手。”

江绪将信搁在御案上：“一个想拿下阳西路三州，一个要保荣州，倒也不足为奇。”

“早先明亭远在阳西路没生出什么乱子，如今换上郭炳茂倒好，这郭炳茂可是明亭远得力部下，明亭远一力举荐他继任帅司——”

江绪忽打断道：“此事应与靖安侯无关。”

“何以见得？”成康帝立即反问。

成康帝对明亭远始终心存顾忌。

明亭远任满归京后，顺理成章调入枢密院任枢密副使。枢密院乃本朝最高军政机关，他升任枢密副使后，掌枢密院十二房下的北面房与河西房。

阳西路隶属河西房管辖，他本身也在阳西路经营多年，帅司之位虽易，可统调兵将之权仍握在他手，且继任帅司还是他从前的得力部下，手中权势不可谓不盛。

然因江绪从中插手，成康帝错过了借修剪世家机会剪除他的最好时机，这两年在京，他也安分守己，加之他人在上京，即便掌西北边地之权，也多了层不得脱身的掣肘，是以成康帝也没再打算随便动他。

只不过今夜这封密信——

“从前靖安侯不愿卷入朝堂纷争，而今入枢密院两载，也从未有逾矩之意，以他今时今日的地位，本无通敌叛国之必要，如若有，那也只可能是为了帮扶于我，图谋大计。”江绪忽道。

成康帝一怔，忽而反应过来：“你胡说什么，朕不是那个意思，朕从未疑心于你！”

江绪神情极淡：“陛下既未疑心于臣，也不必疑心于靖安侯，靖安侯虽一力举荐郭炳茂，然郭炳茂掌阳西路两年，手中却并无要紧军权，难免心生其他念头。郭炳茂与北诃，因何互通，下一步又有何图谋，还有待切实查证。”

这话说得不无道理。

成康帝稍忖片刻，终是缓慢地点了点头：“那这件事便交由你办，若他真有二心——”

他提笔，在纸上写下“将计就计”四个大字。

江绪正有此意，略略颔首应下。

沉默良久，成康帝又叹了口气，拍了拍他的肩：“看来你对王妃，是上心了。成婚后，你变了不少。”

江绪向来不大喜欢与他聊私事，亦并未应他这话，只淡声道：“若无他事，臣告退。”

望着江绪欲撩帘出帐的背影，成康帝忽然又叫住他：“阿绪！”

江绪停步。

“朕，永远信你。”

江绪脚步稍顿一瞬，还是头也不回地离了皇帐。

不远处前来送烤鹿肉的新晋宫嫔躲在暗处悄悄听得这句，心下不禁好奇。

待江绪走后，这宫嫔入皇帐伺候成康帝吃鹿肉、饮鹿血酒。

见成康帝略有醉意，她小心拿捏着力度，边为成康帝揉捏肩颈，边状似不经意地随口说道：“对了，嫔妾方才在外头遇着了定北王殿下。”

成康帝闭眼无声。

她又故作好奇，小心翼翼地问道：“嫔妾素闻陛下对定北王殿下信任有加，可定北王殿下手握重兵，岳父靖安侯亦是枢密院副使，陛下难道就如此放心吗？便是亲兄弟也没有这般好的。”

说完，她手下力道轻柔了几分，还忙补了句：“嫔妾心直口快，斗胆一问，若是说错了，陛下勿怪。”

这位新晋宫嫔颇有几分像从前的佳贵人，很是敢说，却又比佳贵人会察言观色、审时度势，成康帝喜欢这性子，近些时日常召她伴驾。

这会儿成康帝仍闭着眼，静默许久，才缓缓应了声：“你不懂，也不必懂。”

他没给她解惑，但也没有怪她干政的意思。

其实也不止这位新晋宫嫔心中疑惑，朝中上下对此不解的大有人在，甚至许多人认为，成康帝对江绪种种信任纵容，都是不得已而为之的捧杀。

如今大显还离不得这位战神，只能任由他功高震主，假以时日大显不再需要他，抑或他生二心，那他的死期也就不远了。

可成康帝知道，不会有那么一日，大显永远都需要定北王，他亦永远不会有不臣之心。

——曾经皇位摆在他面前，他却选择了拱手相让。

一夜风止树静，次日清早，江绪一行陪侍成康帝，朝密林深处的围区行进。

明檀今儿没力气折腾，连骑射服都没换，送了江绪出帐，又钻回被窝，一觉睡到六公主在帐外叽叽咕咕，非要绿萼入帐将她唤醒。

绿萼倒是乖觉，说什么也不愿入帐打扰，可帐外的拉扯来来回回，她早被两人给吵醒了。

她睁着眼，无神地望了会儿帐顶，半支起身子倚着锦枕，朝外头道：“让六公主进来吧。”

外头终于安静了。

六公主被绿萼领着入帐，瞧见倚在榻边还没怎么睡醒的明檀，终于知道不好意思了："我是不是打扰你休息了？"

"知道就好。"明檀困恹恹地扫了她一眼。

六公主揉揉鼻子，也就不好意思了那么一瞬，随即理直气壮地坐到她榻边，摇着她胳膊催道："反正你都醒了，不如快些起床。"

明檀被摇得有些晕，喊了停，又无奈道："行了，起，这便起。"

绿萼闻言，略一福身，悄然退下。

不多时，她领了四个小丫头入帐伺候梳洗。

六公主让了让地，本以为至多一刻便能与明檀一道出帐，可哪晓得一刻过去了，两刻又过去了……一个时辰过去了，她都无聊到回自个儿帐中换了双不磨脚的旧靴，明檀还在梳妆！

六公主迷惑了，为何手还要泡羊奶？羊奶里为何还要加花瓣？泡完往手上敷的又是什么膏？为何敷了一会儿又要用清水洗净？清洗完抹的又是什么？

"六公主有所不知，王妃每日晨起与入睡前都是要用新鲜羊奶养护玉手的，这羊奶必须是挤出不足两个时辰的鲜羊奶，滤筛后浸手，再厚厚敷上一层玉容膏，洗净后再抹上晨间露珠所制的蜜露，每日如此悉心养护，双手才能细腻嫩滑，不生细纹。"

绿萼边为明檀梳发，边向六公主娓娓道来。

六公主已是听得目瞪口呆，偏绿萼梳好繁复发髻，放下角梳，还略一侧身朝她福礼道："如今出门在外，许多东西也带得不齐全，让六公主见笑了。"

"……"

见是见了，可笑不出来呢。

"你，你们大显女子都是如此……"

明檀百无聊赖地掩唇打了个呵欠："倒也不是，昨日你瞧见的女子中有一位是我表姐，她晨起梳洗倒是极快的。"

六公主稍稍有被安慰到些，不然她可真不知道到底自己过得像公主，还是大显女子过得更像公主了。

她这一愣神，也忘了她这一早来找明檀就是为了教明檀骑射，显摆显摆自个儿精湛的技艺，待到明檀梳洗毕，她才发现："你为何没换骑射服？！"

"为何要换？我昨日太累了，今日可不想再入密林。"

"……"

不是，就她昨日和小姐妹在林子边上埋兔子，怎么就累了？往外走两步便能瞧见驻跸大营，又是哪门子的密林！

明檀示意绿萼帮她捏了捏脖颈，又懒洋洋道：“且明日有骑射比试，还要坐上观摩大半日呢，今日我得留在营地好好休息休息，养精蓄锐。对了，我还邀了人玩双陆，六公主可要一起？”

“那我还是先去猎上些猎物吧。”六公主扁了扁嘴，“我皇兄骑射可差了，回头我俩猎物少得可怜，岂不是损我南律国威！”

明檀用一种“没想到你是这样的六公主”的钦佩目光看了她好一会儿，直把她看得不好意思，扔下句“你看什么看”，噔噔噔往外跑开了。

从明檀的营帐出来，六公主也没多耽搁，翻身上马，只身入了密林。

她的骑射功夫是不错的，可今日再往深处行进，身边不得不多加侍卫随行。

她很烦侍卫在后头跟着，甩着马鞭，喊了声：“驾！”将侍卫甩开大截。

纵马飞驰于密林之间，忽然，她瞧见有道白色身影极快地跳跃而过。

咦，是白狐？

她往前追上——

还真是只白狐。

跃至一棵粗壮树下，那白狐缓摇着尾巴，倚着树根休憩。

不知怎的，她忽然就想到，拿这白狐皮毛给绣花枕头做斗篷，定然很好看。

想到这里，她勒马提弓，全神贯注地瞄准着远处毫无所觉的小白狐，可她身下的马似乎被这林中什么野虫咬了，忽地抬起马蹄，躁动地抖了抖。

这一抖，松开缰绳的六公主在马上坐不稳，摇摇欲坠，箭在弦上，亦不得不发。

“咻！”

一箭破风而出，却是偏离了方向，也不知射到哪儿去了。

“锵！”

前方传来箭矢被打落的声响。

六公主没来得及看，只顾着去勒缰绳，然眼前一阵模糊变幻的白光夹杂树影，于混乱间有人搂住她的腰，将她带离身下愈显狂躁之态的烈马，不过几息，又稳稳落在了另一匹马上。

她的心跳随着突如其来的变故变得极快，惊魂未定脑袋空白之余，她只瞧见眼前有一堵宽而笔挺的背脊。

身后侍卫很快追了上来，这匹马往前行进小段距离，也停了下来。

坐在她身前的人利落翻身下马，垂首拱手，致歉道：“姑娘，事急从权，多有唐突，还请见谅。”

“六公主！”侍卫在后头喊着。

原来是南律的六公主，那人略顿，又补了句：“见过六公主。”

六公主这会儿已经回神了，然心跳却并未渐趋平缓。

她定定瞧着马下这男子。

这男子功夫极好，相貌也极端正，身上少年气盛。

她好奇地问道：“你是谁？”

“在下沈玉。”

跟来侍卫走至近前，发现来人是沈玉，忙又单膝跪地行礼道：“见过沈小将军。”

六公主越发好奇：“你是大显的将军？”

沈玉时刻记着从前檀表妹所说的守礼，方才搂人腰已是浑身上下极不自在，这会儿更是连抬头看人都不敢，只略略颔首，算作应答。

六公主还想问些什么，可沈玉半刻都不愿多留，在她开口之前又拱了拱手：“密林捕猎，六公主还是让侍卫跟着为好，若无事，末将先走一步。”

六公主顿了顿，望着他火急火燎渐行渐远的背影，忽地反应过来：“喂！你别走！本公主还有事呢！”

沈玉走得更快了。

“你的马！”

沈玉已然不见了人影。

六公主有些气，看着身下这匹马，自言自语道：“大显的人怎么都这么奇奇怪怪，走就走，倒也不至于连马都不要了吧，呆子！”

她轻轻拍了拍马脑袋，半晌又偏头想道：“不过这呆子也不比定北王殿下差，也不知定亲没有……挺适合做驸马呢，至少比父王看上的那个驸马要好上不少。”

“沈玉？”明檀顿了顿，“他应是，尚未婚配，你问他是想……”她出了张叶子，犹疑地瞧了眼六公主。

六公主本想直接同她说，可瞧见与她一道玩叶子戏的白敏敏、周静婉还有豫郡王妃，又将话头咽了回去，还自以为未曾暴露般，云淡风轻地说了声“无事”，双手背在身后，脚尖一踮一踮，轻快地走开了。

明檀原本在同白敏敏玩双陆，豫郡王妃过来后，跃跃欲试，可双陆只能两人玩，明檀便拉上在一旁做女红的周静婉，换着玩起了叶子牌。

她们边玩边闲聊，豫郡王妃正问起，那位南律六公主怎的一早去了明檀的营帐，明檀方答一半，六公主便驾着马，从密林深处折返至驻跸大营了。

这会儿见六公主离开，白敏敏望着她的背影，看好戏般问道："这六公主，难不成是看上了沈小将军？"

明檀未答，只沉思着，倒是周静婉与白敏敏交换了个心照不宣的眼神。

豫郡王妃不大识得沈玉，出完牌，想了半晌才问："沈小将军可是那位李家二少夫人的胞兄？"

"正是，算来也是阿檀远亲，囫囵称声表兄妹的，从前他们兄妹二人便是在靖安侯府寄居。"白敏敏道。

豫郡王妃缓点着头："那就能对上号了。听闻这沈小将军很是骁勇善战，颇得定北王殿下信重？"

明檀不置可否。

她嫁入定北王府后，几乎再未见过沈玉，想起从前他对自个儿的心思……这么久，也该淡了吧？若仍存有什么心思，想来夫君也不会一直留他在身边。

如此想来，沈玉与六公主，倒也是般配的。

晌午，六公主再入密林并猎到白狐回转，殷勤地提溜着白狐往明檀面前邀功，说是要将这白狐皮送予她做斗篷，顺便进一步向她打探沈玉的消息。

拿人手短，明檀也就只好与她说了说自个儿对沈玉的了解。

"他是你表哥？"六公主惊了。

"嗯，算是，从来都是这般称呼的，其实已然出了三服，亲戚关系稍有些远。"

六公主恍若未闻，用自个儿容量有限的脑袋盘算了会儿："那他若做我驸马，我便是你表嫂了？"

明檀："……"

还没影的事儿，她竟已经想到了给自个儿抬辈分。

六公主又问："那他既未成婚，也未定亲，可有喜欢的姑娘？他这年纪，在你们大显不是早该议亲了吗？"

这问题——

明檀哽了哽。

"喜欢的姑娘……应是没有。"她斟酌半晌，着重落在了"姑娘"二字上。

六公主听出了弦外之音，瞪直眼睛问道："难不成是有喜欢的男子？！"

"不，不是那个意思。"明檀忙解释，"我的意思是，他喜欢的……可能已经不是姑娘了，可能……已经成婚？"

明檀其实不想瞒六公主，许多误会都是瞒着瞒着生出来的，有什么事，不若早说清楚，何况她与沈玉本就无事。

只不过让她自个儿大言不惭地说什么沈玉曾心悦于她，委实是有些难以启齿，是以她只能这般暗示再暗示。

六公主松了口气："既已成婚，那就不要紧了。"

她随手拿起颗葡萄，还未送进嘴里，就忽地反应过来："他喜欢的，该不会是你吧？"她狐疑抬眼，看向略显心虚的明檀。

明檀张了张口："其实是……很久之前……想来如今已然——"

六公主放下葡萄，绷紧包子脸："你！"

"我于表哥是绝对无意的。"明檀赶紧保证。

"你不过就是长得好看些，为何如此招人喜欢！"

"……容貌一事，也并非我能左右。"

明檀一脸无辜。

六公主忍不住瞪她。

可气闷了好一会儿，也不知怎么回事，她自个儿就想通了："那我曾心悦定北王殿下，他曾心悦于你，也算是扯平了。"

虽这般碎碎念着，可起身往外走了段，她又记仇地转回来，将那只白狐给抱走了。

明檀本还真情实感盘算了会儿做件什么新样式的白狐斗篷，如今也不必盘算了，这小公主也委实太过现实。

傍晚时分，江绪一行才捕猎回营。今日收获颇丰，成康帝龙颜大悦，将自个儿猎到一众猎物都分赏给了诸位大臣。

江绪也如愿猎到了两只火狐。

得了新的火狐皮，明檀笑眼弯弯，总算将方才六公主抱走白狐的郁闷事儿抛诸脑后。

"对了夫君，今日沈家表哥来围场了？"明檀忽问。

江绪"嗯"了声："昨日他在外办差，今日才来。"说着，他不着痕迹地扫了她一眼。

明檀以为江绪不知沈玉对自个儿的心思，还欲多帮六公主打探些沈玉的近况：“那他如今都在办些什么差呀，先前仿佛听画表姐说过，表哥升迁了？”

江绪耐着性子应了几声。

可他每每应完，她便有新的问题。

江绪终是忍不住，沉声问：“你一直打探沈玉做什么？”

明檀顿了顿，若无其事般缓声圆道：“他……是我表哥，许久不知他的消息，我关心关心他，有何不对吗？”

她并未将六公主有意于沈玉的事儿说出来，毕竟是姑娘家，浑说爱慕于名声无益。

江绪冷淡：“表了三千里，算什么表哥。”

明檀：“……”

江绪起身，又道：“本王方想起，你母亲素有膝盖疼的老毛病，那火狐皮还是送给你母亲吧。你先休息，本王出去一趟。”

看来平日不让沈玉进王府还不够，今日骤然相见，便生出如此多的念头。

明檀不知他在想什么，简直是满头雾水。送予母亲自然没什么不好，可不是说好了给她做斗篷吗？夫君为何突然变脸？

一日之间痛失三块上好狐皮，明檀的心情陡然沧桑了些。

而江绪出了帐，径直去寻了沈玉，打算再给人安排些出京的差事。

沈玉对出京办差没什么异议，正应下来，又听自家王爷冷淡敲打道：“王妃既已是王妃，以后还是不见为好，不该有的念头，就不要有。”

“……您说什么？属下没懂。”

江绪静静望着他。

他的目光迷茫且坦诚，是真没听懂。

“你今日未见王妃？”

沈玉摇头：“王妃怎么了吗？”

江绪稍顿，递给他一个“管好你自己”的眼神，一言未发，又负手离开了。

次日是骑射比试。

此种比试多是留给年轻人崭露头角，江绪除了开场开箭，此后并未上场。沈玉倒是因着昨夜那番回答，并未被勒令连夜离京办差，反是能上场，一展定北军风姿。

在备射区，六公主穿着骑射服，手握长弓，直直窜至正在试弦的沈玉面前：“沈小将军！”

沈玉一怔：“六公主。”

她弯唇，眼睛笑成了月牙：“你还记得我？”

“……”

昨日才见，他又并非痴傻小儿。

“对了沈小将军，昨日你的马都未骑走，我让人拴在我营帐附近了，还亲自给它喂了草呢。”

“啊……多谢六公主。”这倒是他忘了。

“那等比试结束，我亲自把它还给你。”

听到“亲自”，沈玉敬而远之：“不必劳烦六公主了，其实六公主若是喜欢，留下也无不可。”

“真的吗？”六公主一脸惊喜，“送给我了？”

沈玉正要点头，她又道：“那这算不算是定情信物？”

“……”

这，这怎么就，怎么就定情信物了？

沈玉惊呆，好半晌才回过神，吞咽着应道：“六，六公主慎言！让人听见了，这，这……有损公主您的清白！”

六公主疑惑：“怎么就损我清白了？”

沈玉不知该从何开始解释。

六公主又嘀咕道：“你们大显真是奇怪，我不过说声定情信物就有损清白，那你们大显女子的清白也太难守了。”

沈玉：“……”

实不相瞒，他亦如此觉得。

六公主本想问他，如今是否还心悦明檀，可直接问来岂非有损绣花枕头的清白？

她皱眉烦恼，想了想，又委婉了些许：“沈小将军，听闻你尚未婚配，那你如今可有喜欢的女子？”她还强调道，“这女子是包括成婚的与未成婚的。”

沈玉有点蒙，这公主怎么，怎么……他从未遇过如此直接的女子，舌头打结，惊得不知说什么才好。

“难不成你们大显男子也有清白，我这般问又损了你的清白？”六公主陷入了深深的迷惑，忽然，她想起什么，“如此说来，昨日在林中你还抱了我，这应是更严重吧，那你岂不是该娶我？”

怕什么来什么，沈玉最怕这位六公主提及昨日救人时不慎搂抱一事，先前这位六公主似乎不觉得有什么，一直未提，如今竟是反应过来了。

他涨红了脸，张了张口，却什么都没憋出来。

六公主自以为善解人意："我没有逼你的意思，你若不愿答，那待会儿上场，我与你一道比试，我赢了你再告诉我可好？"

沈玉脸红脖子粗，吞吐道："与，与女子比试，胜之不武。"

"沈小将军可不要瞧不起女子，"六公主骄傲地扬了扬小包子脸，"我的骑射可好了，我就要同你比！"

沈玉本想再推，可六公主俨然是不达目的誓不罢休，他只好改口道："既如此，那，那末将让你三箭。"

六公主也没再同他多辩，只拉弓试了试弦，背手轻快道："成交！"

不多时，比试开始。

明檀与江绪坐在一块，摆足了端庄娴静的王妃姿态。她其实觉得这些骑射比试甚是无聊，人长得不够英俊，便是百发百中也没什么意思。

静坐半晌，见到六公主与沈玉一道上场，明檀总算打起些精神。

不知两人说了些什么，沈玉做出"请"的姿态，六公主随即握着她的弓箭上前，挺直小腰板，瞄准靶心，开始射箭。

之前只听这小公主自个儿胡吹，林中射兔也是兔子被钉死了她才发觉有人，是以并未见过小公主射箭到底是如何风姿，今日一见，小公主自吹自擂得倒也不算过分。

她那张小包子脸紧绷，严肃紧张，集中精神拉弓，从背后箭袋不停取箭，十箭连发，竟是箭箭直中靶心。

反是随后上场的沈玉，虽也箭箭命中靶心，可他只射了七箭便停下了。

明檀凑近江绪，小声问道："夫君，你觉不觉得这南律六公主与沈家表哥站在一起，还挺相配？"

江绪罕见地点了点头。

昨夜从沈玉营帐离开，他寻了暗卫细查，才知是他想得太多，小王妃问及沈玉，应是为了这位南律六公主。

很快，眼前这场比试结束，明檀瞧着六公主那张小包子脸笑容灿烂，骄傲地挺着小胸脯，也心情大好地抿了一小口果酒。

今日骑射比试过后，便要拔营回城了，南律使团来京数日，也早已定下后日返程。

可回城途中，六公主突然惆怅地钻上了明檀的马车。

明檀见她心情骤然低落，小心翼翼地问：“怎么了？”

“比试之前我与沈小将军说好，如若我赢了，他便要回答，如今可有喜欢的女子。”她托腮，满面愁容，“我方才问了，他说没有。”

明檀松了口气：“那不是很好吗？”

“我又问他可愿做我驸马，他说他乃大显将士，至死也应保家卫国，岂可为他国驸马。我说他误会了，我没有要他离开大显的意思，我嫁过来不就好了嘛！那他又说，昨日方识，如何谈婚论嫁，嫁娶须得互相了解才能决断，可我后日就要回南律了，哪有时间与他互相了解。”

说到这里，六公主整张小包子脸都垮了下来。

“你说他是不是讨厌我才多番推拒，你们大显嫁娶都如此麻烦的吗？我虽能禀于你们大显皇帝强行争取，可他若是不愿，我这样做岂非更讨他嫌？”

以前求南律王修国书让人休妻的事儿都干过，如今竟会想到沈玉不愿，明檀意外之余也颇觉欣慰，看来小公主是长大了呢。

她想了想，斟酌道：“想来沈家表哥并非故意推拒，你们委实也相识得太短了些，婚嫁之事，他需慎重，你更应慎重。”

“真的吗？”六公主可怜巴巴地看着她。

明檀点点头，又招了招手，示意她靠过来些。

她犹疑地凑近。

明檀轻声道：“方才你们比试时，我问过夫君，夫君说沈小将军的骑射之术，定北军中无人能出其右，他若是想，方才便能在命中靶心的同时，将你的箭射下来。”

六公主呆怔片刻，迟缓道：“那他是故意让着我？”

“不然呢？所以，他并非讨厌你。”

六公主忙握住明檀的手：“那他既非讨厌我，我们要如何互相了解呢，只有两日了，而且，而且我父王已在南律为我相看好了驸马。”说到最后，她有些心虚，声音也越来越小，不过她想到什么，又忙补充道，“可沈小将军若向父王求亲，父王定会重新考量的，你也知道，父王极为重视南律与大显的邦交。”

如此……明檀点了点头，念头一转，就有了法子。

只不过她冷不丁地想起被小公主抱回去的白狐，到了嘴边的主意，忽然又咽了下去。

她故意咳了两声，缓道：“这法子，自然是有的，就看公主是不是诚心想知道了。”

六公主有点蒙：“我很诚心的。”

明檀也不看六公主，只慢条斯理地抚平衣上褶皱，云淡风轻地碎碎念道：“眼看就要入冬了，今年冬衣还没做呢，去岁便没做新衣裳，哎，堂堂王妃，委实也过得太节俭了些。”

六公主总算是反应过来了：“白、白狐皮送你！”

明檀抬眼，好整以暇地看着她：“昨日你诚心送，便是如此价码，可你收了回去，今日就不是这个价码了。”

“那、那你想要什么，我都给你。”

明檀又故作沉思，半晌才道：“走之前，来王府给我烤一只羊腿。”

“好！”

明檀满意了，这才笑眯眯地示意她将耳朵靠过来，附在她耳边轻声说了几句。

六公主听了，稍稍琢磨了下，包子脸就立马灿烂起来：“两只羊腿，本公主给你烤两只！”

两日后，南律使团预备返程。成康帝备了十数车礼，并慰问国书一封，算是聊表大显友邦心意。

明檀一早起床梳妆，乘着王府马车，特意赶至城门相送。

见是明檀，六公主忙从马上下来，握住她的双手，展笑道：“我还以为你不来了呢。”

“怎么会，说好要来送你，自然会来。”

绿萼适时奉上一只锦盒，明檀接过锦盒，送了过去。

“送给我的？”六公主接了，好奇打量了会儿，“我现在能看吗？”

明檀点了点头：“当然可以。”

六公主迫不及待打开，里头躺着一只极为精致的香囊，她目不转睛感叹道：“好漂亮！这是你绣的吗？”

那日下马车前，六公主随口问了问明檀，定北王殿下腰间那只香囊是何处所得，绣得可太好看了。明檀便将这事儿记在了心上，回府便给这位小公主也绣了一只。

六公主爱不释手，仔细翻看了会儿，指着里侧暗绣的“淳”字惊喜道：“你还绣了我的闺名。”

明檀弯唇颔首。

“不过这是什么？这是包子吗？”六公主看着香囊上的绣样，有些迷惑，这怎么看怎么像包子，可为何要在香囊上绣包子呢？

明檀忍不住捏了把她的脸蛋：“就是包子！”

“……”

“好了，反正此事若成，你迟早也要再来上京，我便不多送了，你快上马，你皇兄都等急了。”明檀催促道。

六公主本还有些不舍，可这么一说，好像也是。她点点头，看了眼骑在马上背脊挺拔如小松的沈玉，欢喜地与明檀抱了下，还附在明檀耳边小声说：“你就等着我来给你做小表嫂吧！”

明檀：“……”

这六公主年纪不大，怎么一心惦着给自己提辈分呢。

沈玉莫名打了个喷嚏，下意识地回头看了眼正在与檀表妹嘀嘀咕咕的六公主，心中总有种不好的预感。

无端被派了个护送使臣与回礼至南律的差事，他就有些莫名，南律使团来了一大帮人，回程亦是一路畅通，有什么好护送的，总觉得圣上派的这差事，来得有些奇怪。

出城没多久，六公主故意放缓了行进速度，待到与沈玉并行，她笑眯眯道：“沈小将军，回程路远，如今我们有的是时间好好了解了！”

“……”

沈玉终于反应过来了！

“陨星如雨”星象解释出自《汉书·五行志》，“董仲舒、刘向以为，常星二十八宿者，人君之象也；众星，万民之类也。列宿不见，象诸侯微也；众星陨坠，民失其所也。”

“巫以玉事神”出自《说文解字》。

“知虑绝人，遇事能前知。”出自《宋史·邵雍传》。

第十五章
生变

送走六公主后，明檀好几日都懒在家中休歇，未再出门。

如今灵州事毕，收复荥州一事似乎又重新提上了日程，这几日，江绪总在万卷斋会客，明檀也没去打扰。将要入冬，便是又近一年年尾，她亦有许多事需要忙活。

倒是裴氏，竟难得登了回定北王府的门。

她是王妃之母，来王府本也寻常，可她想着自个儿不是明檀生母，到底也不好将王府当自家后花园似的，来去随意，平日若有什么，多是明檀回靖安侯府。

“母亲，今儿怎么有空过来？”明檀扶了裴氏落座花厅主位，又吩咐素心去上了裴氏喜食的茶和点心。

裴氏拨了拨茶盖，温和笑道：“无事，今儿去昌国公府看了会儿福春班的新戏，顺路过来看看你。”

昌国公府与定北王府，这路顺得都能回两趟靖安侯府了。明檀会意，示意裴氏不识的王府丫头们暂且退下。

待得左右屏退，明檀才问：“母亲，到底是有何事？”

裴氏倒也没多绕弯子，想了想便斟酌问道：“近日……王爷可有与你说过些什么朝政之事？”

“未曾。”

裴氏沉吟片刻，又道：“倒也没什么，只不过这几日我瞧着你父亲心事重重，我问他，他也不说。”

裴氏叹了口气：“我与你父亲，你也是知道的，从前便也罢了，只是如今……”她有些难为情，半晌，她在明檀耳边小声说了句什么。

明檀一听，惊得瞪直了眼。

“真的？可请大夫瞧过了？”

裴氏点点头：“请了两位大夫来瞧，都说是……”裴氏委实有些说不出口，一把年纪了，怎么诊治也是没这缘分，她早都已经看淡，可这当口，竟又有了喜讯，说来也怪不好意思的。

明檀仍处在惊愕之中，好半天没能回神。

裴氏轻轻抚了抚小腹，唇角不由得弯出温柔笑意：“近些时日有些嗜辣，都说酸儿辣女，我可盼着是个小姑娘，和你小时候一样就最好不过了，玉雪可爱，乖巧活泼，招人得紧。”

明檀下意识地看了眼裴氏的小腹，又饮了口茶压神，总算是有了些真实感。

她缓声道：“弟弟妹妹都好，总归是个有福气的。当然，若是弟弟就更好了，女儿家嫁了人，总是难以在父母跟前尽孝周全。”

裴氏闻言，笑意更深了些：“你说得对，总归是个有福气的，将来啊，有哥哥姐姐可以倚仗，若真是个混小子，便让他跟着大哥儿好生学学本事。”

明檀笑着点头，轻啜了口茶。

她哪里不知，裴氏心里头是盼着生个儿子的，只是碍着府中已有兄长，怕自个儿的盼望引了她误会，伤了母女情分，才这般说罢了。

其实她倒还真盼着裴氏生个儿子，兄长的本事与性情她也了解，心善、仁义，却也守成、固执。要像父亲那般，年轻时能开疆拓土，如今能掌权一方，那是不必多想了。

靖安侯府百年屹立，名将满门，如今的鲜花着锦若要再往后延续，还得源源不断地再出将帅之才。也是为长远计，望族名门才都盼着多添丁口。

她委婉地将自个儿的想法与裴氏分说了番。

裴氏心思敏感又极重声名，总想着不是她生身母亲，不愿让人以为她这继母是在巴结王府，是以她成婚后，倒不如从前在闺中那般与她亲近了。

她一直想与裴氏好生说说，可总也寻不着合适的时机开口，现下话头赶到这儿，她便也握住裴氏的手，顺势道：“阿檀嫁人后，母亲倒是越发谨慎了。世人常说，生恩不如养恩大，阿檀亦是如此认为。您就是阿檀的母亲，走动亲近最是正常，又哪轮得着旁人置喙呢？”

裴氏回握住她的手，嘴唇嗫嚅，眸光闪动，心中一时感慨万千。

明檀又道：“这母女自是越做越亲，哪有越做越生分的，母亲可不许因着怕旁人闲话，就故意不来王府看阿檀。”

“我这不是怕你忙……”

“我能有什么好忙的，再说了，再忙，陪母亲说会儿话的工夫总是能抽出来的。”明檀截过她的话头。

裴氏弯唇，轻轻拍了拍明檀的手：“以后得空常来便是，你若无事，也常回侯府。”

“那是自然。对了，您方才说爹爹近日心事重重又不肯与您分说，大约是从何时开始的？”明檀想起什么，又问。

裴氏想了想，正色道：“也就是近几日，秋狝回銮之后罢。主要也是因着，平日你爹有事，都会主动与我商量一番，可这回便是我问，他也只推说无事，所以才想着来寻你打听打听。”

“那回头，我问问夫君。”

“别。”裴氏忙拦，“若是政事，女子多问无益，勿要因这等事与夫君生了嫌隙。”

明檀本想说夫君早已许她问事，然裴氏又道：“也是我孕中多思才无端心慌，若有什么大事，殿下定会主动说与你听的，未与你说，想来也用不着操心。”

这倒也是。明檀点点头，没再多想。

虽没再多想，可明檀还是打算问问江绪，问问又不妨事，奈何江绪近些时日忙得难见人影，她亦事多。

沈画平安给李府添了位嫡长孙，阖府上下都喜气洋洋，李祭酒素日谦逊低调，也难得允了在府上大肆操办一回百日宴。

明檀前脚参加完沈画孩子的百日宴，后脚又忙着给白敏敏添妆——

这年底喜事一桩接着一桩，最为热闹的还得数平国公府与昌国公府这桩婚。

两府俱是显贵高门，新人又男才女貌两情相悦，端的是金玉良缘人人称羡。

成婚当日，迎亲队伍浩浩荡荡，红妆十里遥遥曳地，皇后更是难得出了回宫，专程为这对新人主婚。

白敏敏与章怀玉也算得上不是冤家不聚头了。

别人家成婚，新娘子都盼着新郎早早过关迎亲，少不得还要交代亲朋好友少与他为难闹腾。

可到白敏敏这儿，却是自个儿上阵出谋划策，一会儿说这诗谜太简单了些，一会儿又觉得喜鞋藏的地方不够隐蔽，还不忘叮嘱家中小辈，在外头拦新郎官时记得多要些利是封红，定要他好生出回血才算解气。

瞧她那斗智斗勇的劲儿，很有几分不想嫁出去的意思了。

章怀玉也是个不安生的，好不容易抱了新娘子出门，竟在旁人不注意处偷掀盖头看了一眼，还忍不住嘲讽道：“脸上涂这么厚，涂城墙吗？该不会是毁了容，想赖着成了这桩婚吧？”

“你才毁容！放我下来！”

“不放。”

“你放不放？！”

眼瞧着两人出个门都恨不得打上一回，喜婆丫头们赶紧上前，推着新郎将人抱进喜轿。

新娘出嫁，三朝回门，回门宴时，明檀见白敏敏面色红润，光彩照人，也在宴后与她打趣了会儿私房话。白敏敏怎么说也是个新嫁娘，说起闺房之事总有几分羞恼，是以时时不忘转移话题。

“对了，今儿你家殿下怎么没来？大婚之日他也只露了个面，还不是同你一道来的。”

“他最近忙得很，成日在外头，回府也常是径直去了书房，你与章世子大婚当日，他清早才从青州赶回来，可不就只来得及露个面嘛。”

白敏敏点头，见四下无人，倒难得说起正事：“北边是不是要起战事了？我瞧父亲近些时日也忙得很，府中忙着给我备嫁那会儿，外院也是日日门客不绝。”

明檀不置可否，只是听到“门客”二字时，有极细微的思绪在她脑海中一闪而过，她一时也未抓住，甚至不知那种一瞬闪过的微妙感觉到底因何而来。

日子过得不紧不慢，很快又近一年冬至。

明檀倒是在某个夜里问了问江绪她爹爹是否有什么事，江绪稍顿，只简短应了声“放心”，她也就没再追问，转而问起北地是不是要起战事。江绪默了片刻，沉声答道：“北地山雨欲来，最迟年后便要起战。”

“最迟年后？”

明檀愕然。她早料到战事或起，却没料到竟已近在眼前。

“那，那夫君要……”

“除夕应是，无法与你一道过了。”

这消息来得太突然，明檀有些蒙，不知该应些什么。

因着安置，早剪了灯，今夜又浓云蔽月，屋内只余一片似无边际的昏暗，沉默便在这昏暗中缓缓蔓延。

江绪以为她是不想让自己上战场，半晌，又出声解释道：“本王是大显的定北王，上阵杀敌，保家卫国，是本王的职责所在。且大显十三州只余荣州一州散落在外，收复荣州，重建千里之防，可保百年之内我朝不再受北地蛮族侵扰，此役之后，边地数年都应不会再起战乱。”

“阿檀知道，就，就是有些突然，我还没做好准备……”

江绪将她抱入怀中，下颌抵住她的脑袋。

良久，明檀又问：“那此仗可凶险？可有万全把握？”

“战场瞬息万变，从无定数。”

明知如此，还是想问。

明檀抿了抿唇，不作声了。

冬至祭礼，江绪照例随行圣驾，拜祭太庙。

出行当日，明檀特特早起相送，这时节，清晨可冷，江绪将她冰凉的小手裹入斗篷之中，不知缘何，忽然交代了句：“这段时日，本王不在，不论发生什么，都等本王回来再说。”

明檀以为是寻常交代，正要点头，可江绪又缓声道：“相信本王。”

她怔了一瞬，觉得这话听来奇怪，犹疑问道：“夫君……是有什么事吗？”

江绪没答，只揉了揉她的脑袋。

此行拜祭，三日回銮，可江绪并未随行归来，回府传信的暗卫说，王爷出门办差了，还要迟上几日才能回京。

不是直接去北地了便好。明檀稍稍安心。

可她这心还没安上三日，靖安侯府就出大事了——

殿前司禁军毫无预兆包围靖安侯府，殿前副都指挥使陆停亲自带兵搜查，于书房暗室内搜出与北诃互通信件数封，疑通敌叛国！

靖安侯明亭远当即被押入大理寺狱，府中上下亦尽数收押，方升迁桐港还未上任的靖安侯世子明珩亦被扣在庞山，待此间调查明晰，便要押解回京。

靖安侯互通北诃，疑通敌叛国。这可谓是平地惊雷！

明檀在定北王府听到这消息时，差点都没站住，脑中空白了许久，待反应过来，她的第一念头便是——不可能。

爹爹怎么可能通敌叛国，疯了不成？这其中定是出了什么错，信件说不准也是他人栽赃陷害！

明檀立时便想出门去寻陆停，上门羁押之人是陆停，他一定知道什么。

可她刚想出门，便被外头的兵将拦住了。

虽说祸不及外嫁女，可明檀嫁的是定北王府，定北王亦是执掌军权之人，通敌叛国此等大罪，难保岳婿之间有什么勾连，是以定北王府虽未拘人，但也被兵将围了起来。

明檀心慌意乱。

直觉告诉她，夫君出门时所交代的“相信”便是指今日之事，想来，夫君早已知道爹爹将被羁押。

可如今定北王府也被包围，她很难不去多想，夫君是否在筹谋之时，忘了自己可能也在他人的筹谋之中。

若是如此，那他的“相信”便是无用，因为如今，他很有可能自身难保。

当然，这只是最坏的结果。

明檀不得出门，只能回转至启安堂，强迫自己冷静下来好生思考。

她手抖着饮尽一碗茶，才堪堪想起北地将起的战事。

对，北地战事，收复荣州……那便不可能是牵连到夫君的最坏结果!

大显如今离不得夫君，即算圣上想要除他，也不会选在如此当口，荣州失地收复，就等于北地十三州尽数还朝，百年之后史书工笔，就是圣上当政时最值得一提的一笔丰功伟绩，圣上又怎会为了除一权臣就放弃流芳百世之名?

明檀稍稍缓了口气，可下一瞬，拨弄茶盖的手忽地一顿。

既不会牵连到夫君，那夫君便是筹谋此事的一环了，明知此事仍不归京，他是故意为之吗?

晌午，桥方街，殿前副都指挥使陆停府邸。

周静婉正站在书房桌案前写字，平日午休之前她总要习上五张大字，然今日怎么也静不下心，下笔无神，甚至连墨洇透了一沓上好宣纸都不自知。

贴身婢女匆匆而入，周静婉忙抬头问：“如何?”

“小姐，姑爷说殿前司事多，请您今夜早些歇息，他得晚些时候才能回了。”

闻言，周静婉停了一瞬，忽地重重搁笔，一言不发地往书房外走。

“小姐，您去哪儿?”见周静婉径直出了院门，婢女忙跟上问。

“他既不肯回，躲着我，那我便去殿前司寻他。”周静婉的声音轻柔却也坚定。

“小姐……”婢女不由得拉了她一把，面露难色，吞吐道，“小姐还是别去了，姑，姑爷……姑爷让您这两日好生待在家中，不要出门。”

“这话什么意思?”周静婉背脊一僵。

婢女硬着头皮答道：“奴婢，奴婢刚从殿前司回，姑爷顺便拨了些殿前司守卫守在府外，不许咱们再出门了……”

“他禁我足？”周静婉的问话中满是不可置信。

婢女不知该如何作答，紧张垂头，大气都不敢出。

深夜，万籁俱寂，陆停归府。

屋里没点灯，陆停不由得松了口气，放缓步子，推门而入。

可正当他左脚踏入内室之时，软榻上忽然嚓地燃起了火折子。

随即，灯被点燃。

周静婉端坐在软榻上，静静看着他。

他顿了半晌，不甚自然地喊了声：“阿婉。”

周静婉不应声。

他也就站在那儿，不知该退还是该进：“怎么还没歇？”

见他不打算主动交代，周静婉也不跟他兜圈子，开门见山地问道：“是你去抓的明伯父？”

“……”

果然，该来的，无论如何也躲不掉。

陆停沉默半晌，上前坐至软榻另一边：“阿婉，我统领殿前司，一切皆是奉命行事。”

“你既是奉命行事，为何躲着不见我？这到底是怎么回事？为何会这般突然？你是不是早就知道什么？”周静婉甚少问得这般急切。

陆停张了张嘴，却是什么都没能答。

周静婉红了眼眶，忽地起身。

陆停也跟着起身。

“别过来，你出去！”

“我不过来睡哪儿？”

“我管你睡哪儿！”

陆停想解释些什么，可终归没说出口，只沉默着退出了正屋。

今夜夜空不甚晴朗，月亮也藏进了云层，陆停负手立在屋前，静静想着，阿婉素日秀气文静，这好像是两人认识以来，她第一回这么大声说话，也是第一回冲他发这么大火。

看来王妃在她心目中的分量，比他想象中还要重。

另一边，平国公府，白敏敏也是不停烦着章怀玉追问原委，可章怀玉不理朝政，白敏敏怎么问，他都是三不知。

见白敏敏闷着气，他还敢叫屈：“我虽与陆停交好，可朝政之事也不好随意过问吧？平国公府乃是外戚，过问通敌叛国之事多不合适，你与我置气可不管用，靖安侯若未做此事，大理寺定然会还他一个清白。”

清白清白清白！信都搜出来怎么还人清白！他是野豕吗！白敏敏根本就不想再同他说话。

她倒是回了趟昌国公府问过她爹，可她爹也是什么都不知道，只一个劲说着明亭远不可能干这种事。

白敬元背着手在屋里走来走去，比她还要着急，不知怎的一拍脑门，竟想出了入宫面圣，门客周先生忙把他给劝下来了。

通敌叛国乃是大罪，若真定下来，昌国公府作为靖安侯先头夫人的母家，怎么想着将自个儿从九族中摘出来才是正理，哪有上赶着送命的。

再说了，他入宫面圣也不抵用，靖安侯是否叛国还有待查证，并非三言两语就可定罪脱罪，且人家还有定北王那般本事的女婿，定北王还未归京，一切还未有定数，现下着急也是无用。

这周先生所言甚是有理，白敏敏听了，也说不出什么反驳之话。

定北王府如今也被严加看守，里头的人出不来，外头的人进不去，为今之计，也只有等定北王反应了。

一连三日，江绪在外都没传回半点消息，大理寺狱也未有任何进展。

唯一令人欣慰的是，听闻陆停与大理寺狱打了声招呼，给怀有身孕的靖安侯夫人裴氏单独辟了一间牢房。

这三日明檀困在府中，也不是什么都没做，王府虽被兵将围守，可总不至于饭食都不让用，每日还是照例有人上门送新鲜菜蔬，入夜也有人往府外运送恭桶，明檀便借着这不得不出入的当口，与白敏敏通了几回信，也得了些外头的消息。

这信当然是不易传的，万一被发现，便是给眼下境况雪上加霜。好在明檀素喜翻阅杂书，从前也与白敏敏试验过古书上的法子：“矾水写字令干，以五棓子煎汤浇之，则成黑字。”

她俩来往的纸上什么都没有，得用些特殊法子，字迹才能显现。

只是这信通到第四日，明檀用五棓子汤浸湿纸张，耐着性子等待字迹显现，却见到了不甚熟悉的笔迹，上书："定北王已秘密归京，藏身别玉楼，最迟三日，将点兵北征。"

这信，不是白敏敏写的。

明檀脑中"轰"的一声，纷杂念头倏然闪过，不是白敏敏写的，那会是谁？上面所书是真是假？写信之人又有何目的？这人是怎么将信掉包，又是如何发现她与白敏敏的通信之法的？

明檀惊疑不定，下一瞬，她摸了摸纸张，忽然又发现，不对。

这写信的纸张是纤云纸，纸张中等，比不得平日白敏敏所用的薄雾纸来得金贵。

可这纤云纸原料产自灵州，灵州遭难后，原料难以供应，若要因此提价，在此之上又有更多可选的好纸，是以高攀不上，低就不来，今年京中纸坊已不再生产此种纸张。

若没记错，因着定北王府常年给下人供发纤云纸，京中停产前的最后一批纤云纸全都入了王府。

想到这里，明檀沉静吩咐："素心、绿萼，速速去查，今日府中有可能接触到这封信的所有人。"

"是。"

素心与绿萼毕竟是历练多年的大丫头，排查个府中下人自是不在话下，不多时，人查出来了，杂役处的王婆子被带到了启安堂花厅。

这王婆子头发灰白，长了张老实本分的脸，看着是个做惯了粗活的普通仆妇。她入府已经十数年了，像个隐形人似的，一直安安静静地在杂役处干活儿，哪儿缺了人便替哪儿补上，总归没干上过什么要紧活计，也不会来事，是以入府多年都只是三等。

今日素心、绿萼去查人，见她神色不对，躲躲闪闪，拿了逼问几句便马脚毕露，如今提溜到明檀面前，更是没三两句全招了。

原来她是宿太后多年前就安插在王府的钉子，从前从未暴露，是因她从前从未行事。她过惯了本分日子，蓦地让她办事，她委实紧张得很，是以见人来查，便慌得不行。现下招完，她跪在地上，仍是不停地磕头求饶，一副只求活命的胆小怯懦模样。

明檀神色不明地淡扫了王婆子一眼，不疾不徐地拨弄着茶盖，半晌，她极平静地说了声："绕这么大弯子暴露自己，不打算活命了是吗？太后调理人，倒很有一手本事，隐忍、牺牲、忠诚，你很不错。”

此言一出，跪在地上的王婆子不再磕头，她静了一瞬，忽然抬头看向明檀，面上不复先前怯懦模样：“王妃好眼力。”

素心与绿萼闻言一惊，忙护在明檀面前。

明檀却挥了挥手，示意她们退开。

问话不宜让云旖知晓，她便未让云旖在花厅守着，为防此人习武，人带过来时都是手脚紧缚的，还给强灌了碗软筋散，厅中也燃有令人使不出力的熏香，她与素心、绿萼都事先服用过解药。

此人来者不善，若非如此周全准备，明檀也不敢贸然见她。

“隐忍蛰伏十数载都未暴露，又岂会是卖主活命的泛泛之辈，甘做三等杂役，无非是王府每每升等便要追查一遍祖宗十八代，你容不得半分闪失罢了。”明檀审视着她，“还有那手字，写得甚是不错。”

常说字如其人，端看那手字便知，她不可能是个十多年未行事就只想继续过本分日子的普通仆妇。

“说吧，宿太后让你传什么话。”明檀径直道。

“老奴要传的话，尽数写在信上了。”王婆子跪得端正，答得也平静。

“我为何信你？再说了，王爷归京又如何？太后莫不是以为王爷躲着我，不救我父亲，我便会怨上王爷。”

“通敌叛国是大罪，若只是不救，也算不得什么，可若是陷害呢？”王婆子抬眼看她。

明檀一顿，随即又掩了过去，仍是一副若无其事的淡然模样。

王婆子又道：“王妃以为王爷为何娶您？喜欢吗？抑或是皇命不得不从？又或者，是王妃以为的报恩？”

听到“报恩”，明檀蓦地抬眼。

王婆子笑了：“王妃真是天真，定北王殿下是什么人，您并非刻意为之的恩情顶多算是凑巧，真值得权倾朝野的定北王殿下以王妃之位相聘吗？还不是因为……您有个功高震主还不懂乖乖上缴兵权的爹？不过祸不及外嫁女，想来王妃的这份恩情，能保靖安侯府不被株连九族就是了。”

“继续。”

“太后如今也没几日好活了，都说人之将死，其言也善，太后不过是见不得王妃被人利用，蒙在鼓中，待临了了，灭族抄家，还要体谅仇人罢了。”王婆子顿了顿，“当然，王妃若觉得太后是挑拨你们夫妻感情也无不可，毕竟太后与圣上、定北王殿下，本就是毕生宿敌，自然见不得他们好，能有拿来挑拨的由头也自要挑拨一番，可总归，这由头是真的。”

明檀未应声。

王婆子又道：“想必此刻府外已然有诏，许是这样下的，‘经查，靖安侯通敌北诃，泄露军情，着即抄家问斩。北诃虎视阳西路，边境作乱，命定北王为北征帅首，三日后，率兵出征北诃。’王妃若不信，尽可派人去查。”

明檀一言未发，半晌，她吩咐道：“带下去，严加看守。”

绿萼福了福身，示意守在外头的粗壮仆妇将人带了下去。

明檀静坐半晌，紧攥着手，又吩咐素心：“不论用什么方法，我要知道，外头是否已有对爹爹调查处置的诏令。”

嫁入王府已经多时，她虽未刻意经营，然想探听府外消息，不至于断了一条路，就毫无法子。

一个时辰后，素心回了。

她面色惨白，见着明檀，什么都没说，只“扑通”一声跪在地上。

“如今王府被兵将围守，你是如何与寿康宫通信的？我要知道，如何离开王府。”柴房内，明檀居高临下，静静地看着被五花大绑扔在地上的王婆子。

王婆子似也不在乎柴房脏灰，半倚在墙边，抬眼瞧她：“老奴能与寿康宫通信，不等于老奴有法子出去。”

“没有便算了。”

明檀不欲与其多言，转身便要离开。

可这王婆子又在身后喊住她：“王妃！”

明檀略略停步。

“听闻王府中有一密道通往府外，但老奴并不知这密道在何处，即算是知道了，凭老奴也无法靠近，不过王妃许是可以。”

明檀闻言，头也没回地往外走了。

府中有密道……明檀第一时间便想起了江绪的书房。

那日无意得知书房中藏有密室，可因太过尴尬，她只顾着快些逃离，倒忘了细想，当日守卫似是并不知，夫君正在与人秘密议事，如若知晓，应不会让她往里送宵食的，起码也应先通传一声才是。

守卫既不知晓，议事之人又怎会凭空出现在密室之中呢？

她想到了什么，径直走往书房。

深冬的夜，一片漆黑，一连几日都是浓云蔽月，明檀从书房密道走出王府时，外头寒浸浸的，风冰凉，似乎能吹透厚实的斗篷。

她坐上灰篷马车，一路赶往别玉楼。

经过府衙，她撩帘望外，忽地喊了声：“停车。”

下了马车，她走到府衙外的布告栏前，一字一字缓慢读着那封诏令。

先前素心来禀，她总觉着不甚真切，可如今看到诏令上的数道玉印，却又觉得那玉印的红格外刺眼。更刺眼的是，这道诏令的内容，与王婆子所言相差无几。

只一点，定北王并非三日后率兵出征北诃，而是明日。

若非他明日就走，她许是还能沉住气，在府中等他回来，可如今她等不了了，她必须今夜就见到江启之，听他当面给一个解释。

那是她的爹爹，是她的兄长，是她的族人，她似乎还做不到拿一句虚无缥缈的相信，安然坐在府中，去赌明家满门的性命。

北地战事将起，京中骇浪惊涛，别玉楼却仍是醉生梦死温柔乡，管弦丝竹，歌舞升平，远远望去，灯火璀璨辉煌。

时间仓促，明檀也来不及做什么万全准备，只在马车中换了装，扮做小厮模样，在楼外与白家表哥碰上面，便随他一道入了别玉楼。

上回来这楼中，她还是个未出嫁的小姑娘，七夕乞巧，外头热闹，里头空寂，她在水盈的闺房中，紧张又好奇地打开了避火图册。

如今里头满堂华彩，目光所及之处俱是京城第一楼的绝色名姝，她似乎还瞧见水盈正绕着彩带自半空翩翩而下，不知又编排了什么新舞，围观捧场者众。

别玉楼热闹如昨，可那些曾藏于空旷楼中的不安羞窘，好像，都是很久以前的事了。

“表哥，你在这儿，我上去。”明檀低声道。

“那可不行，我陪你一起！这可是花楼，怎么能让你姑娘家一个人上去。”

“无事，我有分寸。”

“那也不行，我……”白家表哥正说着话，眸光无意一瞥，忽然瞥见楼上转角处一抹熟悉身影，他半眯起眼，喃喃疑惑道，“周先生怎么也在这儿，他不是不近女色吗？”

“周先生？”明檀顺着他的目光望去，没找着人影。

“周先生是我爹最信重的门客，我爹那脾气你也知道，和个炮仗似的，一点就着，也就周先生本事大，能劝得住他。”

明檀眸光忽地一顿，凝定住暗处某道极难注意的身影，半晌，她的手不自觉攥紧又攥紧，都掐进肉里头了，仿佛也不知疼。

周先生。

原来是他。

那回在王府匆匆一瞥的身影有些眼熟，可怎么也想不起在哪儿见过，如今她想起来了，原来舒景然来府那日，书房的第三个人，是他。

这位舅舅身边最得信重的得意门客，原来是江启之的人。

许多被遗忘的细枝末节，在这一刻倏然涌上了脑海——

明檀想起许久之前，她与白敏敏一道躲在舅舅书房中翻找话本，无意撞见舅舅怒气冲冲闯进书房，因令国公府的腌臜事儿怒不可遏。当时便是这位周先生在一旁好言相劝，劝他少安毋躁，一切等她爹爹回京再说，省得他人背后议论舅家越俎代庖。

可如今想来，令国公府瞒得密不透风的腌臜事儿，舅舅到底是从何得知？这其中有没有周先生，或者说是他这位定北王殿下的手笔？

再到后来，退婚之事无可回转，她让舅舅帮忙打听的令国公府家宅秘辛，到底是舅舅打听到的，还是他定北王殿下通过周先生想让她知道的？且她明明只知其中一二，为何令国公府的各色传言会闹得满城风雨一发不可收拾？

还有，那年上元夜的落水，他到底是报恩相救，还是不想令国公府与靖安侯府这桩婚成，才勉强一救？

如果，如果宿太后所言是真，他的筹谋，是在她与令国公府退婚之前就开始了，是吗？

她的退婚与赐婚，在很久以前，就已成定局，是吗？

不知为何，明檀不敢再深想下去，甚至有一瞬间，她恍惚犹疑，有些不敢踏上脚下的台阶。好像一踏上去，她便会知晓，所谓情爱喜欢，是真切存在，抑或只是她一厢情愿走进了……明明编织得不甚精妙，她却甘之如饴的幻局。

其实若这般想，她曾问过，他也曾答过的。

“那夫君娶我，是想要报恩吗？夫君对我好，也是因为想要报恩吗？”

“不全是。”

她仰头望了望别玉楼顶的花灯，那里头光华流转，璀璨夺目，晃得眼都生疼。

“……此地兵将无须多留，天险之势，以拖尽兵马粮草为上策，左右二军尽数备攻羌虞，收复荣州，才是此仗主要目的。”

“那殿下一行，明日出发取道青州？”

“明日点兵离京后，你们兵分三路先行出发，本王还有些事需要处理。”

“王爷要回趟王府？”这几日靖安侯府之事甚嚣尘上，内里蹊跷得很，王爷一直没表态，昨日回京，也未回王府，有好事者便忍不住问了。

江绪不置可否。忽然，他眸光一顿，扫了眼屋外。

议事将领也察觉到有人上楼，屋中一时变得很静。

明檀一路躲藏上至别玉楼顶楼，早先知晓别玉楼乃王府产业时，她问过江绪，知道他若来这里，多半会在顶楼。

只是顶楼守卫森严，她好不容易上来了，还没走两步，便被守卫发现，以剑鞘交叉相拦，呵斥：“你是何人？此地不得随意进出，速速离开！”

明檀沉默了番，忽然摘下头上的帽子，满头青丝倾泻。她抬眼，平静道：“我是定北王妃，来见王爷。怎么，不可以吗？”

守卫明显怔了一怔，见到明檀手中的王妃玉牌，才忙躬身告罪：“属下未能识出王妃，还请恕罪，王妃稍等，属下这便为您通传！”

屋中俱是习武之人，外头话音自是听得分明。几位曾躲在王府密室听过私房话的武将都不由得望向江绪，王妃这都跑到别玉楼来了……

“禀王爷，王妃求见。”守卫在门外通传。

江绪沉默片刻，回身应：“进。”

不多时，明檀随着守卫进了屋。

她就停在门口，穿着小厮的青布衣衫，头上没戴半根珠钗，面上也未施粉黛。

江绪望向她，不知为何忽然想到，若平日见着这么些人，却仅做如此打扮，她定要羞恼得找条地缝钻进去。

他略略抬手，屋中将领会意，都往外退。那位周先生缀在最后，与明檀擦身而过时，脚步稍顿，明檀扫了他一眼，面上没什么情绪。

很快，屋中便只余江绪与明檀二人，明檀这才缓步上前，可她走至离江绪丈远之地，就停下了。

“你从密道来的？”江绪先开口问。

明檀定定望着他，没答。

然江绪心中已有答案，也无须她答："那密道不安全，里头塌陷过，以后别走了。"

"所以是因塌陷，那晚周先生才不得不走王府后门离开吗？"

她在府中就撞见过？

江绪抿唇，不置可否。

周先生的确是他安插在昌国公身边的人，可朝中大员身边，多少都有那么一两个人，或是归属成康帝与他，又或是归属于宿太后，朝堂常事，并不鲜见。

"这里不是说话的地方，我先让暗卫送你回府，明日我会回府……"

"这儿怎么就不是说话的地方了？在这儿说话烫嘴？有什么话不能现在就说非要等到明日！"明檀忽地红了眼眶，激烈地打断了他，"江启之，你看着我，你还想说让我相信你是吗？"

她抹了把毫无预兆掉下的眼泪，边点头边继续道："我愿意信你的，可我爹爹如今已经被定罪为通敌叛国了！通敌叛国是何等大罪？你有什么事不能和我说，非要我等？那是我的爹爹、我的族人，我连你到底是因何娶我都弄不明白，你要我怎么等得下去信得下去？！"

江绪想上前，可明檀却下意识往后退了一步。

也不知江绪在想什么，凝望半晌，他忽然负手背对明檀，吩咐道："来人，送王妃回府，没有本王命令，定北王府上下谁也不许进出，一切等本王明日回府再议。"

话音方落，两道暗卫身影闪出，拦在明檀面前。

明檀怔怔。

他从前只是不喜欢主动说，可如今她来问，他也不说了。他究竟有没有那么一刻，是在认真将她当妻子对待？

"王妃，请。"

明檀仿若未闻，固执地凝视着他的背影，可他始终未有回头之意。

过了很久，她才动作迟缓地往后退。

退了几步，她正要转身，寂静屋中数扇雕窗忽地齐齐洞开——

明檀抬眸，就见窗扉上钉着数支羽箭！

没了窗子遮掩，羽箭破风，从暗夜深处直直射向江绪。也不知江绪是否早有准备，他抽出搁在八仙桌上的剑，剑身反射出耀目白光，几声铿锵交刃，那几支羽箭尽数散落在地，他回头，沉声吩咐：“保护王妃离开！”

暗卫正要应是，明檀目光一顿，忽然上前扑向江绪：“小心！”

江绪早已察觉来箭，只是未料明檀会突然扑过来，好在他反应极快，略略侧身的同时伸手将她推开，在冷箭擦身而过之际，又利落挑剑，将其打落在地。

可没想到，略迟这箭一瞬的，还有另一支来自西面雕窗的羽箭，瞄准的不是他，是明檀。

他眸光蓦地一紧：“阿檀！”

他移身易影，上前接住闷哼一声摇摇欲坠的明檀。

因他一推，这箭射偏了些，只射到明檀的肩头，可箭矢淬毒，泛着幽幽冷光，将明檀肩头洇出的血都染了层乌黑。

江绪眸光沉沉，迅速点住周围几处穴道：“叫封太医上来。”

一位暗卫略顿，应了声“是”，迅速从箭雨中抽离。

那箭射入肩头的一瞬，明檀的五感仿佛消失了，直到落入江绪怀中，略动，她才感到那迅速蔓延至四肢百骸的剧烈疼痛，只一息，她额上便冒出了豆大汗珠，唇色也倏然苍白。

可她忍着疼，眼眶发红，颤声坚持道：“这一箭，定是要射你，射，射偏了。我怎么说也是……也是为你挡的这箭，不管如何，你放过靖安侯府，好不好？”

她知道以他的本事，躲箭不算太难，可她若不赖上份恩情，又如何挟恩求情呢？不管利用还是喜欢，总归她与他之间，总是少不了恩情的牵扯。

江绪没答这话，平日敛下的杀伐之气骤然四溢，他单手搂住明檀，另一只手执剑，剑光翻覆间，一支支淬毒羽箭被打落，最后一支，他反手握住剑柄，当空平划而出，那箭“嚓”的一声，断成两截，坠落在地，随即他手中那柄冷剑也直直插在地上，剑身颤晃。

潜伏的津云卫于暗夜中全数出动，在两拨箭雨后，包围了这一批宿太后最为得意，又轻易不出的精弓手。

信号放出。

屋中暗卫也缓缓将剑收回剑鞘，拱手请示江绪。

江绪眼都没抬，只吐出个字：“杀。”

暗卫略顿，先前圣上与主上商议时，似乎是有将这一批精弓手收为己用的意思。他倒也没多嘴，领了命，潜入沉沉黑夜。

“这毒可解，微臣先前正好得了一株雪草，只是王妃这箭须得立时拔了，不然恐失血过多，又恐伤口感染。”封太医声音压得很低，还略微发颤，“不过微臣气力不够，怕是一次拔不出来，只能给王妃徒增疼痛。”

江绪闻言，没再多问，转身坐回床边。

“给你拔箭，忍一忍。”他直接道。

听闻拔箭，明檀拼命摇头，额上汗珠不停滚落：“不要，我怕！”

“箭不拔，你会因失血过多而死。”

听到“死”字，明檀害怕地瑟缩了下，可抗拒之意仍旧明显。拔箭那得多疼啊，她想都不敢想，可是不拔也很疼，她现在只要略动一下，就感觉自己快要死掉了。

明檀从未想过自己会有今日，眼泪吧嗒吧嗒掉着，眼睛鼻子全都通红。

半晌，她松了口，勉强撑着口气，虚弱道：“那，那我让你拔箭，你答应我，放过靖安侯府，好不好？”

“放过靖安侯府？”江绪垂眸看她，“不可能。”

明檀这心理准备本就做得不甚牢靠，身子抖得和筛糠似的，忽闻此言，她泪眼蒙眬地抬头与他对视。

说实话她再如何作想，也没想过她已这般田地，这样求他，他都能不动半分恻隐之心，所以她在他心里本就没有半点地位是吗，所以——

“啊——”

明檀还处在江绪过于决绝的不可置信之中，肩头忽地传来一阵无以复加的剧痛，她不由得惊叫出声。

在痛到失去知觉晕死过去的前一瞬，她眼前隐隐瞥见被拔出来的带血的箭头，还有江绪略微松动的面容。

明檀也不知自己睡了多久，她似乎是跌入了一个极为冗长的梦境。

梦里有幼时爹爹给她推秋千，那秋千推得极高，仿佛能飞出侯府高墙，望见上京城里夏日摇曳的柳絮，秋日金黄的银杏，还有冬日纷飞的大雪。

一转眼，又到了她的笄礼，明珠熠熠，高朋满座，她穿了身明艳繁复的锦裙，锦裙上豆蔻枝头的金雀都纤毫毕现，笄簪上南珠的光泽也清晰莹润。

还未待她走向笄者，画面恍惚一转，又至那日新婚。

喜红璀璨满目，夫君执喜秤，挑开她的大红盖头，她与夫君交杯，而后她又垂首，惴惴不安地给夫君解起腰间玉带。

忽然，一支冷箭从窗外射进来，她就那么呆怔看着，夫君却忽地往她身前一挡——

“夫君！”

明檀倏然睁眼。

她眼前空白了瞬，待眸光回拢，才发现眼前是浅粉色的帐顶。

原来是梦，幸好，幸好只是场梦。

她心跳极快，背脊也生出层薄汗。

缓了好一会儿，她想起身，可肩头传来的疼痛拉扯又让她面色唰地煞白，她重新躺了下去，再不敢乱动。

“小姐，您醒了！”绿萼恰巧进来换水，听见动静上前，她不可置信地捂着嘴，眼眶发红，“小姐，您终于醒了！奴婢快要担心死了！”

“无事……”明檀张口，喉咙却干涩得很，说出的话好像没声，身上也软绵绵的，使不上劲。

见她秀眉紧蹙，艰难吞咽，绿萼欣喜之余，也不忘上前给她喂水润嗓子。

“来，小姐，慢点喝。”

沿着杯壁小啜了几口，明檀总算是活了过来，嗓子也有声儿了：“我还在……别玉楼？”

这帷帐，这房间，都与她昏死之前所见的一般无二。

绿萼忙点了点头：“封太医说，您醒之前不宜妄动。您身上刚清了毒，虚弱得紧，再加上马车颠簸，来回挪动容易致使伤口开裂，所以殿下直接封了别玉楼，让您在此养伤。您放心，里里外外伺候的都是咱们王府的丫头，断不会让那些不三不四的女人接近分毫，外人也不会知您在这楼里头的。”

她以为明檀是嫌花楼脏晦，特地解释了番。

然明檀只注意到：“我中毒了？”

“是呀，那箭矢上淬了毒，幸好封太医医术高明，再加上殿下及时封住了您周围穴道，这毒才不至于四下扩散。”绿萼想想都觉得后怕，“不过封太医说了，此番中箭中毒，小姐元气大伤，待伤好后，至少得调养个一年半载才能完全康复，还有这右手，以后万不可再久做女红了，好在捡回条命，若是再往下射些，以后可让奴婢怎么活！”

明檀想说些什么，可见屋外昏沉天色，她忽然问：“我昏睡多久了？”

“您都昏睡整整五日了，奴婢险些以为您醒不过来了呢。”说到这里，绿萼的眼泪更是收不住。

五日？

明檀蒙了。

“那夫……王爷，已经出征了？”

“大军已经出发五日，可您迟迟不醒，殿下为了照顾您，便留了下来，只不过今夜也必须出发了，听说再晚便赶不上大军……”绿萼一拍脑袋，“糟了，殿下方才来看过您，见您没醒，去换戎装了，这会儿该不会已经走了吧！”

她急急忙忙起身：“奴婢这便去给殿下通传。殿下这几日一直守着您，您一直没醒，若能在走之前知道您已转醒，殿下在战场上也定会心安许多的。对了，还得将这信儿给老爷夫人传去……”

明檀还怔在某人即刻就要离京的消息中没能回神，迟缓片刻，才想起叫住绿萼：“你方才说什么？老爷夫人？”

“您瞧奴婢这脑子，一高兴都忘了告诉您，老爷洗刷冤屈了！”

绿萼后知后觉地反应过来，满脸欣喜道：“这通敌叛国一事，原是太后陷害，那些个信件亦是伪造，通敌叛国的可不是老爷，而是宿党余孽与老爷从前的部下！

“说起来，老爷那部下可真不是个东西！老爷一力举荐他接任阳西路帅司，他竟通敌叛国，背叛大显，还妄图栽赃老爷！好在天理昭昭，报应不爽，大理寺已然查清真相还老爷清白了！”

明檀闻言，指骨微屈，脑袋空白了瞬。

爹爹洗刷冤屈了？

所以，抓捕爹爹到底是一时的权宜之计，还是他终究心软，放过了靖安侯府？

明檀出神的这会儿，绿萼已出门通传。

江绪带上一队精兵正要出城，忽闻绿萼前来通禀，他沉默片刻，抬手示意众人停下：“半个时辰后准时出发。”

说着，他利落地翻身下马，穿着一身戎装，径直去见明檀。

内室珠帘晃动。

明檀放空许久的思绪被这晃动声拉扯回来，她抬眼，对上江绪由远及近的视线。

他是惯常地沉默着，走至床榻边，撩开下摆落座。

“感觉如何？”他嗓音略哑。

明檀没应声，忍着疼，翻身转向里侧。

可江绪又将她翻了过来："朝里会压伤口。"

明檀也没驳他，就是不出声，也不看他。

他定定地凝望了会儿明檀，又拨开她清瘦小脸上散落的发丝，声音不高不低："半个时辰后，我便要出城，此去少则半载，长则一年，有些话，不管你相不相信，我还是应与你解释。

"你父亲之事，乃将计就计之策。你父亲早已知晓，并全力配合，所谓通敌信件，亦是你父亲亲手所造。兹事体大，稍不注意便会打草惊蛇，所以只能瞒下，回京之后没有立时回府，也是要钓宿太后的精弓手上钩，我并未有算计靖安侯府之意。"

半晌，他又补了句："至少，如今没有。"

秋猎皇帐相谈，他接下彻查郭炳茂与北讠可互通的差事，还未回銮，便派遣津云卫秘密前往北讠可，阳西路有定北军驻军，两厢合作，很快便查清互通原委。

郭炳茂手中虽无调兵用兵之权，可怎么说也是执掌阳西路的一路帅司，意欲向他行贿的官绅多如过江之鲫。

他这些年一路升迁，手中权柄越来越大，欲望自然也越来越多，再加上宿家安插进他后院的美妾煽风点火，他这原本在靖安侯手下老实忠诚的猛将，心思也慢慢开始活络起来。

只不过他虽贪贿，却并无叛国之意。奈何天意弄人，北讠可手中握有他在阳西路收受贿银之证，以此相胁，还给出大批金银许诺。

通敌叛国是何等大罪！

郭炳茂自是万不敢犯！

前后皆为绝路，可收受贿赂至少不用累及家人性命，思索再三，郭炳茂决心自陈己过上达天听。

可他请罪折子都写好了，北讠可那边竟又传来消息，说是知他手中并无实权，也无须他多做什么，帮北讠可与靖安侯搭上线即可。

郭炳茂动摇了。

搭线而已，且也只需要靖安侯在关键时刻动动手脚，成败与否，大都牵扯不到靖安侯身上，更牵扯不到他自己身上。

查清此事来龙去脉，成康帝即召明亭远进宫。

依成康帝的意思，北讠可既有此意，不如将计就计，拿乔几个回合，再与其假意互通，探其虚实套取情报，拿到关键信息，就立即以通敌叛国之罪将其下狱。

如此一来，便有了堂堂正正的理由，先发制人出征北诃，一路攻向羌虞，收复荣州。

此事筹谋已久，阳西路那边，定北军三路驻军已由自南律直赴西北的沈玉接管，上京出诏之际，沈玉也拿下郭炳茂，全权控制阳西路，并向北诃攻进，打北诃一个措手不及。

待到江绪所率大军出征，无可回转，这罪名就可尽数转嫁至宿太后身上。

宿太后作恶多端，眼看着是不行了，总不至于从前种种只宿家人代她受过，她还能风风光光以太后规制葬入皇陵。

可一国太后，轻易不可动，先前宿家妄图发动宫变，满门遭难，唯宿太后没留下半点把柄，称病避居寿康宫，全身而退，如今也只有罪无可赦的通敌叛国，才能让她得到应有的惩罚了。

江绪说完，明檀静了好一会儿，忽问："如今没有算计靖安侯府之意，所以从前有的，对吗？"

其实有些事很明显，从前赐婚，也是皇上与太后抢着要赐，陛下不放心爹爹手中兵权过甚，一时打压不下，又不想爹爹被太后拉拢，所以才先截下了这桩婚。

只是她从前未想，截下这桩婚，陛下想要的也许不是拉拢，而是让其彻底消失。

江绪没出声，权当默认。

明檀又平静道："你如今未有，然陛下仍有。通敌一事，爹爹根本没有不配合的权利。他若乖乖配合，就还有如今日一般的转圜，若不配合，这罪名生扣在爹爹头上，也并无不可，这将计就计半真半假，也是在暗示我爹爹，君主永远不可能对一个无法全然信任又手握重兵的臣子放下戒心，识相的，事毕之后上缴兵权才是正理，我所言对吗？"

"不是你想的这般。"

"那是哪般？"

此话，江绪又无从解释，成康帝虽未挑明，但心中大约，就是这般作想。他忌惮靖安侯，也不能全然信任靖安侯，即便知其并无反心，也要夺其兵权才能彻底心安。

今次种种，虽是将计就计，可让靖安侯身陷囹圄感受万般滋味，难说没有暗示他，为君者对掌兵之将有多忌讳的意思。

半个时辰在两人交互的沉默中拉扯殆尽，窗外升起将领发出的信号。

江绪起身，凝视着明檀，沉声道："不管从前如何，你又如何作想，我心悦于你，所以只要你一日是定北王妃，我便会不计代价，保靖安侯府一日满门荣耀。"

"矾水写字令干，以五棓子煎汤浇之，则成黑字。"出自《夜航船》，卷十九，物理部。

第十六章
出征

入夜淅沥下起小雨，檐角雨水滴滴答答，明檀侧卧榻上，静静听那雨声。

白敏敏与周静婉冒雨前来时，素心晾温了粥，正打算送进屋中。

白敏敏顺手接了：“我来吧。”

素心点点头，朝她俩略一福身，又看了眼她俩身后之人。

章世子、陆殿帅、舒二公子，来得还挺齐全。

素心本想着，男子进屋可不合规矩，然转念又想，在这花楼逗留数日就已是最不合规矩的事儿了，且还有静婉小姐在，所以也没多说什么。

白敏敏小心翼翼地端着粥，领了众人进屋，她小快步走至榻边坐下，放下手中粥碗，眼泪汪汪地看向明檀：“阿檀，你受罪了！”

明檀眼睫轻颤，虚弱道：“我没事。这个时辰你们怎么过来了？”

“这些时日本就夜不能寐，听说你醒了，我哪还能坐得住！”她紧握住明檀的手，“还疼不疼？肯定很疼吧，我让章怀玉着人去寻西域奇药了，定能将疤痕祛得半点都瞧不着，你放心！”

明檀极浅地弯了下唇：“还是你最了解我。”

“那当然——”白敏敏一张嘴就停不下来，周静婉轻轻拉了拉她，目光定在锦枕一大片洇开的深色上。

“阿檀，你肩上有伤，不应枕这般高的枕头，换一个吧。”

周静婉声音轻柔，动作也极小心，她扶住明檀，示意白敏敏换枕。

白敏敏不明所以地照做完，才发现原本那只锦枕是湿的。她怔了怔，心疼之意愈甚。

倒是明檀看起来颇为平静，主动让白敏敏喂她喝粥，白敏敏点头，忙不迭端起粥碗，一勺勺舀起，细致吹了吹，才送入明檀口中。

屋中很静，舒景然他们入了屋，也不好上前，就那么远远站着。

等白敏敏喂完粥，姐妹三人叙完话，周静婉才极淡地递了句话，也不看人：“不是有话要说吗，长话短说吧，阿檀还需要休息。”

陆停闻言，率先开口。毕竟阿婉已冷他多日，今夜若非带她来看王妃，估摸着她还能继续冷下去。

可惜他不大会说话，说也说不到点子上："……大理寺狱怎么说也是天牢，即便是殿下交代过，条件也就是天牢的条件，侯爷肯定吃了些苦头，但王妃放心，侯爷性命无虞。"

舒景然听了都有些想要扶额，不得不接过话头解释道："陆停的意思是，侯爷无碍，未受皮肉之苦，只不过天牢潮湿，饭菜简单，这几日委屈侯爷了。"

陆停抿唇颔首。

见明檀毫无反应，舒景然又继续道："其实启之不想瞒你，可京中亦有北诃与羌虞的探子，若是打草惊蛇，那侯爷先前所探知的情报便全然作废了，毕竟就连定北王府都有宿太后埋藏多年的钉子，不是吗？"他顿了顿，"而且此事，除却陛下、启之，还有侯爷与陆停，其他人都不知晓，王妃应知，君命不可违。"

这话难道会有用？章怀玉不由得望了他一眼。

然舒二不急不缓地递进道："下诏那日，大功半成，启之本是要立时回府让你心安的，可他半路突遭宿党余孽伏击。"

明檀指尖微动。

"宿太后自囚寿康宫，图的是百年之后皇陵安寝与香火供奉，可她窥见，陛下与启之并不想给她这个机会，所以干脆拉人陪葬，拉一个是一个，一边伏击启之，一边又不惜启用王府掩藏多年的暗桩，离间你与启之的夫妻感情。

"那夜别玉楼，启之本就在等宿太后的精弓手，你突然出现，他无法预料对方何时动手，想将你送回王府，也是怕你在此地逗留会生意外，可惜，这意外最后还是生了。"

这些事明檀多多少少明白，也没给出更多的反应。

章怀玉心底打鼓，第一万次怀疑舒景然到底行不行。

"当然，我知道王妃最在乎的，并不是这些。"舒景然忽道，"不知王妃可还记得南下灵州时，灵雨河上那场大火。王妃昏睡了一天一夜，他便不眠不休守了一夜，我让他去休息，换婢女轮守，他说不用。生平头一回，有女子为了救他，闯入火海，他问我，这是不是因为你心悦于他？我反问，若是心悦他待如何？他答——若是心悦，不可辜负。"

明檀不由得捏住了锦被。

"虽然迎娶王妃非他本意，可赐婚旨意下达之时他也曾言，既娶了你，便会保你一生无虞。其实他从未想过要对付侯爷，相反，他一直很欣赏侯爷，"他稍顿，意有所指道，"若非启之，靖安侯府与令国公府，说不准如今已成患难亲家。”

章怀玉不由得侧头，为了江启之，他这是连陛下都内涵上了啊……这话层层递进得，可真不愧是探花郎。

话至此处，舒景然停了片刻，随即又缓声道：“许多事，到底真心，还是假意，王妃心中定有判断。今次之事，虽形势所迫，非他所愿，可王妃昏迷不醒时，他说他错了——‘让我的妻子受伤，是我最大的过错。’”

白敏敏与周静婉都不由得触动。

定北王殿下那样的人，竟能说出这样的话……若不是相信舒二公子人品，白敏敏真有些怀疑是他自个儿在胡乱现编。

“该说的话舒某都说完了，启之生性如此，不喜多动唇舌，其实他这性子比从前已经好了许多，从前他行事，从不屑于同人解释，有时过个一年半载，旁人才恍然大悟。

“今夜冒昧前来，也不过是因舒某知晓，启之在乎王妃。此去西北，凶险多艰，若能得王妃一句谅解，想来他上阵杀敌亦会更顾惜己身，如此，舒某还能见他留着条命回来。”

他远远行了一礼：“舒某叨扰，还请王妃见谅。”

陆停本想附和两句，可舒景然不着痕迹地看了他一眼，他张了张嘴，又继续保持缄默。

相比之下，章怀玉就识趣多了，舒景然这话点到即止，再往下卖惨就少了点意思，是以他根本就没打算多说，只给白敏敏抛了个“先走”的眼神。

白敏敏会意，与周静婉对视一眼，轻声道：“阿檀，时辰也不早了，你好生休息，明儿我再与静婉一道来看你。”

几人轻手轻脚往外退，还轻轻带上了门。

出了别玉楼，陆停走在周静婉身侧，低声问她今日表现可还满意。

周静婉不看他，只看向不远处的马车，轻声细语道：“话都是舒二公子说的，即算是阿檀宽了心，也与你无干。”

陆停还想再说些什么，后头忽然传来绿萼的呼喊：“敏敏小姐，静婉小姐，留步！”

绿萼提裙追了上来，满脸焦急：“小姐！王妃！小姐她……”

“慢慢说，阿檀怎么了？”周静婉问。

绿萼汗都急出来了：“小姐也不知怎的，奴婢方才进去，就非要奴婢去寻人备马，说是要出城！”

白敏敏瞪大眼睛：“出城？难不成她是想去追王爷？她伤成那样，疯了不成！”

“这，这委实不必，写信即可。”舒景然也有种弄巧成拙的错愕感。

“可小姐已经挣扎着坐起来了，还说这城她今日非出不可，奴婢若找不着人带她去，她就要自个儿走过去，看谁敢拦她。”

拦是肯定不敢拦的，走她也走不过去。只是若没下楼就再晕一回，这罪过谁也担不起。

白敏敏与周静婉正要跟绿萼一道去劝，就见明檀颤颤扶着窗沿，往下望。

“阿檀！”白敏敏与周静婉担忧喊道。

陆停也不知哪根筋没搭对，眼见众人都焦急着要上楼劝她，他冷不丁说了句：“我带王妃去吧。”

周静婉：“……”

自上京前往阳西路，需从西城门出，然别玉楼在京城至东，一队兵马疾行一个多时辰，才堪出城门。

方出城门，就下起了雨，冬夜凛风刺骨，雨丝冰凉，有将领勒马提议：“王爷，今夜不如就在此处扎营暂歇，等雨停了再往前翻山？”

江绪勒住缰绳，回头看了眼不远处的城楼，沉声发令：“停，今夜在此暂歇。”

简易的营帐很快扎好，不多的干柴生起小小火堆，大家围着取暖，随意寻了地方，很快入睡。

江绪也坐在火堆旁，干柴不时迸发出噼啪声，火星子偶往外冒。

他这几日一直守着明檀，都没怎么休息，可这会儿不守着她了，好像也无法入睡。

其实若早知有雨，他大约会再留一晚，可转念一想，留与不留似乎也没太大差别，她总归不想见他。

静坐了一夜。

五更时天蒙蒙亮，众人转醒，收拾拆帐，准备上路。

江绪握住缰绳，最后看了眼身后，在晨曦微光中逐渐清晰的西城楼，不再留恋地发号施令道：“出发。”

“江启之！”

"驾！"

"驾！"

"江启之！"

身下千里马疾驰嘶鸣，江绪身侧，忽有将领大声提醒："王爷！后头仿佛有人在唤你！"

江绪速度稍缓，其实他也听见了，只不过那声音微弱又熟悉，他以为是自己出现了幻觉。

一队行速俱缓，马蹄声静，身后唤他名讳的声音虽远，却比先前来得清晰。

"江启之！你若是回不来，我永远也不要原谅你了！"

江绪缓缓掉转马头，看向远处城楼上那抹极小的身影。

"是王妃？"

"好像是……"

有人大着胆子向江绪建议："王爷，您要不要回去与王妃说几句话？左不过一两个时辰，咱们后头少休息会儿定能赶上大军。"

"不必。"

江绪凝望着那道身影，明明隔着很远的距离，可他好像与她对视了。

半晌，他抬手，眸光锐利坚定："收复荣州，此战刻不容缓，出发！"

马鞭一扬，马身利落回转，铁蹄扬尘，逐渐隐没在远离上京的山林之中。

三个月后，上京。

百姓冬袄换春衫，显江边柳树抽芽，又是一年春至。平国公府门前的春正大街被各府车马堵得水泄不通，原是国公夫人携世子夫人一道操持起了今年的春日宴。

白敏敏如今身为平国公府的世子夫人，协理府务中馈是应尽之责，然她与宴畅快，要她办宴就不怎么提得起兴致了。

好在府中有章含妙这么位热衷此道的小姑子。

因着章含妙前头办的那些宴会总是生出事端，平国公夫人许久都未再许她张罗操持。

可如今念着她也到了相看人家的年纪，多办几回权当历练，也就睁一只眼闭一只眼放她去了。

"原是含妙出的力，我道你何时这般周到妥帖了呢。"周静婉轻嗅着特地为她而备的竹青茶，轻声道。

“虽是含妙出的力，可你这竹青茶是我让人备的好不好！上回看戏，你说这几日有些积食，气不顺，我可都牢牢记在心里。”白敏敏绝不肯落下自己的一份功，“还有阿檀这杯，特特用了冬日所存的梅上新雪烹煮，阿檀最喜欢了！”

明檀闻言，端起茶盏轻嗅梅香，浅啜一口，又略带调侃地说了声：“到底是嫁了人，从前可不见如此细致。”

白敏敏本想驳她，可见她小脸清瘦，唇色偏淡，话至嘴边还是咽了下去，只回身吩咐道：“给王妃拿只手炉来。”

婢女福身应是，明檀喊住：“不必了，都入了春，用什么手炉。”

“虽入了春，可这时节乍暖还寒，你伤还没好全，身子骨弱，可不能着凉。”

白敏敏这话压得低了些。

明檀受伤一事外人并不知晓，几月未曾露面，也只寻了个风寒的理由略作应付，毕竟靖安侯府出了那等大事，虽最后还了清白，可靖安侯没过多久，便以沉疾未愈谢病请归，她不愿出门招摇也是人之常情。

说来，靖安侯交还兵权一事亦十分微妙。

若说陛下宽宏，这兵权可是实打实地拿回去了。

若说陛下容不得靖安侯，可通敌叛国的大罪竟给他洗刷了冤屈。

靖安侯请辞，陛下也很给面子，与他唱足了三请三劝的戏码，才勉强收回兵权，然枢密副使一职却是怎么也不许辞，还带着太医亲自出宫探望，又破格擢升靖安侯世子明珩为全州通判兼任桐港市舶使，俨然是圣眷不衰的势头。

“对了，听我公公说，姑父昨儿在朝堂上与刘御史争起来了？”白敏敏想起什么，试探问道，“似乎是因定北王殿下在西北斩了位将领——因着这事儿，刘御史还翻起他延了五日才赶上大军的旧账。”

明檀仿佛未闻后头半句，只若无其事应道：“我爹爹与刘御史也不是头回争嘴了，朝堂上争得面红耳赤，私下还能一起饮酒，关系倒也不差。”

她用了一小块糖酪青梨，又继续道：“说来，爹爹交还兵权之后，人轻松了许多，待母亲生产，他也能多抽些时间陪陪母亲与孩子，不失为一件好事。”

白敏敏与周静婉对视了眼——

那日定北王殿下出城，某人可是坚持追了过去，临时调来宽敞马车，还将封太医请来一路同行，以防伤口绷裂。

好在夜雨难歇，一队兵马就在城外驻扎，天蒙蒙亮时，总算追上了。

大家都以为，她有此举是既往不咎之意，可其后回府，她对定北王殿下却是绝口不提。

这三个月来，西北军情时时传入京中，她从不主动探听，有人说与她，无论胜败，她都是淡淡的，寄回的家书也不看，更别提回信了。

白敏敏胆子大，趁着今儿府上人多，她不好翻脸拂了自个儿的面，小心翼翼地问了句：“阿檀，其实有件事我一直想不通，定北王殿下出城那日，你还追上去让人别死，怎的这几个月对王爷消息却这般……”

明檀声音冷淡：“我让他别死，是顾全大局，若他死活与大显疆土无干，与大显将士无干，那亦与我无干。”

“那你可真是为国为民，忍辱负重呢。”与章怀玉斗惯了嘴，白敏敏不假思索便接道。

“……”

“如今平国公府是在逐客？”

“敏敏不会说话，你别理她。”周静婉忙将糖酪青梨往明檀面前推了推，又给白敏敏递了个眼神，“还不去前头招呼，少在这儿给阿檀添堵。”

白敏敏一脸错愕无辜，“我”了半天没我出什么话来，生生被周静婉半劝半推，赶去前头待客了。

然这不会说话的也不止白敏敏，明檀许久未出，骤然露面，许多贵女都上前与之叙话。

也不知是谁打趣道：“今儿这春日宴倒让我想起几句词，‘春日宴，绿酒一杯歌一遍，再拜陈三愿：一愿郎君千岁，二愿妾身常健，三愿如同梁上燕，岁岁长相见。’听闻前些时日定北王已率军攻入荣州禄县，这禄县一仗打得分外艰险，想必王妃定是在府中日日祈愿郎君千岁吧。”

明檀浅笑不语。

周静婉知她不愿谈及某人，不动声色地转移话题道：“郎君会否千岁不知，妾身常健倒是不易，阿檀这回风寒弥久，大家都好些时日没见了。”

“是啊，阿檀如今可好些了？瞧着清瘦了不少。”

“这春寒天也得紧着保暖，若是着凉，复病可不值当。”

三两句话题扯开，众人一道说着话，去戏园子看了两折戏，又去马球场上看了会子马球，气氛闲适寻常。

明檀伤愈不久，不宜太过劳累，是以从马球场出，就打算回转了。

在府外道别，明檀正要登上马车，忽有京畿大营的士兵匆匆赶来，有事要禀于章怀玉。

白敏敏见他面熟，没大在意便要放人进去，可他行礼时见着明檀，忍不住多看了两眼。白敏敏察觉有异，忽然问道："你有何事要禀于世子？西北军情？"

"这……"士兵吞吐，声音勉强，"是，属下有西北军情要禀。"

"什么军情？"

士兵支吾不应。

"既是有西北军情要禀，定北王妃都在这儿，有什么不能说的？"

就是因定北王妃在此才不好说啊……士兵心下为难，可抵不过白敏敏再三追问，他只得硬着头皮禀道："定，定北军越河之战遭……遭遇伏击，退守禄县，定北王……定北王……"

"定北王怎么了？"

"定北王殿下身负重伤，昏迷不醒！"士兵一咬牙，语速极快说完，死死埋下脑袋。

明檀闻言，身形似是晃了一下，唇色也倏然苍白。

白敏敏与周静婉不约而同地扶住她。

"阿檀，你还好吧？"

白敏敏有些担忧，又有些懊恼，方才她以为这士兵是太过死板非要见着章怀玉才肯禀，早知是因如此，还不如不问！

周静婉轻拍着明檀的背脊，宽慰道："定北王殿下吉人天相，定会醒的。军情多半延时，说不准咱们听信的这会儿，殿下已然醒了。"

"醒与不醒，与我何干？"明檀很快恢复过来，她站稳身子，又没什么表情地回了身，"我回府了。"

白敏敏与周静婉目送她上马车，眼底都是掩藏不住的深深担忧。

定北王府的车马一路驶出春正大街，明檀端坐车内，不知怎的，她忽然撩帘往外吩咐道："去灵渺寺。"

攻城之战历来多艰，腊月深冬打至入春回暖，西北边地已是尸横遍野，战场上烟熏火燎，鲜血裹杂着未来得及清理的尸体腐臭味道，熏染得整片天空都是蒙着层灰的暗色。

西北起战源因北诃虎视阳西路，可如今的主战双方已变成大显与羌虞。

北诃被大显打了个措手不及，节节败退，哪还敢肖想阳西路，灰溜溜地往北回迁百里，连结盟的羌虞也弃之不顾。

穷寇莫追，况且大显之意本也不在北诃，西北兵力又不足以分兵而战，是以江绪拿捏着羌虞与北诃结盟图取阳西路一事做文章，向羌虞所占荣州进发，发起收复之战。

荣州若好收复，也不会成为大显失落十三州的最后一州了。羌虞兵强马壮，又占尽地形优势，饶是江绪与诸员大将亲自领兵，也攻克得十分艰难，常是方进三寸，又被逼退两寸。

这样的时日谁也不知还要持续多久，如今就连定北王殿下都遭受伏击昏迷不醒，有时连士兵都开始怀疑，自己到底还会不会有衣锦还乡，与家人团聚的一日。

……

“王爷醒了！王爷醒了！”一日入夜，守在帅帐内的士兵忽然跑向军医营帐，欣喜通传。

很快，军医并着江绪的心腹大将们都赶至帅帐。

诊完脉，军医长松口气：“王爷无大碍了，再好好休养几日，便能下榻。”

江绪的确是在遭遇伏击后昏迷了几日，但也没到传信所说的身负重伤那般严重，昏迷不醒，多半是因连日辛劳，精疲力竭，没有好生休息的缘故。

只不过这往外传的消息，总是说得越夸张越好，不然贼人又如何能放松警惕?

军医说要再休养几日，可行军之人，每停一日，烧的都是军饷银粮与身家性命，又哪能容得好生休养?

江绪醒后，便听诸位将领汇报了一个时辰的军情战况，底下人还送来厚厚一摞密信折子，他坐在油灯下头，让人将说正事的呈了上来。

待他一封封看完回完，手下又提醒道：“王爷，这还有一道陛下的慰问折子，平国公府、昌国公府、靖安侯府、左相府都写了信，还有易家的。”

“王府还是没有？”

“没有……”

江绪沉默了番：“靖安侯府的拿来。”

手下人忙呈上。

他展信扫读。

是他岳丈大人写的，写的都是朝堂上与刘御史争论，他先前未请圣意便斩懒战将领是否应斥，洋洋洒洒百余字，只字未提某人。

即将入夏，西北边地向来是秋冬苦寒，夏暑炎热。

“这一热起来，人心浮躁就在所难免，且这场仗从年尾持续至今，已近半年，军兵都已疲惫非常，再继续拖下去，恐怕不容乐观。

“羌虞人不是毫无计谋，可正因如此，他们也应知晓，我军若探得城中境况，会以为他们在唱空城计，不会轻举妄动。如此一来，那又怎么判断，他们不是捏着我军疑虑在拖延时间呢？”

这话也甚是有理，可城中虚实难定，不少持保留态度的将领仍是不赞成近日攻城。

沈玉倒是看得明白，他们如何想并不是十分要紧，关键看发号施令的这人怎么想。他大着胆子问了句：“不知王爷心中是否已有成算。”

江绪没理他，只拿起一面小旗，在手中把玩：“整军，今夜丑时，攻城。”

众人错愕。

“王爷三思！”

“这是否太仓促了些……”

他抬眼：“一个时辰前，本王收到密信，羌虞内讧分裂，羌虞首领第三子秘密调兵回转，不愿再援荣州，如今城中仅余羌虞首领与他长子所率一万兵将，坐困愁城。”尾音沉沉，他将那面旗，稳稳插在绥泱之上。

入夜，天幕深黑，没有半点星子。

江绪身着绣有蛟龙纹样的玄黑战袍，手握战马缰绳，沉静望着不远处的绥泱城门。

他身后，是肃立整齐，密密麻麻的八万大显将士，明明未动，却含着扑面而来的肃杀之感。

江绪向来不是什么能说出长篇鼓舞之词令将士热血满腔的将帅，然他只要领兵于前，将士们看着他沉肃坚定的背影，便会涌起一往无前的勇气和此战必胜的信心。

无他，那是和他们生死与共，征伐多年的大显战神，定北王殿下。

江绪抬手，隆隆战鼓随之响起，战旗在夜幕中飘扬，旗上的大显游隼图腾在火光下展翅欲飞。

“北地十三州失落蛮夷多时，历经三朝，无数将士浴血奋战，才有今日我等这最后一战，荣州乃我大显失地，寸土不可让。前朝有天子守国门，我大显疆土国门，无须天子亲自上阵，自有我等将士来守！”

他的声音不算很高，可在这沉静夜色下，似是一字一句敲进了身后将士的心里。

将士们高昂齐喊：“保卫疆土，收复荣州！保卫疆土，收复荣州！”

……

“这‘绥泱’二字，也到了该改回尧城的时候了。”江绪剑指城门，剑身白光映照出他流畅英挺的轮廓线条，“攻城！”

“杀！”

千军万马奔涌向前，如凶猛海潮势不可挡，登云梯投石车齐齐上阵，绥泱城外火光喧天，映照出一张张果敢肃杀的面庞。

三日后，在八万定北军不休猛攻之下，荣州主城绥泱，破了。

守城敌军显然已是强弩之末，然羌虞蛮族，骨子里不乏疯狂兽性，先前假作空城企图令定北军犹疑不前，赢苟延残喘之机。

如今见大局已定，定北军攻城不伤百姓，可守城的羌虞军兵竟弃全城百姓于不顾，城中四洒火油，欲与定北军同归于尽。

“沈小将军！”

眼睁睁瞧着城楼上一根被火油烧塌的横梁直直朝沈玉的方向坠落，手下士兵目眦欲裂，暴喊了一声。

江绪闻声，一剑扫开面前敌军，以常人不可及之速移至沈玉身前，一力撑起断塌横梁。

“走。”他沉声道。

“王爷！”

那横梁极重，这一撑，左手手骨许是都已断裂，沈玉呼吸停了几瞬，才后知后觉地回过神来。

前头又已迅速落下几根横梁拦住出路，一人撑着，仅余一人可以脱离，沈玉背上已负重伤，可如今一走，江绪便不得脱身。他想都没想，上前与江绪一道撑住横梁。

江绪扫他一眼，也没多说什么。

有将士想要过来帮忙，可与敌军交缠着，一时不得脱身，沈玉也不知怎么想的，看了眼江绪，艰难又真诚地从牙缝挤话道：“前些时日属下还以为，还以为属下做错了什么，后来得孙将军点醒才知，原来是王爷一直，一直没收到王妃的信——”

江绪：“……”

沈玉又道：“可、可属下收到了明家表兄的信，信里什么都没说，只有，只有一块黑沉沉的玉，前两日属下才发现，里头其实是有信的。”

他额上冒着豆大的汗珠，强撑着继续道：“那信拿出来的时候，不小心落在地上了，是前两日，属下才从地上找到。上头写了句话，让属下将那乌什么，乌恒玉，对，将那乌恒玉……交予王爷，且、且明家表兄那信上头还写了，乃受人所托，属下想，会否是……是王妃所托……”

“玉呢？”江绪沉声问。

“属下忘记放在何处，是、是以不敢第一时间，告诉王爷。”

“……”

“本王就不该救你。”

入夏，绥泱城破的消息传遍大江南北，举国欢腾。

绥泱城破，荣州等同于尽在股掌，然底下大大小小的县镇清扫驻军，也花了近三月时间。

秋分之际，定北军班师回朝的消息在上京城中不胫而走。

“左不过就是近几日了，北地十三州尽数收复，此乃何等荣耀，章怀玉说，陛下这回要亲至城门相迎呢。”白敏敏修剪花枝，嘴快说道。

周静婉不着痕迹地看了眼明檀，见明檀眼睫轻颤，不是毫无反应，她也挑了枝新鲜饱满的芍药，边修剪边接着白敏敏的话头轻声道：“陆停这几日也一直在殿前司，忙得连家都不着，想来陛下亲迎的消息不假。”

她将修剪好的花枝插在明檀花瓶中，又状似无意地问了句：“陆停当日定然顾不上我，阿檀，你来接我一道去看热闹如何？”

“看什么热闹？”

“自然是定北军入城……”

明檀一顿，截过话头道：“让敏敏接你，我这几日要去郊外庄子会账。”她垂眸，全神贯注地摆弄着瓶中花枝。

“何时不能会账，非要这几日去。”白敏敏忍不住嘀咕了声。

明檀扫了她一眼：“我的庄子，我想何时去便何时去。”她放下铜剪，“时辰不早了，你俩也该回府了，素心，绿萼，送客。”

很快，白敏敏与周静婉便被强行送了出去。

院中天井倏然寂静，明檀静坐了会儿，忽然招了招手，示意在门口伺候的二等丫头玉蝶上前。

“玉蝶，听闻你哥哥在惠春楼当二掌柜？”明檀似是闲谈般随意问起。

“回王妃，是。”玉蝶乖巧福身。

“我还听闻……惠春楼临窗的位置很是难订？”

“其实平日还好，若是有什么热闹事儿，这位置就难订了，就好比每科春闱放榜的状元游街，又或是像咱们王爷得胜还朝率军入城——这回是从西城门入，从惠春楼过，临窗位置定是要挤得水泄不通的。”玉蝶笑眼弯弯，伶俐道。

这些事儿明檀自然是知晓的，当初看舒二游街便是白敏敏提前在惠春楼订了位。

她想了想，斟酌道：“是这样，我有一个朋友，刚巧就是这几日想订惠春楼临窗的位置，不知你哥哥……可否行个方便？”

玉蝶犹疑了瞬，王妃的朋友不就是敏敏小姐与静婉小姐嘛，她们自是不必去惠春楼才能看胜军入城的。

她想起绿萼姐姐近些时日常常念叨王妃口是心非，蓦然福至心灵道：“您说的朋友，该不会是您自己吧？”

◈ 第十七章 ◈
冰融

九月节，露气寒冷，将凝结也。

时序寒露，上京秋意渐浓，御街两旁银杏繁密，金黄满地，颜色绚烂喜庆得似乎是在庆贺大显军满载荣耀班师回朝。

一大清早，长街两旁便俱是百姓挤挨相候，街边茶楼酒馆雕窗洞开，个个儿都抻直了脖子往外探看。

“入城了入城了！”

“皇上下城楼了！”

圣驾今日亲临西城门，迎胜军入城，西城门处皇城司与殿前司禁军围护得密密麻麻，极难看清里头都发生了些什么，然也不必看清，仅是偶有胜军入城与皇帝下城楼的消息传来，翘首以盼的百姓们就已雀跃难耐。

不多时，成康帝的口谕自西城门传出。

荣州大捷，北地十三州尽数还朝，此等名垂千古的不世功绩，成康帝自是要犒赏三军，大赦天下，当然，能令百姓欣喜高呼万岁的，还是关乎切身之利的免除三年赋税。

先前灵州海溢，疫病四起，朝廷都只免了一年赋税，如今开口便是三年，足以可见此次荣州收复，成康帝到底有多高兴了。

隅中时分，城门处终于传来行进动静。

江绪身骑千里名驹掣雪，缓缓出现在长街尽头，他剑眉星目，俊美无俦，面上没什么表情，冷肃一如往昔。

他身后离得最近的，是沈玉等一干心腹大将，还有在这场时逾半年的收复之战中不幸殒命的将领棺椁，往后则是为大显抛头颅洒热血的大显精兵。

饶是得胜还朝，军队仍是严肃齐整，不见丝毫自满心骄。

“定北王殿下可真是——”白敏敏看得眼睛发直，半晌，喃喃道，“今日怎么觉得定北王殿下比舒二公子更为好看呢……”

章怀玉拿折扇在她脑袋上敲了下。

白敏敏后知后觉地摸了摸后脑勺，眼珠子依旧不离江绪，又喃喃了声：“阿檀命可真好……”

章怀玉轻嗤一声：“如此说来，你可真是命苦。”

白敏敏痴痴看了会儿，待到军队行进过半，她才收回目光，捧脸轻叹道：“对啊，我可真是命苦。”

“命苦你就好好受着。”

“章怀玉你！”

两人惯是好生说不过三句就要争嘴，一旁伺候的婢女都无奈地摇了摇头。

军兵继续往前行进，一路瓜果满掷无歇。

周静婉今日未与白敏敏一道，而是同沈画一道，沈玉此战再立大功，沈画自是欣慰非常，父亲过世前便一直嘱咐两人，定要奋发向上，早日光耀沈家门楣，哥哥如此争气，想来父亲在九泉之下，也能含笑心安了。

沈画与周静婉说了会子沈玉，目光又落至前头的江绪身上。

“王爷腰间挂的可是香囊？”沈画心细，一眼便注意到江绪腰间垂挂的与这一身不甚相衬之物。

周静婉仔细看了看，边点头，边轻声应道：“那般配色，应是阿檀所做。”

两人心照不宣地交换了个眼神。

江绪端坐于马上，进城一路，沿途望见许多熟悉面庞，就连他岳丈大人也满脸红光地负立于人群中，时不时同身旁的昌国公点头交谈。

可就是，不见他的王妃。

从前欢好过后，明檀还曾缩在他怀中懒声道：“听闻夫君那年加衔‘定北’，是圣上亲临城门加封的？那下回夫君得胜还朝，我定要早早去城门口守着，看看大显战神到底是何种风姿！”

想到此处，江绪眸光略沉，紧了紧手中缰绳。

长街行进至末段，人群依旧密密麻麻挤挨成一团，欢呼声亦是不绝于耳，江绪不知感应到什么，忽然抬头，看向左侧楼上洞开的雕窗。

窗边许多人都在朝他招手欢呼，几一扇窗前空空荡荡。

他若有所思，眸光凝了半瞬。

得胜还朝，将帅自是要先入宫禀事，饮宴庆功的。成康帝于雍园设宴犒赏三军，畅饮至深夜才堪堪算散。

江绪漏夜归府，福叔一直在王府门口等候，见着他回，忙将他往里迎。

江绪将马鞭交予他，解着袖扣束带，淡声问道：“王妃睡了？”

福叔抬头一哽：“这……”他不确定道，“王妃，许是睡了？”

江绪抬眼看他："什么叫'许是睡了'？"

"王妃她，她不在府中，老奴也不知是否睡了。"福叔一脸为难，"王妃今儿一早，非要去城郊庄子会账，这早不去晚不去偏偏今儿去，谁劝也不管用，大约是不想见您。"

说完，福叔下意识地捂了捂嘴，心想自个儿怎么嘴快把实话说出来了。

想过多种情形，却未曾想过她不在府中，江绪沉默了番，又问："哪个庄子？"

福叔忙回忆道："好像是西郊近汜水河那个，是王妃的陪嫁庄子。"

江绪闻言，从他手中抽回马鞭，束带反向绕紧，又翻身上马，利落调转马头，奔向了沉沉夜色。

"哎，王爷！王爷！"

福叔在后头喊了好几声，可江绪恍若未闻，背影在远处迅速消逝成一个小小的黑点。

福叔忧愁地叹了口气，王妃既是生气，那便该想个法子好生哄哄，这孤零零的一个人赶过去有什么用呢，好歹也拉上两车战利品表表诚意吧，他们家王爷还是太年轻了，太年轻了。

福叔背着手往回走，惋惜地摇了摇头。

夜空深黑，秋星点点，京郊的夜似乎比京中来得闲适静谧。已是深秋，夏夜扰人的蛙叫蝉鸣早已悄然退场，只偶有夜鸟笃笃，风吹过树梢，枯叶或是凋零，或是沙沙作响。

明檀在床榻上头翻来覆去，怎么也睡不着。

倒也不是因为屋子简陋陌生，这庄子靠水而起，土壤肥沃，十分丰饶，庄户们的日子都过得很是殷实。

听闻主家过来会账，庄头管事早早儿就给她收拾了间宽敞屋子，屋中各项物什都是从京中采买新添的，布置得也算雅致舒适，床褥更是素心、绿萼收拾好，从府中带过来的。

可她就是睡不着。

一闭眼，脑海中就满是江启之率军从长街而过的英挺身影。

这男人，简直就是给她下了蛊！

明明想着不要轻易原谅他，可总是不由自主地在心底为他辩解，总想着他也有自己的难处，有他在的地方，她似乎也很难将目光从他身上移开，就像今日长街……

明檀拍了拍小脸，转身覆上锦被，让自个儿不要再继续往下想。

忽然，门窗处传来一声极轻的响动，明檀下意识地以为是素心，蒙在锦被里闷闷地说了声：“你去睡吧，不必守夜。”

半晌，无人应声，她这才疑惑地从被子里露出脑袋。

今儿夜色极佳，月光如水淌入窗棂，将静立在窗边的某人映照得温柔而清晰。

明檀怔怔，眼睛一眨不眨地盯着来人，半撑起身子坐在床上，心脏也在不知不觉间开始加速跳动。

她是看错了吗？还是说，她现在已在梦中，眼前所见，乃是日有所思，夜有所梦？

她不自觉地捏了捏自个儿的脸蛋。

有点疼，不是梦。

就这么一小会儿工夫，江绪已走至近前。

他穿着白日率军入城时那身泛着凛冽寒光的铠甲，更深露重，身上还带着漏夜前来的清浅寒意，离得近了才看清，他比离京时瘦了不少，喉结突出，脸部线条也越发显得清隽英朗。

他眸光里盛着极难看懂的情绪，似是一湖静水，可静水之下，又暗潮涌动。

他凝望着明檀，也不知过了多久，才缓缓伸手，拂了拂明檀面上散落的发丝，声音低哑道：“我回来了，阿檀。”

有那么一瞬，明檀是真的很想上前抱住他，可她指尖微动，到底是克制住没有伸出双手，反而往后退了退。

“大半夜不打招呼便径直入屋，殿下不知这般很吓人嘛。”她别过眼，不看他，声音生硬且冷淡。

“嗯，我的错。”

江绪眸光深深，仍是笔直望着明檀。

认错认得这般干脆，明檀倒有些不自在了，沉默半晌，她翻身盖上锦被，朝里侧卧着：“我要睡了。”

“好。”

下一瞬，床榻边便传来窸窸窣窣的解衣声。

明檀回身，睁大眼睛，往里退了退，还不由自主地结巴道：“你、你干什么，脱什么衣裳！”

她这一退，刚好给江绪腾了地儿，江绪极其自然地躺到床榻外侧，还很快阖上了眼。

明檀蒙了，看了他好半晌，才伸手推了推他。

江绪眉头打褶，手肘微动。

受伤了?

明檀下意识地松手，目光移至伤处。

“攻绥泱城时,左手骨裂,边地条件有限,伤口处理得潦草,所以至今未愈,不过如今已无大碍，你不必担忧。”他闭着眼，声音低缓。

“……”

谁问他了？不是，谁担忧了?

明檀正要反驳，江绪又道：“其实先前遭遇伏击时，一箭只离心口半寸，要比左手的伤严重不少，不过也还好，总归是如你所愿，活着回来了。”

“……”

这还叫她怎么说得下去?

半晌，她默不作声地往里侧挪了挪，无声默许了他占用半边床榻。

江绪始终未睁眼，只在黑暗中几不可察地翘了翘唇角。

一夜无梦。

明檀原本是怎么也睡不着的，可不知怎的，江绪躺到她身边后，没一会儿，她就无知无觉地睡着了。

醒来时身侧没人，床榻凉凉，也无余温，若不是锦衾上显出睡乱的褶皱，她险些都以为昨夜不过是做了一场太过真实的梦。

听到屋里传出动静，素心与绿萼很快进屋，伺候明檀梳洗起身。

两人面上都带着愉悦笑意，明檀莫名：“你们笑什么？”

“没什么，小姐与王爷和好，咱们做奴婢的心里头也为您高兴呀。”绿萼伶俐道。

明檀一顿，从她手中抢过衣带：“谁说我与他和好了？”

素心与绿萼对视一眼，继续干手里的活儿，都没接这话茬。

给明檀更完衣，素心才绕过话头另道：“王爷在外头练剑，说是等您醒来一道用膳。”

“不是受伤了，练什么剑？”明檀想都没想就顺口接了句。

两人揶揄地看了她一眼，仿佛在说——瞧，这般关心王爷，还说不是和好。

明檀见她俩眼神，很想解释些什么，可越解释似乎就越透露出欲盖弥彰的心虚之意，话到嘴边咽了下去。她没再多辩，只吩咐将她的早膳送进屋来，还特地叮嘱不要备多了，今儿喝粥即可。

可没想到她不愿与某人一道用早膳的意思表现得如此明显，某人还是进了屋，径直在她身旁落了座，并且自带了两个馒头并一小碟咸菜。

“可要用些？”见明檀直直地盯着他盘中的咸菜馒头，江绪将盘子往前推了推。

明檀立马挪开目光，有一搭没一搭地舀着粥，客气道：“不必了，殿下自己用吧。”

江绪闻言，还真自个儿就着咸菜吃了起来。

半晌没声儿，明檀用眼角余光偷觑了他一眼。

觑完，明檀：“……”

这个男人怎么这样？合着他还真是来用早膳的？

明檀都快被气笑了，手中瓷勺刮着碗底，一蹭一蹭地，将白粥都蹭出了碗沿。

忽然，她动作一顿，忍不住冷声道：“记得殿下早膳爱用荤馅的包子，素馒头不喜欢，其实也不必勉强自己。”

“你还记得我爱用荤馅的包子。”

明檀一哽：“这并不重要，重要的是……”

“很重要。你对我，很重要。”

屋中一时又陷入了沉默，明檀放下瓷勺起身，一言不发地往外走。江绪略迟，也缓步跟了上去。

既是打着来庄子会账的名头，那这账虚虚实实，也总是要会一遍。

这一整日，庄头管事作陪，领着明檀在庄子里四处转悠了圈，回头又将这两年的账册都搬了来，交由明檀翻阅。

江绪一直静静跟着，账册送来，偶尔也翻上一本，明檀没怎么理他，但也没赶他走。

日暮时分从庄头管事家中出来，明檀边往前走，边沉着气对身后的江绪说道：“殿下放心，既然殿下都说，只要我一日是定北王妃，便可保一日靖安侯府，那就算是为着侯府，我也会尽好王妃职责，会完田庄的账，我自会回府，殿下委实不必在此处浪费时间。”

“我并不觉得在浪费时间。”

“可我觉得是！”

明檀终于憋不住了，这男人大老远追过来，光秃秃一个人什么都没带丝毫显示不出诚意也就罢了，若是有话要当面与她说，她明明也给了许多开口的机会，可他就是和根移动的木头似的，跟在一旁静静杵着，什么也不说。

想当初舒二那般舌灿莲花，说得她都要信了，怎么到他这儿就没话了呢，复述一遍不会？他杵在跟前一言不发是想让她参透他面上本就不多的表情自行意会？

她只不过就想听他多费些唇舌，亲口同她从头到尾解释一遍，即算当初娶她是一场算计，即算皇上想从爹爹手中拿回兵权，他明明知晓也只是冷眼旁观，可只要他亲口多解释几句，若是错了，赔声不是，哄哄她，她那么喜欢他，也许就原谅了呢？

明檀越想越气：“你不要再跟着我了，我不会再喜欢你了！”

“不会吗？”

“不会！”

“那你为何要在家书中附上乌恒玉？”

“那是哥哥擅做主张，与我何干。”明檀在送这玉牌之时就早早儿想好了说辞。

江绪也不打算在这一点上与她多做纠缠，又问：“那你为何去灵渺寺祈愿，希望我能平安转醒，顺利还朝？”

“你怎么知道！”明檀回身，满脸惊愕。

“我还知道定北王妃虔诚向佛，本王转醒横渡越水的消息传入上京，定北王妃便亲临灵渺寺还愿，给灵渺寺诸殿神佛都捐了金身。”

明檀已然是惊愕得说不上话了。

她全然不知，她每回去灵渺寺祈福时的碎碎念，都落入了偏殿藏书阁小沙弥的耳中。

这小沙弥是慧元大师的徒弟，绥泱攻下后，慧元大师给江绪去过一封信，明檀的诸多碎语，都一字不落地记在信中，送到了江绪面前。

“佛祖一定要保佑我家夫君平安转醒，若如愿以偿，信女愿三年食素……不，三年食素未免有些为难于我，且女子若仅是食素于身子也有些妨碍，那还是给佛祖重塑金身吧，若如愿以偿，信女愿给寺中所有神佛都捐献金身。”

……

“夫君虽已平安转醒，然也不知何时才能回京，荣州还有那么多县镇，信女怕夺回绥泱后他与属下心骄自满，轻敌生变，还请佛祖保佑夫君，定要顺利还朝。信女愿重添香油，修葺贵寺。”

……

明檀闻言，脚下不稳，踉跄了下。

到此关头，她仍是嘴硬，不肯承认自个儿的关心：“我希望你早日转醒顺利还朝那是因为，因为我心系大显疆土，盼着能早日收复北地十三州，你若有个什么三长两短，定然，定然影响士气，你不必自作多情！”

天色已不知不觉暗了下来，明檀话音方落，忽然发现自个儿走错了路，可江绪就跟在她身后，她也不好说在自个儿的田庄里头走迷了路，是以硬着头皮，在半人高的作物里头艰难前行着，假装出一副熟门熟路的样子。

相比之下，江绪倒是行进得轻松，他始终紧跟在明檀身后，见她不承认，还不忘追问：“那托府中丫头订惠春楼临窗的位置，也是我自作多情吗？”

“……”

明檀彻底站不稳了，脚下泥巴打滑，哐地就往后仰倒。

江绪眼疾手快，接住了她。

明檀瞪直了眼，仿佛在问：“你怎么连这个都知道？”

可江绪并未回答这一问题，只从身后抱着她，依偎在她耳侧，沉静认真道：“阿檀，起初迎娶，我的确有过欺瞒，可也并非你想象中那般不堪，我既娶你，自会保你一生无虞。

“从前种种，都是我的错，以后定然不会再犯，我不会再让你亲近之人涉险，也不会再让你担惊受怕，你可否给我一个机会？

“有做得不好的地方，我可以改。我心悦你，也不知是从何时开始，可我希望，你永远是定北王妃，更希望，你永远是江启之的妻子。”

夜色极静，初升新月流转出朦胧月华，温柔地淌落在两人身上。

明檀半仰着脑袋与江绪对视，他眼底似是盛着湖幽深动情的静水，英挺眉目越靠越近，薄唇间的温热气息也渐近喷洒，明檀仿佛迷失其中，不知该作何反应。

在两人鼻尖距离不足半寸时，不远处忽地传来几声突兀的狗吠——

“汪！”

“汪汪汪！”

明檀蓦然清醒，立马脱离江绪的怀抱，一瘸一拐地站了起来，也不知道是被吓到了还是如何，她心跳很快，好半天都未有平复之意。

那狗吠声极突然，又极凶猛，江绪抚了抚她的背脊：“吓着了吗？”

明檀捂着心口摇了摇头，随即别别扭扭地挣开了他的宽掌，边往前走边小声道：“你别碰我，别以为说几句好听的就可以打发我。”

“我所说的都乃肺腑之言，并非敷衍打发。”

明檀一深一浅地往前走着，眼角余光往后瞥了瞥，语带嫌弃：“我怎么没听见肺腑出声。”

“我代它出声。”

“……定北王殿下是朝舒二公子借了张嘴吗，怎的今夜如此能说？”

明檀还欲再嘲他几句，谁想这黑灯瞎火的，作物丛中竟有庄户设下的猎洞！

这猎洞藏在作物丛中，上头铺了层软泥并干草，白日看来都十分隐蔽，更别提夜里无光无亮了。

明檀一个没注意，脚下踏空，就径直踩了下去，正欲出口的话也倏然变成一声划破夜空的惊叫：“啊——”

“阿檀！”

江绪落她几步，上前时，她已整个人落入陷阱里头，铺在洞上的软泥干草落了她满身，更糟糕的是，洞底还有庄户放置的捕兽夹。

明檀本就走得酸痛的脚被捕兽夹夹得死死的，初时没知觉，几息过后，剧痛袭来，她眼前闪过一片白光，忍不住带着哭腔破碎艰难地喊道：“疼！好，好疼！”

这猎洞挖得很深，里头也大，挤挨着，约莫能容下两三人，原是为夜里下山破坏作物的野豕所备。

江绪半蹲，紧握住她的手，想将她拉上来。

可她不停地摇着头，蹙眉痛苦道：“我的脚，被夹住了……使不上力。”

江绪一顿，方才他以为明檀喊疼是因折了脚，现下才知，原来是被洞里放置的捕兽夹给夹住了。

“别动，里头也许还有捕兽夹。”

在外行军，林中也常遇猎洞，这般大小的猎洞捕的都是大猎物，捕兽夹一般不会只放一个。

明檀闻言，吓得一动也不敢动。

见她瑟瑟发抖，江绪又沉声安抚：“别怕，我在。”

他避开明檀，出剑直探洞底，果不其然，洞底其他地方还零散布着几个捕兽夹，剑刃所探之处，“咔嗒”几声，兽夹全部闭合。

江绪这才收剑，纵身跃下猎洞，揽住明檀的腰，带她离了陷阱。

明檀浑身上下都沾着杂草土灰，十分狼狈，白净小脸也脏兮兮的，混合着疼得不停往外冒的眼泪，就像个刚从土里挖出来的小邋遢。

江绪看了看她脚上的伤，捕兽夹还牢牢夹着她的脚，白袜上都浸出了点点血渍。

明檀额上冒汗，每挪一寸，都是牵筋动骨的疼痛。

江绪没妄动，仔细观察了会儿明檀脚上的捕兽夹，这种捕兽夹如今已不大时兴，上头没有钉刺尖刃，可也比如今时兴的更难打开，还需放置之人手中的管钥。

明檀眼泪唰唰流个不停，脏兮兮的脸上淌出了两条白皙泪痕，她打着嗝问：“你……你到底能不能……把它……把它打开？”

江绪沉吟片刻，抬头看了眼她的发髻。

也不知怎的，她今日格外朴素，只用了一支木簪。可如今手头也没有更为趁手的工具，他还是将她发上的木簪取了下来。

见江绪要用木簪去开夹锁，明檀眼泪巴巴地提醒道：“你小心点！”

江绪以为她担忧木簪断在锁芯里头，没承想她紧接着又道：“这木簪是南海进贡的极品沉梨木所制，自带经久不散的浅淡梨香，且还是巧手鲁大师所作，乃独一无二的孤品，你不要弄坏了。”

说到宝贝的东西，她嗝也不打了，脚也不疼了，话都能说顺畅了，只一包眼泪凝在眼睫，紧张兮兮地盯着脚上兽夹。

江绪无言，半晌才道：“坏了赔你。”

“都说了是孤品！”

“那位鲁大师可还在世？”

“当然。”

“既还在世，就没有绝对的孤品，若是坏了，我将他找来，做不出一模一样的木簪，不放他走便是。”

“莽夫！”

下一息，极轻一声“咔嗒”，捕兽夹开了。

明檀脚上一松，只是疼痛并未有所减缓，反而如被释放般扩散开来，越发剧烈了几分。

江绪扶住她。

她疼得不行，一口咬住了江绪的手臂。

江绪未动，只轻抚着她的背脊，待她身子稍稍松缓，才沉声道：“我背你回去，回去上了药，便不疼了，乖。”

他小心翼翼地背上明檀，避开她脚上伤处。

明檀软绵绵地伏在熟悉又陌生的宽肩上，不知为何，眼泪又止不住地唰唰往下流。

“你说不疼便不疼，疼的又不是你，骗子！”

脚上伤处似乎牵连起先前箭伤的记忆，积压多时的委屈担忧还有种种复杂情绪全然爆发，她趴在江绪背上，一抽一抽地，哭个不停，江绪一直低声安抚，可也不见奏效，明檀只自说自话地发泄。

“我好疼，比上回箭伤还疼，为何我还没有……还没有晕过去。”

……

“还说不会再让我受伤，在你眼皮子底下就受伤了两回，什么定北王殿下，半分用处都没有，嗝！”

……

“是我的错，对不起，阿檀。”

“当然是你的错！”明檀眼睛都哭得酸痛了，肿胀成两个桃儿，眼前视线都模糊起来，她声音哽咽，断续控诉，“你，你还拆我的台，老是拆我的台！乌恒玉，灵渺寺，惠春楼……你知道便知道，为何，为何老是要说出来，我不要面子的吗！”

“又无旁人听见。”从前还有许多事被旁人听见，他都只字未提。

“旁人没有听见，我的面子就不重要是吗？你还有理了……嗝！”

“好，也是我的错。”

“本来就是你的错，还有，还有舒二公子都会替你辩解，你为何不亲自向我解释，只会说让我相信你，只会说心悦于我，只会说是你的错，那你到底错在哪里！”

江绪默了片刻。

其实舒景然帮他说过话后，还曾给他去信，信中特特交代他，应亲自与明檀再解释一回。

可这些解释的话，舒景然能说，他却怎么也无法分辩出口，总归当初娶她目的不纯，成康帝意欲收回兵权他也猜得大差不差，辩解的话从他口中说出来，无意算计的事实，似乎就成了推卸责任的托辞。

明檀又打了个嗝，声音已然哭哑："怎么，你又说不出话了？和舒二公子借的嘴还回去了？！"

江绪轻轻将她往上掂了掂，缓声道："让你受伤，让你担惊受怕，未顾及你的颜面，未能及时与你解释，都是我的错。还有未曾阻止圣上收回你父亲的兵权，让你父亲涉险，也是我的错。待回王府，我必亲自登门，与岳丈大人赔罪，可好？"

明檀心想着，这还算句人话，然嘴上并不应声。

也不知江绪是如何寻的路，走出一段，前头便隐约瞧见熟悉的朦胧光亮。

素心、绿萼原本还想着，小姐与王爷在一道单独相处是好事，不如先收拾了行李再说，指不定明儿一早就要回府。可没承想两人的确是单独相处，然半路竟处出了一脸脏污与一条伤腿！她俩忙上前迎人，下头的人烧水的烧水，唤大夫的去唤大夫。

庄子里的大夫医术也就堪堪处理些小伤，给明檀包扎好后，还战战兢兢，自以为小声地与江绪禀道："王妃这伤，这伤好是能好，可许会留疤——"

明檀闻言，忽然奓毛："我不要留疤！"

"不会留疤，我保证，不会。"江绪回身与明檀承诺，又随手打发了大夫。

"你如何保证，先前的箭伤，敏敏给我寻了上好的祛疤药都没能完全祛除。"明檀鼻头通红，眼里似还噙着泪，随时都能夺眶而出。

"那是她寻的药还不够好，回京途中，我寻到了霜华膏。"

明檀抬起蒙眬泪眼："霜华膏？真的吗？"

霜华膏乃西域小国班霜的王室秘药，有祛疤养肤之奇效，能令肌肤白嫩光滑，细腻如瓷。她也是听白敏敏懊恼说起费了好大气力都没能寻到这霜华膏，才知世间还有此奇药。

江绪将随手携带的霜华膏拿出来，小小的白玉瓶里，装着气味清淡的半透明膏体，闻之就令人心舒。

明檀想试着往身上抹抹，江绪却阻止道："我已命人去传封太医，等封太医来了，看看如何用来效用更佳也不迟。"

所言也是。

明檀不舍地松开小玉瓶，往锦被里缩了缩。

"这霜华膏所用药材名贵，确有祛疤奇效，可这霜华膏只能用在结痂愈合处，王妃先前的箭伤可用，可脚上这伤——还是缓上几日再用为好。”封太医漏夜前来，端详完这名贵奇药，谨慎禀道。

江绪颔首：“有劳了。”

“这是微臣应该做的。”封太医不知想起什么，“噢对了，王爷的药可是用完了？如今寒性应已无大碍，再吃一瓶，想来寒毒尽数可清。”

“什么寒毒？”明檀茫然。

封太医一顿，略有些意外：“怎么，王妃不知？”

江绪打断：“无事。”

可明檀坚持问道：“封太医，到底是什么寒毒？”

“这……先前王妃中箭，箭上染有奇毒，需用雪草相冲相解，然当时王妃无法自行吞咽药物，唯有以唇相渡，这雪草至寒，王爷无须此物相解，是以渡药时略受寒毒——”封太医顿了顿，“不过王爷受寒不深，加之内力深厚，左不过一月发一回寒病，还有微臣所配药物缓解，应……算不上十分严重。”

明檀闻言，目光移至江绪身上。

江绪避开她的眼神，轻描淡写道：“小事而已。”

西北冬日本就苦寒，行军条件又极艰辛，寒病发作，怎会只是小事。明檀默然，半晌无言。

封太医走后，屋中只余明檀与江绪二人，江绪看着她，低声道：“我留下，夜里若疼便唤我。”

“唤你有什么用，你又不能止痛，可真看得起自己。”明檀小声嘟囔了句，然身体十分诚实地往里侧挪了挪，给江绪腾出了半边位置。

江绪见状，唇角又不甚明显地往上翘了翘。

到夜里，明檀脚上疼痛缓了不少，许是折腾一日累得慌，她沾着锦枕，很快便睡着了，江绪给她折好被角，也缓缓阖眼。

夜深静谧，明檀指尖微动，睫毛轻颤，偷偷地睁开了一条缝，见江绪呼吸均匀，睡得很沉，她略略放松，睁开了眼。

借着窗外漏进屋中的月光，她侧过身，动作极轻地掀起了江绪背上的中衣。

他背脊坚实宽挺，然上头布着许多条旧痕新伤，深深浅浅相互交错着，在月光下都显得十分可怖。

从前沐浴欢好时，明檀也见过他背上的伤，这回出征，明显又添了不少。

她在心底细数着新添的伤痕，指尖轻触了两下，很快收回，又小心翼翼地从枕下摸出那珍贵的霜华膏，无名指指腹沾上些膏体，一点一点地，轻轻抹在他的伤痕上，温柔、细致。

因着脚伤，这庄子里头的账正经会了一日就没了下文，次日一早，明檀坐着宽敞马车回了王府，江绪单骑随行，时时照看着绕开颠簸的石子路。

一行回到王府时，福叔很有几分称奇。

王妃可真好哄，就王爷这把式，还真将人给哄回来了！

看着江绪将明檀打横抱起往启安堂走，福叔一张脸都笑出了褶子，眼睛更是眯成了缝。

绿萼提醒道："福叔，后头那些菜还得劳烦您安排人，给送到安济坊去。"

福叔回神，往后望了眼："哟，这会个账，怎么，怎么带这么多菜回了？"

"还不是那庄子里头的庄户们，好端端铺什么陷阱捕野豕，害得王妃遭了殃，这不，心里过意不去，非得给咱们送菜不是？"

福叔了然，点了点头："成，我这就安排人给送到安济坊去。"

安济坊乃官府设立，用以施贫救苦，济养孤寡病弱的地儿，大显开朝便有，只是往朝官府自个儿都维持得艰辛，多是形同虚设。

如今成康年间还算得太平富足，是以灵州海溢引发疫病时，在明檀为首的一干上京女眷提议下，章皇后重启安济坊安置了灾民。

疫病过后，这安济坊也未闲置，如今京中东西南北各设一坊，且其他州府也在逐步兴修。明檀时不时会去看看，里头的老人们大多都识得她了。

在府中养了几日，明檀的脚伤明显好转，许是知晓江绪在府，这几日都没人敢来王府打扰。就连素心与绿萼都少在屋中出现，前前后后都是江绪在照顾着喝药敷药。

待到脚上伤口愈合，确然留有两道淡淡的疤痕，只是并不如庄中大夫说的那般严重，瞧着过些时日也能自然消褪。

夜里沐浴过后，江绪宽衣坐在榻边，看了眼明檀白嫩的小脚，问了声："要用霜华膏吗？"

"当然，"明檀不知想起什么，又道，"你转过去一下。"

江绪依言背对着她。

她撩起江绪的中衣瞧了瞧，眼睛倏然睁大："竟是真的这般有效！"

她忍不住伸手摸了摸，那些疤痕真消失了，只有几条深的还略略可见，想来再用两次就能好全。

江绪沉默了番："霜华膏难得，你自己留着用便好，不用浪费在我身上。"

明檀一顿，放下衣摆，又自顾自拿起霜华膏给自个儿抹起了伤处，心虚道："你少自作多情了，我这是……这是拿你背上的伤做下试验，封太医虽是看过，可这毕竟是上身的东西，怎好随便往我自个儿身上抹，我当然得确认它是真有用处。那……那如今既已确认，你也就不必再妄想还能用上了。"

江绪也不拆穿她，只"嗯"了声，接过霜华膏，耐心地给她涂抹。

伤痕脚背脚底各有一处，涂抹到脚底时，明檀辛苦憋了会儿，可仍是憋不住，笑了起来，还不由自主地蜷缩起了脚趾。

"你快点……好痒！"

江绪闻言，心念一动，故意放缓了动作，且又捏着不让她躲。明檀笑得在床上打滚，眼泪花儿都冒了出来，两只脚胡乱踢着，可怎么也挣不开江绪的手。

不一会儿，明檀就衣带半松，露出了大半香肩，她身上沐浴后的青梨香与霜华膏的淡淡药香牵动着江绪的神经，不知怎么闹的，待到痒意消减，江绪已然单手撑在她耳侧，伏在了她的身上。

他喉结上下滚动着，眸色幽深，眼底欲意明显。

明檀唇边的笑凝了一瞬，心底莫名有些紧张，还有些奇怪的，挥之不去的……渴望。

她避开江绪的眼神，艰难地吞咽了下。

随即，清冷的吻就落在了她的颈上，还缓缓往上，覆上了她的脸颊，眉眼，樱唇……

他的吻依旧熟悉，似乎一瞬便能调动起久违的记忆，明檀有些意乱情迷，不自觉地回应着他。

……

秋去冬来，又至开春，今年上京冬日的雪下得格外大，待到绿树抽新芽，冰雪消融，定北王府也终于有了春日万物复生的景象。

江绪自西北回京的这小半年来，明檀一早便显出软化原谅的迹象，可作作磨磨着始终没松口，时不时拿捏些娇娇姿态，见江绪耐心纵容，她也不由得放肆了些。

直到除夕大雪，常年和铁人似的江绪受了场时疾风寒，一病小半月不起，高烧呓语，昏昏沉沉，明檀再装不下去，眼泪汪汪守在他病榻前，衣不解带地照料，这才松了口说原谅。

“我现在怎么就觉着……我被诓了呢。”明檀越想越不对劲，邀白敏敏与周静婉来府赏花时碎碎念道，“封太医明明说，再吃一瓶药，寒毒就可尽数消解，我不放心，后来还问封太医多要了一瓶，那他都吃完两瓶药了，怎会还因寒毒受了风寒？”

“你想得也太多了吧，这场时疾受了风寒的可多，你家殿下受个风寒怎么了，他又不是神仙。”白敏敏百无聊赖地接道。

“可我从未见他受过风寒。”

“这不就见着了？”

明檀哽了哽，还是觉得不对：“可这回时疾风寒，旁的人至多五六日就能痊愈，他身体强健，绝非常人可比，怎会拖上小半个月？”

周静婉这小半年得了不少江绪明面赠予陆停实际赠予她的珍稀字画，自是不动声色地为他说话道：“你是觉得殿下装病或是拖病诓你？若是真的，你想想，殿下不惜己身也要这般行事，为的是什么？为的不过就是你心软原谅，那这便足以可见，殿下对你，是真心的。”

“……”

虽然好像有哪儿不大对劲，可听着也有几分道理。

江绪特地给章怀玉寻了个下江南巡查的闲差，最是适合带着白敏敏一道去游山玩水，白敏敏出京游玩之愿得以实现，自然也闭眼帮腔：“静婉说得没错，你这小半年也没少折腾，今儿想泡雾隐山的温泉，明儿想看昙花一现，你家王爷哪样不是依你？再说了，太医都说了只吃一瓶能好，你非让人吃两瓶，没准适得其反了呢。”

“……”

好像也有那么几分道理。

明檀思忖半晌，缓缓点了点头，也没再多想，只咳了两声，忍不住晃了晃自己雪白皓腕显摆。

白敏敏与周静婉对视一眼，极为捧场地夸赞道——

“这手串怎的如此好看？这玉颜色特别，还如此纯净通透！”

“方才我便注意到了，这可是云城的青莲玉？听闻十分难寻，你这手中上的还磨成了大小一致的玉珠，可更稀罕了。”

“上月你家王爷去云城办差，又是你家王爷给你寻的，对吧？”

明檀弯唇，在小姐妹面前也做作地半是无奈半是炫耀道：“上月他和李家姐夫一道去云城办差就寻回来了，也没告诉我，错金阁赶工半月才制出来的。前几日画表姐来府上看见这手串还顺口提起，他去云城寻这青莲玉可是颇费了一番工夫，好几宿没合眼。”

白敏敏与周静婉默契地喝了口茶，心底默道：沈画这人何时有顺口提起过什么事儿？你也不想想李家二郎是如何入的户部。

见她俩饮茶，明檀也端起府中新进的西北厨子做的酥油茶，略啜了口。

只是这酥油茶刚一下咽，明檀就莫名恶心得紧。

素心见状，忙上前给她掩了唇吐出来，又端起清茶，让她润了润嗓子。

明檀一脸嫌弃：“这酥油茶可真是腻得慌，快撤下去。”

白敏敏与周静婉看了眼自个儿的茶碗，心底莫名，腻是腻了点，但也不至于刚喝半口就这么大反应吧。

白敏敏不知想到些什么，忽然福至心灵，又状似不经意地随口说了句：“今儿你家王爷不回来用晚膳是吧？那我就留在王府用膳得了。对了素心，我喜欢吃你们府上厨子做的清蒸鱼，你快吩咐厨房备上一条。”

“是，奴婢这就去。”

夕食时分，启安堂偏厅摆上丰盛晚膳，白敏敏要了清蒸鱼，可又指挥人摆了一堆其他菜在自个儿面前，一来二去，清蒸鱼就只能放在明檀面前了。

明檀不知怎的，总觉得今儿的鱼腥得很，闻着就想吐。

可白敏敏吃得欢，自个儿吃还不够，还夹了一筷子非要往明檀嘴里塞。

明檀不得已接过，刚入口，她就受不住了，吐出鱼肉，伏在素心及时送上的盆盂里大吐特吐。

白敏敏没想到明檀反应这么大，惊慌的同时心底也不由得生出丝丝喜意，她忙吩咐：“快去寻太医，常给王妃请平安脉的那位太医叫什么来着，封太医，对，没错，就是封太医！”

明檀呕得脸色苍白，心中也隐隐有了猜测。她漱了漱口，还不忘虚弱地睇了眼白敏敏：“你是不是存了心想折腾死我？”

不多时，封太医背着药箱匆匆赶来。

他熟练地为明檀搭了搭脉，搭完，似是不确定般收了手，又重新搭了一回。

脉象如旧。

他很快起身，恭谨道喜道：“脉象流利，如珠滚玉盘，此乃滑脉，微臣恭喜王妃，您有喜了！”

有喜了？

明檀脑袋空白了瞬。

方才呕吐时，心中虽也惊疑着有过这般猜想，可这消息真从太医口中说出，她还是有些反应不过来。

她坐在软榻上，半晌没动，戴着青莲手串的皓白玉腕搭在脉枕上，指尖微晃，也半晌没收。

屋中众人喜得不知说什么好，围着明檀惊呼感叹了会儿，还是周静婉先回过神，立时吩咐人去拿毛毯手炉，白敏敏也紧跟其后，忙遣人去京畿大营知会江绪，屋中倏然忙乱起来，新熬的温粥，厚实的毛毯，不一会儿便都堆到了明檀面前。

这消息来得太突然，众人又太惊太喜，完全忘了要先瞒下，不多时，这消息便长着翅膀飞遍了定北王府，还大有要飞往府外之意。

福叔得了喜讯，先是往后一仰，白眼一翻，喜得晕了过去。等醒了，又抹着泪直往祠堂那头健步如飞。

听闻他老人家在祠堂外磕头告慰，碎碎念叨了足有半个时辰。

江绪今日在京畿大营处理军务，他手下有两位将领起了冲突，一言不合还动起了手，最后双双负伤，闹得颇为难堪。

他方处置完两人，府中便来人禀事。

“什么？”江绪抬眼，“再说一遍。”

“王爷，王妃有喜了！封太医如今还在府中，千真万确！”

江绪面上没什么表情，瞧不出什么情绪，然他只停了一息，便利落起身，出了营帐。

沈玉正要寻他告假，可他半个眼神都没给，径直翻身上马，从营帐一路直奔出营，夜风微凉，却吹不冷他灼热起来的胸膛。

“王爷！王爷！”沈玉在后头喊了两声，毫无回应。

得，这假又告不成了。

沈玉摇了摇头，无奈又懊恼。

江绪回王府时，白敏敏与周静婉都已经离开了，明檀一人留在内室，也不让人伺候，说是要一个人静静。封太医倒还留在府中花厅喝茶，省得走了还得被揪回来问话。

果不其然，再是呼风唤雨的战神，遇上娇妻有喜，关心的也就是寻常人会关心的那些事儿，几月了？胎象可稳？有什么需要注意的？封太医心中有数，自是应答如流。

送走封太医，江绪抬步便入了内室。

见江绪进来，明檀下意识地起了身，不知为何，有喜这么大个事儿砸下来，她总觉着有些不真切，还觉着有些茫然。

“不要乱动。”见她起身，走个路都没平时稳当，江绪上前，横抱起她，放至床榻。

明檀半倚在榻边，抱着他脖颈不撒手，他没办法站直，索性坐了下来。

“怎么办……我有喜了。”放空半晌，明檀忽然失神地问了句。

“什么怎么办，你不是一直盼着有喜吗？”

从前旁人有喜、唯独她没消息时，她的确焦急忧愁，可如今真有了，她又很有几分不知所措。

“害怕？”

明檀没应声。

“放心，有我在，阿檀不必害怕。”江绪揉了揉她的脑袋，又抵着她的额，低声承诺道。

明檀倒也不是害怕，就是有些迷茫。

思绪游离了好一会儿，她冷不丁地打了下江绪：“封太医说一个多月了，定是那回在雾隐山泡温泉，都怪你！”说了不要还按着她来了两回，她都没准备好要做母亲呢！

江绪这会儿极好说话，也不驳当时意乱情迷她在温泉中有多主动，只略带哄意地低声应道：“嗯，都怪我。”

明檀也没心情和他多闹，她低头，胆怯迟疑地摸了摸小肚皮，委实有些难以相信，这里头已经有了她与江绪的孩子。

明檀的反应仿佛稍有些迟，剪烛安置半晌，江绪都已沉沉入睡，她的心于迷茫中，悄然蔓开丝缕喜意。

她突然从榻上坐起，还将江绪给摇了起来。

“怎么了，阿檀？”江绪揉了揉眉骨，声音沙哑。

“我们有孩子了。”

江绪“嗯”了声，等着她的下文。

可明檀说完这句，不满地鼓了鼓腮：“你为何看着一点都不高兴？”

“我何时不高兴了？”

“就现在，你去铜镜前看看你自个儿的臭脸。”

恰巧，府外响起了打更人一慢三快的梆子声，江绪沉默了番：“四更了，我现下……应如何高兴？”

“……”

四更了，这会儿喜笑颜开，确实也不大正常。

明檀暂且放过了他，又缩回被窝，一个人朝里侧着，想到她和夫君可能会有一个像画表姐家胤哥儿那样乖巧的儿子，或是一个像豫郡王府上珑姐儿那样可爱的女儿，她就忍不住唇角上扬，蒙在被子里头偷笑。

“你笑什么？”

“没什么。”明檀回身，一本正经地看着他，“就是想到宝宝以后会像我一样好看，替他高兴，这可是八辈子修来的福气！”

“……”

“夫君，你觉得我说得对吗？”她赖上去，往江绪怀里蹭了又蹭。

江绪沉默了下，面不改色心不跳道：“阿檀说得对。”

明檀这才满意，缩在他怀里，找了个舒服的角落，安分入睡。

只不过明檀这迟来的喜意并未持续多久，因为她很快就发现，她有喜后，整个人都失去了自由！

“这个，这个，还有这个，通通锁到库房去，启安堂中除了新鲜瓜果，不许燃任何香料，都听到了吗？若是在旁处沾了什么香料，也得立时回屋把衣裳换了才可入内伺候！”

一大早，绿萼便在明间端起王妃陪嫁大丫头的架子，严厉交代。

平日待人温和的素心今儿也与绿萼一样，极有威严地给小丫头们训了通话，末了还不忘施压：“这些个王妃爱吃这会子又不能吃的，福叔已然交代厨房不许采买，更不许准备，即便是王妃命令，你们也不许偷偷从府外头来讨好王妃，回头若是发现了，殿下那儿可是不会手下留情的，知道了吗？”

小丫头们齐齐福身应是。

明檀倒也不是拎不清，为着肚子里的孩子，不能吃的她自然不会吃。

可府中上下未免也太过紧张，封太医明明说的是少食生冷之物，府里头执行起来便是再也见不到生冷之物，她不过想吃半碗杏仁冰酪都死活不成，如今还未入夏，可以想见这夏日里得有难熬了。

吃食上也就算了，明檀本身也不是多重口腹之欲的人，然吃可忍，穿不可忍，如今她小腹还平坦得能放下一碗茶，素心、绿萼就已将所有束腰的衣裳都收了起来，只留下些腰身全无的宽松衣裳，她商量着说会松些系带也全然不被允许。

明檀极为郁闷，不能穿好看的衣裳，她自然也没了出门的欲望。

成日闷在府中无所事事，她只好变着法儿折腾江绪，一会儿闹着要吃哪家的馄饨，一会儿又腿酸肩疼需要他捏，江绪始终耐心纵着。

孕中多思，明檀本就娇气，有了身子后越发敏感，一个不如意就要生气，太过如意也容易多愁善感。

某日江绪给她带了块热腾腾的糖糕，她吃到一半就眼泪巴巴地抱住江绪，哽咽问道：“夫君，阿檀是不是太难伺候了？你是不是有些嫌弃我了？”

问完她也不给江绪答话的机会，自顾自历数了自个儿难伺候的诸般罪状。

江绪安抚半晌，不断重复着“阿檀很好”，末了她终于收了眼泪，还打着嗝，隐隐嫌弃他翻来覆去就只会说这一句。

孕后明檀一直待在府中，头回跨出府门，还是去参加自个儿亲弟弟的百日宴。

裴氏生了。

她年纪大，生产得并不顺利，九死一生才产下一名男婴。

因着将养，洗三满月都是简单摆了桌饭，如今百日大肆操办，也是因着裴氏终于能出来走动了。

明家这辈女子从木，男子从玉，明檀给她这弟弟单名取了一字，琅。

琳琅美玉，无瑕珍稀之意。

琅哥儿生得不似明亭远，倒极肖明檀，旁人见了都要打趣，说这哥儿可真会生，怎的就像了天仙似的姐姐呢，眉清目秀的，长大后必然是满楼红袖招的俊俏才子。

明檀听了极为心舒，只是如今她怀着身子，到底是不方便去抱抱琅哥儿。

老来得子，明亭远自然也很是高兴，裴氏如今操劳不得，明檀又有了身子，这回百日宴，都是明亭远厚着脸皮请了昌国公夫人并着沈画来府操持的。

人逢喜事精神爽，敬酒者众，明亭远来者不拒。见明檀担忧岳丈大人喝不得，江绪不动声色地上前，替他挡酒。

定北王殿下挡酒，谁还敢敬？除了几个不怕死的，其他人都悻悻走开。

这场百日宴办得热热闹闹，临散时，明亭远都没机会喝醉，他满面红光，不知想到什么，忽然说，要与明檀叙会儿话。

说来，父女俩也好长时间没单独叙过话了。

江绪闻言，了然地点了点头，主动退了出去。

花厅里，左右尽退，只余明亭远和明檀二人一上一下坐着，明檀主动问了声：“爹爹，您想同我说什么？”

“没什么，就是，这不好久没和你说说话了。”明亭远喝了口解酒茶，又清了清嗓子，“旁人都说琅哥儿和你生得像，其实要说像，还是和明珩那小子更像。”

明檀仿佛明白了什么，也不接话，垂眸抿了口茶。

明亭远顿了顿，明檀这小女儿在他心目中最是善解人意，向来是他起个头，她便能会意往下接。

干等半晌没见明檀应话，明亭远只好硬着头皮又兜了会儿圈子，兜得口干舌燥，他终是忍不住直接问出了口：“阿檀啊，你哥的婚事可不能再拖了，如今他连家都不回，你说这……如何是好啊？”

明檀做不解状：“哥哥不是有心仪的女子了嘛，且这回不回家，也不是哥哥能定的，哥哥如今在全州身居要职，又如何能随意回京？”

“那女子如何能成！”明亭远想都没想便挥手道，“那家世，不提也罢，不提也罢。”

先前明亭远被疑通敌叛国入大理寺狱时，明珩也被扣押于庞山县衙，其后还被押解入京，只不过入京没几日，明亭远就洗刷冤屈了。

从前父子俩关系紧张，借着这回遭难，难得有所缓解，可缓解不足两日，明珩提出想娶庞山县衙的小捕快青和，就遭到了明亭远的强烈反对。

明亭远虽是武将，然骨子里却极重世家规矩，明檀的生母白氏，如今续弦的裴氏，无不是名门闺秀，端庄大方。明檀与明楚两个闺女，他显然也更满意明檀的贵女做派。他想都没想过，身为侯府世子的明珩，会想娶个毫无家世可言的小捕快！

“爹爹，您若是因为家世不满青和姑娘，委实不必。”明檀缓声道，“此番卸下兵权，爹爹还不明白吗？靖安侯府已经出了我这位定北王妃，再与高门结亲，也许就不是锦上添花了。”

明亭远沉默了下：“这道理我当然懂，我也没想再结一门定北王府这样的亲，可咱们侯府再小心再谨慎，也不至于沦落到娶个这……这样的世子夫人吧？这成何体统！”

他越说越想不通：“上京什么人家没有？麓崧书院师先生的闺女，还有那什么……翰林院严编修的妹妹，这都是书香世家，哪个不比小县城的女捕快来得好？”

“她们很好，可哥哥都不喜欢。”明檀放下茶盏，“爹爹可知，此回靖安侯府落难，哥哥被押入京，青和姑娘不顾家中反对也非要跟来京城？”

明亭远不言。

“在此之前，她并不知哥哥身份，更不识爹爹，可她只因敬慕哥哥，便愿相信他的父亲绝非通敌叛国之奸贼。就算靖安侯府阖府株连，哥哥被斩于市，她也坚持要来送这最后一程，这份情谊如此难得，哥哥又怎会辜负？

“哥哥虽未从戎，可性子极倔，爹爹您也是知道的，左右他的心意无可回转，爹爹不如顺了他的意，许还能与哥哥挽回些父子情分。青和姑娘家世不显，但至少清白，对侯府来说，这便已经足够了。”

明亭远沉默着，然见其神色，显然已有松动。

明檀还想再劝些什么，明亭远却摆了摆手：“先不说他了，说说你。”

明檀稍怔。

“你母亲一直担心，你和王爷闹得太过，闹散了情分，我今儿瞧着，他对你倒也还算上心，我也就放心了。先前的事本来也怪不到他头上，俗话说得好，君要臣死，臣不得不死。皇上看在你夫君的面上，对靖安侯府也算是手下留情了。”

“我也没与他闹……”明檀略有些心虚地辩解了句，抿了口茶，她又转移话题道，“爹爹，有件事我一直不明白。”

“何事？”

“皇上既如此忌讳手握重权的臣子，为何对夫君如此信重？”

江绪手握五十万定北军，占了大显一半可调兵力，还养着津云卫众多高手，威胁性较之明亭远高了不知凡几，有此疑问的从来不止明檀一人。

明亭远略略沉吟：“他们二人是自小一起长大的情分，皇子们都在竞争皇位，堂兄弟间关系亲近也是正常，况且皇上多次陷于危急之中，都是启之出手相救，这可不是一回过命的交情。”

他不知想到什么，又轻叹了口气，声音极缓：“况且启之和你爹不同，你觉得，以如今定北军之势，皇上除了无条件信任于他，还能做什么呢？其实也不是如今，很早以前，就是了。”

明檀闻言，愣怔半晌，久久无言。

从靖安侯府出来时，已近日暮，江绪抱明檀上了马车，顺手将自个儿位置上的软枕放到了她腰后。

静默了会儿，明檀忍不住问：“你都不好奇爹爹寻我说了什么吗？”

江绪略顿，顺着她话头问了句：“那岳丈大人同你说了什么？”

“也没什么，就是聊了聊我哥的婚事。”她支着下颌，目光移至江绪面上，“还让我不要同你闹，省得你嫌弃我……回头将我给休回侯府，抑或是再纳上几房侧妃美妾。”

“阿嚏！”

并没有说过后半句话的明亭远在府中莫名打了个喷嚏。

不过也难怪明檀要拿这话噎人，西北归京以来，恰逢封地王室及邻国友邦入京朝贺，往宫里塞人的多，意欲往定北王府塞人的也不少。

好在江绪先前在灵州吃过教训，这回处理得利落干净，明檀也只是听了那么几句风言风语，断不能有塞到她面前添堵这种事儿了，府中如今清净得很，连云旖都搬了出去。

想到这里，明檀多问了句：“对了，云旖如今去了何处？上回来信说在桐港，这一晃又过去不少时日了。”

“不知，不过以她的身手，你也无须挂心，想回的时候，自然会回。”

明檀闻言，点了点头，略感怅惘。

云旖是因舒景然离京的，他们二人的事，明檀并不十分清楚，只知这小半年来，右相夫人为舒景然相看人家颇为高调，舒景然也因在全州建港与灵州善后这两件事上表现突出，如今颇受皇上信重。

云旖离开时曾说：“他有锦绣前程，也有远大抱负，我倒也不是觉得我配不上他，只是不想因为我，耽误他实现自己的抱负。况且，我也有我自己想做的事，云游四海，仗剑天涯，不是很好吗？”

她说这话时，神情坦荡一如往昔。离开时也很潇洒，只带了个小小的包袱，挥挥手，头也没回就融入了无边黑夜。

云旖离京后，舒景然仿佛与从前没什么不同，可似乎又比从前沉稳了许多，朝堂上时常有他直言相谏，成康帝也越发信重于他。

右相告老后，周静婉的父亲翰林周掌院替上右相一职，舒景然亦年纪轻轻便官居文职三品，大有接替他父亲，成为圣上左膀右臂之意。

他从未主动开口说过云旖，可不知怎的，右相夫人张罗了许久的相看，悄无声息就没了下文。

很久之后，上京贵女常议，那位深受皇上重用的舒大人为何还不成婚？明明曾是翩翩玉公子，上京最风流，却孤家寡人至今，连个侍妾也无，莫非是身有隐疾，又或是不喜女色？

诸般猜测纷纭，甚至有人往他府上送过南院的小倌，皆被他打发了出来。

直到那年春，舒景然已高升二品，成了大显朝最年轻的尚书，离位极人臣不过一步之遥，自遥远的南方有信入京，夹着飘扬的柳絮，上头只歪歪斜斜写着一句："灵州的樟茶鸡和从前一样香，舒二公子若想吃，我给你带一只回来。"

舒景然展信读了数遍，倏然笑了。

此间后事暂且不表，眼下京中将至的热闹事儿还得数定北军副统领、云麾将军沈玉，将要迎娶南律六公主为妻。

从前沈玉对那位南律六公主可谓是避之唯恐不及，也不知怎的，护送了一趟使臣节礼回南律，他竟在南律的接风宴上提出要迎娶六公主为妻，当时六公主已有驸马人选，南律王并未正面应答。

又逢西北战事将起，他许下承诺，便调转马头直奔西北。夺回荣州后，才在庆功宴上，以赫赫军功换来了成康帝的说亲手书。

诚意至此，六公主自个儿又愿意得紧，南律王一心交好大显，也没理由不答应。

京中姑娘都对这六公主艳羡得很，这得是多喜欢啊，南律那头才传回允亲的信儿，这沈将军就自个儿奔到南律接公主去了。

南律公主嫁入上京，为表大显与南律友邦情厚，婚仪都是比照大显长公主规制来操办的。

上京许久未有过如此热闹的婚事，锣鼓喧天，满堂华彩，锦红十里灼灼，云麾将军府上来往不绝，热闹非凡。

只不过明檀盼着凑热闹盼了许久，到头来却没能参加这场婚仪。

无他，虽是年初便有了婚信儿，可六公主自南律来京，本就路途遥远，沿途竟还遇上信河汛期，走不了水路。绕陆路至京，婚期往后一延再延，恰好就延到了明檀生产。

明檀生产得并不顺利，早上发作，直疼到入夜都没生出来。

江绪几度欲往里闯，可明檀死活不让，说自个儿这会儿太丑，不想让他瞧见。封太医和产婆们也都赔着小心，劝他不要入内。他负手立在屋外，周身气压低得令人不敢喘息。

近人定，里头哭喊声响忽然微弱下去，只听人围在旁边紧张喊道：“王妃，不要睡！醒醒，您醒醒！”

江绪再也等不下去：“让开！”

他直闯入屋，眉目极冷，谁也不敢相拦。

“王爷……”

“王爷您不能……”

他理都没理，跨步走向明檀，握住她冰凉的手：“阿檀，醒醒，是我。”

沉金冷玉般的声音里夹着难以掩饰的紧张。

明檀眼睫翕动，半晌勉强睁开，偏头看向他，声音和小猫似的，微弱可怜：“夫君，我好累，我想睡一会儿……”

“乖，等会儿再睡，我陪着你。”

见她睁了眼，旁边的太医产婆还有婢女也都为她鼓劲道：“是啊王妃，再坚持一下，已经快出来了！”

参汤很快送了进来，江绪接过，一勺勺吹温了喂她，末了又给她含上参片。

她缓缓恢复些气力，也不知是话本看多了还是怎的，她忽然望向太医，虚弱道：“若是只能保一人，就保我的孩子吧，反正……”

“保王妃。”江绪不容拒绝地打断。

太医擦了擦汗，小心翼翼回道：“王爷不必忧心，只要王妃再使使劲，母子都会平安无事的。”若是有事，也轮不到保大保小，一般是都保不了。

不过太医说话最是保守，既能说出大小皆可平安，自是有十足信心。

“娘娘，如今胎位很正，只差最后加把劲儿，您先放松，憋足一口气，您一定可以的。”

明檀似乎被说得有了些希望，她目光又移回江绪身上，带着哭腔小声坚持道：“那你先出去好不好，丑死了，你不要再看了。”

“阿檀不丑。”

明檀本也没指望他能说出什么“在我心中阿檀永远都是最美的姑娘”这种情话，眼泪汪汪看了他好一会儿，心底到底添了些安慰，只不过仍是一个劲地将人往外推。

江绪不得已，只能依她，退了出去。

待门口传来“吱呀”关门声，明檀又让人端来参汤喝了两口，随即深吸口气，闭上眼，咬着唇，用上了所能使出的全部力气。

她浑身发颤，面色惨白，额上有滚落的汗珠，合着咬破的唇上血，在唇边蔓延出丝丝缕缕的疼，然这点疼痛与下半身的比起来几乎可以忽略。

忽然，明檀眼前一瞬空白，整个人的意识也在那瞬随着身下一轻的如释重负感倏然抽离。

"生了！"

"生了生了！"

"王妃生了！"

江绪刚出来没多久，听到里头喜极的呼喊声与由小渐大的婴儿哭喊声，他回身，推门而入。

"恭喜王爷，贺喜王爷！王妃平安产下位小世子！"产婆用锦被抱着孩子，一脸喜气地上前给江绪瞧。

可江绪半个眼神都未给，甚至还伸手挡了挡，示意人别碍路。

"王妃如何？"他沉声问。

太医忙答："王妃脱力，一时昏过去了，素心姑娘已喂了参片，想来稍后便会转醒。"

江绪望着躺在床上面无血色还浑身被汗水浸湿的明檀，正欲上前，候在一旁的素心又道："王爷，奴婢们要为王妃换衣裳了。"

他略默半息，退开半步，任由婢女们放下床帐，为明檀更衣。

趁着这间歇，他扫了眼窝在锦缎襁褓里皱巴巴的孩子。似是因为他威势过甚，婴儿啼哭声越发响亮。

江绪皱了皱眉，不咸不淡道："太吵，抱下去，别打扰王妃休息。"

产婆们对视一眼："……"

明檀是在半个时辰后转醒的，知她最爱整洁，婢女们将衣裳锦衾全换了遍，屋中血腥味也被新燃的安神香驱散殆尽。

都说生孩子等同于过鬼门关，生完之后，四散的气力仿佛都在慢慢回注，明檀醒时竟感觉轻松了许多。

"夫君，我生完了吗？是男是女？还是说……我的孩子没保住？"见四下极静，明檀心中茫然无措。

"生完了，是个男婴，怕打扰你休息，我让人抱下去了。"

"我想看看。"她眼巴巴地看着江绪。

江绪"嗯"了声，吩咐人将孩子抱过来，又提前提醒道："太医说，新生的孩子被羊水泡过，有些皱，都不大好看。"

明檀点点头，但没在意，只期待又紧张地等着孩子抱来。

等孩子真抱了过来，明檀目凝片刻，心梗了瞬。

半晌，她似是不能接受般滞缓道：“这……不是不大好看吧。”

“长开了就好。”

明檀心如死灰道：“奉春侯府的大房四公子也是这般从小说到大的。”如今长是长开了，就是越长越丑，丑到连媳妇儿都娶不上。

“……”

“我们的孩子倒也不至如此。”

明檀沉默了下：“也是，咱们好歹是定北王府，不比奉春侯府，越来越没落。”她仿佛有被安慰到一点，静默了好一会儿，她半支起身子，叹气道，“算了，母不嫌子丑，来，给我抱一下吧。”

抱着孩子上前的产婆满脑子疑惑，小世子哪儿丑了？鼻子是鼻子，嘴巴是嘴巴，标标致致的，如今不过是皱巴了些，以她的经验，过段时间定是玉雪可爱！

“真是太难看了……”明檀接过孩子，嘴上嫌弃着，可还是小心翼翼地贴近，亲了下他的小脸蛋，“就叫你丑丑吧。”

“……”

产婆忍不住看了眼江绪，可江绪面不改色，还应了声：“你想叫什么便叫什么。”

小世子太可怜了！

明檀也就是过过嘴瘾，皇族宗室，逢年过节常要入宫，总不能真和阖宫宗亲介绍，自家孩子小名就叫丑丑。

江氏至这一代，名仍单字，男子从“宀”，礼部早早预备了寓意极好的字，世子郡主都有，只是送来后，江绪没多看，孩子的名字，他自有想法。

“定？江定？”明檀看着纸上的字，不由得问出了声。

他略停笔，又在一旁落下另外二字。

“北归？这是字吗？”

江绪“嗯”了声。

“这么小便取字？”

“我也是出生不久便有了字。”

时下高门男子取字都早，也不算太过稀奇，可他竟是将自己的封号给了儿子做名做字。谁人不知，定北而归，这是他史书历历的毕生荣耀。

明檀怔怔看了会儿，忽然投入他怀中，紧紧抱住了他。

“江定？”成康帝略忖片刻，点了点头，“这名儿取得不错。”他细瞧了会儿奶娃娃，又挑眉道，“这孩子生得和你小时候一模一样。”

“皇上那时也不过小儿，如何记得清？”江绪淡声驳他。

“小儿怎么了，朕记性好，朕还抱过你呢，臭小子！”

这话明檀颇信几分。孩子满月后，与刚出生那会儿大变了样，小脸软软嫩嫩，一双眼睛也清澈明亮，五官长开来，很是可爱好看，夫君如今这般好看，小时候说不准就长这模样呢。

似乎是为了证明自个儿真记性好，成康帝又说起些儿时旧事，江绪偶尔纠正几句，总能气得成康帝瞪眼，吹起并不存在的胡子。

两人难得拉些家常，章皇后弯了弯唇，示意明檀与自个儿一道去外头赏赏花。

明檀先前怀着身子，已许久不曾入宫，今儿也是因着成康帝想要见见江绪的头一个孩子，趁着朝臣休沐，将他们一家子召了进来。

西北战后，朝中松缓，江绪常常是召而不来，好不容易召进一趟，成康帝留了午膳又留晚膳，还硬留江绪与他手谈，一家子也就只好在宫中留宿了。

夜里，明檀心中的疑问又不由得冒了出来，躺在床上，她小声问：“夫君，我能问问……陛下为何会对你如此信重吗？陛下虽也信重他人，但总感觉，与对你是不一样的。”

“说来话长。”

“那长话短说？”

江绪揉了揉她脑袋：“长说也无不可。”

其实当年太宗皇帝驾崩前，查出了他最为宠爱的敏琮太子并非意外身亡，而是为当时继位东宫的太子，也就是先帝所害。

先帝并非心狠手辣之人，也是因他素来仁德，有太平当政之能，太宗皇帝才挑中他继承大统。

事发后，先帝跪于太宗皇帝跟前痛哭流涕，直言自己鬼迷心窍，为宿女所惑才酿下大错，皇兄死后他夜不能寐，悔恨难当，愿让贤皇太孙，自囚大宗正司，以残生幽禁弥补己过。

其实当时先帝继位已是众望所归，他完全可以不认此事，甚至可以让太宗皇帝神不知鬼不觉地提前咽气，可在执掌天下的滔天权势面前，他终究还是，越不过自己的心魔。

那时江绪还小，朝堂波澜诡谲，即使让贤于他，也很难说他能在那位置上坐多久，于是太宗皇帝写下了待先帝驾崩后再还政于皇太孙江绪的密旨，锁入云偃大师所造的精密机括之中。同时先帝也应允太宗皇帝，必会信守承诺，百年之后，传位于皇太孙江绪。

先帝口中的宿女便是后来的宿太后，即便先帝已厌弃于她，然当时宿家权势已达顶峰，迫于种种压力，先帝还是让她在先皇后薨逝后，继位了中宫。

先帝平生仁善，一念之差，害了从来信任疼爱自己的大哥，又坐了不属于自己的皇位，虽励精图治，然心中积郁极深，当政短短数年便因病崩逝。

先帝崩逝前，江绪已不是稚儿，也已查明真相，他一直以为先帝狡诈伪善，蛰伏尝胆数载，便是想手刃仇人，为父亲报仇。

可没想到先帝在临去前，当着江绪还有已坐稳太子之位的成康帝的面，亲口说出了全部真相，还取出了藏有太宗皇帝密旨的机括，及他亲手所书的圣旨一封，交予江绪。

密旨及圣旨的内容一样，都是传位于江绪。

做完这些，先帝心安地咽了气。

那种感觉该如何形容呢，就像是一拳打在棉花上，恩怨在此了了，却并不快意。

他也无法将这份仇恨转移到成康帝身上，让它再延续下去。

他与成康帝自幼相识，一起共过诸般患难，即便在初初得知先帝乃杀父仇人之时，他也未曾想过要报复其子。同样，他一直以来的信念也只有手刃仇人，并未想过要夺回本该属于他父亲的皇位。

平心而论，成康帝比他更适合做一国之君，所以最后，他在成康帝面前，烧了那两封足以改变整个大显朝堂的圣旨，只身出宫，奔赴北地，仿佛只有在战场奋勇杀敌，他才能感受到自己存在的意义。

听江绪讲完这个自太宗朝开始的故事，已近五更。

明檀也不知是一时无法消化还是怎的，过了许久都未出声。

不过她终是明白了，为何许多时候江绪的态度都已稍显冒犯，成康帝还能无条件包容并予以信任。

这份信任不仅源于自小长大的情分与危难与共的情谊，还源于愧疚，更源于，他拱手相让的皇位。

一个连名正言顺继承大统都干脆放弃的人，又怎屑处心积虑谋权篡位？

日子过得不紧不慢，不知不觉，又至一年清明，明檀与白敏敏、周静婉，并着六公主还有沈画，相约带上夫君去郊外游玩赏花。

江绪难得给面，应下了此事。

他们所去之处熟悉又陌生，正是当年被一把大火夷为平地的寒烟寺旧址。如今在这平地上起了间书院，林间鸟叫啁啾，书声清晰朗朗。

明檀与江绪被分配了去溪边取水的活计，一路走往溪边，明檀不时望向书院，又雀跃地同江绪说起："对了夫君，哥哥来信说，桐港今春也开了一家书院，收了五十余人进学呢。"

"这是好事。"

"听哥哥说，如今桐港很有几分繁盛样貌，哎，我也想去看看。"

"想去便去，近日无事，我陪你。"

闻言，方才还一脸向往的明檀支吾了两声，却并未应话。

"怎么了？"

"近日恐怕去不了呢。"明檀抬眼看他，故作为难道。

"为何？"

明檀想了想，示意他倾身，而后踮起脚，凑到他耳边小声说了句："我好像又有喜了！"

江绪稍顿，喉结上下滚动，嗓子仍是干哑："真的？"

"阿淳给我看的，错不了。"

他倒忘了，那位南律六公主还懂几分医术。

"阿淳还说，这次很有可能是个小姑娘呢。若是个小姑娘可太好了，定哥儿那般像你，小姑娘定然像我。"明檀摸了摸如今还十分平坦的小腹，已然有了几分期待，"你说若是小姑娘，叫什么好呢？"

江绪伸手，也摸了摸她的小腹，声音倏然柔软了许多："叫蔻蔻吧，初见你时，正是在此，那时你方及豆蔻，还是个小姑娘。"

彼时他并不知，那位有些娇气的小姑娘，今后会成为他的妻子。他的人生，曾为复仇而活，也曾为大显而活，可遇上明檀之后，他这一生好像又多了许多与温暖有关的故事。

"好，就叫蔻蔻！"明檀想了想，一口应下。

见四人无人，她又搂住江绪的脖子，踮脚在他唇上亲了下。

不远处仿佛能听到白敏敏与六公主你追我赶的笑闹声，似还隐约夹杂周静婉与沈画含笑的说劝，溪水清澈淙淙，吹落的杏花顺流而下，春光正盛。

明檀偏头，伸手挡了挡晴好得略微刺眼的阳光，看着前头取个水也要保持王爷风仪的男人，不由得弯起了唇角。

那日自云麾将军府出，得知自个儿应是又有了身孕，她悄悄去了趟灵渺寺。

上京贵女都爱拜大相国寺，殊不知上京城里，无人问津的灵渺寺才最灵验。

她在这里求到了如意郎君，求到了夫君平安归来，那日她又许了一愿，只不过这愿望太长久，想来，得等她百年之后才能去还愿了。

"九月节，露气寒冷，将凝结也。"出自《月令七十二候集解》。

◈ 番外一 ◈
周静婉 × 陆停

大显周氏，百年名门，诗书传家。周静婉亦不负周氏盛名，打小便比旁的姑娘更通诗书，是上京名门闺秀里头公认的才女。

周家的姑娘不愁嫁，周静婉及笄后，来府求亲者络绎不绝，不过都被周母以“小女年幼，还想多留几年膝下承欢”为由给挡了回去。

这理由乍一听没什么毛病，可周静婉明白，母亲推挡说亲，倒不是真想多留她几年，主要还是因着前来说亲的那些人家，母亲不怎么能看得上。

从前她长姐周静姝低嫁李司业府，母亲就一直心有不满，这些年长姐与姐夫恩爱如初，除无子嗣外，日子过得也算和美，然母亲始终认为，周府嫡女，合该配得上更显贵的门第。

周静婉于门第一事上，倒比她母亲看得明白，其父立于储相之位，又在文士儒生中素有清名，再结高显文臣姻亲恐有拉朋结党之嫌。

她亦思虑过自个儿的婚事，可思虑来思虑去都没想过，那位京中赫赫有名的殿前副都指挥使——陆停，会亲自登门求亲。

“年纪轻轻，位高权重，前途无可限量，我瞧着这陆殿帅还算不错。”陆停求亲当晚，周母在膳桌上满意道。

周静婉顿筷，委婉提醒了声：“母亲，这陆殿帅，可是素有能止小儿夜啼之凶名……”

“市井传言，岂可尽信？”周母嗔了她一眼，又望向坐在主位的周父，“老爷，我瞧那陆殿帅模样周正，人也谦逊，不像什么凶神恶煞之徒，且这般年轻就成了天子近臣，想来颇具才干，老爷与人同朝为官，平素可有打些交道？”

“陆停？没打过什么交道，不熟。”周父埋头夹菜，随口一应。

“一心埋首翰林院，能和谁熟！”周母没好气地数落。

周父一哽，忙换了口风：“我的意思是，虽然没打过什么交道，但陆停……夫人你也说了，天子近臣，本事肯定不差。”

他停箸做细细思虑状，又找补道：“陆家有从龙之功，如今阖府仅剩陆停一根独苗，圣上对他确然是信任有加，只不过他这人个性——”

周静婉眼巴巴地望向周父，可他略顿，很快圆道：“想来就是孤僻了些，话少，也是好事，这不是后院清净嘛。”

周静婉：“……”

其实自陆停登门求亲起，周静婉心中就隐有预感，这门亲，怕是推不掉了。

陆家累世高官，然因拥立当今圣上招来灭门惨案，仅余陆停逃过一劫，因此渊源，陆停深受圣宠，弱冠之年便身任殿前副都指挥使，官居三品，统领禁军，乃毋庸置疑的天子心腹。

放眼上京，能让母亲不觉低嫁，又不给父亲招来朋党之嫌的适婚郎君屈指可数，陆停确乃上上之选。

只不过这门婚事，周静婉是极不情愿的。

她虽见过那陆殿帅，却没敢拿正眼瞧，只记得他左额上一道刀疤，眉目间戾气深重，加上他凶名在外，听到“陆停”二字，她周身都能泛起一阵凉意。

然明檀与白敏敏好一番劝，还拿当初她为定北王殿下说过的话噎她，她心中动摇，勉强应下牵线，于大相国寺中与陆停见了一面。

不见还好，这面见完，她更是不愿相嫁了。

那厮心狠手辣又目中无人，竟以为多给些聘礼便能娶到她，自大！狂妄！俗不可耐！

她决然离开，嘴上还说着宁死不屈之辞。

可她嘴上硬气，心里头却害怕得紧，她还有父母亲族，若拼死得罪这煞星，给家中惹来麻烦，亦非她所愿。且她并不想死，她自幼体弱，咽下无数苦汤药身子才渐有好转，平白为此丢了性命可不值当。

她惶惶犹豫，心绪郁结，夜里悄然独泣多回，一时又卧了病榻。

说来也是莫名，那煞星不知从哪儿得知她染了风寒，竟悄没声息地遣人送来诸多补药并信一封，解释上回相见的言语误会。

原来他并未有以聘礼作价轻贱她的意思，不过是因着没能听懂她所引之典，胡乱应答，才生出牛头不对马嘴的误解。

那信上字迹歪歪斜斜，写得着实不忍直视，然言辞颇为恳切，三两句话便能解释清楚的事儿，翻来覆去写满了两张纸，周静婉读着读着，忍不住弯起了唇角。

周静婉与陆停的婚事很快便定下来了。

男婚女嫁本就是父母之命媒妁之言，双方有意说定，这礼节走得自然顺畅。只是没承想，灵州突降海溢天灾，难民四窜，疫病四起，婚期卡在这多事之秋，一切只能低调从简。

大婚那日，陆停来府迎亲。

抱着新娘上轿的路很短，他垂首，望着流苏摇晃的大红盖头，用只有两人才能听到的声音郑重承诺道：“阿婉，我陆停，定会用下半辈子，来弥补今日欠你的十里红妆。”

当下周遭俱是亲朋起哄，又是头回被男子这样抱着，周静婉藏在盖头下，羞涩得思绪乱成一团，也没认真听他诉此情衷。直到很久之后忆起当日嫁娶，她才恍然惊觉，这男人，真是在竭尽全力，让她拥有他认为她该拥有的一切。

其实方嫁陆停之时，周静婉觉得颇不自在，他们在完全不同的环境下长成，许多习惯都不甚相同。

她喜净，可陆停这厮常是一回屋子便要上榻，推着搡着闹起脾气，才不情不愿去净室沐浴。

她身子弱，吃得清淡，可陆停嗜荤重油，两人用膳总得摆上一大桌子，菜色布得泾渭分明。

她喜欢看书、写字、作画，陆停于此却是一窍不通，初初成婚，两人总是鸡同鸭讲，说不到一块儿。

旁的夫妇，言语上无甚交流，床榻上总得多些交流，可她身子骨还经不得折腾，一月里同榻而眠，大半时日他都只能憋着。

就连周静婉自个儿都觉着，两人过着过着，只会越发冷淡疏离，指不定哪天一睁眼，府里就多了那么一二三四五位姨娘。可日子一天天地过去，府中也未有多出谁来的迹象。

某日明檀邀她过府喝茶，闲话间无意打趣道：“对了，昨夜夫君说起，他在京畿大营与陆殿帅过招，竟从袖口过出本《南华经》来，陆殿帅可是被这书绕得颇为头疼，你是不是太为难他了些？”

周静婉怔了怔：“《南华经》？”

“怎么，你不知道？”明檀神色忽而玩味，“听说这些时日，你家陆殿帅还在殿前司备了套上好的笔墨纸砚，每日都能写废一沓云阳纸呢。”

周静婉：“……”

回府后，周静婉神色如常，与陆停一道用了晚膳，沐浴更衣，立在桌案前习字。

其实陆停在时，她甚少看书习字，今日忽动，陆停又有些不知该做什么，干坐在榻旁，来来回回擦着那柄锃亮的利刃。

她写完搁笔，拿起纸张吹了吹，忽出声道：“夫君，你来一下。”

陆停闻言起身。

待他走近，周静婉轻声问：“夫君，我今日这字，写得可好？”

“阿婉的字，自然很好。”陆停想都没想便应了这么一句，等看清纸上所书，他又不由得一顿，“‘物无非彼，物无非是。自彼则不见，自知则知之’，这是……《南华经》？”

周静婉点了点头：“《南华经》难读，我不通其义，便多写几遍。”

陆停迟疑：“阿婉也有不懂的吗？”

“自然是有。”周静婉轻声细语道，“父亲读万卷书，也不敢说书中之义皆明。此间长进，不在一时，亦不可操之过急。”

陆停仿佛明白了什么。

周静婉也不点破，只重新铺了纸，又翻开一卷《论语》：“夫君可想同我一起习字？”

《论语》陆停还是略通一些的，从头再学，想来不难，他稍顿片刻，便点了点头：“左右无事，也好。”

“夫君，下笔不可倚桌，试一试悬臂而书，就当手中所握乃一柄利刃。”

“太用力了，轻缓一些。”

“不尽之处亦无须添补，重写便是。”

……

夜色静谧，烛火轻摇，屋中只余周静婉轻柔的提醒声，有时陆停不得要领，她还会用小手包住他粗糙的大掌，一笔一画地认真带写。

平心而论，陆停不算很得其法的学生，但他耐心勤勉，从不会因做不好便恼羞成怒半途而废。因着习字读书，两人的话也越发多了起来，相处也越发自然。

成婚以来，周静婉虽对陆停有所改观，可仍有些怕他。

慢慢地，她发现，陆停对她，总是笨拙沉默，却也细腻温柔。从前她是个极没脾气的人，如今却也有些恃宠生娇，总是对陆停有很多的小性子。

两人闹得最凶的一回，便是靖安侯府出事，她也心知职责所在，皇命不可违，却忍不住将气全都撒在陆停身上，陆停不驳什么，任打任骂，她不理他，他也要时时刻刻跟上来。

后来她也问过，明明求亲前只见过一面，他为何就非要娶她，陆停想了想，纠正道：“不止一面。”

陆家家破人亡时他尚年幼，后来得知此事乃宿家手笔，其中还不乏承恩侯府添柴加火，他年轻气盛，白日便只身闯入承恩侯府寻仇。

承恩侯长子率人将他包围，利刃从他眼角划至左额，鲜血如注，他被踩在脚下，背脊被人脚尖用力碾着，头顶传来轻蔑笑声：“你这条丧家之犬，没能一并除你，算你命大，竟还不知死活送来门来，很能耐啊。”

当日的羞辱与折磨他从不曾忘，他亦不曾忘，那日一墙之隔，他从漏明窗隙间瞥见的，那一抹羞涩温柔的笑颜。

彼时，承恩侯府正在办赏花宴，承恩侯长子正是要从那月洞门旁的漏明窗隙偷看宴饮女眷才正好撞上他，对方让手下折磨他，自个儿却优哉游哉地立在漏明窗旁，对另一面的女眷品头论足。

“穿鹅色月裙的是哪家小姐？从前怎么没见过，很乖啊，是本公子喜欢的款儿。”

那时陆停心想，那位乖巧温柔的小姐，也是他喜欢的模样，一笑起来，如风拂春水，青涩柔软，他身上钻心的伤，好像都没那么疼了。

时隔数年，承恩侯府由他亲自抄家，当日将他踩在脚下的人，匍匐于地，求他饶命。

后来在大相国寺后山，明檀的“曲有误，江郎顾”听得他昏昏欲睡，他站在江绪与舒景然身后，只望尽快脱身，可周静婉上前时不经意地弯了弯唇，他的目光停在她身上，就再也移不开了。

……

成婚第三载，周静婉那位远在江南的外祖母因病离世，她随同周母远赴江南奔丧。陆停执掌禁军，轻易不得离京，只得三日去一封信，以缓思念之情。

周静婉也会给他回信，可每每回信，定要先评一番他先前来信所书的诸多错漏。

在严师督促之下，陆停写信的水准颇有提升，可这信一封封来回三月有余，却始终不见人归，陆停终是耐不住性子，略催了一催。

“静婉吾妻，近日读《十国春秋》，钱武肃王与妻书：‘陌上花开可缓归。’江南好景，然陌上花开，阿婉可缓归否？”

周静婉见信莞尔，略一思琢，温柔弯唇，提笔回信道：“夫君信愈凝简，字无错漏，然秋日萧瑟，叶凋花敝，何如赏花缓归？”

搁笔回信后，她起身，看了眼身后已收拾好的行李，缓缓走出厢房。

沿途虽无浅草花海，然此时回京，想来还能赶上显江两岸满地金黄的纷纷银杏，还能与他共赏中秋好景，人月两圆。

◈ 番外二 ◈

白敏敏 × 章怀玉

其实很多时候白敏敏自己都不明白，她的目光，到底是如何从打马游街探花郎沦落到章怀玉这一事无成浪荡子身上的。

白敏敏乃昌国公府嫡出娇女，章怀玉乃平国公府金尊玉贵世子爷，两人门第相当，年岁相当，自幼便免不得在亲辈口中听闻彼此的存在。待明檀与江绪定了亲，两人又从免不得彼此耳闻变成了少不得打打照面。

不过这打打照面也就仅是打打照面，彼时昌国公夫妇早为白敏敏看好了说亲人家，皇后也为章怀玉定下了张太师的嫡孙女，便是后来两人的婚事都黄了，白敏敏的目光从来也只停留在闻名上京的舒二公子身上。

直到那日茶馆听书——

白敏敏打小就不是什么端庄柔顺大小姐的好苗子，惹是生非上房揭瓦的本事一流，好在有明檀和周静婉这两位手帕交堪堪拘着，安分时才勉强有些姑娘家模样。

她素爱听书，上京城里一百零八家茶馆，上至一碟点心一两金的听雨楼，下至三个铜板一大碗粗茶的街边小馆，她都熟门熟路。

那日听闻城西开了家颇上档次的茶楼，茶好点心好，说书先生更好，嘴皮子利索且故事新奇，近些时日每至说书时分，楼中都座无虚席。

白敏敏心痒得紧，立时遣人去周府讨了张邀帖，光明正大溜去了茶楼。这也是没法子，婚事黄了之后，母亲、嫂嫂看她看得颇严，成日拘着她在家学女红，若无人相邀，是决计不会轻易放她出府的。

所幸传言倒也非虚，白敏敏到茶楼时，里头人声鼎沸，满堂喝彩，已是座无虚席。

白敏敏是姑娘家，虽作了男装打扮，到底不好和一群陌生男子在楼下堂中挤挨坐着，好在她深谙“能用银子解决的问题都不是问题”这一道理，轻车熟路走向二楼某间雅座，极有礼貌地提出了想要用一两金换雅座之席的请求。

雅座静了半瞬，忽伸出半柄折扇撩帘。

章怀玉？见到里头坐着的人，白敏敏心下略感惊讶。

章怀玉显然也认出了她，略一挑眉便闲散道：“白小……公子，好巧。既然无座，那便一道坐吧。”

“如此……那就却之不恭了。”白敏敏也是个脸皮厚的，想着也不算生人，章怀玉那么一说，她那么一应，就心安理得坐进雅座了。

“……却说那武林盟主这才恍然，原来他娶错人了！眼下他亲率名门正派讨伐的魔教妖女，才是当日不惜耗尽半身内力，拼死护他心脉之人！”

“然后呢？”

“你倒是接着说啊！”

“武林盟主如何了？”

众人追问，白敏敏也兴奋望向那停下饮茶的说书先生，迫不及待想听下文，可就在这时，说书先生放下茶碗，笑吟吟地卖关子道：“今儿时辰到了，欲知后事如何，明儿老夫，还在此处等着各位。”

台下顿时一片惋惜唏嘘。

白敏敏蒙了蒙，不是，怎么正精彩着就结束了？她那刚上来的热乎劲儿被这瓢冷水倏然浇灭大半。

章怀玉倒没觉得如何，只是见白敏敏意犹未尽，便随意问了句：“想知道后面发生什么了吗？”

白敏敏点了点头：“其实我也猜得差不多了，话本嘛，无非就是那档子事儿，武林盟主为了妖女又与正道反目，拼死护下妖女，两人历经一番磨难，有情人终成眷属——”她又托腮感叹，“不过这说书先生说得可真不错，比从前听雨楼的那位钱先生也不差分毫呢。”

章怀玉闻言挑眉，伸出根手指摆了摆。

白敏敏疑惑：“嗯？你这是什么意思？”

章怀玉展扇缓摇，慢道：“你猜得不准，这武林盟主虽已知晓真相，却仍是打着匡扶正道、整肃江湖的名号，将魔教一干人等杀了个干净，那妖女，还是他亲手所杀。”

“你胡说八道什么，”白敏敏惊了，“不可能，我从未见过这般话本！”

“那是你见识少。”

“你！”

“你若不信，我同你打个赌，谁输了谁便请客吃饭，如何？”

“赌就赌。”

白敏敏不信邪，忍了一日，次日再寻机会出门，总算是听完了故事的后半截，奇就奇在，这后半截竟是同章怀玉所言一模一样！

请客吃饭时，白敏敏仍是百思不得其解：“你为何知晓这武林盟主会如此做？说书先生都说了，这个故事是他第一回说，难不成这话本是你写的？”

白敏敏也就是随口一说，没承想章怀玉却颇有几分自得地展扇道：“不巧，还真是我专程请人写的。”

白敏敏瞪大了眼。

“平日那些话本都乏味俗气得紧，听了上半场，便能想出下半场。笑话，堂堂武林盟主，如何会为一介妖女与江湖诸派为敌？白大小姐都能想出的戏文，不过就是哄哄你们这些闺阁姑娘罢了。”

“什么叫我都能想出的戏文？！”白敏敏后知后觉地反应过来，差点气炸，这人骗她请客便也罢了，竟吃着她的还损她平日看的话本老掉牙！

“你亲口所言，可不就是你能想出的戏文？”

“你还说！”

“行，我不同你争，吃菜。”

“都争完了才说不争，怎会有你这种人，舒二公子怎会同你这种人结交！”

“不同我结交难道同你结交？听说你那婚事不成了，怎么，你这是看上舒二了？”

“你有完没完，章怀玉！讹我请客话还这么多，你自个儿付，本小姐不请了！”

“原也不必你付，这楼是我开的。噢，忘了告诉你，听雨楼也是我开的。”

“……”

白敏敏用一种“有钱你了不起”的眼神狠狠剜他，他云淡风轻地回望，满脸都写着，有钱真的很了不起。

两人的梁子不大不小就这么结下了。

俗话说得好，不打不相识，从前两人多打照面，却没正经说过几句话，斗上这么回嘴，两人倒是莫名熟络了不少。

章怀玉是个爱玩会玩的，自熟络后，他时常通过堂妹章含妙相邀白敏敏。

白敏敏也是个玩性重的，很是乐于同他一道在京里闲逛，寻些新鲜玩意儿。

虽看过不少话本，可白敏敏于男女情事上迟缓非常，不知自个儿对章怀玉情意渐生，还时常想着章怀玉与舒景然相熟，三不五时便向他打听舒二近况。

后来有一回，章怀玉、舒景然与陆停三人小聚，白敏敏熟门熟路至酒楼